碑

黄国荣 ◎ 著

中国言实出版社

图书在版编目(CIP)数据

碑 / 黄国荣著 . -- 北京：中国言实出版社，
2021.3
ISBN 978-7-5171-3811-2

Ⅰ . ①碑… Ⅱ . ①黄… Ⅲ . ①长篇小说—中国—当代
Ⅳ . ① I247.5

中国版本图书馆 CIP 数据核字（2021）第 031709 号

出 版 人　王昕朋
责任编辑　王战星
责任校对　代青霞

出版发行　中国言实出版社

　　　　地　　址：北京市朝阳区北苑路 180 号加利大厦 5 号楼 105 室
　　　　邮　　编：100101
　　　　编辑部：北京市海淀区花园路 6 号院 B 座 6 层
　　　　邮　　编：100088
　　　　电　　话：64924853（总编室）　64924716（发行部）
　　　　网　　址：www.zgyscbs.cn
　　　　E-mail：zgyscbs@263.net

经　　销　新华书店
印　　刷　北京盛通印刷股份有限公司
版　　次　2021 年 3 月第 1 版　　2021 年 3 月第 1 次印刷
规　　格　710 毫米 ×1000 毫米　1/16　21.75 印张
字　　数　347 千字
定　　价　78.00 元　　ISBN 978-7-5171-3811-2

黄国荣，原解放军文艺出版社副社长兼副总编、专业技术四级，军衔文职二级，技术职称编审。中国作家协会会员。现任中国韬奋基金会副秘书长，国防大学军事文化学院文创系外聘教师、特聘专家。2018年被中国发行协会、中国新华书店协会评为中国改革开放40年图书发行业致敬影响力人物。中短篇小说《山泉》《晚涛》《尴尬人》《履带》《平常岁月》等获期刊优秀作品奖、全军文艺创作优秀作品奖;《兵谣》《乡谣》《碑》获全军文艺创作优秀作品奖长篇小说一等奖;中篇小说《苍天亦老》获中国人民解放军文艺奖;《乡谣》入围第六届茅盾文学奖;长篇小说《极地天使》获《人民文学》2015年特别奖。

目录

第一章

天　事

1

　　摩步团上上下下邱梦山最瞧不起营教导员李松平。邱梦山知道犯上没好果子吃，但他就是瞧不起这个顶头上司，而且把这话告诉了指导员荀水泉。邱梦山瞧不起教导员不是李松平工作能力差，是李松平的老娘受儿媳气，哭着离开部队回了老家，李松平竟没管，邱梦山最鄙视娶了老婆不要老娘这种人。

　　十几天前，邱梦山跟岳天岚老师步入洞房，他惊讶自己跟岳天岚一做夫妻竟也把老娘给忘了！结婚后才知道老婆的好，那美、那快乐、那舒服，娘不可比。但他还是瞧不起李松平，老婆好归好，怎么能忘了老娘呢！

　　中午，邱梦山和岳天岚快活后，两个毫无羞涩地精赤着身子摊手摊脚仰在床上幸福地喘着，相望着笑。岳天岚侧身伸手摸起床头柜上的手表扫了一眼，转身温柔地央求，我走吧。邱梦山没动，一身疙瘩肉在热汗中淬了火上了油一般放着光，他眯起眼狡黠地说，再待会儿，我还要来一次。岳天岚脸上浮出一层无奈，她只好找托辞，下午学校要开会呢。邱梦山有点赖皮地否定，又不用你做报告。岳天岚努力找借口，我得布置暑假作业。邱梦山侧过身来，伸手揽住岳天岚身子哄，一会儿我骑车送你，保证开会前把你交给学校。岳天岚拿食

1

指抠弄着邱梦山胸脯上那块紫色胎记，胎记有半截拇指那么大，形状像只虎，暗紫色，记中长了一些茸毛。岳天岚拿手指一边拨弄着胎记里那些茸毛，一边心疼地劝他，日子长着呢。邱梦山不想放弃，只剩十六天了……

嘭！嘭！嘭！砸门声把两人吓一跳，两人默不作声，不约而同拿眼睛和耳朵伸向门口。

岳天岚！部队加急电报！

斗室里刮起一阵旋风。邱梦山十分不情愿地来到门口，把门拉开一道缝，探头给邮递员送去一脸不高兴，仿佛是邮递员故意捣乱。邮递员不认得邱梦山，邱梦山什么表情与他无关，他拿电报当即朝邱梦山扬了扬，邱梦山被钓出门外。邱梦山在邮递员那里签字接下电报，打开一看，"迅速归队"。四个字像四把锥子戳他的眼睛，他的脑袋本能地往后仰躲，脑子里呼地蹿出一串问号。

邮递员离开的脚步声把邱梦山从一堆问号里拉出来，他转身回了屋。岳天岚躲在蚊帐背后探头问什么事，邱梦山推门上锁，把电报扔桌上，三步来到岳天岚跟前，重又把她抱起放到床上。岳天岚心悬着，问是什么事，邱梦山说做完了再说。岳天岚估计发生了大事，这时候她当然只能迎合邱梦山。邱梦山像捞回亏欠一样疯狂地动作起来，床和蚊帐立即给他们当啦啦队，欢快地歌唱舞蹈起来……

这封电报让蜜月咔嚓中止。荀水泉搞什么搞！蜜月都不让度完，什么破事要拍这种电报！邱梦山一边嘟囔一边拧毛巾擦身子，一肚子牢骚。军令如山，别说新婚蜜月，死了娘老子都不行。岳天岚拿过旅行包帮邱梦山整理衣服，电报是个谜，弄得岳天岚心里有点乱。会是什么事呢？邱梦山说或许连里出了大事，鸡毛蒜皮谅荀水泉不会拍这种加急电报，要不就有紧急任务。岳天岚异想天开地胡猜，她想到了打仗。邱梦山笑她天真，他倒是真想上一回战场，可他们战区的任务是驻守海防为津京看大门，跟谁打？

岳天岚小鸟依人般恋恋不舍，作为丈夫邱梦山有了一份责任，很过意不去地软下声跟她话别，他没时间去跟岳父岳母告别，让她跟爸妈好好解释。爹娘那里，他到部队后再给他们写信。他直接去汽车站，赶晚上那趟火车，不能送她去学校，她也不必去送他。岳天岚昂起头，说她一定要去送他上火车。声音不大，脸上那表情却坚决得像把锁。邱梦山新鲜地看着岳天岚，发现她杏眼里有东西在里面一动一动闪亮，那闪亮的东西真厉害，邱梦山一遭见，心里像钻进一条毛毛虫，那毛毛虫专挠他的心尖尖肉，挠得他心里好酸，酸得他浑身疙瘩肉都松软。他急忙把话收住，再要说什么那闪亮东西准噗噜噜滚出来。火车站在邻县，要乘两个钟头汽车。大热天，邱梦山不想让岳天岚再受累，晚上九点才上火车，深更半夜，再让她一个人孤单单往回返他不放心。邱梦山只好放低声劝她，不方便，别去了，也没跟学校请假。岳天岚主意已定，让他拿自行车带她先去学校，请完假再上汽车站。

邱梦山像重新认识岳天岚似的看着她，其实他们相互间真还很陌生，三年恋爱除了见过两次面，再就是一百二十二封信，再没其他交往了。岳天岚的小嘴噘着，眼里的晶亮又在邱梦山心里挠了一下，挠得他好酸好酸，他只好拉起岳天岚的小手，两人一起出了门。邱梦山蹬车驮着岳天岚，嗖嗖嗖先到县中请了假；再嗖嗖嗖到百货商场，买了十斤奶糖、两条烟；然后嗖嗖嗖到了汽车站。

2

邱梦山和岳天岚坐长途汽车赶到火车站时背心都湿了，离开车时间不到半个小时了。邱梦山站门口往里看，售票室里密密麻麻挤着一片后脑勺。

售票室里涌出的热浪，气味比厕所里空气好不到哪去。邱梦山拉岳天岚避开门口，让她在外面看着行李。有军令在身，邱梦山没法学雷锋了，他侧起肩膀，拿出军人真功夫，一气攻到窗口。邱梦山先递上加急电报，再送上军人通行证。

邱梦山冒着汗回到岳天岚身边，遗憾地告诉她只弄到一张硬座。岳天岚却很庆幸，还是军人好，换了老百姓肯定买不上票。邱梦山买了张站台票，什么也顾不得了，提起旅行包，拉起岳天岚，救火样进站上车。

岳天岚让邱梦山一到部队就给她写信，告诉她是什么情况，免得她挂心。邱梦山让岳天岚一放假就到部队去休假。岳天岚担心连队里没地方住，邱梦山告诉她连里有小招待所。

两个人正情意绵绵难舍难分，岳天岚突然尖叫起来。邱梦山这才发现站台上人在往后移，火车已经开动。邱梦山拉起岳天岚的手拼命往车门口挤，乘务员恰锁好车门刚拔出钥匙。

下一站是益州，一百多公里。下车后也不知有没有火车往这边来，即使有车也不知是几点，回到这里也没汽车了，上哪去找旅馆住？岳天岚急得双手抓着邱梦山跟孩子一样跺脚，怨他只顾说话不顾车。邱梦山一点没着急，他当机立断，让她干脆提前休假一起去部队！岳天岚说不服自己，学校还没放假，她也没请假，自行车还在县汽车站，也没带换洗衣服，送丈夫下不了火车，学校同事知道了会落下话把。这些在邱梦山这里全是鸡毛蒜皮，核心问题是不能把老婆一个人丢在半道上不管！岳天岚还是犹豫。邱梦山让她放心，一下火车他就先给学校打电报请假，跟学校说她一个人到部队休假路上不方便，他临时有紧急任务要回部队，决定提前几天一起同行。然后再给岳天岚弟弟打电报，让他去汽车站把自行车扛回家，换洗衣服立即找商店买，邱梦山三下五除二把问题全解决了。岳天岚也不再反对。

3

邱梦山一走下火车就闻到了火药味。

这趟车下来了不少军人，一个个行色匆匆，下车就相互打听情况。邱梦山本能地反应部队有紧急军事行动，但他没像他们那样一惊一乍，回到连队全见分晓。邱梦山和岳天岚先奔车站邮局给学校拍电报补假，再乘公共汽车去了百货大楼，给岳天岚买了换洗衣服，再找餐馆吃饭，然后踏踏实实奔汽车站乘公共汽车回部队。

部队大院里人来人往，脚步匆匆，却又看不出在忙什么。邱梦山没急于去了解任务，先得安顿岳天岚。一踏进军营邱梦山便成了连长，走路两脚生风，岳天岚小跑才跟得上，她也没空再提疑问。

连队招待所小院在这大院尽头的西北角，小院里四间房都空着，除了风声和虫鸣鸟叫，这里没一点人气儿。邱梦山疑惑着把旅行包放到第二间屋门口，他让岳天岚在门口等一会儿，他去拿钥匙。陌生让岳天岚胆儿变小，她拽着邱梦山的胳膊要跟他一起去连队。邱梦山自然不能带她去连队，他只能哄她，军营里一窝子兵，女人在兵们面前太显眼，营区绝对安全。岳天岚只得央求他快去快回。

荀水泉闻声拍着巴掌迎出门来，邱梦山问他是什么紧急任务，荀水泉做了个端枪动作，说赴边疆参战。咣当！这话几乎把邱梦山砸晕，他傻在那里一时不知说什么好。他估计到了演习，估计到了救灾，估计到了抢险，估计到了出大事故，千估计万估计，没估计到上战场。岳天岚反猜到了，他还笑她天真。邱梦山在心里跟自己别扭起来，作为军事干部，判断失误不是一般错误，是失败。要是在战场上判断失误，必打败仗。一时间，邱梦山惭愧得心里发慌，慌得手都不住地战栗，他从来没有过这种感受。他想到自己整天研究《孙子兵法》，还总在连队军事课上显摆，强调军人军事才能集中表现在判断上，司马懿中诸葛亮空城计、马谡失街亭、关云长败走麦城，都是判断失误所致。结果自己对这种重大军事行动居然判断错了。他不甘心，竭力为自己辩护，跟荀水泉说，上级这个决定，太不合逻辑！边境在数千里之外，大仗早打过了，剩下收复零星失地这么点小仗，竟要调动咱们J军，这不是杀鸡用牛刀嘛！

邱梦山这牢骚让荀水泉惊骇，怎么可以说出这种消极话呢？军令如山，人家占着咱领土，还在残杀咱边民，一连之长怎么能抱这种情绪呢？他荀水泉要是动歪心思把这些话捅上去，你邱梦山吃不了得兜着走。尽管荀水泉跟邱梦山并不那么哥们，但他们毕竟是同乡，一个车皮拉到部队，又同年考入陆军学院，再一同回到摩步团，三调两弄两个凑到一连成了搭档，荀水泉比邱梦山大一岁，说起来是哥，他没那么坏。再说现在要一起上战场了，就要一道去同生死共命运，他不能这么做。荀水泉比邱梦山多参加了几次会，知道的比邱梦山多，他当即警告他，让他别再信口乱说，这是总部决策。国家国家，国和家一个道理。你想安居乐业，可他一天到晚在你门口叫骂，今天砸你窗户，明天往你屋里扔黑石头，你能不管？我国正在改革开放搞经济建设，没有安定环境，改革建设怎么搞？既然他们已经以我们为敌，那就打吧！谁怕谁啊？部队多年没打仗了，让各部队上战场淬淬火，哪去找这种练兵机会。荀水泉虚张声势地指着嘴上两个大水泡让邱梦山看，说这两天他已经急得鸡头乱旋，他能按时归队，他心里就踏实了，得赶紧商量战前训练誓师大会，再拖要挨批了。

邱梦山没把荀水泉这些话听进去，别扭仍悬在心头，这个弯拐得急了，也太大了点，差不多把他甩出轨道，他那心思一时没法收回来，他有口无心地应付着，说再急也得容他先把老婆安顿下来啊。荀水泉又惊得嘴张成了城门，怎么把老婆带来了呢？荀水泉明明在埋怨邱梦山。邱梦山心里本来就别扭着，荀水泉这话更是火上浇油。他反问，老婆不能来吗？老子蜜月才度了一半！荀水泉没法顾及老乡面子，他说，干部战士一律停止探亲休假了！临时来队家属也都动员回了家，你这时候把老婆带来不是反其道而行之吗？邱梦山那脸一下拉成驴脸，谁也没通知我不准带老婆来部队！怎么着，现在就打票让她回去？

荀水泉毕竟是指导员，事情的轻重缓急他明白，上战场是压倒一切的头等大事，岳天岚来队是小事，他们之间不能为这小事顶牛。他随即换了口气，先不说这事，不知不为过，人既然来了，赶快去安顿。他特别嘱咐，参战这事对外还没公开，千万不要告诉老婆。安顿好了赶紧回来商量誓师大会，下午一定得搞，不能再拖。

通信员唐河扛着被褥蚊帐在前，邱梦山提着两暖瓶开水在后，一路上他心里仍别扭着。当兵当到连长，他从来没这么别扭过。这么个边界小仗，居然要调北方部队去南方作战，他怎么也不理解。蜜月才一半，好不容易把老婆拽来部队，屁股还没搁到板凳上就要让她回去，这话怎么说出口！邱梦山没法把自己这别扭表现给岳天岚看，进屋就跟唐河把两张单人床拼成一张双人床，借口荀指导员有急事等他商量，让岳天岚跟唐河慢慢整理，没等岳天岚回应，他拔腿离开招待所回了连部。

李松平电话追到一连，查问邱梦山归队没有。荀水泉赶紧报告连长已经归队，李松平要邱梦山接电话，荀水泉没法隐瞒，如实告诉教导员连长把老婆带来了。李松平发了火，都要上前线了，还新婚蜜月！脑子里有没有政治？让她明天就走！荀水泉没法给邱梦山顶这雷，只能和稀泥，领导这头不能抗，先点头应下再说。荀水泉刚放下电话，邱梦山进了屋。

搞什么搞啊！邱梦山进屋接着牢骚。自从邱梦山知道荀水泉把他瞧不起教导员这事捅给李松平之后，邱梦山就不断在荀水泉面前发牢骚，你不是爱打小报告嘛！那我就给你丰富素材。荀水泉自认自己这事做得不够老乡，为跟领导密切关系，一时没管住自己的嘴，后悔也收不回说出去的话。邱梦山开始并没在意这事，敢说就得敢当。再说和平时期，在上级领导面前给竞争对手上点眼药，家常便饭。问题在李松平，他竟因此对邱梦山另眼看待，小鞋虽还没找着机会给邱梦山穿，但对邱梦山时刻都在鸡蛋里挑骨头，凡事只跟他公事公办，这样邱梦山跟荀水泉两个怎么能尿到一个壶里？

荀水泉还是很念老乡情，他也就是想跟教导员拉点近乎，并没想要害邱梦山。两个心知肚明之后，荀水泉在邱梦山面前就再硬不起来，眼下这事他夹在李松平和邱梦山中间好为难。现在是非常时期，发不得牢骚。荀水泉赶紧软着口气劝他，这种牢骚千万别在兵们面前乱发。说实话，岳天岚来得不是时候，领导绝对不会满意，再要牢骚就真成了问题。荀水泉这话又戗着了邱梦山心里那别扭,他估计苟水泉又把这事捅教导员那儿去了。他盯着苟水泉问,你汇报了?苟水泉坦白是教导员追来电话查问。邱梦山问,教导员损我了是吧?苟水泉摇头说,只是提醒要注意影响,干部战士都停止休假了。苟水泉怕事情闹僵没说实话,可他越这么说,邱梦山越肯定教导员在背后算计了他。邱梦山呼地拉椅子坐下,气哼哼地说,你以为我想带她来啊,是她送我上车,火车开动没能下了车!苟水泉借机放声大笑,夸张地缓和气氛,肯定是你小子搂着人家难舍难分耽误了下车是不是?邱梦山没不好意思,继续牢骚道,她招谁惹谁了,做新娘子连蜜月都度不成,领导要这么算计部下,我现在就请假送她去火车站,今晚就打票让她回家!她要想不开,骂就骂,吵就吵,大不了离婚算球!邱梦山这么说反将了苟水泉一军,他知道邱梦山这牛脾气,力可以出,汗可以流,委屈不能受。他急忙假装生气地说,不就这么一说嘛!上前线这事对外还没公开,岳天岚刚到,立即让她走,你怎么跟她说呀?邱梦山本来就没想好主意,苟水泉这么说,他借机就坡下驴。你是指导员,这事归你管,让她哪天走你定,我不管了。

邱梦山扔给苟水泉个烫手烤地瓜,接不得扔不得,眼下誓师大会是燃眉之急,他只好把岳天岚这事搁一边,先商量大事。他说军、师、团、营党委会都开过了,战前动员全面铺开,一个月临战训练,一个月之后开拔前线,誓师大会其他连队昨天就搞了,单等邱梦山回来,他想下午务必把它搞了。邱梦山压下心事,拿出本子,把混乱思绪暂先裹起放到一边,认起真来听苟水泉介绍情况,苟水泉却停了话。

邱梦山问他怎么不说了,苟水泉说主要精神就这些,细说得一天,誓师大会教导员已经催了三遍。邱梦山很不满意,平日说事婆婆妈妈没完没了,动真刀真枪,反倒三言两语。苟水泉解释,形势啊、意义啊、思想转弯啊、现实问题啊、要求啊,那都是誓师大会动员内容,现在就不浪费时间了。邱梦山问干部战士都回来没有,苟水泉说,只差你那宝贝弟弟一个了。

石井生长得像邱梦山一点不假,两个人不光个头相当,脸面、嘴、鼻子、眼睛哪都像,说他们双胞胎没有人不信。邱梦山当兵早,石井生当兵晚,别看一个是连长,一个才是班长,其实邱梦山只大石井生三岁,团长都把他们俩给搞混过。去年搞连战术考核验收,说好下午一点半开始。团长带着参谋长、作训股长准时赶到战术训练场,结果除了一个哨兵,阵地上再不见一人。团长火了,走过去责问哨兵。来到跟前,见是邱梦山头戴钢盔背支冲锋枪在站岗。团长真来了气，问他搞什么名堂？想拿考核验收开玩笑？哨兵立即向团长敬礼报告，说我不是邱连长，是三班长石井生。团长定睛看，才发觉眼前这人穿着士兵服，这才问，你跟连长是双胞胎？他人呢？石井生说，报告团长，连长率全连已经在等待团长验收。团长抬眼望，山野一片寂静，突然一声哨音骤响，全连各班从山野沟谷各处平地冒出跃起列队，邱梦山向团长报告，第一个课目伪装隐蔽完成。团长笑了，说你小子跟我打这埋伏。从此全连都说石井生是连长弟弟。邱梦山瞅着也觉得很有意思。石井生是孤儿，没爹没娘，也没兄弟姐妹，他们还是同乡。邱梦山说正好没弟弟，白捡个也不错。

邱梦山问石井生上哪了？苟水泉对石井生一直有看法，说邱梦山头天走，第二天村里来了电报，说他爷爷去世了。邱梦山皱了眉头，问拍没拍电报催。苟水泉借机埋怨，电报同一天统一拍了，就他没回，平时惯坏了，关键时刻瞪不起眼来，这类人是下一步思想工作重点对象。邱梦山明白苟水泉是说话给他听，他没计较，问誓师大会想怎么搞，苟水泉说誓师大会主要是造声势鼓士气，能把气氛搞上去就行。他先传达上级命令，然后做思想动员，接着由一班长倪培林代表一班向各班发起挑战，各班再应战表决心，挑战应把气氛扬上去后由邱梦山布置战前训练任务，最后集体宣誓。苟水泉说得胸有成竹。

邱梦山说不清为什么对苟水泉的这个计划打心里反感，以往不管苟水泉搞什么教育他从来不管，苟水泉爱怎么搞就怎么搞。今天他认真听了，听完之后感觉还是那一套，他一时又不知怎么搞才好。他没吭声，站起来倒了杯水，喝了一口，又坐了下来，端着杯子愣神。苟水泉急了，说行不行你说句话，教导员等着回话，不敢再拖了。邱梦山没管苟水泉着急，他只顾喝水，又不像渴，倒像在品茶。苟水泉发觉邱梦山结婚结变了样，过去他干什么都快刀斩乱麻，要上战场了他反蔫了，估计还在为老婆这事闹别扭，于是苟水泉大包大揽，说一切都他来办，邱梦山只要布置战前训练任务就行。邱梦山没睬他，他不慌不忙地放下杯子，竟把苟水泉这方案给否了。

苟水泉觉得邱梦山情绪闹大了，他真诚地劝邱梦山可别在这时候闹情绪，要注意影响。打仗这事，谁敢消极？这是政治，千万别拧着来。誓师大会已经落了后，官兵们思想已经波动起来，如果再不及时收拢，人心不知会散成什么样，等心散了再搞，麻烦就大了。这会要是再拖，不消极也是消极！邱梦山不高兴了。谁消极啦？我认为这么搞不行就是消极吗？苟水泉真急了，我这么搞不行？那怎么搞行你说啊？邱梦山站起来一本正经地说，你没打过仗，我也没打过仗，但我知道打仗不是流血就是掉脑袋，嘴上说出花来不顶屁用，要来真家伙，不能再搞虚头巴脑这种事，这个时候再糊弄人，等于拿性命开玩笑。荀水泉急了眼，我虚头巴脑，你真干实干，那你说啊！邱梦山说，我还没想好。荀水泉说，今儿下午一定得搞，咱要再拖到明天，搞得天好，也得挨批。邱梦山扔下小本儿说，下午搞可以，怎么搞，我再想想，一个小时后，我告诉你。

4

小屋里静得像囚室，静得让岳天岚无聊。她似乎被撇到了天涯，锁在了海角。一间十几平方米斗室，除一张拼床、一张三屉桌、两把椅子，屋里再没有任何东西。活儿都让唐河给干了，岳天岚一个人在小屋里无事可做，没电视，也没收音机，连张报纸都没有，她只能面对白墙犯傻。

岳天岚没事找事，想给学校领导写封信，可没笔也没纸，信也写不成。想到连里找邱梦山，又怕邱梦山不高兴，他说过不要随便去营房。岳天岚头一次感到无聊会让人这么难受。

岳天岚只能盼邱梦山早点回来，越无聊，越急，时间过得越慢，她一分一秒挨到十一点钟，邱梦山仍没回来，岳天岚积了一肚子气。他回家那些天，她顿顿变着花样给他做饭，他爱吃什么就做什么，上班天天大中午顶着烈日从学校赶回家陪他亲热。她到这里，竟这么晾她。紧急训练任务，再紧急饭总得吃啊？岳天岚不光气，突然尿急起来，她不知道厕所在哪儿，也不知道军营里有没有女厕所，她快憋不住了。

岳天岚在院里转一圈，没发现厕所，走出小院，大院里都是一排排营房，她只好回到屋里，想用洗脸盆解决。岳天岚正要插门，唐河在院子里叫嫂子，岳天岚羞得满脸通红。

唐河送来了两个馒头，一份醋熘白菜和一份韭菜炒鸡蛋。岳天岚不解地问唐河，他呢？唐河说，连长不回来吃了，下午要搞誓师大会，需要什么跟我说。岳天岚没法再不好意思，再不好意思要闹洋相，她很不好意思地问唐河军营里有没有女厕所。唐河非常抱歉，倒像全是他的责任，他抱歉地解释，这里没有专用女厕所，小院后面有个小厕所，不分男女，可以插门。饭菜要凉了，让她快吃饭。岳天岚不住地点头，让唐河也快去吃饭。岳天岚目送唐河走出小院门，捂着小肚子冲出小屋，跑向小院后面……

　　岳天岚解决了尿急之后，乏味地啃着馒头。小屋门突然咚地被推开，岳天岚吓一跳，扭头看是邱梦山。岳天岚还没来得及把怨气酝酿出来，人已经被邱梦山抱在了怀里。岳天岚嘴里还嚼着馒头，呜噜呜噜说她还没吃完饭。邱梦山急三火四，一边抱岳天岚上床一边说，待会儿再吃，下午要开誓师大会……岳天岚笑着说，你这是偷袭。邱梦山说，这叫忙里偷闲见缝插针，速战速决……

<h2 style="text-align:center">5</h2>

　　中午，兵们午睡正酣，唐河把哨子吹得尖厉刺耳，一长两短，长尖短促。新兵怕号，老兵怕哨。军号动静虽大，但那是正常作息信号；哨子声音虽小，却是临时信号，临时信号多半是因有意外紧急情况。哨音一响，一班长倪培林和老兵徐贵平腾地弹起，新兵彭谢阳傻头傻脑还躺那里眯着眼悄声问徐贵平，正睡午觉吹哨做什么？徐贵平看彭谢阳那傻样，一边麻溜穿戴一边捎带幽了他一默，说是不是吵醒你了？没什么大事，连里搞紧急集合，你要是想参加就起来，要是不想参加就继续睡吧。彭谢阳一听紧急集合，一声惊叫，他胶鞋洗了还没干，穿个裤衩就往屋外跑。倪培林一嗓子把他吼住，让他先打背包，出去再穿鞋。彭谢阳只好乖乖地回来捆背包。老兵们已经千锤百炼，战斗动作熟练有序，穿衣、叠被、打背包、水壶、挎包、腰带，一件件按序飞快上身。新兵们乱了套，有人找不着背包带，有人找不着袜子，有人打了背包忘了备用鞋，有人背了水壶挎包丢下帽子，有人不停地问老兵，不断地挨老兵训……

　　石井生背着旅行包悠悠荡荡、郎里郎当走进连队操场，耳朵也遭遇了尖厉哨声。一听那哨声他就知道是唐河这小子在显能，哨声短促、尖厉、刺耳，别人吹不出那动静。石井生条件反射般加快步伐。拐过墙角，他发现连长和指导员全副武装，背着背包，兵马俑一般塑在宿舍门前。石井生不由自主地加快脚步。连长！指导员！我回来了！搞什么呢？石井生一边招呼一边习惯性地把手伸进裤袋里掏烟。

　　紧急集合！邱梦山这声吼砸着了石井生那只手，手伸进了裤袋但没能掏出烟来，他看连长指导员那神态，啥也没说，收紧腿肌，嗖地冲进一排宿舍。

　　一班长倪培林头一个冲出宿舍门，邱梦山和荀水泉同时把目光一起投向倪培林，这小子干什么都精明，背包打得紧，形也好看，背包带三短压两长，备用鞋鞋头鞋跟颠倒对置——规范；水壶挎包腰带军帽，着装整齐，东西齐全。荀水泉眼睛里全是赞许。

邱梦山对倪培林发话：军械库领武器！倪培林感到意外，武器与兵一直分离着锁在军械库，紧急集合怎么要带武器？他心里犹豫着奔向军械库。

邱梦山不停地看表，一班集合全连第一，时间短，着装齐，装备全。石井生刚回来，但三班没落最后，全连第三，保持了编制序列位置。三班背包整体没一班好看，但比一班符合实战，三班备用鞋全都是胶鞋，一班备用鞋有人是布鞋，穿布鞋怎么上战场。邱梦山发现了这个差别，看到了其中距离。荀水泉也用眼睛检查着兵们的着装，但他却没觉察到这种差距。

有几个新兵把背包捆成一卷烂白菜，最后一个人出宿舍已经十三分钟，等领完武器，全连集合用了十九分半钟。邱梦山眼睛在冒火，呼吸一声比一声粗，但他什么也没说，一声吼，带着部队跑步上靶场。

除了邱梦山、荀水泉和唐河三个，全连官兵都蒙在鼓里。勤务排虽按邱梦山命令，事先悄悄将全身靶、半身靶、子弹和六百颗手榴弹运到了靶场，但也不知道要干什么。

队伍齐刷刷在靶场站定，邱梦山站到队前，他没有开口训话，却拿眼睛扫描全连官兵。邱梦山发现，这一百二十多双眼睛里，有兴奋，有沮丧，有坚定，有疑虑，有勇猛，有胆怯，有单纯，有复杂。他已用不着再看他们下面那两条腿，从他们眼神里他已经发觉有几个新兵两腿在止不住地颤抖，尤其是一班那个彭谢阳。他突然一声立正，全连一百二十多号人千种万样意念迅即咔嚓停顿，一百二十多种不同体态唰地统一在立正这个规定姿态之中，一百二十多种纷乱心情、一百二十多个不同愿望也全都统一到这声命令之中，整体行动驱走了个人意念。英雄主义有一种整体惯性，一切跟它不一致、不协调的行为，都将被强制地统一为整体行为。

放背包！邱梦山接着又下达了第二个口令，每个人身上的背包都唰地落到身后，不论背包是正是歪，身体一律保持立正姿势面对着邱梦山。稍息！邱梦山下了第三个口令。人稍息了，身体重心移到一条腿上，另一条腿又出稍事休息，但上身依旧保持立正姿势。邱梦山向队前迈了一步开了腔：

我们即将开赴前线作战。这是国家大事！民族大事！是军队头等大事！我在这里不想强调崇高品质，也不想强调英雄主义，我只要大家明白一个简单道理。

人民子弟兵是人民养，人民子弟兵归人民用，常言道，养兵千日，用兵一时。今天人民要用咱们了！你愿意也好，不愿意也罢，穿上这身军装，你就得听号令，你要是不听号令，那就触犯军法，就得按军法从事！

邱梦山这些话把官兵们后脑勺里那根弦一轱辘一轱辘地在拧紧，那一个个脑袋一点一点昂了起来，脊梁也一点一点挺直，大腿肌和小腿肌同时一点一点绷紧。

我不管你平时唱什么调，是骡子是马，今天拉出来遛遛。现在，咱面前还没有敌人，我要你自己考考自己，看看自己拉屎橛子还是拉稀汤。三个项目，二百米运动中射击，一百米障碍，手榴弹实弹投掷。勤杂排保障，一排射击，二排障碍，三排投弹，然后按序交换。各排按项目带开！

三个排长分别出列带上队伍各自跑向射击场、障碍场、投弹场。任务把兵们脑子里的空隙填满，繁杂心绪被暂且驱赶，一个个心思都集中到眼前任务之中，三支队伍步伐显得十分整齐，脚步也踏得非常扎实。邱梦山跟着一排去了射击场，荀水泉跟二排去了障碍场，副连长跟三排去了投弹场。

一声哨响，一班十二名士兵猫腰扑向各自靶位，卧姿装子弹。邱梦山发现彭谢阳和另一名新兵装子弹像杀鸡，手忙脚乱，两手不住地哆嗦，子弹没能一下压进弹仓，有子弹掉到地上。没等他们两个装好子弹，十个全身靶瞬即竖起，倪培林和几个老兵眼到枪响。彭谢阳和那名新兵只放了一枪，靶子倒下了，失去了射击机会。倪培林指挥兵们猫腰前进，半身靶出现，战士们再次跪姿射击。

一排一开火，三排手榴弹也轰轰炸响，障碍场上更是生龙活虎，火药味让靶场换了另一副模样。

事情总这么怪，越急越出事，急哪儿哪儿出毛病。从吹响哨子到进入靶场，十几个班长数一班长倪培林最上心最着急，结果彭谢阳和另一名新兵第一轮轻武器射击就各剩下两发子弹，等于没完成作业，成绩可想而知。倪培林带着一班撤回出发地，两眼瞪得恨不能把他们两个一人一口咬了。接着是三班射击，石井生发现班里几个新兵紧张得手脚在筛糠，他扭头悄悄地跟身边老兵张南虎说了句话，张南虎再扭头把话传给身旁的新兵马增明，马增明再传给另一个老兵，这话依次挨着队伍传过去，一个个兵们绷紧的手脚悄悄地放松下来。邱梦山不露声色地走了过去，他终于听清了石井生那句话。怕什么？平时怎么练就怎么打！谁要打瞎了我跟他没完！三班兵们射击动作都很到位。

打完靶，邱梦山随着一排上了障碍场。全副武装过障碍，一班又有三个新兵拿出吃奶的力气也没能翻过断墙，彭谢阳急得想哭。倪培林一着急，过独木桥自己也掉沟里了。邱梦山只看不发话。三班也有两名新兵过断墙时动作很难看，但好赖全都翻过去了。

邱梦山随一排又去了投弹场……

6

岳天岚睡着了，睡得跟婴儿一样天真无邪。这些日子觉缺得已经无法计算，坐了一夜火车，中午又让邱梦山偷袭，短促突击折腾了一番，浑身软塌塌发懒，一躺下来就睡死了。

中午两个人折腾完，岳天岚想到要信纸和信封，还要邱梦山抽半天空，陪她进城置办点锅碗瓢盆，买些油盐酱醋，她要开火做饭给邱梦山改善生活，让小日子过得有滋有味。邱梦山这边正琢磨着找借口动员她离开部队，她这边却想踏踏实实扎下来过日子，两下里思路分了岔。邱梦山更不便提走这事，但也不能让她有长住的打算。他就先搪塞说，信纸信封我让小唐拿来，生活上就别麻烦了，反正住不长，在连里打点吃算了。邱梦山怕岳天岚缠磨，担心一不小心露了底，扔下这几句话，逃似的蹿出门。

吃完东西，岳天岚先给学校领导写信，接着再给爸妈写。写完信岳天岚又无事可做，她忘了让邱梦山找点书来看。她把三屉桌抽屉都拉出来擦干净，把换洗衣服放进抽屉里。放好衣服，她拿过邱梦山带来的那只袋子，把袋子里那些东西也放到抽屉里。袋子里有本书，岳天岚如获珍宝一样拿起来看，是《孙子兵法》。书已经翻旧了，不知他反复研读了多少遍，上面做满了注解，字有好几种颜色。实在没事可做，她就躺到床上看《孙子兵法》。

"兵者，国之大事，死生之地，存亡之道，不可不察也。"

邱梦山在一旁批注：兵者，不是单指军人，而是指军事；军事不只是军人大事，而是国家大事，天下大事；它对军人来说，是生死对抗较量之所在；对国家、对民族来说，里面包含着生存与灭亡之道理、规律；不能不重视研究……

看这种兵书味同嚼蜡，字一个一个从岳天岚眼睛里进，接着一个一个从耳朵里溜走，读了也等于没读，她一点都进入不了兵法的内容，更别说理解和体会了，看着看着两眼皮友好地拥抱着黏到了一起，好得再也没法分离。这一觉她睡了三个小时，睡得天昏地暗。她梦见自己迷了路，来到了一个陌生村庄，走进一幢奇异房子，她推开屋子大门，里面一片漆黑，她吓醒了。

岳天岚一骨碌爬起来，看着这间陌生小屋，一时不知身处何地，她急忙下了床，拉开门，这才明白她来到了部队。他人呢？怎么没回来？到团里开会去了？她想起来了，他中午回来了，下午要去靶场。唐河说他们军一个月后要去执行重大训练任务。什么重大训练任务呢？岳天岚好奇起来，别看她是女人，而且长得文静，但自小对军人、对战争特好奇，看电影也特爱看战争片，英雄和悲壮在她心目中特神圣，也许这就是她嫁军人的缘由。她自小就崇拜英雄。

岳天岚在小屋里无聊得难受，她带着好奇走出小屋，走进这神秘大院。这一排红墙红瓦平房，隔成了四个小院。四个小院里都很静，不见一个人影，连人声都没有，房子都空着。前面一排也是平房，也很静，不像有人住。她顺着两排房子间的通道往大院中间探索，房子尽头横出一条大路，水泥路面又宽又长，路两边也是一排排清一色红墙红瓦平房。她发现这个院子大得很，院子深处不断传来一阵一阵声浪，那声浪像潮声，一波一波，忽近忽远，忽高忽低，听不清内容。

岳天岚扭头往左看，水泥路尽头是大铁门和岗亭，有哨兵头戴钢盔荷枪挺立在哨位上；往右看，水泥路长得看不到尽头，中间似有好几条横道交会，不断有兵过往。周围全是陌生，岳天岚不敢再往大院深处走，依旧回到小屋，重新拿起那本《孙子兵法》。

7

三项考核把摩步一连官兵逼近了临战状态，当一个个浑身泥汗端正坐到背包上时，真有了誓师氛围。

李松平没看一连三项考核，不知是故意不想看还是确实分不开身，他似乎是卡着钟点赶来的，一连官兵坐到背包上，他正好赶到，他挨着第一排坐到小马扎上。荀水泉手里拿着讲话稿，站在靶场上露天搞誓师大会，他不好意思念讲稿，更想在李松平面前好好表现。

荀水泉分析连队现实思想时，邱梦山开始端详兵们。倪培林头一个撞进邱梦山视线，他不只专注地在听荀水泉动员，还认真地在记。这小子论说论写什么都行，只一个毛病，晕考场。不论什么考试，走进考场，往那里一坐，试卷发下来，铃声一响，脑子竟像电脑遭了病毒，不是死机，就是不接受任何命令。入伍前高考落榜，入伍后推荐考军校还是名落孙山。考学不行，只能凭借实干。他确实能干，个人军事技术样样不差，行政管理井井有条，在荀水泉那里是全连得力骨干。邱梦山不讨厌倪培林，但也不十分信任倪培林。他感觉他有点虚，倪培林像比赛速记一样记录着荀水泉每一句话，这就虚，指导员讲话用不着记这么细。平时事情做到六分，他能说成十分，里面掺了四分水分。他对倪培林坚持用其所长，避其所短。

邱梦山目光一移，石井生跳进视线。石井生跟倪培林总是反其道而行之，他坐在那里你看不出他是在听指导员动员还是在想事，手里倒是也拿着个本捏着支笔，可他一个字都不记。荀水泉对他特有看法，说石井生怎么看怎么不像个兵，十足一水泊梁山人。这也难怪，他娘在井台上生下他，受风寒感染得了病，没喂他几天奶就撇下他走了。事隔五年，他爹上山学大寨打眼放炮劈山造田，中午躺在地上打盹，山上滚下一块石头偏偏就砸在他爹脑壳上，他再没醒来。石井生跟爷爷两个一老一小相依为命，自小没人管束，养成了自由散漫习气。邱梦山去征兵，他爷爷央求邱梦山带他去部队，说要不当兵，这辈子连媳妇都娶不上。

一阵掌声，荀水泉慷慨激昂地结束了讲话，誓师大会转入下一个议程，表决心。荀水泉提高嗓门说，一班是咱们连标兵班，他们要向全连各班发出挑战，下面由一班长倪培林宣读挑战书，大家欢迎。

全连官兵一起鼓掌。倪培林在掌声中精神抖擞地站到队前，他刚要念挑战书，邱梦山站起来挥了挥手。得得得，三项考核，两项不及格，跟谁挑战呢？倪培林当头挨了一棍，又像进了考场，顿时就晕了，他站在那里不知如何是好。荀水泉没想到邱梦山突然插这么一杠子，弄得他也下不了台，教导员在现场，这气氛还怎么造？李松平很不满，但他要保持身份，不好当着官兵面对邱梦山发火，只能把脸拉长。邱梦山没让这场面僵下去，他给倪培林和荀水泉竖了一杆梯子，他说，别挑战了，说点实在话吧。

倪培林聪明就聪明在这里，他先发现指导员很难堪，再发现教导员很生气，还发现全连战友表情冷淡，他心里没了底，嘴里也没了话，要这么收场，他没上战场就先败了一回。倪培林不愿意败，他灵机一动，收起了挑战书，接着邱梦山的批评往下说。他说连长批评得对，今天三项考核，我们一班两项不及格，这反映了我们班的真实现状，说明我们平时训练不扎实，军事技术不过硬。连长说了，现在面前还没有敌人，没敌人威胁就这个样，上了战场准拉稀！古人常说，两军相遇勇者胜。那是冷兵器时代，军人凭意志、力气、武艺就能决定胜负。如今是现代化战争，光靠勇敢远远不够，我们必须练就现代军事技术和过硬杀敌本领。

倪培林把全连官兵情绪煽了起来，荀水泉咧开了嘴，李松平那长脸也慢慢收短，连邱梦山也有些出乎意料。倪培林一看大家被他拿住，他两只脚板踏实了，情绪从脚底往上涌。连长说得好，养兵千日，用兵一时。现在国家和人民需要我们用战争来制止边境骚扰，用武力来保卫国土完整和边疆人民安宁。我们是人民子弟兵，为人民而生，为人民而战，我们要用武力和牺牲来捍卫国威！捍卫军威！但是与敌人作战，不能只凭意志和口号，我们要以大无畏的精神投入临战训练，脚踏实地，不怕苦，不怕累，以临战姿态磨炼意志，苦练杀敌本领，为祖国，为人民立功！一班全体战友！有没有决心？！

有！一班全体战士吼声震天。倪培林这方面特有能耐，他故意把提问拖长音，拖长音同时提高声调，让全班兵们有运气和准备的时间，所以那个"有"字回答得特别洪亮，特别有力。

荀水泉恨不得上去拥抱倪培林，他终于让他调教出来，他赶紧用眼睛向倪培林送去赞许。荀水泉激动地站到队前。好！一班决心表得好，那是他们站得高，想得远，其他班接上。

一家伙站起来三个班长，他们依次上前表了决心。倪培林还见缝插针，带头呼起相应口号。李松平被热烈的气氛感染，不由自主地朝荀水泉点头。班长们争先恐后抢着表了态，最后只剩下三班长石井生没表态，可他坐那里一点没有想要站起来说话那意思。荀水泉点了石井生名，三班长，该你了！石井生没动，懒懒地说，话，都让他们添油加醋说完了，差不多一个意思，我就不说了吧。荀水泉不高兴了，没有态度怎么行呢！快说！

石井生懒懒地站了起来，拍着屁股往前走，站到了队伍前，他扎了扎头皮，不慌不忙地开了口：咱们就要上战场了，说实话，谁能想到这辈子还会撞上这号事，上战场可不是去搞演习，咱一百二十多号人上去，回来绝对不可能还是这个数，即使能回来也可能缺胳膊少腿，打仗总得有人流血牺牲，有人受伤残废，不知道大家怕不怕，我怕。

全连唰地一片沉默。荀水泉皱紧了眉头，他赶紧扭头看教导员，李松平朝他瞪了一眼，目光里夹着火。荀水泉随即再看邱梦山，邱梦山却若无其事地看着石井生，他一点都没注意荀水泉和教导员，只是专注地看着石井生。荀水泉坐不住了，站起来制止。石井生！你怎么这么说话！石井生笑了笑说，指导员，我不想说，你非要我说，我一说话，你却又不高兴了。教导员也在，我这人喜欢说实话，命一辈子只有一条，丢命谁不怕？李松平不在公开场合训人是他一贯作风，他心里早有了想法，但他不说，只是冷冷地看着，他要看荀水泉和邱梦山如何处理。营里那辆吉普车飞速赶到一连誓师大会现场，营里书记跳下车，直接跑到李松平跟前，不知说了什么，李松平立即站了起来，他没管石井生，只跟荀水泉悄悄嘀咕，说营里有急事他得回去，石井生这种思想很典型，要好好组织批判，晚上向他汇报。李松平说完，急匆匆跟书记上车走了。

邱梦山一直注视着石井生，不鼓励也不制止。荀水泉无法容忍地对石井生说，石井生！咱们是军人，假如国家、民族和人民需要我们做出牺牲，我们应该义无反顾！石井生说，我话还没说完呢！谁要说上战场一点都不害怕，那是胡咧咧！不怕受伤，不怕流血，不怕死，那是口号，那是精神，不是内心感受。但是，话说回来，你怕又有什么用呢？人家已经侵占着咱国土，杀害了咱边民，扰得边民没法过日子了，咱扛着枪，这事咱不管让谁管？军人能眼睁睁看着老百姓遭殃不管吗？废话我不想多说，一句话，穿了军装就别怕枪子炮弹，该着你穿枪林，你不穿也得穿；该着你过弹雨，你不过也得过；该着你蹚地雷阵，你不蹚也得蹚！连长说得最实在，你不听号令，就按军法从事！我已经想明白了，这就是命，想躲躲不开，想跑也跑不脱，与其怕，与其躲，还不如用心对待。不是说噩运和机会同在嘛，人生难得一搏。说实话，咱们都是农家子弟，出来当兵谁不是想找个好出路？可考学有名额限制，我是没希望了，在座各位大概百分之九十五也都没希望。但上战场或许有希望，运气不好牺牲了，那是烈士，是英雄，要是命大不牺牲，要是立了功，回来还有机会进军校提干呢！人生有了转折，会有另一番光景。我看还是多琢磨琢磨那个战场是个什么样，这仗到底怎么打。至于上战场是死是活，吹牛没有用，害怕更没有用，全凭你个人造化！一句话，多练点本领不吃亏，咱抓紧这个把月，好好练。不是说平时多流汗，战时少流血嘛！这不是什么口号，是实在话。要想不伤不死，就得多消灭敌人；要想多消灭敌人，就得有真本领；要想有真本领，那就得玩命练！练了本领归个人，说不定能让自己这命值点钱。

石井生说完，全连官兵没人给他鼓掌，但却都会心地笑了。只有邱梦山给他拍了巴掌。没等荀水泉提议，邱梦山站起来走到队前，调门不高，开口却让全连官兵瞪大了眼睛竖起了耳朵。

道理，指导员说了；态度，班长们都表了；口号喊了，丑话实话，也说了。平时怎么着都行，如今是要去玩命了，别他妈跟我耍嘴皮子，别跟我玩虚的，有没有真本事，你自己心里得有数。大家给我手摸着胸脯想一想，就咱们连现在这德行，拉上去能打吗？能打赢吗？

全连官兵都严肃起来。邱梦山在队前又朝前走近了一步。

射击，百分之四十五多不及格；障碍，百分之三十多不及格；投弹，手榴弹倒是都投出去了，也听见响了，可有人只投出不足十五米；集合，羊拉屎哩哩啦啦，最后一人出宿舍用了十三分钟，全连领完武器集合站好队十九分半钟，一个空袭梯次早过去了，真打，我们早他妈都成灰啦！上战场可不是训练，战争也不像电影电视和小说里写的那样充满理想主义色彩，子弹长着眼睛不打你，专打敌人；敌人也是人，他们手里也握着枪操着炮拿着手榴弹，他们不是豆腐，比你凶得多，论战场经验他们也比咱要强，他们这代军人都是在炮火中长大。要照着电视电影小说里写的那样去打仗，你就死定了！

全连官兵让邱梦山说得后脊梁发紧。

从现在起，大家脑子里给我记住一条，上战场，你眼前一草一木都可能是敌人，你不夺他命，他就夺你命。动作，你得比敌人快；打枪，你得比敌人准；战术，你得比敌人灵活；力气，你得比敌人大；出手，你得比敌人狠；智慧，你得比敌人多。要是做不到这些，那你就只能被敌人消灭！

全连官兵都瞪起了眼睛。

毛主席他老人家说过，战争就是保存自己、消灭敌人。只有大量地消灭敌人，才能有效地保存自己。你们说，现在你拿什么来保存自己，拿什么来消灭敌人？战前训练不到一个月了，空话我不想说，你想消灭敌人，想活命，那你就好好练；想送命，想去见阎王爷，那就随你便！集合回营房！

8

荀水泉发现邱梦山跟兵们一起站队进饭堂，很过意不去。他追上悄悄拉拉他衣角说，你跟我赌气啊！天岚在那小屋里囚一天了，你快回去跟她一起吃吧。下午誓师大会，邱梦山和石井生两次让荀水泉急得出汗，没想到最后效果这么好，他打心里开始服邱梦山，过去只觉得他很有军事干部特点，做事喊里喀喳干脆利落，下午才发觉他遇大事能沉住气，做事情特有章法，而且压得住阵，他是兵们的主心骨。打仗指挥员必须是官兵的主心骨，否则镇不住阵，指挥员要镇不住阵，指挥就会失灵，这家伙或许是打仗的材料。邱梦山没好气地说，少来片儿汤，我倒是真想回她那里呢，你不怕我涣散军心？荀水泉搞不清他是说气话给他听，还是发牢骚。邱梦山一边进饭堂一边说，我告诉你，真实反应今晚上才开始呢，吃了晚饭，立即开排以上干部会，统一思想，分工定任务。荀水泉扭头看邱梦山，感觉邱梦山心比他还细，料事比他准，预见性比他超前。要在平时，他会不舒服，但现在要去玩命了，他不能不服邱梦山。

干部会上，司务长说，晚上馒头平均每人少吃了一个。三排长葛家兴说，兵们几乎都在写信，也不知道他们写了什么。一排长说，有两个新兵躲储藏室里插着门，不知在商量什么。二排长说，几个老兵在一起闷头抽烟，后悔没早点回家找个对象。

荀水泉强调，写家信不得泄露军事行动，就说参加军事演习，可能一时不能跟家里写信。各排开党小组会，发挥党员骨干模范作用，特别要警惕石井生那些丑话实话产生的负面影响，注意思想动向，一旦发现问题，及时报告。邱梦山只强调抓思想，骨干要定人包干，加强干部查铺查哨，不要怕战士说心里话，就怕战士心里有话不说。干部要以身作则，给战士做榜样，要及时掌握每个战士的真实心态。

开完干部会，荀水泉推邱梦山回招待所。邱梦山没跟他唱高调，也没理他，他转身去了一排。邱梦山走进一排宿舍，石井生正在给大家分花生和地瓜枣。邱梦山这才想起他那里还有十斤糖和两条烟，让人去叫唐河取糖和烟。战士们一听有喜糖和喜烟，都拍手叫好。

邱梦山叫石井生跟他上后山，经过车库，三班新兵马增明在上岗，他向邱梦山和石井生行了持枪礼。邱梦山还礼时看了马增明一眼，走过去后邱梦山跟石井生说，小马挺单纯，我看他没大问题。石井生问，你找过他了？邱梦山说，不用谈，看他敬礼的动作就知道。石井生有点不解地看邱梦山。邱梦山说，人心里要是有事，靠腿动作不会是一秒，起码得两秒；胸也不会挺这么起，腿也不会绷这么直。石井生说连长就是连长。

邱梦山和石井生上山腰那块棋盘石，已经有人在谈心，拐弯去上马石，上马石也被人占了，他们干脆上了金顶。这个金顶没法跟峨眉山那金顶比，叫金顶，也不过海拔二百来米。之所以叫金顶，主要是山顶上有几块黄色麻子岩，远处看着黄灿灿放光，就叫它金顶。邱梦山和石井生在金顶岩石上坐定，夜风吹来，悄悄地把暑气卷进了山沟，感到了凉爽。

爷爷后事办得怎么样？邱梦山摸出一包云烟给了石井生。石井生接过烟，咧嘴笑笑。石井生拆开烟，抽出一支递给邱梦山，邱梦山摆摆手，他还是不抽烟。石井生就给自己点上，他没急于回答连长问话，先猛地吸了一口，他的烟瘾在连里有名。他自己说八岁就跟着爷爷抽烟，因为爷爷抽生烟叶，他也抽生烟叶，至今他都不买卷烟，不只是钱不够花，主要是卷烟劲道不足。他每个礼拜天进城，头一件事就是给个人采购烟粮。每天熄灯号一响，他都是解开衣扣褪下裤腰坐到床沿上，从床头抽屉里摸出烟粮袋，里面有卷烟纸，两指宽一拃长，拿纸，捏烟末，卷，用舌头舔唾沫黏合，几秒钟就卷起一支喇叭筒，点着吸上一大口，咽进肚里，再慢慢让烟从鼻孔自然回吐，然后才美滋滋地叼着烟脱鞋脱袜子脱裤子上床。上了床，背往床头一靠，嗞啦嗞啦享受完这支喇叭筒，才心满意足地脱上衣倒下呼呼大睡。清晨起床号响，他一个鲤鱼打挺套上上衣，又是先从床头抽屉里摸出烟粮袋，同样麻利地卷一支喇叭筒，点着吸上一口，才开始套裤子、叠被子。

邱梦山这一问，戳到了石井生伤心处，他吸着烟，眼睛瞅着别处，说他回到家，邻居已经拿他们家门板钉了口棺材，只等着他到家入殓出殡，丧事第二天就办了。他说爷爷很惨，只他一个孙子披麻戴孝，连坟都没人哭。邱梦山听了心里发酸，问他为什么不哭？石井生说，一个大男人，守着这么多邻居哭不出来，但出殡回到家，他关上门哭了两个多钟头。

石井生连吸了几口烟，把烟头扔了。邱梦山看石井生眼里噙着泪，换了话题。问他办完爷爷后事，这十几天怎么一直在家糗着。石井生拉了拉嘴角，说本来想到县城看他，后来想他新婚大喜，他戴着孝别去冲了喜。邱梦山问他怎么没跟自己一趟车回来。石井生扭头看着邱梦山笑了，但笑得很苦。他说你结婚提醒了他，明年底该复员了，爷爷死了，复员回家一个人日子怎么过，寻思找个对象。邱梦山问找着了没有，石井生又点了一根烟，情绪很低落。找个球啊。邱梦山埋怨他，又不是买牲口，不提前铺垫，这么几天怎么能找上呢。石井生说目标倒是有一个，邻居，自小就认得，爷爷出殡那天，他看到她掉眼泪了，她可怜他。但不凑巧，办完爷爷后事想找她探探底细，她走亲戚去了，到接电报那天晚上才回来。没把握，不敢请媒人，又不好意思当面提，晚上悄悄塞给她一封信。信上说，可能要上边界打仗，上战场前，把心里话告诉她，他喜欢她，要是她愿意，他会一辈子对她好。等到夜里十二点，没等到她回音，耽误了当晚那趟车。石井生说第二天一早他就赶去火车站，赶上了上午这趟车。火车就要开了，发现她赶来了，在站台上挨车厢找。石井生把车窗打开，身子探出窗户喊她，她以为要跟她说什么，把头凑过来，他乘机搂住她亲了一嘴，她抬手打了他一巴掌。火车开动了，他朝她招手，她没抬手，只是看着他，也不知道她什么态度，也许不愿意。石井生苦笑着摇摇头，十分遗憾，怨自己不争气，没好好上学，也没好好干活，口碑不好，估计她爹娘不会同意。时间又急促，要是再给他三天，兴许能把她搞到手。邱梦山只能苦笑。石井生往腿上砸了一拳，说要是真牺牲了，还是童身呢！说邱梦山幸亏赶巧回去结了婚，要不也一样是童身，要是牺牲了这辈子多亏啊。邱梦山说结了也有麻烦。石井生不解地看着邱梦山。邱梦山说万一要是伤了牺牲了，不是把人家给害苦了嘛！石井生宽了心，说这倒也是，没老婆有没老婆的好处。

说来说去都是遗憾，邱梦山只好再换话题。问他会上那些话是不是心里话，石井生说其实大家心里都这么想，只是闷肚里不说而已，他不愿意藏着掖着，可指导员教导员他们不爱听实话，喜欢听假话。邱梦山问他是不是真这么打算，石井生真认邱梦山是哥，他跟邱梦山掏心窝，他孤儿一个，没亲人也没家，心里想当一辈子兵。可文化底子差，这辈子进不了军校当不了军官，要是不上前线，明年就干到头了，还得复员回家刨地种庄稼。这次上前线倒是个机会，要是命大不牺牲，立了功，回来兴许能进军校，要是提了干，娶媳妇就不成问题。邱梦山听出他这话是实话，让他把这道理跟兵们说，只有实话才能让大家心靠近。上战场，战友要是不心贴心，就没法患难与共。

两人正说着，有哭声悠悠地传来，夜风中哭声传得很远很清晰。邱梦山警觉起来，听声音，不是来自右侧棋盘石，也不是左边上马石，好像来自山下车库。邱梦山纵身跳下岩石，让石井生一起去看看。两人急急地朝山下走，脚下生风，有点猛虎下山那劲。

9

军人字典里没有哭这个字，军营里出现哭声格外刺激人。邱梦山和石井生两个跑了起来。哭声确实来自车库，声音越来越清晰，是几个人在哭。马增明在车库上岗，石井生肩上有了分量，他让连长先回去，连首长直接出面不好，他先摸清情况再说。邱梦山要他慎重处理。石井生没直接去车库，先悄悄摸上岗哨，发现马增明不在哨位，他再摸向车库。小王八蛋！石井生发现是马增明，还有一班彭谢阳、二班杨连松，三个同乡席地而坐，像在比赛谁哭得动听，哭声一个比一个高。

石井生轻手轻脚摸到他们背后，先把马增明放地上那支枪拿走藏起来，再悄悄来到他们三个旁边，不声不响挨他们坐到地上，突然也放声大哭起来。啊！爹啊！娘啊！我要上前线打仗啦！好害怕呀！那子弹炮弹厉害哪！一碰着脑袋我就完蛋啦……

马增明他们吓一跳，都停住哭，不知所措地看着石井生。石井生见他们三个不哭了，厉声吼了起来：哭啊！怎么不哭了？把心里那些鬼念头都哭出来！三个新兵都低下了头，不敢吱声。马增明！继续哭！不是挺光荣嘛！还有彭谢阳、杨连松，一起哭！大声哭，看谁哭得好听，看谁哭得时间长，看谁哭得内容丰富！

石井生站了起来，毫不留情地开始训斥。就这点出息啊！没有镜子，自己尿泡尿照照，看看自己是个什么熊样！马增明委屈地说，不是我先哭，彭谢阳一哭，我忍不住也哭了。石井生一听更火，我最瞧不起你这种屄包蛋！做了事还不敢承担，你这软蛋样，上了战场不是叛徒就是逃兵。彭谢阳，你说，为什么哭？彭谢阳低着头说，没为什么，说着说着，想到俺娘了，一想到俺娘，忍不住就哭了。石井生更火了，你不是故意气老子嘛！老子生下几天就没了娘，五岁就没了爹，你们有家有爹有娘还哭，我没家没爹没娘该怎么办？你们说，我该怎么办？三个人让石井生给镇住了。石井生扭头问杨连松，你呢？为什么哭？杨连松说，我是怕见不着同学了，有点伤心。石井生问，是男同学还是女同学？杨连松说，女同学，也有男同学。石井生说，人不大，鬼不小，都有女朋友啦？杨连松不好意思地说，是，是女同学，还不算女朋友。石井生说，行啊！就你这熊样，还没上战场就哭爹叫娘，你配交女朋友吗？石井生转过身来，对马增明说，马增明，你到车库干什么来了？马增明慌了，班长，我、我在站岗。石井生问，站岗？这里是哨位吗？枪呢？马增明手忙脚乱起来，班长，刚才我明明放这儿来着，怎么不见了呢？石井生说，擅离哨位，这是什么错误？丢枪等于丢脑袋！我没说过吗？马增明吓得手抖起来，班长，我、我错了……马增明又哭了起来。

你敢再哭！石井生一吼马增明当即收住声。你们三个，一个个都是胆小鬼！承认不承认？三人低着头不吭声。你们这么怕死，能上战场吗？三人还是低着头不吭声。石井生火了，你们哑巴啦？刚才哭得不是挺响亮嘛！你们是不是胆小鬼？说！三个都说不是胆小鬼。石井生说要证明你们不是胆小鬼，那就做给我看。三人一起问怎么做，石井生问他们翻过山去，西北面那片地是什么地，三人胆怯地说是坟地。石井生说要想证明自己不是胆小鬼，每个人到坟地转一圈，从新坟头上捡一块坟头瓦片来，没有瓦片，纸钱也行。要捡不来，明天给连里写检查，承认自己是胆小鬼。三人一起哀求，别让他们去坟地，以后再不哭了。石井生不容商量，要不去就写检查，是向全连承认是胆小鬼，还是去坟地，由他们自己选。三人你看我我看你，还是决定去坟地。石井生提出要求，三个人必须分开走，马增明第一个走，从金顶右侧绕过去；杨连松第二个走，从金顶左侧绕过去；彭谢阳最后一个走，从中间马路直走去坟地。

三人在石井生的监督下，无奈地先后离开车库去了坟地。

10

邱梦山走进连部，荀水泉尴尬地扣下电话，嘴里嘟囔了一句，这个葛家兴，真不像话。邱梦山奇怪，葛家兴刚才开干部会还挺好，怎么转身就不像话了呢？荀水泉把葛家兴要求上军区总医院这事说了一遍。三排长葛家兴前年在实兵对抗演习中腰椎受了重伤，在军区总医院住了半年院，去年一年没犯，刚才突然来找荀水泉，说下午扔手榴弹，扭着了腰，老伤要犯，要求明天去军区总医院做检查。荀水泉提醒他，非常时期，干部处处要带头，小病得咬牙坚持，大病也得挺一挺，葛家兴竟拉下脸走了。

邱梦山问荀水泉刚才是不是跟教导员报告了这事，荀水泉勉强地点了点头。邱梦山说病情没搞清楚，连里还没商量，怎么就往上捅呢！荀水泉让邱梦山说得很窘。其实刚才荀水泉不是为葛家兴这事给李松平打电话，是李松平来电话追问下午誓师大会情况，又查问岳天岚打算哪天离开部队。这事荀水泉不敢瞒，他承担不了这责任，只能如实说他们新婚蜜月还没度完，岳天岚不想这就离开部队。李松平态度坚决，要岳天岚明天立即离开部队，他不让荀水泉为难，让他说是团营领导指示。荀水泉真为了难，让岳天岚走他开不了口，教导员的指示不落实又不行。邱梦山一回来忙到现在还没跟老婆照面，下一步两个人要并肩率全连作战，于公于私，都不能跟邱梦山闹僵。这个时候要是说让岳天岚走，邱梦山准炸锅。他只好跟邱梦山绕圈子，先拿葛家兴这事搪塞，说不过给教导员先下点毛毛雨，要是真犯病，进退好说话。

邱梦山却不知道荀水泉心里还憋着让岳天岚明天就走这事，他已经进入状况，说从现在开始，他俩必须转变作风，再要做表面文章糊弄人，非出事不可，几个兵已经在车库里哭了。荀水泉一听慌了神，问都是谁，邱梦山说石井生处理去了。荀水泉一口咬定是三班战士，有这种班长，班里不出事才怪。他说一班就不一样，开班务会，一个个都表了态，态度都非常积极。邱梦山说荀水泉，不能再感情用事，这个时候不能再凭主观印象看人，一切都要从实际出发。荀水泉说他总是护着石井生，他认为一次军事摸底代表不了什么。

荀水泉这些话，邱梦山越听越不入耳，他一本正经地问荀水泉，士兵这个时候到车库哭说明什么？荀水泉说除了怕上战场，还能有什么？邱梦山又问他，这个时候你想不想老婆，想不想女儿？荀水泉无法否认。邱梦山说，人心都一样，只要将心比心，什么心情都能理解。他再问荀水泉，士兵有了心事，跟不跟爹娘说？荀水泉说什么事都不会瞒爹娘。邱梦山再问他们为什么不跟咱们说，却要到车库去哭？荀水泉说他们有思想问题，自然不敢跟领导交心。邱梦山再问，战士有事不瞒爹娘，而不敢跟领导交心，是战士有思想问题，还是咱们对士兵没尽到父母兄长责任？

荀水泉被邱梦山说得一怔，他没道理反驳，可心里不接受。邱梦山说，这才是问题关键，要是我们跟士兵之间没兄弟情分，士兵怎么能跟咱并肩作战？怎么能跟咱生死与共？怎么能铁了心跟咱浴血奋战？荀水泉被邱梦山问得无话可说，他承认邱梦山想得比他深，但那几个兵哭绝对是怕上战场怕死。邱梦山要荀水泉彻底转变立场，重新明确责任，他负责练真功夫，荀水泉负责帮官兵解心结放包袱。

荀水泉完全处于被动，弄了半天，他成了全连问题关键，邱梦山一晚上都在教育他。他不想让邱梦山太占上风，不能什么都他说了算，这样上了战场更没法商量事。心里话，你别只找人家问题，自己问题大着呢。他巧妙地把话转到岳天岚身上，说忙一天了，把岳天岚也晾了一天，她该生气了，快去吧，顺便好好商量一下哪天走。教导员刚才来电话说明天必须离开部队。

邱梦山瞪起两眼盯着苟水泉问，他还说什么？苟水泉说，他说这是团营领导指示。这话激怒了邱梦山，他朝苟水泉吼，你告诉他，我老婆明天不走，后天也不走，部队什么时间开拔，她什么时间走。你们要叫她走，你们去跟她说。邱梦山拎起衣服，噔噔噔走出了连部。

11

邱梦山敲了三遍门，屋里没一点反应，他知道她不可能睡这么死，她这是在跟他怄气。邱梦山对着门说，要是不开门，我回连部睡啦？邱梦山故意把脚步踏得由近而远。

这一招真灵，门呼地拉开了，岳天岚连鞋都没顾穿，探身就喊，回来！邱梦山从门口边突然蹿出，伸手把岳天岚抱起进了屋。岳天岚扭着身子继续生气。一身臭汗，快把我放下！邱梦山还穿着野战服，白天的汗确实把它湿了几回。邱梦山放下岳天岚，脱下衣服，提起水桶和盆到院子里洗身子。邱梦山回到屋里上了床，岳天岚侧身朝里躺着，给邱梦山一个后脊梁。邱梦山悄悄地在岳天岚身旁躺下，轻轻抚她肩头，让她转过身来，岳天岚却一动不动。邱梦山伸手搂她，想把她身子扳过来，岳天岚扭着身子抵抗，她要把这一天的孤单和寂寞发泄给邱梦山。邱梦山知道她生气了，一边轻轻扳，一边检讨。岳天岚背着身说气话，让他买车票，明天她就走，不在这儿影响他工作。邱梦山心里话，要这样倒真好了，可邱梦山知道她是说气话，他就借机以玩笑说真事，说这样也好，连队确实挺忙，一个月演习训练，一个月之后就开拔，她在这儿他也分不出身照顾她，天天生气对身体不好，明天让唐河去买车票，后天送她回去。岳天岚呼地坐起来，她本来是想要挟他，没想到他一点不在乎她。岳天岚什么也没说，扭身下床，拉开灯穿衣服。

邱梦山看玩笑开大了，急忙坐了起来，问她这是做什么，岳天岚真动了气，说现在她就走，骗子！老婆骗到手了，半个月就现了原形，那些甜言蜜语，全是骗人鬼话。邱梦山一看不好，这么闹下去可真要出洋相了。他赶紧下床，双手抱住了岳天岚。宝贝，跟你开玩笑哪！我怎么舍得让你走呢！岳天岚来了劲，你就是想让我走！我不信能忙成这个样，打仗还有间歇呢！你回家，我天天中午从学校赶回来陪你，你倒好，扔下我就不照面！你看看几点啦？哪个男人能这么做？新婚就这个样，往后还不知要怎么虐待我呢！明天我就走！

邱梦山没话可说，开不了口干脆就什么也不说。邱梦山不管三七二十一，把岳天岚抱起，用吻堵住她嘴。岳天岚紧抿着嘴，故意不响应，邱梦山不放弃，把她放到床上继续进攻。邱梦山用耐心和毅力不懈努力，岳天岚防线一点一点在松懈，逗着逗着岳天岚慢慢失去了抵抗能力。邱梦山得寸进尺疯狂起来。一个有心要表达歉意做补偿，一个有意想撒娇发泄一天苦闷。两个人在这个小天地里毫无干扰，无拘无束，再没有矜持，更没了羞涩，忽然间世界一切都消失，只有醉人的快感，刻骨铭心，绵绵悠长……

邱梦山十分矛盾，他跟苟水泉发牢骚并不是真不愿让岳天岚离开部队，一听说要上战场，头一件事他就想怎么让岳天岚回去，他牢骚是因为领导太官僚，不关心不体谅也就算了，反在背后算计他，贬低他，这对他是侮辱。但邱梦山做人有原则，牢骚归牢骚，老婆该走还得走。他本想借开玩笑说出心事，没想到岳天岚让他无法再开口说回家这事，但不说又不行，他只能一边给她温存，一边变着法儿说事。他说，天岚，这一次演习非同往常，真枪实弹对抗，半点马虎不得。我会特别忙，真没法照顾你。岳天岚这时什么要求也没了，她说，没关系，让小唐陪我进趟城，我去采购些东西，买几本书，我给你做饭，我只要跟你在一起就行。邱梦山努力想要她明白，天岚，全团干部战士都已停止探亲休假，临时来队家属也都动员回了家，你看到没有？各连招待所房子都空着。岳天岚没等他说完就说，不要紧，晚上你总能回来吧？中午要是有空，你就回来吃饭。岳天岚往后退，邱梦山就向前进。他说，中午一般回不来，晚上要是有事，也不一定能回来吃，让你在这里自己照顾自己，真不好意思。岳天岚说，我可以自己做饭。邱梦山不想让她打长谱，别麻烦了，在食堂打点吃算了，这里条件不好，我又照顾不了你，住几天还是回去吧。岳天岚一听又急了，那我起码要住到你们出发吧，没有一个月了！邱梦山还是要放风，恐怕住不了这么长。岳天岚一下把邱梦山的话打断，不，我就不走，我一直住到你们出发！岳天岚爬起来，双手按着邱梦山，要邱梦山答应。邱梦山没办法，只好说，我没有叫你现在就走。岳天岚说，叫我走我也不走！我是万能胶，黏住你，谁也别想让我们分开……

12

邱梦山用不着定时叫早，生物钟已编定程序，无论多晚入睡，清晨一到五点五十分准醒，上下不差三分钟。

邱梦山悄悄下床，回头瞅岳天岚，她依旧沉浸在甜梦之中。邱梦山很想亲她一口，但他克制了，穿好军装，轻手轻脚地出屋带上了门。

荀水泉已经在操场站定，昨晚不欢而散，两人只用眼睛招呼一下，一前一后在排头位置站立。早操课目是五公里越野，这项目最见步兵真功夫，除了速度，更需要强健的体质，还需要耐力和意志。各班队伍刷刷刷按序带到，头一个报告的是倪培林，应到十二人，实到十一人，彭谢阳病了。邱梦山问，怎么啦？倪培林说，昨晚，石井生班长命令马增明、彭谢阳和杨连松三个，黑夜到后山坟地一人取回一片新坟头上的瓦片，证明自己不是胆小鬼，可能着凉吓着了。全连人忍不住笑。

邱梦山听出倪培林在埋怨石井生，嫌石井生管了他们班闲事。邱梦山不喜欢倪培林这口气，说知道了，让倪培林入列。邱梦山和荀水泉同时发现，三排长葛家兴没出操。邱梦山跟荀水泉说，你带部队先走，我去看看。荀水泉觉得五公里越野更需要邱梦山，说全连越野训练要紧，回来再说吧。邱梦山一挥手，领着队伍上了路。

葛家兴没睡懒觉，他按时起了床，被子没叠好又躺下了。葛家兴是老排长，已经三十一岁，连排军官训练必须身先士卒，打仗更要冲锋在前，按军官服役条例，他这岁数当连长都到杠了。他没提拔也没转业，都是因为他那腰病。清晨，葛家兴弯腰叠被时，脊椎那里一抽，痛得他不能喘气，连腿都不能挪动，他没声张，双手撑着床，咬牙顶了五分钟，让这阵痛稍松弛后，才扶着床沿转过身来，重新躺到那张硬板床上。

邱梦山和荀水泉带着部队回到营房，除了一片疲惫的脚步声，队伍里没有一个人说话，汗把野战服湿透了，一个个像淋了暴雨，野战服湿淋淋地黏在身上。邱梦山站到队前，他也没再吼，只说，抓紧时间洗整，按时开饭，说完就解散了队伍。

邱梦山把背包给了唐河，他转身上了三排。葛家兴躺在硬板床上，看到邱梦山进来，他没动，只拿目光迎接。邱梦山看到了他那无奈和窝囊，非常平和地问，腰病又犯了？葛家兴说话得匀着劲，我也没想到它这时候来趁火打劫……邱梦山看出他不是装。葛家兴说，可能是昨天扔手榴弹扭着了老伤，椎间盘又错位压迫了神经，去年没去总医院定期检查。邱梦山不再考虑别的，征求他意见，上哪个医院好呢？葛家兴没虚伪，说要想快，只有上军区总医院。邱梦山对病没研究，野战医院近，先去野战医院急诊看一下怎么样？葛家兴知道这病厉害，不接受邱梦山这意见，他消极地说，领导看着办吧。

荀水泉正在刷牙，满嘴是牙膏沫，听邱梦山说葛家兴腰真犯病了，他不信，喷着牙膏沫说，会这么巧？昨天刚提出上医院，今天就动不了了？邱梦山不苟同，病谁也没法预料，干脆让他留守得了。荀水泉说，留守由团里统一安排，用不着营连考虑。邱梦山说，可以主动跟团领导反映情况，留谁不是留。荀水泉打心里不愿意迁就葛家兴，他认为葛家兴病根不在腰，而在脑子。邱梦山不赞同，他会不会想早点治疗，好上前线呢。荀水泉听不进，椎间盘要是出问题，半年出不了院，明打明是不想上前线。邱梦山说他不能怀疑自己兄弟，连自己兄弟都不相信，还相信谁呢？他跟荀水泉统一意见，直接送他去野战医院急诊治疗，争取让他开拔前回来，让他留守。荀水泉从减少负面影响考虑，勉强同意邱梦山的意见。

全连正吃早饭，救护车呼呼隆隆开进了摩步一连。荀水泉指挥三排几个战士把葛家兴抬上救护车。荀水泉跟葛家兴说，不上野战医院，也不上军区总医院，先到师医院检查了再说。葛家兴非常失望。荀水泉怕他误会，跟他亮了底，说这是团首长指示。

彭谢阳正坐在床上吃鸡蛋面，听到窗外汽车喇叭声，伸头看，见三排战士抬着三排长上救护车，他把面条搁下，在窗户里痴痴地看着，直到救护车开走。

13

倪培林不只恨彭谢阳，更气石井生。班里兵戾，他班长说、骂、打都可以，那是管，是带；别人说，别人管不行，那是揭短，是挑刺。你石井生整马增明，爱怎么整怎么整，与我倪培林无关，整彭谢阳不行，你管彭谢阳就没把我倪培林放眼里，就是狗拿耗子，而且手段那么恶毒，没打没骂，动动嘴就把人给整趴下，真像是被鬼勾走了魂，成全连谈资笑料。兵们私下里还说标兵班养了条虫，这种兵上战场，枪炮一响，准拉裤裆！倪培林脸上很没光彩。倪培林心里憋闷，他不会抽烟，早饭后竟坐操场篮球架下那水泥砣上熏上烟了。

杨连松萎缩着身子来到倪培林跟前，他左手握右手再右手握左手看着倪培林不言语。倪培林抬头扫了杨连松一眼，你杵这儿干什么？杨连松有些迟疑，彭、彭谢阳是吓丢魂了。倪培林不知他什么意思，丢魂？还有丢魂病？杨连松很肯定，有，我们老家常有人吓丢魂。倪培林不信，胡扯！那你去帮他把魂捡回来呀！杨连松一本正经地说，班长，捡是捡不回来，只能叫，魂丢了可以叫回来。倪培林没听说过，叫魂！怎么叫？杨连松实话实说，我不敢说，你们会笑我迷信，可小时候我娘常给我叫，没吓丢，怎么叫都不应，真吓丢了，一叫就应，灵验得很呢！倪培林当然不信，扯淡！那你去给他叫啊！杨连松当了真，为难地说，班长，我进不了炊事班厨房。倪培林盯着杨连松看，叫魂进厨房干什么？杨连松点头，只有在厨房灶台前叫才能弄清他丢没丢魂。倪培林看他不像是说着玩，灶台前怎么就会判断他丢没丢魂？杨连松照实说，我们那里叫蘸水碗，拿一碗清水放在灶台上，拿一双筷子竖在水碗里，一边叫，一边拿水往筷子上撩，要是真丢了魂，叫他名字，两只筷子就能在碗里立住，立住就是吓丢了，立不住就没吓丢。靠灶台里侧立住，是吓丢在家里；靠灶台外侧立住，是吓丢在外面。如果真吓丢了，叫了之后，让他把这碗水喝了，魂就回来了，睡一觉就会好。倪培林忍不住笑了，你他妈搞什么迷信！杨连松十分认真，班长，骗你是小狗。

倪培林看了看杨连松，看他不像是开玩笑。可他转念一想，这种事他绝对不能干，要是他干了，会让大家当笑柄。但杨连松这话不可全信，也不可不信，不妨试试。于是，他半推半就说你去帮他叫就是了，跟我说什么。杨连松很为难，炊事班长不会让我进厨房，更不会给碗筷。倪培林想了想，就手给他写了个小字条。杨连松拿着字条去找了炊事班长，这边倪培林让彭谢阳起来吃药。

真神了，彭谢阳喝了"叫魂水"，睡了一觉，出了一身汗，中午就好了。倪培林将信将疑，忍不住私下里问杨连松，彭谢阳是不是真吓丢了魂，杨连松告诉他，真吓丢了，吓丢在外面。倪培林听了一怔，像是被杨连松这个新兵掐住了脉，他不想让新兵号准脉，急忙端起班长架子，对着杨连松吼，你扯淡，吃了药，他能不好吗？杨连松毕竟是新兵，而且参与了三人聚哭，不敢跟班长较劲，他没争辩。

彭谢阳很感激杨连松，吃午饭时，杨连松问彭谢阳感觉怎么样，彭谢阳什么也没说，伸出胳膊紧紧地搂住杨连松肩膀，两颗脑袋亲密地挨在一起。马增明正好过来，警告他们两个，以后别再这样凑在一处，让人家笑话。他们两个觉得马增明说得对，三个人随即心知肚明地分开，但老乡情谊却更真更深了。

14

午饭还没吃完，雷电大作，暴雨倾盆，兵们拍手跳脚夸这雨是及时雨。兵们在屋里看着雨乐，不只是雨给他们带来了凉爽，更主要是他们可以乘机喘口气松一松筋骨。这两天下来他们身子骨散了架一样酸痛，这场雨好让他们休息放松一下。

石井生脱下野战服挂到床头钉子上，野战服上汗渍积起一层盐花花。石井生上床先从枕头底下拖出宝贝烟粮袋，卷了一支喇叭筒过烟瘾。马增明悄没声地伸手拿下石井生那套野战服。挂那儿别动！马增明刚转身，让石井生叫住了。马增明愣在那里尴尬地说，班长，汗湿透好几回了，趁下雨我一块儿洗。石井生吸着喇叭筒不紧不慢地说，让你挂那儿你就挂那儿，你也别洗，赶紧上床睡一会儿。马增明还想说什么，看班长已经靠着床头闭上眼睛，只好乖乖地把野战服重又挂到床头，上床侧头睡觉。

石井生这一举动招来一嗤鼻声。那鼻声哼得特轻，但石井生听得清清楚楚。石井生知道那声音发自倪培林鼻孔，他毫不在意，他觉得这不值得在意，他早看到倪培林在洗野战服，倪培林这是故意做给他看。石井生不让马增明洗野战服，倪培林则故意洗得格外起劲，搓得特别细致，还故意多放洗衣粉。石井生抽完喇叭筒，挺身躺下，一合上眼呼噜即起。这更刺激了倪培林，感觉他这反动作对石井生没产生作用，很来气，搓得满盆尽泡沫。

倪培林刚把野战服上衣搓好，正搓裤子，唐河又把哨子吹得尖厉刺耳，全副武装！不带背包！石井生一个鲤鱼打挺坐起，喊了一声紧急集合。这喊声似乎是单冲倪培林而去。倪培林气得跺脚，一脚踩翻了脸盆。他只能把野战服拧了拧，顾不得上面沾满洗衣粉泡沫，忍着把湿衣服套到身上。石井生忍不住哈哈大笑，笑得倪培林十分恼火，笑什么笑！石井生没法回他话，看马增明也在笑，就学着倪培林对马增明吼，笑什么笑！倪培林心里更烦。

这场大雨是及时雨，这话该邱梦山说。邱梦山搜集了未来战场相关资料，知道那里山深林密，潮湿多雨，土黏路滑，恰恰与北方山秃林少，干燥少雨，土松路爽相反。邱梦山一直在愁没法让临战训练接近实战，老天就给他送来了这场雨。

倪培林带着浑身泡沫跑出屋子，苟水泉看着憋不住笑了。邱梦山没笑，他看到了事情的另一面，他发觉几个班长和不少战士都跟倪培林一样判断错误，表面现象是下雨洗了野战服，实质是军人意识和判断能力差。邱梦山没当着大家说出这些，但他把这些人的名字都记在了心里，指挥员指挥作战需要掌握部下这些差别。大雨帮了倪培林他们几个大忙，没让他更长久地尴尬下去，几分钟之后，全连官兵一个个都成了落汤鸡。

邱梦山发出命令，以排为单位，目标团战术训练场，跑步前进！全连成四条龙从营房呼啸而出。从营房到团战术训练场有六公里，以排为单位，就有了比赛意味。倪培林是一班，石井生是三班，一排由一班打头，三班断后。行军不走尾，打头跑一步，尾随追三步，走尾累断腿。石井生爱在肚里做功课。走着走着石井生带着三班从旁边插了上去，他不想跟着一班屁股追，而要跟一班摽着赛。这一摽给倪培林添了压力，队尾跟排头齐头并进，用不着人说也是他慢了。倪培林想落下石井生，速度就得加倍。石井生却使暗劲，看着他不跑不蹦，脚下却有功夫，倪培林小步跑都甩不掉他，反而多费了力气。还剩大约一公里，石井生不客气了，他朝身后兵们一挥手，腾腾腾甩开脚步跑起来，不一会儿就把一班落下几十米。倪培林哪丢得起这面子，他也喊了一句，跟上！跟石井生比了起来。

队伍一气冲进团战术训练场，倪培林没让石井生拉开距离，两人打了个平手，邱梦山朝他们笑笑，投以赞许目光。倪培林已十分满足，他心里早有感觉，连长两眼老对他发送疑问号，能接收到他赞许的目光，已十分知足。倪培林满意地转过身来。他一转身，火又冒了上来，他身后只跟上来三个兵，其余八个兵放了羊，还在后面拼命往这边赶，再看人家三班，齐刷刷一个都没掉队，连马增明都没落下。搞半天，还是输了。

邱梦山没让他们休息，发出了进攻命令。一排正面主攻，二排三排左右两侧辅攻，一举拿下高地！勤杂排找地方造灶做饭，烧开水。出发命令一下，各排迅速行动。一排长分配一班在中间，二班在左，三班在右，成三角队形向高地进攻。石井生提醒排长，三个排攻高地，实际是比爬山速度，三班速度可能比一班快点，是不是让三班上三角尖，别人家侧面上去了，咱们正面还没上。倪培林毫不示弱，说你怎么知道我们一班就比你们三班速度慢呢？石井生不动声色地反问，刚才行军你没感觉到吗？一排长不能看着两个人在雨中斗嘴，他当即下令出发，强调虽然是三角队形进攻，但前三角还是后三角不受限制。有排长这句话，石井生一挥手带三班冲向右侧，他一边跑一边喊，散开，成一字形向高地冲击，有本事给我冲到一班前面。

一排三个班，不像在跟其他排比赛，而是三个班内部在较量。三个班三角形进攻队形没能形成，成了潮，像一股绿潮往高地上涌。这股潮慢慢变成了一只展翅雄鹰，左右二班和三班成为雄鹰翅膀，展翅飞翔起来，中间一班队形拉长了，成了鹰身子。石井生一边往高地快速登攀，一边告诫班里兵们，不要光心急，脚下要踩实，手扒地，抓住东西往上爬，别松手。马增明正爬着，他左面有人发出惊叫，呼啦啦从上面摔下来，一直滚向坡下。马增明定睛看，滚下去那人像是彭谢阳。他正犹豫要不要下去看他摔坏没有，石井生在上面吼他，让他快往上冲！马增明不敢耽搁，立马手脚并用拼命往上攻。

滚下去那人是彭谢阳，不知他哪个部位摔伤了，在下面阉猪似的嗷嗷叫。倪培林当然顾不了他，只顾领着全班向上攻。司务长让卫生员过去照看彭谢阳。

邱梦山紧跟着一排，一边往高地攻，一边看着部队进攻战术动作。他发现三班整体身体素质和战术动作强于一班。倪培林也一点不示弱，老天帮了他，在接近高地上部时，一班面前山坡平缓起来，他们可以弓着身子跑，乘机追上了三班和二班。倪培林抢到制高点上举起冲锋枪高呼，石井生没有欢呼，冲上山顶他一屁股坐下舒坦地躺到地上，让雨尽情地淋。

雨越下越大，邱梦山乘大雨再来个冲刺，指挥全连一鼓作气拿下高地主峰。

15

邱梦山让岳天岚再一次销魂之后，搂着岳天岚慢慢跟她说葛家兴住院这档事。

他们回到营房前卫生队长已来电话通报了葛家兴诊断结果，四五椎骨椎间盘错位，第五椎骨椎间盘突出压迫神经，必须送军区总医院，让连队去人护送。荀水泉看了电话记录有些内疚，他冤枉了葛家兴。他想去送他，好让葛家兴消除误会，可实在走不开，营里也不会同意，干部谁也抽不出，去个兵又不太合适，邱梦山跟卫生队商量，让他们去个医生送，打了半天嘴仗，卫生队长一口咬定他们只能去一个卫生员，连里必须去个人协助照顾。卫生队一个小丫头是没法帮葛家兴上下火车的，连队要不去人，葛家兴误会就更大。荀水泉抓耳挠腮想不出让谁去，邱梦山主动揽下了这事，让荀水泉不用管了，由他来安排。荀水泉问他打算让谁去，邱梦山没跟他说。

邱梦山还没把葛家兴住院遇到的困难说完，岳天岚呼地从邱梦山怀抱中挣脱坐了起来。你什么意思？是不是想让我去送他？自从体会到销魂的滋味之后，岳天岚对邱梦山的爱进入了一个新的境界，她一天都离不开他了。邱梦山也坐了起来，耐着心解释。你也看到了，连里忙得昏天黑地，抽不出一个人来。岳天岚不理解，我要是不来，他就不住院了？邱梦山只能请求，天岚，这不是碰着了嘛，葛排长必须得有人照顾才行，你就等于帮连里一个忙，帮我一个忙，好吗？岳天岚不想离开，不！我不想现在就回家，我要等你们走后才回去。邱梦山真拿她没了办法，他搂着她，求她，天岚，你躺下，有话咱慢慢说。岳天岚很犟，就不躺下，不说好这事就不躺。邱梦山没了招，只能搂着她说软话，他也不想让她走。岳天岚更来了劲，说他骗她，不想她走为什么还要她去送葛排长。邱梦山只能掏心里话，说三百六十五天，恨不能天天陪着她，天天伴着她。但他是军人，是摩步一连连长，身后有一百二十多号士兵。岳天岚不明白，他当连长，身后有士兵跟她有什么关系？邱梦山耐着心解释，真枪实弹实兵对抗，要不把部队训练好，真会出人命。岳天岚一怔。邱梦山说爹娘们把孩子送来部队，是图孩子有出息，要是让他们丢命，怎么对得起人家父母。他要她明白，她在这里，尽管她不要他照顾，可他心里不能不挂着她，他要求士兵们全身心地投入训练，百分百地集中精力投入演习准备，他却每天跟老婆亲热，士兵们会怎么想，他又怎么要求他们。

岳天岚明白了邱梦山这些难处，她心疼了，抱住邱梦山哭了，她真不想走……邱梦山告诉她，葛排长已经跟荀指导员闹了误会，她要是能代表他们两个去送他住院，或许会让葛排长理解连队领导的难处。岳天岚抱着邱梦山说真不愿意离开他。邱梦山这才直说，部队为了完成好这次任务，营以上家属已随军的军官都不允许回家。说得岳天岚没话可说，只是流泪。邱梦山紧紧抱住岳天岚，热烈地吻着她。一个想安慰补偿，一个要加倍奉献，两个再一次翻江倒海般运动起来。

　　石井生在操场碰见唐河哭丧着脸去食堂，问他是不是挨了剋。唐河看了看石井生，想说又没说，拿着饭盒继续朝食堂走去。石井生跟了上去，说有事不说闷肚里会烂肠子。唐河要石井生绝对保密。石井生问他是连长有事还是指导员有事，要是连长有事就说，要是指导员有事就算了。唐河再一次看了看石井生，他知道石井生真把连长当哥，也最讲情义，于是就告诉他连长要骗嫂子回家。石井生不解，为什么要骗嫂子回家呢，两口子是不是闹别扭了。唐河说连长怕嫂子知道打仗这事，担心她在这里影响工作，教导员已经在背后批连长了，不允许家属再来队，连长很生气，赌气借机让嫂子去送葛排长上军区总医院离开部队，嫂子眼睛都哭红了。

　　两人正说着，忽听有女人在喊连长的名字。石井生和唐河扭头看，是嫂子，她一个劲朝石井生在喊梦山，弄得石井生很不好意思。石井生迎了过去，说嫂子，我是连长的弟弟石井生，有什么事你说。岳天岚定睛看，非常惊讶，他跟梦山竟会这么像，认错老公，顿时就红了脸，说没有事，不好意思地转身跑回那小院。石井生愣在那里，突然一把拽着唐河去食堂，说去找炊事班长给嫂子加菜，他掏钱。

　　邱梦山打算陪岳天岚进趟城，给两边老人买点东西，想给岳天岚一点安慰。团长要来检查训练，没法请假，只能让唐河陪她进城。岳天岚没有埋怨，她是教师，而且发自内心崇拜军人，更崇拜英雄，什么轻什么重她心里明白，尽管她割舍不了邱梦山，但就这两天，她对邱梦山更了解了，体会到军人跟老百姓就是不同，老百姓哪吃过这种苦，地方干部哪操过这种心，她对邱梦山已经有了敬仰，她再一次庆幸嫁给了邱梦山，他是位优秀的军人，他天生是军人的材料，将来肯定有大出息。

　　团长检查工作跟邱梦山一个思路，他要看战前训练实际效果，看兵们军事技术和战术有没有长进。连队被拉上营区靶场，班进攻战术，行进间射击，翻越障碍，所有课目都过了一遍，战士们一个个泥头泥脸全成了泥猴子。

　　团长训完话走了，领导讲话都不再用稿子，口气也变了，只找问题，没有表扬，训到最后才说了一句，大家辛苦了，接着又说，现在多流汗，打仗才能少流血；现在多吃苦，上战场才能少痛苦。

　　李松平随团长也到了一连，他没直接找邱梦山，私下里却问荀水泉岳天岚走没走。荀水泉没了退路，只好编假话蒙他，说昨天已经跟邱梦山谈好了，今天就送她走，不料岳天岚水土不服，病了，又吐又泻，只能缓两天再说。李松平一脸不高兴，不信任地看着荀水泉。荀水泉说要不一起去看看她，李松平自然不想去看岳天岚，荀水泉知道他不会去看才这么说。

　　荀水泉送走李松平，邱梦山找他，跟他说彭谢阳心里有鬼，得好好摸摸他的底。然后告诉他岳天岚去送葛家兴住院，荀水泉既感激又尴尬，这事邱梦山对他肯定不会满意，想做解释。邱梦山让他少来这一套，他最讨厌不琢磨事，瞎琢磨人，让他赶紧向李松平交差。荀水泉两头都没落好，但这么安排两全其美，他可以向李松平交代了。

　　石井生提着烟粮袋凑过来，他卷了支喇叭筒递给邱梦山，邱梦山没接。石井生硬把喇叭筒塞给了邱梦山，说上了战场，不想抽也得抽，早晚得抽。邱梦山接过烟，石井生又给自己卷了一支，点着了火。邱梦山吸了一口，突然觉得烟并不难抽。石井生也不管地上潮湿，盘腿坐了下来，他悄悄地问，真让嫂子走啊？邱梦山一愣，抬头看石井生，发觉这小子眼睛里有刺，直愣愣地扎人，不遮不掩。邱梦山说送葛排长去住院。石井生笑笑说，是做样子给我们看吧？邱梦山又一愣，这小子吊儿郎当，可什么都看得明白。他也就实说，临时来队家属都走了，她在这儿住着不合适，你没有看法？石井生说，看法没有，想法有。邱梦山问他有什么想法，石井生很坦白，想做男人，要是能做一回男人再上战场，死而无憾。邱梦山说，还是啊！战争只能让女人走开。石井生说这样太亏嫂子了。邱梦山说，亏就亏吧，比涣散军心强。石井生说嫂子走，弟兄们该想什么还想什么。邱梦山说，我会让你们没时间想。石井生说，日里没时间，梦里也想。邱梦山问班里情况怎么样？石井生说，我们班问题不大。唐河是个好兵，彭谢阳脑子里有虫。邱梦山问，你看出什么来了？石井生说彭谢阳从山上滚下去是蓄意。邱梦山问有什么证据？石井生说他滑倒时抓住了一棵小树，小树并没有断，也没被他连根拔起，是他自己故意松了手。邱梦山问倪培林知不知道这事，石井生说倪培林也许不知道实情，他训彭谢阳没训到点上。彭谢阳故意摔伤自己，是不想上战场，这种货该训，不训上了战场也是孬种，得把他脑子里那条虫抠出来才行，但倪培林没掐准他那七寸，这时候将皮毛不行，得扎筋骨，要揭他贪生怕死那根，让他痛，让他无处藏身钻地洞才行。邱梦山问这事为什么不跟指导员说，石井生说指导员不信任我，说了等于白说。邱梦山说不说怎么会知道。石井生说，指导员是好人，但他总喜欢把兵推远了看，生怕近了看不全，实际上远了反容易看偏了，我只愿意跟你说。邱梦山问他为什么跟他近，石井生说因为你喜欢把战士拉近了看，其实，近了看才看得真，远了看肯定模糊。邱梦山问你怎么看人，石井生说我喜欢把人剥光了看，那才看得实。

唐河拿自行车驮着岳天岚进城回来，经过连队营房，他指给岳天岚看，说这就是他们连队营房。岳天岚扭头看他们营房，因为是邱梦山的连队，她感到格外亲切。砰！一排宿舍里突然传出一声枪响。唐河惊得差点把岳天岚摔地上，他急忙让岳天岚下车，扔下自行车冲进一排宿舍。彭谢阳躺在床前地上，右手还拿着枪，左腿膝盖那里冒着血。唐河脑子里嗡地响了个雷，他过去一把夺下枪。你这是干什么？彭谢阳恐惧地说，走、走火。岳天岚疑惑地走进一排宿舍，看到彭谢阳躺地上，腿上的血往外涌，她吓坏了。问唐河是怎么回事，唐河让她回招待所，他得去找连长。岳天岚看彭谢阳腿在流血，着急地问唐河他这伤怎么办，唐河跑到连部拿来急救包，子弹把左膝盖打碎了，唐河跟岳天岚一起给彭谢阳包扎好伤口，他背起那支枪，旋即骑车去靶场找邱梦山。

岳天岚没有走，她搀彭谢阳躺到床上。彭谢阳哭了，一边哭一边喊，我上不了战场了！岳天岚一惊，不是演习嘛！怎么上战场呢？彭谢阳哭着说，不是演习，是上边界打仗，再过些日子就要出发了，我去不了啦！

邱梦山和荀水泉冲进屋，邱梦山没顾及岳天岚，一把揪住彭谢阳胸脯把他拖了起来，两眼喷着火。说！怎么回事？彭谢阳不敢看邱梦山的眼睛，胆怯地说，走、走火……荀水泉插上来问，枪里怎么会有子弹？彭谢阳说，那天打、打靶剩、剩下两发子弹没、没交……邱梦山真火了，你混蛋！老子毙了你！岳天岚看邱梦山像发怒的狮子一样咆哮，她吓坏了，双手抱住邱梦山替彭谢阳恳求。

17

岳天岚腾云驾雾一样回到那小屋，她心里乱极了。他们真是要上战场！怪不得要她去送葛排长，他是变着法要她回家，或许她到部队当天，他就想让她回家，可他说不出口。他会受伤吗？他会牺牲吗？他要是受了伤怎么办？他要是牺牲了怎么办？她不敢想。

晚上荀水泉一起跟邱梦山送她，炊事班长做了六菜一汤，岳天岚什么味都没吃出来。她一点思想准备都没有，她甚至从来都没有想到过，做军人妻子，还要经受这种痛苦，还要承担这种担忧……

岳天岚一晚上在为彭谢阳担心，不停地问邱梦山会怎么惩处他，邱梦山告诉她，这事归军事法庭管，得先治好伤，然后再惩处。岳天岚放心不下，问邱梦山估计会怎么惩处他，邱梦山说，临阵自残跟临阵脱逃、临阵投敌一个性质，不过他入伍不久，可能会判刑，也可能遣送回乡。岳天岚很为彭谢阳惋惜，这么小小年纪，这辈子前途就这样毁了。邱梦山说他是罪有应得。

事情一说穿，邱梦山和岳天岚反而都无话可说了。岳天岚一直趴在邱梦山胸脯上轻轻地抽泣，邱梦山感觉任何劝慰都苍白无力，他干脆什么也不说，只是搂着岳天岚，哄孩子睡觉一样轻轻地拍着她的后背。岳天岚哭着哭着突然像疯了一般吻邱梦山。邱梦山只能用全身心来爱岳天岚。

邱梦山一夜基本没睡觉，五点五十，生物钟还是让他准时醒来。邱梦山轻轻地起身，他侧脸看岳天岚，她眼角泪痕未干，他真想再亲亲她，但他没有，他不想惊醒她。邱梦山轻轻地抬腿下床拿脚找胶鞋，正找着，岳天岚突然从后面抱住了他，原来她醒着。她恳求道，梦山，再给我一次吧。邱梦山没法拒绝，他什么也没说，转身与岳天岚狂吻……

荀水泉看到邱梦山走来，他低下头一句话也没说。彭谢阳这一枪把他惊醒了，他也一夜没睡，彭谢阳这事让他想到邱梦山那些话，邱梦山要他调整思路，彻底改变方法，要他帮官兵解心结卸包袱。他没下功夫去想怎么调整，还是老一套，他没能走进官兵心里，一句话他自己没真正进入临战状态。这是政治事件，他指导员逃脱不了责任，处分肯定要挨，但他担心的不只是处分，他担心连队还未出征先受挫，到了战场怎么办……

各班一一把队伍带到邱梦山和荀水泉面前，发生了彭谢阳事件后，摩步一连全体官兵脸上都失去了笑容。邱梦山整理好部队，下达了跑步口令。

等一等！声音柔弱而悠长，却像雷一样在摩步一连操场炸响，把全连官兵惊呆了，刹住脚步扭转头看，大家愣了，邱梦山和荀水泉也愣了，是岳天岚在喊，她穿着一条白色连衣裙向操场跑来。荀水泉赶忙迎了过去，问她有什么事，岳天岚请求地说，指导员，我能跟大家说几句话吗？荀水泉不知道她要说什么话，心里没有一点底，只好问，你想说什么？岳天岚说，我想送送大家。荀水泉鼻子有点酸，连连说好。荀水泉转身跑向队伍，他发出口令整理好队伍，然后带头鼓掌，让大家欢迎岳天岚老师讲话。官兵热烈鼓掌，邱梦山非常感动地看着岳天岚，他真想跑过去把她抱起来。

岳天岚很激动地站到了队前，她向大家深深地鞠了一躬。她说，好了，大家不要鼓了。我是你们连长邱梦山的妻子岳天岚，我们两个很有缘分，我婆婆生你们连长时，梦见了山，给他起名叫梦山。他娘梦着那山就是我，我的名字中岳是山，岚也是山。我们结婚才半个月，部队加急电报催他归队，我送他上火车，多说了几句分别话，结果耽误了下车，我连衣服都没有带，稀里糊涂就跟着你们连长来到了部队。他骗我，说部队要参加大演习，他分不开身，让我回家，顺便送葛排长去总医院住院，我答应了。到昨天，我才知道，你们不是去参加大演习，你们是要上前线打仗！我很害怕，害怕得心里发慌，脊梁沟里发凉。打仗会受伤，打仗要死人，你们连长他要是受了伤怎么办？他要是牺牲了我怎么办？昨天夜里我哭了半夜……

邱梦山没想到岳天岚会来跟战士讲这些，他感动得流下了热泪。战士们也流下了眼泪。

岳天岚继续说，我终于哭明白了，我是害怕，我是担忧。我知道我不应该害怕，也不应该担忧，更不应该哭！但是我不能不害怕，不能不担忧，不能不哭！我想，你们爹娘，你们兄弟姐妹也都会跟我一样！他们要是知道你们上前线打仗，也一定会像我一样害怕，一样为你们担忧，一样为你们哭！但是，我们绝不会拖你们的后腿！道理很简单，当兵扛枪，就是要保卫祖国。敌人来打我们了，军队不去消灭敌人，还能叫老百姓去上战场吗？彭谢阳他错了，军人不保卫祖国，国家和人民还养军队干什么呢？敌人在杀害我们边民，解放军不去救他们，眼睁睁看着他们被敌人枪杀吗？人家在污辱我们民族尊严，解放军不去保卫，让老百姓去保卫吗？你们去吧！你们上战场，家人也光荣！我们会天天想着你们，会天天为你们祝福，会天天为你们祈祷，我们等着你们回来，你们一定能凯旋！你们去吧！早日打败敌人，早日凯旋！

荀水泉和邱梦山带头热烈鼓掌，官兵们一边鼓掌，一边流泪。倪培林突然振臂喊起了口号，官兵也都跟着振臂高呼，保卫祖国！杀敌立功！为亲人争光！口号声响彻云霄，威震山河。荀水泉感动地双手紧紧握住岳天岚的手。

就在这时，救护车开进摩步一连操场，唐河背来了岳天岚的全部行李，全连官兵一起把岳天岚送上车。邱梦山站在车门口向岳天岚招手告别，岳天岚忍不住从车里扑出，双手一下搂住邱梦山的脖子，两只杏眼热辣辣地盯着邱梦山，邱梦山心里掀着一股股热浪。岳天岚说，答应我，一定要回来！岳天岚热切地等待着邱梦山回答。岳天岚这话让邱梦山头一次感受到了丈夫的那份责任，这时他才意识到，他除了要率全连官兵去完成历史使命，尽军人和连长职责外，他还是岳天岚的丈夫，他不仅有个爹娘生身之家，现在还有一个爱巢，除了承担孝敬赡养爹娘这份责任外，他肩上还担负着终生呵护妻子、热爱妻子、让她一生幸福这份责任。邱梦山毫不犹豫地回答，天岚，我一定回来！等着我。岳天岚紧紧抱住邱梦山，热烈地吻邱梦山。

救护车开动了，石井生带头喊了起来，嫂子！再见！大家跟着一起喊，嫂子！再见！荀水泉喊敬礼，全连官兵向岳天岚敬礼。

岳天岚流着泪，把头探出窗外，向邱梦山招手，向全连官兵招手，她声嘶力竭地喊，你们一定要回来！我盼着你们凯旋！你们爹娘兄弟姐妹都盼着你们凯旋！

第二章

——

天　职

1

摩步一连这条龙，让彭谢阳这小王八蛋一枪打成了一条虫。他若是只把自己个人打上军事法庭，倒也没什么可说的。但事情没这么简单，邱梦山、荀水泉、一排长，还有倪培林，他们招谁惹谁啦？一个个都跟着挨了处分，连摩步一连都连带着让他给毁了。

军列像条巨龙昼夜兼程，一路绿灯，滚滚向前。列车前半截是载人闷罐，车厢没有窗户，不见一个人影；后半截是载装备的平板，坦克、自行火炮、各式榴弹炮，炮筒一律下倾十五度耷拉着覆盖在伪装网里面，圆鼓溜丢显不出半点威严和气势，连那车轮声都沉闷得分不清是喘，还是在怨。

摩步一连憋闷在第五和第六节闷罐车厢里，一路没出歌声，没有笑声，连说话声都没有，一个个都蔫着。出事第二天，军保卫处、检察院、军事法院和师保卫科一齐蜂拥而至，车一辆接一辆在摩步一连连部门前排了长队，连操场边白杨树的叶儿都惊得憋住气不敢飘动。不是摩步一连少见多怪，伏尔加、上海、皇冠、红旗，什么车没来过？何况这北京吉普！可别小看这北京吉普。车不一样，任务也不同。那些高级轿车是送首长来视察，是来夸他们，是来奖他们。

车越好，官位越高；官位越高，一连名气就越大；高档车来得越多，一连就越牛。这些低档车虽只送来保卫处副处长、法院副院长、检察院副检察长、保卫科副科长，都是团以下军官，车不好，官也不大，可他们是来办案！是来治罪！找谁谁倒霉，谁见谁头痛。

彭谢阳躺在病床上成了一摊烂泥，烂泥也没人可怜，当场就被撕了领章，摘了帽徽，当罪犯看守起来。昨天还是宝贝新兵蛋，今天就成狗屎堆。他是自作自受活该，但撕他领章，等于撕摩步一连全体官兵的脸皮了；摘他帽徽，等于摘摩步一连那些锦旗奖状。全连进饭堂像进追悼会会场，吃饭像吃药。

荀水泉蔫得最没人样。他上车就胃痛一样一屁股坐在闷罐车车厢中间那车门处，闷头抽烟，一支接一支地抽。车门关着，但关得不严实，留着一道缝，阳光从这缝隙里钻进来，射到荀水泉脸上，一闪一跳地逗他玩。这时候别说阳光，只怕女儿逗他他都不会开心。荀水泉蔫不只是挨了处分。处分谁也不会喜欢，虽是替彭谢阳承担领导责任，但别人档案袋里没处分，你有，提职升官就有说法，就得往别人后面排。李松平想帮荀水泉一把，逮着机会对邱梦山公事公办，抓住了彭谢阳私藏两颗子弹这个有力证据不放，把问题根子定到了邱梦山消极参战、管理不到位上，荀水泉心里更难受，李松平这时候越借机给邱梦山小鞋穿，荀水泉就越难受。傻瓜都知道自残是违抗军令，是背叛，是政治立场问题，是人格问题，根在政治工作不落实，他荀水泉是政治指导员，是他工作不力，是他不称职。而且邱梦山一再提醒他，别再搞虚头巴脑那些形式主义，屁用不顶，他心有抵触没当回事。连里出政治问题，让连长受过，他怎么会心安？他对处分毫无怨言，但他承担不起责任。一连那些荣誉和辉煌，是几代人用血汗换来的，现在毁在他手里，全部归零！他怎么承担得起？

阳光继续在荀水泉脸上舞蹈，他无心理会。要说委屈，他有一点，人家都雄赳赳气昂昂奔赴战场，他们却背着卜字架参战，做什么都成为将功补过，看着全连官兵跟着一起受过，他心里痛。人有委屈倍思亲，他想到了曹谨和女儿。开拔前，他一直想要给她娘儿俩写封信，可没能抽出空，也没心情写。到了那里还不知怎么样，也许根本不可能写信，这一去，万一要是光荣了，连句告别的话都没留下，太对不起她们娘儿俩了。荀水泉想到这事，心里很酸，他扔掉烟头，转身拽过挎包，摸出笔、笔记本和纸，拿笔记本垫着，开始给曹谨写信。

倪培林是摩步一连第二个蔫人。一班是第一拨上车，他是一班长，车厢呈旯角自然只能属于他。这倒正合他的心意，这会儿他最怕跟其他班长挨着，尤其是石井生。平素里他占着一班长位置排名在先，出了不少风头。这一回真让邱梦山说中了，跟谁挑战呢？倪培林蔫，全蔫在那个处分上。军校没考上，他把全部希望押在干上。结果没干出功，反干来个处分，他完全绝望了。倪培林倚着车厢壁，窝在那个车厢旯旯角里再没了生气。

再数下来就是马增明和杨连松两个。他们两个并没挨处分，可他们跟彭谢阳在一起哭过，再沾着老乡关系，自己就觉着脱不了干系。两个人已噤了声，一天到晚什么话都不说，不是没话说，而是不敢说。彭谢阳被开除军籍，遣送回乡，命虽还在，但跟死了一个球样。不管在别人眼里，还是在他们自己心里，他俩跟彭谢阳半斤八两，好不到哪去。明白了这些，他们两个就自觉地取消了话语权，不说话比说话稍舒服一点。

全连有两个人反常，一个是邱梦山，一个是石井生。两人一上火车就呼呼大睡，像是十天没睡觉了，要把本捞回来。石井生好理解，彭谢阳是一班的人，看着对头倪培林挨处分，爽爽快快出了口窝心气，这口气一直想出而没机会出。

邱梦山嗜睡让全连官兵难以理解。他是一连之长，处分跟荀水泉一样重，他也知道李松平在对他公事公办，检讨比荀水泉多写了四遍。尽管李松平在一连官兵面前没有表现出要专门对付邱梦山一点意向，还公开检讨自己深入基层不够，尤其对干部思想问题迁就手软，但在挖思想根子这一道程序上，李松平实际在跟邱梦山过不去。李松平早在心里把彭谢阳问题根源定在邱梦山沉溺于爱情消极抵触参战上，他围绕彭谢阳私藏那两颗子弹，设计了一条挖根线路，要求邱梦山顺着他设定的线路往深里挖。邱梦山学习愚公一遍一遍地深挖不止，除了没说个人反党、反对参战外，方方面面都挖到了，但始终没挖到李松平设定的那深度，就是通不过。作为教导员，李松平一次都没有直接与邱梦山面对面揭批，他只引导保卫干事，让保卫干事诱导邱梦山挖。邱梦山自己再也挖不下去了，他让荀水泉去探探那底在哪儿。荀水泉已经很尴尬，再不帮邱梦山他就没脸做人了。荀水泉巧妙地从李松平那里探到了根底，邱梦山听了只能笑，他让荀水泉传话，给什么处分他都接受，但要他在检讨里写沉溺爱情消极抵触参战办不到，他没这么想，也没这么做，有能耐把他跟彭谢阳一起开除军籍！荀水泉把这话降了调传给了李松平，李松平悄悄让保卫干事设定了另一个问题——蔑视工作组，全连都为连长抱屈。不知谁把这事捅给了团长，团长有点火，直接给李松平打了电话，让他别再搞莫须有上纲上线，李松平这才收手。经历这么一场风波，他居然没事儿人一样，竟能一睡不醒。有一些官兵看连长这状态，心里发急，打仗胜败关键在指挥，连长这状态，这仗怎么打？

邱梦山在睡觉，也不在睡觉；有时候在睡，有时候不在睡；睡着时，死死地睡；不睡时，醒着他也不睁眼。邱梦山不想睁眼，是不想看自己那些兵，也不忍看自己那些兵。看着全连这副败气，他生气，想骂娘，但他这会儿不想生气，也不想骂娘，他只愿意暗自思量。有时候他在思念岳天岚，想他们那些疯狂，想他们那些甜蜜，想她回家后怎么跟爹娘跟岳父母讲。思念完岳天岚，邱梦山再想彭谢阳这个小王八蛋。邱梦山一想到彭谢阳就恨自己，恨自己怎么会败在他手里。邱梦山认为自己完全不应该败给他，可又不得不承认真是败给了彭谢阳！而且他再也赢不了这小王八蛋，他只能恨自己。不管李松平是什么动机，他抓住那两发子弹做文章没错。他恨自己心太软，心软是军人大忌，对军事干部来说更是死穴。

邱梦山感觉有人在拽他裤腿，他把眼睛睁开一丝缝，见是苟水泉。苟水泉现在这张脸他最不爱看，比倪培林那张脸更不受看，邱梦山不以为然地闭上了眼睛。苟水泉再一次拽他裤腿，邱梦山揉了揉眼，尽情地伸了个懒腰，十分不情愿地坐起来。干吗呢？连觉都不让人睡啊！苟水泉小着声说，睡一天一夜了，该补足了，再有一夜，就到那边了。邱梦山没好气，早着呢，下了火车还得坐汽车。苟水泉的屁股再往邱梦山跟前挪了挪，声音更小了，该收收大家的心了，想法提提神，打打气。邱梦山不爱听这话。你想收心就收，想提神就提，想打气就打。苟水泉看邱梦山情绪不好，守着兵们没法计较，仍低声下气地商量。还有件事必须做，每个人得把部别、血型、姓名填到衣裤口袋反面和军帽里子上那表格里，要不负了伤会影响抢救，牺牲了没法查明身份。这不是件小事，等于建个人随身简明档案，战场上只能靠这确认身份。军衣军裤军帽，常服野战服都得填写好。这样也等于收了心，让大家思想上早一点进入战争状态。邱梦山觉得这事该办，出发前一切都让彭谢阳搞乱了，没顾得做这件事。但他仍是那腔调，说这属于政治工作，你做就是了。

邱梦山一仰身子仍又躺下。苟水泉觉得邱梦山变得像一汪深潭见不着底，过去邱梦山心里有话从来不瞒他，如今邱梦山不再信任他了，邱梦山在怪他，是他苟水泉连累了他。苟水泉心里更不是滋味，两个主官要统一不了思想，这仗可怎么打啊？那要死人啊！荀水泉顾不得跟邱梦山沟通，他得先组织落实这件事。他振作一下精神，清了清嗓子，发了话，让大家起来，把服装都拿出来，把每件衣裤和帽子上那表格填好，他特别强调部别统一填摩步团一连的代号，千万别填番号，战场上更需要注意保密，责成班长挨件检查，不能有半点差错。

全连官兵都打开自己背囊，拿出衣裤军帽，拿钢笔圆珠笔填那表格，气氛十分庄严。邱梦山仍旧躺着，也许他觉得自己这么躺着不合适，翻身坐了起来，拿出军装也一本正经地填写那身份档案。邱梦山扫了一眼旁边的石井生，发现他血型也是 B 型。你小子血型也跟我一样啊！石井生叼着喇叭筒笑笑说，要不说兄弟呢！你要是负伤，我给你输血用不着化验。邱梦山说他乌鸦嘴，仗还没开打就说不吉利话。荀水泉看有了这气氛，心里才松了口气。

2

操场分别，岳天岚完全被战争气氛所感染，她不知不觉被带进了另一个环境，一切都让她感到那么神圣，那么高尚。她看着葛家兴，看着身边那卫生员，浑身激奋，仿佛自己也参加了战场救护。

岳天岚带着这种激奋投入到送葛家兴去军区总医院这个任务之中，她已经没有一点离愁别恨，她读懂了军人这个称呼。军人不能不执行命令，军人不能不保卫祖国，军人对妻子感情再深那是私事，私事再大也是小事，小道理再有理也得服从大道理。岳天岚与葛家兴非亲非故，但她非常清楚，她是连长的妻子，她是在替丈夫分忧。一路上她像服侍伤病员一样给葛家兴买饭、端水、洗水果，悉心照料葛家兴。岳天岚带着这样一种情意照料葛家兴，没想到葛家兴却不领情，无论岳天岚为他做什么，他居然不跟她说一句话，连个笑脸都不给。岳天岚十分不解，她检讨自己哪做错了？她真心诚意在帮老公做事，真心诚意在照料他，不敢有半点马虎。难道是邱梦山亏待了他？就算邱梦山有什么对不起他，让自己老婆来送他也算可以了。

岳天岚找不到答案，心里很不舒服，但她没计较，还是尽心尽力照顾他。火车到了站，岳天岚和卫生员一人一条胳膊架着他下车，扶他上出租车，搀他下出租车，拿担架车推他进医院。岳天岚所作所为葛家兴都接受，就是不跟岳天岚说话，也不给她好脸色。

岳天岚本想在医院陪他两天，但发现自己服侍他并不能让他快乐，就没再自找难堪。岳天岚和卫生员一起把他送进病房，帮他买了生活日用品，买了水果，安排好一切，然后向葛家兴告别，葛家兴居然连句客气话都没说。岳天岚扫兴地回家，一路上她更想念邱梦山。她想把一切告诉他，问个究竟，但他们已经天各一方。

车上到处是商人，一会儿有人来推销袜子，一会儿又有人来推销派克笔，还有人来悄悄地发展她当传销员，还有人劝她参加什么会。军营里和军营外完全是两个不同世界，眼前这一切与她此刻的心情形成强烈反差，岳天岚很不舒服。

女婿是半子，岳天岚妈听说女婿要上战场打仗，比岳天岚还担忧，没说几句话竟掉起了泪。岳振华却相反，家里终于也有人在报效国家了，他说男儿坠地志四方，马革裹尸固其常。岳天岚跟她爸急，不要他开口就说不吉利话，什么马革裹尸，应该宣传他们报效祖国义无反顾的那种英雄品质。岳天岚目睹了彭谢阳这事后，邱梦山、荀水泉、唐河、石井生这些人，在她心目中都戴上了光环，她喜欢这种光环。人生像他们这样才壮丽、才辉煌、才伟大、才灿烂。她要大家赞美他们，祝福他们。岳振华说梦山这小子行，是个将军坯子，将来肯定会有大出息。岳天岚竟笑了，父女两个找到了共同语言。

尽管在假期，岳天岚还是特意找校长销了假。校长对岳天岚先斩后奏很有些不满，他有点漫不经心，问她怪怪地走，为什么又怪怪地提前回来了。岳天岚把邱梦山要去参战这事告诉了校长。校长非常震惊，新婚送夫出征，那是戏文故事，竟发生在自己学校老师身上。恻隐之心人人都有，如今一片歌舞升平，大家都在尽情享受生活，而岳天岚丈夫却要带着部队去流血牺牲，校长心生敬畏，他感到不该对岳天岚不满，校长便加倍说了许多安慰话。岳天岚并不需要安慰，她倒希望校长能对邱梦山他们发出赞叹。校长只是安慰，没有赞叹，岳天岚有些失望。

岳天岚没把邱梦山上前线打仗这事告诉公婆，她知道公婆没多少文化，也理解公婆与梦山那骨肉亲情，她只说他要参加大演习，太忙，她在那里不方便，只好提前回来。公婆一直把岳天岚当仙女，见儿媳给他们买了新衣，还大包小包买了许多水果点心，他们反觉儿子对不住儿媳，专门杀了一只公鸡给儿媳吃，还让她背回一兜鸡蛋，说比城里卖的那鸡蛋香，弄得岳天岚坐车都得小心提着鸡蛋，生怕碰碎辜负了公婆一片心意，结果还是碎了三个鸡蛋。

　　岳天岚回家后在教育局大院自己家住了一夜，她一夜没能合眼，睁眼闭眼，满屋子全是邱梦山，一想到他心里就激动，一激动鼻子就发酸，鼻子一酸眼泪就涌出来。她下决心不哭，她要为邱梦山笑，为邱梦山骄傲。于是岳天岚第二天搬回爸妈家住，硬让妈跟她做伴，生怕夜里想邱梦山。

　　岳天岚一天一天掐着日子算，她算还有几天他们开赴前线。她发现自己犯了一个错误，只顾着分别伤感，忘了问边界那里地址，连信都没法写。她还想，上面不知怎么处罚彭谢阳，梦山和指导员不知受没受连累，还想梦山一定累瘦了。她意识到不能老这么想，可跟老妈又没有多少话好说，她忽然想到了曹谨。离开部队时，荀水泉跟她说了妻子曹谨的工作单位，让她们相互走动走动。

　　岳天岚找到供销社烟酒公司仓库，曹谨正指挥着几个工人在卸货。岳天岚看曹谨正忙，不好上前打扰，站在一边看热闹。曹谨身材很不错，不胖不瘦，该凸凸，该凹凹，凹凸有致，行动起来，胸脯、臀部、腿、胳膊，哪都富有弹性。看曹谨指挥大家干活那泼辣洒脱样，还有那响亮的嗓门，不用介绍就看出她是头儿，是个爽快能干的人。曹谨发现了岳天岚，两个人素不相识，但曹谨觉察到她是来找自己，曹谨赶忙过去打招呼。岳天岚做了自我介绍，曹谨笑成了一朵花，爽朗的笑声传出去一条街，听说她从丈夫身边回来，喜不自禁，赶忙打发人去旁边商店买汽水和水果。

　　曹谨跟岳天岚一见如故。岳天岚急忙给曹谨说连队那些事，从她耽误下车说起，一直说到彭谢阳怕参战自残。曹谨饶有兴味地听着，其实她最渴望听岳天岚说说荀水泉。岳天岚却一点没体会到曹谨这种心情，她只顾说邱梦山，始终没提到荀水泉一个字。曹谨听到彭谢阳自残要被送上军事法庭，手里那汽水瓶啪地掉到水泥地上，汽水连同瓶子一起在地上开花，曹谨脸上那花朵霎时谢了。她去过部队，跟荀水泉在一起那些日子，发觉他睡觉都睁着一只眼醒着一只耳朵，和平时期出问题责任大都归政工干部。曹谨这一惊骇，反过来让岳天岚震惊，她愣眼看着曹谨不知说啥好。曹谨走过来伸手把岳天岚紧紧搂住，有两滴东西掉到岳天岚后背上让她感受到了沉重。她不知道曹谨在想什么，只好怪自己走得仓促，没顾得帮指导员往家捎东西。接着她再夸他们，说他们太辛苦了，他们不只要对上级负责，还要对每一个士兵负责，明知要流血，明知要掉脑袋，可谁也不含糊。小时候老师讲的那些英雄故事，不过是故事而已，他们才真是英雄。她为他们骄傲，为他们光荣。

曹谨感觉岳天岚还像个中学生，天真可爱，邱连长能娶这么个单纯姑娘，也是福气。曹谨已是过来人，她要岳天岚明白，做军人妻子，绝不只是光荣，更多的是孤独、忍耐甚至痛苦。他们结婚三年，在一起不到五个月，三年中她只去过一次部队，见了面恨不得把她爱死，分开了什么事都不管不问，生孩子他不能回来，丫头百日咳，他帮不上一点忙。现如今上了战场，要是伤了残了，咱一辈子受罪；要是牺牲了，咱成了寡妇，说句不中听的话，想再嫁人都没人要。

岳天岚让曹谨说得目瞪口呆，立马就失去了交谈的兴趣，回家路上岳天岚对曹谨竟有些失望。

3

咣当！火车刹车把兵们连同装备全都震醒。前面就是战场，谁都知道命重要，兵们一根根神经立马紧绷，一双双眼睛都瞪成牛蛋，一个个从车厢中门蜂拥跳下。人、车、炮全在吼叫，站台上一片忙乱。

邱梦山头一个纵身跳下火车，双脚沾地他就直奔营长。唐河背着冲锋枪紧随其后一步不离。邱梦山头一个立到营长面前，其他几个连长呼喊半天才找齐，这就是差异，邱梦山当然只能在心里嘀咕。任务在站台上下达，部队由装载开进转入摩托化开进，成建制按作战队形向栗山挺进。邱梦山铁青着脸回来，还不错，十二个班长一个不落地已在站台上等他，军人就得有这素质。邱梦山宣布按编制序列依次向栗山待机阵地摩托化开进，宣布完任务他没给苟水泉啰嗦的机会，一挥手喊了声上车出发。苟水泉不解地盯着邱梦山，意思很明白，怎么不让他动员几句。邱梦山只当没看见，直奔连指挥车。装备家当太多，兵们恨不能再生出两只手来，有了彭谢阳事件，谁还敢怠慢。

坦克、自行火炮、装甲输送车、炮车一辆接一辆呼啸着从混乱中鱼贯理出队形，滚滚铁流，尘土飞扬，如波涛涌向栗山。

栗山和寿山是我国境内的两座大山，J军接防前，栗山已被N军收复，完全在我控制之下。寿山靠两国边境我方一侧，仍被敌军占据着。栗山属边境后方，原先只有后勤仓库坑道，没作战永备工事，N军收复栗山后，在栗山沿线构筑起工事，挖了防空洞与敌军对峙。按总指挥部部署，J军各部迅速进入待机阵地，熟悉战场情况，等候命令接防N军阵地。任务是坚决扼守栗山阵地，全面做好寿山反击战役准备，等待时机，一举夺回寿山，把敌人赶回老家去。

摩步一连车队开进栗山脚下一个村寨，这里已是战场边缘，兵们仍没感受到战争是什么滋味，也不知道战场是什么模样，只发觉这里山深林密，到处是芭蕉树、棕榈树、榕树和藤蔓等亚热带植物。老百姓穿着各式民族服装，男女都花花绿绿；房子是竹楼，零散得不大像村落。兵们顾不得看景，但也没事可做，一个个只好精神紧张地握紧钢枪，挺起胸膛，似乎这样才显示出他们是来打仗的，而不是在游山逛景。那些傣族、苗族、白族姑娘们服装美丽得像过年，格外引人注目，兵们以为她们是特意盛装欢迎他们。

啪！一束鲜花打到石井生头上，石井生条件反射地接住鲜花，他本能地扭头看扔花人。哦！是位傣族姑娘，她穿着筒裙，头饰是一朵艳丽牡丹，石井生感觉她比邻居春杏更美丽可爱。石井生情不自禁地朝姑娘招了招手，姑娘居然举起双臂向他示意。汽车拉断他们的视线，姑娘在石井生心中留下了一个影子。

轰！轰！轰！车队还没有开出村寨，突然一群炮弹起哄着飞过来，下雹子一样往下砸，村寨里硝烟四起。

下车隐蔽！

邱梦山一声吼，摩步一连各班兵们跳下车向村口两边隐蔽。敌人炮弹没遮没拦四处飞舞，摩步一连对敌军炮兵猖獗撒野没一点脾气。许多士兵吓白了脸，兔子一样钻进路边草丛树下隐蔽，紧张得心里咚咚咚乱跳。村寨里有房子起了火，满村寨鸡飞狗跳，男女老少抱头鼠窜，哭喊声惊天动地。眼睁睁看着百姓遭殃，眼睁睁看着百姓房屋被炸塌燃烧，石井生丢开了恐惧和害怕。日你娘！当着老子面欺负我们老百姓，把我们当什么啦？！

救护老百姓！

邱梦山没接到上级命令，他忍不住擅自向全连发出了命令。兵们顾不得个人安危，各班迅速分头冲向村寨。路边已经有房子着火，石井生带着三班抢先冲进房子救火，房子是木质结构，屋顶盖的是茅草，烧起来干柴碰着烈火，没法救。房子里有女孩子在哭喊。石井生拿水把身上浇湿，带头冲了进去。他见一个姑娘双膝跪地抱着亲人呼天抢地在哭叫，地上躺着一男一女，两个都在流血。石井生二话没说，先扛起男人冲出屋去，马增明和张南虎一同架起受伤女人往屋外跑。房屋在燃烧，那姑娘还在里面哭，石井生再次冲进大火，双手把姑娘托起扛到肩上，从火里冲了出来。放下姑娘，石井生一愣，竟是扔花那姑娘。

N军炮兵开火还击，一二〇、一三〇、一五二、火箭炮万炮齐发，一群群火凤凰飞向天空，怒吼着飞越栗山，飞向敌军阵地，压制了敌军炮火。

石井生全班救出傣族姑娘一家，把大火扑灭，房子烧得只剩下一个空架子，房屋被彻底毁坏。卫生员赶来给她阿爸阿妈包扎，但两个老人都已被炸死，卫生员无能为力。姑娘扑在阿爸阿妈身上哭叫，无论怎么伤心，两个老人再无法醒来给她安慰。三班除了石井生，一个个都跟着流泪，马增明差不多也跟着哭了起来。石井生没有流泪，他问姑娘家有没有坟地，姑娘抬起泪眼，看着眼前这位解放军大哥，她没说出话又哭了起来。

石井生领着兵们帮姑娘埋葬了阿爸阿妈。姑娘自始至终一直趴在地上哭泣不止，石井生伸手把姑娘拉起来，跟她说，你别伤心，这仇我替你报，我向你发誓，我石井生要不亲手杀死十个敌人，我就不是男人。敌人把姑娘害成孤儿，石井生知道孤儿是什么滋味，他决心帮她讨还这笔血债。姑娘抬起泪眼看着石井生，看着看着，姑娘突然扑通跪到石井生面前，朝石井生磕起头来。石井生慌了，急忙扶起姑娘。他又说，你放心，我是解放军，说话算话，一定会让这些狗杂种加倍偿命。

摩步一连紧急作战会在待机阵地上召开。班长们听邱梦山传达完作战任务，一个个脸上都是慌张。晚上八点开始交接阵地，他们团接守栗山主阵地，他们连接守前沿阵地。前沿阵地意味着什么班长们都还模糊，模糊心里就没底，遇事没底就心慌，何况这是战场，是要去拼命。邱梦山看班长们那紧张样心里窝火，出了彭谢阳那事，团里并不想把这任务交给一连，是他和荀水泉硬着头皮向团长争要，团长这才给他们个将功赎罪的机会。任务争来了，可这任务绝不是挖条坑道，也不是去筑抗洪大坝。前沿阵地有个无名高地，位置在栗山和寿山之间那片开阔地上，而且偏寿山一侧。据N军介绍，无名高地是栗山与寿山之间那二百多米开阔地上的一座堡垒，同时也是栗山与寿山间这条山谷通往东面河流之屏障，我国在二十世纪六十年代就在这里打了坑道，建了永备工事，但据N军说，上面只能驻一个班。无论谁控制它，对方每天都会拿成吨成吨的炮弹往这里倾泻，无论谁占领都无法完全控制它，前线称它是死亡高地。N军与敌人在无名高地进行了几番较量，各有得失，现在无名高地完全在N军控制之下。阵地今晚八点就交接，守住守不住无名高地对J军是个考验。要是守住了，算是两军顺利交接，稳固了阵地；要是守不住，那是J军旗开得败。开战丢失阵地，影响有多坏，要承担什么责任，谁心里都清楚。

邱梦山说完情况，班长们一个个几乎忘了喘气，都愣眼看着邱梦山。邱梦山说，情况就是这样，哪个班愿意去守无名高地？班长们谁也不看谁，一时竟没人表态。石井生闷着头掏出了烟粮袋，不紧不慢卷了支喇叭筒，点着抽了一口。石井生吐着烟，拿眼扫倪培林，倪培林没反应，他在想事。石井生不紧不慢道，没人上啊，没人上我们三班上吧。石井生这话带着个吧字，苟水泉觉得他这话十分勉强，但石井生不是说着玩，上无名高地意味着什么他清楚，那是去挨成吨成吨炮弹轰炸，是去流血牺牲。

石井生话音刚落，倪培林突然醒来一般，急忙说我们是一班，该我们上。接着其他班长也凑热闹地跟着表态。石井生扭头睒了倪培林一眼，两肩膀一耸嘿地一笑，那意思很明白，我不说，你他妈不开口，我要上了，你又来争，闹意气也得分个时候，这是去玩命，别斗气了，还是我们上吧。石井生看着倪培林吸了口烟，拿眼睛告诉了他这些。邱梦山心里很矛盾，让一班上，刚出了彭谢阳那档子事，他不那么放心。让三班上，又有些不舍，倒不是怕石井生牺牲，他考虑栗山这边前沿同样需要石井生他们班，用起来顺手。邱梦山并不希望大家意气用事，大家沉默他觉得这就对了，他要大家认真对待。于是他重新强调，无名高地很艰苦，上面没有水，要夜里靠人往上背；那里也没法做饭，只能啃压缩饼干；无名高地难守，除了每天要承受炮弹轰炸外，还要随时对付敌人偷袭，需要独立作战，到那里没有退路，只有死拼硬顶，这一点大家都要清楚，我们打仗，要打有把握之仗，做有把握之事。

倪培林这回抢在了石井生前面，连长，在编制序列里，我们排在第一，当然应该我们上。苟水泉骨子里不信任石井生，他也想让一班上，一看倪培林积极请战，他很高兴，立即开了口，那就让一班上，让他们经受考验，经受锻炼，同时，他们也可以用实际行动消除影响。

在战场，一切事情都变得简单。邱梦山宣布，一班上无名高地。作战会议结束，邱梦山把倪培林留下，他向倪培林具体交代了任务，倪培林没有激动，也没胆怯，还情不自禁地右手紧握着拳头，抬起胳膊把拳头举过了耳朵，做了个宣誓动作。他对邱梦山说，我们一定以实际行动为一班雪耻！人在阵地在！人不在阵地也要在！

晚上八点，交接阵地行动开始。倪培林带着全班十二个兵站到邱梦山和苟水泉面前，兵们也都跟着倪培林右手握拳抬臂做了那个动作，也跟着倪培林说了那些话。尽管有人腿肚子不争气地打战，但还是很有气势地表达了决心。

邱梦山挨个拍了他们的肩膀，他心里明白，这十二个兵，上去就会有人受伤，也会有人牺牲，也可能一个都回不来。听着自己部下说这种话，邱梦山心里有点热，热里面还带点酸。他是他们的连长，他们是他的部下，他是他们的兄长，他们是他的弟弟。挨个拍完肩膀，邱梦山站到他们面前，他跟兵们拉家常一样作了具体交代。接阵地后，首先熟悉阵地，重点在朝寿山敌方那面，地形地貌，一草一木，哪怕是一块石头，一道沟坎都要熟记在心。每个人都要明白阵地怎么守，要搞清楚敌人会从哪些地方摸上来，怎么击退敌人的进攻。要把火力布匀，不要留死角。夜里上双岗，不能瞌睡，上岗瞌睡是找死。上去后，看看弹药够不够，立即来电话。药和纱布个人先带上去。水，勤杂班随后会给送上去，吃只能艰苦一点了，有可能就给你们送饭，送不上去，你们就只好啃压缩饼干。一周，你们要坚持一周，一周后，我派其他班上去换你们。每天向连指挥所报告四次，早、中、晚、午夜各一次，有意外情况随时报告。记住了吗？倪培林挺起胸说记住了。

邱梦山没法送他们，他要指挥全连接收阵地，他朝他们挥了挥手，去了连指挥所。荀水泉把倪培林他们一直送到栗山山脚下。荀水泉发现，无名高地与寿山山体相连成块，而与栗山之间有二百多米宽的一片开阔地，一旦敌人用炮火封锁，很容易割断无名高地与栗山之间的联系，无名高地会成为一座孤岛。

一个小时之后，邱梦山率部队进入栗山前沿阵地。邱梦山刚进指挥所，倪培林用报话机找他，倪培林说话也粗野了，连长，真他妈操蛋！弹药备得不足，手榴弹没几箱，水也没有，什么玩意儿！邱梦山只能安慰他，一班长，别着急，战场上什么情况都会碰上，这也是咱锻炼战场适应能力的机会，别着急，弹药和水，我马上派人往上背，记住，电话线路一定要维护好，报话机尽量不用！容易泄密。你赶快带着兵熟悉阵地，随时准备战斗。

摩步一连当晚都住进了防空洞。刚钻进防空洞，感觉像进了地狱，又暗、又小、又潮，野战服像块湿布裹在身上，要多难受有多难受。

石井生带领三班进了防空洞，给每个人分配了安身位置，让大家拿出小铁锹修整。防空洞像桑拿房，坐在那里不动浑身都冒汗，干活一出力，浑身便没干处。石井生把背囊往洞门口一放，把野战服脱了下来，连背心都脱了，只穿一个裤头。全班都愣眼看着他。石井生说，有什么好看的？想舒服点就脱，不怕捂出湿症就裹着。兵们立马都把野战服脱了。马增明看到班长把背包放到防空洞洞口，知道睡洞口危险大，他就悄悄地提起背包来到洞口。石井生不容商量地把他那背包扔了回去，说，等你穿破几套军装再来争这种事。马增明没话可说，他打心里服班长。石井生向全班发话，用十分钟整理好个人战备物资，然后跟我一起去战壕熟悉地形。

<h2 style="text-align:center">4</h2>

说防空洞是桑拿蒸房一点不过分，又热又闷又潮，但人搁不住疲劳，真累了，泥里水里照样睡。凌晨五点，摩步一连全体官兵除了哨兵，其余人都沉睡在梦中。轰隆！轰隆！轰隆！山下突然传来隆隆炮声，山体不住地战抖。邱梦山一骨碌爬起来，从观察孔往下看，晨曦中，无名高地上一片火光。

炮弹成群结队呼啸而来，似乎故意要试试倪培林他们的胆有多大，志有多坚。炮弹一波接一波在坑道顶部爆炸，那一阵阵巨响把一班十二个兵的眼珠子都要震脱。他们一个个面部肌肉全都僵硬成块，没有惊叫，也没有语言交流，都傻眼相看着，身不由己地随着一阵阵爆炸声战栗。有几个兵用双手捂住了脑袋，仿佛他那两只手是坦克钢板，只要拿手护住脑袋就能保住性命。十二个兵显得有些狼狈，可谁也没觉得有多丢人，在这种情况下，反正都一个熊样。

炮弹滚过几阵之后，兵们感觉脑袋还长在脖子上，手脚也都还完好无缺，拿手捂着脑袋那几个兵这时才慢慢意识到自己傻，不好意思地把两只手从脑袋上拿了下来。倪培林是这里的最高指挥官，他虽没拿手捂脑袋，但他那手脚也一直在颤抖。打娘肚皮里出来，谁听过这种巨响，谁受过这巨震。他们连队也打过炮，但那是单发，比二踢脚动静大一点而已，再说，打炮是把炮弹打出去，炸点都在几百米、上千米之外。而现在是十发二十发炮弹一起在头顶上爆炸，真是天崩地裂，再这么震下去，心脏不震裂，脑袋先得震晕。老兵徐平贵突然反应过来，他对着倪培林喊，班长！坑道下面有弹药库！咱们下到弹药库爆炸声会小些！倪培林果断地挥手让大家下弹药库。

兵们赶紧一起往下面弹药库跑。下到弹药库，他们才恢复听力，发现对方不只嘴唇动，还能发出说话声音，一张张绷得钢板样的脸蛋才松弛下来，只是每个人耳朵里依然不停地在嗡嗡响。爆炸声是小了许多，但山依然在颤抖，坑道也仍然在震动。兵们一个个抬起头察看坑道混凝土，地动山摇归地动山摇，但没有什么东西掉下来，坑道很坚固。倪培林有些乐观地说，坑道坚固着呢！把天炸塌，这坑道也塌不了。倪培林成了全班的主心骨，他有责任设法让大家情绪安定，要是大家不安定，他也没法安定，全班心不安定，这阵地就没法守住。大家听倪培林这么一说，心里稍稍松了一口气。倪培林看大家眼睛里仍旧布满恐惧，他感觉这样恐惧下去不行，大家都在弹药库躲着倒是安全，可万一敌人摸上来怎么办？让敌人摸进了坑道就完了。倪培林提起冲锋枪站了起来，让两个兵跟他上去。那两个新兵，有些胆怯。倪培林很不高兴，他说，有坑道，有枪，有手榴弹，还有四〇火箭筒，怕什么怕？咱们要是不把敌人打死，敌人就要打死咱；咱们要是把敌人打死了，咱们很可能就死不了，走！其余人先在下面躲着，听到喊声，立即上来。那两个兵默默地跟着倪培林来到上面坑道。

倪培林还没爬到上面坑道，听到电话铃在响。倪培林忘了给连长报告，他三步并作两步蹿过去拿起电话，只喂了一声，邱梦山就破口大骂，问他怎么回事，倪培林尽管被连长骂了，但还是像孩子在困境中听到了家长问候一样。他急忙解释，连长！炮弹就在我们头顶上炸，炸得我们心脏快破裂了，耳朵也震聋了。邱梦山没工夫听他解释，问他敌人上来没有，倪培林说还没发现，倪培林话还没说完，一个兵惊慌地喊敌人上来了，声音发颤。倪培林从射击孔往外瞅，敌人果真上来了，他喊了一声，敌人上来了！扔下电话，让那个兵叫大家赶快上来。邱梦山在话筒里面吼叫，让他们全力阻击，绝对不能让敌人上阵地。邱梦山吼得嗓子痛，倪培林却一个字儿都没听到，他已经端起冲锋枪进入射击位置，他慌得连话筒都没顾得搁机子上。那些兵迅速钻了上来，倪培林对他们吼，各就各位！要想活着回去，就把上来的那些敌人消灭，害怕只能等死！敌人手里是枪，不是烧火棍，只有把他们消灭，我们才有活路！

上面是环形坑道，四周都有射击孔。兵们一人一个射击孔，把枪支了起来。倪培林还在吼叫，也不知他是在给兵们壮胆，还是在给自己壮胆。别害怕！咱们在暗处，他们在明处，咱们有工事掩护，他们无处藏身，瞄准了打！狠狠地打！打死一个就少一分威胁！

一班十二个兵全开了枪。徐平贵旁边一个新兵，手发抖，枪是响了，但徐平贵发现子弹就打在十几米处的山坡上。徐平贵一边打一边吼，你他娘朝哪打啊？三点成一线都不会啦！深呼吸！瞄准了再打！倪培林也喊，你打不死他，他就会打死你！兵们打了几枪之后，面前尽管枪声不断，但没见敌人子弹钻进射击孔，慢慢就沉下气来，开始瞄准了再开枪，打着打着，渐渐找着了准头。乒零乓啷一阵好打，敌人不见了。徐平贵见旁边那个新兵还一个劲在射击，他走过去朝他屁股踹了一脚，那兵哇的一声尖叫，以为敌人踹他呢！徐平贵骂，你打什么呢，敌人都没有了，你往哪打啊？那个新兵傻笑着收了枪。徐平贵看着新兵犯疑惑，你瞄了吗？新兵十分无辜，瞄了啊！瞄？人都没了你瞄什么？新兵委屈，我看着他们还在跑呢！徐平贵说，步枪有效射程就二百米！敌人早跑出八百米之外了，你以为手里那枪是炮啊？新兵不好意思地低了头。

倪培林收起枪，回过身来，检查班里人员，人都在。他问伤着什么没有，兵们都说没伤着。倪培林松了口气，没伤着就好，就这么打。他让徐平贵统计一下打死了多少敌人，徐平贵挨个问，问完再从射击孔朝外察看，数阵地前敌人尸体。数来数去，能看到七八具尸体，最后确定消灭了八个敌人。倪培林当即向连长报告，他这才发现电话忘了扣，赶紧拿起电话重摇，电话一通，倪培林笑着报喜，连长！敌人打下去了！看到了八具尸体！邱梦山声音里露出了高兴，问伤着谁没有，倪培林说没有，一个都没伤着。邱梦山就更高兴，表扬他们打得好，让他们继续盯着，不要松懈，就这么打，晚上给他们送肉包子吃。

轰隆隆！炮弹又泻了过来。倪培林急忙向连长报告，这一回他没忘把电话扣上。一实践就有经验，倪培林让徐平贵带一个兵留上面监视敌人的行动，自己带其余兵们下弹药库避震。经历过一回考验，兵们胆子大了许多。炮弹爆炸声稀疏之后，没等徐平贵喊，倪培林就领着兵们钻上来。倪培林进入射击位置朝外一看，他吓呆了，高地前敌人黑压压一片，差不多有一个排，倪培林两手抖得连电话都拿不住，他向邱梦山报告了情况，请求团里火力支援。邱梦山让他别慌，坚决顶住，他会请示团里炮火支援。

就在这时敌人对栗山主阵地也发起了炮火袭击。邱梦山不能只顾无名高地，立即组织全连隐蔽，准备还击。倪培林这边吃了紧。十二个兵手里那枪虽然越打越准，但搁不住敌人人多，而且都是亡命之徒，前面倒下，后面连眉头都不皱，继续往上拱。倪培林急了，把冲锋枪拨到连发，咬着牙，搂住扳机不松手，子弹雨似的往下泻。扑通！一道火光从他旁边一个射击孔钻进了坑道，接着轰隆一声巨响。倪培林感觉有热汤泼到身上，他本能地抬手一摸，满脸是血，他以为被炮弹打中，惨叫了起来！连叫两声，他并没觉着哪疼，一扭头，感觉脖子上滴里嘟噜挂了什么东西。低头看，是肠子！他以为肠子被打了出来，吓得浑身哆嗦。倪培林赶紧伸手摸肚皮，肚皮上没有窟窿，他奇怪这肠子从哪来。倪培林扭头看，班里两个兵倒在地上，血淌得满地都是。倪培林正要去照应这两个兵，徐平贵惊呼，敌人上来了！倪培林顾不得那两个兵，一把拽掉缠脖子上的肠子，回到射击口，端起冲锋枪扫射。

倪培林一气扫了三个弹匣，再往外看，敌人往回撤了一点，但仍没放弃进攻。他摸起电话向邱梦山报告，牺牲了两个兵，敌人仍没有撤退。邱梦山要他坚决顶住，绝不能让敌人挨近坑道。倪培林感觉没有把握，问连长万一顶不住怎么办，邱梦山没给他退路，必须人在阵地在，倪培林只好放下电话。团炮兵的炮火让他们备受鼓舞，炮弹一群一群泻过来，打得很准，从他们坑道前沿，铺地毯一样一片一片在往下铺，铺着铺着，敌人慢慢消失了。

枪声一停，坑道内死一般寂静，兵们突然从生死搏斗中解脱，浑身骨架都松开了。倪培林抱着枪靠坑道壁瘫坐到地上，徐平贵和几个兵也都瘫坐在那里。倪培林没忘记自己是班长，他放下枪，先把全身摸了一遍，尽管身上到处是血，但没发现少什么，也没觉着哪儿疼，身上那些血不是从他肉里流出的，是战友的血溅到了他身上。倪培林站了起来，一一清点班里人数。两个兵遗体不成样，零零碎碎散在地上；还有三个负了伤在流血，坐在地上呻吟，全班减少了近一半战斗力。倪培林发觉三个伤号那呻吟，直接影响其他人的情绪。他走过去朝他们吼，让他们忍着点，呻吟照样还是疼，三个兵小下声来。倪培林转身对徐平贵说，快帮他们三个包扎好。徐平贵三个人一人帮一个，替他们包扎伤口，三个伤员停止了呻吟。

倪培林摸出压缩饼干，让大家抓紧时间吃点东西，一会儿敌人上来没空吃。徐平贵说他不想吃，想吐。倪培林扭头看了看两个被炸得血肉模糊不成人形的遗体，他也没了食欲。倪培林收起压缩饼干，让三个伤兵监视着敌人动向，让徐平贵几个跟他一起去掩埋牺牲的战友。

倪培林他们把两个战友的遗体抬出坑道，找了两个很深的炮弹坑，把他们掩埋。埋好后再给他们一人找了一块大石头，拿小石头把他们的名字写到大石头上，放在坟包上做记号。掩埋好战友，倪培林领着几个兵回到坑道，让大家一起啃压缩饼干。嘴里本来就干，啃压缩饼干更干，嚼了半天还是一口干炒面，没法下咽。倪培林说，咽不下也得吃，不吃没劲跟敌人拼，晚上连长给咱们送肉包子。大家就狠着劲啃压缩饼干。徐平贵一边嚼压缩饼干一边在想事，嚼着想着，他向倪培林提出一个疑问。他们只剩七个人，敌人再上来，要是守不住怎么办？倪培林没理徐平贵，他讨厌这个问题，他已经为这挨了连长训，再提更要遭批评。他面无表情，重复了那句话，人在阵地在。徐平贵有点懊丧，咱们班头一仗就都得报销。倪培林何尝愿意死，可没有命令，谁敢撤？他心里这么想，但话没吐出口。倪培林不说，徐平贵知道他也这么想，徐平贵就给倪培林出主意，让他乘敌人还没上来，再跟连长商量商量，要么连里派增援，要么他们顶不住就撤，不然他们都得牺牲，阵地肯定守不住。

倪培林嚼着压缩饼干，没说话，只是拿眼睛看徐平贵。看着看着，倪培林拿起了电话。邱梦山听出倪培林有怯战情绪，来了气，厉声说，倪培林！你给我听着！你赶紧把脑子里那鬼念头拔出来摔地上！拿脚踩碎！打到哪怕只剩下你一个人，也得打！你要是放弃阵地逃跑，我就毙了你！第一仗就丢阵地，你不想活啦！倪培林一头撞了南墙，推车撞壁地把电话扣上。

徐平贵问怎么样，倪培林说，不怎么样，开弓没有回头箭，誓与阵地共存亡。徐平贵把话咽进了肚子，转身靠坑道壁坐下，发狠地啃压缩饼干。倪培林一块压缩饼干没啃完，炮击又开始了。这一回，他们已懂得掌握打击时机，他们离开射击口，躲到安全处继续啃压缩饼干。炮击过后，倪培林他们嚼着饼干，提着枪来到射击口，这一回敌人更多，跑在前面的那些敌人已经进入射程。倪培林一边开枪一边吼，打！七个兵一人守一个射击口开始射击。那三个伤员也爬了起来，爬到射击口，也都咬着牙开了火。他们只有一挺班用机枪，一支冲锋枪，其余都还是半自动步枪，火力压不住敌人。敌人离他们越来越近，在坑道里朝外扔手榴弹使不上劲，投不远。敌人距离越近，对他们威胁越大。敌人拿三挺机枪封他们机枪射击口，机枪手先倒下，接着徐平贵哎哟一声惊叫，只觉右肩被什么咬了一口，鲜血慢慢洇红军衣。倪培林一看慌了，他大声喊，坚持住！只有消灭敌人！才能保存自己！不要离开射击口！扔手榴弹！绝不让敌人靠近！就在这时，敌人一枚手雷扔进了射击口，手雷爆炸，两个兵应声倒下，一班只剩下四个人。射击面越来越窄，没出五分钟，敌人又投进来两颗手榴弹，两声巨响，另外两个兵又倒在了血泊中。

倪培林爬过来，拿起了电话，声音有些颤抖。连长！只剩我和徐平贵两个人了！我知道，上级要求我们人在阵地在，人不在阵地也要在，但我们做不到了，现在敌人从正面围上来了，就算我们两个牺牲，也守不住无名高地！连长，你说怎么办？

邱梦山拿着话筒看荀水泉说，要不先让他俩撤，阵地丢了咱再想法夺回来。荀水泉朝他点头。邱梦山决断地说，你们想法撤回来吧！

倪培林和徐平贵一起向敌人疯狂地扫射了一阵，然后从坑道北口往外撤。

5

荀水泉的来信，给了曹谨莫大的安慰。曹谨从拆信到看完信，自始至终眼泪没断。信上那些字一个个都喝醉了酒一样歪歪斜斜站不住脚，字里行间隐伏着低沉和无奈，她能感受到荀水泉肩上担子有多重，一句开心话都没说，结束也来不及对她说句亲密话，草草地说好了，到那边看情况吧，还不知道能不能通邮。信就这么打住，给了曹谨一团疑云。曹谨的手下见主任流了泪，一个个慌得不知两口子发生了什么事，都围过来问。曹谨不好意思地擦掉眼泪跟手下说，孩子她爸，上战场了，他们已经到了边界，当晚就要进入阵地。她这话说得很轻，手下们听了却都惊呆了。手下看主任心里郁闷，他们想帮也帮不了，只能干同情。谁都知道上战场打仗，子弹不长眼睛，一不留神，咔嚓一下就会死去，想到这一层，手下没法表示什么，只好劝她回家休息。

曹谨心一横放了自己假，出了单位门，她却一时不知道该上哪。这么大个事该告诉爸妈，让他们知道，也好多体谅体谅她。曹谨忽然想到了岳天岚，觉得爸妈那里早一点晚一点告诉不碍事，该先去找岳天岚，说不定她也收到了信，她们才有共同语言。

学校里空无一人，传达室老头告诉曹谨，现在是暑假。曹谨拍脑门说自己傻了，她又找到了岳天岚娘家。没想到岳天岚不在，岳振华说她妈陪她上医院检查身体去了。

岳天岚虽然做了媳妇，但在她妈眼里还是个孩子，看她脸色不好，吃东西也挑这拣那，有时候还恶心，她妈就拉着她上了医院。一查，原来是怀孕了。

曹谨闷闷不乐地回家，没想到在胡同口迎面碰着了岳天岚和她妈。岳天岚见曹谨主动来看她，很是意外。曹谨告诉岳天岚荀水泉来信了，问邱梦山来信没有，岳天岚激动起来，尽管她还没接到邱梦山的来信，但只要荀水泉能来信，证明那里跟内地邮路还通，邱梦山一定会来信。曹谨把荀水泉的来信拿给岳天岚看，一点都没在乎私情不私情。岳天岚看完信，心里跟着沉重起来，信上虽没明说彭谢阳那事，但说战前官兵心理很复杂，战场就是生死场，什么事情都有可能发生，一路火车他一刻都睡不着。岳天岚自然担心邱梦山，邱梦山肯定也睡不着。两个人一时没了话，默默地进了岳天岚家。

岳天岚想不能这么干着急，该做点事，她提议既然跟前线通邮，立即给他们写信。曹谨当然响应，说晚上就写。岳天岚急着要告诉邱梦山喜讯，他要当爸爸了。曹谨也替他们高兴，想邱连长要知道了这喜事，不知会高兴成什么样，会给他多大鼓舞。岳天岚搂住曹谨说，让他知道自己要当爸爸了，好多一点责任感，多爱惜个人生命。

6

倪培林跑着跑着，感觉徐平贵没跟上来。徐平贵负了伤，倪培林不能撇下他不管，只好再跑回去，拖着徐平贵一起跑。徐平贵伤口很疼，但他知道命就在自己脚下，要是跑不出敌人的射击圈，只能死，他拼死跟着倪培林跑。他们两个正在生死线上逃命，邱梦山在连指挥所里被一级一级批成一堆狗屎。

丢失无名高地！消息像炉膛里蹦出一块红铁块，谁敢接？电话嗖嗖地从营里打到团里，团里报到师里，师里报给军里。军参谋长一挥手，击垒球一样挥棒把那红铁块咔嚓一棍击到指挥所角落里。哧儿一声，烫手的消息凉了，没再让它烫上级。这消息不止烫手，烫心哪！接防第二天就丢阵地，传到军区，再传到总部，J军还要不要脸？还有没有脸？参谋长斩钉截铁地说，绝对不能往军区报！更不能往总部报！人家旗开得胜，咱开战就败！不光败坏咱军声誉，同时影响整个战线士气。战斗刚刚开始，气可鼓不可泄！让摩步团不惜一切代价组织反击，立即夺回无名高地！夺回阵地后再向军区和总部一并报告！作为一个战斗过程上报！

作为一个作战过程上报！太妙了！军里领导一致同意参谋长的意见，还称赞参谋长机智。现实中常常是报喜得喜，报忧得忧，开战丢阵地，无论有什么理由，那无疑是败绩，传出去，不只J军丢脸，连军区也要跟着丢脸。战斗正在进行，暂时不报算不上不报忧，等夺回阵地再报，不但战斗过程精彩，而且还体现战斗复杂与残酷，更体现指挥员才能，对上对下好处都深远无比。

参谋长恼火透顶，他对作战处长说，摩步一连算什么钢铁一连？我看是个猪尿泡，只能吹起来哄小孩子玩，打仗不顶屁用。告诉摩步团，别再让一连上了！把那个连长给我撤了！不请示就放弃阵地，谁给他这权力？无法无天！参谋长作完指示，心里气还没消，又让总机直接摇通了摩步一连，把邱梦山结结实实批评了一通。参谋长批评邱梦山，邱梦山只能立正听着，彭谢阳自残是事实，丢无名高地也是事实，没有什么可解释。谁坐在军参谋长这位置上，谁都会火，谁都不可能去想这十二名士兵肝胆心脏差点被炸弹震裂；也不会去问两个兵肠子怎么被炸飞；更不会因为倪培林和徐平贵两个人对付不了敌人两个排的进攻，同意他们放弃无名高地。作为这一级指挥员，他只要命令执行结果，不需要了解下级执行命令的过程。不管任务如何艰巨，也不管你如何英勇，也不管你牺牲有多大，领导那里只有一个标准：守住阵地，一切都好；丢失阵地，一切都不好。

邱梦山拿着电话，一句话不说，他也不想说，说什么都是多余。邱梦山等参谋长把心里那火全部发泄完，直到最后，参谋长停下喘息，他才说了句，我们总结教训，以利再战。没想到这句话又触怒了参谋长，参谋长又加了一句，不只是总结教训，要承担责任，等着接受处分吧！

邱梦山和荀水泉两个像两根水泥桩一样杵在连指挥所里。他们知道，摩步一连算是完了，不管情况有多复杂，不管无名高地有多难守，开仗丢阵地，说到哪都丢人，而且不只自己丢人，又给团里师里军里抹了黑，让军首长们在军区首长总部首长面前丢了脸。上一个处分油墨还没干，新处分又要塞进去，档案袋里漆黑一堆了。这军装还怎么穿下去？邱梦山铁青着脸一屁股坐到折叠椅上，伸手跟荀水泉要了根烟。邱梦山闷头抽着烟，抽着抽着，他突然吼了起来。唐河！唐河就站在旁边，根本用不着吼，他一步跨到邱梦山跟前。邱梦山见他在，随即小下声来。你给我找个小本，要精致、结实、不怕雨，不怕汗，能装在衬衣口袋里。唐河没问干什么用，转身离开了连指挥所。不到十分钟，唐河回到指挥所，把一个硬壳塑料皮小本给了邱梦山。邱梦山接过本，先往野战服上衣小口袋里装，正合适。再看本，上面有省政府新年春节慰问团慰问手册字样，他把小本放到指挥桌上，摸出钢笔，在扉页那硬板纸上写下了"血债"两个字。再翻开小本，铁青着脸，一笔一画，横平竖直，写得那么庄严，那么肃穆，那么认真。荀水泉和唐河挨过去看，邱梦山在记一班牺牲那些士兵，有名字、年龄、籍贯、牺牲时间、牺牲地点。

军参谋长急了眼，把电话直接打到摩步团二营指挥所，亲自掌控战斗进展情况。师长、团长插不进一个电话。

摩步团长没事可干，他来到摩步一连指挥所。跨进摩步一连指挥所，他感觉指挥所里缺氧。李松平先他一步到了一连指挥所，坐在那里喘气，邱梦山和荀水泉立正站在他面前。除了发报机的电流声，只有热风和火药味。李松平没发火，他特别平静地在说道理。邱连长，我请你想两个问题，第一个问题，什么叫人在阵地在？第二个问题，不请示，擅自让部下放弃阵地，这是什么性质的问题？荀水泉急赤白脸地说，不！教导员，是我让连长下的那个命令，要撤职得撤我！邱梦山把荀水泉拨到一边说，别听他胡说，与他无关。

争什么争！光荣啊！英雄啊！团长十分恼火，他又对李松平说，党委还没有研究，你先在这儿定什么性，刮什么风啊？三个人赶紧站起来，一齐向团长敬礼。李松平急忙把折叠椅搬给团长坐。团长继续问，为啥要下这个撤退令？当时是什么情况？邱梦山如实做了汇报。荀水泉当然不能让邱梦山独自承担责任，他又往前站了一步。他说，这么顶下去也坚持不了几分钟，坚持只能多牺牲两个兵，阵地照样要丢。无论将军还是士兵，当他们站到同一条生死线上，执行同一使命，一起以个人生命为代价跟战争魔鬼周旋时，人与人之间就没了距离。这时邱梦山没工夫想个人得失，他只想怎么少牺牲部下，怎么多消灭敌人。战斗力是人，人决定战争胜负，保护人就是保证战斗力。

团长说，这是两回事，性质完全不同，这个道理难道不懂？邱梦山说，他们不是擅离阵地，是执行命令，责任在我。团长很为他惋惜，他放低了声音。别不知天高地厚，这种责任你承担得起吗？外电已经把咱们丢阵地的消息传遍全球了，连太空中都在高喊，中国J军开战就丢了阵地！

李松平不失时机地接过话头对邱梦山说，上次让你挖根子，你始终不认识自己的问题，说你藐视工作组，你还不服，这次擅自下令放弃无名高地，这不是消极，不是抵触，你自己说是什么？

团长看了看李松平，再看了看邱梦山，他没再说什么，事情已经捅到军里，这事就不是他说了算。他不是来追究责任，责任已用不着他追究，他只是不想当官僚，想把来龙去脉理清，他要知情，别让人把事情说歪了，委屈了自己的部下。他明白了前因后果，扭头走出了一连指挥所，邱梦山拿起一支冲锋枪跟在团长身后，唐河随即也背着冲锋枪紧紧跟随。团长扭头瞪了邱梦山一眼，你跟着我干什么？李松平也说，我话还没说完呢！邱梦山说，撤职命令还没下，我不想罪上加罪！让团长再在我们连阵地有闪失。邱梦山跟着团长进了战壕。李松平把话扔过去，营党委研究了，你现在就停职！邱梦山头都没回，跟着团长走了。

　　轰隆！轰隆！我炮兵以血还血，把炮弹向无名高地倾泻。无名高地上像军火库爆炸，爆炸气浪狂潮一样宣泄飞扬。敌人也开始炮击，他们不是对准我炮阵地还击，而把炮弹全打到二百多米的开阔地上，敌人打得特别准，他们在这里练出了绝技，射击距离可以精确到米，不留一点空隙，二营无法向无名高地接近一步。

　　邱梦山和唐河一前一后顺着战壕护送团长进了二营指挥所，二营营长刚接受完军参谋长强攻命令，他正在指挥五连作战，让他们分成四个梯队，依次向无名高地攻击。邱梦山在指挥所里看得清清楚楚，第一梯队在我炮火掩护下飞速冲向开阔地，冲出大约一百米，寿山方向敌人一排炮弹飞来，掀起一道道火墙，第一梯队几十名士兵随火墙烟尘一起腾空飞起，烟尘飘去，开阔地上不见一个人影儿。邱梦山心里一阵撕痛，如被钢刀扎刺。第二梯队紧接着冲击，他们比第一梯队速度更快，冲过了开阔地中间地带，敌人炮弹像安了雷达制导器，追着他们轰击，开阔地又是火海一片，那一队士兵，像麦子一样被割倒。邱梦山心里又被刀扎了一下，他那两只手在颤抖，似乎那些士兵完全是为他倒下。二营营长接着命令后面两个梯队分两个方向一起冲击，开阔地上炮弹像滚雷一样遍地开花，两队士兵顷刻被硝烟遮蔽，没有一个士兵冲过开阔地。

　　团长！这仗不能这么打！邱梦山再看不下去了。团长比他还火，哪个指挥员眼睁睁看着部下倒下心里不痛？他嗓门比邱梦山更大。阵地丢了！不夺回来行吗？团长这话把邱梦山逼上了绝路，阵地是他一连丢的，现在人家在为他夺回来，在为他牺牲。他急了眼，跟团长对着喊，阵地要夺回来！但不能这么夺！团长吼，你说怎么夺？你能你来啊！邱梦山争辩，开阔地不能这么集群进攻！邱梦山和团长在这边争着，二营营长向军参谋长报告，五连官兵全部壮烈牺牲。话筒里传来声音，首长没有丝毫犹豫，不惜一切代价，不夺回无名高地决不收兵！二营营长急忙拿起另一个电话，六连！六连！立即投入战斗！分六个梯队，成疏散队形……

　　邱梦山的脸憋紫了。他知道首长不在前沿，军指挥部看不到战场实际情况，他也知道首长的决心不可能轻易改变。邱梦山绷着脸一步站到团长面前，团长！这样打下去，别说一个营！咱们全团用不了一天就全部报销！团长吼，我愿意他们这样牺牲吗？我连一句话都插不上！这时军参谋长专线电话又响起。邱梦山没有半点犹豫，两步冲过去，一把从二营营长手里夺过电话。五号首长！听筒里传来参谋长的声音，我是五号！你是谁？邱梦山挺起胸膛，五号！我是要被撤职的一连连长邱梦山！我请求停止对无名高地集群进攻，伤亡太惨重！军参谋长火了，邱梦山！你想干什么？邱梦山没有激动，我请求首长，给我二十四小时！我要是拿不下无名高地！军法从事！军参谋长很严肃地说，军中无戏言！邱梦山说，军人说话，说一不二，由我们团长作证。电话那边略有停顿，听筒里再次响起参谋长的声音，好！现在是十点四十五分，明天上午十点四十五分前拿不下无名高地，你就不要再回来了！邱梦山一个立正，响亮地回答，是！

7

唐河没说完连长立军令状这事，荀水泉一屁股跌坐在折叠椅上。二十四小时夺回无名高地！这种玩笑开得吗？怎么夺啊？荀水泉问唐河连长人在哪，唐河说可能上排里去了。荀水泉拔腿到各防空洞找邱梦山，哪个防空洞里也没有邱梦山，荀水泉心里着了火。

邱梦山钻进了芭茅丛，他蹲在芭茅丛里两手捧着脑袋。军令状立了，下面该怎么办？无名高地怎么夺？他当时只想制止这鲁莽行动，让兄弟连队停止牺牲，根本没去想无名高地能不能夺，也没时间去想怎么夺。二十四小时夺回无名高地，谈何容易。君子一言，驷马难追，军令状既然立了，夺得回要夺，夺不回也得去夺。军令状是他立的，可他一个人无法去夺回阵地，只能组织一支敢死队去夺。参加敢死队就得准备死，谁愿意跟他去死呢？邱梦山心里一紧。刚才是参谋长指挥二营官兵去夺无名高地，是参谋长要他们去蹚地雷阵，去赴汤蹈火，一百多人已经倒在开阔地上。现在，是他邱梦山要自己弟兄去蹚地雷阵，去赴汤蹈火，去抛头颅洒热血。让谁去呢？真让他为了难。

消息在一连一个个防空洞里悄悄地传递着。无名高地丢失，摩步一连再次遭受一片骂声。全连官兵再一次抬不起头来，尤其听说连长要被撤职，全连官兵一片沉默。他们知道自己连长是什么样人，心里不服，不服又有什么用？丢无名高地是事实，只能眼睁睁看着连长受过。听到连长向军参谋长立了军令状，全连官兵又是一片沉默。他们不是在害怕，他们在为连长担忧。军令状不是儿戏，夺不回阵地就不只是受处分，而是脑袋要搬家。

邱梦山从芭茅丛回到连指挥所，指挥所里外站着许多兵，苟水泉手里拿着一沓纸正在招呼大家。兵们发现邱梦山，异口同声地喊，连长！这声连长喊得惊心动魄，喊得邱梦山鼻子发酸两眼湿润。

邱梦山接过那沓纸，他没能噙住热泪，扑簌簌流了下来，那沓纸全是请战书，有几份还是血书。自己部下愿意跟他一起去拼死，他还求什么呢？邱梦山跟兵们一一握手，让他们先回去，他跟指导员商量了再找他们。

邱梦山把请战书一一看完，感动之中生出一大失落，在芭茅丛里他想好了，这个行动石井生和倪培林两个必须参加，他需要石井生这种贴心兄弟，也需要倪培林，他熟悉无名高地内部工事和地形，无论如何他得带上他们两个。可没想到的是，偏偏他们两个没写请战书。倪培林经历了残酷，也许吓怕了，那就算了，石井生得找他问问。

邱梦山到三班防空洞去找石井生，石井生竟没事儿人一样躺洞里睡大觉。邱梦山问他是怎么回事，石井生爬起来笑了笑说，我是你弟弟，这种事你落下谁也不会落下我，我是想抓紧时间睡一会儿攒点精神。邱梦山望着他苦笑。

倪培林最后一个要求参加敢死队。敢死队名单敲定，十四个人在连指挥所前战壕里站好了队，邱梦山已经在布置任务，倪培林跑来喊了报告。邱梦山已不打算要他了，倪培林直挺挺地站到邱梦山面前。连长！我熟悉无名高地坑道和阵地情况！让我去吧！邱梦山两眼像两把尖刀直刺倪培林瞳仁，一直刺到他心底。差不多有一分钟，倪培林没有眨一下眼睛。邱梦山点了头，好吧！那就多一个，十六个人，入列。倪培林站到了敢死队队尾。邱梦山站到队前，他很平静地开了口，谢谢弟兄们的理解，谢谢弟兄们的信任和支持，咱们明天上午十点四十五分之前，必须拿下无名高地，要是拿不下来，我就在无名高地上自己毙掉自己，你们也可能都回不来，这一点大家要先想清楚，谁要是害怕，现在还来得及，怕死可以不去。

兵们一个个面无惧色，只有一腔热血在胸腔里涌动。他们知道自己就要去拼死，为一连的名誉去拼死，为连长的那个军令状去拼死，为摩步团去拼死，为不让其他战友像二营战友那样一排一排地倒下去拼死。他们完全理解连长，连长立这个军令状，绝不仅仅只为了摩步一连，更不是为了他个人名声，他是不忍心眼睁睁地看着兄弟连队官兵因为他们丢阵地而牺牲，为这去拼死，值。他们决心与连长并肩作战，让大家看看摩步一连究竟是个什么样！

邱梦山在队前走了两步。他说，我到了战场才体会到，军人可以承受流血和牺牲，不能蒙受耻辱。军人可以丢性命，绝不能丢尊严！咱们去，不是去送死！只有一个目标，一定要把敌人全部干掉！夺回无名高地！咱们要让他们看看，中国人民解放军是什么样的军人！当然，敌人不是豆腐，我们去，是要拼死，肯定有人要牺牲。我要大家说实话，怕不怕死？十五个人齐声高吼，不怕！荀水泉和团长在一旁看着，营长和李松平也在一旁看着。

李松平两眼一直在邱梦山脸上来回扫描，邱梦山立这个军令状让他太感意外，他甚至有点不信，邱梦山竟有这胆量！他知道自己没这胆量，不敢做这种事，而邱梦山敢做，他顿时就感觉比邱梦山矮了许多，他再不能用原先那种态度看邱梦山对邱梦山，就凭这，邱梦山完全有资格瞧不起他。邱梦山突然叫倪培林，倪培林肩枪一步出列，邱梦山让他用十分钟时间给大家介绍无名高地情况。

敢死队队员站到沙盘跟前，倪培林用八分钟介绍完了无名高地。邱梦山没再说话，他向团长报告，请团长做指示。团长只说了一句话，我等你们胜利归来！邱梦山没再请营长教导员指示，他让大家回防空洞睡觉，放心大胆地睡，睡到自然醒。

指挥所里只剩下邱梦山、荀水泉、团长、营长和李松平五个人。团长没有绕弯子，他问邱梦山，需要团里做什么，邱梦山没客套，他掏心里话说，咱们来这里绝不只是要拿下无名高地。团长说，任务是收复寿山。邱梦山说那就越早动手越有利，免得在这种地方做无谓牺牲，要是让敌人知道连寿山都保不住了，他们哪还会有心思来夺这无名高地呢！团长说，上面战役部署可能还没有最后敲定。邱梦山说，要是上面允许，今天下午和傍晚，团里最好向寿山搞一点进攻，要让敌人感觉是真打。团长说，这可以请示师里批准。邱梦山跟荀水泉交代，下午对无名高地搞几次佯攻，主要是扫雷，想法开出两条通道，但不要让敌人发觉我们扫雷。荀水泉明白邱梦山的意图，说没问题。

邱梦山放了心，他没向团长汇报作战计划，也没要求团里什么支援，向团长、营长和李松平一一敬了礼。团长也没问邱梦山的作战计划，相信他已经有了计划，要不，他不会这么从容。李松平最后一个跟邱梦山握手，他嘴唇动了几动，像要说什么，但又没说，却用双手握了邱梦山那只右手。邱梦山都松开手了，他才说，请你理解，我不是要跟你过不去。邱梦山笑笑说，我明白，你是干工作，尽职责，不过，你不妨换一种方式试试，站在别人对面逆向找问题挺累，顺向发现美好或许更轻松真实。团长、营长、李松平和荀水泉看着邱梦山走出指挥所，他们心里都还是为邱梦山捏着把汗。

　　邱梦山一觉睡到下午五点半，二十四个小时，睡觉他用去了七个小时。邱梦山醒来时，敢死队十五名队员已坐在指挥所里等他了，连荀水泉也在等他。邱梦山走进指挥所，十五个兵都站了起来，盯着他。邱梦山不太高兴，他一一查问睡了多长时间。倪培林说睡不着。邱梦山说打仗首先得学会睡觉，睡不好觉就不可能英勇机智。他问石井生睡了多久，石井生笑了笑说睡了三个小时。邱梦山问唐河，唐河说睡了一个多小时。邱梦山摇头遗憾，他告诉大家，今晚可能一夜不能睡。接着邱梦山坐下布置行动计划。基本战术不是强攻，而是偷袭。十五个人分成五个小组，三个人一个小组，倪培林带领第一小组，唐河带领第二小组，石井生带领第三小组，剩下为四组、五组，他随第二小组行动。下午连里接连搞了四次进攻，用火箭和炮弹扫出了两条通道，第一小组和第四小组分别利用通道从北侧向高地接近，出发时间是二十点半。第三小组和第五小组绕到敌方那一侧，分头从无名高地南和东两侧摸上高地，出发时间是十九点半。唐河带第二小组从无名高地西侧摸进，二十点出发。他让十五个兵每个人都明白了行动路线、时间和分工。

　　邱梦山特别向石井生交代，第三小组任务最艰巨，要绕到无名高地南侧靠寿山那一面上无名高地，不光路远，而且在敌人的眼皮子底下行动，需要格外小心。石井生信心十足。邱梦山最后要大家记住，这次战斗，敌人在暗处，他们在明处；敌人有坑道工事保护，他们完全暴露在敌人眼皮底下；战斗不能明攻强打，只能偷袭智取。不带任何通信设备，不让敌人从通信信号上发现情况。各小组要独立作战，各组必须在凌晨一点之前从四个方向到达敌人坑道工事。如果提前到达，先隐蔽起来，绝对不能暴露目标，凌晨一点整开始行动，攻入坑道再打，不到万不得已不开火。第四、第五小组在高地北侧和东侧坑道外监视，既防止坑道内敌人逃离，又要阻止敌人增援。倪培林带第一组从坑道北口攻入坑道，石井生带第三小组从坑道南口攻进坑道，第二小组从坑道西口攻进坑道。凌晨一点各组同时向敌人坑道口摸进。摸进坑道发现敌人后再开枪，不要战俘，全部歼灭，一鼓作气拿下阵地。在进攻之前，万一在途中踩响地雷，绝对要沉住气，宁愿牺牲个人，也不能暴露整体行动；如果行动之前，万一被敌人发觉，以枪声为号，全体迅速投入战斗。等大家明白之后，邱梦山再一次强调，战场上瞬息万变，什么意外都可能发生；打仗不能尝试，尝试就要送命；每个人都要机智勇敢，随机应变。战斗一旦在没进入坑道前打响，每个人要紧贴射击孔边隐蔽好自己，然后分头向各个射击孔里塞手榴弹。邱梦山部署完毕，让大家再一次检查个人的冲锋枪、子弹、手榴弹、水、压缩饼干，一律穿旧胶鞋，系紧鞋带。

8

石井生领着两个兵背着冲锋枪和满身手榴弹，猫腰沿着战壕躬耸躬耸先向无名高地东侧方向一溜烟跑去。石井生一边跑一边寻思，这五个小组，他们组这条行动路线最艰难，连长把最艰难的任务给他，是真把他当弟弟，在连长心里全连只有他石井生才胜任这个任务。他一边跑一边谋划着，他们要绕到无名高地敌方一侧摸上去，而敌方已经在我方一侧开阔地布雷，指导员他们开辟那两条通道是供第一组和第四组使用，他们就无法从开阔地抄近路绕到无名高地南侧。连长说了，遇事要果断，别商量讨论，等商量讨论统一意见，黄花菜早凉了。现在他是组长，组长就是指挥，他必须当机立断，随时拿出主张，有主张他才能对这两个兵发号施令。石井生想好了，为了安全避开雷区和敌人监视，他们必须跑远路，必须多出力多流汗，出力流汗比丢命强。他们这命都挺值钱，要用敌人几条命来换，少一条命就给连长多一分压力。他对这一带地形认真做了研究。他在地图上发现，栗山与寿山之间这片开阔地，向东延伸出去三公里左右就成了一条河，从水上过去比陆上过去安全。石井生率先在前面紧跑，两名士兵在后面紧跟，两个兵心里概念非常清晰，一切听石井生指挥。他们毫无疑问，不只是因为石井生是组长，石井生军事技术和硬功夫在连里数一数二，他们不服不行。三个人以五公里越野速度一口气跑出三公里，右侧山涧变成了河，石井生没减速，继续跑，他想离无名高地越远，过河就越安全。

跑了五公里，石井生收住脚，一挥手，石井生没喊下河那两个字，但两个兵心里都明白，他们把枪大背，猫腰下河。身上东西太多，下到水里身上像背了石头，游起来十分费劲。石井生仰过身子，对两个兵说，仰着游，把枪搁肚皮上，浮力好大一些。两个兵赶紧改成仰游，是省了不少劲。三个人手脚用力拼命游着，张南虎突然小着声喊他腿抽筋了。石井生回头，张南虎已在下沉，他一猛子扎过去，双手抓住张南虎的腿，猛往上抬，捏住他脚趾往后掰，再用手捏他小腿肚子。揉捏了一阵，张南虎才钻出水面。石井生安慰他别紧张，刚才跑得太急出了汗，凉水一激肌肉容易抽搐，蹬腿时匀着点劲，别太猛。石井生一边嘱咐张南虎，一边陪着他游，万一再抽筋，他得拖他过河，还好，张南虎没再抽筋。

河面突然传来了马达声，一条船像魔鬼一样出现在水面，这个时候没有老百姓和军人之分，眼前只有敌人。石井生脑子很清醒，不能让敌人发现，不能纠缠，伸手拽着两个兵潜入水下，跟小时候在河里比赛憋气一样，一口气憋到底，憋不住了，肺快要炸了，才悄悄钻出水面换气。大口喘几口，使劲又吸了口气，再沉下去憋。还好，那条船没跟他们过不去，待他们换了三次气之后，船拐弯开进旁边一条河汊。石井生带着两名士兵拼命往岸边游。

他带着加重了的湿身子上得岸来，大方向没错，石井生打头右转向西跑。在河这边跑了五公里，在河那边自然也要再跑五公里，这样才能到达无名高地。这是一条崎岖山路，路不宽，借着夜色，石井生看出路面杂草让人踩熟，常有人走，用不着担心地雷。

跑着跑着，石井生右脚突然像是踩着了云，速度太快，左脚收不住，跟着右脚也踩了云，两脚一踩云，身子悬了空，石井生没能够提醒后面两个兵，自己扑通一声坠了下去，直到额头触地面，让地上硬东西狠命啃了一口，石井生才明白，这是一大坑，不知是炸弹坑，还是陷阱。石井生没急着爬起来，他先关心身后两个兵，还好，两个人倒是都卧倒趴地上了，而且都出了枪，打开了保险。

不错，真是不错。血从额头上蚯蚓样往下游，石井生没顾及，他知道额头上除了皮就是头盖骨，里面没多少血好流，他在坑里笑着朝两个兵翘起了大拇指。两个兵发现周围没意外情况，才一起下坑拉班长。石井生站了起来，但右脚一沾地，他又扑通坐到坑里，脚脖子撕裂一般的疼痛让他站不住。石井生慌了，他不怕痛，怕脚脖子断了走不得路，走不得路就没法去执行连长那个军令状，销不了那个军令状，连长就得被军法从事，这哪成！他们怎么能眼睁睁看着连长自己毙自己呢！但军令状在军参谋长那儿立着呢！在战场上没这种玩笑可开。

石井生一屁股坐下，把右脚跷起，指挥胶鞋里那五个脚趾依次活动，五个脚趾没有一个要赖都动了。石井生心里一喜，骨头没断。他问两个兵谁会整扭筋，他脚脖子崴了，让他们帮着整一整。两个兵不是谦虚，确实真没整过，只好摇头。石井生说没整过也得整，不整怎么走路呢，学着整吧。石井生让张南虎动手，他告诉张南虎骨头没断，只是扭了筋，要用两只手抓住他脚丫，向后拉，乘着劲同时往左边猛一拧，想法让筋啪的一声复位，一复位就好了。张南虎只好硬着头皮说试试。张南虎一腿跪，一腿蹲，双手抓住石井生的右脚，他先试了试得劲不得劲。他这一试不要紧，石井生痛得嘴歪到腮帮子上去了。石井生当然没出声，他是班长，不能哼，就算不是班长，士兵这时候也不能哼，一哼，张南虎准手软不敢整了。张南虎让班长咬紧牙，说他要整了。石井生说少废话，赶紧整，整好了好走路。张南虎双手抓住脚使劲一拉，再往左边一拧，张南虎没听到那一声啪，石井生听到了，其实不是听到，只是感觉到。石井生举着右脚，拿右脚丫向左画了个圈，再向右画了个圈，还行，痛还是痛，但已经不那么撕裂不那么钻心了，证明位置对上了，筋理顺了，痛就顾不得了。石井生让张南虎用绷带把他的脚脖子缠紧，张南虎就在他的指挥下把他脚脖子缠紧。石井生站起来，感觉好多了，他一挥手，三个人越过大坑拖着湿身子继续前进。石井生脚有点瘸，但照样走在前面。

倪培林带着俩兵最后一批出发，一出战壕，他们就都趴到地上脚手并用，像上岸鳄鱼一样匍匐前进。六只眼睛瞪得跟猫眼一样亮，一边匍匐前进，一边找通道标志。标志没有标志物，只是火箭扫雷留下一道痕迹。倪培林趴地上，拿眼睛顺着那条痕迹往开阔地深处延伸，隐隐约约能看出这条通道多少与开阔地其他地方有一些差异，通道上茅草和飞机草全都倒着，即使没全倒，起码也都弯着。倪培林朝后一招手，后面两个兵跟着他匍匐前进。三个人连起来真像一条上岸大鳄鱼，倪培林是头，中间那兵是身子，后面赵晓龙是尾巴，他们缓缓地在开阔地上爬行着。

倪培林三个人匍匐前进速度比原计划要快得多，两个多小时他们就把开阔地扔到了身后。一挨着无名高地那山脚，倪培林翻过身仰面朝天，躺下喘息。后面两个兵也学他卸下枪，一翻身仰面朝天躺地上大口喘气。三个人不约而同地有一种满足，有一种宽慰，差不多都冒出一个念头，苍天保佑，没碰着地雷。按照这个速度，再有一个小时他们就能摸上无名高地，比连长约定的时间要早一个小时。倪培林想太提前不好，挨近了不好隐蔽，容易被敌人哨兵发现，还是在下面休息一会儿好。连长把动手时间定在凌晨一点，这时间好，狗杂种们睡得正香，让他们在睡梦里就直接去见希特勒和东条英机比较省事，弄不好还得挨希特勒和东条英机骂，你他娘来这么早，搅了老子好觉。倪培林这么遐想着，心里轻松了许多，他文化比那两个兵高，想象力比那两个兵要丰富。

喘过气，倪培林翻过身来，两个兵也跟着翻过身来；倪培林开始爬坡，两个兵也跟着爬坡。爬着爬着，倪培林有点含糊了，他发现上了无名高地，那条痕迹已很模糊。茅草没了，飞机草也没了，连草根都没了，只有焦土。

焦土，大多数人只仅仅从字面上揣摩其中含义，只有在无名高地上匍匐前进过的人，才真正明白什么叫焦土。这里是亚热带气候，降雨量是北方数倍，泥土是红色，土质本来很黏，雨后更黏得像糯米糕。但无名高地上那些红色黏土被炸弹烧炒过无数遍之后，失却了本色，泥土里已经没有一点水分，如同装进砖窑洞里的那些土坯，经过烈火和高温燃烧后烧成了砖，这红色黏土被炮火烧得跟煤渣和钢渣一样坚硬，颜色也成了黑色和青色。

失去扫雷痕迹，前进难度就更大，判断不清哪里扫过雷，哪里还没有扫。倪培林当然不能让士兵在前面探路，就算心里有这念头，也说不出口，班排连干部都是吃苦在前，冲锋在前，建军那会儿老辈就这么定下了这规矩，到他这一茬就成了传统，得照着做不走样，要不就不是解放军。当然，若有士兵自告奋勇，抢在前面蹚，那就另当别论，那是英勇。现在倪培林身后那两个兵并没自告奋勇，倪培林当然不能启发诱导，他只能带头在前面冒死蹚路。倪培林还算机灵，往前看没有通道，他就回过头看，开阔地上有痕迹，他想，火箭扫雷不可能拐弯，必定是直线一条，只要保持与后面痕迹笔直延伸，就不会出岔。

不想出岔，还是出了岔。岔没出在前面的倪培林身上，而出在最后面赵晓龙右脚上。三个人跟鳄鱼一样爬着游着，不知赵晓龙这条尾巴怎么就甩歪了。这也难怪，夜色浓重，又没有月亮，又是跟在班长身后，前面没碰着地雷，后面自然就碰不着地雷。赵晓龙这么一放心，脑子里那根筋多少就有那么一点松懈，一松懈就出了偏差。赵晓龙匍匐着，胳膊肘往前一挪，腿朝后一蹬，一挪一蹬，右脚不知怎么就蹬着了一颗地雷。轰隆！深夜寂静中猛地冒出这声轰隆，三个人都吓傻了，坑道里的敌人更惊吓得炸了窝，所有射击孔一齐朝外喷火，山谷里顿时奏起战争交响乐。倪培林借着敌人枪声乘机向后喊了一嗓原地趴着别动。倪培林没忘连长嘱咐，出任何情况，宁愿牺牲个人也不能暴露整体行动。

这一声轰隆，其余四个小组十三个人也都听到了。邱梦山听出是地雷爆炸声，朝身后唐河做了个手势，二组三个兵迅速分开趴下，一个个大气不敢出，都先出了枪，以防万一。石井生他们也已爬到半山腰，他们也停止行动原地趴下，也出了枪，也大气不出。其他小组也都是如此，都记着连长交代，不能暴露整体行动。

班长……班长……赵晓龙咬着牙轻轻地呼唤，倪培林知道是赵晓龙蹬响了地雷。敌人各个射击孔还在往外射击，但看出他们完全是受惊吓后乱射，打得毫无目标。倪培林借敌人混乱，掉头朝身后赵晓龙爬过去，他让另一个兵注意前面敌人动向，自己爬到赵晓龙身边。赵晓龙说他右腿好像出了问题，他说话声音发颤。倪培林往赵晓龙身子后面爬，赵晓龙的右腿只剩下半截，小腿没了。倪培林伸手一摸，满手黏糊糊热乎乎湿漉漉，赵晓龙的裤腿和那半截腿上全是血。有了肠子缠脖子那经历，倪培林见血就不再怪了，他什么也没说，睁大眼睛往前后左右搜寻赵晓龙炸丢那小腿和脚，不管有没有用，得先找到下落。倪培林发现了，那半截腿抛出两米左右，丢在石缝中间，脚上还穿着胶鞋。倪培林尽量不当回事地跟赵晓龙说，你右边的小腿炸断了，很痛吧？赵晓龙说痛倒不大觉着，半边身子麻了。倪培林轻轻地安慰赵晓龙，麻了好，咬紧牙，千万不要喊，你要是一喊，敌人就听见了，敌人听见了，咱们就不只是断腿，咱三个脑袋都得开花。咱三个脑袋开花还是小事，整个行动就暴露了；要是暴露了，无名高地就夺不回来，无名高地夺不回来，连长那军令状就无法销，无法销军令状，连长就得被军法从事。倪培林说完这一番道理，问赵晓龙明白不明白，赵晓龙说话很艰难，但他说了我明白。倪培林看他明白就很高兴，他再跟赵晓龙说，那半截腿只能丢了，捡回来也没什么用了，咱还不知道什么时候能回去，就算能回去，这么长时间，那腿就坏死了，想接也接不上去了，咱回去做个假腿，不妨碍走路。赵晓龙说，不管它了。倪培林说，我先帮你包扎好，要不血会流干。他从赵晓龙挎包里拿出一条绷带塞到赵晓龙嘴里，让他咬着，说嘴里咬着东西，才不会喊出声来。倪培林再从自己挎包里摸出一条绷带，问赵晓龙咬住了绷带没有，赵晓龙唔了一声。倪培林就动了手，先拿起赵晓龙剩下的半截破裤腿，把腿断处炸烂了的那些肉包裹一下，然后捧着赵晓龙那半截腿拿绷带可劲缠。他明白，只有把血管扎紧扎死，才能止住血不再流，要不赵晓龙准死。倪培林当然不想让赵晓龙死，他把自己那些绷带全缠到了赵晓龙腿上，他觉得还不够结实，又从赵晓龙挎包里摸出绷带，再缠上一条。缠好后，这半截腿粗了好多。倪培林再爬到赵晓龙头处，悄悄问赵晓龙感觉怎么样，赵晓龙说腿完全没知觉了。倪培林说没知觉好，这样就不会觉得痛了。赵晓龙说渴，倪培林赶紧拽过赵晓龙的水壶，帮他拧开盖，让他喝，赵晓龙咕嘟咕嘟喝了几口。倪培林安慰赵晓龙，你一定死不了。他跟赵晓龙交代，让他在这里趴着别动，不要再往上爬，他们两个上去。等收拾完那帮狗杂种，再回来救他。让他把枪和手榴弹准备好，以防万一。要是他感觉还能爬，等战斗打响后，顺着原路一点一点往回爬，爬回连阵地好早点给他治伤。赵晓龙很感激又很惭愧，抱歉他不能上去出力。他让班长放心，他绝不会给连长丢脸。倪培林很感动，摸了摸赵晓龙的头，他放了心。嘱咐赵晓龙，要是饿，就啃压缩饼干，自己照顾好自己。倪培林跟赵晓龙交代完，仍旧爬到前头，敌人还在打枪。

敌人慢慢停止了射击。不一会儿，敌人出了坑道，在阵地上转，有人端着枪四下里乱射着玩，实际是在给自己壮胆，他们在察看下面上没上来人。就这一阵乱枪，其中有两发子弹，不偏不歪正打着了邱梦山，一发当地打在他钢盔上，幸好角度巧，子弹跳了，邱梦山只是感觉头被石头子砸了一下。另一发，扑哧射进了邱梦山左肩，邱梦山被锥子扎了一样，他痛得咬破了舌头。邱梦山倒退着爬到唐河身边，悄悄告诉他，他左肩膀让狗杂种打着了，让唐河给他包扎。唐河颤抖着双手给连长包扎。

敌人打了一阵空枪，叽里呱啦呼喊着回了坑道。邱梦山没工夫顾得痛，他抬手腕看了看夜光表，离行动时间还有三十五分钟。他用右手朝身后打了个手势，让大家继续趴着。时间一秒一分地走着，分分秒秒都走在他心头。夜又恢复了沉静，不时传来高地两边山林中的夜鸟啼鸣，夹杂一些野猴子和其他动物的嘶叫。夜风掠过树林，传来一片沙沙声。

第五小组和第四小组有点急，他们感觉行动迟缓了，怕耽误整体行动，他们没能沉住气，上面敌人一静，随即继续朝无名高地匍匐前进。其他三个小组都沉默了十分钟之后，也继续向无名高地阵地进发。

第四小组抢先摸上了无名高地，四组长一看表，离进攻时间还有十六分钟，他们动作快了。四组长挥手让身后两个兵趴下隐蔽，他先抬头察看情况。不好，他们爬偏了，几乎到了坑道北出口。这个口由倪培林第一小组负责，他们的任务是在外面监视敌人。北出口正对着我方阵地栗山，是他们重点设防口。四组长朝两个兵挥挥手，跟他向东移动，离开北口，以免影响第一组行动。

意外就在第四组向东移动中发生，一个兵有过敏性鼻炎，不知什么气味刺激了他鼻子，突然痒得不可抑制地连打两个喷嚏。这两个喷嚏好似六〇炮一样响，吓着了敌人哨兵，哨兵嘴里那哨子和手里的枪一起叫响。打喷嚏的士兵倒下了。四组长发现已经暴露，端起冲锋枪一梭子打死了那个哨兵。四组长和剩下那个兵跃起冲向坑道北口，敌人那挺机枪把他们挡在门外进不得坑道，他们两支冲锋枪也让敌人关闭不了坑道门，双方僵持着谁也奈何不了谁。

邱梦山和其他各组听到枪声，知道行动已经暴露。各组立即猫腰向高地奔跑，敌人也投入战斗，北侧西侧各射击口一齐开火。倪培林第一小组和唐河第二小组被敌人压在工事前抬不得头。邱梦山知道僵持对他们就是危险，他让唐河他们掩护，他独自贴着地面匍匐接近西口，西口那水泥门关着，进不了坑道。邱梦山贴着西口工事接近左侧射击孔，敌人一支冲锋枪正疯狂地叫唤着，邱梦山左手动不得，他用左胳膊压住手榴弹，用右手拧开手柄盖，用牙咬着弦拉了弦，两秒钟后突然塞进射击口，惨叫和爆炸声一齐传出，唐河他们乘机冲到西口。邱梦山让唐河带一个兵守在西口，他带另一个兵向北口靠拢。倪培林和另一个兵避开敌人火力，与四组长会合，邱梦山带一名士兵也从坑道顶上赶到北口，他果断地让四组长和那个士兵在外吸引敌人，想法贴近射击口往里塞手榴弹，他和倪培林四个准备强行攻进坑道。

四组长和那个兵分头匍匐着挨个往射击口里塞手榴弹，牵制敌人火力。倪培林带一个兵在北口左侧，邱梦山带一个兵在北口右侧，他们刚朝坑道口探头，里面机枪立即吼叫，子弹密如暴雨，没一点空隙，无法向坑道口接近半步。

无名高地北侧和西侧接上了火，南侧却安静如一潭死水。石井生三个并没有睡觉，像猫一样雪亮着六只眼睛趴在南口坑道门外。石井生发现坑道门关着，但里面寂静无声，弄不准坑道门两侧射击口里是不是躲着敌人。打仗不能尝试，尝试就要送命。连长这话他记得很清楚。他打手势让张南虎和另一个兵隐蔽好准备战斗，他自己找两个射击口之间那射击死角继续匍匐接近坑道门。石井生证实坑道门关着，没贸然拉门，悄悄爬到右侧射击口边，侧耳细听，没有收获。他沉住气，伸手摸起一块小石子，对准射击孔丢了进去。南口左右两个射击孔同时喷出火舌。王八蛋还挺沉住气，幸亏没大意。石井生摸出两颗手榴弹，拉弦后一起塞进了射击口，同时送进去一句话，老子给你们送消夜来了。手榴弹在坑道里面爆炸，两个射击口立刻成了哑巴。石井生一挥手，张南虎和那个兵一起跃起，冲到南口坑道门前。石井生让张南虎拧着门把往里推，不错，坑道门没锁。张南虎拿肩膀顶着水泥门推开一道缝，石井生从门缝里把冲锋枪塞进去扫射起来。张南虎顶开水泥门，随即也端起枪，两人并肩扫射着往里冲。刚冲出五步，两个人同时扑通倒地，后面那个兵跃上前接替。石井生定睛看，脚下躺着三具尸体。他听到有人哇啦哇啦朝这边跑过来，急忙喊卧倒。三个人就地趴下，拿三具尸体当沙包。朦胧中隐约发现敌人推着一门八二无后坐力炮朝他们移动。石井生辨别着声音方向，悄悄地端起冲锋枪，哒哒哒一梭子出去，对方送回了惨叫。石井生喊，冲过去！三个人端着枪冲了过去。坑道里没有灯，有人往坑道深处跑，他们没进过这坑道，不敢贸然前进，猫起腰向前摸进。突然，黑暗处响起枪声，走在前面的那兵应声倒下。石井生和张南虎同时朝冒火处开枪，有人像面袋子摔地上一样倒下。石井生跟张南虎说，匍匐前进，拿手榴弹当灯。他们两个趴下，向前扔手榴弹，借着手榴弹爆炸的火光察看前面坑道内道路，看清了继续往前冲，然后再趴下，再扔手榴弹……

坑道北口内机枪像疯狗一样吼叫着，邱梦山拿它没一点办法。邱梦山右手举冲锋枪贴着坑道壁向里射击，打了两梭子，里面那挺机枪哑了。倪培林端起枪要往里冲，被邱梦山吼住了。邱梦山吼声未落，敌人机枪又开了火。邱梦山侧过身，背贴着坑道壁，用牙拉手榴弹弦使劲往里扔，连扔两颗，里面那挺机枪又停了。邱梦山停了片刻，再往里扔了两颗手榴弹。借着手榴弹爆炸火光，邱梦山突然扑地滚进了坑道，左肩伤口痛得他忍不住呻吟。倪培林跟着也扑进坑道，敌人机枪又响了，倪培林右胳膊被子弹咬了一口。邱梦山右手端起冲锋枪朝喷火处扫了一梭子，机枪这回真哑了。外面两个兵也跟着滚进了坑道。

倪培林捂着伤臂向邱梦山爬过去，他告诉连长这是个环形坑道，四面都有射击孔，下面还有个弹药库，有三个入口，估计敌人已经退到弹药库。邱梦山让人帮倪培林包扎好伤口，然后他们拿手榴弹和子弹开路，相背分头挨着搜查射击口。邱梦山搜查到第六个射击口碰上了石井生和张南虎，他们一起继续往前搜索，直到与倪培林碰头。整个坑道只搜着一个伤兵，敌人可能下了弹药库。邱梦山带一组，石井生带一组，倪培林带一组，分别从三个口下弹药库。他们来到入口，先扔一通手榴弹，接着对敌喊话。因出征前接受过简单培训，倪培林用当地语言喊话，他听到敌人回话愿意投降。倪培林让他们举着双手上来。下面台阶上响起了脚步声，倪培林他们端枪注视着。没有灯，看不清人影，只能凭感觉。敌人脚步响在台阶上，但看不到他们手里是否拿着手雷或端着枪。人还没上来，忽然一颗手雷先抛了上来，幸亏倪培林眼疾手快，一脚将手雷踢下底层，反把敌人炸得惨叫。他们接着又往下扔了两颗手榴弹，里面没了声响。

石井生在楼梯口不见里面有反应，他打着打火机慢慢伸进楼梯口，里面仍没声响。下面台阶上有支蜡烛。他灭了打火机，顺着台阶往下爬，在黑暗中一直爬到底层坑道。他屏住气，静静地感觉，他感觉没有人的声息。他悄悄地拿着打火机，高高举起，突然打火，底层居然没有敌人。

赵晓龙忍着痛趴在半山腰，终于熬到战斗打响。他打算慢慢爬回连队，早回去好早治伤。他刚扭身子，断腿处痛得他晕了过去。他再醒来，感觉右边半个身子已不再属于自己，他跟自己说只能等班长他们来救了。上面枪声激烈起来，他感觉到了饿，摸出一块压缩饼干，啃一口饼干喝一口水。赵晓龙啃了半块压缩饼干，水壶干了，嘴里干得再咽不下饼干，他把剩下那半块压缩饼干塞进挎包。上面枪声停了，一会儿，夜风中夹进了脚步声。赵晓龙一喜，心想，一定是班长来救他了。他忍着痛翻身趴着，盯着脚步声方向，等待班长到来。奶奶的！听说话声是敌人，有七八个人，他们从北面走来，正朝高地摸上来。他们是从哪里来的？是增援？不对，敌人增援应该从南面来，他们怎么从北面过来？难道这坑道还有暗道？他们准是从另外暗道口逃出来的，现在正要向高地反扑，连长他们准不知道。要是让他们神不知鬼不觉摸回坑道，连长他们肯定要吃亏。

赵晓龙咬紧牙关，轻轻地从身上摸出一颗一颗手榴弹排着摆到面前，再操起冲锋枪，眼睛盯住了准星缺口。狗杂种！炸断我的腿，报仇正找不着人呢，你们送上门来了，我得把本捞回来。赵晓龙瞄准了敌人，他把食指扣到扳机上。五十米，四十米，三十米……再近点，我只有一个人，近了打得准，杀伤力强，我一条腿没了，扔手榴弹使不上劲，扔不了那么远，近了好对付。赵晓龙指挥着自己。二十五米，二十米，十八米，十五米，十米，开火！赵晓龙给自己下了命令。随着冲锋枪吼叫，最前面那三个敌人没弄清是哪里枪响就木头一样倒下了。一个弹匣打完了，赵晓龙躺着一气扔出六颗手榴弹。突如其来遭迎头痛击，敌人被打晕了。死掉的那几个成了糊涂鬼，没死的几个趴着不敢动，他们一时搞不清手榴弹和子弹来自何方。

赵晓龙已经完成了任务，可以说是超额完成了任务，立了大功。他不光打死炸死了四个敌人，而且是他粉碎并制止了敌人的阴谋，给第四、第五组报了警，也给邱梦山报了信。赵晓龙要是不再开枪射击，他非常安全。不开枪，敌人搞不清他的位置，没法还击，第四、第五小组已经赶来收拾他们。赵晓龙没想这些，他只有一个心愿，他要消灭眼前这些敌人。扔完手榴弹，他又换上弹匣，拿起冲锋枪朝敌人开了枪。赵晓龙再次开枪，让敌人找到了还击目标，子弹和手榴弹一起向他袭来……

第四、第五小组循着枪声扑来，跟敌人接上了火。邱梦山和石井生、倪培林正在坑道里清点敌人尸体，只找着七具尸体，敌人不可能只有七个。正纳闷，听到外面响起了枪声，他们一起冲出坑道，一听枪声来自北侧半山腰，邱梦山也蒙了，他也不明白敌人从哪里来。他们当即从北口冲下去把剩余敌人包裹起来，一口气把敌人全部消灭。战斗结束，邱梦山清点人员，只有十一个兵站在他面前。

倪培林报告，赵晓龙让地雷炸断了右腿，在半山腰躺着。邱梦山找到赵晓龙，赵晓龙已经牺牲。邱梦山发现赵晓龙除了腿被炸断，身子又被手榴弹炸伤，上身也已血肉模糊，但他双手还紧握着冲锋枪。邱梦山伸出双手搂着赵晓龙呼喊，他忘了自己的伤痛，没能把赵晓龙喊醒，自己却痛得满头大汗，两行眼泪滚落下来。邱梦山这才明白，原来坑道弹药库旁边有暗道，幸好被赵晓龙发现。赵晓龙扼制了敌人反扑，要没有赵晓龙，后果不堪设想，赵晓龙是这 仗的最大功臣。

9

无名高地夺回来啦！

喜讯在栗山阵地上飞扬，战壕里兵们一片雀跃，官兵们奔走相告，兵们的激动和喜悦无法抑制，不知是谁，高喊了一声，邱连长万岁！一呼竟百应，全阵地上官兵都举枪振臂高呼，邱连长万岁，那呼声搞得对面寿山上的敌人心惊胆战，不知道中国军队要干什么。

邱梦山没有激动，他心情反而很沉重，夺回阵地接通电话线后，他在无名高地坑道里打了两个电话，第一个电话打给了荀水泉，让他派二排长带两个班接守无名高地。第二个电话打给了团长，只说了三句话，阵地夺回来了；牺牲了五名士兵，请给战士赵晓龙记一等功，其他四名士兵记功追认烈士；帮他向军参谋长销了那个军令状，请求工兵及时在无名高地南侧布雷，同时扫清我方开阔地带雷区。团长当即回话，辛苦了，士兵记功以支部名义上报，你个人也该记功。

邱梦山回到连指挥所，他又铁青着脸，掏出那本血债，一笔一画地把五名牺牲士兵的名字记到本子上。卫生员赶来给他重新包扎伤口，包着包着，邱梦山突然一歪身子靠折叠椅上睡着了。卫生员吓坏了，以为他弄痛了连长，让连长痛晕过去了，急得连声呼连长。荀水泉和唐河也手足无措，但他们很快放下心来，连长打起了呼噜。天知道他承受的压力有多大，他的心和身子有多累，一下子得以松弛他无法控制。荀水泉慌忙摇手，他和唐河一起把褥子铺到地上，三个人轻手轻脚把连长托起再放到褥子上让他睡下……

上面传来指示，给五名牺牲士兵记大功，其余十名敢死队队员也都要记功，唯独没提邱梦山。团长直接给五号首长打了电话，说邱连长也负了伤。五号说，丢阵地和夺回阵地算扯平。荀水泉急得在电话上朝团长吼，没有邱连长立军令状，要牺牲多少士兵？连长还负了伤！团长答非所问地跟他说，给连队下命令，不准再喊连长万岁！

李松平来了一连，他只跟邱梦山说了一句话，问他伤怎么样，接着又用双手握了他右手。李松平跟荀水泉单独说了话。他说邱梦山是条汉子。

消息又风一样传遍摩步团阵地的每个角落，传到哪哪即刻沉默。官兵们一个个在心里替邱梦山冤，从团长到每一个士兵，一个个都咬着牙不服，但邱梦山看起来却若无其事。

邱梦山夺下无名高地心里并没轻松，连里官兵发现连长的话更少了，但腰板倒是挺得更直了，到哪都有一种气势。邱梦山和荀水泉从团里开完寿山反击战作战会回来，班长们发现连长眉头似乎扬起了一些。连长正给班以上干部讲作战方案，唐河进来悄悄地把一封信塞给了邱梦山，邱梦山看都没看，把信塞进野战服兜里。摩步团担任寿山反击战役主攻团，摩步一连争取到了主攻团尖刀连任务。尽管邱梦山夺回无名高地没立功，听说上面有个说法，说邱梦山用了不到十五个小时就夺回无名高地，是个打仗的材料。

邱梦山自然不知道领导这么看他，他也没去揣摩领导怎么看他，他把心全部交给了眼前这场战争，他整天在想，怎么能有效地快速消灭敌人，怎么能保证部下不牺牲、少牺牲，怎么能打胜眼前每一个战斗。早点结束战争，让大家凯旋回营，其他的他顾不得了。

唐河给邱梦山的那封信是岳天岚寄来的，唐河发现邱梦山没在意，特意又悄悄提醒了他。邱梦山没理他，但在座的那些班排长都发现，连长说话突然激动起来，讲话声音升高了一个调。

开完作战会，邱梦山溜出指挥所，一头钻进了芭茅丛，他要不受任何干扰地好好享受岳天岚的来信。当他看到信上"我已怀孕，你要做爸爸了"那几个字，眼前那些字即刻在泪水里模糊了，邱梦山一仰身子躺到芭茅丛中，他唔唔地大哭起来。是因为要做爸爸而激动？是岳天岚让他想起了委屈？他有多少话要跟她说，可他现在说不了。也许他想起了那个军令状，想起了牺牲的五个士兵，尤其是赵晓龙。是赵晓龙救了他邱梦山，是赵晓龙消除了大患，可是赵晓龙没有了，他连一句感谢话都没能对赵晓龙说。谁都难以体会他此刻的心情，夺回无名高地后，他始终没流露出一点欣喜，心里像是压着块石头，掀不掉，吐不出，这封信让他如同见着了岳天岚，终于有了倾诉对象，心里那块石头被掀开了，激情的闸门被打开，如黄河飞瀑，奔突激涌，一泻千里。

邱梦山不知道在芭茅丛里哭了多久，哭到最后他竟睡着了，全身心放松地睡着了，睡得非常舒坦，在战争这个魔鬼鼻子底下他居然不可思议地有了这种舒坦和松弛，实在让人难以理解。邱梦山被荀水泉叫醒时，手里还拿着岳天岚的那封信，那信像鸭绒被覆盖着他给他温暖，让他快活。

荀水泉摇了五次才把邱梦山摇醒。邱梦山呼地坐起来以为出了事，脑子里那根弦一下又绷得钢钢响。荀水泉笑了，问他岳天岚说什么了，邱梦山这才面露喜悦，说他要做爸爸了，那口气比拿下无名高地还骄傲。荀水泉也为他高兴，说他不愧是神枪手，弹无虚发，晚上庆贺一下，好好喝两杯。正中邱梦山下怀，说一人半斤。荀水泉告诉他曹谨也来了信。邱梦山问他有什么好消息，荀水泉也幸福起来，结婚这几年，曹谨头一次把信写得这么温柔，荀水泉也读出了眼泪。邱梦山这才想起信还没看完，两个人一起再看信，信上说岳天岚跟曹谨成了好姐妹，邱梦山也搂住了荀水泉的肩膀，战争让这两个男人抛弃了之前所有隔膜。邱梦山说天岚和曹谨都是好女人，荀水泉说一辈子要对得起她们，邱梦山说一定要让她们为他们骄傲，荀水泉说一定要让她们一辈子幸福。邱梦山突然松开手，很严肃地跟荀水泉说要立个契约。荀水泉问他立什么契约，邱梦山说他们两个要是都牺牲了，或者都活着回去，那就无所谓了，要是牺牲一个，不管谁牺牲，谁活着，活着的一定要把对方妻子当自己亲妹妹一样照顾好，一定要把对方孩子当自己亲生孩子一样抚养成人。荀水泉也严肃起来，他完全同意。两人双双跪在芭茅丛中，双手合十，仰面朝天，一起发誓，让苍天作证，不管谁活着回去，一定把对方妻子当自己亲妹妹一样照顾好，一定把对方孩子当自己亲生孩子一样抚养成人！如果做不到，天打五雷轰。发完誓，两人齐刷刷地在芭茅丛中朝天拜地，磕了三个响头。

发完誓，磕完头，荀水泉才说正事。荀水泉来找邱梦山是因为石井生，他救下的那个傣族姑娘叫依达，找到阵地上来了，要求留在摩步一连，要跟石井生在一起，做饭，搬炮弹，给兵们洗衣服，干什么都行。荀水泉跟她解释，这里是战场，部队没法让一个姑娘留在连队做这些事情，上级也不会同意。依达更干脆，说她要嫁给石井生，要是不答应，她就不下山。邱梦山笑了，战场上还会有这等好事，不过士兵不允许在驻地找对象，这是纪律，不能胡来。荀水泉劝不了依达，只好把任务压给石井生。石井生很感动。他知道部队纪律，他说他来做依达的工作。荀水泉找不到邱梦山，就让石井生送依达下山回家，怕发生意外，特意安排倪培林暗中保护。

10

石井生这辈子头一回单独跟一个姑娘一起走这么长的路，他心里一直有只小兔子在蹿跳，蹿跳得他心里很慌乱，慌乱得有些不知所措，比上无名高地还紧张。

依达像朵山花，美丽而本色，一切到她这里都变得十分简单。敌人炸死了她阿爸阿妈，她没有哥，也没有弟，她没本事为阿爸阿妈报这深仇大恨，石井生为她报这仇，他是她恩人。她没法报答他，只有嫁给他，一辈子侍候他。没想到部队竟会有这么一条纪律，依达急得哭了。依达虽然只有十九岁，但主意定下就铁了心。荀水泉怎么解释，她就是不听，非嫁给石井生不可。

白捡个老婆，而且天仙一样美丽，石井生自然高兴。石井生觉得他跟依达有缘分，要不他怎么就在这边境碰着依达呢？素不相识她怎么就向他抛花？敌人的炮弹怎么就打着了她家？他们冲进屋救人怎么就会是她阿爸阿妈？一切都是命中注定，老天爷就是不让春杏答应他，原来有依达在这里等着他。石井生有了主意，他完全有把握说服依达。

石井生选择了一条密林小路，石井生走在前，依达紧跟在后，两个人翻过栗山，走进山谷，太阳已经被前面小山挡住，提前在这里落了山。再翻过前面那座小山就是依达他们村寨，他们就一起翻那座小山。依达嗷着小嘴，一直嗷到小山上，石井生还没能说服她。依达说部队上什么都好，就这纪律不好。石井生说要没这纪律就不叫解放军了。依达不理解解放军为什么就不能在驻地找对象，石井生解释解放军要是走到哪儿就把哪儿美丽的姑娘都娶走，当地小伙子们就都要恨解放军，老百姓也都会骂解放军，解放军让老百姓骂怎么可以呢？依达挺任性，说这纪律不好就是不好，她偏要嫁给他。石井生问依达是不是真想嫁给他，依达说谁撒谎谁是小狗。石井生开心地笑了，他告诉依达，如果她真想嫁给他，他可以娶她。依达问他有什么办法，石井生告诉她，只要她愿意等他，只要他不牺牲，等打完仗，他就可以名正言顺娶她。依达不相信，说他骗她。石井生解释不是骗她，到那时候，他要是没牺牲，他们部队就会回到原来驻地，跟这里隔着好几个省呢！他娶她，就不是在驻地找对象了。依达这才明白，她高兴了，说今天就说定。石井生说可以说定，但有一条，他必须活着回来，要是他牺牲了，就没有办法了。

依达突然举起双臂吊住了石井生的脖子，她怕石井生牺牲。石井生气不够用了，长这么大，头一次被姑娘搂，他很激动。他不想牺牲，但是子弹炮弹不是他父母兄弟，不会故意照顾他，上了战场，就得随时准备牺牲。依达盯着石井生，真情地叫了一声阿哥。石井生听到了，但他觉得好像不真实，他让她再叫一声，依达又叫了他一声。石井生脑子里乱了，他不由自主地把依达紧紧抱住。依达贴着石井生的胸膛，她怕他牺牲，他要是牺牲了，她就再也见不到他了，也嫁不了他了，她让石井生现在就要她，让他们悄悄地先做下夫妻，她这样就放心了。石井生没碰过女人，浑身筛糠，他撑不住劲了，抱住依达恨不能把她吃了。

倪培林这时比石井生更激动，他那两个眼珠都快鼓出来了，他忘了他在干什么。这一路上他已很失望，怀疑石井生知道他在跟踪，石井生故意在做给他看，石井生连依达手都不牵，他乏味得要掉头回去了。是依达把他拽住了，依达吊住了石井生的脖子，石井生也抱住了依达。倪培林心里比石井生还着急。石井生突然一把推开了依达。石井生看到了一只眼睛，这只眼睛不长在倪培林脸上，而长在旁边树干上，很大一只眼睛，直直地盯着他。这只眼睛让石井生想起了指导员，他立即冷静下来。石井生坦白地跟依达说，这辈子他从没碰过女人身子，依达是第一个。过去只在春杏脸蛋上亲过一下，还挨了她一巴掌，他真想跟她这就做夫妻，但他不敢，他不能犯纪律。

依达哭了，低着头跟在石井生后面朝小山下走去。倪培林失望地目送他们下山，他再没了兴趣，转身往回返。走进小山下的树林，依达又站住了，她含着眼泪求石井生，要他一定不能牺牲，她一定等他。她要石井生亲她，让她留下些记忆。两个人疯狂地亲吻起来，依达把石井生点着，石井生发高烧一样把依达抱了起来，把她轻轻地放倒在茅草上，茅草又长又密，像地毯一样松软。石井生像山一样压住了依达。依达很开心，她要这座山，她要把这座山托举起来。石井生突然崩塌，满脸通红，他急忙站起来。依达不知道又发生了什么，石井生没法跟她解释，他只能骗她，说还是留到最美好的时刻再做夫妻才最有意义。山那边太阳也羞得满脸通红。石井生拉起依达的小手，两个人跑下山去。

<h2 style="text-align:center">11</h2>

寿山反击战打响的前夜，邱梦山挨个防空洞检查，督促大家睡觉，睡不好觉，打不好仗。

石井生闭着眼睛躺在防空洞门口，他其实没睡着，在偷着美。依达这丫头太可心了，石井生做梦也没想到，边境这么遥远，竟会有这样一位天仙般的傣族姑娘在等他，这才叫有福之人不用愁。他二十五岁，依达十九岁；他是孤儿，她也没了阿爸阿妈。今后，他心里只有依达，依达心里也只有他石井生，真是天造地设的一对。石井生见了依达才知道什么叫丹凤眼，眼梢往上翘着，要多精神有多精神，要多好看有多好看。依达是水，水一样柔；依达是花，比花还香；依达是火，比火炭还烫人，真想溶化在她身上。石井生眼睛闭着，嘴角却忍不住拉开来笑，有生以来他头一回这么偷着乐。值了，有了依达，死都值了。石井生就在这甜蜜中慢慢进入了梦乡。

唐河的哨子尖厉地吹响，大部分兵睡得正香。再苦再累，兵们一听哨音都瞪大了眼睛。没有招呼声，只有脚步声。凌晨一点半，摩步一连准时进入了前沿阵地的战壕。他们在战壕里默默等待那个时间，凌晨三时三十五分。这个时间，别说躲藏在寿山大小二十八个山头坑道里数以万计的敌人，连哨兵和草木、夜鸟、野兽都在做着各种美梦。

——命令炮兵第六师，以一三〇加农榴弹炮向敌军后方供给基地、炮兵阵地、后续部队、保障部队等可能集结或屯留部队的地区进行十分钟火力急袭，待敌人还击取得数据后，加大炮火密度！

——命令炮兵第三〇二团，以一二二迫击炮对敌寿山主阵地进行十分钟火力急袭，待取得有效数据后，立即加大炮火密度！以弹幕交替递进方式轰击！

——命令各炮兵营，对我防御前沿三公里地段内以小口径火炮进行十分钟火力急袭，待取得有效数据和战果后，立即改用大口径火炮射击！

——命令火箭炮营向寿山主阵地进行地毯式轰击！

……

一道道命令如同魔法咒语，奇异地让眼前世界迅即幻影般天崩地裂，战争这个魔鬼得意地露出真实面目——残酷与狰狞。寿山东西宽九公里、纵深十公里的地面不再是人间乐土，只有满天铁蝴蝶在横行、飞舞、爆炸，只见火光和硝烟冲天飞溅、席卷、肆虐。山头被一点点削平，树木被一片片炸倒，工事连同土地被天女散花般抛撒……

寿山阵地上那些敌人如汤浇蚁穴，火燎蜂房，一群群敌人光着身子像飞机喷药后的那些蝗虫，晕头转向，四处乱撞。我方指挥所监听电台里收到一片嘈杂声，喊叫、辱骂、求救，惊慌之中都直接用明语喊话。这边向上级报告建制已经被打乱，那边大声疾呼阵地被摧毁，有些部队呼叫伤亡已经过半，有些阵地在请求增援……

摩托化步兵师、机械化步兵师、坦克师在栗山一线待机阵地整装待发。石井生从来没见过这种场面，看着炮兵兄弟把寿山描绘成火树银花，他按捺不住地喊了起来。倪培林在一旁却冷冷地问他，这么激动，昨晚是不是开荤啦？石井生扭头看倪培林，倪培林说他艳福不浅，弄了个少数民族姑娘，不但美丽出众，而且还不用计划生育。石井生非常佩服倪培林工于心计，什么事他都比别人想得多，想得远，想得细。石井生故意逗他，问他是不是嫉妒了，倪培林关心他离开后他们干了什么，石井生知道他跟踪了他们，他故意吊他胃口，说天机不可泄露。倪培林本想挫挫石井生的锐气，好事总落在他头上。夺无名高地，要不是石井生主动推让，就立了二功；而他这么主动请战，在战斗中还负了伤，评功却没人提他。同样进村，石井生就撞着了天仙般的依达，他也碰着了几个姑娘，她们对他却无动于衷。

轰！轰！轰！

敌人缓过气来开始还击，炮弹把他们那些话炸飞了。石井生和倪培林都兔子一样趴在战壕里，石井生趴着也没能老实，埋怨炮兵怎么没把敌人炮兵打瘫痪。就在这时，邱梦山发出了出击命令。石井生、倪培林带着各自的兵，一个个跃出战壕，向山下冲去，山谷里顿时卷起一股狂潮，向寿山汹涌而去。两边友邻机械化步兵师和坦克师那些坦克、自行火炮、自行火箭炮、步战车，呼啸着分几路向寿山两侧插去，整个山谷和寿山一起战栗。

石井生和倪培林冲锋也没忘了较劲，目标是寿山前沿二十六号高地，两个班像两条小龙向高地飞腾。寿山各山头，都是北坡陡南坡缓，一上坡，无论石井生还是倪培林，前进速度立即慢了下来，他们减慢速度不是没了劲，而是两个鼻孔太小，气喘不过来，连嘴张开也不够用。坡陡，他们必须手脚并用，每个人等于自己拽着身子往上提，不是在用力，而是在用功。

敌人在寿山主峰设了三道防线，第一道是二十六号高地，第二道是六二六点六高地，第三道才是寿山主峰。各个高地我军原本都筑有永备工事，敌人又加了盖沟，战壕通着盖沟，盖沟连着碉堡，碉堡保护着坑道。摩步一连第一项任务是要像尖刀一样割破敌人第一道防线，拿下二十六号高地，为后续部队打开通道。然后直插六二六点六高地，扫清进攻寿山主峰障碍。

二十六号高地海拔四百多米，邱梦山率一排前进不到一百米就被敌人的炮火压在山腰下抬不得头。为分散目标减少伤亡，邱梦山让队伍散开，三人一小组，成分散队形进攻，分头逼近敌人的工事。石井生和倪培林两班都已补充满员，各班分成四个小组，分头摸进。敌人居高临下，火力发挥超常。摩步一连没有工事依托，抬头就成靶子，很难发扬火力，没有炮火压制，难以前进。邱梦山请求团炮火压制，五分钟之后，山下小口径火炮开火，邱梦山观察着弹着点报告距离。敌人火力立时减弱，邱梦山不失时机地让一二三班找火力弱点突破。

石井生和张南虎突在最前面，敌人凭借盖沟和碉堡顽强抵抗。碉堡里那挺机枪威胁最大，手榴弹够不着，枪打不进，有劲使不上，石井生急得直骂。他回头喊马增明，马增明拖着四〇火箭筒爬到石井生身边。石井生先让他看清敌人机枪位置，再指给他左侧一棵被炸断树干的老树墩，让他以老树墩做掩护，敲掉敌人碉堡里那挺机枪。马增明拖着火箭筒爬向老树墩，石井生和张南虎一起拿冲锋枪向碉堡射击口扫射掩护。马增明安全地爬到树墩后，扛起四〇火箭筒，任务艰巨让他双手颤抖。一紧张，火箭弹打在了碉堡混凝土上，跳弹飞了。马增明惭愧地扭头看石井生，石井生没骂他，让他沉住气，瞄准了再打。

碉堡里机枪仍在疯狂吼叫，马增明咬住嘴唇，再一次扛起火箭筒，他憋着气瞄准击发，火箭弹呼地飞出，他射中了，火箭弹射进了碉堡射击口，轰隆一声响，射击口里往外冒烟。马增明激动地跪在地上朝石井生喊，班长！我打中了！石井生哪还顾得他，早连跑带蹦一气蹿到碉堡前，张南虎等五个兵也跟着冲了过去。石井生没顾马增明，敌人却发现了马增明，一梭子子弹飞来，马增明滚到地上，痛得哇哇地叫班长，说他胳膊断了。

石井生一气冲到碉堡前，接连往碉堡里塞了两颗手榴弹，硝烟未散，他朝后一挥手，端起冲锋枪用子弹开路，闯进了碉堡。后面张南虎等人一起跟进。邱梦山领着倪培林也从另一侧盖沟打进了碉堡。邱梦山命令一班二班向左，三班四班向右，用冲锋枪和手榴弹开路，迅速扩大战果。攻进盖沟，等于打进敌人心脏，敌人不再有优势。他们贴着盖沟壁向前摸进，冲锋枪一路扫平道路。十百分钟，他们攻进了二十六号指挥所，唐河不失时机发射了三颗红色信号弹。

二十六号高地与六二六点六高地之间有一片平缓丘陵，飞机草和茅草有半人高，只一条现成通道。坡平面宽，草深路窄，部队挤在一条通道上行进速度很慢。摩步一连刚上路，敌人炮弹就飞来，全连被迫趴下，部队一分散当即有人踩了地雷。邱梦山估计第二道防线防守会更加坚固，火力会更强，在敌人鼻子底下进攻，必须速战速决。拿下二十六号高地，大部队开始进攻，要打不开通道，会影响整个战役进程。邱梦山请求工兵火箭扫雷，工兵扫雷小组迅速赶到，但只上来一只火箭开辟器。有一只就比没有强。轰的一声，扫雷火箭飞向雷区，但是火箭开辟器那尼龙绳缠树桩上被拉断了，导爆索没能在雷区爆炸，开辟通路没能成功。再去拿火箭开辟器要耽误时间，后续部队已经向二十六号高地开进。邱梦山果断地发出命令，用手榴弹引爆，强行蹚雷！开辟通道！

手榴弹引爆！强行蹚雷！开辟通道！阵地上到处重复着邱梦山的这个命令。摩步一连分成六路，手榴弹一片片地毯式在面前交替爆炸。炸一段，前进一段，速度快不起来。石井生突然率先卸掉手榴弹袋，把冲锋枪抱在胸前，他大喊一声滚雷，率先不顾一切扑到地上，像砑砖一样滚过去。六路兵们全都仿效石井生，一个一个奋不顾身扑地滚雷，雷声此起彼伏，几名士兵壮烈牺牲，但滚雷没有停顿，他们前仆后继，疯狂地向六二六点六高地滚去。

或许石井生速度太快，或许他幸运，他碰着了地雷，但那颗雷在他滚过去之后才爆炸，没有伤着他身体。我方炮兵和火箭炮部队已经在二十六号高地开辟好阵地，向六二六点六高地发起炮击。六二六点六高地陷入火海。摩步一连官兵豪情激荡，他们一齐从地上爬起来，端着武器直接向六二六点六高地发起冲锋，仅十二分钟，邱梦山领着一排官兵已经在六二六点六高地举枪欢呼。

12

岳天岚收到邱梦山的信比少女接到头一封情书还激动心慌，她躲在办公室里接连看了三遍，一放学就去找曹谨。曹谨也收到了荀水泉的信，不约而同，她也急着想去找岳天岚。两人欢天喜地你一嘴我一嘴抢着交流信上内容，她们都忘了时间，曹谨母亲抱着外孙女进屋，曹谨才想起还没做饭。曹谨让岳天岚在她家吃，岳天岚也意犹未尽，两个人在一起，好像离自己丈夫近了许多。两人一起动手，一边做饭，一边继续说她们的丈夫，她俩把饭做得一塌糊涂，稀饭熬煳，炒菜放了两次盐，两人一边吃，一边笑。

曹谨和岳天岚正在收拾厨房，公司经理来到她家。曹谨奇怪，问经理找她有什么急事，经理似有重要事情不便张口，岳天岚主动上了卫生间回避。经理很随意地向曹谨交代，下班后厂家把一批酒直接送到仓库，让她明天验一下货。曹谨很纳闷，公司进烟酒都是由采购部门直接跟厂家签约订货，然后统一发货供货，厂家从来没有直接给公司送过货。经理解释，改革开放了，什么都搞活了，要减少中间环节，产销直接见面比订货进货价格要低得多，公司可多赚利润。经理交代完起身走了，临走不露声色悄悄地留下了一个信封。经理走后曹谨发现信封里是一千块钱，顶她三个月工资，曹谨一肚子疑惑。岳天岚不懂生意里还会有这种猫腻，曹谨深深地为经理遗憾，他们经理一向为人忠厚，做事规规矩矩，一贯奉公守法，怎么也吃起了回扣？

岳天岚头一次听说回扣是这么回事，曹谨担心不只是吃回扣，国家名酒供不应求，厂家怎么还会千里迢迢为一个县烟酒公司送货呢，肯定是二道贩子在做黑生意，这酒弄不好有假。岳天岚一听严肃起来，假酒有毒，卖假酒是害人命哪！岳天岚很单纯，说应该向领导举报。曹谨心事重重地摇头，她说要是这样做，他们公司经理就可能丢官丢饭碗，他拖老带小很不容易。可能是家里有困难一时糊涂，好在事情还没做，她还是直接找经理当面说好，劝他别一念之差坏了一身名誉和前程。如果经理回心转意，这事就当没发生，如果他不听劝，执意要做，那就只能由他个人了，咱们尽了心尽了意，也就对得起天地良心。

曹谨让岳天岚肃然起敬，没想到曹谨这么与人为善，显然她待人处世，比自己要谨慎，考虑问题也比自己细比自己周全，两种处理方法，对她来说都可以，但对那位经理却不一样，这样不光提醒了他，同时也给了他选择，路由他个人选，作为同事也尽到了责任。岳天岚打心里敬佩曹谨，让曹谨这就去找那位经理。

13

岳天岚和曹谨的回信早到了边境兵站，但战役正在激烈进行，信只能在邮袋里睡觉。

寿山主峰打得很苦。寿山海拔一千三百多米，我军原先已经打了坑道建了永备工事，敌人又在主峰阵地构筑了盖沟、短洞、暗堡，防御工事坚固，山头与山头之间火力交叉，易守难攻，步兵进攻没有火力压制，只能硬拼死打。

摩步一连进攻目标是松鼠岭。山上不只松鼠多，顶峰那块巨石形状也像松鼠。夺无名高地，攻二十六号高地，滚雷开通六二六点六高地通道，摩步一连打出了锐气。松鼠岭在邱梦山心里是志在必得。没料到敌人除正面抵抗，还有左右两侧高地火力交叉，一连出击不利，伤亡很重，邱梦山当即下令后撤。

邱梦山跟荀水泉说，《孙子兵法》上说"高陵勿向，背丘勿逆，佯北勿从，锐卒勿攻"，敌人占着制高点，又有左右火力交叉，防御坚固，要是硬拼，咱们在明处，敌人在暗处，肯定吃亏。必须避其锐气，跟他们周旋，让他们疲惫，让他们烦，一而再，再而衰，然后再攻。

邱梦山让一排后撤休息待机，让二排和火力排分散隐蔽，把三排和四排调到前面，让他们化整为零，以四〇火箭筒为主火力，组成若干小组，分散偷袭。真打击，假进攻，打打停停，停停打打，打一枪换一个地方，有机会则进，没机会就撤。邱梦山再从全连选了十几名投弹六十米以上的神投手，组成四个手榴弹小组，绕到松鼠岭两侧，分散摸近，不打枪，只投弹，利用树木掩护，投一颗，换一个地方。所有人员只打击不进攻，只迂回不出击，让敌人弄不清有多少部队在进攻。耗他们，把他们惹急。

果不然，摩步一连那些四〇火箭筒，东一炮，西一炮，一阵急，一阵缓，弄得敌人搞不清还击方向。四个投弹小组更让他们恼火，东一颗手榴弹，西一颗手榴弹，有时密得像下雨，有时零碎得不见影；敌人发急，他们隐蔽休息；敌人停火休息，他们骚扰打击。每一炮，每一颗手榴弹，都引得敌人枪炮大作。打了半天，敌人不见摩步一连一个人影，也不知道炮弹和手榴弹从哪里打来。等他们犯疑惑时，这边炮弹和手榴弹又在他们的碉堡和盖沟上爆炸。要了近一个钟头，敌人真急了，所有火器全部开火，各个据点全部暴露。

邱梦山一一记下了位置。一排休息了个把钟头，邱梦山把他们调上来，让石井生、倪培林他们一一记住敌方的火力点。依旧让他们化整为零，找准敌人火力薄弱处，悄悄摸上去。石井生和倪培林领受了任务，把自己班分编成战斗小组，交代清楚攻击目标，分头行动。邱梦山让二、三排加大火力间隔，炮弹、火箭弹、手榴弹爆炸频率更加放慢。敌人真气坏了，老打空枪空炮。

在这周旋戏弄之中，一排那些战斗小组已经悄悄地接近敌人阵地。邱梦山突然命令二、三排火力密集射击，八二炮、火箭弹、四〇火箭筒、手榴弹一齐朝敌阵地轰击，敌人拼死还击。石井生他们瞅准目标，借助炮弹爆炸瞬间，率先攻上了阵地，钻进了敌人的战壕，撕开口子。一钻进战壕，他们再次分两路背靠背向前扩大战果。二、三排乘势一气攻上阵地，一个多小时，摩步一连又把红旗插上了松鼠岭。他们头一次抓到了十个战俘，石井生活捉了连长。

荀水泉派六班押送战俘。那个连长借口负了伤不能走，一个战士去背他，那战士刚背起他，他竟伸手去拧战士腰间手榴弹盖，幸亏荀水泉眼尖，一枪把那连长崩了。荀水泉命令战俘都解下裤腰带，脱去上衣和鞋，让他们一个个光着脊梁和脚丫，手提着裤子走，他让战士们一律子弹上膛，端枪押送；战俘若企图反抗，当场击毙。荀水泉一一交代清楚后，六班押着战俘上了路。

兵败如山倒，敌人失去寿山坚固屏障，即刻溃不成军。摩托化步兵师和机械化步兵师拉开架势，相互配合，摧枯拉朽，一举把敌人赶回去十五公里。摩步一连一气打到清水湾，上级命令停止前进，转入战略防御。摩步一连奉命后撤至清水湾北侧阴山，在这里扼守防御。

第三章

—

天 功

1

摩步一连在阴山转入防御的那天起，敌我双方便陷入僵持状态。在这亚热带的夏天，进不进，退不退，整天在防空洞里猫着，对每个参战人员的身体、意志和心灵都是挑战。兵们大都来自北方，他们祖祖辈辈像胡杨一样在干燥的土地上繁衍生息，皮肉都跟骆驼一样有抗干抗燥的功能，但受不了阴湿。这儿到处是水，三天有两天半阴雨迷蒙，被褥衣物等所有物件都湿漉漉潮乎乎，蹲防空洞如蹲下水道阴沟，兵们裆里、腿上、背上到处都在溃烂。

今天轮着三班背水。这儿潮湿，却没水喝。水到处是，清水湾里的水比太湖、西湖的水还清澈，可水湾在敌人手里控制着，谁能保证他们不下毒，谁又能保证他们不往里放细菌？喝水用水只能到九公里外的后方去背。全连每人一天只分两缸子水，连喝水都不够，洗澡擦身子只能是梦想。每个人身子跟泥鳅一样腻滑，酸臭气味能把自己熏晕。石井生说，这么下去，下一代准要变异，味觉、嗅觉和皮肤很有可能会退化。

三班背水是个艳阳天，阳光好是好事，但也有不好的一面，阳光好天热，天热汗水就多，汗流到溃烂处，如拿硫酸往伤口上滴，刺激得人连牙根都疼。

石井生背着水囊弓着腰走在最前面，身后十几个兵哩哩啦啦前后拉开一百多米。水囊是橡胶制成的，一水囊装六十公斤水。石井生走得并不快，他裆里也烂了，背上、腿上都有溃烂处，再背着六十公斤水爬山，想快却心有余而力不足了。汗水已经流进每一个溃烂处，跟刀子在割他肉一样。

石井生带着兵们翻过一座坡，他匀着劲慢慢蹲下放下架子和水囊，身后兵们也跟着卸下水囊喘气。兵们二十分钟前就盼着班长这么做了，个别同志已经在心里祈祷了很多次。石井生并没有坐下休息，他让兵们趁艳阳高照抓紧时间"日疗"，借日光晒晒溃烂创面。士兵们戏称"日疗"。石井生自己默默顺着原路往回返。张南虎知道班长是去接指导员，他走过去挡住石井生，说他去。石井生回头瞪了他一眼，跟张南虎交代说，让大家光着身子晒晒，消消汗，相互擦一擦烂处，上点药，打完仗，回家还得娶媳妇制造接班人，都烂光了，连种都下不了了！张南虎只好回头去执行班长的命令。

石井生往回返一里路才迎到苟水泉，苟水泉拄着根棍艰难地走着。苟水泉跟着三班来背水不是要装样子，战场上当官的装样兵们很讨厌。石井生出发时挡了苟水泉，还发了火。苟水泉只是笑，石井生这火让他心头热乎。苟水泉跟石井生说，战场上做政治工作没时间开会，只能靠平时跟大家在一起时说说话，要不让他跟士兵们在一起，他就失业了。石井生挡苟水泉是发自内心，石井生发现指导员上了战场完全变了，过去是领导，到战场变成了兄长。这些日子，背弹药、背粮食、背水，全连谁也没有指导员背得多。他那裆里烂得厉害，背上溃烂处在流脓水。大家心里明白，他是看连长打仗太辛苦，哪一仗都冲在兵们前头，他是指导员，他要在后勤保障上跟邱梦山一样拼命。他这么做，不是要得谁评判，而是真诚对自己的战友，要不这良心就扯不平。开始苟水泉跟邱梦山争着上阵地，后来他不争了。邱梦山跟他说"军无辎重则亡，无粮食则亡，无委积则亡"，这话是《孙子兵法》上说的。从保证战斗力的角度讲，后勤比冲锋陷阵还重要。苟水泉体会到邱梦山这话不是说着玩，兵们打仗拼命，停下来就得往肚子里塞东西，光啃压缩饼干没劲跟敌人拼，苟水泉千方百计让兵们吃口热饭喝口热汤。另外弹药要保障，没有弹药，拿拳头打不死敌人。给养要有积蓄，没积蓄搞不了防御。苟水泉不放过敌人每一个碉堡，每一条坑道，努力就地取材。治湿症药品供不应求，苟水泉到处去求。将心比心，石井生把苟水泉也当大哥了。

石井生什么也没说，直接走到荀水泉身后，把架子连水囊卸下来，背到自己肩上。荀水泉很不好意思，说自己成了累赘。石井生没吭声，说废话消耗体力不值，他只顾弓着身子往前走，荀水泉空着手都跟不上。

石井生把水囊背到休息地，身上溃烂处一起起哄叫唤，看到全班兵们都赤裸着躺在山坡上伸开两腿晒太阳，忍不住笑了。笑却没出声，倒是出了泪。荀水泉也跟了上来，看着兵们这般模样，心里不是滋味。父母兄弟姐妹们哪会知道这些，后方群众哪会想到这些，这里比"上甘岭"还"上甘岭"哪！"上甘岭"只是缺水，这儿还有湿症。兵们心里全明白，他们不攀比，不抱怨，他们只喊"理解万岁"。

荀水泉看着兵们找不到一句安慰话可说，心里不是滋味。张南虎拿着药棉球来到荀水泉跟前，让他把衣服也脱了。荀水泉默默地脱了衣服，躺下闭上了眼睛，其实兵们看着他满身溃烂处，比他说什么安慰话都强。

石井生尽情地享受着阳光的抚爱，他忽然发现身边那些山头与沟谷虽遭受战争涂炭，但又悄悄地充满了生命的活力。那些树干、树枝被炮火削断烧枯，枯枝上又萌出一个个绿芽芽；被炮火烧焦过的那些土地，又有新绿从地下拱出；被枪炮驱赶走的那些鸟们、兽们，在枪炮停息之后又都偷偷地带着子女陆续回来找寻它们的老家。那些鸟儿们似乎无忧无虑，在枯枝残叶间嬉戏啁啾，只知道歌唱不知愁……天地才不管你打不打仗，战争也好，和平也罢；肆虐摧残也好，爱护培育也罢，它们会按自己的规律独自生存运行。正如李白诗中所说，万物兴歇皆自然。

石井生看着这些新绿，听着小鸟吱喳，他想到了依达，依达也是只美丽的小鸟。他闭上眼睛，依达来到他面前朝他笑，而且头一歪一歪地笑，一笑脸上那两个酒窝像含着蜜糖。他睁开眼，依达调皮地跑了。他给依达写了三封信，也不知道她收到没有，他只收到她一封信，眼泪把信纸上的字都化了。这丫头太单纯，太可爱了，要是不牺牲，这辈子一定好好跟她过，让她生三个孩子，俩儿子一丫头。石井生想得正美，张南虎突然惊叫起来，说指导员脚底打血泡了。石井生一骨碌爬起来，光着身子过去。好家伙！荀水泉那两只脚底都打了血泡，而且是泡中泡，老泡结了老皮，老皮磨破，从中间又磨出了新泡。

石井生正给荀水泉挑泡，轰！轰！敌人平白无故打起炮来。炮弹打得乱七八糟，在远远近近的高地山谷爆炸。荀水泉光着身子喊大家先别顾穿衣服，保护好水，指挥大家利用地形地物隐蔽。兵们全都背起水囊，顾不得拿衣服，迅速分散开隐蔽。

<h2 style="text-align:center">2</h2>

岳天岚的妈妈被岳天岚惊叫着抓醒时，岳天岚仍在梦里挣扎。她满脸惊恐，两只手紧紧抓住妈妈的胳膊，嘴里不住地哼哼，额头上还冒着汗。妈妈问她怎么回事，她恐惧地哇一声惊叫，坐起来抱住妈妈就哭，她说邱梦山牺牲了，他来找她，连脑袋都没有了，浑身都是血。妈妈没办法让女儿停止噩梦带给她的那种惶恐和忧虑，只能用母亲的怀抱给她安慰，让她松弛。她一边轻轻地拍着女儿的后背，一边劝她梦不能当真，都是因为白天想得太多，夜里才会做这种噩梦。岳天岚却不接受妈妈的这种安慰，说邱梦山肯定出事了，要不为什么一直不来信。岳天岚怀孕后更加思念邱梦山，邱梦山越不来信，她越不安宁，夜里常常做噩梦，不是邱梦山被敌人追杀负伤，就是邱梦山牺牲。妈妈就替邱梦山解释，他们在打仗，没有时间写信，即便写了信，也不方便邮寄，她要岳天岚为孩子着想，怀孕后心境要平和，失眠做噩梦都会影响孩子发育。岳天岚说她也不想这样，她特害怕做那种梦，搞得自己心惊胆战，肯定会影响到孩子，可她又没法不想念邱梦山。妈妈就让她给梦山织毛衣、绣鞋垫，把思念都编织到衣服里。岳天岚第二天就上街买了毛线，还买了一本毛衣编织法的书，她一定要给他织一件漂亮毛衣。她选好样式，特别精心地织起来，把每一针每一线每个花纹都当作对邱梦山的思念和爱来织。每天除了教书，每时每刻都想着这毛衣，一拿起毛衣她那心就静了下来，从此，她再不做那种噩梦。

岳天岚想起该去曹谨那儿看看有没有消息，曹谨家上着锁，邻居说有一个礼拜没见曹谨回来了，岳天岚十分纳闷。第二天，岳天岚带着焦急去了糖业烟酒公司仓库，仓库人说曹谨已经调到供销社新兴商城当营业员了。主任变成营业员，岳天岚不明白这是为什么。岳天岚随即赶到商城，商城说曹谨还没去上班。岳天岚更想立刻见到曹谨，可她不知道曹谨娘家住址，只好回家。岳天岚继续织毛衣，织起来轻松自如，织着织着她情不自禁地哼起了《望星空》，这些日子她最喜爱的歌就是《十五的月亮》和《望星空》。

岳天岚哼着歌织毛衣那会儿，邱梦山和荀水泉正躺在防空洞里看岳天岚和曹谨的相片。不知道岳天岚和曹谨打没打喷嚏，老百姓总说被远方亲人思念，被思念那人会打喷嚏。邱梦山和苟水泉没工夫去想岳天岚和曹谨打没打喷嚏，他们两个在悄悄地品评岳天岚和曹谨两个谁更美。

事情是两个人相互往溃烂处上药引起的。邱梦山看着苟水泉那烂裆，开玩笑说现在这副窝囊样，岳天岚和曹谨要见着了，准不肯让他们挨身子。苟水泉也笑了，说就算她们愿意，他们也要不了她们，这副烂样，不说把她们吓跑，自己也没那心情。一提起老婆，邱梦山感慨万千，说太亏她们了，都是百里挑一的出色女子，跟着他们守活寡，要是能活着回去，真不知该怎么报答她们才好。苟水泉说报答不了什么，只有死心塌地爱她们一辈子。邱梦山想到了另一层，说万一要是残废了，死不了，却也活不好，这不是要害她们一辈子嘛！说到这一层，苟水泉心里也虚，这种事很有可能发生。邱梦山认为真要是这样，只能自己主动一点，干脆就不回家了，离开她们，别拿军婚这根绳索绑着她们，让她们自由，别叫她们一辈子跟着受苦遭罪。

邱梦山帮苟水泉上好了药，忍不住从口袋里掏出了岳天岚的相片，打着手电看起来。岳天岚笑得很甜，那种甜甜得不张扬，甜得内在，甜得含蓄，甜得意味深长，邱梦山怎么看怎么舒服。苟水泉趁机抢了过去，苟水泉说岳天岚是挺美。邱梦山就让苟水泉拿曹谨的相片，苟水泉不想拿，邱梦山非要他拿不可。曹谨的相片不在苟水泉身上，在包里。苟水泉被邱梦山逼得没法，只好起来摸出了曹谨的相片。苟水泉也打着手电看曹谨的相片，看了再给邱梦山看。邱梦山见过这相片，曹谨拍得有点严肃，没有笑，但两眼的目光有点热辣。邱梦山让苟水泉实话实说，岳天岚和曹谨究竟谁更美一点。苟水泉要滑头，反让邱梦山先说。邱梦山说政工干部就是狡猾，邱梦山不会绕弯了，他照实说自己的看法，认为从相貌看，天岚比曹谨要美一点。苟水泉却不赞同，他说，美这个概念很宽泛，可以是五官，也可以是身材，可以是相貌，也可以是人品；可以是整体，也可以是某一个局部，比如眼睛，比如嘴，比如胸，比如臀，比如某一个行为。邱梦山笑了，说政工干部就是狡猾，他就揭苟水泉的心里话，论相貌，岳天岚是比曹谨美一点；可在他心里，曹谨身材比天岚美，又不愿意直说，要他老实交代，心里是不是这么想，苟水泉只好搪塞，说情人眼里出西施，有人说老婆总是别人家好，这话不对，心里有邪念的那种人才这么认为，其实大多数男人眼里，老婆还都是自己的好，要不这夫妻就做不长久，当初也不会爱上她。因为夫妻不是交朋友，朋友好聚好散，夫妻要过一辈子的日子。邱梦山很赞同，两个说到最后，邱梦山又一次提到他们的诺言，提醒荀水泉千万别忘了。荀水泉反叮嘱邱梦山，要他好好记着，他绝对不会忘记。

3

似有妖魔不断地在向大地哈气，那气成一团团雾缠住了山岚，铺满了沟谷，这种缠绕与铺陈看似温柔，却使得山和谷都失去了本来面目。石井生从防空洞里出来，雾像细雨一样扑面而来，他抬头望了望天空，浓雾遮住了阳光。

阴山海拔只有五百多米，它东面是青山，西面是松山，海拔都在千米以上，像两扇屏风为阴山挡风遮雨，挡风遮雨自然是好，但也挡阳光。上午十点钟前，下午三点钟之后，即便阳光灿烂万里无云，阴山也只能待在青山和松山两山阴影之中，一年四季，阴山一天中，只有中午前后能照着阳光，其余时间都阴着，所以叫它阴山。本来好天都晒不着太阳，再碰上这雾天，阴山就更加潮湿，潮得兵们心烦。石井生他们只顾发牢骚，哪知道就在这大雾里，一场殊死决战正在悄悄地孕育，军指挥所里已经忙得不可开交。

情报部门首先发现，敌人所有无线电台突然停止使用。接着侦察部门发现，敌人前沿部队突然对我军阵地停止一切挑衅活动。炮兵部队报告，敌人炮兵不再向我防御阵地和纵深地带开炮。工兵团报告，敌军工兵在他们自己前沿阵地扫雷……

情报从各种渠道汇集到指挥所，J军首长一面向上报告，一面紧急开会分析。J军参谋长这一回没有失误，他认为，虽然手里还没有具体真实情报做依据，但这些反常现象告诉我们，敌人在谋划一个大阴谋，而且阴谋已经策划完成，一场大战、恶战在所难免。他提出，应该立即向部队发出命令，各部队即刻进入紧急作战状态，三天以内必须迅速做好大战决战准备。

果不然，总部指示下达，敌人无心谈判，企图反击，各部队随时准备迎战。

J军指挥部的命令悄悄地传向各部门、各师、各团……

战区五十多个高地极度兴奋，但地面阵地一片寂静，一场残酷的较量正在这寂静中酝酿。

中午，一阵山风卷走了云雾，太阳露了脸。石井生笑眯着眼走出防空洞，看到阳光灿烂，就招呼大家出来晒太阳。兵们纷纷出了洞，开始"日疗"。

三辆卡车拉着弹药开上了摩步一连阵地，邱梦山和荀水泉正跟士兵们一起在裸身"日疗"。士兵们一看送来这么多炮弹、子弹和手榴弹，顿时有一种喜悦。大家被湿症折磨够了，早急不可耐。部队不怕打，就怕拖。要打就打，要撤就撤，速战速决，那才痛快。弹药一运来，全连不用动员，谁都知道又要打了，兵们情绪顿时高涨，各班主动开始加固工事，投入战前准备，干得热火朝天。

一辆小吉普开上了摩步一连阵地，车上下来两个军官，下车就找连长。唐河不认识这两人，一听口气感觉来头不小，他先请他们上连指挥所，然后去战壕找连长。两个军官交给一连一项特别任务，要他们深入敌军阵地抓个活口回来，而且一定要军官。这个任务非常重要，也非常艰巨危险。

邱梦山头一个想到了石井生，荀水泉想到了倪培林。邱梦山也想到了倪培林，他对敌喊话好，关键时刻需要应付。两个人商定让石井生、倪培林带张南虎三个人去完成这任务。邱梦山向三个人布置完任务，倪培林情绪激动，张南虎态度坚决，石井生却说这事把握只有四成。荀水泉两眼看着石井生，盼望他态度积极一些，任务这么艰巨没有信心怎么能完成，但荀水泉又不想挫伤他，只好拿眼睛盼着他。荀水泉没料到，邱梦山竟说这事把握没有四成，只有三成，他又看着邱梦山。邱梦山没管他，他说别说三成，哪怕只有一成希望，也要争取九成胜利。邱梦山说到这里，荀水泉才松了口气。邱梦山强调这个活口牵涉整个战局，直接关系到首长下什么样的决心，必须抓来。石井生和倪培林、张南虎三个都不再说话。邱梦山说着说着，不知是石井生情绪影响了他，还是觉得他们三个人没把握，邱梦山突然改变主意，决定亲自带他们三个去完成。荀水泉坚决反对，大战之前，军事指挥员不能脱离岗位。邱梦山说这事事关大局，关系到首长战略决策，要是完不成这任务，摩步一连连本都要输光。他跟荀水泉说，仗还没打起来，他去不会影响全连行动。上面那两位也希望邱梦山亲自去，荀水泉只好把想法咽回肚里。

邱梦山等四人把自己打扮成那边的老百姓，每个人只在身上藏了一把匕首、一把手枪，六枚手榴弹。借着夜色，悄悄地向敌人阵地摸去。

敌人工兵倒像是特意为他们弄出了安全通道，邱梦山当然就不客气，没费任何周折就爬到了清水湾敌人阵地哨兵眼皮子底下。敌人把毛泽东兵法学到了家，而且创造性地在实战中运用，单这战壕工事早超过了咱们高家庄那地道。阵地设了五个岗哨，三个固定哨，两个流动哨。邱梦山趴在那里半天没向石井生他们发任何指令，他被难住了。邱梦山难下指令不是因为敌人哨兵多，哨兵多可以一个一个悄悄干掉。问题是哨兵都是兵，把他们五个都抓去也不顶屁用，上面要军官。军官都躲在坑道里，就算他们把五个哨兵都干掉，就算他们能钻进敌人坑道，钻进去了又怎么样？敌人一个连在等着他们，只要一动枪，一个连对付他们四个，别说抓活口，他们性命都难保。

在敌人哨兵眼皮底下趴了不多不少整半个小时，邱梦山一挥手，四个人悄悄地退回到阵地下。倪培林不明白为什么要退下来，邱梦山告诉他们这里没法下手，弄不好抓鸡不着，连本都要搭上。石井生说应该找单独活动的那种军官下手。石井生开拓了邱梦山的思路，高地后面是清水镇，清水镇上驻着敌人一个团机关，团机关军官多，机关比连队自由，军官能单独出来活动，还是到镇上找机会容易一些。四个人重新分工，倪培林负责开车和招呼应付，张南虎负责观察警戒，邱梦山和石井生负责抓人。邱梦山强调，到了镇上，他们不会当地语言，只行动不说话，看他手势行事。

邱梦山率三个兵沿着公路向清水镇运动，迎面突然射来两束耀眼强光，邱梦山一挥手，四个人一齐闪进路边橡胶园。进了橡胶园才听到汽车喇叭声，迎着车灯望去，车灯耀眼无法看清是什么车，也看不清车上坐的什么人。邱梦山担心被车上人发现，示意他们趴着别动，车呼啸一闪而过。车闪过那瞬间，邱梦山发现，是一辆敞篷吉普，车上除了司机，还坐着两个军官。眼巴巴地瞅着车远去，邱梦山遗憾得直拍屁股。亡羊补牢，邱梦山向他们三个交代，如果再遇到这种情况，别慌。倪培林跟张南虎上去缠司机，他跟石井生在后面对付军官。

四个人一直走到清水镇街口，再没碰上这种好事。走进清水镇街头，街上看不见一个人，他们松了口气，要不他们再装扮也容易被当地人看出破绽。邱梦山打手势分开走，倪培林和张南虎走向街的另一边，他们沿着街两边的墙根往前走。前面零零星星有人在街上行走，走得都很匆忙。又有一辆吉普车从远处开来，四个人都瞪大了眼睛，脚下没停，继续迎着车走去。车开得很慢，车上除了司机，还有一人，坐在后座，像是军官。邱梦山一喜，朝街对面倪培林做了个手势，让他们放慢速度，注意吉普车。四个人都挨街边不慌不忙地放慢着脚步前行，盯着吉普车，等待时机。吉普车继续缓缓开来，司机不住地扭头往街两边瞅，不知是在找人，还是在找店。

吉普车没过来，左拐开进了一条巷子。邱梦山一挥手，四个人分头若无其事地跟进那条胡同。来到胡同口朝里望，吉普车依旧在胡同里缓缓行驶。他们四个不紧不慢远远地跟着吉普车走。吉普车在左侧一个门口停下。司机下车，拉开后车门，那位军官下了车，向司机交代了什么，然后进了那门。司机把车掉过头来，在那门口熄了火在车上等，估计时间不会太长。

邱梦山一摆头，倪培林和张南虎在前面朝吉普车走去，邱梦山和石井生在后面察看。张南虎佝偻着身子，双手捂住肚子，嘴里不住地哼哼，像得了急性阑尾炎。倪培林搀着张南虎来到吉普车司机车门前，敲车窗玻璃。司机不理他们。张南虎继续痛苦呻吟，倪培林点头哈腰恳求，继续敲车窗玻璃。司机烦了，打开车门赶他们滚。倪培林拿身子挡住车门不让他关，继续点头哈腰求他，张南虎在一旁一边呻吟一边神不知鬼不觉摸出匕首，不露声色地突然将匕首捅进了司机侧胸，那司机连声都没出立刻咽了气。

邱梦山和石井生疾步分别靠到大门两侧，大门开着，厅堂里不像有人。倪培林剥下司机衣服，穿到身上，也顾不得上面有血。看看前后没人，他和张南虎打开后备厢，把司机尸体塞了进去。倪培林让张南虎进屋帮连长和石井生，他坐到驾驶员位置上守住门口。

厅堂里没人，邱梦山和石井生进了屋。屋子里二道门关着，邱梦山试了一下门，还好，门没插，虚掩着。门是木门，邱梦山怕开门发出声响，先行门臼子里滋了点尿，然后双手提着门，一点一点挪开，二道门后面是个小天井，他侧着身子探进头去，小天井后面那屋子关着门，屋里亮着灯。邱梦山侧着身子进了天井，石井生和张南虎也照着连长样侧身跟了进去。天井后面屋子门上没有缝，门边没有窗，除了说话声，屋里面情况一概不清。邱梦山听出一男一女在说话，语言不通，不知他们在说什么。

两个人说话声越来越高，像在争吵，而且越吵越凶，谁也不让谁。邱梦山意识到每一秒钟对他们都是危险，不能在这里耗费时间。邱梦山向石井生和张南虎打了个手势，石井生和张南虎立马都掏出匕首，紧贴大门边。邱梦山拿脚在地上找东西，他找着了一只木拖鞋，他拿脚把木拖鞋踢了出去，木拖鞋飞起，在空中翻了两个跟头，然后啪地落到地上。屋里人立即噤声，五秒钟之后，那女人喊了一声，像是问谁。接着邱梦山他们感觉到那个军官已轻手轻脚接近门口。邱梦山又用手势让他们两个警惕，每个人把匕首紧紧地攥在手里，两眼盯着大门缝。

屋门突然呼地拉开，那个军官身子没出来，从门里伸出手枪枪口。邱梦山以迅雷不及掩耳的速度拿匕首劈向敌军官手臂，那军官哎哟一声惨叫，手枪掉到地上。张南虎没让敌军官喊叫下去，一把把他拽出门外，邱梦山顺势将敌军官按到地上。邱梦山先拿绷带勒住敌军官嘴巴，张南虎把他两只手绑到了身后。女人在屋里发出尖叫，石井生冲进去，没让女人喊出第二声就用毛巾堵住了她的嘴，然后捆住了她的手脚。

邱梦山在前走，石井生和张南虎架起敌军官上了吉普车。邱梦山和张南虎在后座架着敌军官，倪培林开车，石井生坐在副驾驶位置上准备应付突然情况。吉普车一溜烟开出清水镇，他们毫无阻挡地接近阴山与清水湾交界处。敌人在交界处设了临时哨卡，两个兵端枪站在哨位上。倪培林问邱梦山怎么办，邱梦山交代减速假装停车，待哨兵接近时，石井生开枪把哨兵干掉，迅速冲过哨卡。两个哨兵举旗示意停车，他们哪知道自己这是在找死。倪培林一脚踩下离合器，车速减慢接近，两个哨兵端着枪走过来，石井生和邱梦山同时出枪把两个哨兵送上了西天。倪培林换挡一脚油门呼地冲过哨卡。哨所里敌人一窝蜂冲出，一齐朝他们开枪，邱梦山扔给他们两颗手榴弹。敌人那边响起摩托声，四辆摩托向他们追来，一时枪声大作。邱梦山他们只有手枪，还击无力。倪培林高速前进，敌人疯狂追赶。突然，前面响起枪声，邱梦山一惊，我方阵地怎会有敌人埋伏。邱梦山探出窗外察看，发现前面人在帮他们打后面追敌，原来是荀水泉带着两个班的兵力在这里接应他们。

追敌受到意外阻击，不敢贸然前进，放了一阵空枪，回头交差去了。

4

上面对邱梦山这次行动极为满意，那活口是敌军团司令部参谋，没费多少劲，他就全交代了：敌军最近在一个北口小山村里开了一个秘密作战会议，部署了一个"北口计划"，从几个军区调集了四个师、两个炮旅，还有特工团、坦克团和工兵团共四万八千多兵力，要发动一场寿山反击战役，企图夺回寿山。行动计划已经下达到团，团里刚召集营连干部开会做了部署，整个计划他烂熟于心。战役部署已经结束，只待上级一声命令。

敌军行动证实这个"舌头"没说假话，敌方无线通信沉默数天后突然全部开通，四万八千多部队迅速在我三十公里防御正面集结。我电子侦察跟踪监听，一切都在预料之中。

　　从摩步一连阴山阵地到寿山指挥部纵深近十五公里，正面宽约三十公里，大小二十八个山头全都醒着。凌晨五时十五分，敌军十五个炮兵营一齐向我阵地实施火力急袭。没有停顿，没有间隙，炮弹铺天盖地在阴山地面爆炸，天在塌，地在陷。

　　一班防空洞在阴山阵地正面，首当其冲，落到他们头上的炮弹比其余班要多几倍。炮弹一群一群在他们头顶炸响，震耳欲聋，弹片和泥土雨点般撒向洞口。防空洞没有被覆，抗震和隔音都比无名高地差，他们像被蒙在一面巨鼓里面，有无数鼓槌狠命地在敲击鼓面，而且一阵紧似一阵，兵们一个个脑袋在一声声巨响中发胀变木，心脏也在震荡中胀痛，几个兵开始呕吐……

　　倪培林握着枪贴着防空洞洞口，他趴下身子无奈地任炮弹接二连三放礼花一样炸响，再看全班兵们捧着脑袋扎成一堆，他既没能耐让炮击停止，也没招让兵们不痛苦。防空洞里有新兵喊脑壳要裂了，又有五六个人在呕吐。倪培林没法给兵们安慰，他也不知道该怎么办。徐平贵伤愈刚回到班里，他明白恶心呕吐是因为大脑受强烈震荡而致，他回头喊，让大家张开嘴，别扎成堆，往洞口散开一些，减轻震荡冲击力。徐平贵带头往洞口移，他几乎坐到防空洞外。一班兵们都跟着往洞口散开，一颗炮弹扑通落到洞口，轰隆一声巨响，一班兵们全都本能地抱住脑袋瓜趴下。洞口硝烟散去，兵们才一个个抬起头来，你看着我，我看着你，没有话，他们差不多都晕了。炮弹仍一群接一群在爆炸，好在他们耳朵已经麻木。倪培林感觉少了什么，他来回一看，不见徐平贵，一班兵们一齐把目光伸向洞口寻找，谁也没发现徐平贵，只看到了洞口有一摊血，一些零碎肢体。徐平贵！倪培林惊叫起来。徐平贵没有了，徐平贵被炸飞了，只剩下一摊血和一些零碎肢体。他这声叫喊，声音恐怖得吓人，声音里不只是悲痛，还有恐惧。活灵活现一个人，伤刚痊愈回连，眨眼之间就没有了，一个大小伙子竟变成了一块块血肉。倪培林一下趴地上哭了，他哭得非常非常伤心，全班兵们都跟着流泪，只有个别士兵感觉到了一些奇怪，班长为什么要这么伤心，他们班已经牺牲了好多战友，没见班长这么伤心过。

　　敌人的炮击仍在继续，兵们头疼得没有心情去想徐平贵牺牲这事，他们只想到或许下一个眨眼工夫自己也将变成一摊血和一些碎东西。倪培林突然爬起来拿起电话找连长，报告炮弹打到了他们洞口，徐平贵牺牲了。邱梦山刚放下电话，电话又响，荀水泉拿起话筒，二班也报告，有人牺牲了。电话接二连三，不断地报告有人牺牲，有人耳朵震聋，有人呕吐……

邱梦山铁青着脸坐在那块石头上发闷，指挥所也在战栗。邱梦山闷了一会儿，从上衣口袋里掏出了那个小本，又一一记下牺牲士兵的名字。荀水泉放下电话，他在花名册上做记号，这本花名册在增厚，打一仗要减掉一批兵，随即又要增补一批兵，再慢慢减，然后再增补。

或许是我方炮火压制了敌人，或许是敌人炮火开始延伸，阴山顶上的爆炸声稀疏下来。邱梦山像狮子发怒，拿起电话对各班吼，各就各位，准备战斗。

兵们如挣脱死亡枷锁一样蹿出防空洞，听到连长命令，一个个从头疼、耳聋、胸闷、呕吐中挣扎出来，拿起武器冲进战壕，冲上射击位置。石井生从战壕里探头朝山下看，敌人已经攻到半山腰，而且由坦克在前面开道。阴山海拔不高，坡也缓，坦克可以直接攻上阵地。邱梦山命令八二炮、四〇火箭筒消灭坦克。八二炮、四〇火箭筒一齐向坦克开火，敌人坦克有的当即被击中趴到阵地前。敌人并没有后退，坦克打了一辆又攻上来一辆，他们已经疯了。四〇火箭筒威力太小，只能吓唬敌人，打着坦克也等于给它挠痒痒，它照样横冲直撞。邱梦山命令每个班抽出三个人组成反坦克小组出击，用反坦克手雷和集束手榴弹消灭敌人坦克。

石井生一手提一捆手榴弹，他让班里六名投弹手向进攻坦克扔手榴弹，尽力把手榴弹投到坦克上，掩护他们三个人接近坦克，当他们接近坦克时，再把手榴弹都扔到坦克后面，把步兵炸开，让坦克和步兵脱离，配合他们消灭坦克。机枪手和另两名冲锋枪手，专打坦克后面的步兵，不让一个敌人露头。全班兵们都有了明确的任务和目标，表面看起来还是一阵枪炮乱响，内容却大不一样了，每个兵都紧紧地盯着自己的目标，一个一个都在最大限度地发挥个人能力和火力，有效地杀伤扼制敌人。六个投弹手投弹距离都在五十米以上，他们像六门迫击炮，将手榴弹一颗接一颗分别投向接近阵地的三辆坦克，投得又远又准。石井生借手榴弹爆炸做掩护，带着张南虎和另一名士兵爬出战壕，抱着集束手榴弹朝坡下滚去。班用机枪和两支冲锋枪，始终盯住坦克后面的步兵，敌人也不傻，紧紧地跟在坦克后面跑，谁也不抢先。

石井生一口气滚出三十米，他停下看，坦克离他还有二十多米，他抱起两捆手榴弹继续滚。又滚出十来米，石井生停住趴在地上。这时投弹手明白了石井生的意图，随即把手榴弹投向坦克后面的步兵，炸得步兵吱哇乱叫。石井生发现敌人的步兵与坦克拉开了距离，迅速跃起，他把一捆冒烟的手榴弹扔到一辆坦克发动机散热窗上面，抱头一个鱼跃扑地滚离坦克。一声巨响，坦克没有趴下，继续在前进。他再爬着迎向坦克，把另一捆冒烟的手榴弹塞进履带里，再抱头滚离坦克。轰隆一声，敌人坦克趴下了。石井生从背上取下冲锋枪，纵身跳上坦克，以坦克炮塔做掩护，一阵扫射，把坦克后面的步兵扫得像篱笆被狂风掀倒，一排一排地往地上栽。石井生喘过气来，没再让坦克里的敌人舒服，摸出两颗手榴弹，从炮塔盖口塞了进去。张南虎和另一名士兵也先后得手，三辆坦克都冒了烟。

邱梦山在战壕里看得清清楚楚，激战四十分钟，敌人两辆坦克掉头带着步兵退下山去，四辆坦克和一批步兵葬身在摩步一连的阵地前。

5

依达再去栗山兵站，兵站哨兵已认得她，没等依达开口，哨兵主动替石井生抱歉，说部队在前面打仗，他们没工夫写信，即便写了信，信也没办法及时往回捎。看哨兵挺和气，依达便继续问哨兵能不能借部队电话用一下，她想往石井生的连队打个电话。哨兵当然没有这个权力，这是纪律，他不能为了个美丽姑娘不顾战场纪律，他只好耐心地解释，摩步一连很多，每个摩步团都有一个摩步一连，不知道他是哪个师哪个团的。即便知道石井生是哪个摩步一连，也没法打这种电话。战场上部队电话是打仗的指挥工具，只供指挥作战使用，任何人都不能因打私人电话占用电话线，总机也不会给转。依达失望了，但还是用美丽的目光恳求哨兵，哨兵让依达瞅得心里冒出一股股同情，可他只能同情，绝不能为这位痴心姑娘违反纪律。他请依达理解，同时他心里也为石井生高兴，居然会有这么一位美丽的姑娘痴心地爱着他。依达看哨兵无能为力，只好失望地离开，一边走一边自言自语，说写了这么多信，也不知道他收到没有，也不知他是死是活……说着说着眼泪就流了下来。哨兵望着依达肩头在抽搐，心里一阵阵发酸，他真想把她叫回来，帮她摇那个电话，但是他只能在心里慈悲，前面是战场，他没法按个人心愿行事。他忍不住朝依达背影大声喊，请你相信，他们一定会凯旋！一有消息我就想法通知你。依达头都没回，她知道哨兵是在宽她的心，得不到石井生的消息，说什么都没用。

依达从兵站出来后并没有回家，她毫无目标地在山野里走着。依达在想石井生，想他那胸膛，墙一样结实；想他那两条胳膊，钢铁一样坚硬；想他那微笑，憨厚诚实；还想他那嘴唇，厚实又滚烫。依达一想这些，心里更是翻江倒海，睁着眼闭着眼都是这些。这些日子她常常这样，不知道这是好事还是坏事，她害怕这是一种预感或先兆，她只好不停地给石井生写信，可她只接到石井生一封回信，她把那封信都读烂了，全背下来了。那信里面有一段话让依达牵肠挂肚，放不下心，石井生说上了战场，他没有把握自己能不能承担丈夫这个责任，弄不好反会拖累害了她，所以他还是先不做她丈夫。她明白他是担心自己会牺牲，不想给她带来不幸和痛苦。越是这样，依达越想石井生，越担心石井生会牺牲。

依达走着走着不禁一怔，她竟来到了那个山坡。她惊喜地看到了那棵树，树干上有一只眼睛，它见证了他们的爱，她在这里第一次主动吻了男人，第一次让男人抚摸自己。当时她很讨厌这只眼睛，它一点都没有白杨树和白桦树上的眼睛好看，没有一点笑意，它圆瞪着像是在监视他们，又像是在警告他们。现在她不再讨厌它，尽管它依旧没一点笑意，但它是他们的月老，她紧紧地拥抱了它。

拥抱完那棵树，依达顺着记忆来到了那块茅草地，他们一起在上面躺过。依达闭上了眼睛，回味着，咀嚼着，细腻地、不予遗漏地、不厌其烦地反复回忆着……

6

敌人完全失去理智，一点不计后果，跟这种疯子打仗不可能不残酷。邱梦山把指挥所搬进了战壕。

荀水泉没进前沿战壕，后面那一摊事忙得他没法分身。伤亡已超过二十人，救护车上不来，兵们不能从战壕上撤下来抬担架，身边没有医生，卫生员急得直哭。荀水泉比卫生员更急，只是他没法哭，他只能喂伤员喝开水，跟他们说话，给他们安慰，让他们分散精力，不去想那痛苦，而去想战斗，想战友，想胜利。伤员运不出去，眼睁睁看着士兵痛苦以至死去，荀水泉那颗心痛得都快碎了。荀水泉查看了伤员后，急忙离开了防空洞，还有一件事他必须马上去落实。阵地一停火，全连官兵头一件事就是要吃饭。一天到晚啃压缩饼干，肉啃凹下去，骨头啃凸出来，没力气怎么打胜仗。荀水泉千方百计想让官兵们有口热东西吃，哪怕是一碗菜汤。可敌人每天打到阴山阵地上的炮弹数以吨计，每天要对付敌人十几次进攻，别说做饭，连烧锅开水都难以做到。

　　敌人的又一次进攻，比昨天提前一个小时，一连官兵连早饭都没顾上吃一口。荀水泉冒着炮火钻进炊事班防空洞。炊事班只剩下班长和新兵小丁两个，其他人都补充到班里作战。荀水泉问炊事班长还有没有面，班长说只够全连吃两顿馒头。荀水泉说全连三天没吃着热东西了，今天想法让大家吃一顿馒头。炊事班长皱紧眉头说舍不得，说还是留着多做几顿疙瘩汤好，又说连生火柴都找不到，要是馒头蒸不熟，吃了准拉稀，还不如不吃。荀水泉对炊事班长这话很不满意，他说敌人这么疯狂都打下去了，全连官兵能让敌人上不了阴山，你炊事班让大家吃顿热馒头都做不到，怎么向全连交代。炊事班长说吃了馒头剩不下面粉了，往后想做顿热汤都不可能了。荀水泉很果断地说，先说眼前，别说往后，往后再想往后的办法，活人不能叫尿憋死。炊事班长闭了嘴。

　　荀水泉觉得生火柴的确是蒸馒头的成败关键，没柴火怎么能点着煤呢！这不能单靠炊事班长个人去解决，而应该由他来帮炊事班长解决。荀水泉一边在战壕里急急地走，一边琢磨拿什么生火，头上飞过的炮弹和子弹似乎跟他毫无关系，只顾闷头往前走。

　　轰隆！荀水泉还没走到一班战壕，一发炮弹在战壕里爆炸。荀水泉本能地扑倒在战壕里，呼呼啦啦，落到荀水泉背上的泥土和弹片让他知道他没死也没伤，他晃掉满脑袋泥土，爬起来继续走。前面有人在哭喊，荀水泉一看是马增明，炮弹炸破了他的肚子，肠子掉了出来。马增明依着战壕躺坐在那里，两手心疼地捧着自己漏在肚皮外面的那些肠子，喊叫着。石井生他们都在拼着命跟敌人对打，尽管马增明在痛苦地喊叫，但他们谁也顾不得他。荀水泉扑过去接住了马增明手里的那些肠子，一边看一边安慰他别害怕，他先看看肠子断没断，要是没有断，帮他把肚子缝起来就行了，一定死不了……马增明见到指导员，喊得更厉害。荀水泉让他忍着痛别喊叫，这样会消耗体力，要他坚强。荀水泉说着检查马增明的肠子，他庆幸地告诉小马，肠子没断，他帮他把肠子塞进去，然后再背他去防空洞，把肚子缝起来包扎好就没事，他那里还有点云南白药，治伤口特管用。马增明止住哭喊，荀水泉细心地把马增明的那些肠子都塞回了肚子里，然后抱起他上了防空洞，他和卫生员一起把马增明的肚子缝好，上了云南白药，还给他吃了止痛片，马增明这才安定下来。

　　荀水泉没顾得擦手上那些血，他惦记着柴火。荀水泉离开伤员一口气跑到山背后，那里有仓库，他在仓库里没找着生火柴，却看到了发电机。发电机让他闻到了汽油味，汽油味让他开了窍，把汽油浇到煤上，没有柴火，也能把煤点着。汽油桶里有不少汽油，桶大不好拿，万一让子弹打着还麻烦。荀水泉跑到战壕里找到了一只罐头盒，倒了一罐头盒汽油，双手捧着往炊事班的防空洞跑。荀水泉跑到炊事班，炊事班长已经在揉面做馒头。一人两个馒头，得做二百多个，虽然有伤亡，也不能少做，有些士兵一人能吃五六个。荀水泉喊着炊事班长进洞，说拿汽油生火，炊事班长一喜，他说他已经让小丁到山上去找柴火了。荀水泉一听着了急，山上炮火连天，那不是去找柴火而是去找死。荀水泉转身就出了防空洞，炊事班长也跟出来，荀水泉把他推了回去，要他快做馒头。炊事班长脚收住了，心却悬了起来。这时他才意识到，指导员冒着炮火去找小丁，也是去找死，一切都是他造成的，原来一个小班长也会犯方向性错误，后悔已来不及了，他只有把馒头做好，才可能减轻一点过错。

　　荀水泉顺着战壕跑到阴山背后，他知道小丁不可能到阴山正面和两侧去找柴火，那里炮弹子弹下雹子一样，他不会这么傻。小丁果然在阴山背后找柴火。由于距离太远，再加上枪炮声太响，小丁听不到荀水泉喊他，于是，荀水泉只能跳出战壕跑过去喊。

　　敌人停止了炮击，坦克炮和自行火炮已经攻上阵地，荀水泉向山坡跑去，不时有坦克打来炮弹，好在现在耳朵好使了，听炮弹飞行声音就能判断出远近，他一边跑一边警惕着炮弹。

　　小丁发现荀水泉朝他连喊带招手，明白指导员来找他回去。他心贪了一点，弄了一大堆枯树枝，一个人背不了，已经费力气掰了，不背回去心不甘。荀水泉看小丁弄这么多柴火，心里很高兴，赶忙跑过去帮他。于是，小丁分给指导员一根绳子，两人一人一大捆背着往战壕跑。说是跑，其实跑不了，身上背着树枝，又是上坡，跑仅仅存在意念之中，只是两只脚动作频率快一些而已。

　　荀水泉和小丁正走着，突然传来炮弹的飞行声，荀水泉一听不好，喊小丁卧倒，同时把小丁推了一把。小丁滚倒了，荀水泉跟着扑下去，他推小丁耽搁了三秒钟，推了小丁后再往下扑时弹片正往四下里飞，荀水泉感觉右臂被什么东西狠狠地劈了一下。小丁抬起头来，看到指导员趴在地上没动，小丁的头发支棱起来，嘴里喊着指导员，人已经扑了过来。荀水泉没有死，他睁开眼笑了笑，说赶快回去，班长可能把馒头做好了。小丁的脸蛋却变了形，指着右胳膊嘴里急得说不清话，荀水泉只感觉右面半边身子麻了，见小丁在跳着脚嚷，眼睛里还噙了泪，荀水泉这才扭头看自己右胳膊。一看，荀水泉就差点晕了过去。他右胳膊只剩下一断根，正在往外滋血。荀水泉没让自己晕过去，他咬紧牙忍着痛，拿左手捂住右胳膊根处那喷血口，让小丁找东西把他右胳膊根绑死。小丁慌忙脱下裤子，撕成条，给指导员包扎伤口。荀水泉让小丁使劲，使劲勒，勒到不流血为止。小丁就咬着牙给荀水泉勒，勒到不流血再把那截胳膊全包扎起来。荀水泉一头栽倒在山坡上……

7

荀水泉昏过去那会儿，曹谨正在回家的路上。

曹谨回家不是下班，是从供销社主任办公室出来，主任跟她谈了话，他不明白她为什么要离开糖业烟酒公司，为什么放着仓库主任不当要随便换个工作。曹谨没法跟主任实话实说，她只说丈夫不在身边，自己带着孩子，仓库工作太忙太累，希望领导照顾一下。主任很为难，曹谨自己可以放弃仓库主任这位置，但作为领导他不能这么做，仓库主任虽是基层干部，但也是个位置，无缘无故把仓库主任降为普通员工，这样做不合适，何况曹谨是军属，丈夫还在前线打仗，平常工作又很好。这么做无法向大家解释，可供销社内没位置好安排。主任做工作让她不要动，曹谨很固执，说纯粹是她个人要求，与其他人没有任何关系。主任说不通曹谨，只好给商场经理打电话，让他先安排曹谨当营业员再说。

曹谨要求离开烟酒公司，是因为他们经理。那天岳天岚走后，她带着那一千块钱当晚去找了经理，无功受禄不劳而获这种钱她不能要，还劝经理别跟那些二道贩子打交道，烟酒是入口商品，要是造假，有害身体，害人命这种事做不得。经理很真诚地接受了曹谨的意见，表扬她坚持原则，检讨自己一时心软，同意把这批货退给他们。曹谨很高兴，心想她没看走眼，经理是正派人。果不然，第二天下午就有人开车到仓库把那批货全拉走了。曹谨很高兴，劝领导做了一件好事，浑身感觉轻松。

两天之后，曹谨在账上发现了问题。一个疑问是拉货和送货不是一个单位，还有个疑问是送货入库价格比正规批发进货价低百分之五，拉货却是他们出库的批发价。曹谨心里很不舒服，显然经理欺骗了她，这货不是退，而是正式进入了他们的经营渠道，按正规商品进货出货，低价进，正常价出，不知从二道贩子那里得了多少回扣。

曹谨遭人骗，心里不舒服，而且骗她那人是她的领导，她一直很尊重他。她不只担心这批酒有可能掺假，更不能接受经理这样为人。她原来心目中的经理跟现实中的经理在她脑子里打架，打得她头疼，经理这两副嘴脸让她恶心。曹谨无法再面对他，他那和颜悦色的后面隐藏着阴险，他那微笑里面隐含着狞笑，她别扭，她要再在这里待下去，必须装傻，但曹谨装不了这种傻。

曹谨从部下那里知道，这批酒是让他们烟酒公司的门市部拉走的。此后，经理让二道贩子直接把货送到门市部，由门市部批发给那些零售店。曹谨证实之后，没有再找经理，她不想见他，她给供销社主任写了一封信，要求离开烟酒公司。信上和当面曹谨都没说为什么离开烟酒公司，她不想做这种英雄，她只坚信，善有善报，恶有恶报。

岳天岚终于在曹谨家见着了曹谨，看她心情很不好，问她为什么要调动工作，是不是因为那事跟经理闹僵了。曹谨没把事情的全部告诉岳天岚，她觉得县城不大，这种事传来传去不好。她说这只是一个方面，另外主要考虑商场离家近一些，上下班方便。岳天岚没那么复杂，曹谨没出事，她就心情灿烂。两人又开始说邱梦山和荀水泉的信，商量怎么给他们回信。

8

荀水泉不同意送他去后方医院，他不是要做样子给兵们看，是发自内心觉得连里需要他。止住血、包扎好、吃了消炎药和镇痛药，他感觉自己没问题，他还有两条腿和一条胳膊，能跑能跳能打枪，什么事都能做。邱梦山说他别逞英雄，胳膊都没了，万一感染命就没了，他不要命，曹谨还舍不得呢。荀水泉让邱梦山说得眼里有了泪，他不忍心把连队扔给邱梦山一个人，有好多事急等着他做，他也离不开大家，这时候让他住医院，会比伤痛更难受。

解决尸臭问题是荀水泉心中头一件急事。自己战友一牺牲，他会领着勤杂班随时把遗体抢回来，找战争空隙把战友掩埋。敌人尸体就成了问题，打起仗来恨不能把敌人都消灭在阵地前，消灭得越多越痛快。一仗下来，敌人的尸体堆在阵地前是个大麻烦。敌人当然不会为这些尸体来冒险送命，咱们也不可能替敌人埋尸体。在这亚热带高温下，雨和雾一淋，太阳再一曝晒，尸体一天就发臭，闻起来恶心呕吐吃不下饭，连气都没法喘，熏得人头晕。夜风裹着奇臭一阵阵吹来，兵们哪还能睡着觉，简直是睡在死人坑里一样。

荀水泉负伤当天晚上，他还是挣扎着下了床，乘夜黑，带着勤杂班兵们，拿毛巾扎住口鼻，提上汽油桶上了阵地。他们把汽油泼到敌人尸体上，给他们火葬，尸肉的焦煳味尽管也不好闻，但比尸臭味强得多。

荀水泉带着勤杂班烧完敌人的尸体回来，指挥部改变了战术。死守硬拼，伤亡太大，上面决定先"放羊入圈"，然后再"关门打狗"。摩步团和一线部队任务是诱敌进入我防御地域，友邻部队再穿插关门，把反击之敌彻底围歼剿灭。

邱梦山琢磨，诱敌深入不是简单地撤退，而是真打佯败，打要打得顽强，作殊死还击；撤要撤得狼狈，要丢盔卸甲，丢弃一部分弹药和装备，甚至丢下些食品，必须让敌人看不出是主动放弃阵地撤退，而是真正溃败，敌人才会毫无顾忌地追踪深入。要邱梦山充当败军，让敌人得胜，哪怕是片刻得意，邱梦山心里都不舒服。再说撤退伤员要先行，还有粮草弹药，这样至少要分出三分之一兵力，只有三分之二兵力作战，而且一直要撤到寿山主阵地为止，这仗不好打。再是荀水泉负着重伤，他率部队作战，让荀水泉一个人率伤员撤退有些难，需要找个人配合荀水泉，邱梦山有点举棋难定。

葛家兴就在这时候摸着黑来到了阵地，荀水泉和邱梦山十分惊奇，团里已经决定，他出院后回营房留守，他怎么赶来参战？葛家兴这时才说心里话，正是为了上前线才坚决要求去军区总医院，只有总医院才能做这种手术，他的腰果真又挺起来了。荀水泉伸出左手握住葛家兴的手，为当初的误解内疚。邱梦山也抱住了葛家兴，说他也没有完全理解他。葛家兴流下了泪，他说只是对不起弟妹岳天岚。邱梦山有些不解，葛家兴把一路赌气不理岳天岚这事告诉了他们，他请邱梦山写信代他向岳天岚检讨。

葛家兴病愈归队对全连是个鼓舞，邱梦山当即召集作战会，分工葛家兴配合荀水泉率三排和勤杂排带伤员后撤，战斗一打响就行动。邱梦山率一、二、四排继续与敌人周旋，根据战场情况再撤。

天麻麻亮敌人又发起了进攻，炮弹呼啸着在阵地爆炸。邱梦山让荀水泉和葛家兴赶快行动，荀水泉再三叮嘱，要邱梦山别恋战，尽快撤离。邱梦山已顾不得跟他说话，挥手率部队投入战斗。摩步一连把敌人惹恼了，激战三天，他们发动了几十次进攻，但没能走近阴山一步，伤亡和装备损失惨重，他们似乎要拼死一战。

邱梦山告诉几个排长，不能有半点松懈，一定要殊死抵抗，借机多消灭敌人，听他命令行事。敌人这次没动坦克，而用火炮地毯式轰击掩护步兵攻击。火力异常凶猛，摩步一连被炮火压在战壕里露不得头。邱梦山贴着战壕壁，悄悄地探出头看，不好，敌人离战壕不到一百米了。他拿冲锋枪射击替代命令，士兵们已经有了经验，他们都不马上进入射击位置打枪，而是先甩手榴弹，手榴弹像一群鸽子从战壕飞出，飞向敌群。趁着手榴弹爆炸，士兵们才趴到战壕射击位置开始射击，这样可大大减少伤亡。这次敌人进攻又有了新招，他们采用集中优势兵力，强攻突破一点。摩步一连的兵们往前看，敌人黑压压像潮水一样向阵地涌来。二排阵地前敌人更多更疯狂。二排不断有人受伤牺牲。敌人向二排阵地逼近，只有十来米了，邱梦山随即让三班和十一班从两侧支援二排。石井生带着三班和四排十一班同时从左右两侧支援二排。敌人已经冲到二排战壕前。石井生一声吼，带着三班跃出战壕，子弹从右侧横面扫射过去。敌人没防备侧翼，人墙一排排倒下去。十一班也从左侧出击，三下里夹击，冲上来的那些敌人三面挨打，立不住脚，除了少数掉头逃窜，大部分都惨死在二排阵地前。敌人并没有退下阵地，他们退到三百米处，稍作调整，又发起了攻击。

这时邱梦山下达了第一道撤退命令，二、五、十二班，丢下一些手榴弹，撤出阵地，向后撤退。又过了五分钟，邱梦山下了第二道命令，一、四、十三班，丢下些武器弹药，向后撤退。又过了五分钟，邱梦山命令，每人接连扔五颗手榴弹！剩下一些手榴弹和子弹，跟他一起向后撤退。兵们很不过瘾地向敌人接连扔了五颗手榴弹，有人扔了六颗，随着邱梦山一声撤，摩步一连剩余官兵一起向后撤退。邱梦山喊报话员，让他向营指挥所报告他们已撤离阴山。邱梦山没听到回应，扭头看身边没了报话员，扭头搜索战壕，他看到了报话机那根天线，不知道什么时候报话员牺牲了。邱梦山和唐河最后离开了战壕。

9

带着伤员撤退速度十分缓慢。几辆卡车炸得只剩下一辆能行驶。一辆车得先装弹药和粮食，打仗离了这两样东西死路一条。葛家兴指挥三排把弹药和粮食装好后，车上只能再上几个重伤员，其余伤员和个人装备物资全靠自己背。

伤员队伍赶到茅山脚下，太阳已经让西面山头挡住，这里离寿山还有八九公里。邱梦山带着弟兄们跟追敌一路周旋，邱梦山他们利用沿途高地，不断给追敌迎头痛击，这样一方面可以诱惑敌人，另一方面也给荀水泉他们争取更多的时间。荀水泉看队伍行动太缓慢，站到路边喊，让大家加快速度，速度太慢会给连长他们增加压力，影响整个歼敌计划。

茅山有两个几乎等高的高程点，两个高程点中间深深凹下去成一个缺口，大路从凹处穿过，可通汽车、坦克。七班沿着茅山凹处缺口探索前进，走在自己防御阵地内，没有闯敌人封锁线的那种紧张。七班翻上凹处公路，发现茅山那一边有部队在行动，估计是兄弟部队撤到了他们前面，兵们举起枪向他们招呼。山下部队停了下来，有几个士兵往下跑，好似天涯海角遇着了亲人。轰！轰！轰！下面部队竟用炮弹迎接他们。七班班长一看不好，立即喊大家卧倒，疏散隐蔽。但为时已晚，跑在前面那两个兵被炸倒牺牲了。兵们都傻了眼，敌人怎么会超到前面去了呢？

葛家兴和荀水泉也搞不明白这些敌人是从哪里过来的，葛家兴指挥三排各班占领阵地展开还击。荀水泉趴在地上，心里纳闷，这是怎么回事？是友邻部队撤得太快，还是他们撤得太慢？敌人怎么会赶到他们前面去了呢？

前沿后撤诱敌深入不只是摩步团，青山和松山一带内侧部队都在后撤，口子拉开后，有的部队没佯装溃败，一开打直接就一窝蜂撤了，到中午大部分部队都撤到位置，敌人先头部队乘虚而入，速度超过了摩步一连，把他们裹了饺子。

邱梦山正跟敌人玩捉迷藏，打一阵，退一段，玩得追敌不摸底细，追不敢急追，打不敢狠打，有点举棋不定。邱梦山反掌握了主动，敌人犹豫，他就打；敌人进攻，他就撤。打起了游击战。邱梦山玩得正开心，突然身后茅山传来枪炮声，而且枪声密集，他懵了。邱梦山不敢恋战，一挥手，率部队急忙赶往茅山。

邱梦山带着兵们冲上茅山，三排在北侧已经难以抵挡敌人的进攻，邱梦山立即让一二排加入战斗，全连士气大振，一气就把敌人压下山去。报话员牺牲了，跟上面失去了联系，北侧敌人有一个连，南侧追敌也有一个连，腹背受敌，形势非常严峻，口子放开后还会有更多的敌人拥进来，一连处境非常危险。幸亏茅山有现成工事，要不他们无法立足安身。面对恶劣现实，邱梦山没有召集排长们开作战会，他到伤员防空洞把荀水泉叫到战壕里。荀水泉头一次发现他的心情这么沉重。邱梦山说最苦最难的时期都过来了，没想到在战略撤退中反陷入如此困境。他检讨只顾作战消灭敌人，忽略了与上级联系。荀水泉安慰他，协同责任在上面，咱们严格执行指挥部战略战术没有错。邱梦山摇了摇头，他让荀水泉趁南北敌人还没有协调，迅速带着勤杂排和伤员从东侧迂回撤退，葛家兴带三排和四排配合掩护，他带一二排在这里牵制敌人。荀水泉不同意，邱梦山明显是把一切困难都揽在自己身上，他带两个排怎么对付得了两个连？邱梦山也不想这样，留下来肯定凶多吉少，但要是全连带着伤员一起撤，风险太大，很可能全连覆没，一部分人牺牲总比全连牺牲强。荀水泉不忍心让邱梦山这样留下，他坚持要撤一起撤，要死一起死。邱梦山知道荀水泉是念战友情，他伸手按了按荀水泉的左肩膀，让他别傻想，也别说傻话，再耽搁谁都走不成了，要是真不想他死，赶紧带伤员撤离，越快越好，赶回团里要增援来接应他们，这是上策。邱梦山催荀水泉快行动，他去给排长们交代任务，他还托荀水泉件事，回部队后要是见着教导员，给他捎句话，感谢他的理解。荀水泉的鼻子酸了。

葛家兴要求留下阻击，邱梦山也没同意，他不想让他刚参战就牺牲，他告诉葛家兴，指导员负着重伤，带伤员一起撤离任务很艰难，要他照顾好指导员。邱梦山让一排在南阻击追敌，二排在北阻止山下敌人的进攻，掩护伤员撤退。荀水泉拿左手一把抓住邱梦山的衣服吼，咱们还是一起撤吧！邱梦山挣脱了他的手，他也对荀水泉吼，别再废话了，再耽搁下去谁都撤不成了！一定要记住我们的那个约定。邱梦山带着二排进入阵地，荀水泉含泪带着伤员上路，他们就这样分别了。

邱梦山拿起冲锋枪，让五班主动向西出击，吸引山下的敌人，掩护荀水泉他们撤退。五班只剩下六个兵，他们两人一组，分成三个小组，跃出战壕，向山下敌人接近，冲出有五十米，他们从三个方向向敌人扔出二十多颗手榴弹，然后迅速往西坡回撤。敌人果然哇啦哇啦向西坡攻来。邱梦山命令二排一齐开火，山下敌人冲至半山腰，吃了不少亏。天渐渐暗下来，敌人不敢贸然进攻，退了下去。邱梦山注视东侧高地，没听到枪声，估计荀水泉和葛家兴已经顺利绕过茅山东侧。

邱梦山来到南侧战壕。仔细观察，敌人在对面山头和山下扎下营盘。邱梦山喘了口气，这才觉着饿了，他让大家吃饭。唐河摸出块压缩饼干，连同水壶一起递给邱梦山。邱梦山接过饼干和水壶，让唐河把两个排长叫过来。唐河告诉他，一排长已经牺牲。邱梦山忘了，他略一迟疑，让他在一排宣布，由石井生代理排长，然后让石井生过来开会。邱梦山领着石井生和二排长先看了茅山阵地，发现这里驻过敌人，也驻过咱们部队，防空洞里弹药留下不少。邱梦山又领他们看了周围的地形。茅山东侧连着山脉，山势连绵，蜿蜒伸展。西侧有一条河，河面有十几米宽，河那边是松山山脉。看完地形，邱梦山和石井生、二排长在茅山山顶坐下，唐河在一边放着哨。邱梦山让他们两个说说想法。石井生和二排长意见一致，说只剩下两个排，而且已不满员，肯定对付不了敌人两个连，还是趁夜色视线差从东侧突围撤退。邱梦山同意突围，但指导员他们行动不会迅速，没走出多远，如果现在从东侧突围，会给他们带来灾难。还是待天黑后从西侧突，坡是陡，又有河，但敌人防备可能会松懈一些，只要能渡过河去，就有希望脱险。邱梦山交代每个人带足子弹，手榴弹太重，每个人带十颗就行。时间定在凌晨一点整，让他们两个回去告诉每一个士兵，除了哨兵，大家好好睡一觉。

石井生在战壕里交代完任务，倪培林没有回应，情绪很沮丧，或许因为邱梦山让石井生代理排长，而不是让他。虽然火线提干是带头去冲杀，但这也是荣誉。倪培林冷冷地跟石井生说，这一回是连长在犯错误，他们肯定要跟着倒霉。石井生问他有什么依据说连长在犯错误。倪培林说指导员的意见很正确，他们的任务是撤退，而不是跟敌人死抗，连长是个人英雄主义，不顾大家死活，硬在死顶。应该听指导员的劝，全连一起突围。要是按指导员的意见办，他们可能早已脱离危险。石井生说他根本就没真正理解指挥部意图，上面不是要他们简单地撤退，而是诱敌深入，要引诱敌人，就不能让敌人看出是引诱，就得真顶真打，连长一点没错，咱们突围，是有计划的行动，处于主动；敌人又不知道咱们的计划，只能处于被动应付。倪培林并没有接受石井生的那些话，仍是冷冷地说，毛泽东战术，人家学得不比咱们差。石井生觉得奇怪，倪培林也会消极。倪培林说他有预感，突围很难。石井生说不难就不叫突围，如果当时跟伤员一起撤，速度缓慢，敌人两个连，不把咱们包饺子才怪。两个人争了半天，倪培林情绪很大，但没再反驳。

天黑得像头上扣着口锅，没有一丝风，又闷又热，让人喘不过气来。石井生摸黑进了连长的防空洞，借打火机光亮发现连长脱了野战服光着脊梁坐那儿等他。邱梦山问他布置好了吗，石井生一边脱野战服一边应了声嗯，等光了身子坐下替邱梦山卷烟时他才说，倪培林有情绪，没跟指导员他们一起撤他想不通。邱梦山接过石井生点着那烟，吸着烟说，战场上哪来那么多民主，等你民主完了再打仗，脑袋早落地了。甭管他，到时候他会明白，抓紧时间睡一会儿。

两人摸着黑挨着躺了下来，一边抽烟一边闭目养神，烟抽完了，两人也睡着了。

手表定时叫醒了邱梦山，他没顾穿衣服，先摸醒石井生和唐河。石井生呼地坐起，黑暗中摸到一套野战服就穿。邱梦山没摸着野战服，他习惯拿衣服当枕头。他说石井生，你小子穿我的衣服了吧。石井生摸了一套野战服扔给连长，说反正咱俩衣服一个号，穿错也无所谓。他们三个穿戴整齐，邱梦山抬腕看夜光表，十二点五十整。邱梦山让石井生去排里组织行动，自己和唐河去了二排。

摩步一连两个排的兵们都醒在茅山战壕里时，正是凌晨一点。他们兵分三路跃出战壕，顺着西坡开始突围行动。每个兵身上都沉重地背着子弹匣和手榴弹，邱梦山说是一人背十颗手榴弹，有人贪心，临走裤兜里又一边塞了两颗，兵们知道这东西不怕多，多了有用。

夜特别黑，没有一丝风，山头和山谷全泡在雾里，不一会儿，兵们脸上就湿淋淋有水往下流，分不出是汗还是雾水。

部队摸索着前进。邱梦山敏感地听到厂一种声音，这种声音让兵们警觉。邱梦山向左右传话，让大家就地趴下，他一时还分不清是人声还是兽声，反正山下有东西在向他们接近。兵们全都趴下，屏住呼吸，竖起耳朵，尽管有不少人耳朵早被炮弹震得半聋了，但还都是竖了起来。邱梦山感觉不是野兽，野兽不会这么多，这里没有成群的野兽。邱梦山悄悄地向两边传，散开！准备战斗！

两个排悄悄地散开，成一条曲线横在茅山西坡静候着。西坡陡，但不是绝壁，仅是相对而言，有缓有陡。兵们各自都找好有利地形和障碍依托，既能容身又能施展身手，他们悄悄地把枪伸出，把手榴弹盖拧开放到面前，枪保险从来就没关过。

茅山上没什么树，都是茅草，茅草漫山遍野有半人高，有树也仅是小灌木，跟茅草差不多高。人趴在茅草丛中，茅草成了天然的掩护，根本看不见人，何况是墨一般的黑夜，还有重雾。

是人，邱梦山已经真实地感觉到了，石井生、二排长、倪培林和兵们都感觉到了。而且感觉到人并不比他们少，甚至感觉到他们在一百五十米距离左右。

石井生用假嗓小声对倪培林说，敌人跟咱想一块了，他们来偷袭。倪培林也用假嗓回石井生，我早说了，游击战术他们研究得不比咱差。石井生一点不紧张，因为把他们干掉，突围就省事了。倪培林又跟他较劲，不一定。石井生问倪培林感觉敌人离他们还有多远？倪培林估计有八十米，石井生纠正说还有一百米。倪培林说差不多，石井生说差二十米，这种雾夜，等于瞎子打仗，视觉完全不管用了，只能靠听觉；打枪也没法瞄准，只能凭感觉；所以只能放近了打，越近越好。

幸好邱梦山发觉早，他们处在守株待兔的有利地位，不好的是天黑看不清敌人的踪影。邱梦山忍着不发话，他要等敌人一直跑到跟前唾手可得时才动手，反正敌人不知道有猎人在等他们，等这帮人踩着他们枪再动手都不晚，在这种黑夜突然打击，吓都能吓掉他们半条命。

过来了，好家伙，挨得很紧，都他妈手脚并用在往上爬，人比他们还多。这不要紧，马上就让他们少。邱梦山一边在心里默念，一边传出话去，跪姿，枪下倾十五度，到跟前再打！这三句话传给了每个兵们，每个兵都做出了一腿跪一腿蹲的射击姿势。倾斜十五度这个角度向坡下射击最合适，敌人立着走，腿断；往上拱，脑袋开花；保准一个都跑不掉。

邱梦山真沉得住气，只有三十米了他还没发令。他在心里念道，再近一点，再近一点，到十米再打。差不多了，十五米，十四米，十三米，十二米，十一米，十米，打！邱梦山喊着，手中冲锋枪先响了。在战场，除了手枪，他总是背着支冲锋枪。摩步一连两个排的兵都开了枪，都是下倾十五度角，离地面一条小腿高，一条条火舌在茅山西坡喷出，在黑夜中像一条条火龙射向山下。

敌人哪会想到有人在候着他们，更没想到迎候着他们的这些猎人如此精于此道，他们连坡地射击角度和高度都精准地想到了。这一排子弹扫射过去，敌人差不多都被放倒了。他们都弓着身子往上爬，人都只有一小腿那么高，下倾十五度角射下去，不是击中他们脑壳就是前胸。大部分人当场毙命；受伤那些人不是被打着肩膀就是胸膛，西坡上一片鬼哭狼嚎；没被打着那些幸运者吓得屁滚尿流滚下山去。邱梦山宁左勿右，让兵们连续扫射了五分钟，然后才下令搜索前进。

兵们都端着枪，仍保持着下倾角度，拿两脚梳头一样捋着茅草往前梳。他们踩着了敌人，不管是死还是活，先都补上一枪。邱梦山感觉不对，他们只踩着二十多具尸体，上来敌人不止这个数，肯定有不少人跑了，他当即命令大家快速前进。兵们跟着邱梦山顺着坡跑滑下去，坡陡，不时有人摔倒，摔倒了干脆就滚。兵们一个个眼睛突然亮了，看到了山下那条河，还看到了河对岸那座山，原来雾只缠着山头，山下并没有雾。邱梦山让大家减慢速度注意观察。

兵们一个个猫起腰，一步一步朝山下走。离山谷还有五十多米处，迎面突然飞来子弹，说不清是刚才从山上逃下来的，还是早在这儿埋伏等候的，几十个兵当即就地卧倒还击。这一还击如同点着了导火索，山下河两岸都响起枪声。河对岸和山下火力交叉，弹道飞舞。邱梦山一看情势不妙，侧身爬向二排长，又叫过石井生。山下和河两岸都已被敌人占领，再突围只能是送命。邱梦山决定仍回茅山阵地，阵地有弹药有工事，可以坚持抵抗，等团长派增援！石井生也认为离开阵地无处藏身，进退都难。

10

或许是心灵感应，或许是第六感。依达再一次躺到小山坡茅草上时，心里特别难过，她忍不住哭泣起来，就在她哭泣之时，石井生在茅山阵地负了重伤。

她不再去栗山那个兵站，她明白那边不会给她任何消息。她不断地去那个小山坡，去看那棵有眼睛的树，还有那片茅草，那里留给她许多美好的记忆，她一到那里就激动不已。每次她拥抱了那棵树之后，总要躺到那片茅草上闭上眼睛，把她和石井生那短暂的故事美美地回忆一番，直到她眼泪滂沱。那片草已经让依达压蔫了，压出了一个身影。

这一天对邱梦山他们来说，用艰苦卓绝来形容一点不为过。他们已经打退了敌人九次进攻。南面敌人打下去了，北面敌人又攻了上来；北坡敌人还没打下去，南坡敌人又发起了进攻；有时候两面敌人一起上，弄得邱梦山他们顾此失彼，只能以一当十。幸好阵地上弹药足够，要不他们早就弹尽粮绝，不壮烈牺牲也成了战俘。两个排的兵们心里只记着邱梦山的一句话，只有坚持，坚持才能等到团里增援。邱梦山不是拿大话糊弄大家，他跟兵们仔细分析过，这山坡陡，敌人坦克上不来，步兵对步兵，没什么可怕，他们居高临下占地理优势，弹药又充足，没有守不住的道理。兵们都异常英勇，他们明白只有英勇，才能把敌人消灭；敌人要是英勇，他们就要被消灭；要不让敌人英勇，他们必须特别英勇。

又有三个士兵倒下，邱梦山在战斗间隙，一笔一画把他们的名字记到了血债本上，上面已经记下了三十一个人名，敌人也加倍偿还了，他算了一下，开战到现在，他们起码消灭敌人五倍于这个数字，一个抵他们五个，但邱梦山觉得还远远不够。

不早不晚，两面敌人不谋而合，这次南北配合一起向他们攻击。敌人已经发现，附近大小山头，只有这个茅山上还有中国军队，他们不能让中国军队阻碍他们前进，影响他们向寿山反击，因此必须拿下。邱梦山把剩下的人匀了匀，一半在南，一半在北，分头阻击。

石井生身边摆着几箱手榴弹，敌人进攻，他连看都不看一眼，仍在拧手榴弹柄盖，他把手榴弹排到战壕沿上。他知道这时候敌人打不着他，他也打不着敌人，手榴弹他也扔不了这么远，他也不想拼这么大力气，力气很珍贵，得均着使。等敌人进到五十米之内再开战，手榴弹就很管用，顶一门六〇炮。兵们一个个都跟着他学，把成箱的手榴弹搬到自己身边，拧开一个个手榴弹柄盖，一个一个排着摆在战壕沿上，这样扔起来不耽误工夫。

敌人进攻时，石井生用不着看，听脚步声就知道敌人有多远。敌人没遭到阻击，进攻速度就特别快；石井生就是想让他们快点上，这是常规战斗，前面那几百米，谁也打不着谁，是过程，完全可以省略，不阻击就是要敌人快上来，让敌人快上来是要敌人快点死，早上来早死，反正敌人就这么多，早死光早完事。

敌人上来了！石井生只喊这么一句，就像干活工头说干活了。石井生说完就开始快速投弹，投弹时他不抬头看，不给他们当靶子。他在战壕里闷着头一个劲地只管拿手榴弹往外甩。别看他不抬头看，但甩出的那些手榴弹跟看着甩一样，不左不右，不远不近，一颗颗都在敌群中爆炸，炸得敌人一片片倒下。

敌人这次进攻前，石井生准备好了五十颗手榴弹，他一口气投出三十五颗，投完三十五颗，他停了手，抬起头向阵地前瞅。敌人退下去了，但他发现，敌人也学鬼了，他们只退下二百米，退到手榴弹够不着、枪打不准的地段，他们就都趴下。石井生说敌人也越打越精了，知道咱们没有炮，知道咱们只打近战，他们也就知道省力气了。

架枪！精确射击！石井生一声令下，机枪、步枪、冲锋枪全架到了战壕沿上。每个人都瞄准了趴在地上的敌人，石井生枪一响，全排枪都响了，一家伙撩起一片烟尘。敌人抱着头往下滚，又退出了一百多米，然后再趴下不动了。

石井生只是笑，什么也没说，一屁股坐到战壕里，一仰身子靠着战壕壁舒舒坦坦地闭上了眼睛。就在石井生闭上眼睛的瞬间，轰！轰！轰！轰……敌人又开了炮。炮弹突然排成一条线落到茅山阵地上。石井生一骨碌翻身趴到战壕沿上伸头向外看，急了眼的敌人，在炮火掩护下，又向茅山阵地攻来，连炮火都不延伸，他们离战壕本来就只有三百米，石井生察看时，只剩下不到一百米了。他疏忽了，战场上不能有丝毫疏忽，疏忽就要出纰漏。石井生本想喘口气再装子弹，再准备手榴弹，他想敌人怎么着也得喘口气，就没接着装子弹，也没准备手榴弹，石井生急了眼。

打！把敌人打下去！石井生端起冲锋枪扫射，但除了枪上弹匣，其他弹匣都空着。枪上弹匣里那点子弹，打不了几下枪就哑了，打一会儿就得停下来装子弹。石井生有些后悔，他急忙喊，每个班抽出两个人搬手榴弹！倒替着装子弹！各班抽人搬手榴弹，减弱了火力，这给敌人制造了机会，进攻速度立即加快，子弹匣供应不上，手榴弹也供应不上，子弹和手榴弹密度变疏，对敌人威胁就减少。敌人越来越近，只有五十米了。石井生抓起手榴弹一边拧盖一边投，速度比原来慢了一半。石井生急得头上冒汗，他不顾一切地端着冲锋枪扫射，前面敌人倒下了几个，后面敌人又踏着同伙尸体往上冲。轰隆！一发炮弹在石井生身边战壕里爆炸，一个士兵被炸飞，石井生也倒了下去。幸好邱梦山带着五个兵赶到，架起了一挺机枪，给一排争取到了装子弹和拧手榴弹柄盖的时间。

邱梦山发现石井生倒在了血泊中，这时他顾不得照看石井生，敌人还在往上冲，他放不下枪，他只能一边打一边喊，倪培林！代理一排长指挥战斗！卫生员过来把石井生背进了防空洞。连里哪个兵负伤牺牲邱梦山都心痛，石井生负伤他更心痛。他把仇恨压进枪膛，让子弹带着愤怒射向敌人，他要让敌人加倍偿还。唐河看到连长站了起来，他挨过来拖邱梦山趴下打，邱梦山却吼唐河为什么不开枪，唐河只好投入战斗。

北侧敌人被压下去了，二排又过来五个兵支援南侧作战。倪培林看有人支援，来了信心，他向一排兵们喊，两个人一组，一个投弹，一个装子弹，一个打枪，一个搬手榴弹，兵们忙得恨不能生出四只手来。这样等于减一半战斗力。邱梦山一看不妙，命令全连，除了机枪、冲锋枪，全部投弹。

士兵们全都集中力量投弹，虽然一边拧盖一边投速度慢些，但相互一交叉，还是造成了成片爆炸效果，加上几挺班用机枪，相持了二十分钟，敌人终于被压退下去。为争取主动，邱梦山没让兵们松气，他命令部队乘势追击。兵们端着枪，抓着手榴弹，追着敌人打，敌人一溜烟逃下山去。

邱梦山回到战壕，直接去防空洞看石井生。石井生后背右侧被弹片击中，右耳朵也被打掉了，浑身是血。卫生员撕开他衣服，无法给他取弹片，只能给他把伤口包扎好止血。邱梦山紧紧握着石井生的手，要他挺住。石井生说话很困难，他说他知道会有这么一天。邱梦山安慰他，只要增援到，咱们就可以撤退。石井生说增援不会来了，要来早该来了。邱梦山要他相信指导员，他一定会想办法把救兵搬来。外面又响起爆炸声，邱梦山只能撇下石井生跑进战壕。敌人真疯了，他们没有喘息，又向茅山阵地扑来。

11

整整一夜加半个白天，荀水泉和葛家兴领着伤员赶回了寿山。荀水泉心里惦着邱梦山，他知道他们盼着他叫援军。可是他们走得实在太慢了，不是他们不想走快，是他们没有这个能力。荀水泉赶到寿山，太阳已经正午。荀水泉先找部队，他用兄弟部队的电话找到了营长教导员，告诉他邱梦山带两个排在茅山阻击掩护伤员撤退，已经被敌人围困，请求上级派增援营救。营长和教导员当即报告了团长，团长放下电话，又拿起电话，请示师长，师长又请示军。军指挥所跟团师营连位置不一样，位置高，看得就远，看得也宽；军指挥所不同意派增援营救邱梦山他们。军指挥所首长们那里的头等大事是，"放羊入圈"、"关门打狗"，当时羊是入圈了，但只进来一部分，大阵羊群还在圈外观望等待，指挥部正派部队分头出击迎头阻击敌人，让邱梦山他们继续抵抗，正好迷惑敌人，吸引敌人大部队进圈，有助于整个战役意图落实，不能因小失大。

荀水泉听到这个消息，跺着脚在电话里朝李松平哭，他要带自己连的两个排去接应连长。李松平只能劝他，这是指挥部的命令，没有商量的余地，要他服从命令。荀水泉扔下部队，独自跑到树林里哭，他悔恨没能把邱梦山拉上一起突围。

敌人对茅山最后一次进攻是太阳下山之前，南北两侧像是商量好了，有了协同作战迹象，两边火炮同时向茅山阵地轰击，敌人发了狠，炮击时间竟达十五分钟，战壕塌了，防空洞陷了，又有五名士兵在炮击中牺牲，邱梦山只能让兵们钻进防空洞。

　　敌人炮击还在继续，邱梦山闭着眼睛坐在洞里，他用心听着敌人的炮声。倪培林情绪低落地来到邱梦山跟前，他斗胆说，连长！太阳就要下山了，增援来不了了。邱梦山仍闭着眼睛说，咱们这一仗是节外生枝，不可能有增援。倪培林很不满，他似乎在责问邱梦山，既然早知道没有增援，为什么还要在这儿硬撑。邱梦山跟他说，力量悬殊太大，因为有伤员，无力突围，只能死守，寻找机会。倪培林已经想了很多，他说上级并没有要求咱们坚守茅山。邱梦山明白倪培林的意思，他在埋怨他。邱梦山说，阵地可以丢，战友不能丢。到了生死关头，倪培林什么也不管了，他认为这样守下去，等于束手待毙。邱梦山纠正他，不是等死，咱们还没有弹尽粮绝，可以跟敌人拼，拼一个够本，拼两个赚一个，在拼打中寻找机会。倪培林说敌人太多，咱们没法跟他们拼。邱梦山问他想干什么？倪培林没隐瞒内心想法，他说应该突围。邱梦山说突围也等于送死。倪培林说一块儿突不行，可以化整为零，八仙过海，各显其能，突一个是一个。邱梦山睁大了眼，两道目光像枪刺一样扎住倪培林，问他伤员怎么办，倪培林受不了邱梦山的目光，他把脸转向一边，但他心里主意已定。邱梦山心里的气顶上来，他那神气似乎要一口把倪培林吞了，他十分气愤地骂倪培林，你倒没干脆说投降。倪培林这时候感觉没了退路，他心里清楚，他要是退却，要是放弃，那就得准备死，他当然不愿意死，他才二十三岁，一棵芝麻刚开花，为了自己这条命，也是为了连长，为了大家，他一定要说服邱梦山。他继续争辩，分散突围不是投降，撤退是上级命令，至于用什么办法撤，由连里定，撤回一个也是胜利。

　　邱梦山还是头一次看到倪培林这么硬气，但他不喜欢他这种硬气，这硬气没用在正地方。倪培林毫无顾忌地继续争辩，他认为现在东侧或许还能找到空隙，再拖下去，连这个机会也没有了，为了几个伤员，难道要大家都牺牲？能突出一个比全部牺牲强。邱梦山很恼火，他要倪培林记住，只要他穿着军装，就不能只顾个人，就是牺牲个人，也要把安全让给战友，邱梦山让他把分散突围的鬼念头踩脚下碾碎，休想扔下伤员只顾个人逃命。

　　邱梦山封了口，倪培林再没有说话。敌人又发起攻击，邱梦山提着枪冲出防空洞进入战壕，唐河紧紧相随。邱梦山没想到敌人会跟着炮弹一起逼近阵地，他们离战壕不到五十米了。邱梦山一边打一边吼，增援来不了了，只有把眼前的敌人消灭，才能保存自己；只有把敌人打下去，才能找到突围的机会。兵们一个个也都打红了眼，唐河突然扑通一声倒在邱梦山脚旁。邱梦山扭头看，唐河头部中弹，已经不能动了。邱梦山没法停止射击，他只能一边打一边喊卫生员，连喊了五声，没见卫生员过来。他再喊倪培林，倪培林也没有回答。他接连扔了三颗手榴弹，扭头不见倪培林。

倪培林没有死，他去了伤员防空洞。倪培林来到石井生身边，石井生满脸是泥汗，躺在那里跟死了一样。倪培林心里抽搐了一下，头皮有些发麻。夺无名高地，打寿山，守阴山，抓活口，徐平贵被炸飞，他都没有这么恐惧过，或许是因为撤退让他复杂起来，撤退让他看到了希望，希望让他想到了今后，但现实却要中断他的一切想象，他不愿意这么中断人生。倪培林跪到地上，双手撑着地对着石井生声嘶力竭地喊，不知他是在给自己壮胆，还是怕石井生听不到，他一声一声地喊着。石井生让他喊醒过来，两个人目光相对，靠得那么近。倪培林发现石井生眼睛里没了以往那种匪气和杀气，目光变软了，温和了。这目光让他很陌生，不该属于石井生，他最不服他，也最怕他，但石井生现在似乎什么都放弃了。倪培林看着石井生，心里百感交集，他情不自禁地跟石井生说，我一直跟你较劲，心里总不服你，今天我承认，打仗我真不如你，你要挺住！石井生睁着眼看着倪培林，他不明白，外面敌人在进攻，他不去守阵地进防空洞来干什么。倪培林握住石井生的手，石井生感觉他的手在颤抖。石井生问他为什么不在战壕守阵地，倪培林说有件事要跟他商量，增援肯定来不了了，现在任务是撤退，可是连长疯了，坚持要死守茅山，敌人有两个连，硬打下去只会有·个结果，全部牺牲。石井生问他想怎么办，倪培林说只有突围才可能有活路。石井生问他为什么不跟连长说，倪培林把连长训他的那些话全告诉了石井生。他认为与其一起等死，不如突围一拼，轻伤员可以爬起来一起突，重伤员不能动，一人发一枚光荣弹，能坚持就坚持，万一碰上敌人，就同归于尽。石井生同意倪培林的这个意见，他让倪培林扶他起来。

倪培林扶石井生坐起来。石井生跟伤员们说了这番话，轻伤员都表示支持，三个重伤员没有说话。石井生说咱们不能因为个人，让战友陪着一起牺牲，他让倪培林去跟连长汇报，这三个重伤员由他负责，他留下来陪他们。倪培林说不行，他一定要带石井生一起突。石井生让倪培林帮他把背囊拿过来，石井生沉重地从背囊隔层袋里抠出一封信，把信交给了倪培林，说要是他能回去，一定把这封信亲手交给依达。倪培林接过信，流下了眼泪。

石井生给三位重伤员一人发了一枚手榴弹，他把其余六位伤员和倪培林送出了防空洞。倪培林拉住石井生的胳膊，要他跟他们一起走，身后洞里突然响起爆炸声。石井生惊愕地回到洞里，三位重伤员都自己"光荣"了。石井生心如刀扎，他让倪培林把战友们掩埋好。倪培林跟石井生说，要埋就埋在这洞里。倪培林拿工兵小铁锹在防空洞两侧挖了两个洞，每个洞里塞进一捆手榴弹，拉掉弦跑了出去。轰！轰！两声闷响，防空洞塌了，掩埋了战友。

邱梦山带着兵们激战了二十分钟，敌人没能接近战壕，被逼回到阵地二百米外。邱梦山回头看战壕，战壕里只站着八个兵。倪培林领着七个伤员走进了战壕，邱梦山不明白，问他这是干什么，石井生艰难地来到邱梦山前面，他替倪培林说了话，与其在这儿等死，不如突围跟敌人一拼。邱梦山问那几个重伤员怎么办，倪培林垂下头说他们自己拉响了光荣弹……邱梦山瞪眼盯住倪培林，突然挥手给了他一记耳光，他吼道，是你逼了他们！倪培林没争辩，石井生给邱梦山解释，倪培林没有逼他们，我准备留下来陪他们，他们是不愿意连累我。他真诚地劝邱梦山别再犹豫，抓紧时间突围。邱梦山停顿片刻，轻轻地跟张南虎交代，让他去告诉二排长，带弟兄们往东撤。

邱梦山把队伍重新调整，倪培林带八个士兵走在前面，二排长带七个士兵负责保护伤员，伤员们也都拿起了枪和手榴弹，邱梦山让石井生跟着他，成败在此一举，他还是要大家记住，只有消灭敌人，才能保存自己，大家要生死与共，患难相依，把困难留给自己，把希望让给战友，共闯这道生死关。他让每个人都检查了光荣弹，万一被敌人抓住，绝不当战俘。邱梦山说完领着大家悄悄地爬出战壕，成分散队形向东侧山凹处摸去。

山凹处有敌人，好像正在吃饭，有四个流动哨在巡视。邱梦山跟倪培林交代，要抓住这个有利时机，把哨兵干掉，一排阻击，二排长带着伤员迅速突围。

倪培林带七个士兵，两人一组，摸向流动哨。二排长让每个士兵负责一名伤员，邱梦山拉着石井生，等待倪培林他们干掉哨兵。三个小组干净利落地干掉了三个流动哨，第四个出了问题，一个士兵让灌木绊倒，哨兵开了枪，另一名士兵当即将哨兵击毙。枪声惊动了敌人，他们扔下饭碗拿枪扑了过来。

二排长带着伤员迅速冲下凹处，邱梦山让石井生跟二排长走，自己冲过去跟倪培林几个一起阻击敌人。石井生没有随伤员突围，他跟着邱梦山加入了阻击，他扔不了手榴弹，只能射击。敌人人多势众，他们十个人无法抵住敌人一个连。邱梦山让倪培林指挥小组与小组交替掩护，边打边撤退。

邱梦山接连扔出三颗手榴弹，搀着石井生往山下跑去。倪培林带一个小组接着射击掩护，然后后撤。邱梦山看二排长带着伤员已经快进山谷，敌人向山谷追来，邱梦山让倪培林就地组织阻击，给二排长他们争取翻过小高地的时间。

石井生伤很重，跑不快，邱梦山背着石井生往山下跑。山凹与密林之间，有一条山谷，山谷那边有一个小高地，穿过山谷，再翻过小高地，就能进入密林。邱梦山背着石井生跑进山谷，枪炮声惊动了茅山北侧的敌人，他们也派一个排包抄过来，想堵住邱梦山他们的退路。邱梦山看形势不妙，背着石井生加快速度，石井生发觉连长野战服已经湿透。他恳求邱梦山把他放下，让他指挥作战。邱梦山放下石井生，让他自己跟着二排长他们一起往小高地那里撤，他让倪培林带七个士兵和他一起阻击敌人，掩护二排长他们撤退。

倪培林又有了想法，前面开辟通路是他，断后阻击又是他。邱梦山却不管倪培林有没有情绪，战场上指挥官说话就是命令，理解得执行，不理解也得执行，要不执行，指挥官可以当场执法。下完命令，邱梦山趴到山谷的一条沟坎上，准备好枪和手榴弹。石井生没跟着二排长往小高地那里撤，他也悄悄地趴到沟坎上。邱梦山告诉大家要节省弹药，等敌人靠近了再打！要尽力给二排长他们多一些时间。敌人一边打着枪一边往这边追来，茅山凹处的敌人也追了过来，从他们左侧攻击。倪培林惊慌起来，他恳求连长还是一起撤到小高地再说。邱梦山很镇定，他要大家坚持住，二排长他们还没翻过小高地，这时撤过去只能带给他们危险。他让倪培林带四个人阻击前面的敌人，他带四个人对付左侧的敌人。

敌人越来越近，离他们只有三十米时。邱梦山才下令开枪。两边敌人突然受阻，因天色已经阴暗，不摸底细，一齐趴了下来。敌人一趴下，邱梦山随即命令停火。邱梦山他们一停火，敌人失去了攻击方向。邱梦山这一招是为了多争取时间，他们不打枪，敌人只能爬着摸近。倪培林再一次扭过头来恳求，说二排长他们已经过了小高地，可以撤了。邱梦山咬着牙，说再坚持一下，再给敌人一次打击，这样二排长他们就能进入密林了。

邱梦山以静制动，两边敌人慢慢接近，已在他们视线之中。待敌人离他们只有二十米时，邱梦山甩出了手榴弹。山谷一时枪声火作。敌人并不这么傻，他们也在摸邱梦山他们的位置。邱梦山一开火，位置自然暴露，子弹和手榴弹一齐向他们袭来。邱梦山先觉着额头被什么咬了一口，但他知道自己还没死，他的思维还跟原来一样清晰。接着倪培林哎哟一声，也负了伤，但没有倒下，估计也死不了。他们顽强地抵抗着，天色渐暗，敌人也不敢向前一步，开始乱扔手榴弹。手榴弹接连不断在邱梦山的左右沟里爆炸。邱梦山向右看，除了倪培林，其余士兵都倒下了，往左看，石井生还趴在那里，邱梦山急忙爬过去。倪培林带着哭声恳求，连长！他们都牺牲了！撤吧！邱梦山不愿放下石井生，对倪培林喊，架着石井生一起撤！

两边敌人向他们包围过来，邱梦山接连向两边投出手榴弹。倪培林在另一边拿枪向敌人扫射。倪培林声嘶力竭地喊，连长！快撤吧！再不撤走不了了！邱梦山扭头朝倪培林瞅了一眼，见他已顾自拼命在往小高地跑。一股怒火从邱梦山心底涌出，他朝着黑影吼，倪培林！你混蛋！就在这时，石井生拉响了光荣弹，那声闷响让邱梦山惊骇。邱梦山扑过去抱住石井生呼喊，石井生浑身血肉模糊，他已经听不到邱梦山的呼喊，永远都听不到了。

邱梦山轻轻放下石井生，他抬起头，发现敌人已经把他包围。邱梦山摸到了四颗手榴弹，他掏出最后一条绑带，把四个手榴弹紧紧捆到一起，拧掉柄盖，把四根拉弦一起缠到手指上。敌人离他只有十五米了，他右手紧紧握住那捆手榴弹，突然跃过沟坎，向那群敌人滚去，就在他接近敌人、正要起身拉弦跃向敌人时，他连岳天岚都没能想一下，两面三十多个敌人一齐朝他开了枪，邱梦山一切动作戛然定格，思维也咔嚓中止……

第四章

———

天　情

1

石井生拉爆腰间那颗光荣弹时，倪培林扭头看到了那一幕，他两眼一阵刺痛。每次战斗连里都有人倒下。在无名高地，班里士兵炸得肠子缠到他脖子上，他手脚颤抖，但没恐惧。倪培林也没细究这回怎么会如此恐惧。看到石井生以那种极端手段结束生命，他更无法控制自己，理智仅让他声嘶力竭地再喊一声连长，他撇下连长只顾自己逃命，仅仅下意识地又一次扭头窥探　眼，他看到连长抱着捆手榴弹跃起扑向敌人，一群子弹让他訇然倒下。

倪培林撇下连长逃命之时，压根没去想这意味着什么，当时他恨不能生出隐身功夫，瞬间在敌人面前消失。他命大，肩膀和手臂都带着伤，三十多支枪在身后追射，他愣是从枪林弹雨的缝隙中跑了出来，子弹和手榴弹成为送行的鞭炮礼花。当时他只感觉阎王爷在伸着手追他，后脑勺有一股股阴气凉飕飕地吹他的头皮。倪培林一口气蹿上小高地那一霎，感觉小命有一半攥到了手心里，顿时生出一股超然之力，他几乎要飞离大地，腿比野兔跑得还快，他一脚踩响地雷，可连皮毛都没伤着，地雷爆炸时他早一跟头滚出去几米远，地雷也成了送行的礼炮。

　　倪培林不清楚自己跑了多久，也不知道跑了多远，当他确定阎王爷已被甩开时，两条腿立马跟面条一样软得支撑不了身子，他一下瘫到地上。醒来时，晨光从树木缝隙间穿射下来，在他身上落下点点光斑，清风伴着小鸟的歌声，把草木的气息送进他鼻孔。倪培林误以为自己在做梦，饥饿让他回忆起一切，他挣扎着坐起来。到这时他才意识到，他撇下连长实际是违抗了连长命令，连长牺牲他负有责任，倪培林又为自己争辩，他这么做不纯粹是怕死，是避免无谓的牺牲。无名高地多危险，他怕了吗？没有；上敢死队，他明明可以不参加，连长也没打算让他参加，但他主动要求参加了，那儿比这儿还危险，明打明是去死，他怕了吗？没有。战场上死是常事，但死得要值。要是连长早听指导员劝，说不定不用牺牲这么多人。是连长打昏了头，是他个人英雄主义在作怪。无名高地立军令状，那是伟大！在茅山阻击是逞能，硬拿鸡蛋往石头上砸。两个人怎么能对付得了三十多个敌人！他逃出一条命，也是为连队多一分战斗力。这么一想，倪培林觉得他必须尽快回部队，而且越快越好。他浑身顿时生出许多劲来，他借着清晨阳光，判定了方位，朝寿山方向快步走去。

　　兄弟部队拿担架把倪培林送到摩步团，摩步团再把他送回摩步一连，倪培林一直在昏迷之中。他伤口发炎，发着高烧，当他走回寿山，确认眼前不是敌人，而是自己的部队时，他又面条样瘫到地上。倪培林昏倒是因为发烧和虚脱，他后来回想起这事时，他都没法理解自己怎么会有这么大的力量，他一天一夜没吃没喝，肩膀和手臂上还有伤，只有神才会有这种力量。

　　思维重又回到倪培林的脑子里，他已经在连队防空洞里睡了十二个小时。他听到指导员在说话，他没急于睁眼，若睁开眼，他必须立即回答指导员的问题，他还没想好这事该怎么说，他要好好梳理编织一下，怎么说才合情合理。有一点他很明白，只要他一说出口，这事就不能再改口，他是唯一见证人，茅山在异国，没法去验证。倪培林把荀水泉撇在一边，不管他有多焦急，他闭着眼睛静下心来回忆事情的过程，思考如何汇报。思来想去，他觉得太对不起连长了，决定一切照实说。果不然，当他睁开眼的瞬间，荀水泉第一句话就问连长和石井生呢？倪培林尽管已经输了一天液，但他确实还很虚弱，用不着装，倪培林说话荀水泉拿耳朵贴着他嘴唇才勉强听清。连长和石井生都英勇牺牲了是事实，用不着编，倪培林没什么为难。但荀水泉接着问他们怎么都牺牲了呢？这口气是连长和石井生都不该牺牲。有了那番思考，倪培林有点心亏，他差不多在用气声说话，他先问荀水泉，二排长和伤员们都回来没有？荀水泉告诉他十四个人一个不少都安全回来了。倪培林说连长和石井生可以瞑目了，然后他用气声告诉荀水泉，为了掩护他带伤员们安全撤退，连长如何带着他们拼死阻击敌人，夜里突围时如何与敌人遭遇，又如何退回阵地，继续与敌人作战，天黑前又如何突围，为掩护二排长带伤员撤退，他们十个人最后打得只剩下他和连长、石井生三个人，石井生伤上加伤，已不能行动，拉响了光荣弹。连长如何发了疯，不听他劝抱着一捆手榴弹冲向敌人壮烈牺牲，他如何拼命死里逃生。一切都是事实，倪培林只省略了撇下连长自己先跑这一小点。倪培林心里还是虚，手有些颤抖，他想抹掉记忆，可怎么抹都抹不掉，越抹越反复显现，弄得他心里没一点底气。好在他无论怎样颤抖都完全可以与伤痛发烧相吻合，荀水泉他们看不出任何异常。

荀水泉十分悲痛，他抬起那条左臂，一拳砸在倪培林的担架上，把倪培林吓出一身冷汗，他以为荀水泉要打他。倪培林闭上了眼，他愿意接受惩罚。荀水泉没打他，他在为邱梦山悲痛，倪培林闭上了眼睛，他见不得荀水泉这痛苦的模样，尽管连长牺牲与他没多少直接关系，即使他留下，他也得跟邱梦山一起死。他只不过给自己偷了一条命，但良心又让他无法面对荀水泉。

荀水泉痛恨地吼出了一句话，是我害了他！我没能拉他一起撤退！我无能！

倪培林听了这话心里倒是轻松了许多，是啊，连长牺牲，不只是他一个人的责任，指导员也有份，要是当时他坚决拉着他一起撤，就不会发生后面的这一切，他就用不着背这十字架。

2

岳天岚为儿子摆百日酒宴时，已经在设想邱梦山凯旋团聚那幸福场面，不只是她，公公爹邱成德比她还着急，他说孙子百日摆十八桌，儿子凯旋他要摆二十八桌。

岳天岚本没打算为儿子办百日宴，邱梦山去前线一年多了，毛衣织好了，又织了一件背心，衬衣帮他买了四五件，鞋垫绣了十几双，只收到三封信，后来竟音信全无，让她揪心。好在曹谨那里也没有荀水泉一点消息，曹谨说没有消息证明他们都没事，要是出事牺牲了，他们写不了信，组织上也会来通知。岳天岚想想这话有道理，心里才稍稍松了一些，但还是日夜惦念，哪里还有心

情给儿子过百日。邱成德不依，他专门从乡下颠儿颠儿赶到城里来找岳天岚，
说孙子是邱家一条根，是邱家祖宗坟头上开了花，是光宗耀祖的大喜事，得给
列祖列宗告个信，让他们保佑着，也得跟七姑八姨亲朋好友照个面，知道邱家
的血脉又传了一代，这是规矩，别心疼钱，做百日赔不了钱，亲戚都会送贺礼，
还有得赚。岳天岚当然不会想赔钱赚钱这种事，她看公公爹不乐意，只好实话
实说，说梦山在前线一点音信都没有，哪还有心思给孩子过百日。邱成德一根
筋，他说越是没音信才越要大办大弄，有了这孙子，他见谁都觉着比人高一头，
吃饭香，睡觉甜。有喜，咱不能偷着喜。偷着喜，大喜就成了阴喜，阴喜不好，
咱要阳喜，要光明正大地喜，要让三村五寨都跟着堂堂皇皇一起喜，这也是给
梦山争面子。岳天岚让公公爹说新鲜了，她没想到这事还有这种说法。邱成德
说是老辈儿传下这规矩，孙子白白胖胖，大眼玲珑，谁抱着心里不开心？他睡
梦里都开心得笑，干着活都想唱。心里开心，也不能偷着开心，偷着开心，美
事就变成了悔事，不能这么干，要风风光光地开心，让方圆十里八村都跟着一
起开心。岳天岚被公公爹说笑了，看着儿子，心里真是开心，她只是担心，让
亲戚们都跑城里来吃喜酒，实在不方便。邱成德说喜酒得在喜鹊坡办，一切事
情都不用她操心，她只要跟她爸妈说好，把城里亲戚都请到乡下去就行了，请
得越多越好。

岳天岚知道公公爹是实心实意，他把孙子当命宝。当初听说岳天岚生了，
而且是孙子，他扑通双膝跪到走廊里给天给地给祖宗接连磕了九个响头。

岳天岚在医院待了一周，打算出院回娘家坐月子。邱成德又一早赶到，他
说没这规矩，月子只能在婆家坐，满了月才能回娘家。岳天岚妈担心路远，怕
天岚和孩子受风，岳天岚也怕乡下有诸多不便。邱成德不依，在城里雇了辆出
租车，到医院接了岳天岚，一直送到喜鹊坡。一个月月子，公公婆婆把岳天岚
当神敬，炕烧得烫手，饭做得喷香，鸡蛋是自家散养母鸡下的，尽着岳天岚吃；
今天炖鸡，明天炖鸭，后天炖鱼。更让岳天岚感动的是，公公爹一个人扛着猎
枪，到山里打野兔、打野鸡给她补身子。整整一个月没让岳天岚下炕，每顿饭
都是婆婆端到炕上，摆上炕桌，恨不能一口一口喂她吃。岳天岚这才觉得公公
婆婆跟邱梦山一样亲。

公公爹执意要办喜酒，岳天岚只好按他的心愿办。邱成德问孩子起个什么
名，岳天岚说，写信跟梦山商量，梦山还没回信。邱成德愁了，过百日得把孩

124

子名字叫响才行，他问岳天岚打算给孙子起个什么名，岳天岚说她想叫儿子继梦。邱成德琢磨起来，邱继梦，听着倒是不赖，但乡下有个规矩，儿子名字不能跟爹用同一个字。岳天岚自然不知道这规矩。邱成德说，继福、继富、继贵都挺好，俺知道你们城里人嫌这种名字土，现在也没法跟他爸商量，就先叫他继昌吧。他爸昌盛了，让孙子继续昌盛，昌是两个日头摆一起，日上有日，日日升高，这名字响。岳天岚觉得很不错，说公公挺会起名，说得邱成德十分得意。

邱继昌百日宴办得风光又热闹，鞭炮不知放了多少，酒席摆了十八桌，屋子里摆不开，摆到了场院上。喜鹊坡喜翻了，村上同姓同宗、不同姓不同宗走得近乎的那些长辈同辈晚辈都拥向邱家，七姑八姨亲朋好友都来送礼喝喜酒，不同姓的远邻也都远远地站着看热闹。岳天岚爸租了一辆大客车，把城里亲朋好友也都拉到乡下，这下更给邱家长了脸。城里亲戚和乡下亲戚见面相认，乡下人敬烟，城里人发名片，好不热闹。

邱成德抱着孙子邱继昌，一桌一桌敬酒，每桌都是一口一杯干，他一气喝了十八杯，居然没醉。每到一桌，先说，这是俺孙子邱继昌，大家就都跟着喊邱继昌，邱继昌也乖，只笑不哭，大家都夸孩子。邱成德就乐得合不拢嘴，要大家多关照。

百日宴一切都好，只是结束前那阵旋风不好，乡下叫鬼旋风，风一旋把地上的尘土都卷了起来，卷得灰尘飞扬。桌子摆在场院上，灰尘就落到了菜上。有人还没吃完饭，乡下人倒是无所谓，继续吃得兴高采烈，城里人就都放下了筷子，连汤都不敢喝了。

岳天岚没觉着什么，天要刮风，谁也挡不住，风刮过，溜得无影无踪，大家伙该怎么乐还怎么乐，该怎么喜还怎么喜。邱成德的脸却阴了下来，大喜的日子，满村寨喜气洋洋，让这阵鬼风给插一杠子搅了兴致，虽就这么一阵，但也是搅，搅得他心里很不开心。客人在，他没说什么，也不好发作。待客人都走尽了，他对着老天发脾气。他吼，俺天天敬你，天天拜你，哪点对不起你啦？俺好歹有这么件大喜事，你这鬼风早不刮晚不刮，偏偏在这时候刮，俺什么地方得罪你啦？

岳天岚看着公公爹发怒好笑，但她知道公公爹把孙子的这日子看得特别重。她抱着继昌去劝公公爹，继昌拿小嫩手一摸爷爷脸上的胡茬，邱成德就笑了。笑是笑了，但他心里的事没散，他悄悄跟岳天岚说，天岚，这阵风不是好风，或许是祖宗来送什么信呢，说得岳天岚心里也沉甸甸地压了块石头似的。

3

邮递员一年前送来一封电报，把岳天岚和邱梦山蜜月给搅了。邱继昌百日宴后第五天，邮递员又送来了一封电报。岳天岚没在学校，在家休产假，邮递员便将电报给了校长。校长一看电报是部队从边境发来，不敢耽搁，随即去岳天岚家。岳天岚刚给儿子喂完奶，正逗着儿子玩。岳天岚双手捧着邱继昌，荡秋千一样抛着儿子逗他笑，抛一下还念一句词，邱继昌就乐得咯咯咯笑。

我们继昌坐飞机啰！

咯咯咯咯……

一飞飞到爸爸部队啰！

咯咯咯咯……

爸爸抱继昌上坦克啰！

咯咯咯咯……

轰隆隆开到阵地上啰！

咯咯咯咯……

咣当一炮把敌人全打光啰！

咯咯咯咯……

娘儿俩玩得好开心，连校长进屋都没发现，岳天岚妈喊她，岳天岚才停下来。校长看他们母子这么开心，不忍心扫他们兴，一时竟拿不出那封电报。岳天岚奇怪校长怎么会到家里来找她，以为要她提前上班。校长尴尬地说只是来看看，让她好好休假，等休够了产假再上班。岳天岚很感激，赶紧让校长坐，让妈妈泡茶。校长不好干坐着，没事找事夸孩子漂亮，夸他眼睛大，夸他皮肤白，跟画上那洋娃娃一个样。岳天岚就一点不谦虚地说眼睛像他爸，皮肤随她。校长就顺着话说吸收了他们两个优点。校长夸完孩子漂亮，没话就找话说，问孩子叫什么名字，然后就夸继昌这名字好，夸完名字校长一时又找不着说什么好。心里有事又找不着话好说特尴尬，岳天岚发觉校长尴尬，心里那根弦嘭地收紧，她问校长是不是有事，这事没法瞒，校长只得拿出了那封电报。

岳天岚接过电报一看，两只手抖得拿不住电报纸，电报纸从她的指缝中滑落，飘摇着落向地面，岳天岚突然也一歪身子追着电报纸往下倒。岳天岚妈吓得差点把外孙扔地上，校长手快搀住了岳天岚，扶她坐到沙发上。岳天岚歪在沙发里，没有哭也没有话。岳天岚妈问校长电报上写了什么，校长告诉岳天岚妈，部队拍来电报，让天岚带邱梦山父母一起去部队。岳天岚妈一屁股蹾在沙发里，她也明白准是梦山出了大事。

4

寿山这一仗给了敌人致命的打击。仗打胜了，但我方伤亡也很大，摩步一连从寿山撤下来时，干部只剩荀水泉和二排长，葛家兴也壮烈牺牲。葛家兴的牺牲很让人遗憾，他不是死在激烈的战斗之中，而是在战斗间隙。敌人被打退了，官兵们走出防空洞，见见阳光抽支烟，不知道敌军哪个混蛋闲着没事恶作剧，打来了一发冷弹。冷弹本该炸着倪培林，倒下的却是葛家兴。邱梦山牺牲，葛家兴心里很痛，他有好多话要跟连长说，可没来得及说他就牺牲了，葛家兴正向倪培林问连长牺牲这事，炮弹飞来，他本能地把倪培林推倒，自己却被弹片削中头部，连一句话都没能留下就走了。

J军从敌人手里漂亮地夺回了寿山，又稳稳地守住了寿山，完成了使命。上级决定，由L军接替J军，继续坚守寿山，保卫边境安全。

J军撤到栗山休整总结，评功评奖。地方政府在栗山修了烈士陵园，邱梦山追记了一等功，石井生追记二等功，修了烈士墓，还为邱梦山立了英雄碑。团里决定在烈士陵园举行祭奠仪式，让连里给岳天岚发了电报。请她和邱梦山的父母来参加祭奠仪式。

荀水泉没忘记石井生的女朋友依达，他让倪培林想法去找依达，让她也来参加祭奠仪式。倪培林撤回栗山，没有给依达去送信，不是他把信丢了，也不是他忘了石井生的嘱托，是他心里有事。从阵地上撤下来倪培林变了，更确切点是他独自跑回部队伤愈之后他就变了，尤其是葛家兴牺牲后，他一直睡不着觉。他没法安宁，天天做噩梦，不是梦着自己被敌人打死，就是被炮弹炸死，要不就是邱梦山、石井生、葛家兴找他算账。每次吓醒之后，他总要一遍又一遍回忆那一幕。葛家兴把生命给了他，把死亡留给自己，让他良心受到谴责，他想要是帮连长架着石井生一起撤，说不定也能一起摆脱敌人，要这样他才是英雄。现在胸前那枚功勋章像十字架一样压在他心头，他轻松不起来。他迟迟不去给依达送信，是怕面对依达。

指导员交代了任务，他只能硬着头皮去见她。依达在橡胶园收胶，这些日子她灰了心，也冷了意，她断定石井生已经牺牲，要不他不可能不给她写信，也不可能没有一点消息。当依达看到倪培林的背影时，以为是石井生，她不顾一切地跑过去伸出双臂紧紧地抱住了倪培林。倪培林转过脸来，依达傻了眼，她害羞地站在一边问石井生怎么不来，倪培林什么都没说，把那封信给了依达。依达接过信，急忙拆开看。

依达：

你不知道我有多想你。当你看到这封信时，我已经牺牲了。依达，你还是块纯洁白玉，我总算没给你添更多的痛苦和麻烦。

依达，谢谢你。你让我知道了什么叫爱，原来爱就是心痛。我在战场上只要一空下来就想你，一想你就心痛。我这才明白，爱就是痛，痛就是爱。谢谢你，给了我美好的回忆，给了我幸福。就是这些美好的回忆，在战场上跟我做了伴。只要想到你，我就什么都不怕；只要想到你对我的好，无论多么艰难，无论多么残酷，无论多么危险，都不在话下。我原来答应你一定消灭十个敌人为你阿爸阿妈报仇，我的承诺早兑现了，我不知消灭了多少敌人，连我自己搭上命也够本了。

依达，战争是个魔鬼，它没有一点人性，它让子弹和炮弹满世界乱飞，不分好人坏人，碰着谁就让谁死。但是为了正义，我不怕死，我是多么爱你，我也知道你爱我，可我很难保证能活着回来见你，你我都得有这个准备。万一我牺牲，我会让战友把这封信转交给你。

依达，当你看到这封信时，我肯定死了，你要坚强地活下去，你还年轻，一朵鲜花还没有开放，好人会有好报，你一定会找到幸福。

依达，忘了我吧。如果来世有缘，咱们再做夫妻。至死爱你。

祝你幸福快乐！

石井生　写于阴山防空洞

依达看完信，扑通一屁股蹾到地上，不哭，也不说话。倪培林看依达这副样子，心里十分同情，他真诚地劝她不要这样难过，人死了，再伤心他也不能再活过来。战争总会有牺牲，不只石井生牺牲，连长、排长都牺牲了。依达依旧面无表情，就像没听到倪培林这番话一样。倪培林犯了难。他伸手在依达的眼前晃了晃，依达的两只大眼睛眨都没眨一下。倪培林慌了，依达不会受刺激疯了吧。倪培林看依达受刺激后这副样子，心里很愧，慌得手足无措，他内疚地向依达检讨，让她恨他，他没能保护好石井生，要是痛苦，就打他几下。

依达抬起头，看着倪培林，再看手里的信，她哇的一声号啕起来，旁边树上的一群小鸟被她惊飞。倪培林愣在一边，不知该怎么好。

<h2 style="text-align:center">5</h2>

岳天岚缓过神来，没顾跟校长打招呼，拔腿出门去了曹谨家。曹谨没接到电报，没电报证明苟水泉没事。

曹谨找不到话好安慰岳天岚，丈夫蜜月没度完就上了战场，连儿子都没照过面，儿子还不会叫爸，人就垂危了。垂危肯定凶多吉少，要不也不会拍电报来叫他爹娘也去。自己丈夫没有事，人家却要家破人亡了，曹谨什么也不好说，只能陪着岳天岚一起流眼泪。曹谨忽又想，岳天岚来找她，不是要她陪着她哭，她是来寻求帮助。帮助不能就这么跟着她哭，这么哭下去只会伤岳天岚的身子，曹谨于是果断地说陪她去部队。尽管她还不知道单位同意不同意给假，她就这么先说下了。果然，这句话给了岳天岚很大安慰，她抬起泪眼问她单位能不能同意，曹谨为了安慰岳天岚，她说同意得去，不同意也得去。曹谨说了这话才想，真该带着女儿去趟栗山，除了一路上照顾岳天岚和她公婆孩子，也该去看看苟水泉，一年多没见了，谁知他是个什么样。

这节车厢让他们搞得有点像在殡仪馆。岳天岚两手揽着邱继昌一路上一直在流泪，她给邱梦山织的那些毛衣背心，还有那些鞋垫和衬衣，都装箱子里带来了。

火车终于到站。曹谨通过窗户往站台上搜寻，当她确定那张脸是苟水泉时，咣当！曹谨当头挨了一棍，他军上衣右边那袖筒里空着，衣袖子让风吹得随风飘荡。邱成德却以为曹谨没认出苟水泉，赶忙过来提起窗玻璃，对着窗外喊了声水泉大侄子。苟水泉看着了曹谨和女儿，他意外却不能惊喜，他赶紧先招呼岳天岚和邱梦山父母，然后才悄悄问曹谨，你们怎么也来了？曹谨没在乎，让女儿叫爸爸，女儿却往曹谨怀里躲。苟水泉没从车窗口接女儿，赶紧先招呼岳天岚和她公公婆婆下车。岳天岚早憋不住了，在座位上就把苟水泉拽住，问邱梦山出了什么事，邱梦山爹娘也都心急如焚。荀水泉很尴尬，他只能搪塞，让大家先下车再说。

老婆和女儿意外地来到身边，荀水泉高兴得恨不能当众拥抱曹谨，他把邱梦山爹娘和岳天岚接下车，忍不住伸出那条左臂去抱女儿，女儿却不认他，躲到曹谨身后。这情景更让岳天岚为邱梦山担心，她再一次盯住荀水泉问邱梦山现在到底怎么样，荀水泉不能说实话，只好说梦山负了重伤，让他们要有思想准备。岳天岚好像扑通一下掉进了冰窟窿。好在崎岖山路解了荀水泉难，没一会儿车就把他们颠得顾不得说话，邱成德老两口吐得胃翻了过来，岳天岚脸也蜡黄，幸好曹谨不晕车，要不荀水泉生出三头六臂也照顾不了他们。

面包车把岳天岚一家折腾得晕趴下了才筋疲力尽地开进一个小招待所院子。岳天岚尽管头晕得跟铅一般沉，但两脚一沾地便要荀水泉立即带她去见邱梦山。荀水泉借口说老人晕车厉害，医院离这儿还很远，只能住下明天再去。邱成德老两口得了大病一样躺床上已不想动弹，岳天岚更是不安。荀水泉以安排伙食为借口故意回避，他不敢看岳天岚那眼睛，他知道她心里有多着急，但他更知道吃饭后她还要承受更大的痛苦。

安排好一切，荀水泉心事重重地回到曹谨的房间，曹谨有点迫不及待，她抱住荀水泉，问他这胳膊怎么回事，荀水泉只是笑笑，说这就是战争，缺胳膊少腿算是幸运了。曹谨心疼地抱住荀水泉亲，女儿小洁却哇地哭着坐到地上。荀水泉放开曹谨赶紧把女儿抱起来，女儿却一边哭一边挣扎不要他抱，挣脱后坐地上哭。荀水泉顾不得女儿，沉重地告诉曹谨，邱梦山早已牺牲了。

曹谨有预感，但还是非常震惊。她问为什么到现在才让家里人来，荀水泉解释部队在战斗中没法处理后事，他们刚从前线撤下来，请他们来，是要参加祭奠仪式。曹谨比荀水泉更加沉重，她问邱梦山遗体在哪？荀水泉告诉她没有遗体，梦山和石井生以及牺牲在异国的那些人都没有遗体。寿山战役胜利后，他和倪培林化装成当地老百姓，冒险到茅山那里找过，战场已经打扫过了，只找到了梦山的那个血债本。按规定他们只能算失踪人员，是他和倪培林直接找领导详细介绍了梦山和石井生牺牲的过程，倪培林再以亲历者写了详细材料，他也一起签了字，团里也知道整个战斗过程，也出了材料，这样报上级批准后，才追认他们为烈士，给他们记功，上级肯定梦山在茅山阻击战有功，有利于诱敌深入，对整个战役胜利发挥了积极作用，特追授他战斗英雄称号。荀水泉痛苦地说，他只能做到这些了。梦山和石井生都是衣冠冢，好在他们都留下了一些遗物。梦山除了衣物和挎包，还有血债本。

曹谨听了更伤心，她担心岳天岚无法接受。荀水泉跟曹谨商量，先吃饭，吃过饭，他让曹谨跟岳天岚说，他跟邱梦山爹娘说。曹谨说她开不了这口，荀水泉说事情已经这样了，开不了口也得说。

晚饭在沉闷中吃完，岳天岚和邱成德老两口都没有胃口，几乎没吃东西。吃过饭，荀水泉陪邱成德老两口回了房间，荀水泉进屋先营造气氛，给邱成德点烟，给邱梦山娘剥水果。邱成德问的一句话让荀水泉呆住了，他问荀水泉，梦山是不是不在了。老人一句话戳到了底。荀水泉吸了两口烟，痛苦地点点头。房间里空气骤然凝固，邱成德和老伴傻眼地看着荀水泉。荀水泉慢慢地把邱梦山牺牲的经过连同英雄事迹告诉了两位老人。邱成德很不高兴，说都这样了，还叫他们来受这罪做什么。荀水泉跟老人说梦山是英雄……

邱梦山娘忍不住放声大哭，那哭声像碎玻璃一样划过每一个人心头，荀水泉头皮一阵一阵发麻。邱成德摸出烟盒，手哆嗦得拿不出烟来，荀水泉赶紧递上一支烟，帮他点着。突然房门咚地被撞开，曹谨惊呼岳天岚跑了。荀水泉救火一样追出门去，邱成德也扔了烟跟着追去。曹谨赶紧把邱继昌交给邱梦山娘，抱起女儿也一起追出门去。

荀水泉冲出招待所院子，岳天岚已在山路上飞奔，一头长发跑散了，没有哭也没有喊，她跑得像一阵风，头发、裙子和人都飞了起来，她要去追邱梦山。山路前面就是悬崖，荀水泉没忘记跟邱梦山的承诺，他拼出性命一边追一边喊。邱成德比荀水泉更急，儿子没了，儿媳再走，孙子怎么办，他豁老命跟着荀水泉一起追。后面曹谨和邱梦山娘也呼喊着追来。

荀水泉少一条胳膊，两边用力不对称，跑起来身子掌握不了平衡，直接影响速度，追不上岳天岚，荀水泉心里急得要哭。眼看岳天岚就要跑上山崖，那边就是百丈深谷，要是岳天岚跳了崖，他荀水泉还有什么脸面活在这世上。荀水泉声嘶力竭地吼了起来，他不是吼岳天岚，而是吼邱梦山，他喊邱梦山，你老婆要背叛你了！她要撇下你儿子走了！你儿子要成孤儿了！你快制止她吧！岳天岚被这吼声镇住了，她停下扭头看，婆婆正抱着邱继昌哭喊着从山下追来。荀水泉咬着牙，一气冲上了山崖，他伸出左手一把把岳天岚拉住，两个人一起倒在地上。邱成德赶到，两只手按住了岳天岚的手臂。邱成德哭了，天岚！你不能这样啊!继昌才几个月哪!岳天岚挣扎着从地上蹿起来,拼命要挣脱荀水泉和邱成德那手,她撕心裂肺地吼,我不要活了!我要跟梦山在一起!岳天岚跳着脚哭喊,荀水泉和邱成德说什么也不放手。

邱梦山娘和曹谨也赶到了山顶,邱继昌在奶奶怀里哇哇地哭。邱梦山娘抱着孙子双膝跪到岳天岚面前,天岚,娘知道你心里痛,你舍不得梦山死,俺更舍不得呀!你不能跟他去,你跟他去继昌怎么办?继昌是梦山的亲骨肉啊!邱成德也跟着求,天岚,梦山他也不想死,可他不跟敌人拼,敌人会把全连伤员都打死呀!他不跟敌人拼死,会被敌人俘虏呀!他死得光荣,国家叫他英雄呀!你要是扔下继昌不管!梦山他死不瞑目呀!

公公和婆婆跪在儿媳面前如同跪在她心上,儿子的哇哇哭叫更像针扎她心,岳天岚心酸了,软了,她伸出手抱过儿子,跟儿子一起跪到公公婆婆面前,一家人哭成了一团。

6

邱成德老两口再没空闲为儿子悲伤,心都被岳天岚牵着。跳崖念头都有了,还有什么事做不出来呢,要没有荀水泉拼命拦阻,什么祸都出了,想想都后怕,老两口不敢再离开岳天岚回房睡觉,曹谨也放心不下,她再想丈夫也不忍让岳天岚孤单,两家人都挤在岳天岚的房间里。

岳天岚明白大家都存为她担心,她收起泪强打精神把邱继昌哄睡,然后平和地让大家回房睡觉。婆婆坐到岳天岚身旁,护女儿一样说要陪岳天岚睡。岳天岚知道大家不放心她,她让婆婆陪公公爹,她没事儿。荀水泉也跟着劝,还是让奶奶帮着照应继昌好。岳天岚说没事儿,是她一时想岔了,指导员说得对,她要是寻死,是背叛梦山,她不会再做这种蠢事,她得把继昌抚养大,要不她对不起邱梦山。岳天岚这话让大家心里松了口气,邱成德还是不放心,还是坚持让老伴陪她睡,夜里好帮着照应继昌。岳天岚没法再拒绝,再要不同意,老人就更不放心。荀水泉这才踏实,让大家早点歇着,明天要参加祭奠仪式,首长还要接见。

荀小洁早在曹谨怀里睡着了,曹谨料理女儿睡下,随即上了荀水泉的床,一年多没见了,而且荀水泉已经少了一条胳膊。曹谨看荀水泉右胳膊只剩下一小截根,创面长得圆溜溜像截断的萝卜。曹谨流着泪抱住荀水泉。荀水泉拿左手搂住曹谨，他劝曹谨，想想梦山，想想连里牺牲的那些官兵，他这点伤算得了什么。曹谨害怕地紧紧贴着他胸脯。荀水泉把他跟邱梦山两个在战场上对天立下的那个诺言告诉了曹谨，曹谨又为他们流了泪，她紧紧地贴着荀水泉，让他今后就把岳天岚当自己妹妹，荀水泉用拥抱感激曹谨。

岳天岚没一点睡意，她那无尽的哀伤在黑暗的狭小空间里狂舞，眼泪从两个眼角汩汩地流出。岳天岚没有哭出声，只是思想和流泪，哭会惊着孩子，会惊动公婆，他们老年丧子是人生一大悲痛，不能再让他们为她担忧。岳天岚感觉邱梦山在躲她，怎么也抓不住他，甚至连他眼睛鼻子嘴是什么样都看不清了，邱梦山成了一个影子，模糊不清。邱梦山没留给她多少东西，那半拉蜜月，留给她的回忆太少太少，老天爷对他们太吝啬太残酷，他们几乎没有厮守，没有缠绵，没有陪伴，只有期盼和离别。岳天岚感觉她和邱梦山的相聚仿佛是场梦，他们还十分陌生，除了邱梦山那宽阔的胸膛和浑身的腱子肉，岳天岚只记得住那块胎记。她难以相信，这么一个钢铁般的身躯，这么一个铁打的男子汉，既刚强又不乏温情，活灵灵一个血肉人儿，眨眼竟永远没有了。他们就这样永远分开了。没有商量，无可挽回，更无法弥补。她只有遗憾，只能回忆，只剩痛苦……

邱继昌似乎饿了，小嘴在找母亲的乳房，岳天岚收住泪，侧过身，将丰满的乳房抬起，把坚挺的乳头塞进儿子嘴里。小嘴把温暖传遍岳天岚的全身，乳汁带着岳天岚的满心哀伤涌进儿子嘴里，让儿子那颗心跟她一起跳动。儿子把岳天岚从恍惚飘荡中拽回大地，她找到了依靠，找到了命运注脚。岳天岚轻轻地托住儿子的后背，一手揽住儿子的屁股，她抱着儿子坐了起来，把儿子紧紧地搂在怀里。搂着儿子，岳天岚心里有了踏实，感觉搂住了整个世界。

7

邱梦山娘睁开眼看到旁边床上只躺着孙子，魂吓丢到窗外，穿着裤衩光着脚丫就跑出门去找老头子，慌乱中拐错方向拍了别人房间的门，拍错门还不知道，一边拍一边喊，说儿媳妇跑了。荀水泉和邱成德闻声一齐跑出房间。

邱成德跟着荀水泉急忙出院子去追，荀水泉出院子就往山崖那儿跑，邱成德紧紧跟着，跑上半坡，荀水泉刹住了脚。邱成德追上来，以为荀水泉跑岔了气，抬手帮他捶背。荀水泉抬手朝山坡那里指了指，邱成德顺着手指的方向看过去，悬着的心扑通落了地。岳天岚没出事，正在山坡上采野花。

岳天岚捧着自制的花圈走进烈士陵园，她自己写了一幅挽联。

梦山，你永远活在我和儿子心里！

岳天岚率子邱继昌敬挽

邱梦山娘抱着孙子和邱成德提着那只箱子走在岳天岚后边，还有依达、葛家兴妻子、徐平贵、赵晓龙、唐河等其他烈士家属，荀水泉率摩步一连官兵已列队站在邱梦山、石井生、葛家兴等一连烈士墓前，其他部队也是如此。当岳天岚他们走近一连官兵队伍时，荀水泉喊出口令，向英雄妻子，英雄父母，英雄未婚妻敬礼！军乐奏起，乐曲雄壮而又嘹亮，岳天岚眼睛湿润了，她捧着花圈，踩着军乐节奏，走出一股豪气。无论向邱梦山墓碑献花圈，还是在墓前给邱梦山烧她织的毛衣、背心和鞋垫；无论是部队鸣枪致哀还是全连官兵在墓前宣誓，岳天岚都没流一滴泪。邱成德和老伴都趴在邱梦山墓前失声痛哭，依达也趴在石井生墓前悲痛欲绝，全连官兵都跟着流泪，连曹谨都哭得泣不成声，岳天岚却没有哭。岳天岚放好花圈，烧完那些毛衣背心鞋垫，她抱着邱继昌跪到邱梦山墓碑前，她对着邱梦山的墓碑说，梦山，我和儿子继昌一起送你来了，你走好，我一定会把儿子抚养成人。岳天岚说完，抱着儿子一起朝邱梦山的墓碑磕了三个头。然后她一直看着墓碑，墓碑上写着，战斗英雄邱梦山之墓。岳天岚盯着墓碑，想看到邱梦山的那张脸，但没能如愿，邱梦山的脸始终模糊不清。

邱成德从烈士陵园回来后心事重重，儿媳在墓地一滴泪不掉让他不踏实。孙子才几个月，她要是有啥歪念头，孩子咋办？晚上，他拉着老伴想探探岳天岚的口气。一出门就被岳天岚的哭声揪了心。邱继昌仰床上哭，岳天岚扑床上哭，邱成德看儿媳声泪俱下，心里反轻松许多。他明白了，儿媳当部队面不哭，是给梦山争气。邱成德回屋闷头抽烟，抽得老泪纵横，这么好一个儿子没有了，想起来窝心痛。

8

邱梦山的事迹登到报纸上，摩步一连已回到原来的驻地。荀水泉当即把报纸寄给了岳天岚。岳天岚一看到邱梦山三个字就掉了泪，那泪不是悲痛，而是激奋。她一口气把文章读完，他们新婚蜜月离别，立军令状拿无名高地，率尖刀连蹚地雷攻寿山，坚守阴山打退敌人几十次进攻，深入敌后抓活口，诱敌深入守茅山，抱着手榴弹扑向敌人与敌人同归于尽等等英勇事迹，历历在目，岳天岚读得涕泗滂沱。第二天岳天岚把报纸带去学校，复印一份给了校长，校长读后，又让办公室把报纸贴到学校的报廊里，全校师生都知道了邱梦山，同事没法祝贺，但见面都用各种语言向岳天岚表达了敬意，岳天岚默默地领受了大家的心意。放学后，她又上街买了个相框，把这张报纸也镶到相框里挂到墙上。

摩步一连回到驻地营房，荀水泉让两件好事忙得焦头烂额，一件是安置伤残人员，另一件是从战士中选送战斗骨干进陆军学院深造提干。事情是好事，但这关系到每个当事人的切身利益，稍有不慎，好事也会变成坏事。伤残人员安置好说，伤未痊愈者都进医院继续治伤，评残有具体硬杠杠，由医务部门按实际情况评定等级，残疾抚恤金、工作安置都有具体政策，规定得一清二楚，用不着连里操多少心。从战士中选送战斗骨干进军校深造这事却让荀水泉棘手。士兵进军校本来是好事，但名额有限，够条件人太多，人多名额少这就是麻烦事。没有这事，大家一视同仁，谁也没有意见。现在有这机会，大家都具备条件，有人进，有人进不了；有人提拔当军官，有人复员回老家，这就让荀水泉辛苦得睡不好觉。

在战场上，在炮火硝烟面前，每个人的脑袋都系在裤腰带上，说话办事不允许拖泥带水，也没有扯皮这一说，指挥者一句话，成得成，不成也得成，喊里喀喳，干脆利落。下了战场，环境不同了，说话办事也就完全不一样了，头上没炮弹在飞，身边没子弹在吼，没逼命那些东西，做什么就用不着急，凡事有了思考时间，也有了商量余地，于是做事就没法简单，也没法干脆。兵们经历了战争，跟死神打过了交道，摸了魔鬼鼻子之后，心大了，胆也大了，什么也不在乎了，最明显的是说话嗓门大了，处事脾气大了。荀水泉又得重新改变工作方式方法。

士兵进军校文件上虽然有五个具体条件，但上战场打过仗的那些士兵谁都热爱祖国，谁都拥护党和现行路线方针政策，谁都作战勇敢立过战功，谁都积极上进素质优秀，这些条件都是笼统说法，而不是具体尺度，幸亏有份补充通知帮了荀水泉的大忙，那上面有一条硬杠杠，必须立二等功。这一条让荀水泉高呼阿弥陀佛，咔嚓一刀就砍去了百分之九十几，而且被砍下那些人没一点脾气，也不会对荀水泉个人有成见，杠杠是上面规定，大家都如此，谁也占不了便宜，谁也不显难堪。荀水泉在会上一宣布，那些被剔除的人员就不必做思想工作。麻烦在剩下这百分之几里面，不管是软条件还是硬杠杠，谁也不比谁少什么，手心手背都是肉，都够条件，但名额有限，让谁去不让谁去，太难了。连长新来乍到情况不熟，事情全压在荀水泉肩上。

全连有四个人手里捏着二等功奖章，倪培林也在其中，但连里还有个士兵立了一等功，进军校名额却只有两个。一等功拿定一个，这谁也没话可说，剩下一个名额，要在四个二等功中间挑选，这可真要了荀水泉的命。晚上，三个二等功士兵一个拿着烟，一个提着酒，一个拎着盒长白山野参，分别偷偷地进了荀水泉宿舍。事关他们一辈子前途命运，他们谁也不再谦虚，三个人话不同，愿望都只有一个，一等功不攀比，但另一个名额都当仁不让，坚决要求进军校。三个人都知道荀水泉喜欢倪培林，三个人也都不讲情面直截了当地点穿，二等功就是二等功，谁也不比谁高，谁也不比谁硬。三个人话都是实话，理也是正理，他们将了荀水泉的军，让荀水泉开不了口。

荀水泉当然不会让三个兵将住，他先让他们把酒、烟和野参拿走，要不拿走，这是不正之风，他当场就宣布取消他们的资格。这一手同样厉害，三个人像犯了错一样，拿着烟、酒和人参立马离开，临走还再三请指导员别在意，一再表白只是一点个人心意，生怕落下把柄因此而被取消资格。

倪培林没找荀水泉，也没给荀水泉送礼。倪培林不找荀水泉并不是他不想进陆军学院，这事已让他几宿睡不着觉了。当初应征入伍就是想脱离农村让生命翻开新篇章，奋斗几年那新篇章并没能翻开，眼看就要解甲归田回老家，意外地遇上了战争，万幸关键时刻自己随机应变死里逃生，庆幸还有进军校提干这机会，这是他一生改变命运的唯一机会，错过它，他仍只能回老家当一辈子农民。倪培林不找荀水泉也不是觉得他进军校有绝对把握，他心里虚，一提那个二等功，石井生拉光荣弹，连长提着一捆手榴弹扑向敌人那场面就闪在他眼前，这场面一闪现，他手脚都发凉。尽管没第二个人知道，但他的良心跟自己过不去，觉得这辈子对不起连长。他一直想忘掉这一切，但记忆却与他作对死不配合，他越想忘，它却越钻脑子里不灭；他越心虚，它却越让他时时回想这一幕。因为这，他就鼓不起劲来与那几个人公开竞争，只好一切听天由命。

倪培林不敢找荀水泉，但还是找了荀水泉。他找得十分巧妙，他不是特意单独去指导员办公室找，他是趁上课前，在全连官兵面前找了荀水泉。倪培林找荀水泉，既没给荀水泉送酒，也没给他买烟，更没有给他塞钱，他连进陆军学院这事一个字儿都没提。但他送给了荀水泉一样东西，而且这东西完全可以当着全连官兵的面送给他，为这倪培林很费了一番心思。倪培林当着大家的面给了荀水泉一本《左书笔法字帖》，给得冠冕堂皇。荀水泉已足够感动。倪培林确实聪明，除字帖外他还极平常地送给他一句话，说常用左手写字会降血压、降血脂，说完他就去了自己的位置，坐下准备听课。

这个时刻，荀水泉特别想念邱梦山，处理这种棘手事，邱梦山最有办法，他弄不好会把他们四个带出营区，让他们抓阄，或者石头剪子布。而且他不会让任何人知道，连他们本人也不会说。荀水泉是指导员，他搞思想政治工作，要他像邱梦山那样做事，他绝对做不来。

天无绝人之路，荀水泉终于为倪培林找到了一个特殊的条件，而且那三个人没法攀比。依据还是倪培林告诉他的，他在战场上代理了一排长，是邱梦山在火线上宣布的，这等于火线提干，现在他还代理着一排长，上学深造理所当然。慎重起见，荀水泉还是跟连长商量，向李松平汇报请示，他们完全同意，李松平又请示团领导。团领导尊重连队党支部的意见，以倪培林火线提干为由，淘汰了另外三个二等功。

那三个二等功一起聚集在荀水泉的办公室，一个个哭丧着脸，像打了败仗。荀水泉还是有工作经验，他几句话就让那三个二等功情绪安定下来，抹掉眼泪不再哭，睁着眼睛听他开导。荀水泉跟三个二等功平心静气地分析，他们想上陆军学院，无非是想提干捧个铁饭碗，不再回农村当农民种地，提高一下个人身价，好找对象。三个二等功异口同声地承认一点没错。荀水泉接着分析，他们三个论文化底子、工作能力，都不及倪培林。三个面面相觑，也勉强承认。荀水泉接着告诉他们，他们这个愿望不上陆军学院也照样可以实现。三个二等功疑惑不信。荀水泉没再自己说，而拿出了红头文件，让他们自己把那条款逐字逐句地念下来，士兵立了二等功，复员回原籍可以安排正式工作。三个二等功破涕为笑。荀水泉接着再晓之以理说，从他们三个实际情况出发，能在地方安置工作比上陆军学院还好。三个二等功怀疑荀水泉哄他们。荀水泉实话实说，上陆军学院主要的任务是学习，其中学大专文化是主要课目，就他们这文化底子，学文化很可能比干工作要艰苦得多，若真跟不上，退回来就丢了大脸。三个二等功不由自主地点头赞同。荀水泉再告诉他们，即便上了军校提了干，也并不能解决终生铁饭碗。军队干部都要转业，转业都面临着二次就业的问题，安置工作十分困难。三个二等功完全承认。荀水泉接着鼓励，他们有二等功，现在复员回去就安排工作，反而走了捷径，等于一步到位，早复员早安置，早安置早安家，早安家早立业，就他们这条件确实比上军校提干更实惠。三个二等功都咧开嘴嘿嘿笑了。

倪培林又做了一个梦，梦着被一群敌人追杀，迎面碰上了石井生，他碰着救星一样求石井生救他。石井生没救他，石井生变成了邱梦山，邱梦山怒目以对，把他臭骂了一顿……倪培林醒来浑身是汗，久久不能入睡。

<h2 style="text-align:center">9</h2>

岳天岚妈想让岳天岚重新成家的这个念头，是由邱继昌生病引发的。邱继昌太小上不了幼儿园，只能请保姆照看。岳天岚托公公婆婆在乡下找保姆，公公婆婆觉着这种钱花得冤枉，还不如抱回老家由他们照看，不用花钱照看得还好。岳天岚却舍不得，不只是舍不得儿子离开，更担心乡下生活条件差，文化环境不好，公婆又没有文化，会把农民习气传给孩子，影响孩子的智力开发和成长，这些她说不出口。岳天岚正愁得没主意，她妈单位改革划杠杠，女同志满五十岁一律内退，岳天岚妈就办了内退，正好在家照看外孙。有姥姥照看孙儿，邱成德自然也就放了心。岳天岚妈照看外孙挺细心，再细心也不能保证孩子不生病，不知怎么邱继昌就感冒了，发高烧四十摄氏度，岳天岚急得哭，慌忙送孩子上医院住了院。岳天岚在医院一夜没睡，岳天岚妈到医院换她，让她回家睡一会儿，岳天岚两眼通红，就是不回去，一刻都不想离开儿子。陪儿子不要紧，熬夜吃苦也不要紧，但邱继昌一病，岳天岚更想邱梦山，坐在病床前陪儿子，无缘无故就淌眼泪，一淌就没完没了。妈最心疼女儿，看女儿伤心，她比女儿更伤心，她这才想到，不能让女儿这么守寡浪费青春，也不能再让女儿这么苦闷孤独，她跟岳天岚爸说，得赶紧再给女儿找个对象嫁人。

岳振华一辈子做人事工作建立不少关系，没出一个月就给女儿物色到了一个合适人选，此人是县委宣传部一位科长，三十一岁，青年干部，叫徐达民，青年政治学院毕业，从没谈过对象。岳天岚妈先暗自偷偷搞了目测，不光年轻，人长得也俊气，虽没邱梦山那么结实强健，但文文静静格外讨她喜欢。她妈反担忧人家条件比女儿好，天岚年龄虽比他小三岁，但毕竟结了婚，而且有了孩子，生怕人家不愿意找二婚。岳振华接着对徐达民进行了私下考察，他把女婿当儿子要求，他心目中的女婿应该是条龙。邱梦山是龙，但这条龙没了，再悲痛，再遗憾也回不来了。徐达民在宣传部门当科长，人品好，不好选不进县委机关；有前途，而立之年当了科长，将来也能成龙。岳振华跟老伴斟酌，意见完全一致，决定先摸准小伙子的态度再跟女儿见面，要是人家不愿意会让女儿难堪伤自尊。没料徐达民见过岳天岚，他一点都不计较她已有儿子，还说他是初婚，按政策可以再生一胎，要是能生个女孩子，儿女双全是全福。岳天岚爸妈高兴得在家里拍屁股转圈，高兴到最后他们认为能给女儿找着徐达民这种人，女儿不知要怎么感激他们。岳振华还是保持人事干部那慎之又慎的工作路数，他知道女儿的脾气随他只能顺毛将，别看她表面温文尔雅，骨子里主意硬得像钢铁，要犟起来赛老虎，她要是打定了主意谁也别想扭转她。岳振华劝老伴，好事千万别草率从事，女儿对邱梦山的感情还没冷，操之过急适得其反。他嘱咐老伴让介绍人先别声张，想法让他们两个人无意之中认识，然后让小伙子有策略地慢慢交往，两人有了好感，你情我愿，事情才会水到渠成瓜熟蒂落；万一要是认识后女儿相不中，也不要一锤子定音，要劝小伙子从长计议，做一般朋友继续交往，用真情慢慢博得女儿的好感。

岳天岚妈和介绍人经过精心设计，终于在电影院让岳天岚和徐达民见了面，而且他们两个紧挨着坐。岳天岚在徐达民眼里一点儿不像生过孩子当了妈妈的，她比原来姑娘时更美更有女人魅力，皮肤白，眼睛又大，又有老师风度，当即忍不住跟介绍人说他一定要把岳天岚追到手。岳振华也进一步细致观察了徐达民，说一表人才一点不为过，还是初婚，又是县委科长，年轻有为，十分中意。

星期天，岳振华郑重其事地跟岳天岚谈了这事，家里大事都归岳振华掌管。岳天岚并不是因为爸妈瞒着她做这事伤了她自尊意气用事，也不是徐达民条件不好看不上眼，她明白父亲的意思后一口回绝，而且说她这辈子不会再嫁人。岳天岚妈急了，问她莫非真想守一辈子寡，岳天岚说不管一辈子不一辈子，反正她现在不想谈这事。岳振华很觉得可惜，他耐心地劝女儿，先别把话说死。邱梦山是英雄，他走他们心里都痛，他们可以一辈子纪念他。可人牺牲了，不能再复活，大家念着他也就行了，她和继昌日子刚开始，得从长打算。他们不会看错人，也不会对女儿不负责任，先交往着看，机会只会错过，不会重来，即便夫妻不成，还可以做朋友，多个朋友多条路，跟这种年轻人交往只有好处。任爸妈说干唾沫，岳天岚一口咬定就是不嫁，而且话冲得气人，这事用不着爸妈管。岳振华生了气，岳天岚妈也急了眼。

爸妈一起嚷嚷，把岳天岚戗着了，她什么也不说了，收拾了东西抱起儿子就离开了爸妈家。她妈追出来又喊又拽，岳天岚把妈推一边头也不回地走了，眼泪洒了一路。老两口斟酌了一晚上，也没能猜透自己女儿的心思，结论是这事不能完全由着她。

第五章

———

天 养

1

倪培林在军区陆军学院把红肩章刚好扛了一个月，分队通信员找他，让他去见分队长。倪培林有点莫名地紧张。他先暗自检讨了一番，自己既没做什么好事，也没做半点坏事，没有任何尾巴在别人手里揪着。自打来陆军学院前梦见石井生后，他跟自己立了誓言，这辈子再也不争名负义。尽管如此，倪培林走进分队长办公室还是心里打着小鼓，他心灵深处毕竟还藏着那档子事。

虚惊一场，不是什么麻烦，而是给了他一个美差。根据部队要求，经军区政治部批准，让他参加英模报告团演讲邱梦山和石井生的英雄事迹，不管时间长短，这里保留学籍，这事让倪培林为了难。

邱梦山和石井生的那些英雄事迹没有谁比他更了解，他不用稿子也能说得感天动地催人泪下，但要他来讲连长和石井生的英雄事迹其实是折磨他。讲他们的英雄事迹，自然不能不讲他们最后牺牲那情景，要讲他就只能撒谎，让他站在讲台上对着千千万万人撒谎，等于把他拉上审判台，讲一次，等于让他受一次审判，倪培林不想接受这个任务。倪培林在分队长面前没有表现出预期的反应，反问分队长参加报告团需要多长时间，分队长告诉他暂定两个月。倪培林说这样要影响他学业，建议请他们连指导员演讲更合适。分队长当然不会知道倪培林内心的秘密，他只能按常理判断，他觉得这人有点木，缺少上进心，换着别人有这种露脸的机会，早激动得跳起来了，他居然打退堂鼓。他恨铁不成钢地告诉倪培林，这是军区的决定，别说他这么个刚入学的学员，就是让集团军军长上讲台，那也不能有二话可说。倪培林发现分队长生了气，他赶紧软下来，表示听从领导安排，一定努力完成任务。

荀水泉交代给倪培林的具体任务是三天内写出四十分钟演讲稿。倪培林没有任何条件可讲，他坐在屋里整整一个下午，稿纸上没写下一个字。一想到连长牺牲的情景，他脑袋就大了，大得如斗，脑子里一团麻，而且还搅上一瓶糨糊，要多糊涂有多糊涂。倪培林拿自己没一点办法，只能跪床上来了个五体投地，他趴着默默地在心里乞求，求连长饶了他。他给自己辩解，他几次劝连长撤，可他不听劝，他要是听他劝，肯定不会牺牲。他请求连长原谅他，向连长承诺，他一定会让大家都记住他，他从今后一定会好好做一个真心的军人。倪培林乞求完趴在床上没动，他在那里趴了整整一个下午。

倪培林按他对连长的这个承诺，调动一切语言和演讲口才，竭尽全力把他们的事迹说生动说悲壮。他把演讲当作向连长忏悔，向连长谢罪。他要让陆海空三军和社会各界人士都知道，今天中国人民解放军队伍里还有邱梦山和石井生这种英雄。倪培林的心境突然阳光普照，思路非常清晰，心窝里通透明亮，一桩桩事情历历在目，只用了两个小时他就让邱梦山和石井生的英雄故事跃然纸上，而且读起来顺畅、自然、真实、感人，写到最后邱梦山抱着手榴弹冲向敌人壮烈牺牲时，他情不自禁地流下了眼泪。

2

校长领着徐达民到办公室找岳天岚，岳天岚非常反感，她没想到徐达民脸皮这么厚，竟利用权力通过校长追到学校来了，她没给徐达民好脸色。徐达民对岳天岚表现出了非凡的耐心，他一点没在意岳天岚的冷淡和反感，非常和气地向岳天岚说明了来意。

事情让岳天岚十分尴尬，她误会了人家。徐达民来找她，是要与她商量，请她参加英模报告团演讲邱梦山的英雄事迹。徐达民让岳天岚明确任务后，岳天岚内心激动得已坐不住了，她没想到还会有这样一个机会。这些日子她把邱梦山思念来思念去结果全部是遗憾，她虽然把他的照片挂满了屋子，把报纸上的那篇文章已经背下，但她还是遗憾。她遗憾邱梦山那么平凡，又那么伟大，那么可爱，又那么可敬，那么懂感情，又那么无私，但他这些品质、人格只有她自己知道，别人并不知道。现在终于有了机会，她可以把邱梦山的一切告诉大家，让全国人民都记住邱梦山这个名字，记住他对国家对民族做出的牺牲和奉献，让他跟张思德、董存瑞、黄继光、邱少云那样永远活在人们心中，让他那精神和品质光照千秋，永垂不朽。岳天岚非常愉快地接受了任务。

岳天岚妈坚决反对岳天岚参加英模报告团，岳天岚再一次跟她妈闹了不愉快。岳天岚赌气抱起儿子离开了娘家，回到教育局宿舍院二〇八那间小屋里过日子。气可以赌，日子却不好过。儿子太小，幼儿园不收，她还没来得及请保姆，可又不能带着儿子到学校上班。没办法，她只好跟儿子商量，让他一个人在家玩。一堆玩具和一堆食品，加上星期天带他到乡下爷爷奶奶家玩的承诺让儿子动了心，邱继昌痛快地答应自己在家玩。

中午，岳天岚蹬着车子赶回家，邻居见到她如她家遭了劫一样大惊小怪，问她到哪儿去了，她儿子在屋里只差没放火烧房子了。岳天岚一进屋傻了，屋子里椅子、板凳、脸盆、玩具凡儿子能拿动的那些东西全都翻了身，小汽车砸扁了，飞机拧掉了翅膀，枪管踩扁了，积木扔得满地都是，屋中央还拱着一堆大便，尿流出一条小河。不知道他为什么没用痰盂，或许他有意要报复。唯独那两个暖水瓶还立在那里，不知是儿子懂得暖瓶里的开水烫，还是知道暖瓶会爆炸。岳天岚没顾收拾东西，冲进里屋看儿子，儿子歪在床上睡着了，只拉动一只被角盖着一点身子，两个眼窝里还汪着两潭清泪，看出他是在哭喊中睡着的。岳天岚忙不迭把儿子抱起来搂在胸前，儿子一下子醒来，睁眼见是妈，哇的一声大哭起来，那委屈，比遭人欺负被人打骂还要厉害十倍。岳天岚鼻子一酸，跟儿子脸贴着脸一起哭起来。

岳天岚只能抱着儿子回娘家，叫了一声爸喊了一声妈，算是妥协。天下只爸妈不会跟儿女较真，回来就如久别重逢般亲热。岳振华又疼女儿又疼外孙。都说女儿跟爸亲，其实，只是父爱与母爱的表现形式不同，岳振华把爱放手上做，喜欢把女儿宠着养，对女儿有求必应，百依百顺；岳天岚妈总把爱放嘴上说，喜欢把女儿管着养，总是要求女儿学这做那。一边总是给予，一边总是要求，女儿就好在父亲面前撒娇，而不愿听母亲唠叨。

　　岳振华对岳天岚上英模报告团举双手赞成，而且异常兴奋，英雄就是要宣传，宣传了英雄，等于打击了流氓，树了正气，等于刹了歪风。他让女儿好好准备，弄不好还能上电视，上了电视女儿就成名人了。当啷！厨房里的母亲扔锅铲发出了抗议，这当啷声岳振华听多了，岳天岚妈生气或者不同意他们父女做什么，总是用扔锅铲表示反对。岳振华朝女儿努了努嘴，岳天岚明白父亲要她去跟妈打招呼，岳天岚没去，她喜欢跟妈对抗，她拉着邱继昌上厕所，说他该尿了。逼着邱继昌尿了尿，岳天岚让邱继昌去厨房叫姥姥。邱继昌就听话地去找姥姥。

　　岳天岚妈给邱继昌剥了个香蕉抱着他从厨房出来，她没上岳天岚他们这边来，这表明她并不妥协。岳天岚妈抱着邱继昌腾出一只手来收拾桌子，不看岳天岚，也不对岳振华，自说自话。人都死了，有什么好说，说又有什么用，让全国人民知道年轻轻守寡光荣啊！还过不过日子……话不轻也不重，也没有说话对象，完全像局外人发表评说。

　　岳天岚脸上的灿烂一扫而光，霎时由晴转阴，阴得要下雷阵雨。岳天岚正以另一种心情迎接新生活的开始，结果让妈当头一盆冷水，浇得她没一点情绪。岳振华奇怪女儿竟没发作，转身进了自己房间，要以往她早针尖对麦芒接上了火，这次不知因何主动回避了。岳振华作为一家之主，不能看着她们母女两个这么不和谐，别好事还没做，家里先出事。岳振华说了老伴儿，说她退休后真正成了老娘儿们，一点政治头脑都没有，部队宣传梦山英雄事迹，这是件大好事，是军队和政府给梦山的荣誉。梦山是英雄，他们是英雄家属，英雄家属就得有英雄家属的觉悟。部队能让天岚去参加英模报告团，是部队和政府看得起她，是高抬她，是给她荣耀，怎么能说出这种不中听的话呢。岳天岚妈没接岳振华的话，她放下邱继昌让他自己玩，继续收拾桌子，但她并没有放下这事，一边抹桌子，一边继续嘟囔，她说给什么荣耀也不如人活着，荣耀能当饭吃，还是能作钱花，拿这种伤心事到处去宣扬，她觉不出荣耀在哪里，一出去好几个月，继昌怎么办？岳天岚妈只管拿肚子里话往外扔，她虽没故意要把话扔给岳天岚，但还是扔给了岳天岚。岳天岚在自己房间里听得明明白白，但她没接话，让那些话堆到了她房间门口。岳振华想帮女儿接，可孩子这事岳振华接不了，这么小，一天都离不开他妈，留家里谁照顾他；可要是带着个孩子，女儿怎么做报告。岳振华被难住，岳天岚妈得了理，她继续稳固地盘扩大战果。她还是自说自话，说正经打自己一辈子主意才是真，自己日子得自己过，别人说好话也不能当饭吃，说得天下人都掉眼泪又能帮她什么，他们也不能跟她一辈子，他们年纪一年年大，自己都顾不了自己了……

出发点不同，想事的方向自然就不一致，越说相互间距离越大。岳天岚妈唠叨着把饭菜端到了桌子上，岳天岚突然咚地打开房门，像只老虎一样走出房间。她什么也没说，抱起邱继昌就走。岳天岚妈正端着汤上桌，心里咯噔一旺，汤盆掉到了地上。岳振华慌忙追出门去。

3

倪培林到军区招待所报到后，头一件事就是先打听岳天岚，荀水泉告诉他报告团里还有岳天岚。当时他一愣，心里那隐处又被触碰，那地方隐隐地一拽一拽作痛。一番思想，坏事变好事，他想他可以将功赎罪。岳天岚要下午才到，而且还带着她儿子，倪培林揣着心事回了房间。倪培林想到要与岳天岚同台演讲，心绪又不免混乱起来。他不停地在假设，假如他不逃跑，假如他和连长一起突围，岳天岚很可能就不会失去丈夫，她就不会当寡妇，他们一家三口有多幸福，一切都让他给毁了。他这么一想，心里又多了一份压力，有了一份责任。他想只有好好地照顾岳天岚和孩子，这样可能会减轻自己的负罪感。他立即行动起来，请假上了商场，他给岳天岚和她儿子买了水果，还特意给她儿子买了一支玩具冲锋枪。倪培林特意跟接待人员联系，一起到火车站接岳天岚和她儿子。

倪培林不失时机地给岳天岚献上鲜花，让岳天岚受宠若惊，还是头一次有人向她献花，她的笑容灿烂无比。倪培林接着把冲锋枪给了邱继昌，邱继昌一连叫了三声叔叔，还蹦了五六下。岳天岚十分感动，她真诚地感谢倪培林，倪培林心里那隐痛减轻了许多。

岳天岚和倪培林在军区话剧团导演的指导下，他们那演讲慢慢向表演靠近。岳天岚作为贤妻良母，专门讲邱梦山怎么对待大家和小家、爱情和工作；倪培林作为成长士兵，专门讲邱梦山如何爱兵带兵，如何英勇作战，如何壮烈牺牲。导演让他们都抛开演讲稿，让他们演，在表演中讲故事。岳天岚和倪培林把语言轻重缓急，音调抑扬顿挫，感情收放张弛，都逐段逐句用记号标定，练习数遍后，效果大增，绘声绘色，动听感人。岳天岚用两封电报做框架，讲他们三年恋爱那两次见面，讲他们那一百零二封信，讲他们蜜月分离送他误了下火车，讲他骗她离开部队，讲她离开连队那一夜哭泣，讲她最后为士兵们讲话送行，讲她怀孕向他报喜，讲她织毛衣绣鞋垫，讲邱梦山和荀水泉立诺言，讲她到部队参加祭奠，这四十分钟，听众泪水涟涟，唏嘘一片。

报告一场接着一场，有时甚至一天两场。岳天岚渐渐进入了一种佳境，她一站到讲台上就会看到邱梦山像神一样站在她眼前，他们两个就如同演电影一样一遍又一遍把那些故事重新再现。讲到后来，岳天岚自己都说不清，她所讲的那些故事，究竟是真发生在她和邱梦山身上，还是传说，她和邱梦山不知不觉都成了神话主角。

岳振华在电视里看到女儿时顿时热血澎湃，接着就老泪纵横，他被女儿感动了，他为女婿骄傲，也为女儿骄傲。岳振华从此出门头仰了起来，无论上街遇着熟人，还是街坊邻居碰面，他都渴望听到别人夸他女儿上电视，要是没人提他就会主动发问，问他们看没看到他女儿上电视；要是人说看到了，他就等着人夸；要是人说没看到，他就说人家一点都不关心国家大事，他给人家讲，这给岳振华的生活增添了无穷乐趣。岳天岚妈虽然反对女儿去演讲，但还是默默地看了电视，也默默地流了泪，她没为女婿骄傲，却为他悲痛，也没为女儿骄傲，而为她伤心。

两个月巡回报告，不仅让全军区和两省百姓知道了邱梦山这个英雄，岳天岚也跟着一起出了名。岳天岚收到无数鲜花，还收到无数热情书信，有人要给她捐款，负担邱继昌小学到大学全部学费；还有不少军人直接向她求爱，愿意照顾她一辈子。岳天岚的报告感动了他们，他们的那些书信又感动了岳天岚，岳天岚经历了一场洗礼，她比过去更要强，她不再痛苦，反感觉从来没这样自豪，也从来没这样充实，她感觉世界已经变得无比美好，到处是鲜花，到处是灿烂，她完全陶醉了。

岳天岚一点都没想到，她从报告团回来，县领导和校长会专车到火车站迎接，还有那个徐达民，买了那么大一束鲜花。她以为是徐达民故意借机献殷勤，校长说这是省里直接来电话通知的，她应该享受这个待遇。接着她就被省政府和省军区评为模范军嫂，教育系统又评她为模范教师，岳天岚从此浑身金光闪耀，连她两眼那目光都跟探照灯一样耀眼，照到哪里哪里亮。

4

一过春节岳天岚就想到了清明节，这几个月她一直翻着日历过日子，用不着跟谁商量，她早就决定清明节带儿子去栗山给邱梦山扫墓。岳天岚提前跟曹谨打了个招呼，曹谨问她跟谁一起去，岳天岚说没有谁，她自己带儿子去。曹谨知道岳天岚对邱梦山爱得特深，但她一个人带个孩子坐两天两夜火车，还要再乘六个小时汽车，烈士陵园附近也没个城没个镇，人生地不熟，她一个人去怎么行呢。曹谨诚心诚意劝她，扫墓只是表达心意，在哪里都可以祭奠，没必要专门再到那么远的地方去，她都不放心。岳天岚知道曹谨是为她好，但她根本不理解她为什么要跑这么远去给邱梦山扫墓，她只把邱梦山看作是她丈夫，忘了他是英雄，比起他英勇献身，她受点路途之苦又算得了什么呢？学习英雄不能只说在嘴上，得落实在行动上。岳天岚当然没把这些说出口，她内心明白曹谨对邱梦山的态度跟她还有很大差距，她要说白了，会让曹谨不舒服，她是自己姐妹，不能叫她不舒服。岳天岚只说梦山的墓和碑都在那里，不去那儿扫墓，就等于没人给他扫。曹谨还是好意相劝，说其实那墓也只是个形式，不过一个衣冠冢，他也没有真埋在那里，何必这么当真呢。曹谨这话让岳天岚震惊，她愣怔着眼看着曹谨，那是英雄碑哎！怎么这么说呢？她完全不接受曹谨这说法。曹谨看到岳天岚目光很硬很锐，像碎玻璃碴那么锋利，曹谨觉察自己这话说过了，急忙解释，说她完全是为她和孩子着想，孩子小最缠人最难带，若是她一定要去，她就请假陪她去，她绝不会让她一个人带着孩子去。曹谨这么一说，岳天岚的目光才慢慢柔和起来，还是好姐妹，可她不好意思让曹谨专为她请假陪她去边境扫墓，她只好说没问题，已经去过一回了，出不了岔。曹谨问她几时动身，岳天岚说最晚四月一日晚上就得上火车。曹谨说既然这么定了，她陪她一起去，车票她来联系。岳天岚非常感激，她没谢，也没叫姐，只是伸出双臂抱住了曹谨。

四月一日一清早，荀水泉突然回到了家。曹谨奇怪他怎么突然回来，荀水泉说他要到栗山烈士陵园给战友们扫墓，想到了岳天岚，拐弯从家里走，要是她也去就一路同行，好有个照应；若是她不去，他就自己从这里去栗山，借机回来看看老婆和女儿。曹谨说他回来得正及时，她就用不着请假陪岳天岚了。荀水泉对老婆这么关心照顾岳天岚十分感动，当即就把曹谨抱起来说老婆变得可爱了。曹谨故作娇态嗔怪，照你这么说，过去我并不可爱。荀水泉赶紧检讨话说得不对，应该说更可爱了。

荀水泉空着右边那只袖子走在县城大街上，那只空袖子被风吹得飘飘荡荡很扎眼。行人瞅他的目光各种各样，有敬意，也有同情，但更多的只是好奇。

荀水泉自豪地走在街头，他一点没有抱怨，他要让民众从他身上知道什么叫军人，了解一点军人职责，别看平时老百姓养着他们无所事事一样，当祖国需要他们时，他们会挺身而出，义无反顾奔赴沙场，会跟前辈一样为国家为人民丢胳膊丢腿丢脑袋而不会皱一下眉头。

荀水泉去栗山，事先没跟岳天岚商量，也没告诉曹谨，他不想给岳天岚任何引导和影响。现在他知道岳天岚执意要去为邱梦山扫墓，荀水泉得到了极大安慰，他甚至替邱梦山流了泪，岳天岚太好了，这种老婆太少了。荀水泉对履行他跟邱梦山的那个承诺更有了信心。

荀水泉自然让岳天岚和邱继昌睡下铺，自己爬上铺。两岁的孩子最顽皮最不好带，一会儿要睡，刚躺到铺上又要下地，下了地就满车厢跑，没一分钟安静。火车晃荡，荀水泉不能让岳天岚跟着儿子满车厢跑，他陪邱继昌玩。他跟邱继昌玩捉特务，玩累了再给他讲故事，讲老虎跟猫学本事，讲东郭先生与狼，讲乌龟与兔子赛跑。邱继昌特爱听故事，而且爱刨根。岳天岚看着荀水泉给儿子讲故事竟悄悄地流起眼泪，荀水泉发现了，没劝她，只是抱起邱继昌悄悄地为岳天岚倒了一杯热水，再给她洗了一个苹果，他只有一只左手，没法为她削皮。邱继昌抢着要吃，荀水泉赶紧再洗一只。岳天岚接过苹果，削好苹果她没吃，反递给了荀水泉。荀水泉接了苹果，也没吃，又给了邱继昌。邱继昌吃得很开心，但他一点不懂这苹果里有什么内容。

邱继昌跟荀水泉在一起不过半天，竟要跟荀水泉睡，岳天岚怎么说也不行，只能依孩子。上铺高又窄，睡起来不方便。荀水泉让邱继昌靠卧铺隔板睡，他侧身睡外面，好在右边没手臂，侧身拿左手揽着邱继昌。睡到半夜邱继昌要拉屎，荀水泉赶忙扛着他上厕所，从上铺下来耽误了时间，还没赶到厕所，邱继昌屁股后面就黄花遍地开。荀水泉让邱继昌拉痛快了，剥下邱继昌的裤子和自己的上衣，先上洗漱间把邱继昌的身子弄干净。孩子熟得快，忘得也快，一觉醒来邱继昌已不认得荀水泉，哭着要找妈。荀水泉只好把邱继昌还给岳天岚，然后再去收拾那些脏衣服，岳天岚很不好意思。

　　荀水泉跟岳天岚一起采了一大束鲜花摆到邱梦山的墓碑前，放下鲜花，岳天岚趴在墓碑上哭了，哭得比上次还伤心。荀水泉让她尽情地哭，邱继昌不知道妈妈为什么哭，拉着妈妈的衣服要回家。岳天岚把儿子拉过来，让他跪到邱梦山的墓碑前，告诉他这是他爸爸，儿子问爸爸在哪儿？岳天岚告诉他爸爸在战场上牺牲了。邱继昌不懂什么叫牺牲，岳天岚跟他说牺牲就是被敌人打死了。邱继昌还是不明白敌人为什么要打死他爸爸，岳天岚说敌人是坏蛋。邱继昌又有了疑问，爸爸为什么不先打死坏蛋，岳天岚说爸爸打死了好多好多坏蛋，爸爸是英雄！邱继昌更不懂什么叫英雄，岳天岚说英雄就是顶天立地的男子汉，天不怕，地不怕，鬼都不怕。邱继昌问爸爸怕不怕老虎？岳天岚说爸爸敌人都不怕，当然不会怕老虎。邱继昌问爸爸什么时候回家，岳天岚让儿子问到了痛处，眼泪又流了下来，她告诉儿子爸爸再回不来了，爸爸到天上去了，快给爸爸磕三个头，让爸爸走好。邱继昌问磕头爸爸能不能看见？岳天岚说能看见，让他跟爸爸说继昌长大了也当解放军。邱继昌很听话地照着说了做了。岳天岚忍不住揽着邱继昌一起又趴到邱梦山的墓碑前哭泣起来，荀水泉已经祭奠了葛家兴、石井生和连里其他战友，回到邱梦山墓前，荀水泉没有右手无法敬军礼，他摘下军帽，给邱梦山三鞠躬。他在心里默默地跟邱梦山说，梦山，我陪岳天岚和你儿子一起来看你了，你安息吧，我会照顾好天岚和继昌。

5

　　曹谨在荀水泉和岳天岚走后第三天夜里做了一个梦，梦醒来她笑了，奇怪怎么会做这种梦。梦当然只是梦，可总说日有所思，夜有所梦。她口里是想荀水泉来着，她想荀水泉和岳天岚去栗山三天了，想他们路上是否顺利，想他们该扫完墓了，想他们还得过两天才能回来，她就想了这些，并没有想其他，怎么会做这种梦呢？难道自己对丈夫还不信任？心底里还隐藏着这种担忧？难道对岳天岚也不放心？曹谨没有疑虑，这些疑问太无聊，她自己骂自己无聊，挥手就把这些杂念全给驱走。曹谨非常信任荀水泉，她觉得天下比他更正派的男人她还没见过，她对岳天岚也是一百个放心，天下比她更正经的女人她也还没见过。可她怎么会做这种梦呢？想起来她都不好意思说出口，跟真事儿一样，竟梦见岳天岚跟荀水泉好上了，醒来她笑自己没出息，可梦让她再没了睡意，想起来心里还发酸。她给自己解释是她想老公了。

第五天，曹谨早早上了菜市场，买了扒鸡和鱼，荀水泉和岳天岚回来，她要好好款待他们一顿。一切都精心准备好了，万万没想到荀水泉和岳天岚没按时回来，中午没回来，到晚上也没回来。曹谨真焦躁起来，杂念在焦躁中微妙地产生着。曹谨给岳天岚学校打了电话，问岳天岚回来没有，又到岳天岚娘家问她爸妈，证实岳天岚确实没回来。曹谨心情就乱起来，她试着替荀水泉向自己解释，没买上火车票？曹谨随即否定，火车票下火车就可以先买。当地部队留他们多住两天，曹谨又摇头否定，那是边防部队，也不是邱梦山所在的老部队，人家认都不认识他。岳天岚想在那儿玩两天？曹谨又摇头，那里又不是旅游胜地，荒山野岭没什么好玩；再说，岳天岚是去给邱梦山扫墓，哪有心情游山玩水。曹谨无论怎么假设，没一条能立得住脚。

曹谨心绪有点乱，窝憋了一肚子无名火，憋得心里烦透了，女儿只不过不要吃扒鸡要吃鱼，她竟一巴掌把女儿从凳子上打跌到地上，头上磕起一个包包，回过头来自己抱着女儿哭。正巧姥姥过来看女婿，一看外孙女摔成这模样，把曹谨一通数落。母亲把女儿抱走，曹谨心里都空了，做什么都没了心绪，一个人在家里百无聊赖。

荀水泉和岳天岚第七天才回来，整整晚了两天。曹谨见到荀水泉，心里踏实了许多，她暗自寻思，他们没能按时回来，荀水泉肯定会向她解释。她等着荀水泉解释，荀水泉却什么也没说，一切都若无其事，曹谨看他却干什么都装模作样。曹谨憋不住故意问他来回一路上是不是顺利，荀水泉也只回答她还行两个字。曹谨很失望，明明晚回来两天，为什么不解释，出去这么多天，总该跟她说点什么，可他什么也没说。两个人心里分了岔，干什么都别扭。曹谨还发现荀水泉添了个毛病，他睡着了磨牙，嘎吱嘎吱磨得让人心酸，过去他从来没这毛病，睡觉老实得跟猫一样。曹谨越想睡，荀水泉的磨牙声越尖厉，她推他，醒过来翻个身继续磨。曹谨受不了这罪，只好掀开被子跑女儿房间去。

岳天岚请荀水泉和曹谨一家吃饭表示谢意，岳天岚帮曹谨解开了那个结。原来他们在烈士陵园碰着了依达，她也去给石井生扫墓，依达见到荀水泉，一定要他们到寨子里玩，她还去帮他们换了火车票。荀水泉这才说依达是个好姑娘，发自内心喜欢解放军，要是在内地，真该帮她找个军人。曹谨从岳天岚眼神里发现，天下本无事，庸人自扰之，岳天岚的眼神坦荡得清澈见底，除了感激没有半点男女之情的意思。曹谨心里豁然开朗，她很内疚，但又不敢把这个梦告诉荀水泉，于是只好主动给岳天岚敬酒，还给荀水泉敬酒，说他辛苦有功。荀水泉从没见老婆这么喝过酒，他哪里知道夫妻间也会有秘密，他哪会知道老婆经受了一场自我折磨，经历了一场自我挣扎，她胜利了，她敬酒是在庆贺。

6

倪培林从军校毕业回摩步团，荀水泉已决定回原籍人武部工作。

倪培林背着行李直接回了老连队摩步一连，尽管行政介绍信和组织关系抬头都是摩步团政治处，但他认一连是他家，指导员是他兄长。倪培林这次给荀水泉买了一条中华烟，滴水之恩当涌泉相报，何况指导员对他恩重如山。倪培林回到一连，荀水泉不在了，他提了副教导员。荀水泉得知倪培林回了一连，他很欣慰，特意赶回一连，当晚给倪培林接风。倪培林一直让荀水泉引以为自豪，倪培林学成回来，荀水泉很有成就感，如同师傅看高徒有了出息。连队干部大调整，连里干部倪培林一个都不认识了。荀水泉情绪高涨，摩步一连出了倪培林，不只是他一个人的光荣，摩步一连全连都光荣，为了把气氛搞活跃，他巧立名目，主陪三杯，副陪三杯，主宾三杯，想着法轮番敬酒。可惜倪培林不喝白酒，荀水泉死劝活劝他只喝了一杯白酒，荀水泉干脆就让他喝红酒。敬来敬去，倪培林没醉，荀水泉自己反喝高了。

酒席散后，荀水泉把倪培林送到了团招待所，倪培林想在老连队住一夜，荀水泉告诉他，是真金不会被埋没，小庙搁不下大神了，连队留不住他，他被团里留在政治处当见习干事，做宣传教育工作。安排好住宿，倪培林回送荀水泉，他们上了营房外那座金顶山，荀水泉在棋盘石上坐了下来，倪培林站在那儿没坐。荀水泉让他坐下，他还要尽兄长责任跟他好好商量下一步棋该怎么走，走好了，一帆风顺；走不好，满盘皆输。倪培林不知道荀水泉要跟他说什么事，久而久之，他心里的隐处成了病，只要有人找他说事，他立马就会想到那事，让人感觉他心里藏着什么见不得人的东西。荀水泉没发现倪培林这毛病，反觉得他上学回来更懂事了。

酒精产生了作用，荀水泉从没这么倚老卖老过，他直截了当地跟倪培林说，世上所有的事情有利就有弊。他真心诚意替他分析，学校一毕业直接上团机关，是破格，是好事，但是，只要是好事，就会有人眼红，眼红就会嫉妒，嫉妒对他就不利，人家会找他毛病，希望他出事，希望他倒霉，这样好事就成了坏事。

荀水泉这话虽是酒话，但都是实话。倪培林默默地听着，他知道指导员是为他好。荀水泉从战场回来后的最大变化是待人更坦诚，心里不再留话。他要倪培林记住，到了机关一定少说话，多做事；对谁都真心实意，但不要跟人，不要有亲有疏，有远有近，这样容易有对立面。倪培林没带纸和笔，他把这话记在了心里。

荀水泉跟倪培林说完工作后才提到依达。他问倪培林在学校搞没搞对象，倪培林坦白有人给他写信，但他没给任何人回信。荀水泉夸他做得对，但他郑重其事地给他介绍了依达，问他对依达印象怎么样，倪培林说依达是个好姑娘。荀水泉把他去栗山扫墓碰上依达，依达对石井生依然一往情深这事说了，说依达很想找军人，他问倪培林有没有兴趣跟她交往，倪培林有一点为难，依达好是好，但她在边境，距离太远；她也没有工作，即使要她也没法调她来内地。但他没把这些说出口，指导员这么关心他，他不好驳他好意，只好推说他们都还太年轻，谈恋爱有点早。荀水泉从口袋里摸出一个信封，说，婚姻问题得自主，依达是个好姑娘，这么好的姑娘现在不多，要是有兴趣就跟她通信了解了解看看，要是没兴趣也就算了。倪培林把信封装到了兜里。

荀水泉最后才告诉倪培林他准备回老家人武部，以后他关照不了他了，让他好自为之。荀水泉要离开部队倪培林感到非常遗憾，他已经提了副教导员为什么还要走，要是他能留在政治处当领导就好了。荀水泉笑了，说他是残疾，已经不是合格军人，回家乡人武部是组织给予照顾。

7

荀水泉左肩背着一个旅行包走下火车，站台上没人接他。他知道没人接，他故意没告诉曹谨哪天回来。荀水泉没有行李，只一个包，这次回来是跟人武部接头，接上头他再回去办手续搬家。失去右臂后他出门都只背一个包，他不想让自己难堪，更不愿意接受别人的可怜与同情。

荀水泉跟着站台上的人流一起向出口流去，他自己跟自己说，荀水泉，你要离开军队还乡了。说了这句话，他心里一阵发酸。这些日子，他时不时故意让自己经受这种酸痛的刺激，他就是要用这种酸痛来磨炼自己，什么话能让自己心里酸痛就说什么话，什么事能让自己酸痛就做什么事，他知道往后的日子，这种酸痛会是家常便饭。荀水泉随着人流流动，别人没法发现他的内心，他穿着军装，旁边偶尔有目光对他关注，他很在意那些目光，有些目光能让他酸痛。

曹谨还没下班，苟水泉就主动先做饭。做什么饭他用了脑子，一条胳膊最难做什么他就做什么，他要做给曹谨看，证明他什么都能做。苟水泉打开冰箱，里面有肉，有韭菜，他想到曹谨最爱吃韭菜馅饺子，但一只左手包饺子不是件容易事。说干就干，苟水泉脱了军装，先把肉洗净，磨快菜刀，把肉片成条，再切成粒，然后再剁。剁好肉，再切韭菜，切韭菜比较费劲，左手拿着菜刀，没手握韭菜，他就只好先拿一撮韭菜摆好，然后再切，切得长短不齐，再拿刀剁。切好韭菜，他就拌馅，倒上肉，再打上两个鸡蛋，再加盐、料酒、醋、味精，然后搅拌，味道一下就出来了，苟水泉自己先流出了口水。剁好馅，苟水泉再和面，面揉得既光又滑，搓成条，切成块，再揿成饼，然后再撒上饽面擀皮，为了不让皮儿干，他擀一点包一点，终于在曹谨下班前把饺子全都包好。

曹谨下班进门，苟水泉突然回来本来就让她意外，再见他包好了饺子更意外，心里说不出是什么滋味，她扔下包，一下抱住苟水泉，心疼地说他，谁要你包饺子啦？苟水泉说是要慰劳老婆。曹谨不顾一切地亲他。

两个亲热之后，一边煮饺子苟水泉一边把回老家人武部的事告诉了曹谨。曹谨很吃惊，等苟水泉把领导如何提拔他当副教导员，如何不让他转业，如何找机会安排他充实到家乡人武部工作的事说了一遍后，曹谨心里也只有感激，回老家人武部工作确实不错，还是做军事工作，而且就在家门口，单位也不像地方那么复杂，也稳定。曹谨没说好，却笑了。她一笑，苟水泉心里的那块石头就落了地，饺子开锅汤溢了出来。

8

倪培林为苟水泉送行很真诚。苟水泉离开部队前一天晚上，倪培林在老兵餐馆订了包间。苟水泉这几天被泡在了酒缸里，团里送了营里送，营里送了连里送，喝得天天捧着胃难受，营里送他那天他醉得一塌糊涂，当时还充能，自己走回小招待所睡觉，大家以为他真还行，谁知他一进那小院就倒下吐了，吐了也没醒，就在小院那地上睡了一夜。第二天醒来，看到营里那条狗陪他睡在一起，他夸这狗通人性，不枉苟水泉平时喜欢它。谁知狗是吃了苟水泉吐出的那些东西，狗也跟他一起醉了。苟水泉不想再喝了，但倪培林说他不能就这么让老指导员走，晚上他再没请别人，只他们俩加送他的司机，苟水泉就不好再说什么。

酒是剑南春，菜是海鲜，倪培林还点了龙虾三吃，挺上档次。倪培林说今天这酒不是礼，全是战友情，他不会喝酒也喝白酒，就是"敌敌畏"他也要喝三杯。不知是倪培林过去会喝不喝，还是真不知道自己能喝白酒而不爱喝，他一举杯再没停下。他说要没指导员一手培养，就没他倪培林的今天；要没指导员和连长的爱护，他早就死在无名高地上；要没指导员的精心安排，他根本进不了军校；要没指导员的真心培养，他根本参加不了英模报告团。一件事一片恩，一片恩一杯酒，恩说不完，酒也就喝不完。

司机不喝酒，吃了饭早早地先告辞回去休息，剩下荀水泉和倪培林两个。话都是实话，情也是真情，这酒就不能假喝。荀水泉盛情难却，让倪培林三敬两敬，两个人没一会儿就把一瓶剑南春见了底。倪培林向服务员招手又要了一瓶，荀水泉按住他的手不让开。倪培林有酒遮脸来了劲，他说指导员的情义三天三夜说不完，指导员的恩情七天七夜诉不尽，滴水之恩当涌泉相报，他要不喝醉表达不了心意。荀水泉觉察倪培林有些异常，半斤酒对荀水泉来说还可以，灌到倪培林肚子里就多了。荀水泉说战友一辈子都是战友，别再说什么恩什么情，情深不在酒多。倪培林已不是原来的那个倪培林了，他开始对荀水泉讲道理。他说感恩是人生一大学问，孝敬父母是一种，知恩图报是一种，知恩不报是禽兽。他是他的再生父母，怎么感恩都不为过。荀水泉说战友就是肝胆相照，战友就是生死与共，他怎么帮他都应该，他是兄长。倪培林又一人倒了一大杯，他说咱们是生死战友，端起酒杯一口就干了，荀水泉不能不干。

倪培林说话时舌头已经有点硬，他伸手搭住了荀水泉的肩膀，他痛苦地哭了。他一边哭一边告诉荀水泉，他没肝胆相照，他没生死与共，他对不起指导员，他对不起连长，他对不起石井生。荀水泉也多了，说要说对不起，他最对不起连长和死去的那些战友。倪培林那嘴有些不听指挥，他已无法掌控自己，心里的隐秘处开始作痛，他愤怒地吼起来，说他倪培林是王八蛋，他把连长和石井生扔下自己逃命了，连长和石井生没了，他却还活着。说着他就唔唔地哭了起来。

荀水泉意识到再喝下去要出洋相了，他招手让服务员结账。倪培林真醉了，但结账这事还知道，他一把抓住了荀水泉的手，话虽不利落，但他从胸前口袋里掏出了钱包，把钱包拍到桌子上，他跟服务员吼，要是敢收他老领导一分钱他就把餐馆大门给砸了。

苟水泉反过来搀扶着倪培林把他送上车，这时候他也话不由己了，一个劲地劝他，对自己严格要求应该，但也不要太苛求，他没有做过错事。连长和石井生牺牲了，全连谁都难过，要说责任，他头一个对不起连长。但连长坚持对了，要没有他们在茅山阻击，敌人就不会全部进入包围圈，就不能取得寿山保卫战的全面胜利！连长他们牺牲得伟大。苟水泉说着，发现倪培林没了回音，仔细看，他已经睡着了。

9

苟水泉回到家乡人武部当了政工科科长。用不着人说，苟水泉还是部队作风，上班早到下班晚走，他一来，人武部院子里卫生面貌大变，政工科办公室的格局焕然一新。他大小是个科长，还少一条胳膊，他带着头干，手下人就不好意思不干；政工科干，其他科当然也不能不干。有人说人武部来了个独臂军人，人武部却像换了血。

苟水泉上班第五天，手下跟他汇报说县委一个科长来看他。苟水泉很纳闷，他来人武部除了家人和组织部，没跟谁声张，怎么就惊动县委了呢！他赶忙出门去迎见。来人是徐达民，苟水泉不认识徐达民，徐达民却见面就说请他吃午饭。苟水泉很尴尬，县委宣传部科长主动登门看望，素不相识开口就要请他吃饭，让他蹊跷得莫名其妙，他当然只能婉言谢绝。徐达民根本不由他推辞，不管三七二十一，拉着苟水泉就走。苟水泉只好实话实说，毫无由来的这种饭他不吃。徐达民只好亮出底牌，他说他是岳天岚的男朋友。

岳天岚有了男朋友苟水泉自然高兴，这事岳天岚没说，曹谨也没说，可人家是宣传部科长，他不能不相信。既然是岳天岚的男朋友，无论从邱梦山这层关系，还是从岳天岚这层关系，他都要尽兄长责任。苟水泉就认起真来，把徐达民端量得不好意思，苟水泉没端量出不满意。有了这层关系和这个端量结果，苟水泉就只能跟着徐达民进了餐馆。徐达民要喝白酒，苟水泉说下午上班有好多事要办，坦率地建议喝点啤酒。两个人把三瓶啤酒灌进肚子，苟水泉才明白徐达民那话掺了水，而且水掺大了，作为岳天岚的男朋友，八字不过才有了他自己那一撇，那一捺连影儿都没有。

徐达民找苟水泉是想扩大统一战线，事情有一点靠谱是这主意由岳天岚妈帮徐达民出的。岳天岚妈帮徐达民出这主意，证明徐达民那统一战线确实有了一点基础，或者说徐达民已经把岳天岚爸妈统一到他阵营里去了。看来徐达民对岳天岚是一片真心，能把岳振华和岳天岚妈变成同盟军恐怕没少下功夫。

岳天岚为这事跟爸妈短兵相接闹僵后，岳振华老两口窝了一肚子火，窝火倒不是岳天岚不听他们指挥，不听他们指挥是他自小娇惯养成的，独立性已经是岳天岚个性中一个重要的组成部分，要是岳天岚什么都听她爸妈指挥，那就不是岳天岚了。岳天岚爸妈窝火是他们搞不明白女儿为什么不同意嫁给徐达民，就徐达民这条件往大街上一站，别说岳天岚这样有了孩子的，黄花闺女也能排成长队。岳天岚爸妈觉得女儿脑子里可能真进了水，这种事又不能声张，让左邻右舍知道了会当笑话满世界去讲，岳天岚爸妈窝火的是要是这种女婿不找的话一辈子再找不到第二个。

岳天岚当面回绝徐达民，徐达民并没死心，他把追求岳天岚当作他终身大事来做，他特意请介绍人过去再探探她爸妈口气。一是进一步表明他自己的态度，表示他非岳天岚不娶，好事不怕多磨，哪怕只有百分之一的希望，他也要当百分之九十九来争取。二是要了解岳天岚爸妈的态度，了解他继续追下去还有没有可能，徐达民这一着两个愿望都实现了，得知岳天岚爸妈对岳天岚的这一决定窝着火，徐达民立马大包小包亲自上门看望了岳振华老两口。倒不是他们小市民贪小利，几包西洋参几瓶茅台酒就让他们眼晕，一点蝇头小利就不顾女儿一生的前途，关键在徐达民的条件太好了，他们挑不出人家的一点不如意。岳天岚这儿冷着，徐达民跟未来岳父岳母却打得火热。

徐达民乘胜出击，把统一战线再扩大到了荀水泉两口子那里。没想到荀水泉两口子比岳天岚爸妈还难对付，第四瓶啤酒下肚荀水泉两口子就对徐达民起了疑心。荀水泉问徐达民，这么好的条件，为什么到三十一岁还没谈过恋爱？曹谨问徐达民，这么好的条件为什么非岳天岚不娶？他们两口子带着这两个疑问对徐达民进行侦察研究。徐达民觉察荀水泉两口子对他持怀疑态度后，他没有急于解答，他只是笑，他那笑不是放声大笑，而是非常含蓄、非常耐人寻味、非常让人喜欢的笑。最后徐达民坦白了一切，他对岳天岚是一见钟情，早在岳天岚与邱梦山结婚之前，徐达民就看上了岳天岚。徐达民随教育局一位干事到过岳天岚他们学校，他知道岳天岚就要跟邱梦山连长结婚，因为军婚是高压线不好碰，他才痛苦地按下这个欲望。此后，别人给他介绍过许多对象，但没有一个具备岳天岚这种魅力，也没有一个能让徐达民动心。没想到老天爷竟会给他这么个机会，邱梦山牺牲了，这时候只要岳天岚愿意嫁给他，他绝对没有二话。徐达民的这些话让苟水泉两口子既吃惊又感动。

徐达民笑到最后跟他俩说，爱没办法说出理由，他反问苟水泉太阳是什么，空气是什么，水是什么，谁都无法说准确，爱就是太阳、就是空气、就是水，天下万物离开了太阳、空气和水，只会枯萎死亡，他爱岳天岚就像万物离不开太阳、空气和水一样。

曹谨先就被徐达民感动，她直给苟水泉递眼色。苟水泉也被徐达民说得无话可说，他端起酒杯跟徐达民碰了杯，他答应帮他劝劝岳天岚。

10

苟水泉两口子真心诚意想促成这桩婚事，很大程度是出于苟水泉跟邱梦山的那个承诺，他们两口子统一思想，怎么才叫照顾好，给她找一个好男人，重新安一个家，才是真正照顾到了家。倒不是因为苟水泉两口子吃了徐达民一顿饭就嘴软，就不管好赖胡乱劝岳天岚遂徐达民的心愿。他们劝岳天岚嫁给徐达民并不是给徐达民帮忙，完全是为岳天岚着想。苟水泉感觉徐达民的条件确实很不错。曹谨更看重徐达民是真心爱岳天岚，他会包容岳天岚的一切。苟水泉劝岳天岚要面对现实，机不可失，时不再来，千万别错过机会。曹谨劝岳天岚更实在，她说夫妻两个感情再深，人死不能复生，死去那人已经永远离开了人间，活着那个却要过一辈子的日子，假如硬要活着那人为死去那个作一辈子牺牲，太没人性了，也不合时代精神，对后代教育的培养也没有一点好处。苟水泉两口子把能说的道理都说了。

一回不行再来二回，为了方便说话，曹谨把岳天岚母子两个请到饭店吃饭，还找了个理由，说苟水泉转业回家乡一起庆贺一下。苟水泉和曹谨特意带着女儿小洁去找岳天岚，邱梦山的外甥女正好从乡下赶来看岳天岚，外甥女给她背来了一篓子鸡蛋，还有一筐柿子，蛋是自己家母鸡下的，柿子是自己家树上结的，鸡蛋新鲜，柿子特甜。曹谨把外甥女也一起请了。邱继昌跟苟小洁两个见面就玩到了一起，小洁是姐姐，做什么都让着弟弟，两人把大人都忘到一边。饭桌上除了外甥女没外人，他们很自然地谈起了徐达民。

岳天岚自始至终只是笑，就是不表态。岳天岚知道他们好心好意，可她一点没有再嫁的心念，起码是现在没有这打算。岳天岚不表态是给他们面子，她不想在这种场合跟他们谈这件事，免得他们难堪。岳天岚的笑给了荀水泉和曹谨更大的信心，两个人一唱一和，把徐达民说得比邱梦山还好。

回到岳天岚家，岳天岚才私下里跟曹谨掏了心里话。她似乎有点埋怨荀水泉，别人不理解她，指导员怎么也不理解她。人心真是难沟通，没有一个人真正理解英雄。她上了英模报告团之后，才真正明白了什么叫英雄。英雄是财富，是国家的灵魂，是军队的灵魂，是民族的灵魂，而不属于哪个人。一个国家要没有英雄，这个国家就不可能是英雄的国家；一个部队要没有英雄，这支部队也就不会是一支英雄的部队；一个民族要没有英雄，这个民族也不会是一个英雄的民族。梦山是英雄，他不再只属于她，他属于国家，属于军队，属于中华民族。她是英雄的妻子，她也不能再只属于她自己，也不能再只属于她父母，她也属于国家，也属于民族。她的所作所为，都要对得起英雄，对得起国家，对得起民族。她让他们说，她怎么还能再随便地去嫁一个男人，怎么还能再随便地去跟一个男人结婚生孩子。她不能，绝对不能，那是对邱梦山的背叛。她这辈子只能永远是邱梦山的妻子！而不能再是别人的妻子。

荀水泉和曹谨这才发现岳天岚家里的特殊气氛，屋子里四面墙上全是邱梦山的大照片，除了邱梦山的照片，就是他们两个人的合影和岳天岚在英模报告团做报告的那些照片，再是邱梦山的奖状和立功喜报。邱梦山的那些军功章像过去陈列毛主席像章那样镶在玻璃镜框内，也都挂在墙上。岳天岚的这种精神世界，连荀水泉都感到难以介入。岳天岚从他们的表情上发觉他们与她之间有了距离，她也知道他们心里在想什么，她笑了。她说常人对英雄的心灵世界只能猜测，其实常人根本无法理解英雄的内心世界。她原来也认识不到，邱梦山牺牲之后，尤其在报告团的那些日子里她才慢慢地理解他。

岳天岚已经把邱梦山完全神化，这时候再劝岳天岚改嫁只能给她添痛苦，他们只好把这事放下，同时劝徐达民对岳天岚别再抱任何幻想，除非他能成为邱梦山第二。徐达民很痛苦，他很为岳天岚痛心，他一点都不理解，这么一个柔弱美人，怎么会拥有这样一种精神世界。

邱成德匆匆赶到城里，他跟岳天岚说他们想孙子快想出病了，想把孙子带回乡下住几天，也减轻岳天岚的一点负担。让孩子一个人去乡下岳天岚实在不放心，但见孩子他爷爷亲自跑来，她也不好太不把他们的心意当回事，她跟公公爹商定，带邱继昌回乡下一个礼拜，一个礼拜后她去接孩子。岳天岚提着心吊着胆过了一周，星期天，她一早就乘车去了喜鹊坡。没想到公公婆婆把邱继昌藏了起来，岳天岚见不到儿子，急得要哭。邱成德却没有因为岳天岚哭就心软，他心平气和地跟岳天岚说，邱继昌是他们邱家的一条根，不是不相信岳天岚，也不是不让岳天岚改嫁，这么年轻，改嫁应该，但他们不放心孩子，怕孩子跟着后爹受委屈，不是自己的骨肉不会亲。岳天岚问公公婆婆谁说她要改嫁，婆婆封不住口，把徐达民兜了出来，说他没结过婚，可以生二胎，他要是有了自己的骨血，肯定会虐待邱继昌。岳天岚如同秀才遇着兵，不知该怎么跟公公婆婆说他们才能明白，她没法再冷静，她很严肃地跟公公婆婆说，她是孩子的妈妈，抚养权属于她。邱成德来了农民不讲理的劲，不管岳天岚有天大理由，他们毫不心软，坚决不让岳天岚再见邱继昌。

法律、道理在这里一切都变得软弱无力，岳天岚明白跟公公爹讲不了法律也讲不得道理，她干脆住了下来。公公婆婆叫她吃她不吃，把饭送到她屋里她也不吃。等他们吃过晚饭，岳天岚找了公公爹。她没跟公公爹争，也没跟他吵，她只问了他一些事儿。岳天岚问他她是不是他儿媳妇，问他她这个儿媳是不是没有尽责；再问他听没听说她因为坚持不改嫁跟爸妈关系已经闹僵，问他知不知道梦山是英雄，问他他和她是不是要保护梦山的英雄名誉；她再问他知不知道孩子抚养权归父母，失去父亲，抚养权归母亲；她要是上法庭通过法律手段来把邱继昌带走影响多不好。

岳天岚这一番话问得邱成德气短了，他一直只反复讲一句话，邱家就这一条根，怕她改嫁后孙子受虐待。岳天岚心一横，跟公公爹立字据，她承诺假如她改嫁，邱继昌姓邱不改姓，如果受继父歧视虐待，她把邱继昌的抚养权交给爷爷奶奶。岳天岚在字据上签了名按了手印。邱成德再拿不住劲了，只好让岳天岚跟邱继昌见面。母子两个如再生重逢，抱在一起痛哭不止。邱成德老两口也陪着流泪，觉得很对不起儿媳。

第六章

——

天　君

1

　　邱梦山抱着那捆手榴弹倒下的瞬间，灵魂嗖地离他而去。他虚弱得似在太虚幻境中飘忽，渐渐消失在茫茫之中。邱梦山成了一具尸体，任人处置，他当然不会知道此后的所有一切。

　　时间在邱梦山这里停止，空间也在邱梦山这里消失。从停止、消失到重新开始、重新再现不知经历了多久。邱梦山感觉自己的耳朵又成为耳朵，是他听到了一种声音。他很奇怪，耳朵到了阴间还没废，还能照样有用场。他觉得那声音很怪，一个字都听不懂，或许鬼就这么说话，或许鬼也有不同国籍，说各种不同的语言。声音里除了叽里呱啦，还有笑声，这笑声倒是大同小异。再细听，这笑声不同寻常，是那种狞笑，是淫笑，他活着时只在电影里听到过这种笑声。这笑声忽轻忽重，断断续续，时有时无，时断时续。

　　邱梦山昏昏沉沉，迷迷糊糊，原来这世界还真有阴阳二界，不管是阴间还是阳间，灵魂能继续存在倒真是不错，这等于生命可以延续，可以永生。他想睁开眼睛，眼睛和面部随即让他感觉撕裂般的疼痛，他奇怪人死了之后怎么还会感觉到痛。耳旁有声音引诱着他，他想看一看阴间是什么样，他再一次试图让眼睛睁开。又是一阵撕痛，但这次撕痛之后，感觉他那右眼睁开了一丝缝，左眼仍藏在黑暗中。不知是眼睛没能睁开，还是阴界确实是一片黑暗，除了黑暗他什么也看不见。他感觉眼睛是有了缝，可能阴界就是黑暗，跟墨一样漆黑。

邱梦山感觉他仰身躺在地上，为什么不是站着，难道鬼就只能永远躺着，只有思维，不能行走？他感觉到后脑勺和身子下面是泥土，他想试着侧起身子，看一看这阴间的真实面目，除了黑暗还有没有其他什么东西，看一看发出笑声的那边是些什么鬼，看看人变成鬼后究竟是个什么模样。他稍有起身的意识，手、脚、身子一起让他感受到撕痛，痛得他几乎连什么意念都没了。他感觉连头也动不了，浑身哪儿都动不了，一动便钻心地痛。邱梦山纳闷，是不是阴间只有痛苦，怪不得把阴间叫地狱，看来是有道理。

畜生！邱梦山惊得浑身撕痛，或许是惊奇之中他身不由己地动了身子。这两个字他听清了，那么熟悉，是女声，这女鬼跟他应该是同族，会说汉话。这女鬼看来很年轻，声音挺脆嫩。阴间怎么会有人声？而且是女人声。邱梦山恨自己动弹不了，要能动，一侧身什么都明白了，但他哪儿都动不了，只能静心地听。他听出来了，有好几个男鬼在缠那女鬼，女鬼让几个男鬼缠得很烦恼，很气愤。邱梦山想起活着时曾经去过三峡边丰都鬼城，看过十八层地狱，女人生前要是嫁几个男人，或者跟几个男人相好，死后男鬼们要拿锯锯她分尸。弄不好这女鬼刚死，她生前可能跟好几个男人相好过，或许几个男鬼正在锯她分她。

畜生！流氓！……女鬼还在骂，在抵抗男鬼们。一个男鬼突然发出一声惨叫，好像被那女鬼撕了什么，或者咬了他什么，痛得那男鬼呜呜地哼着满地乱转，邱梦山还听到他一边转一边拿脚跺地。

女鬼还在骂。再往下听，女鬼嘴被男鬼们捂住了，又像是嘴被什么东西封住了。再往下听，男鬼们狞笑着淫笑着在撕女鬼的衣服，撕得哧哧啦啦响。邱梦山觉得真晦气，邱梦山无法再听下去，他合上眼睛那道缝，他想让自己睡过去，不要听到这种邪恶的淫声。

远处又有一些男鬼叽里呱啦朝这边走来。邱梦山再把眼睛睁开一道缝，那边射过来一些光亮，过来的那些男鬼好像举着火把。邱梦山细听，根据脚步声判断像有十来个男鬼。

不出邱梦山所料，刚来那些男鬼又开始轮番糟蹋那女鬼。邱梦山听着实在忍受不下去，阴间也总得有点公道吧。他动不了，无法起身帮那女鬼，他想试试自己这嘴还能不能喊，要是能喊，他想用喊来阻止这些男鬼。

邱梦山感觉嘴唇跟树皮一样干硬粗糙，他试着张开嘴，嘴张开了，嘴里又苦又腥，他顾不得这些，他急于要让嗓子发出声音。他试着啊了一声，好像发出了一点声响，但连他自己都不敢肯定是否真喊出了声。他再试，喉咙里有东西堵着，喊不出声，他想咳，但轻轻一咳全身像有几百只手在撕他一样的痛。邱梦山默默地运气，他感觉自己有了用力咳一下的力量，他拼出全身的力量咳了一下，他痛得几乎晕过去。但他感觉从嗓子眼里咳出来一块东西，那东西软绵绵的像块嫩豆腐，嘴里随之冒出一股血腥，他没能把这腥东西咳吐出嘴，他感觉全身百孔千疮，咳这一下痛得他浑身冒了汗。邱梦山耐心坚持着，他慢慢地拿舌头一点一点把那块腥东西推出嘴外。他感觉嗓子那里畅通了许多。他想不出喊什么能镇住这些鬼，可那女鬼仍在经受着折磨，他急了，憋足一口气，用力喊，中国人民解放军来了！

邱梦山喊完，差不多就痛晕过去。他不明白自己怎么就喊出这么一句话来，难道鬼也能怕中国人民解放军？不管怎么着，反正话已经喊出去了，管不管用只能由它去了，他再没力量喊出这种声来。他隐约感觉，他这一嗓门喊产生了作用，那边突然安静下来，他只听到有脚步声朝他接近，那双脚来到了他身边。他听那些男鬼叽里呱啦不知在说什么，也许在骂他，他搞不明白。那双脚停在他身边片刻，突然抬起，抬得很快很高，那双脚带起了风吹到邱梦山的脸上，接着那脚朝邱梦山的身上踹下来，踹得很重，如一块巨石砸在邱梦山的身上，邱梦山的灵魂再一次离他而去。

2

灵魂再附到邱梦山的躯体上时，他感觉不再躺在地上，而是躺到了床上。他又奇怪，阴间难道也睡床？邱梦山想睁开眼睛，努力之后，仍只是右眼睁开了一丝缝，左眼依旧黑暗着，像被什么封闭着。他奇怪这里不再是漆黑，他看到了一片白色。他再慢慢让眼睛睁开一些，一个女鬼闯进了他的瞳仁，她穿着白色衣服站在床前看他。邱梦山十分奇怪，阴间难道也有医院，也有医生？当女鬼发现邱梦山右眼睁开时，她一声尖叫。邱梦山有点疑惑，他不知道他究竟是人还是鬼，无论是人见了鬼，还是鬼见了人，可能同样地害怕。女鬼见他为什么会这般惊恐？邱梦山怀疑自己有可能还没完全变成鬼，还没有完全走进地狱之门，可能是半人半鬼，格外吓人。

女鬼的尖叫引来了一个男鬼，男鬼伸手翻了翻邱梦山的右眼皮，他居然还挂着个听诊器，跟人间一样，听听他心脏和肺，还试了试他的脉搏。邱梦山确定自己还没完全走进阴间，他听到自己心脏在跳，他感觉肺也还在呼吸。邱梦山十分纳闷，人都死了，怎么还没走到阴间呢？难道进阴间报到，也跟人间办户口一样复杂？也要找关系走后门？难道入阴间还要搞体检？邱梦山费解。男鬼给邱梦山做完这些，对女鬼叽咕了几句就走了，女鬼给邱梦山弄了弄吊瓶。邱梦山又一惊，这不是在打吊针嘛！这究竟是阴间还是阳间啊？

邱梦山拿眼睛往旁边斜着瞅，他瞅到了一个人影。这人坐在他对面床上，像是中国人模样。邱梦山急不可耐但声音微弱地问他这是死了还是活着。邱梦山自己觉得用了很大劲，但他的声音太弱，那人没一点反应。邱梦山心里着急，他只能再运气，运了半天，觉得已经运足了劲，他又向那人影重问了这句话。那人似乎听到了，他不以为然地扭过头来对邱梦山说，你总算活过来了。邱梦山惊奇自己怎么没死，他记得当时三十多个敌人一齐朝他开了枪，此后他脑子里一片空白，没有任何记忆。他又狐疑地问那人这里是什么地方，那人告诉他这里是战俘营。咣！咣！咣！战俘营三个字像三颗子弹钻进邱梦山的耳朵，钻进邱梦山的脑壳里，接连三声爆炸，邱梦山又失去了知觉。

当灵魂再次回附到邱梦山的肉体上时，他第一反应是恐惧。战俘是什么？战俘就是阶下囚。堂堂中国人民解放军连长成了阶下囚，用不着别人说什么，自己就觉得无颜面对父老乡亲。邱梦山不相信自己会当战俘，问对面那人他怎么会没死呢？他这疑问不是惊诧，而是恐惧。

邱梦山想起来了，他手里那捆手榴弹没能炸响，没等他拉弦，敌人一群子弹和两颗手榴弹就把他撂倒了，他连拉身上那颗光荣弹的机会都没能争取到就什么也不知道了，要不，他怎么能让自己活在这儿呢！邱梦山悔啊恨啊！石井生拉响光荣弹后，他当时只有一个念头，与敌人同归于尽，多打死一个多赚一个。万万没有想到他会被敌人抢了先，先把他给打倒，可他却又没死，连光荣弹都没能拉。

邱梦山闭着眼睛，心里别说有多窝囊。这时他首先想到了岳天岚，想到她怀孕了。头一个问题就让他几乎再一次死过去，他当了战俘，岳天岚还会爱他吗？邱梦山回答不了，他只能退一万步设想，就算她还勉强爱他，那他会给她幸福吗？第二个问题他。想到了孩子，他问自己要是在这儿不死，要是活着回去，这辈子能带给孩子什么呢？他难过得想死。接着他又想到怎么向爹娘交代，心情十分沉重，爹娘把他送到部队上，是要他为爹娘争光，要他光宗耀祖，他这样活着能给爹娘和祖宗什么呢？他只能是锅底灰，只能把爹娘和祖宗的脸面全都抹黑！最后他想到了倪培林，战前他对倪培林一直抱有看法，上了战场倪培林陪他夺无名高地、跟他深入敌后抓活口、随他血战阴山，他用行动让他改变了看法，让他代理排长，但最后他撇下他和石井生自己跑了，他恨不能枪毙他。可现在他拿什么脸去见连里的官兵，又有什么脸去祭拜牺牲的那些战友？这四个问题想得他没了一点底气。

　　一种从未有过的恐惧弥漫心头，他浑身发冷。他非常清楚战俘在中国是什么，他们喜鹊坡就有一个战俘，是当年在朝鲜战场上被"联合国军"俘虏。零下三十几摄氏度渡河作战，上岸他们就冻成冰柱不能前进。在战俘营，有些软蛋当了叛徒，他宁死不屈，还亲手闷死了一个叛徒。交换回国后，他和战俘营那些战友都被遣送回老家，一辈子戴着俘虏帽子，"十年浩劫"被划为黑五类，他儿子连高中都不让上。邱梦山小时候也朝他啐过唾沫，扔过石头，还骂过他儿子是小俘虏，狗崽子。在东方人眼里战俘就是叛徒，就是败类，就成过街老鼠。那年那个战俘被游街后，晚上他儿子去生产队牛圈屋叫他吃晚饭，他已经吊死在牛圈屋的大梁上。这情景邱梦山永远忘不了，想起来不寒而栗。

　　邱梦山想，要是当初不抱着那捆手榴弹跃出沟坎扑向敌人，直接拉了光荣弹，他毫无疑问是烈士，是英雄；可他想多找几个、垫背，抱着那捆手榴弹扑向了敌人，结果敌人没多消灭，自己却由英雄变成了战俘。怎么办？想到岳天岚，想到孩子，想到父母，想到部队，他明白了一个道理，他成军人后，一切就不只属于自己。如果他当战俘活着回去，一对不起组织，二对不起军队，三对不起爹娘老婆孩子，四也对不起自己。他想到了死，只有死才能保持英雄本色。他想到了自杀是背叛，但在手无寸铁面对敌人时自杀，是英勇就义，不是畏罪自杀，跟拉光荣弹是同一行为。只有死才能解脱罪孽，只有死才能还自己清白，只有死才能维护自己尊严，只有死才能无愧地面对国家，只有死才能无愧地面对军队，只有死才能无愧地面对组织，只有死才能无愧地面对全连官兵，也只有死才不会给岳天岚和孩子带去灾难，只有死才能光宗耀祖，只有死才能对得起自己。

决心下定，行动就十分有章法。邱梦山手里没有枪，他也没能力下床，身边也没有任何致自己死亡的工具。他想到了身上那些伤，他知道自己伤很重，治都不一定能治好，要是不治，他肯定就能很快地死去。邱梦山幸福地闭上眼睛，他悄悄地不露声色地让左手一点一点接近右手，他知道那吊针插在右手血管里，只要把这吊针拔掉，一切就能如愿，他就能从此解脱。

邱梦山向左手下达了命令，左手无奈地接受了命令。左手行动障碍很大，它动一下牵得全身的痛，但左手还是像军人一样坚决地服从了命令，邱梦山咬紧牙根让全身配合，拼全力支持左手接近右手。左手不辱使命，颤抖着克服重重困难，终于与右手会合。左手用食指一点一点摸到了插在右手血管里的那根针头，然后不露声色地悄悄地把那针头拔了出来，针头开始给他身下被褥输液。

邱梦山置个人于死地的企图被那个女鬼击了个粉碎，不知为什么她对邱梦山格外的尽责，不时来查看输液情况，女鬼发现邱梦山拔掉针头，大呼小叫着中止了邱梦山的行动，重新把针头插进他的静脉。邱梦山的死亡计划破产，一切都成为徒劳。

邱梦山对女鬼恨之入骨，他就叫她女鬼。女鬼自从发现邱梦山有自杀企图后，自告奋勇向上面要求直接担任邱梦山的看护。不知这女鬼是领受了上面指示，还是天生一根筋，她把邱梦山看死了，一天到晚不离开邱梦山半步，一切都以邱梦山为轴心，其他事她只是捎带着做。她还特细心，即使离开几分钟，也要关照邱梦山对面那家伙替她看着，邱梦山再难找到让自己死的机会。邱梦山百思不得其解，他们还他妈优待战俘？为什么要给他治伤？为什么不让他死？

邱梦山绝望了，白天他不再睁开那只眼睛，他不愿意看到任何人，更不愿意看到女鬼。自从在这儿醒来，邱梦山就没正眼看过女鬼，哪怕是夜里，只要听到她的声音，邱梦山就闭上了眼睛，他不知那女鬼长什么模样。邱梦山白天闭着眼睛不是一直在睡觉，其实他一点没闲着，他开动脑筋在另找办法把自己搞死。拒绝治疗这条路堵死了，这办法死得太慢，成功概率太小。必须找到说死就死的那种法，应当快到即使女鬼发现也来不及阻止。想法是不错，可邱梦山身边没有说死就能致死的工具，光荣弹没有，他连下床的能力都没有，其他方式更不用想，邱梦山想唯一合适的方法是割脉。割脉比拒绝治疗死起来要快得多，但割脉没有工具，刀片没有、钉子也没有、连碎玻璃片都没有。

　　又传来女鬼的脚步声，邱梦山随即闭上眼睛。女鬼来给他换了药水瓶，女鬼换好药水之后没有离开，坐在床前看着他。邱梦山在心里烦女鬼，又无法赶她走，他只能在心里诅咒女鬼。诅咒之中，邱梦山忽然心头一亮，他可以就地取材，那针头多好啊！针头就插在右手手腕上，用不着去找，针头不比小刀差，划破皮割破血管绝对不成问题。邱梦山暗暗一喜，最不可能做到的那事情往往最可能做到，他把结束自己的生命当作与女鬼斗争对抗来做，你以为看着老子就不出问题？老子就偏在你眼皮子底下死给你看。邱梦山闭着眼睛精心设计方案，这个方案不是消灭敌人，而是立刻杀死自己。方案一敲定，他不露声色地开始行动。其实即使他有声有色也无妨，他脸部和左眼都受了伤，除了右眼之外他头上全都缠着纱布，有什么表情只有他自己知道，邱梦山还是十分谨慎，他这次要万无一失。

　　邱梦山又向左手下达了命令，同时让右手配合。邱梦山开始行动时离开饭还有一个半小时，他指挥左手先向右手这边运动，行动依然很困难，但左手尽了最大努力，在女鬼去打饭之前，左手提前到达了位置，并与右手接上了头，接触了针头，演练了左手如何捏住针头，确定下手位置；右手也作了配合，它们完全进入临战状态，只待女鬼去打饭，他就将方案付诸实施。

　　女鬼终于站起来要去吃饭了，她没有大意，临走又特别关照对面床上那家伙帮她看着邱梦山。或许邱梦山从不睁眼看她反让她对他抱有好奇，她对他很尽职。邱梦山听到对面那家伙在吃饭，估计他眼睛正盯着碗里。邱梦山命令右手先慢慢缩进被子里面，左手毫不迟疑地捏住了针头屁股，掀起那些胶带，没让针头滑出，直接捏住针头屁股用针尖斜面一点一点探索右手腕的静脉，确定无误后左手拼出全部力量将针头扎了下去。因为动作太慢，邱梦山感觉异常刺痛，好在脸上缠着纱布，对面那家伙无法发现。第一步成功了，邱梦山左手指感觉到了有黏稠液体从针头扎下去的地方慢慢涌出。邱梦山再次命令左手，毫不犹豫地划破皮肉，割断血管，迅速扩大战果。这事对常人来说，只要有勇气，不会太费劲，但邱梦山现在浑身动不了，手也使不上劲，这相当于要求一个脑溢血后遗症患者去参加跑步比赛。左手还是顽强地执行命令，就着扎下去那个点拿针尖往身边划，效果虽不够明显，但那撕痛证明有进展，只是痛得叫他难以忍受，痛得浑身冒汗。邱梦山喘了几口气，叫屈意识乘机劝左手停止行动，邱梦山在关键时刻看见了岳天岚抱着孩子，他们让他排除叫屈意识的干扰，毫不迟疑地命令左手继续行动。他感受到针头的针尖很锋利，左手指头感觉着针尖侧面的尖利面割破了血管，血管比肉更坚韧，反复划割了七八遍方感受到黏稠液体如泉水般涌出。

邱梦山浑身在冒汗，他感谢左手完成了任务，让右手手腕朝身子这边合过来，这样血可以流得顺畅一些，可以让床单和褥子吸收，不易流到地面被人发觉。他再命令左手归位，他想英雄死也得死出个英雄样来。两手都到位后，邱梦山平静地把眼睛庄严地合上，他开始庄严地向父母，向岳天岚，还有孩子（他还不知道是男孩还是女孩）告别，他请他们原谅，为了尊严，他不能再履行儿子、丈夫、父亲的责任，只能下辈子补偿，他要完成军人的使命，忠孝不能两全。他闭着眼睛默默地说，爹，娘，天岚，孩子，你们放心吧，我没有给你们丢脸，我也不会给你们添麻烦了，我是死在敌国战场，我死得其所，我英勇就义了……邱梦山耳畔响起了《国际歌》的旋律。

邱梦山安安静静地沿着那条黑路重新走向阴间，他感受到这条道是下坡，不是上坡，走得很顺当，也不费力气，也不艰难。他走得很舒坦，甚至有些解脱后的那种快乐，有些实现夙愿后的那种庆幸和满足。终于如愿了，再无须担心了，再不会活着回去尴尬地面对一切，再不会给天岚和孩子带来麻烦，他的生命还是可以在惊叹号中戛然而止，而不必在删节号中苟延残喘，再无须整天去揣摩去设想以后的命运，可以骄傲地向组织、向家人、向战友、向全世界宣布，我邱梦山是英雄！

邱梦山渐渐进入了滑道，不需要他再用一点力，他那身子飞快地往下滑。他感觉身子慢慢地飘起来，思维开始时断时续，那个灵魂再一次恋恋不舍地向他告别。

邱梦山似乎突然遇着了障碍，他被滞留在那儿不再下滑，他想推开那障碍，但他无能为力。邱梦山的意识已经模糊，他不明白发生了什么。邱梦山在死亡路上遇到的障碍不是别人，是对面那家伙阻止了他。那家伙吃完饭，正想要去洗碗筷，伸下两只脚在地上找鞋，两眼闲着没事，顺便捎带着朝邱梦山瞅了一眼，他倒并不是怕辜负了那女鬼的信任，邱梦山是他同胞，虽不是一个部队，但也是战友。这一瞅，瞅得他扔掉了手里的饭盆。他发现邱梦山床底下的地上有一摊血，上面还有血一滴一滴往地上滴。那家伙没顾得穿鞋，光脚丫走过来蹲到邱梦山床前，探头往床底下看，他看到血是从邱梦山的床板缝里往下滴，他再顺着血滴往上追，掀开被子，他看到了邱梦山的右手腕正在往外冒血，那个针头还扎在肉里。

那家伙没惊叫也没喊人，他先一手掐住了那割口，再拔下了那个针头，拿布带勒紧他右手腕止血。邱梦山感觉行动又被阻止，他拼命想睁开眼，看看是谁在跟他过不去。但他太虚弱了，睁半天也没能睁开眼，连一丝缝都没睁开。邱梦山感觉是对面那家伙，他想骂他，可他连张嘴的能力都没有，他感觉真要离开这个世界了，他在心里说了最后一句话，你晚了，我胜利了……

3

邱梦山怎么也想不到他会又一次失败。灵魂再一次回到他身上时，他完全陷入了绝望，那英雄气只在灵魂里留下一丁点痕迹。从茅山那个鬼地方开始他就厄运缠身，一路全是"走麦城"，再无过五关斩六将的机会，现在连死都死不成。邱梦山闭着眼睛，再也不想看到眼前的这个世界，不管是女鬼还是对面那个家伙，他一概不想看到。尤其是对面那个家伙，他恨不能把他咬死。你多管什么闲事？我死跟你有什么关系？你愿意当战俘你当去，拽着我干什么？这么活下去要付出什么样的代价你知道吗？像条狗一样活着有劲吗？

邱梦山没睁开眼，他只是在心里骂，但女鬼还是发现他醒了，她发现他尿了。她替他擦下身，邱梦山想伸手制止，但他有心无力。自从女鬼发现他苏醒后，搞不清是血流得太多，还是她给他施了什么魔法，邱梦山从那一天起，总沉陷在半睡半醒昏昏沉沉状态之中。或许女鬼给他服了药，反正他连大小便都管不了，一切只好由着女鬼随心所欲。邱梦山身子上那些窟窿眼儿都在痛，他希望那些窟窿眼儿都溃烂，烂成一摊泥浆他才好，这样就用不着他再挖空心思去想法把自己弄死。

喂！喂！石井生！你把眼睛睁开！

邱梦山十分惊奇，这人怎么会知道石井生？他认识石井生？还是他把他认做了石井生？听声音像是对面那家伙，现在邱梦山最讨厌这个家伙，比讨厌女鬼还讨厌他，拉屎都想离开他十八个麦垄沟，可他在跟他说话，而且他竟知道石井生，邱梦山却打心里不想理他。

石井生！你不睁眼是不是？不睁就不睁，你给我听着，你算什么中国人！你算什么军人！你……你那些招太臭，尿蛋才这么干！

　　邱梦山这会儿清醒，女鬼的魔法有些过劲。他奇怪，这家伙怎么一眼就把他看作石井生？而且开口竟敢这么骂他，新鲜，竟有人敢这么骂他！这辈子他还没让谁这么骂过，这是头一次，他特重视敢骂他的那种人，但他还是没睁开眼，只拿两只耳朵听着。

　　你这么干才叫背叛呢！你背叛自己的身体，背叛自己的灵魂，同样是背叛组织，背叛家庭，背叛老婆孩子！爹娘给你这条命，要你干什么？祖国给你这杆枪，要你干什么？老婆孩子在家担惊受怕受苦受累盼你在前线干什么？他们统统都指望着你给他们争气，给他们争光，你倒好，敌人没把你弄死，你倒要自己弄死自己，你摸着良心好好想想！算了，你还不能动，手摸不到心。那你就闭着眼好好想吧！你自己弄死自己，不是自认是凥蛋是什么？你对得起谁？你不照样是跪着向敌人投降嘛！我告诉你，军人可以丢脑袋，绝不丢尊严！我告诉你，真英雄不只是战胜敌人打胜仗，而且在经受失败挫折时还能像个男人活着！你既然有种敢死，为什么不跟他们斗呢？你这不是娘儿们嘛！你听明白了，他们不想你死，不是你宝贝！也不是宽待战俘，是他们俘获咱人太少，交换时数量悬殊面子上不好看，怕外国记者做文章产生国际影响。要是咱被俘人多，还给你治伤，你想得美。

　　他这一通乱骂，骂得邱梦山有点云开日出见太阳的感觉，心里亮堂了许多，那英雄气又多少复活了一些。邱梦山闭着眼细想，狗东西说得对，真英雄不只是战胜敌人打胜仗，而且在经受失败挫折时还能像个男人活着！这话精辟，经受失败挫折是比穿枪林弹雨难得多！与其自杀，为什么不跟他们斗呢？弄死一个够本，弄死两个赚一个。想简单了，自己这命这么不值钱啊！这么死等于死猪死狗，一钱不值。常言道，留得青山在，不怕没柴烧，怎么能让敌人省心痛快呢！不能这么死，得跟他们拼，邱梦山把死这念头搁下了。

　　邱梦山让对面那家伙骂得心服口服，他肯定是搞政工的，比荀水泉还能说。邱梦山让他骂得没了脾气，他忍不住睁开了眼睛，他没法扭头，只是问他有什么打算，那家伙显然被邱梦山惊了，我以为你这辈子再不睁眼了呢！想听？想听我说。那家伙左右看了看，小下声来说，有种，你就跟他们干！邱梦山说，动都动不了，怎么干？那家伙说，别急啊！他们不是在给你治伤嘛！那就治呗，快治好才好呢！治好了身子，咱才能跟他们干。邱梦山说，话是对，可咱手里没枪，能干什么呢？那家伙说，车到山前必有路，只要想干，就必定会有机会，拿手卡也能卡死人啊！这儿不只你一个人，还有这么多弟兄呢！邱梦山问，一共有多少？那家伙说，十九个呢。邱梦山问，你是哪个军的？那家伙说，我是 N 军。

邱梦山更来了疑问，他是 N 军，他怎么会认识石井生呢？于是他问，你认识石井生？那家伙说，石井生不是你嘛！邱梦山说，我不是石井生，我叫邱梦山，我是他连长。那家伙一听忍不住扑哧笑了，他说，你拉倒吧！是我亲手帮你剥下那身血衣血裤，他们让我帮你填的表，你上衣和裤子让血浸透了，但那身份表还看得清，上衣和裤子上都清清楚楚写着石井生三个字，写着你们团和连队代号，你是三班长，B 型血，没错吧？要不怎么给你输血？要血型不对，输那么多血，你不早死了！邱梦山一听急了，他较真地跟他说，可能是那天夜里突围，我们两个摸黑穿错了野战服，我真叫邱梦山，我是石井生他连长！那家伙走近邱梦山床边，弯下腰小声说，你算了吧，俘获一个班长和俘获一个连长，差别大了，他们恨不能你是团长师长呢！那是什么宣传效果？在这里官大得不到什么优待，相反会对你看得更紧。再说了，你那身野战服早烧了，那表也已经交上去了，你有什么证据证明你不是石井生？又有什么证据证明你是连长邱梦山呢？别在这儿折腾让人看笑话了，不管是连长还是班长，当了战俘，都一个样。那家伙说到这里，他自己一点情绪都没了。

邱梦山确实拿不出任何证据证明自己是连长邱梦山，而那身野战服倒是实实在在能证明他是石井生。邱梦山想到了另一个可能，他问那家伙，我们军还有谁？那家伙说，你们军只有你和那个女兵。

邱梦山一片迷茫。那家伙说，那女兵跟他一起送这儿时，已让那帮畜生折腾得只剩一口气了。邱梦山记不得自己是怎么来到这儿，但他记起他在昏迷中听到的事，是那帮畜生在糟蹋这女兵。他问那家伙那女兵怎么会落到敌人手里，那家伙说女兵叫李蜻蜓，是邱梦山他们军通信营外线兵，她跟一个战友护线遇上敌人，那一个牺牲了，她也负了轻伤。外线兵能跑，敌人没追上她，但她跑错了方向，跑到了敌人阵地那边。她躲在森林里过了三个月野人生活，到敌人向寿山进攻时，她顺着枪声想找部队，结果被他们特工抓住了。她才二十一，恢复得快，已经能下床活动了。

邱梦山又闭上了眼睛。要是不死，就得跟他们干，如果干成了，哪怕自己牺牲了，也值；可万一要是没机会干，或者有机会干没干成，或者干中间没牺牲再被他们抓获，这不麻烦了吗？顶着战俘这顶帽子回国，不管你打仗有多勇敢，不管你立过什么功，一辈子只能是战俘。当了战俘，一辈子就别想再有出息，这样不是要毁了石井生的名誉嘛！这怎么办？

到底怎么活下去，这事折磨了邱梦山三天，他在恢复真名还是将错就错顶石井生名这事上犹豫难决。他意识很清晰，自己成了战俘，这个事实永远都没法改变，尽管他心里冤，但这是命，挨上了，该着，推不脱，受什么罪都活该。假如恢复真名，这就不只是他自己一辈子窝囊，会直接连累到爹娘、天岚和孩子，他们招谁惹谁了，让他们也跟着一起背这臭名，这会让他寝食难安！若就这么将错就错，除了败坏石井生的名誉，倒是影响不了其他人。石井生是孤儿，也没有亲戚，石井生牺牲是板上钉钉，那颗光荣弹把他炸得血肉横飞，他绝对不会意外当战俘。他还想到他比石井生只大三岁，本来两个长得像孪生兄弟，现在面容也毁了，更没有人会辨认出来，即使将来死不了回去，倒不会给这个世上的任何人带去灾难和麻烦。可转念一想，这样会给石井生抹黑，邱梦山又于心不忍。邱梦山又想到顶石井生名，他就不能再做岳天岚的丈夫，也不能当孩子他爸。这比要他的命还让他痛苦。邱梦山想到这一层，心里比身上那些伤更痛。为了岳天岚和孩子，邱梦山又费了两天心思。想到最后，他问自己，除了顶石井生名偷生，他还能有什么办法不给岳天岚和孩子带去厄运？他再找不到第二种办法。现实是不管他愿意不愿意，他现在已经是石井生了，没有任何办法能证明自己不是石井生，想到最后他只能无奈地决定先顶着石井生名再说，真到了上天无路入地无门时，干脆还是让自己死掉算完。

邱梦山想好后，闭着眼默默地跟石井生交了心交了底，他把自己的打算和无奈全都跟石井生说了，他求石井生原谅，求他理解，求他为大哥暂时先受一点委屈。好在这儿没有他们部队其他人，也没有一个人认识他，不会产生任何影响。

邱梦山再睁开那只眼睛时，显得比以往精神了许多。邱梦山主动跟对面那家伙打了招呼，问了他名姓，那人说他叫周广志，是连指导员。

4

邱梦山离开战俘营去石矿，女鬼竟恋恋不舍。一早她就来到邱梦山身边，给他配了一包药。语言不通，他们没有说话。邱梦山也不想跟她说什么，自从有了那个打算后，英雄气又回到了他身上，他不卡死她是因为小不忍则乱大谋。

她却有话要说，可没办法向邱梦山表达，她一边整理东西一边偷眼看邱梦山，眼神里充满爱意。这也怪不得她，人非草木，孰能无情，她毕竟给邱梦山擦了两个多月的屎屎，她喜欢上他了。尽管她对邱梦山无微不至，尽管她熟悉了他身子的全部，但邱梦山并不感激，他不让她垫背就算是对她的仁慈了。车已经开动，邱梦山才草草地瞧了她一眼，人模样还说得过去，但在邱梦山心里，他也只能把她当敌人以牙还牙，以血还血。车载着邱梦山走了，女鬼却一直为他流泪，邱梦山没看到。两个兵荷枪实弹，把邱梦山押送到石矿。

邱梦山的伤最重，他最后一个去石矿，翻译跟他说是去水泥厂劳动，但他们只在山上石矿打石头做苦力。他们每天在石矿打眼放炮，炸出大石头，再把大石头剖成小石块，再把小石块敲成小石子，再粉碎成石粉。他们十九个人，包括李蜻蜓，单独一个石矿，五个兵端着枪看守他们。这活让他们一个个累得每天都像蔫黄瓜，累不是出力出汗，干活累苦并不怕，阎王爷给了力气，今天用了明天就来，打无名高地，攻寿山，守阴山，茅山阻击，比打石头还累还苦，但心境不一样，在这里干这种活，窝憋。

邱梦山到了石矿，除了干活吃饭，他只想一件事，怎么才能从这里逃走回国。潜逃越境计划秘密地在邱梦山和周广志两个人之间展开，这事不能声张，更不能试探，要是泄露出去，这辈子别想再见天日。邱梦山和周广志之所以不跟战友们商量，他们坚信一点，他们十九个人里，没有一个愿意当战俘。邱梦山暗自默默地谋划着，这里离边境有七八十公里，矿上每天值班虽只五个兵，但驻地有一个排，两三公里外有座兵营，驻着一个团，一个电话，部队几分钟就会赶到。从工地回到住地，待他们一进那大屋，那些兵就把大门锁死，他们再不得出来，吃饭睡觉拉屎撒尿全在这大房子里解决，连李蜻蜓也和男俘睡一个大房子里，只给她在屋角里用纤维板隔出一个小天地。李蜻蜓倒很喜欢这样，夜里她用不着担心有畜生欺负她。邱梦山觉得潜逃只能在上工期间找机会。

邱梦山注意到，石矿西侧是山脉，而且山高林密，假如能逃出石矿，只要翻过一座山，他们便可以钻进山林，进入深山密林就有希望逃离。但是看守他们的那些兵非常狡猾，在工地他们从来不挨近他们，只在高处端着枪监视。上工由他们自己去拿锤拿钢钎；收工，也让他们自己把锤和钢钎集中到一处。兵们太贼，他们手里拿钢钎和铁锤时，兵们离他们都在五十米之外，兵们从来不进工地。装炸药点炮也不让他们干，打好眼，兵们就让他们撤到一边，由兵们来装炸药点炮，绝对不让他们接触炸药和雷管。两个兵去装炸药点炮，其余三个兵荷枪实弹逼着他们蹲在一边，别说走动，谁要无故站起来都可能送命。敌人警惕性特高，押送他们上工收工都是子弹上膛，从工地到山下停车点这几百米距离，兵们都要他们解了裤腰带，双手提着裤子走，包括李蜻蜓也必须如此，生怕他们逃跑生事。要想逃出石矿，必须得先干掉值班的五个兵，邱梦山把一天中每分钟每一个做工环节梳了无数遍，实在找不出下手的机会。

邱梦山和周广志乘工地休息又凑到了一起，坐在一块石头上抽烟，谁也不看谁，他们说的话别说敌人，连周围那些战友也听不清。邱梦山说半年过去了，一点机会都没有。周广志说没办法，只能再忍，老实听话，慢慢让他们麻痹。邱梦山说那要熬到猴年马月。周广志说难熬也得熬，没绝对把握不敢冒险，这件事砂锅子捣蒜，一锤子买卖，没有第二回。邱梦山说是啊，我把一天每一段时间都排了，上工期间根本不可能，只有收工时他们挨咱们近。周广志说那就盯准收工时间好好琢磨，要有绝对把握才能下手。

晚上邱梦山和周广志又凑在一起闷头抽烟，李蜻蜓不声不响坐在远处默默地盯着他们两个。邱梦山和周广志都发觉李蜻蜓在注意他们两个，他们就只好把话打住。周广志证实了邱梦山的那个耳闻既不是阴间也不是梦中之后，邱梦山就不能再正眼瞧李蜻蜓。邱梦山不再瞧李蜻蜓并不是因为这事讨厌她，也不是瞧不起她，而是内疚。身为男子汉，还是个连长，死了也就算了，可他没死，人还活着，眼睁睁任敌人糟蹋自己的战友，却不能给她一点帮助，这算什么男人！还算什么连长！

李蜻蜓也发现邱梦山和周广志在避她，她没有不高兴，也没有主动过来接近，她似乎猜着他们在做什么。

5

十九个人照旧在兵们的看押下天天上石矿打石头，天天出力流汗，受苦受累。

那天，敌人轮到第三班看守值班。十九个人，包括李蜻蜓本人，早从敌班长那眼神里觉察他对李蜻蜓图谋不轨，那企图如狼觊觎小绵羊一样不加掩饰，李蜻蜓时刻警惕地规避着。那天收工后，邱梦山和周广志他们照旧提着裤腰，被兵们押向山下那辆卡车。李蜻蜓今天仍走在最后，走到半山腰缓坡那里，李蜻蜓停了下来，她突然大声喊那个班长。大家也都停下脚步扭头看她。邱梦山也扭了头，他撞着了李蜻蜓投来的目光，她不露声色地朝他挤了一下眼睛，邱梦山不明白她想干什么，避开了她那目光。李蜻蜓朝那个班长打了个手势，原来她要解手。班长让其他兵押他们下山，自己亲自端着枪跟着李蜻蜓往山腰间那片茅草地走去。

迟迟不见李蜻蜓下山，有个络腮胡子来了气，问周广志这种投敌变节分子管不管，他要不管他可不买她账。

来到山下，邱梦山想到李蜻蜓的目光，一下意识到她会不会在给他们创造机会？邱梦山踩了周广志的脚后跟，周广志回过头来，邱梦山朝他挤了眼睛，周广志也朝邱梦山回了个挤眼。他们来到车屁股后面，邱梦山提着裤腰悄声跟周广志说，这是机会，别上车。邱梦山说话声不大，但战友们几乎都听到了，他们虽不知道具体行动计划，但都没上车，他们从邱梦山的眼睛里看出要有事，大家一下来了精神，都拿眼睛看着邱梦山。络腮胡子倒是明白了，他替邱梦山做了回答，人家在茅草地里要跟那头驴快活呢，着什么急呢！大家就都站在车后，有人干脆就地坐了下来。那三个兵端着枪走了过来，拿枪逼他们上车。邱梦山朝周广志使了个眼色，周广志点头会意。邱梦山提着裤腰故意离开车屁股，不露声色地悄悄说，把他们干掉！周围人像听到战斗命令一样迅速进入临战状态，他们明白了要干什么，一个个暗自把裤腰裹紧。一个兵端着枪来到邱梦山跟前，拿枪对着邱梦山吼他上车。邱梦山掏出那东西装作要小便，笑眯眯地跟兵打招呼。那兵朝他挨近过来，邱梦山已经褪下裤子，他突然转身一声怒吼，把那兵吓了一个趔趄，邱梦山光着下身呼地扑过去，伸胳膊勒住那兵的脖子。周广志几乎是同时，把另一个兵按到地上。周广志喊，快把他们干掉！络腮胡子第一个反应过来，抢先冲过去对付另一个兵，把他压在身下，另一个兵开了枪，络腮胡子不再动弹，但仍死死压住敌人。其他十几个人一下明白过来，一齐投入战斗。开枪那兵见势不妙，转身就跑，邱梦山勒住那兵的脖子，两手用力一拧，只听咯一声响，那兵脑袋耷拉下来，邱梦山夺下枪，一枪把跑掉的那个兵干掉了。周广志也用右腿膝盖盖压断了身下敌人的肋骨。被络腮胡子压住的那个兵也接着被杀死，其余人分头把车上的两个司机拖出来解决掉。他们手里有了五支枪。

邱梦山又恢复了连长的架势，他当即喊，快去救李蜻蜓！这时大家才发现自已光着屁股，他们急忙穿好裤子，扎好腰带，跟着邱梦山成分散队形冲向山坡。周广志拉住两个同伴，想把中弹那个家伙一起带走，一看他已经牺牲，他们只好向山坡冲去。

山下突然响起枪声，敌人那个班长急忙穿裤子，李蜻蜓不顾一切抢到了那支 AK 冲锋枪，那班长叽里呱啦发怒，要李蜻蜓把枪给他，李蜻蜓毫不犹豫地扣了扳机，突突突一个连发，那班长身上四个窟窿咕嘟咕嘟往外冒血。周广志他们冲上山来时，李蜻蜓已经干掉了那个班长。邱梦山沉着地向大家宣布了计划，他说，弟兄们，事先没告诉大家是怕走漏消息，我们只有这一次机会。翻过这座山，前面就是深山密林，敌人肯定要追，咱们只有七支枪，子弹也不多，没法跟他们拼，只有摆脱敌人，才能向边境转移回国。大家把枪和子弹全带上，刚才牺牲了一个战友，只剩十八个人，咱要团结成一个整体，靠大家齐心，才能摆脱敌人，才能跑回祖国。咱们也是队伍，就叫特别行动队，不能没有组织领导，我当队长，周广志是指导员。老周，你有什么要说？周广志说，一切听石队长指挥，出发！

邱梦山领着特别行动队刚翻过石矿山，驻地敌人已经乘车追来。邱梦山带着队友拼命往山下树林冲去，车轮比他们腿快，邱梦山他们刚进入山谷，敌人汽车已经绕过山来，那个排剩下二十多人全部出动，拉了一整卡车。邱梦山看山谷不宽，不宜躲避，山林那边是一个高地，必须抢占制高点。他让大家穿过山林，迅速抢占高地。

邱梦山他们刚冲到半山腰，敌人也赶到了山下，一边开枪，一边向他们包围过来。邱梦山他们只有七支枪，而且弹药不多。好在这里山上到处是战壕，他们当即进入战壕。邱梦山和周广志商量，不能硬拼，以躲为主，见机行事。七支枪，邱梦山个人拿了一支，剩下六支枪分成六个小组，每组一支枪三个人，两个小组在正面抵抗，四个小组分散侧面迂回，跟敌人玩捉迷藏，偷袭抢夺武器。邱梦山率两个小组三支枪守正面，他向枪手们交代，别慌，先隐蔽好，把敌人放近了再打，没有把握不开枪，开枪就得让他死，打一枪换一个地方，把敌人队伍拆开，给其余四个小组创造袭击的机会。

邱梦山他们六个人散开，三个人拿木棍和石头，趴战壕里等候敌人接近。追敌突然不见他们人影，一下失去了攻击目标。他们不敢快速推进，也分成小组，分头向高地摸来。他们静，敌人动，先暴露的自然是敌人。邱梦山让没枪那三个人准备好，一旦打死敌人，立即冲过去缴获武器子弹。五个敌人勾着身子，提心吊胆地向山上摸来。邱梦山让枪手沉住气，敌人在明处，他们在暗处，不用着急。邱梦山把保险推到单发等候，到敌人离他只有二十米距离时他开了枪，一枪就撂倒一个。一个士兵飞蹿出战壕去缴武器和子弹。邱梦山立即跑到另一边，叭一枪，又少了一个祸害。另一个枪手也跟邱梦山学，一枪撂一个。五个敌人没怎么打，就都躺地上再也见不着他们爹娘了，邱梦山他们一下增加了五支枪。一人一支还剩下了两支枪。有了枪，邱梦山重新把他们分成两人一小组，变成三个小组，继续往高地上撤退。

敌人闻声围追过来，这给周广志他们创造了有利条件。他们摸到敌人侧面，把敌人打了个措手不及，他们也缴到了五支枪。邱梦山几个把敌人引上山来，然后再调头分开从两侧把敌人包围，打得敌人转了向，三转两转，二十多个敌人让他们一个一个全部报销，邱梦山他们却一个都没伤着。

特别行动队每个人手里都有了枪和子弹，有枪就有胆，一个个立刻英武起来。邱梦山分析，敌人肯定要来追击，不能停留，必须迅速翻山转移，进入山林。庆幸附近兵营那些兵没有追来，他们在深山里连夜潜逃，摆脱了敌人，到天亮，他们已经进入密林。奔跑了一夜，大家都累得筋疲力尽，邱梦山派出两个潜伏哨，让大家分散在树林里找隐蔽处睡觉。李蜻蜓在山里过了三个月的野人生活，她知道什么东西能吃，她带着两个人去找野果野菜。

为了避人，他们白天睡觉，夜里行动。当夜，邱梦山和周广志又领着大家向边境撤，没想到出奇的顺利，他们居然没受到任何敌人的阻击，两夜他们就接近了边境。他们的面前出现一条河，邱梦山确认，只要渡过河翻过河那边的一个高地，他们就回到了祖国。滔滔河水让他们感受到回国回故乡的滋味，想到部队想到家，他们一个个激动不已，恨不能这就游过河去。邱梦山没有激动，每到这种时刻，他总是格外镇静。他一个个核实，还好，全都能游泳，李蜻蜓也会，只是她脖子上有伤。邱梦山和周广志决定夜里过河。白天，他们又躲进山林，好好地睡了一觉。

夜黑得如锅底，邱梦山脸上头一次露出了微笑，他跟周广志说，老天在帮咱。他们在山上熬到夜里十点，开始向河边接近，仍没遇到任何障碍，顺利到达河边。十八个人背上武器，摸黑下了河。大家都把枪大背到背上，挽好裤腿和衣袖，下水开始渡河。他们游到河中心，刷！照明弹突然把河面照得如同白昼。叭叭叭……枪声四起，邱梦山和周广志顿时傻了眼，敌人怎么会在这里埋伏？原来邱梦山领着战友们从矿上一跑，敌人指挥部随即发出命令，边界全面封锁，两名特工对他们尾随跟踪，一举一动都及时报告指挥部，一切都在他们的控制之内。敌人不追击是故意麻痹他们。他们这是欲擒故纵。上面要求，不但不能让他们跑回中国，而且要不惜一切代价把他们活着抓回来。

邱梦山他们猝不及防，枪都大背在身上。没等他们取下枪，敌人已把河面封锁。河道很深，水也很急，加上他们背着武器，游得很慢，一阵枪声响过，河水中漂浮起几具尸体。邱梦山一看不妙，急忙喊，潜游！邱梦山和周广志几个快速游到岸边，他们终于踩着了河岸，在水里手脚并用快速上岸，没等他们直起腰来，河这边早有伏兵在等着他们，敌人数倍于他们，一窝蜂扑下河来，几个人按一个，如瓮中捉鳖，六个人牺牲在河中，其余十二个人全部被敌人抓获。

邱梦山真正认识到自己再不是英雄，是越境失败被敌人重新抓回战俘营之后。他们十二个人被敌人五花大绑，直接送上了一辆卡车，两小时之后，他们仍被送回了那个大房子里。十二个人回到那大房子里，一个个垂头丧气，再提不起一点精神。邱梦山和周广志更是沮丧。敌人给他们每个人都上了脚镣，连床铺都给他们撤了，全都睡草铺。十二个人躺在草铺上全都沉默。虽然消灭了二十多个敌人，但他们又牺牲了七个战友。邱梦山和周广志无话可说，想想真跟梦一样，说不出有多懊丧。

敌人新派来一个排，新来那个排长比打死那个更恶。第二天，他们十二个人分别被带去见他，见面礼是一顿毒打，打得他们一个个皮开肉绽，坐卧不得，生不如死。

敌人没让他们休息，继续押送他们上石矿干活，到了矿上工地，兵们也没给他们打开镣铐，让他们戴着镣铐干活。此后这几年之中，邱梦山感觉自己再不是自己了，原先那意气已消磨殆尽，他完全成了奴隶，敌人手里那皮鞭和木棍绝不让他们有一点自我意识，更别想反抗。邱梦山绝望地预感，这辈子再没指望了。

6

零公里处，这地名听起来带几分神秘色彩。其实这里没什么神秘，不过场地开阔一点，边界走向分明，没什么争议，非常适合进行战俘交换操作。所谓零公里处，就是两国公路衔接处里程碑上数字刻着"0"那地方。除了那块界碑外，没有任何标记，或许原有标记已被炮火摧毁。那道带刺铁丝网有齐胸高，已被挪开歪在路边躺着休息。公路很宽，但凹凸不平，坑坑洼洼，到处残留着弹坑；两边不远处有些零星房舍，也都残留着战争的创伤；那些树木倒是都重新长出新枝，山坡上杂草也已经重新覆盖了焦土，掩盖了战争的痕迹。

一早，双方红十字会人员与武装警卫早早来到现场，在边界两侧各自搭了帐篷、摆好桌子。那些男男女女虽然身穿便衣、佩戴着红十字臂章，明眼人一眼就看穿，其实都是军人。双方办公桌一靠拢，戏剧性的场面随之出现。对方桌子明显比我方矮一截，也不如我方漂亮气派；我方警卫分两列站立，如同仪仗队一样威严气派。路边农田依旧荒芜，田里搭起了几座绿色军用帐篷，有警卫严密看守；各式车辆已在帐篷外排成长队。我方一侧路边小山坡上，已经聚集着不少中外记者。我方一侧山头上，红旗在风中猎猎招展。"热烈欢迎同志们回到祖国怀抱！"、"祖国人民向同志们致以亲切慰问！"两条大红标语鲜艳夺目，把对方比得黯然失色。

天很闷热，地面温度超过四十摄氏度，警卫士兵站在那里，衣衫后背一点一点被汗浸湿，汗水在脸上像小溪般流淌，但没有一个人抬手擦汗。

我方现场指挥首长身着便装，他向中校军官示意开始。中校身材魁伟英武，带着两名翻译健步走向零公里处，对方同等人员也同时走来，双方互致军礼。我中校声音洪亮地宣布，奉我国政府命令，将俘获贵方军人交还，请他们准备接收。双方记者蜂拥至零公里处，照相机、摄像机一齐忙碌起来。对方军官同样嗓门洪亮地宣布了声明，言词与我中校完全相同。

战俘交换开始，两三分钟后，对方战俘从我绿色帐篷里走出。共三十七名，全部是男性。战俘一律着蓝灰色新衣服，每人都提着一大编织袋礼物，吃、穿、用物品样样都有。战俘们神情各异，有几个欣喜若狂，有几个黯然神伤，有几个恋恋不舍，有不少人流下了眼泪，用中国话不停地向中国军人轻声而激动地说，再见，朋友，咱们再不打仗……他们与我军方人员依依惜别，一步一回头地跨过边界。对方军人看着这场面非常不舒服，嘴里嘟嘟囔囔催他们快走。美联社、法新社、路透社等记者纷纷拍下这场面。

对方战俘过境完毕。对面一辆军用大卡车从公路一侧山坡后面缓缓驶出，至零公里处停下，车上除了士兵就是中国战俘。对方士兵们荷枪实弹跳下汽车，如临大敌般监视着中国战俘下车。中国战俘一共十二名，包括一名女兵，她就是李蜻蜓，身材苗条，眉清目秀，格外引人，中外记者一齐把镜头对准了她。十二名中国战俘穿着一式灰色服装，每人拎着一个小提袋，他们脚步沉重，迎着红旗缓缓向零公里处走来。十二个人像是早已统一了思想，当他们迈过分界线，一个个都随即脱下灰衣服，扔回对方境内，穿着裤头扑向祖国大地，连李蜻蜓也是如此，她也脱得只剩内裤和胸罩。不知是谁领头，扑倒地上号啕大哭，似要把一肚子委屈向爹娘倾诉。

走在最后的那个壮汉就是邱梦山。他刚刚越过零公里处，脱下灰衣服，揉成一团，回头掷向对方士兵。他双腿跪地，满含泪花仰天大吼，祖国啊！儿子回来了！邱梦山吼完扑倒地上，连连亲吻土地，在场人谁都不认识他。

邱梦山没有死！岳天岚要知道了不知会喜成什么样？荀水泉要知道了不知会激动成什么样？倪培林要知道了不知会惶恐成什么样？但是，他们谁都不会知道，邱梦山已经牺牲了，现在的邱梦山叫石井生。直到昨天晚上，敌人把他们带进澡堂，让他们洗澡换衣服，五年来邱梦山第一次看到自己尊容。邱梦山站到镜子前，他不禁一怔。连他自己都不认识镜子里那个人是谁，除了身体之外，他那张脸既不像自己，也不像石井生。左眼皮上有一条大疤，脸上几处都重新植皮，再加上剃了光头，完全改变了模样，脸上重新植皮后倒是年轻了几岁。他松了一口气，就是站到岳天岚和荀水泉面前，他们也无法从他身上找出邱梦山一点影子。只有一处仍保留着邱梦山的标记，胸脯上那块虎形胎记依然保留着原貌，里面的那些绒毛也一根不少。

十一名男俘被警卫带入一个帐篷，李蜻蜓被女兵带入另一个帐篷。他们都换上了新式军装，但没有领章、帽徽和肩章。换好衣服，李蜻蜓也被带到男俘帐篷内，一位上尉军官开始点名。

李蜻蜓。

到！李蜻蜓声音清脆，她很激动。

周广志。

到！周广志声音低沉。

石井生。

到。邱梦山这声到有气无力，人家叫他石井生，他怎么听怎么别扭，没了刚过境那气势，面对自己部队的领导，他脑子里一片空白。

7

卡车载着邱梦山他们十二个人离开零公里处，十二个人心里一片茫然，面前的道路完全陌生，他们不知道路那头等待着他们的将是什么，他们一个个木呆呆地随着车摇晃，相互间没有一句话可交流。卡辆开进一个部队小院，十一个男人被安排在一间大屋，李蜻蜓享受特殊待遇，一个人住单间。

第二天，几个兵端着枪把他们送进一个教室，教室里摆满课桌，他们像考生一样，一人坐一张课桌。邱梦山一点没有回到祖国、回到部队的那种喜悦，像个空壳坐在课桌前。这一身军装没帽徽领章本来就活像拔了毛的鸡让他提不起精神，再让自己部队士兵押着进教室，他那股英雄气像扎了窟窿的车胎，全泄光了，脸上只有随时听从别人驱策的奴性。

一位少校给他们训话。看着少校的新军服，尤其是两杠一星的肩章，真威武，邱梦山心里十分羡慕。要是不被俘，他也早该提营职扛两杠一星少校肩章了。要是穿着少校军服回家，跟岳天岚走上街头，那是什么心情。邱梦山遐想着，面部肌肉顿时松弛开来，他自己都感觉到他已经面带微笑，那微笑从心底发出，浑身都舒坦，这种感觉与他隔绝五年了。不知是少校发觉了邱梦山在笑，还是感觉这教室里气氛不够严肃，他顺手拿黑板擦敲了敲讲台。这一敲，当即把邱梦山敲回到战俘的猥琐模样。

少校说他们过去或许为保卫祖国出过力，负过伤，流过血，有人还立过功，但是，他们被俘了，当了战俘。他们如何被俘，组织不知道，他们部队不知道，他们家庭也不知道，只有他们自己知道。他们已经离开祖国好多年了，在当战俘这些年里，他们又干了什么，组织也不知道，他们部队也不知道，他们家人也不知道，也只有他们自己知道！他们必须向组织交代清楚！实事求是，态度必须老实……

少校前面几句话，让邱梦山心里热乎起来，但是之后，他那颗心一点一点凉下来，真实意图一般都在但是这个转折之后表达，但是之后，不只是口气变了，关系也变了，他们真切地体会到了战俘在别人眼里是什么样的人，尤其是那句必须老实交代，让他真正尝到了战俘的滋味。他们明白自己脸上应该保持什么样表情，也明白自己说话该是什么语气什么态度，现在该怎么样坐，往后该怎么样走路，该怎么样面对领导，该怎么样面对周围所有的人。

邱梦山一个倒跟斗又翻到五年前战俘营病床上醒来那一刻，各种忧虑、悔恨、无助再一次重新弥漫在他心头。少校让他记住了，他现在是战俘，而不是什么战斗英雄。

少校讲完话，一个少尉和一个中尉随即行动起来，中尉发给他们一人一张表，少尉发给他们一人一沓卷宗稿纸。邱梦山拿起表看，被俘归来人员登记表，尽管邱梦山心里非常清楚自己是战俘，但看到这张表时，心头还是为之一怔。他这辈子填过各种表格，入伍表、入党申请表、干部提拔晋级表、立功嘉奖表……万万没想到，这辈子他还会填写这种表。这张表让他内心刷地灰暗下来，刚露出的一点曙光，扑哧灭掉了，心里暗得如一团墨。

少校给他们布置作业是道难题，做起来很不轻松，他们在这教室里整整做了一天。中间吃午饭，吃完午饭再回到这教室继续做作业，这作业比在那边石矿打石头轻松，但让他们难堪。他们要把一辈子都不愿再想的那些事，重新再细细回想起来，把已经愈合的伤口，统统重新撕开，那痛苦更甚于当初。

邱梦山的那卷宗写了近三十张纸，五年间所作所为所思所想，全部如实地用一个个工工整整的汉字记录下来，一点不予遗漏。名字是石井生，行为全部是他邱梦山所为。当他写完后重新检查时，他简直就是在看自己的心灵史，他被自己感动了，忍不住流下了眼泪。

三天之后，他们转入了个别谈话。谈话官员级别数邱梦山那位最高，那位少校亲自和邱梦山谈，除了少校，还有两名军官陪同做记录。谈话内容分两个单元，第一单元，回答少校对他自己的所有提问；第二单元，对其余十一个人所有行为，分别一一汇报。少校开始先介绍了政策，对本人政策是，坦白从宽，抗拒从严；对别人行为态度政策是，检举立功，隐瞒同罪。

少校跟邱梦山谈话之后，邱梦山感觉他额头上多了一样东西，那东西很沉很沉，沉得让他抬不起头来，连脊梁也弯了许多。他慢慢品出，压在他额头上那东西只两个字，这两个字叫：战俘。战俘这两个字让邱梦山不能再是邱梦山，石井生也不能再是石井生，无论叫什么名字，他都不会是他原本那个人了。邱梦山按少校要求，坦直诚实地完成了这两项作业。

少校再一次跟邱梦山谈话是近一个月之后。这一个月中他们天天学习，他们很喜欢学习，也很需要学习，这些年来，他们对国内情况如同隔世，他们几乎什么都不知道。因此，他们学习非常自觉，完全不是应付。一个月学习下来，他们方知这场战争已经结束，参战部队都已回到原来驻地，现在边境由边防部队负责守卫。他们还知道国内经济已经腾飞，老百姓的生活巨大提高，国泰民安，一派祥和。一个月的学习，邱梦山的最大收获是改变了开始的想法，他在心里安慰自己，幸亏没死。

少校再跟邱梦山谈话，口气和态度跟刚开始有天壤之别，那声石井生同志，让邱梦山感受到了一点温暖。少校肯定了他的一切表现优秀之后，再向他介绍了上级关于被俘归来人员的安置政策。邱梦山瞪大了眼，两耳朵竖了起来，少校每一句话都关系到他后半辈子的命运。

少校说根据他被俘和被俘后表现，对照现行政策规定，他属于一般被俘人员，符合总部《关于被俘归来人员处理办法》第一条第一款精神，他作战中表现较好，因身负重伤，失去反抗能力而被俘，被俘后立场坚定，积极组织对敌斗争，保持了革命军人的气节。所以，他可以恢复军籍、党籍、并给予表扬。他身体也没有问题，可以继续回部队工作。

邱梦山简直不相信自己的耳朵，这可能吗？当了战俘还能回部队？是不是听错了？邱梦山心里的疑问脱口而出，少校笑着朝他点了点头，从包里拿出文件递给了邱梦山。邱梦山使劲眨了几下眼睛，啊！没有错，是红头文件，邱梦山疑惑地傻傻地看着少校。少校完全理解他的心情，和蔼地说，这不是梦，是现实，咱们党和政府很关心被俘人员，政策更科学、更人性化了。

一股暖流从邱梦山的心底涌出，他像儿时投入母亲怀抱一样感到舒服幸福。文件上的文字在他眼前模糊了，眼泪涌满了他的眼眶，他没想到国家政府和部队领导会这么关爱理解他们，他们被俘后还可以回部队继续工作，他冤死了，要是石井生不穿错他的衣服，他可以正大光明地回摩步团，至少可以提副营长，挂少校军衔，享受他该享受的那些荣誉，继续光宗耀祖，要是岳天岚没有改嫁，他立即可以与岳天岚和孩子团圆，要是岳天岚嫁了人，他也可以名正言顺地把孩子要过来，同样可以享受天伦之乐。但一切都没法改变了，他在那边已经顶着石井生的名字生活五年多了，人们只认他是石井生，那张被俘归来人员登记表上也填了石井生，那三十多页卷宗上也是按石井生身份写了被俘的过程和五年的经历，石井生是士兵，在战场只火线代理过排长，火线提干要是不予承认，他早超过士兵服役年龄，只能复员回乡；即使承认他的代理排长，他也只是个少尉军官，至多提个副连级中尉。可是这能改吗？依据是什么呢？他现在的模样变得既不像他邱梦山，也不像石井生，谁又能替他证明？石井生牺牲了，荀水泉还不知在不在世，倪培林要是还活着更不希望他是邱梦山，退一万步说，即使可以改，一切都得重新改过来，这能行吗？怎么向组织说得清呢！

邱梦山这一番思想权衡，泪一流出眼眶便不可收拾，像断线的珍珠扑簌簌一串串往下掉，心里的酸一个劲往上顶。少校以为他是激动而泣，殊不知邱梦山心里还隐藏着这么大一个秘密，他当然体会不到邱梦山此刻的心情，说出的话便无关痛痒。他说政策好了，人道了，讲科学，讲实际了，战俘也不是自己要当，何况像他更没愧对组织，虽然当了战俘，他仍然是优秀军人。少校说他有权利选择，可以回原部队继续工作，也可以就地复员回家乡。他确定之后，他们再连同档案和意见移交给原部队。回原部队后，再重新进行评功评奖，重新任职。根据他的表现，少校建议他回原部队继续工作，他火线提了干，而且在茅山阻击中指挥全排进行了作战，在越狱战斗中也是主要策划和指挥者，应该可以承认火线提干，可以定副连级。少校让他别着急，慎重考虑一下，过两天再告诉他选择结果。

8

总部那个被俘人员处理政策把邱梦山整整折腾了一宿，组织上能给他恢复一切，说明他这种战俘身份对爹娘和家庭不会有什么影响，也不会给岳天岚和孩子带来不幸和麻烦。他的思绪信马由缰地疯狂奔跑起来。他头一个想到岳天岚，他顺着政策按逻辑推断，既然他可以回部队继续工作，他就仍是中国人民解放军的一名军官，就有权利跟岳天岚再做夫妻；要跟岳天岚继续做夫妻，他必须先恢复真名。假若恢复了真名，他就已经八年正连，起码可以提个副营，他自信，只要给他舞台，只要给他机会，他一定可以让人生重新变得灿烂辉煌。邱梦山再无法平静，他立即想到授衔，佩上少校肩章，想到回家，想到团聚，即便岳天岚已经改嫁，也可以让她离婚，她不可能不爱他。再想到与父母重逢，他激动得恨不能立即去找少校，告诉他他已经决定回原部队工作，而且要恢复真名。

一想到恢复真名，邱梦山立即又矛盾起来。恢复真名，必须把一切都改过来，他得先向十一名战友解释清楚是怎么回事，再向少校坦白真情，再让那些表格和卷宗全部作废，重新填表，按邱梦山的身份重新写战俘过程和五年经历，边防部队也要重新跟原部队联系核实，甚至要让原部队派人来，再重新组织人对他进行审查。假如荀水泉和倪培林都不在了，谁能给他证明？还有个问题，十一名难友给他写那些证明材料也都要作废重写，这样等于他欺骗了难友，欺骗了组织，欺骗了领导，这怎么办？组织上会不会原谅他呢？这不是罪上加错嘛！他还有个疑问，政策是好了，可部队能不能真正对他们一视同仁？还能不能照样信任他们。他躺床上横着想竖着想，顺着想倒着想，想得头裂开来地痛，还是没能拿定主意。

第二天是清明节，邱梦山想到了连里牺牲的那些战友，听说栗山建了烈士陵园，他当然要去给牺牲的战友扫墓。领导觉得他这愿望很好，准了他假。

邱梦山故意避开扫墓高峰，拖到下午近四点钟才踅进栗山烈士陵园。烈士陵园里除了那个看门老头，已经没人在扫墓。邱梦山舒了一口气，他一排一排、一个墓碑一个墓碑挨个寻找。他发现人死了也还要排座次，次序按职务高低和战功大小排列。邱梦山想，这不过是弄给活人看，死了那人能知道什么。从第一排找到第五排，没找到他们连一个墓碑，他怀疑他们连战友没埋在这里，是否还有别处烈士陵园。邱梦山向右拐找到第六排，他刚朝第六排迈出左脚，哐当！他像避弹片一样敏捷地抽回脚蹲到柏树旁。那不是岳天岚嘛！她跟一个男人领着一四五岁小男孩正在一个墓前祭奠。邱梦山没敢犹豫，蹲下身子迈着鸭步急忙离开。他迈着鸭步一气走过三排坟墓，在柏树丛边坐下。坐下喘了两口气，他又冒出另一个念头。他们这是在给谁扫墓？难道这里有他的墓碑？刚才连岳天岚的脸都没看清，算起来自己死五年多了！她现在是什么模样？那男人是谁？她改嫁了？那孩子也没看清，是他儿子？得去看个仔细。

邱梦山再次按捺不住内心的欲望，他仍旧蹲下身子迈着鸭步回到第五排，隔着一排松柏再继续迈着鸭步沿第五排墓道接近他们。邱梦山听到岳天岚在哭诉，邱梦山不敢再挨近过去，这可开不得玩笑，尽管他已一点不像他自己，但万一要是让岳天岚看出，能把她吓死。还有她身边那个男人，假如是她新丈夫，他出现就等于点爆原子弹，往后日子怎么过下去，还是先回避的好。邱梦山趴到旁边一个坟墓边，五体投地般趴地上，只支起两只耳朵听着。

梦山！我带儿子看你来了，继昌五岁了。邱梦山听到儿子两个字，忍不住抬起头来，迫不及待地从柏树丛缝隙里往那边瞧。啊！真给他做了墓，还立了碑，上面刻着战斗英雄邱梦山烈士之墓！岳天岚还跟五年前一模一样，还是那么美丽，只是满脸忧伤，比过去瘦了一些。再看她身边那个男人，不比他矮，只比他瘦弱，她嫁了他？邱梦山心里有一千根针在扎。

梦山，儿子像你，很聪明，也很犟，我让他跟你说话。继昌，过来跟你爸说话。岳天岚拉过邱继昌。啊！这就是儿子！邱梦山激动得两只手颤抖起来。邱继昌跪到邱梦山墓前，先磕了三个头，然后对着他的墓碑说话。爸爸，你一次都没领我玩，幼儿园同学说我没有爸爸，骂我是野种，我打他们了……泪水模糊了邱梦山的视线，他在心里喊，儿子啊！你爸没有死，你爸我就在这里啊！你告诉那些小朋友，你爸叫邱梦山！邱梦山是英雄！邱梦山真想冲过柏丛，扑过去双手把孩子抱起，紧紧地贴到胸前。他要跟儿子一起到幼儿园，向他那些同学宣布，我就是他爸爸，我叫邱梦山！我是战斗英雄！可是他不能啊，他现在是石井生，他不是英雄是战俘哪……

梦山，儿子给你背一首诗。继昌，给你爸背那首诗。邱继昌真就跪到邱梦山墓碑前背诗。爸爸，妈妈写了一首诗，我背给你听。太阳终究会失去光芒，地球有一天也会消亡；即使大海干枯、哪怕喜马拉雅崩塌，你永远活在我们心上……

邱梦山心里一阵阵绞痛，岳天岚让他日思夜想，如今就在眼前，可他不能见她；儿子让他揪心揪肺，只隔一道柏丛，可他也不能去认他，不能去抱他。邱梦山再不敢抬起头来看岳天岚，也不敢抬起头来看儿子，痛苦无法排泄，一齐涌到他的两只手上。那两只手在颤抖，他把它们深深地插进泥土里，他拥抱着身下的坟墓，顾不得这坟墓里埋着谁。

那男人终于开了口，天岚，咱们走吧……天岚！他叫她天岚！他替代了自己！邱梦山忍不住抬起头，他看到岳天岚和儿子再一次给他磕头，他那颗心已经碎了。他听着脚步声在离他远去，他管束不住自己抬起身子，从柏丛上面朝他们望去。岳天岚走在左边，那男人走在右边，儿子走在中间，岳天岚和那男人一人拉着邱继昌一只手。邱继昌很开心，他一蹦一跳地走着。他们成了三口之家！他心里好酸好酸。

邱梦山身不由己地站了起来，两条腿情不自禁地朝那个方向迈开了脚步，急匆匆地走起来，他仿佛怕岳天岚离他而去，走着走着他竟小跑起来。岳天岚突然扭过头来，邱梦山呼地蹲了下来，也不知岳天岚看没看到他。邱梦山拿拳头捶自己的头，岳天岚已经是人家老婆了！邱梦山两条腿软了，他一屁股坐到地上……

邱梦山站在自己墓碑前，心里说不出是什么滋味。他有一点庆幸，所有死者都不会知道自己的身后事，他却知道。面对墓碑，他没有愧疚，心里非常坦然，他觉得自己无愧于这个称号。问题是他并没有死，碑却立在这里，他很不安。他人活着，而在岳天岚、儿子和爹娘心目中他已经死了，在组织和全连官兵那里他也死了，可他现在却站在自己的墓碑前。他两眼一扫，旁边是石井生的墓碑。邱梦山不由惊骇地想到，他要是顶石井生的名，石井生的墓与碑很快就会被掘掉。什么都想到了，却没想到这件事，这怎么办？邱梦山扑通双膝跪到石井生墓碑前，他默默地跟石井生说，井生，我回来了。我也没想到我怎么没死……突围那天夜里，你怎么真就穿错了衣服，到了那边，没人能给我证明，我就成了你。后来想这样可以避免给你嫂子和侄儿带来厄运，我也就认了。回来后，没想到政策好了，我可以继续回部队工作，我想恢复真名，不给你抹黑。可是，我刚才看到，你嫂子她已经嫁别人了！我心里好痛啊！我怎么办啊……

从烈士陵园回来，邱梦山琢磨来琢磨去，觉得这事得探探少校的口气。邱梦山斗胆主动找了少校，提出了一个疑问，问他他要是回部队，组织和领导还能不能跟过去一样信任他。少校只以为邱梦山在回原部队还是就地复员这个问题上犹豫，他坦率地告诉邱梦山，按政策和他战场表现，回原部队继续工作没有问题，也可重新评定功绩，但要像过去那样把他当英雄来信任和提拔重用，也许不大可能，他一切都仅仅是恢复，档案里有被俘记录。再说，政策是政策，观念是观念，领导和战友们对他也不可能与原来一样。至于回去能不能承认提干，能不能定副连，评什么功，都要部队党委报请上级审定批准。少校还让邱梦山要有心理准备，他年龄毕竟偏大了，不大可能得到重用，但这关系到他一生的命运，请他慎重考虑后再决定。少校建议他还是回原部队比较好，回部队后若觉得不如意，还可以申请转业或复员。

少校这些话，把邱梦山心里刚恢复的那点英雄气一扫而光，让他冷静下来。少校这话是实话，政策是政策，实际是实际。他笑自己有点异想天开，太天真太幼稚。知识青年上山下乡，自觉下去那些都成了农民，耍滑头装病那些都留城市就业安排了工作。再不能抱任何侥幸心理，到时候后悔已来不及。上一代人都有过深刻教训，是他自己心有不甘把事情搞复杂了。再说岳天岚已经改嫁，他们一家三口过得挺好，他若恢复真名，手续复杂难办不说，这叫岳天岚怎么办？儿子怎么办？假若借石井生名，他反倒可以以连长兄弟身份认爹娘，照顾赡养爹娘。也可以叔叔身份照顾儿子，以叔嫂关系与岳天岚相处。思来想去，邱梦山泄了气，当战俘已够窝囊，再要折腾这事，他可真臭名昭著了，还是顺其自然听天由命算了。第二天他向少校汇报，决定回部队继续工作，名字这事他只字没提。

十一个人去向都已明确。周广志原来是指导员，他决定回原部队。其他人中的干部都决定回部队继续工作，士兵都选择就地复员。李蜻蜓是士兵，她不想再回部队，也不想要什么荣誉，这种荣誉只能毁她一生。她感觉自己有点像莫泊桑《羊脂球》里的那个妓女，一切东西她都牺牲了，可牺牲之后谁又能理解她呢。她决定复员，她爸是某军保卫处副处长，她想回去找一份工作，安安静静地生活。邱梦山对李蜻蜓抱有一种特殊的战友情感，他完全理解她，他想给她一点安慰，但面对她他又什么也说不出来。

9

石井生回团的消息传到摩步团，没产生多少新闻效应。团长早已不是原来的团长，李松平当了政委，五年之中他已经升了两级，团营连干部差不多换了两茬。团里接到边防部队公函，李松平开始很紧张，拉光荣弹牺牲了，怎么还会活着呢！看了边防部队寄来的那些档案材料，石井生是昏迷后被俘，被俘后很坚强，继续跟敌人斗争，没损害摩步团的声誉，心里的石头才落了地。

边防部队反映石井生在战场曾代理过排长，他本人也要求同原部队工作，鉴于他作战英勇，被俘后表现积极，建议承认火线提干，回原部队安排任职，重新评功评奖。为慎重起见，请摩步团去人接他回原部队。

听完政治处汇报，李松平眉头皱成了一个疙瘩，他感觉事情重大，凭他个人经验，重大事情别一个人扛，应该集体研究共同承担。他让政治处主任准备好情况，上常委会研究。常委会开得十分沉闷，大家原则上同意向上级请示，承认石井生火线提干，拟定副连级、军衔定中尉，承认他立二等功。议到派谁代表部队去领石井生时全都沉默了。接英雄谁都愿意，接战俘不是光彩的事，这种事多一事不如少一事。任务应该属于政治处，可主任摆了一大堆困难，忙得恨不能让司令部去几个人帮忙。李松平一看大家的情绪，也没逼政治处，干脆把任务往下推，他说政治处要是抽不出人，那就让连里去人，他不是一连人嘛，就让倪培林去吧。

　　团常委会决定派倪培林去领石井生时，倪培林正让喜事喜得牙痛。倪培林在李松平这里是双喜临门，升任指导员是一喜，第二喜是倪培林被师童政委相中，要招他为女婿。升官，又要做师政委的乘龙快婿。在外人看来，倪培林自参加英模报告团后就红运当头。两个月的报告下来，他不是英雄亦成了英雄，驻军和地方没有人不知，没有人不晓。宣传邱梦山引发的那些反思，让他夹着尾巴做人，反过来又帮了他，成了全优学员，回到团里直接到政治处当了宣传干事。心里那块病像让人掐着把柄，他凡事不张扬，谨慎做人，扎实做事，谦虚待人，这又帮他结了人缘。他和新闻干事合作，围绕学英雄见行动主题，接连写了几篇大块文章，在军区报纸和军报发表，深得领导欣赏，可谓春风得意，平步青云，当了三年干事直接提到摩步一连当了指导员。摩步一连本来就是英雄连队，又出了两个英雄，一宣传一造势，摩步一连就叫得更响。师里童政委去一连视察，倪培林刚上任不久，好在他当兵就在一连，光荣历史他熟悉，对邱梦山和石井生的事迹更了如指掌，给师政委汇报，他完全用不着准备，出口成章。小伙子让童政委产生了兴趣，年轻，机灵，聪明，俊气，上过战场还立过二等功，硬件都不错，是块材料，造就好了有发展前途。休息时，童政委跟李松平聊，知道倪培林还没结婚，暗示之下，李松平当晚就把倪培林叫到宿舍，把童政委有意要招他做女婿这美事告诉了他，童政委的女儿童欣是军医大毕业，在当地野战医院当医助，算不上美女，但皮肤特别白嫩，倪培林听了却一脸愁苦，李松平问他是怎么回事，倪培林要是实话实说就好了，但他没说实情，推说自己农村出身，父母都没文化，几代都是农民，条件太悬殊，不配做政委女婿。李松平悬起的心落了地，说他也别谦虚过了头，人家甘愿要下嫁，是喜从天降，福随梦来，全师连排干部谁不想做师政委女婿，怎么还犹豫呢！李松平急并不是替倪培林着急，他是替自己急。童政委把事情托付给他，是对他的信任，也是看得起他，让他做这个现成媒人，从上下关系角度看，这是领导交办的任务，而这种任务不比其他任务，这是天上掉馅饼，走路踩金条，既美又容易，将来说起来他是政委女儿的媒人，再往上爬高脚下就有了台阶。再回过头来说，师政委主动把自己千金嫁给部下一个农村兵，这种现成媒人还办不成，那他还能办什么事呢？

倪培林看出政委有点急，但他心里已经开了战，他既不能随口说出真情，又没法一口应承。他只好求团政委宽限两天，他要跟爹娘商量一下。李松平当然很不高兴，都什么年月了，自己的婚姻还要听父母安排。倪培林没了话，只好闷着头。李松平看他这么一副模样，气不打一处来，可人家也是指导员了，又是终身大事，也不好太过强逼，强逼了传出去让童政委知道，又是麻烦，只好缓一步，让他抓紧时间跟家里联系，他爹娘定准高兴得要给祖宗烧香磕头。

倪培林从李松平家出来，他没有直接回连队，而上了金顶山，这事让他好为难。荀水泉离开部队时给他介绍了依达，正中倪培林下怀，当初跟踪石井生和依达时他就嫉妒死了，再说依达美丽单纯，感情专一，这辈子能找这么个妻子，也就心满意足了。再想，如果跟依达结婚，也算是对石井生尽了战友之情，等于把石井生的重托落到了实处，他可以替他加倍地照顾依达，加倍地爱依达。三年通信已经瓜熟蒂落，上次借探亲机会，专程去看了依达，两人敲定八一节来部队结婚，然后再把依达调内地，倪培林没石井生那么本分，探亲期间一激动两个已做了夫妻，这可让他怎么跟政委开口？

倪培林人坐在金顶山上，魂却出壳四处漫游。他直觉要是拒绝童政委，童政委会气疯。人家一个堂堂大校师政委，没计较他农村出生，把女儿嫁给他，他却要拒绝，这不仅仅是他和团政委两个不听他的话不执行他的指示，而且对师政委的权威和地位也是一种蔑视和嘲讽。这等于指着他鼻子说，大校怎么啦？师政委怎么啦？军医大毕业怎么啦？老子不喜要！这不把童政委气歪嘴才怪。得罪这么高的首长会怎么样，倪培林心里很清楚，童政委要是想治他，如同玩一只蚂蚁。更何况自己屁股底下还坐着一摊屎，要是随口答应童政委，那就坑害了依达，怎么向依达交代，他们已经做了夫妻，依达如玉一样清纯，石井生是真君子，他真没有动她。倪培林在金顶山上坐到熄灯号响，也没坐出个结果。

第二天刚吃完早饭，政治处来电话要倪培林上午到团里去一趟。倪培林很紧张，他以为李松平又让主任催他那事，他做梦也没想到，石井生还活着，而且要他去边防部队接石井生。倪培林在政治处主任那里接受完任务，什么也没说，他心里乱成了一锅糨糊。从团部到摩步一连，至多一千五百米，倪培林两条腿量完这距离，心里那锅烂糨糊竟结成了一坨冰，浑身透心的凉。石井生怎么可能没牺牲呢！他亲眼看着那颗光荣弹爆炸，把他身子都炸哗啦了，可他竟还活着，太不可思议了。他要是活着，当时他就没死，也许他就知道他撇下连长逃命的事。这丑事要一揭底，他这辈子就完了，别说当政委女婿，这身军装都穿不住了，悲惨的下场怎么设想都有可能。退一万步，就算石井生不知道这事，依达怎么办？他已经跟她做了夫妻，石井生不杀了他才怪。倪培林想得脊梁沟里一阵阵发凉。

倪培林回到连部像得了病，一点生气都没有。文书问他怎么啦，是不是病了？倪培林说他快要死了，文书让他说得一哆嗦，好好一个人，怎么说胡话，看指导员并不像发高烧，只当是开玩笑。倪培林在办公桌前默默地坐了整一个小时，做不做童政委女婿，石井生知不知道那件事，依达怎么办，尽管一团乱麻，可他得理；不是虱子多了不怕咬，问题是倪培林他经不得咬。倪培林想他不能把这些事情都扛肩上，那会压死自己。掂量来掂量去，还是做童政委女婿这事好卸一些，骗谁他也不敢骗童政委。他果断地给李松平打了电话，李松平问他是不是跟爹娘商量好了，倪培林说这事用不着跟爹娘商量，首先感谢童政委，这恩情他一辈子忘不了。李松平让他少说废话，以后好好孝敬童政委就行了。倪培林说他孝敬不了童政委，他已经跟依达商定好，八一节就来部队结婚。李松平问他依达是谁，倪培林告诉他依达是石井生的未婚妻，石井生临牺牲前托付给了他。李松平气得拿着电话半天没能说出话来，弄半天是他官僚，他大包大揽，他信口雌黄蒙了童政委。倪培林没等李松平缓过劲来骂他，说声谢谢就把电话扣了。

第七章

天 官

1

只要心诚，石头也会开花。奶奶跟徐达民说这句话时，徐达民还没上学。奶奶看着他身上一块块青紫说了这句话，徐达民一直把它记到今天。开始他不信，石头没有叶也不见根，它怎么会开花呢？徐达民上学上到初中时，他信了。徐达民妈是后妈，亲妈他已经记不得模样了，但后妈却常常让他想亲妈。后妈说话软声细气，从不骂他也不吼他，更不打他。后妈那手也细皮嫩肉，柔软得很。只是在没第三个人在场时，后妈那手一挨着徐达民的皮肉就变成了老虎钳子，掐他跟撕他皮肉一样痛。这是个秘密，只徐达民自己知道，连他爸都不知道，因为后妈掐他时，一边掐一边总会悄悄地嘱咐徐达民，他要是敢告诉他爸，她就弄死他。徐达民不想死，他就只好忍。他爸不知道，不只是因徐达民不说，他爸在跟前时后妈总给他水果吃，总慈母般叫他达民。一次徐达民实在忍不住把身上的青紫掀给他爸看了，他爸问了他后妈之后，却拿眼瞪徐达民，险些就要抽他耳光，硬是让后妈拦住才幸免。他爸警告徐达民，下次再撒谎，再要是在学校惹祸打架还赖他妈，他就把他扔井里。后妈一边帮他抹碘酒，还一边劝他，要是在外面被人欺负了就告诉她，她去帮他报仇，可别再撒谎。从此，他

191

爸竟不再喜欢他，只喜欢他后妈生的妹妹，把他送到他亲姥姥家住。徐达民再不敢跟爸说这种事，只跟奶奶说，只给奶奶看。后来奶奶殁了，无论后妈怎么掐他，他只是忍着，实在忍不住了就躲起来偷偷哭，一边哭一边想他亲妈。

后妈突然不再掐他反而像对亲生女儿一样对徐达民，是徐达民救了妹妹。妹妹突然贫血，检查确诊是再生障碍性贫血，医生说孩子小，好得快，坏得也快，唯一的办法只能做骨髓移植，他后妈骨髓不行，徐达民爸骨髓行，但他爸也贫血。后妈急得要死，想呼吁社会救助。徐达民不声不响去医院做了试验，结果他合适，徐达民就给妹妹做了骨髓移植。徐达民救妹妹并不是怕后妈，她是他妹妹，割他的肉他也用不着别人劝说。这件事在后妈心里闹了大地震，她走投无路时，去庙里求了菩萨求了签，解签先生说她女儿有灾，敬告她对儿子要好一些，将来儿子会发达，她要靠儿子养老。后妈听了心惊，她一直偏着女儿，恨不能让徐达民死。后妈不信人信菩萨，从此真心诚意把徐达民当儿子待。徐达民这才觉得奶奶这话是至理名言，后妈这块石头真开了花。

徐达民遭岳天岚的拒绝后心里比后妈掐他还痛，他自我感觉一直良好，没想到岳天岚会拒绝他，他很不甘心。徐达民越不甘心，越放不下岳天岚。感情这事往往悖常理，县城漂亮女孩子多得很，可徐达民唯独钟情岳天岚，看她一眼都舒服。他每天忍不住绕道去中学，一天看不见岳天岚就觉得生活没意思。徐达民再次想起奶奶这句话，他决定再在岳天岚身上试一试。

他把统一战线扩大到荀水泉夫妇那里，徐达民并不松懈，他只当是万里长征刚走完第一步。徐达民发现岳天岚下班比机关晚，每天下班头一件事便是到幼儿园接儿子，他还发现邱继昌是岳天岚的命根子，徐达民终于英雄有了用武之地，从那天起，他天天在岳天岚之前去接邱继昌。开始邱继昌不认他，哄小孩子他还用不着呕心沥血，两样玩具，三包"上好佳"就让邱继昌叫他叔叔了。再继续投资，没几天开始叫他好叔叔，不久就叫他亲叔叔。徐达民接邱继昌回家，从不与岳天岚照面，他把邱继昌送到家，然后在一处躲着，看到岳天岚回来，他再离开，他不是要做给岳天岚看，而要让她感受他的真诚。开始，岳天岚问儿子是谁接了他，儿子说是叔叔。岳天岚问他叔叔叫什么名字，邱继昌说不知道。岳天岚就让儿子问叔叔名姓，徐达民就故意不告诉邱继昌名姓。岳天岚猜到是徐达民，她不想让事情这么发展下去，她明白，徐达民这是在放人情债，让她欠债，这种债欠多了还不起。岳天岚那天没课特意提前赶到幼儿园，没想到邱继昌在跟小胖打架。老师在验收当天作业，让小胖背新儿歌，小胖比较笨，只背出两句，老师让邱继昌背，邱继昌流利地背了。小胖就哭，一边哭一边骂邱继昌是野种。邱继昌没有哭也没有骂，他不声不响地走过去，突然抱住小胖肩膀狠狠地咬了一口，给小胖肩膀头上留下了四颗牙印，牙印咬得很深，出了一点血。小胖哇地发出一声尖叫，小胖晕血，立时就摇晃着一身胖肉倒在地上。小胖他妈看儿子被人咬了，扑过去挥手给了邱继昌一记耳光，五岁孩子哪经得这耳光，邱继昌被打倒在地。徐达民在岳天岚之前赶到，他被小胖妈惹怒了，其实小胖他爸单良是徐达民同学，只是小胖和他妈都不认识徐达民。徐达民手指差不多戳着小胖妈的鼻子，吼她简直是泼妇，怎么能跟五岁孩子一样呢！小胖妈不是善茬，拉着腔说，帮寡妇也得看人，人家可是英雄的妻子，可别羊肉没吃着惹身骚。徐达民一急说，我就是邱继昌的爸，打孩子得负责任。岳天岚听到了徐达民这声吼，心里不免一怔。邱继昌爬起来哇地扑向妈妈，岳天岚要跟小胖妈理论，让幼儿园老师劝住。小胖妈自知理亏，拖着小胖灰溜溜地溜了。

岳天岚郑重其事地告诉徐达民请他以后别再来接孩子，邱继昌却非要跟徐达民一起走不可，任岳天岚怎么说都没用。徐达民什么也不说，把邱继昌抱到为他特做的自行车前座上，蹬车就走。岳天岚别扭地骑车跟在后面，一路上谁都哑巴。进了院子，邱继昌要徐达民送他上楼，徐达民就抱起邱继昌把他送进家门。岳天岚什么也没说，但她给了邱继昌两只苹果。邱继昌很聪明，立即把一只苹果给了徐达民。徐达民接过苹果，一出门就跳着跑下楼去，他当然明白什么叫心动，岳天岚心里那块磐石松动了。徐达民决定趁热打铁，他摸准岳振华的胃口，德州扒鸡、莱芜顺香斋南肠、莱阳梨源源不断流进岳天岚家，调动一切可调动因素。

徐达民战果辉煌，岳振华亲自出面拜托荀水泉和曹谨夫妇再出面请岳天岚全家吃饭，吃饭当然仅仅是个由头，实际是岳振华老两口联合荀水泉两口子一起攻岳天岚这个碉堡。其实岳振华老两口和荀水泉夫妇仅仅造成一种态势，没想到关键时刻是邱继昌发挥了关键作用。开始小家伙只顾吃，要这要那，当他小肚子鼓起来之后，他便有空听姥爷姥姥和伯伯伯母说话，听着听着他听明白他们都在劝他妈，让徐叔叔做他爸爸。邱继昌乐了，他在椅子上站了起来，说他就要徐叔叔做他爸爸，徐叔叔最好最好！儿子这话挠了岳天岚的心，让她再不能若无其事。她在想，父母为了谁？指导员夫妇为了谁？自己又为了谁？儿子又为了谁？人活一辈子为了谁？让一家人不开心自己就能开心吗？再说徐达民真没什么可挑剔，一个男人能把别人儿子当自己亲生一样爱，还要他做什么呢？岳天岚当然还不知道徐达民的妈是后妈，徐达民也没有向她表白他绝不会做那种后爸，但就徐达民目前的表现，她再要鸡蛋里挑骨头，她就成另类了，不是脑子进水就是有病。岳天岚一番为难，一番将心比心之后松了口，同意先交往交往再说。

2

倪培林仿佛突然被检查出绝症，蔫头耷脑地走进车厢，找到铺位倒下就蔫在铺上没再动，比那年因彭谢阳自残挨了处分还蔫。

命运让他降生在贫苦农民家庭，却又让他脑子生得比村上那些开裆裤伙伴灵，他自小就不甘心命运的这种安排。乡下人都以走出田野上城里吃公家饭为出息，倪培林很小就锁定这个目标，要光宗耀祖。上学晕考场，招工没关系，好歹穿上军装当了兵，也算是一条出路。倪培林从当兵开始，无论训练还是打仗，他一直都很努力。终于梦想成真，而且当上了指导员，坐上了恩人荀水泉那把交椅，还与依达成了夫妻，一切心想事成，正陶醉之时，厄运却从天而降，他为那件事忏悔了五年，尾巴夹了五年，他做梦也没想到，知底细那两个人已经死了，可现在一个又活过来了，他这就要去见他。他明白，只要一见到他，一切就全曝光，所有努力将付之一炬化为灰烬，所有汗水和心血将付诸东流……

倪培林眼睛闭着但他根本没法入睡。石井生像个幽灵立在他面前，任他怎么驱赶，他都死盯着他不离去，而且总是用法官的那种目光审视着他。他想，要是真跟石井生面对面见了，他会怎么对他呢？要按他过去那脾气，他不把他一枪崩了，起码也要把他送上军事法庭。如果他要知道他和依达已经做了夫妻，可能会跟他拼命，甚至把他当场打死。话说回来，现在他是战俘，他是代表部队来接他回部队，守着边防部队领导，打他不大可能，要是打一顿事情了倒好了。但这不是石井生的性格，他跟邱梦山一个德行，如果说依达这事他能原谅他，但那件事他绝对不可能原谅他，他会恨他，恨他不是因为撇下他俩不管，让他受尽苦难，他会恨他贪生怕死撇下连长只顾自己逃命，败坏解放军的名声。

这种恨不是骂几句打一顿能抵消，他一定要让他受到制裁才甘心。他去接他，实际上等于去找死……

倪培林头要裂开来了，他想停止这种自我折磨，他知道想也没用，他不能不去接石井生，石井生也不会看着他可怜就不管这事，想与不想一切都无法改变，只能听天由命，可是无论怎么劝自己，倪培林还是无法停止自我折磨。倪培林坐了起来，他想他不能一个人静静地待着，脑子空闲着就只能想这事，要想法让脑子不得空闲。他想可以找人喝酒聊天，喝酒聊天就不会再想那件事了。

倪培林翻身下了铺，买了五香花生米、鸡腿、鸡翅、牛肉干、豆腐干和啤酒。东西买了，可他发现他上下对面铺位全是女人，五个女人只一个年轻姑娘。倪培林睃了她一眼，人长得还可以，看不出是已婚还是未婚，身边倒没有伴。他斗胆开了口，请她一起喝啤酒。姑娘竟红了脸，说她不会喝酒。倪培林感觉她不但不会跟他喝酒，更不会陪他聊天，只好另找人。倪培林站起来走向旁边铺位，这边倒是有男人，四位，两位年轻人，两位中年人，正在打扑克，倪培林不好请这个不请那个，他就笼统地问谁愿意陪他喝啤酒，四个人没有停牌，似乎他们对扑克比啤酒更感兴趣，他们谁也没表态。倪培林又说了一遍，他们就不约而同地摇了摇头。倪培林有点不高兴，他说他是军人，不会放蒙汗药，不会干那种蒙骗盗窃的勾当。四个人继续抓牌，他们谁也没把他这话当回事。倪培林很没趣，白吃白喝都没人陪，他转身见过道边上有一位老头。老头头发已经花白，但脸色挺不错，黑里透红，一看就觉得他能喝酒。倪培林很客气地发出邀请，老头爽快地问他在哪喝，倪培林倒没想这个问题：在车厢里喝，他们不在一个铺洞，占别人地方喝不合适；在边座喝，过道上人来人往，碰碰撞撞喝不舒服；再说别人不喝，就他们两个喝，让别人看着喝酒也喝不尽兴。倪培林说，干脆到餐车去喝。老头是个酒鬼，连客气都没客气就站了起来，两个一起拿着东西上了餐车。

老头确实是个老酒鬼，他走在倪培林前面进了餐车，倒像是他请客。没想到餐车要求，在餐车吃饭必须喝餐车酒，吃餐车菜。老头说正好，他从来不喝那马尿，要喝就喝二锅头，或者衡水老白干，或者高粱烧，餐车有北京二锅头。倪培林这时只要有人陪他痛痛快快喝酒，花点钱无所谓，他就让老头点菜，老头也没客气，点了三菜一汤。买了酒点了菜，餐车就不再限制倪培林吃带的那些东西，菜非常丰盛。倪培林有心想让自己喝醉，反正在火车上，反正老头跟他一个卧铺车厢，喝醉也无所谓，他也掉不下火车去。两个一边喝酒，一边聊起来。倪培林先把老头户口查了一遍，老头有一儿一女，都挺出息，儿子在县公安局当警察，女儿大学毕业跟同学一块儿支了边，在那儿安了家，他这就是去南疆女儿家。听老头把女儿夸完，再把儿子儿媳骂完，二锅头瓶就空了，倪培林脸上也有了色彩，酒精入胃很快钻进血管，顺着血管欢畅地歌唱舞蹈起来。倪培林又要了一瓶二锅头，他希望老头一直说下去，这样很好，他脑子再没空想那愁事，也再看不到石井生立在眼前。老头说完了，反过来开始查倪培林的户口，查完户口老头问他心里是不是有什么不痛快事，有什么愁事不妨跟他唠唠，兴许他能帮他出出主意。倪培林推说部队上的事在公共场所不能随便说，犯纪律，是泄密。老头就问是不是找对象遇上了麻烦，倪培林就跟他说依达，说完了依达，酒又下去了半瓶，倪培林那脑袋沉了，舌头也大了，他再管不住自己的嘴，又说了童欣，说他如何为难，又如何想办法摆脱，老头夸他心地善良。老头一夸，倪培林竟忍不住流下了眼泪。老头一看他流眼泪，就赶紧劝他。这一劝不要紧，倪培林竟放声哭了起来，惊了一餐车的人。老头没醉，他立即按住了倪培林，让他停住哭，劝他把心里那不痛快掏出来，掏出来就痛快了。倪培林就没头没脑地跟老头说连长和石井生牺牲了。老头劝他人死他再伤心也活不过来了。倪培林说石井生却活过来了。老头说死了又活过来，那他命好，该高兴庆幸。倪培林说他牺牲五年多了。老头奇怪神了，死五年多又活过来真神了。倪培林说他真活过来了。老头说那他成神了，他就用不着伤心了。

两个正说得起劲，警察来说餐车要关了，请他们回车厢去。倪培林掏钱让老头结了账，老头搀着倪培林回车厢。两个一边走，一边还聊，倪培林反反复复地说石井生牺牲了。老头说知道了。倪培林又说他牺牲五年多了。老头说他又活过来了。倪培林说他活过来他就要死了。老头说他酒喝高了……

老头搀着倪培林回到车厢，车厢里人都睡了，倪培林还在大声说石井生牺牲了……老头就捂倪培林的嘴，咬着他耳朵说人家都睡了，咱明日再喝，明日再说。老头搀着倪培林找到他铺位，把他弄上铺去，倪培林嘴里却还在说石井生牺牲了，牺牲五年多了，他又活过来了……老头把倪培林弄上铺，没立即离开，他毕竟喝了他酒，让他破费了，他不能不管他。老头站在过道里，听着倪培林自说自话，等倪培林把话说成了呼噜，老头这才去睡觉。

3

少校告诉邱梦山他的老部队派倪培林来接他，邱梦山也惊奇得一夜没睡好。这王八蛋没死，居然还当了指导员，职务比他还高，邱梦山除了意外更是气愤。这小子蒙骗了组织，蒙骗了领导，没得到惩罚反官运亨通。他有什么资格来接他！简直是笑话。

邱梦山一夜折腾，首先原谅了组织。当事人只他、石井生和倪培林三个，他独自活着跑回去，荀水泉不可能知道也不可能想到他会做这种缺德事，荀水泉不知道上面就更不可能知道，他提拔升官就很自然。他想荀水泉也许牺牲了，荀水泉要活着无论如何都会来接他。邱梦山思考一夜下定一个决心，不管倪培林是什么态度，也不管部队领导怎么看他这战俘，他一定要撕下倪培林这张假面具，让大家看看他那张丑恶的真面目。

邱梦山做好一切准备等待目标的出现，目标却没出现。一直挨到吃过晚饭，邱梦山实在憋不住了，直接去找了少校。少校非常遗憾，说他们没接到倪培林，与他们老部队联系，电话一直打到摩步团一连，文书告诉他们是他亲自把倪培林送上火车，火车开动后他才回部队，现在人不知去向。

倪培林下落不明，边防部队找遍各个角落，杳无音信。邱梦山估计，这小子准又当了逃兵。邱梦山没法把这判断告诉边防部队，内外有别，这是摩步团家丑，不可外扬。邱梦山想，倪培林要是当了逃兵，这事就用不着他揭发，部队自然要查明；他要是出了意外，那是罪有应得；要是他自己把自己解决了，算他聪明，免得麻烦部队领导，也省得他费事，这样影响还小些，事情了了就算了。邱梦山若无其事地继续等部队重新派人来接他。

邱梦山准备上床睡觉了，有人敲门。中尉领着一年轻姑娘站在门外，邱梦山不认识这姑娘，姑娘也疑惑地看着邱梦山，他们谁也不认识谁。中尉给年轻姑娘介绍了石井生，年轻姑娘惊愕得嘴和眼睛都张成圆停顿在那儿。中尉没顾姑娘反应，引见后就离开了。邱梦山问年轻姑娘是谁，找他有什么事，年轻姑娘反问他认不认得摩步一连那个石井生，邱梦山说他就是摩步一连那个石井生。年轻姑娘问他是石井生为什么不认识她，邱梦山问她是谁，姑娘说她叫依达。邱梦山抓了瞎，千思万虑，又漏下了这件事。邱梦山脑子里刮起了旋风，荀水泉跟他说过这事，石井生临牺牲前也跟他说过，他早把这事给忘了。现在他已经被动，要是处理不好，他的秘密肯定就会露馅。邱梦山急中生智，他礼貌地请依达进屋。邱梦山一边给她倒水，一边问依达发现他变样没有。依达说变得她根本不敢认了。邱梦山抱歉地告诉她，他大脑和面部都受了重伤，做过大手术，不只模样变了，过去那些事和人也都记不得了。依达遗憾地问他怎么连说话声音也变了，邱梦山急忙解释，他咽喉部也受了伤，全身被子弹穿了七个窟窿。他对她多少有一点印象，当年在栗山他送过她。依达抬头看着邱梦山，她很失望，她没能从他眼睛里找到一点旧情，他们完全成了陌路人，他对她没一点感觉，她见他也没一点激动。

倪培林出发前，给依达拍了加急电报，告诉了她出发日期和车次车厢号。依达直接到车厢接倪培林，发现倪培林由一位老头搀着下车，他看到依达，没惊喜，只是不停地嘟嘟囔囔说石井生牺牲五年多了，他突然又活过来了……依达一惊，看他眼神恍惚，根本不认识她一样。依达着急地抓住他手，使劲摇他身子，问他怎么了，倪培林却扭过身去跟另一个人同样神秘同样认真地说，石井生牺牲五年多了，他突然又活过来了……依达看他是受了刺激，慌忙拉着他出站，直接送他去了医院。医生诊断疑似精神分裂，住院观察一下再说。医生按精神分裂症给倪培林输了液，服了药。第三天清晨醒来，倪培林认出了依达，他哭了，说石井生还活着，他当了战俘，交换回来了，他来接他回部队，他问依达石井生回来，他们怎么办，她是跟石井生，还是跟他。这意外搞得依达没了主意，她内心很复杂，于是她来了边防部队。

依达说完这事，邱梦山竟笑了。依达不知道他为什么笑，邱梦山没把心里话告诉依达，他忍不住笑有两个原因，一笑倪培林太幼稚，竟敢跟他玩装疯卖傻这一手，他倒要看看他能装成什么样，能傻成什么样；二笑依达与石井生感情这事不会给他添麻烦，他与依达都毫无感觉。邱梦山笑过之后跟依达说他要去看倪培林。邱梦山找中尉请了假，跟依达去医院。

路上依达把倪培林如何给她送他托付的遗书，苟指导员如何给她介绍倪培林，倪培林跟她通信三年中又如何向她忏悔自己的错误，他在英模报告团如何以赎罪的心情宣传他和邱梦山的英雄事迹，在陆军学院如何夹着尾巴做人，前些日子又如何拒绝师童政委招他当女婿，如何一心一意要替他照顾她一辈子这些事一一说了。依达先领邱梦山去了她家，她把倪培林那些信连同结婚介绍信一起拿给邱梦山看。邱梦山看了那些信，什么也没说。

　　在去医院的路上，邱梦山心情异常沉重，沉重不是因为倪培林与依达做了夫妻，这事他巴不得，等于帮了他大忙，他感激还来不及，邱梦山沉重是自己心里闹了大地震。过去他一直认为，好人就是好人，坏人就是坏人，好人做坏事也坏不到哪去；坏人做好事也做不到正经地方，常言说，自小看看，到老一半，人这一辈子德行没法改变。他原来就觉得倪培林这人虚荣，男人虚荣心强就必定是小男人，小男人必定做不成大事，到战场也成不了英雄。倪培林上战场后那些表现慢慢让邱梦山否定了自己，倪培林主动要求参加敢死队夺无名高地，改变了他在邱梦山心目中的印象，后来跟他打寿山、捉活口，邱梦山抛弃了原有观念，让他代理了排长。可他这一跑，又让邱梦山再次否定了倪培林。当时邱梦山很痛苦，痛苦自己心软，后悔放弃主见。听了依达那些话，再看了那些信，这一切又出乎邱梦山的意料，他更被依达那片真诚感动。她不只对石井生一往情深，也没有因为石井生活着而对倪培林三心二意。邱梦山痛苦地再一次否定了自己，人不能简单地用好与环来判断区分，人都有人性一面，也都有兽性一面，所以说一半是天使，一半是野兽。人都会有一时之勇，也都会有一念之差。谁都会做好事，谁也都会做错事，一辈子只做好事，不做错事那种人几乎没有。

　　邱梦山走进病房时，倪培林正好输完液要上厕所。邱梦山叫了他名字，倪培林睁大眼睛看着邱梦山，邱梦山也睁大眼睛看着倪培林，四目相对，邱梦山发现倪培林那散乱的目光突然聚焦，射出一道光亮。他突然哇的一声惊叫，一屁股蹾到地上。邱梦山不言不语，紧跟一步，继续拿眼睛瞪着倪培林。倪培林十分惊恐，他恐惧地发问，谁？你是谁？！倪培林喊得很响。邱梦山仍一声不吭，再跨前一步靠近他。倪培林坐地上不由自主地往后退，邱梦山一步一步跟进，他突然大笑，那笑声让倪培林毛骨悚然。倪培林突然爬起来一边喊一边跑，鬼！鬼！鬼！邱梦山追出去一把揪住倪培林，倪培林小便失禁了。失禁之后，倪培林神志忽然清楚了，他看着邱梦山疑惑地问，你不像是石井生，你是连长吗？邱梦山一把把倪培林拖起，他厉声对倪培林吼，你看着我！你看我是谁？倪培林看着邱梦山，吞吞吐吐地说，你，你是、你是连长……邱梦山瞪眼盯着倪培林，他突然伸手给了倪培林一记耳光，邱梦山吼，听着！连长抱着手榴弹冲向敌人牺牲了！我是石井生！连长命令你回去报告！你报告了吗？为什么援军没到？

邱梦山这一招是受《范进中举》的故事启发。在去医院的路上，邱梦山决定原谅倪培林，石井生牺牲和他被俘，倪培林没有直接责任。他要帮石井生完成遗愿，要让依达幸福。他再一次对倪培林吼，你记住！我不是连长！我是石井生！好好爱依达，你要是敢对不起她，我就一枪崩了你！倪培林伸出双臂抱住邱梦山哭了。依达看着他们，忍不住流下了眼泪。邱梦山来到依达跟前，双手握住依达的手，他很感激，无论她爱石井生还是爱倪培林，他都很感激。他请依达原谅，他已经忘记了过去，真诚地祝愿他们幸福。依达看邱梦山，努力想从他身上找到石井生的影子，但她没能找到。她跟他也像是对自己说，也许这就是命。

4

岳天岚同意徐达民陪她去栗山，既想再一次考验他，也表露她的内心已开始接受他。徐达民没这么去思考，他认准自己心还没有诚到让岳天岚这块石头开花的程度，一路上他不是刻意表现，而是实实在在在爱岳天岚，爱邱继昌，打水、买饭、买水果、照顾岳天岚、跟邱继昌玩，一切都做得像一家人一样。而且什么都做得恰到好处，看不出一点做作。到了栗山之后，要是徐达民有那心，岳天岚绝对会有意，根本用不着开两个房间。但徐达民一点没让这念头抬头，他绝不想勉强岳天岚做任何事情，他连岳天岚的手都没牵，不是不想，而是不愿意这么做，岳天岚自然不会主动。岳天岚看出，徐达民是心甘情愿让她主宰，心甘情愿听她驱策，跪拜在她脚下为她服务是他最快乐的事，这一点他与邱梦山完全相反。

从栗山回来，岳天岚完全接纳了徐达民，但岳天岚没跟徐达民说，她把心里话告诉了曹谨，让曹谨再摸清徐达民对邱继昌的态度，假若徐达民真想做邱继昌的继父，她可以接受。曹谨把这话告诉了荀水泉，荀水泉再把岳天岚这话转达给徐达民。徐达民当即把荀水泉抱了起来。徐达民卡着钟点去接了邱继昌，然后飞速去见岳天岚，自行车蹬得比平日快了五分钟，快得邱继昌搂着他腰不敢松手。当着邱继昌面，徐达民克制了自己，只是第一次冲动地握住了岳天岚的两只小手，热血涌动地说，天岚，谢谢你，从今日起，你是天，你是太阳，我是月亮，是星星，月亮星星离开了太阳，什么光都没有！岳天岚被徐达民说得脸红心跳。乘邱继昌上厕所，徐达民不失时机地把岳天岚搂到怀里，岳天岚想挣脱，又怕儿子听到，反正已经答应他了，只好听凭徐达民表达激情，那吻让岳天岚上唇第二天起了一个水泡，舌根痛了三天。徐达民再次成功，他再一次让岳天岚这块石头开了花，他已经迫不及待，恳求岳天岚五月一日举行婚礼。岳天岚一算不到二十天了，嫌太急促，要求推到国庆节。徐达民寅时等不得卯时，他对着岳天岚耳朵轻轻说，他恨不能今晚就结婚，国庆节太遥远，我憋不住了，准备工作没有问题，一切由他来安排。岳天岚被徐达民的急迫弄得心神摇荡，她只好点头同意。

　　岳天岚已经有了儿子，不想大办，但徐达民是初婚，他劝岳天岚换换心境，来一个人生转折，跟他一起书写人生新篇章。岳天岚在父母和荀水泉夫妇的劝说下，将心比心，作了让步。喜宴定在文海县最高档酒店——皇宫，正阳厅本来已经订出，徐达民动用了县委办公室主任，硬把正阳大厅抢了过来，预订了三十桌，酒店定金付了三万元，一切齐备，只待五一节到来。在徐达民催促下，岳天岚跟徐达民一起上了街道办，办了结婚登记手续。登记回来，徐达民请岳天岚验收新房。岳天岚佩服徐达民做事的效率，两室一厅，焕然一新。实木地板，米色真皮沙发，二十九英寸进口索尼大彩电，新房里婚床，实木组合衣柜，实木梳妆台，岳天岚发觉徐达民的生活情趣比邱梦山丰富。在新房里，徐达民再无法控制，他搂得岳天岚心跳如狂，求岳天岚救他。岳天岚沉默，徐达民激动却没有慌乱，他埋下头温柔地吻岳天岚，他想用激情摧毁岳天岚坚固的防线。果然，他感觉岳天岚的呼吸也急促起来，已经有些身不由己，徐达民不失时机小心地把岳天岚抱起，轻轻地放到婚床上。徐达民刚解开西服扣子，岳天岚一翻身下了床，摇了头，她说幸福还是要在举行婚礼之后开始。徐达民急得抓耳挠腮，但他很快冷静下来，他听话地轻轻搂着岳天岚，温和地说一切听她安排。岳天岚感受到徐达民与邱梦山截然不同，邱梦山总是那么霸气，那么独断，那么粗犷；而徐达民则那么细腻，那么温和，那么顺从。如果说邱梦山只注重自我感受，那么徐达民则更在意岳天岚的心灵感受。

5

　　邱梦山和倪培林带着依达一起回到摩步团，没有任何欢迎仪式，也没什么反响。邱梦山的心境跟倪培林差不多，有个念头悬在心头，政策能不能落到实处，其他什么都不奢望。

　　邱梦山在招待所接连打了六个喷嚏，他当然想不到岳天岚正跟徐达民在验收新房。邱梦山重新走进摩步团军营，感受到了陌生，人陌生、目光陌生、连操场和营房都陌生。因为他现在是石井生，石井生当时是个老兵，这茬兵除了倪培林，一个熟人都没有。原先那些军官有些升了官，有些调离了摩步团。剩下那些，也只知道石井生这个名，根本就不认识。现在他既不像邱梦山，也不像石井生，更没人跟他招呼，必须跟人说话时，他开口都是先自我介绍是石井生，人家便尴尬地回应问候，连表情都显得勉强呆板，他不只是模样变了，他感觉跟他们之间隔上了一层东西。摩步一连已经换了两任连长，团里没让他再回摩步一连，叫他暂时住团招待所。

　　倪培林不再有精神分裂症状，但说话变得慢声细气，做事也慢条斯理。依达来到部队主动要求提前举行婚礼，倪培林自然不会反对，他们请了邱梦山，邱梦山婉拒了，倪培林和依达完全理解。

　　邱梦山觉得李松平当了团政委性格没大变化，他看人那目光仍深不可测。邱梦山几乎没说话，当时他是教导员，石井生只是个士兵，本来就不大认识，没有话很自然。再说祸从口出，他不愿给他留下破绽或蛛丝马迹引发他怀疑。李松平见他其实不过是礼节性表示领导的关心，何况李松平并不熟悉石井生。当李松平跟邱梦山目光相对时，他有些疑惑，他说他太像邱连长了，尤其是说话声音，不会搞错吧。说得邱梦山前胸窝冒汗。他只好附和着搭讪，说全连都这么说，他要是冒充连长也不会有人怀疑，这样他就是正连职了。李松平笑了，他不无怀念地说，邱梦山确实是条硬汉，可惜牺牲了，当时我和营长、团长都想派增援来着，可只能服从战役全局。他要是不那么傲，跟人会相处得更好。邱梦山一直含笑看着他，可见人记仇有多深，一场战争都没能让他忘却他瞧不起他这事。李松平再一次向他交代政策，表扬了他被俘后表现积极，谈到工作安排，他似乎很为难，说火线提干是他跟师里领导一个个做了工作才予以承认，下一步怎么任职要请示师里决定。他让他先回家休假，已经五六年没回家乡了，现在还没有对象，农村也富了，回去看看，找个对象，休息休息。邱梦山是很想回家，跟爹娘五年多没联系了，也不知爹娘可好，更想看看岳天岚，即使她另嫁了人，也得回去看看，还有儿子哪，他虽然现在叫石井生，爹娘老婆毕竟是他亲人，孩子是他骨血。但是，现在对他来说，头等大事还是工作，落实了工作心里才能踏实。李松平劝他还是先回家好，工作安排不是谁一句话就办得了的，一时半会儿落实不下来，估计等他休完假回来，工作才可能安排好。邱梦山问荀水泉在哪儿任职，李松平告诉他荀水泉已经回老家县人武部工作，好像当了副部长。李松平看邱梦山情绪低落，有点同情，他宽慰他，既然能回部队继续工作，一切就好办，大家思想上、感情上或许可能会有一些隔膜，但事在人为，时间长了，会慢慢淡化。李松平让他先到后勤把这些年工资算一算，领了工资就回家休假，年龄不小了，找对象是当务之急，在家里待时间长一些也无妨，这么多年没回家了。

说是休息，邱梦山一刻都无法安宁，他没法在军营里到处逛，也没法去熟人办公室聊天。他闷在房间里想了许多事，想工作，想家，想战友，想战场，想爹娘，最揪他心那人还是岳天岚。他什么也做不了，连封信都没法写。后来他还是以石井生的名义给爹娘写了封信，告诉他们他是孤儿，他跟连长长得很像，连长活着时认他做了弟弟，他没有牺牲，负重伤被敌人俘了，现在又回了部队，他答应过连长，他就是他们的儿子，他要代连长养他们老，过几天他就回家看爹娘。他本想再给荀水泉也写一封，后来想石井生跟荀水泉关系一般，多一事不如少一事，别再节外生枝。

邱梦山在团招待所煎熬了三天，决定还是先回家。邱梦山下了火车乘汽车，赶到县城已是下午四点一刻，他为岳天岚在汽车站犹豫了半天。回到县城，他头一个愿望是想先去偷看一下岳天岚，不管她现在跟了谁，她是他老婆，他们还有儿子，他这辈子再不可能像爱她那样爱其他女人，也不会有其他女人像她那样爱他。他愧对她，连蜜月都没度完，儿子养到五岁他没尽一点责任，他等于毁了她的青春。再说哪个女人改嫁了还会带着后老公和儿子千里迢迢去给前夫扫墓？可转念又想，人家已经重新组织了家庭，而且他亲眼看到了他们三口之家的幸福情景，他去见她只能是捣乱。尽管很想念岳天岚，心里凄凉伤感，但他不怨岳天岚，也不恨那个男人，一切都是他造成的。他想这么盲目地去看岳天岚，会让天下大乱，他决定先回喜鹊坡再说。

邱梦山赶回喜鹊坡，太阳眼看就要落山。邱梦山计划好了，他不想多见村里人，人多嘴杂，等天黑了再回家。爹娘养了他，年纪一年比一年大，他要以石井生的名义重认爹娘，尽儿子的责任。

邱梦山下了车没直接回家，直接先上了南坡。暮色中，一草一木，一山一沟，都能引出他童年的记忆，让他亲切，叫他激动。他们喜鹊坡，因喜鹊多而得名。山坡沟谷里一棵棵老树枝杈上，依然筑着一个个鹊窝，一对对喜鹊又在忙着给它们的孩子觅食。邱梦山看着走着，不知不觉就来到村前南坡。暮霭笼罩着村庄，村前屋后不断有人在吆喝牲口，大人找孩子的呼喊此起彼伏，东家狗在吠，村西驴在吼，山村里炊烟袅袅，山村晚景令邱梦山心醉，他真想抛开尘世就在这山村扎下，平平淡淡过一辈子。但他不能感情用事！他现在是石井生，他不只为自己活着，还要为石井生活着，他这条命现在是两条命，顶着两个英雄的名誉。

天终于黑透了，村子在邱梦山眼前渐渐隐去，模糊中不时亮起了一盏盏灯火，一处、两处、三处，星星点点。

没等邱梦山反应过来，脚下有东西绊了他一跟头，膝盖磕在一块山石上，好酸好痛。没见有坑啊！怎么就摔着了呢？邱梦山纳闷，他拍打着衣服爬起来。邱梦山扭头看是坟，这是他家祖坟地，难道是老祖宗们不让他回家？邱梦山迟疑了，他放下提包，转身跪在爷爷坟前，给爷爷磕了三个头，把一切都告诉了爷爷。最后说，爷爷，你放心，孙儿借人名不是想苟延残喘，孙儿还是想活出个人样来给大家看看，我要证明，我邱梦山就是英雄！不折不扣，货真价实！

邱梦山在爷爷坟前诉说完，转身发现旁边有一座高大的墓碑，谁立这么大的碑？他借着夜色凑过去看，碑上刻着他的名字，还有战斗英雄字样。这碑是爹给他立的，还是村里给他立的？邱梦山一屁股坐到自己碑前。人还活着，却已经两处立了他的墓碑。刚才跟爷爷说的这番话，他原本也要跟爹娘说，让爹娘心里踏实。看到这墓碑，他想这事不能让爹娘知道。爹娘要知道了真情，他们承受不起。再说这事爹娘能瞒乡亲，也能瞒岳天岚，但爹娘不会瞒继昌，他们肯定要告诉孙子。继昌要是知道了这件事，他的心血就白费了。

邱成德三天前接到了那封信，儿子的部下石井生要来认爹娘，他问老伴是不是在做梦，老伴告诉他大白天怎么能睁着眼做梦呢。邱成德还是不信，他跑出院子问邻居，邻居问什么事让他这么晕了头，青天白日怎么会做梦呢，让他咬咬舌头就知道了。邱成德果真咬了舌头，咬得好痛。真不是做梦，他这才把喜露出来。说儿子牺牲了，老天又给他送来个儿子。老伴和邻居让他说糊涂了，邱成德说了信上这事儿。

天上掉下个儿子，邱成德心里自然高兴，他把这事说到了村委会办公室。村支书是邱成德的侄儿，是邱梦山的堂兄，他们从栗山参加完祭奠回来，村委会非常重视，尤其看了英模报告团的电视之后，支书专门召开了支部大会，邱梦山成英雄，不光是邱家有造化，也是喜鹊坡的一件大喜事，全村百姓都光荣！咱英雄家乡也该有点动作吧。于是决定村里小学改叫梦山小学；村后那座桥，也改叫梦山桥；另外南坡坟地里给邱梦山修了坟立了英雄碑。邱成德跟侄儿支书说，新儿子上门认爹娘也是件大喜事，他虽被俘，但也是战斗英雄，村里是不是扎个彩门，把锣鼓队也拉起来搞个欢迎仪式。侄儿支书那脑子没跟着邱成德转，他还是比较清醒，说这个石井生虽然也是英雄，但毕竟当了战俘，不好弄得太张扬，喝顿酒接接风就行了。侄儿这么说，邱成德没如愿，村里不搞他自己搞，他自己去买了两挂一千响鞭炮，买了二十个二踢脚，义子也是儿子。

邱成德没想到新儿子会踏着黑进门，邱梦山进门就直着嗓门喊爹娘，多少年没叫爹娘了，他这是要加倍补偿。邱成德和老伴一听那声音，两个人都蒙了，这不是儿子梦山嘛！老两口连声喊着梦山跑出屋，老两口拽着邱梦山一看愣了，这模样又像又不像。邱梦山跟爹娘说，梦山大哥牺牲了，我是井生，是梦山大哥的弟弟。邱成德这才醒来，拉着邱梦山进屋，邱梦山扑通跪下给爹娘磕头，他说他生下就没了娘，五岁就死了爹，连长认了他这个弟弟，从此以后，他们就是他亲爹亲娘，这儿就是他家。邱成德老两口喜泪横流。邱成德随即到屋里拿了鞭炮，在门口放得全村都来看热闹，侄儿支书也赶来了，叫着他们一起上饭店为石井生接风洗尘。

邱梦山心里揣着只兔子在家里住了三天，爹娘不时拿眼盯着他瞅，瞅得他心里发毛，但爹娘这一关还是过了。每到爹娘愣神瞅他时，他就主动问他们，他跟大哥是不是特像，邱梦山娘说连拿筷子都一个样。邱梦山心一惊，这又疏忽了，他是左手拿筷子，小时候爹娘没少说他，他就是没改了。邱梦山只好搪塞，说那是学大哥学成这样，连里人都知道连长左手拿筷子，他就学连长，学着学着也就左手拿筷子了。他当场说这就改，省得爹娘一看到这就想大哥。邱梦山当即改用右手拿筷子，但特别扭，他用右手拿筷夹不住菜，他只能下决心练。邱梦山还是做了准备，回部队前他就把石井生的言行举止习惯细细想了个遍，最具代表性的习惯是抽烟，他不抽纸烟抽生烟叶，为这他下苦功夫练了，连卷烟的动作都已经惟妙惟肖。每到爹娘疑惑时，邱梦山立刻掏出烟粮袋卷烟把话岔开。邱梦山一抽喇叭筒就不再是邱梦山，他从小不抽烟。

邱梦山跟爹娘说他要上县城看战友，其实他是要去看岳天岚。他心里很矛盾，他一面跟自己说，既然已经选择了借名就趁早死了这条心，只要岳天岚和儿子过得幸福，管她改不改嫁呢！一面又割舍不下他们娘俩。最后他还是控制不住自己，决定到县城住几天，一方面给爹娘一个适应的过程，不再从他身上找邱梦山的影子；另一方面还是想看一下岳天岚和儿子过得怎么样，但他警告自己，只是偷偷地去看，绝不能给他们添乱。

邱梦山先找了个地下室招待所开了间房，然后到街上包子铺吃了顿包子。走在街上，邱梦山感觉穿一套老式军装不伦不类，邱梦山到服装摊买了套廉价便装，把自己彻底变成老百姓，像个打工农民。县城变化很大，建了不少新楼，各方面都在向都市发展。邱梦山在街上走着，他没急着去看岳天岚和儿子，这事不能草率，得好好计划，草率了容易出纰漏。邱梦山回了地下室招待所，在房间里独自进行了一番精心策划，决定明天一早行动。

邱梦山没直接走进育才胡同那个院子。他们家在二楼，楼下是操场，楼与楼之间间距不大，只有几棵树，他要是进了院子就无处蹲身。要是找地方躲避，门卫和院子里人肯定会把他当小偷抓。邱梦山没进院，在院子斜对面那条胡同口蹲了下来，做出等人的样子，农民工蹲胡同口只要不做坏事不会有人管，他可以放心大胆地蹲。

说是来偷看岳天岚，其实邱梦山是要证实岳天岚究竟嫁没嫁人。他是邱梦山，而不是石井生，对岳天岚，他怎么会愿意做石井生呢！他想，若是岳天岚没改嫁，他完全可以以石井生的身份重新追她。邱梦山心里有了这个鬼念头，行动就不可扼制。他选择这胡同口位置很合适，胡同口斜对着院子大门，谁进出大院都逃不过他的眼睛。星期日，他想岳天岚一家不可能不出院子，假如那小子跟岳天岚和儿子一起从这个院门里出来，他干脆就死了这念头。

思路清晰后，邱梦山一心一意蹲在胡同口盼岳天岚出院子。岳天岚没等到，却把那小子等来了。虽然在栗山只见一面，邱梦山却死死地记住了他。邱梦山奇怪那小子不是从院子里出来，而是从外面来这院子，他骑着自行车进了院子。他是从他家里来，还是早晨从这儿出去回来呢？这很难判断，邱梦山非常纳闷。

邱梦山正纳闷，岳天岚和那小子一人一辆自行车，儿子坐在那小子自行车上欢天喜地从院子里出来，邱梦山看着这情景心里好酸。他们一出院门就都上了车，两个人并肩蹬着车，边骑边说话飞驰而去。邱梦山不由自主地站了起来，他让他们拽起来跟了过去。那小子为什么从外面来而不是从院里一起出来让邱梦山起了疑问，他有了某种侥幸。跟踪风险很大，可他想弄个究竟。邱梦山小跑着追赶到八十米距离保持着间距跟踪，一百米太远，容易跟丢；五十米太近，容易被发现。邱梦山的背上开始出汗，那小子鼓动着岳天岚跟他比赛谁骑得快，邱继昌这小东西推波助澜，他们哪知道这更害苦了邱梦山，他连早饭都没顾得吃，他们一比赛，他就得百米冲刺。

他们在人民公园下了车，岳天岚从车把上拿下水和食品，看他们进了人民公园，邱梦山松了口气，他们来公园玩，一时半会走不了，邱梦山就先去吃早餐。

星期天公园里人很多，一拨人在打太极拳，一拨人在舞刀弄剑，一拨人在跳舞，一拨人在跳健身操。邱梦山溜边寻找，几处人群里不见有小孩，邱梦山想，他们肯定去了儿童乐园。邱梦山于是上了那个小坡地，进了那个小凉亭。邱梦山坐到凉亭里，想起当年跟岳天岚第一次在这里见面，岁月如梭，转眼就七八年了！那情那景，就如昨天。山水依旧，人面依旧，感情依旧，世事却全非了。邱梦山感伤起来，一对恋人朝小凉亭走来，邱梦山主动离开别遭人讨厌。小山坡正对着儿童乐园，邱梦山走出小凉亭，放眼在儿童乐园寻找他们，他终于发现儿子在坐飞椅，他们两个在下面给他鼓掌。邱梦山走进小山坡树林，找了个石条凳坐下，独自一人坐着显得有些傻，他干脆躺了下来。

邱梦山醒来有些慌，他不知道睡了多久，两眼赶紧跑到儿童乐园搜寻，岳天岚他们不见了。邱梦山大着胆子，直接到儿童乐园门口去寻找。邱梦山转遍了人民公园，没能找着他们。事情没有结果等于白跟踪一趟，他决定仍旧回育才胡同的马路口。

邱梦山在胡同口一直坐到太阳下山，没有任何收获。邱梦山还是不敢进院子，一直等到太阳下山，等到屋里亮灯，邱梦山才走进院子。现在他用不着担心，他在暗处，屋里人在明处。岳天岚他们在家里，那小子也在，只是看不到儿子。屋里亮着灯，那小子和岳天岚两个不时走到窗口来，看不出他们在干什么，像在整理屋子。他们在窗前晃来晃去，屋子里的灯突然黑了，一把钢刀扎进了他心里，他痛得快站不住了……

在那个蜜月里，他们百般恩爱，现在她已在跟这小子恩爱了。《红楼梦》里那首《好了歌》说得好，"世人都晓神仙好，只有娇妻忘不了！君生日日说恩情，君死又随人去了。"邱梦山承认为了岳天岚和儿子的幸福，自己是心甘情愿放弃一切，可看到自己老婆跟那小子在一起，这心里没法不酸没法不痛啊！他相信要是岳天岚知道他没死，她肯定也还爱着他哪……

邱梦山躲在一角，仰着头盯着他家窗户看。屋里台灯突然亮了。邱梦山挨近过去，隐隐约约看到了那小子，他站椅子上去了，岳天岚站下面，还伸手扶着他身子，好像在换灯泡，顶棚上那吊灯有三个灯头，可能灯泡坏了。

你在看什么呢？邱梦山太专注了，被问话吓一跳，扭头看是传达室的老头，邱梦山只能说随便看看。老头很不高兴，说他注意他好长时间了，发现他不是这院里人，问他找谁，邱梦山只好说可能走错院子了。老头更不高兴了，走错了赶紧出去，在这儿乱看什么呢！邱梦山只好离开。

邱梦山回到胡同口，他那颗心更悬了起来。他想岳天岚既然跟那小子结了婚，为什么还住这儿，难道他连房子都没有？那小子清晨是从外面来这里，假如他晚上不离开这儿在这儿住，事情就毫无疑义；假如那小子仍离开，证明他们不住在一起，可能还没有结婚。邱梦山这么一假设，他就没法让自己离开，他到旁边小店里又买了两个面包、两根泥肠、一瓶矿泉水，坐到胡同口填了肚子，他下决心弄个究竟。

邱梦山咽下最后一口面包，两眼朝大院门扫去，黑暗中一切都安静着。邱梦山腿麻了，理智劝他，算了吧，走吧，不是早都打算好了吗！正是为了让老婆孩子过安宁日子，这才让自己落到这地步，还有什么好犹豫好后悔呢？现在一切都如愿了，为什么又疑神疑鬼想三想四呢？即使岳天岚没改嫁，自己再以石井生的身份去追她，不是还要给她和儿子带来麻烦不幸嘛！该为天岚高兴才对，她选择那小子不是很好嘛！她有这个归宿不是自己梦寐以求的嘛！再说他们都没忘记自己，清明还赶这么远路去祭奠，还让继昌知道他爸是谁，这已经很不容易了，应该天天为他们祝福才是……他站了起来准备离开，可心里一拽一拽地酸痛，他跟自己说，天岚还深深地爱着你啊！你这么活着还算什么男人！想到这一层，眼泪又忍不住流了下来……

就在这时，岳天岚手牵着儿子和那小子从院子里走了出来。那小子推着自行车，出了院门他们停在门口，那小子弯下腰亲了邱继昌，岳天岚和儿子一起跟他招手说再见，那小子骑上车走了，岳天岚和儿子站在那里深情地目送。这么说他们很有可能还没有结婚，这念头一冒出来，邱梦山浑身激起一股急流，他那双手和双脚都激动得肌肉隆起。岳天岚和儿子没有进院子，岳天岚牵着儿子的手朝他这边走来。邱梦山疾步闪到胡同口里，他那颗心一下提到了嗓子眼里。娘儿俩一边走一边悠闲地说着话,邱梦山远远地看着岳天岚和儿子走过了胡同口,邱梦山重又返回胡同口。他贴着墙角看去,岳天岚领着儿子继续在往前走。邱梦山就站在那里眼巴巴地看着他们的背影发呆。不一会儿,岳天岚牵着儿子又走了回来。天色已暗下来,邱梦山只是往胡同里避了避。娘儿俩在说话,晚风轻轻地把他们的说话声送过来。

不应……岳天岚说。

不应有恨,何事长向别时圆。邱继昌认真地背着。

人有……

人有悲欢离合,月有阴晴圆缺,此事古难全。

但愿……

但愿人长久,千里共婵娟。

还不太熟,再来一遍。岳天岚在教儿子背宋词。

邱梦山鼻子一酸,眼泪从鼻子两边流了下来,他抹了一把泪,跟自己说,不行,天岚跟那小子肯定还没有结婚,天岚她等我五年多了,我得好好看看他们娘儿俩。岳天岚牵着儿子拐进了院子大门。

院子围墙这高度对邱梦山来说小菜一碟,但邱梦山熬到午夜才敢进院子,这时大院里连老鼠都睡了,一片寂静。邱梦山进院前在这条街上不知走了多少个来回,苦苦斗争了几个小时,最后还是欲望占了上风,他要悄悄地近距离地好好看看天岚和儿子。邱梦山进得院子,他们家窗户已是漆黑,院子里所有窗户都是漆黑,他躲到院子里小花园葡萄架下,眼睛静静地盯着他们家的窗户。邱梦山在葡萄架下继续矛盾着,夜越来越深,院子里越来越静……

岳天岚来到一个美丽处所,仿佛是江南水乡,山清水秀,小桥流水;她细看又不像江南,这里天空挂着一条条彩虹,整个天空五彩缤纷;地上是一片桃花,姹紫嫣红。桃园无边无际,岳天岚满心欢笑地走进桃园。一只大蝴蝶五彩斑斓,招摇着飞到岳天岚面前,停到桃树枝上轻轻扇着翅膀。岳天岚拿起扇子轻轻地扑它,蝴蝶异常狡猾,她刚举起扇子就飞向别处,却又不离不弃,像在故意逗她。岳天岚追着扑着,蝴蝶突然消失。她四处寻找,花丛里突然钻出个人来。她定睛细看,那人竟是邱梦山。岳天岚急忙扑上前去,却扑了个空,邱梦山忽然不见了。岳天岚转身寻找,邱梦山又站到了她身后,她再转过身来朝他扑去……

　　邱梦山进家已经五六分钟，借着月光，他看到房间墙上到处挂着他的照片，心头不由得一热，天岚一直没忘他。桌子上摆着一摞请柬样的东西，他拿起来细看是喜帖，还有个结婚登记证，婚礼定在五月一日，邱梦山一算，还有半个月。那小子叫徐达民，邱梦山那颗心慌乱地狂跳着。儿子在小床上翻身把他唤过神来，他走过去细细地看了儿子，儿子长得很结实，他甜甜地酣睡着，邱梦山轻轻地吻了儿子的脸蛋，儿子在睡梦中伸出小手，推开了邱梦山的脸。看完儿子邱梦山才来到岳天岚床前。月光下，岳天岚还是那么白嫩，像意大利画家乔尔乔内那《入睡的维纳斯》一样迷人。邱梦山心里有一根针在搅动，眼睁睁看着自己的老婆躺在面前，他却不能亲她，不能爱她，他没法忍受。正当邱梦山弯腰细看岳天岚时，岳天岚突然轻轻地唤了他的名字，一股体香随之钻进邱梦山的鼻孔，这香气那么熟悉，让邱梦山浑身热血涌动。有一个声音在邱梦山心里吼叫，岳天岚是我老婆！她现在还是我老婆！邱梦山手脚都在颤抖，他身子弯在那里看着自己的妻子，日思夜想五年多啦！欲望像头牛一样在蠢蠢鼓动。就在这时，岳天岚温柔地抬起双臂搂了邱梦山的脖子，两人不约而同地亲吻起来……到了这一刻，邱梦山再由不得自己了，天塌下来也顾不得了……

　　岳天岚飘飘欲仙中，感觉这不像是梦，是邱梦山真回来了，她想睁开眼睛，可怎么也睁不开。这些日子她夜夜失眠，越接近婚期越思念邱梦山，以致通宵合不上眼，只能借助安眠药，可能是睡前药吃多了。她这意念很快被销魂的快感所替代，五年渴望的她让这突如其来的快乐陶醉了，她干脆闭上眼，让这梦永远不醒来才好，她紧紧地搂着邱梦山生怕他消失。邱梦山立即被岳天岚的温柔溶化……岳天岚不清楚自己是睡着了还是没有睡，她忽然睁开了眼睛，打开灯，儿子仍在沉睡，除了墙上那些邱梦山的照片静静地看着她之外，屋里一切如常，没一点异常。

　　岳天岚发觉自己光着身子一怔，这是怎么一回事？她再看自己的下身，她吓呆了……

<h2 style="text-align:center">6</h2>

　　岳天岚晕乎乎穿好衣服察看房间，门锁依旧上着保险，除了一扇窗子开着，屋里没有任何异常。岳天岚头重脚轻地下了楼。岳天岚追到大门口，大铁门锁着，大院里一切都沉睡着。岳天岚什么也顾不得了，连敲带喊把传达室老大爷

喊了起来。她问老大爷，刚才有没有人从大门出去，老大爷很奇怪，他睡着，大铁门锁着，没有谁喊他开门，怎么会有人出去。岳天岚问老大爷，她是不是在做梦，老大爷更奇怪，怎么会是做梦呢，她明明在跟他说话。岳天岚说刚才有人从她家里走了。老大爷慌了，问她是什么样人，岳天岚神情恍惚起来，绝对是人，不会是梦。老大爷让她说糊涂了，他安慰她，说她可能是梦游了，这么高大的门，不开门谁也出不去，除非他会飞檐走壁。说着老大爷拿起手电要到院子里找，岳天岚没好意思劳累老大爷，说也许她是做梦。岳天岚无法再往下说，明明是邱梦山跟她做爱了，难道真会有鬼？鬼也能做爱？这事她没法跟老大爷说，也许真是梦。岳天岚谢了老大爷，闷闷不乐地回了家。

岳天岚一躺到床上，这事像电影一样闪现在她眼前，她把这个梦反复地回闪，人、情、爱，一切都活生生、真切切，梦不可能这样。难道鬼做爱会跟人一模一样？这事书本上找不到答案，她也无法跟人咨询。她想到了荀水泉，要是邱梦山活着回来，他肯定知道。第二天，岳天岚一上班就给荀水泉打了电话，荀水泉说梦山已经牺牲五年了，怎么会有他消息呢。岳天岚只好说，她做了一个怪梦。荀水泉安慰她，说她这是婚前心理反应，证明她太爱梦山了。岳天岚证实这事是梦，心里就更不能安宁，这么说真是有鬼，梦山知道她要嫁人了，故意来看她。岳天岚心里打了个结，她想到了曹谨，想把这事告诉她，想想又算了，实在说不出口，连母亲都不好意思说。岳天岚把这事闷在肚子里自己想，可越想心情越沉重。

徐达民隔了三天才来给岳天岚汇报婚礼的筹备情况，岳天岚憔悴得让他吓一跳，问她是怎么回事，岳天岚当然不能跟他说这事，只是说不知为什么突然失眠。徐达民笑了，问她是不是因为要做新娘激动得睡不着，岳天岚只好顺着他话说也许。徐达民安慰她只有十二天了，说着要带她去看医生，岳天岚没同意。岳天岚知道自己得了什么病，医生治不了她这病。岳天岚忍受不了这种折磨，她回了家。她妈看到岳天岚的脸色也一惊，问她是怎么了，岳天岚本不想跟妈说，怕给她添负担，可这种事不跟自己妈说还能跟谁说呢？

岳天岚妈也好生奇怪。她听老辈说过这种事，死鬼会回门，会同房，还说会怀鬼胎。岳天岚十分惊疑，一点不像是梦，什么都跟过去一样，跟人做这事一样，难道真会有鬼？她妈说只是听说，但没见谁经过这种事。岳天岚说她觉得不是鬼，真是梦山。她妈说绝对不可能，人都死五年多了，不可能再活过来，梦山牺牲部队发了阵亡通知书，烈士陵园里给他立了碑，苟水泉跟他在一个连队，部队还能开这种玩笑。再说，梦山要是真活着，他能不要老婆？能不要儿子？他为什么不回来呢？为什么要偷偷摸摸来幽会呢？她妈这话很有说服力。岳天岚无法否定，他要是活着肯定要回来，他还没见过儿子呢！她妈疑惑，要真是活人，会不会是流氓冒充梦山，借机占女儿便宜。岳天岚肯定绝对不可能，她虽没睁眼，可她感受到他确实是邱梦山，他胸前胎记上那绒毛她都感觉到了。母女俩分析半天，只能是邱梦山的鬼魂。老辈说，夫妻俩要是特别恩爱，又特别年轻，突然有一个意外离世，那死鬼会回来缠人，还会把活人缠走。岳天岚不知所措，问她妈怎么办，她妈说按老风俗，要送，还要躲。岳天岚问怎么送怎么躲，她妈说送是要给梦山烧些纸送些钱去让他花，躲是要到一个陌生的地方住些日子再回来，回来还不能是好天，要凑着下雨，穿着蓑衣回来。岳天岚说，那是迷信。她妈说风俗那些东西，不可全信，也不可不信。岳天岚不相信，她妈说她也不信，但事情已经发生了，他们两个感情太深，梦山也是死不心甘。好在五一就要结婚了，趁结婚前，让小姨陪她出去玩玩，也让邱继昌跟着姥姥习惯习惯。跟徐达民一商量，徐达民也同意，岳天岚随小姨去了五台山。

7

邱梦山在地下室招待所两天没出门，他想了很多很多。事情进展成这样，完全出乎他的预料，他没能按计划行事，但回忆起来他又有点得意，尤其想到岳天岚仍那么爱他，他简直快活死了。可是，他清楚他们再不能做夫妻了，她和徐达民再过半个月就要结婚，他们已经登记履行了法律手续，他没有权力制止这桩婚姻，他不是邱梦山，他是石井生。郁闷在心里发酵，发酵得他心口绞痛。他只能劝自己认命，既然当了战俘，一切就只好听命。可一想到岳天岚就要与那个徐达民同床共枕，心里打翻了醋瓶，酸得他什么也不想干。

邱梦山走出地下室招待所，在路边烟摊买了包烟，一边吸着一边毫无目标地沿着街边走着。突然他听到一个声音，一个女人在喊石井生。邱梦山扭头找，从马路对面跑过来一位姑娘，她竟是李蜻蜓。患难战友意外相逢，格外亲热。邱梦山奇怪她怎么会在这儿，李蜻蜓说她爸的老家就是文海县李格庄乡，她爸三年前转业了，在县印刷厂当副厂长。邱梦山问她回来后怎么样，李蜻蜓没说话，竟流了泪，而且非常委屈。邱梦山看李蜻蜓这委屈样，在大街上说话不方便，他拉她进了路边一个小餐馆。邱梦山要了两碗牛肉面，两个吃着面聊了起来。

李蜻蜓竟被她爸赶出了家门。李蜻蜓的父亲叫李运启，在一个军保卫处当副处长，政治部七个处副处长里他资格最老。文化不高，能力也不显，但他上进心特强。因为总想进步，总想升官，没有出众才能，于是他只能特别听话，好在领导面前表现，干什么都积极，只要是上级和领导说话，他都当作命令坚决执行不走样。领导说上山下乡军队干部要带头，他立马把上初二的大儿子送回老家当了农民；领导说有两个孩子男女双方必须有一人结扎，李蜻蜓都上中学了，还有没有生育能力都是个疑问，领导话音刚落，他抢先跑医院去做了结扎手术。他经常跟自己过不去，老感觉自己冤，论资格，他当副处长八年了；论业绩，破了不少案，虽没大案，可小拿小摸也是案，没有功劳有苦劳；论觉悟，他历来跟组织一条心，执行领导指示从没打过折扣。他不明白领导为什么就发现不了他的忠诚和才干，为什么一直就碰不上一个伯乐，政治部一次一次干部调整每次都让他空欢喜，就是不给他扶正。处里那些年轻干事都拿这事逗他玩，今天这个给他透露小道消息，说预提对象名单里有他；明天那个告诉他，某位领导夸了他，说该给他扶正了。弄得他一天到晚心神不宁，上班一进办公室总拿眼睛一个一个地扫描全处的人，生怕有好消息别人忘了告诉他；有事没事每天都要到干部处办公室门口转一趟，生怕他们疏忽把他给忘了，错过好机会。升官的愿望折磨得他快要精神分裂，几年下来，他忽略了一点，就是从来不去想想自己除了会破那种小拿小摸案件之外，拿起笔来却不会写案情报告，三言两语就能说清的事，他不把领导和同事说糊涂不罢休。到转业他也没能当上处长，最后和他的护士老婆一起转业回到老家，工作的安排让他比较满意，在县印刷厂当了副厂长，他跟人说，比上不足，比下有余，有些人还没职务呢，这辈子他还有扶正的机会。

李运启终于有了扶正的机会，他亲自组织把县里三会（党代会、人大、政协）上领导的讲话和材料印成了书，这在县印刷厂是首次，过去都是印成文件，这次印成了书，县委书记、县长、人大常委会主任、政协主席的讲话都印成了书，还有彩色照片，领导都很满意，女儿又是烈士，有人给他透信，厂长他当不了，可能会让他当书记，书记是厂里一把手，正科待遇。他万没料到，就在这节骨眼上李蜻蜓活着复员回来了。这本来是好事一桩，可女儿戴着顶战俘帽子回来，他感觉女儿带来了厄运，他受了她的株连。李蜻蜓回家进门，她爸竟惊异地问，你怎么没有牺牲呢？！李蜻蜓僵在那里不知怎么回答好。李蜻蜓完全了解她爸，她没考上大学，她爸气得不跟她说话，嫌她不争气，丢了他脸。李蜻蜓不想再考，打算就业工作，但她爸硬要她当兵，专门求了军里首长，请首长给接兵部队首长打招呼，首长念他忠厚听话，又没能为他解决职务，于是帮了这个忙，李蜻蜓到那个部队通信营当了外线兵。

李蜻蜓死里逃生，受尽磨难，进门父亲竟劈面问她怎么没死，气得李蜻蜓一头扎进自己房间关着门哭。李蜻蜓妈是个消毒护士，没大本事，也没什么技术，李蜻蜓的爸在她的眼里是中国福尔摩斯，嫁给他找着了一辈子的幸福，她从来不敢在他面前说个不字。李蜻蜓在房间里哭，她就进房间陪女儿一起流泪。

其实给李运启透信的人是跟他开玩笑，领导对文件印成书是满意，但并没有让他当书记这说法，李运启却当了真，他把没当成书记的原因都栽到女儿身上。他嘴上虽没跟李蜻蜓明说，但心里是这么怨恨着女儿。

李蜻蜓办理报到手续还算顺利，说起来她是正常复员，她爸大小是个副厂长，安置办给她安排了工作，专业对口，到电话局干外线。李蜻蜓知道她爸心里想什么，住在家里整天看他那脸色不舒服，她向单位申请住房。她那队长对她特别关心，积极为她奔走，给她弄到了一间旧房。

李蜻蜓搬进单位宿舍刚一周，晚上有人敲门，李蜻蜓开门见是队长。队长看过她档案，知道她在战俘营待过，进门就动手动脚想占她便宜。在敌人刀枪面前她都没害怕，怎么会怕一个队长，她给了他一记响亮的耳光。队长恼羞成怒，说弄她这种破烂货是看得起她。第二天李蜻蜓没上班，她不想在这里干了，她回了家。

李蜻蜓没直接跟她爸说，她把事情告诉了妈，妈自然疼女儿，可她无能为力。李蜻蜓的爸中午回家，她妈把女儿这事告诉了他，让他想法帮女儿换个单位。她爸一听就火了，不骂那队长流氓，反对李蜻蜓一肚子怨愤，好像李蜻蜓又给他丢了脸，话说得特难听，说她别不知好歹，不是冲他面子，哪个单位能要她这种人。李蜻蜓气得手发抖，她愤怒地说，战俘不是她自己要当，她没有对不起祖国，也没有对不起父母，她是士兵复员，是城市户口，政府就该给她安排好工作。她爸说别做梦了，还嫌不丢人，有个工作有碗饭吃就算不错了，再要折腾，他丢不起这脸，要是再在单位搞臭，别再回这个家。李蜻蜓责问父亲，是不是要她随便让人糟蹋？这样他是不是就能升官？她爸随口喷出了那个字，让她滚。李蜻蜓什么也没再说，转身离开了家，离开家迈出大门时她暗暗下了决心，这辈子哪怕要饭当叫花子，她绝不再回这个家。

李蜻蜓看透了，她不可能再从父亲那里得到一点爱，她也不想再从父母那里得到任何东西，她要自己养活自己。要活下去，不能没有工作，另找工作没那么容易，何况她又是个战俘，而且是个女战俘，受尽了屈辱。李蜻蜓一路上思想，人家当兵，是一段光荣历史；她当兵，是终生痛苦。做女儿她已经遭父亲抛弃，做女人她可能一辈子得不到别人的爱。她不知道自己将来能做什么，也不知道自己现在该做什么，周围的世界变得陌生又无情，除了母亲，她再没有一个能说心里话的。想起父亲的气焰，她没有心痛，也没有绝望，她那颗心早已麻木，父亲把她这颗心彻底纤维化了，她不会再痛苦。她只有气，只有恨，她恨父亲，恨老天爷怎么让他做她父亲。既然父亲这样讨厌她，她就没有必要硬要做他女儿，她不信离了他她就不能活。

李蜻蜓在街上走出五百米，否定了离开电话局的打算，她决定仍旧回外线队，那里有一间小屋可以栖身，那里有一份工资能保证她不饿肚皮。

队长看她回来，没说她，也没罚她，只是瞪了她一眼。第二天，李蜻蜓就领略了什么叫小人不可得罪。天下着大雨，城西一段线路出了问题，雨天查线不是好活。他们队就李蜻蜓一个女工，这种任务，至少应该两个人去干，但队长却只派李蜻蜓一个人去完成。李蜻蜓明白他的心思，她才不在乎呢，枪林弹雨都经过了，这种雨算得了什么。李蜻蜓二话没说，穿上雨衣背起工具二话没说。尽管她对西城道路不熟，线路更不熟，但这种困难对她来说算不了什么。爬杆了，钻阴沟，外面衣服脏不说，还带上了下水道臭气；里边裤头湿得能拧出水来。李蜻蜓排完第二个故障从水泥线杆上下来，电线杆旁一个男人穿着雨衣站在雨中，是他们外线班的人，她还不知道他的名字，印象中他寡言少语。李蜻蜓浑身精湿，此时才感觉到冷，但心里涌出了许多暖意。她问他怎么来了，男工说怕她不熟悉线路，大雨天让一个女孩单独出工，让人心里不踏实。男工和李蜻蜓一起排除了最后一个故障。完成任务，男工没跟李蜻蜓一起回到队里，他说一起回去别人会说他闲话，这句话让李蜻蜓心头一热。李蜻蜓回队里，那些男人们看她淋成落汤鸡，一个个不免有点歉疚。李蜻蜓却一点没在意，得罪了队长，受他报复，心甘情愿。再说，拿了工资，不能不干活，到哪都是这道理，何况还有好人帮了她。李蜻蜓理直气壮地向队长销了任务，弄得队长反没话可说，他再故作姿态也掩盖不了他内心的尴尬。

李蜻蜓一口面没吃，越说越委屈，邱梦山劝她先吃了面。李蜻蜓的遭遇让邱梦山心里憋气，他要李蜻蜓带他去她们家。李蜻蜓不想回家，也不想跟她爸再争理。邱梦山却咽不下这口气，他生气不只是为李蜻蜓，而是为他们这些人，不能这样平白无故地让人侮辱。他要李蜻蜓领他去，她可以不进屋，不见她爸，他今天非见他不可。李蜻蜓知道邱梦山的脾气，他有心计也有意志，能做大事情。

李运启没见过邱梦山，问他找谁，邱梦山说他受部队领导委派，来走访看望一下参战复员士兵的情况。李运启听说是部队来人，立刻换了副面孔，客气地请邱梦山进屋，又递烟又倒茶，十分殷勤。邱梦山开门见山，说李蜻蜓虽然在战场被俘，但她在敌人的残害下，宁死不屈，保持了军人的坚强骨气，具有英雄的品质和精神。但是她复员回到地方后很痛苦，社会对她歧视，连她父亲都不体谅理解她，逼她离开了家，是不是有这回事，李运启很尴尬，说李蜻蜓是他自小惯得不成样子，不是他逼她离开家，他不过说她几句，她就跟他吵，赌气离开了家。邱梦山问他看没看过总部关于保卫边境作战被俘归来人员处理办法的文件。李运启十分抱歉地说没看过，地方看不到部队的文件。邱梦山告诉他县委组织部、统战部和人武部都会有这个文件。现在战俘政策完全不一样了，对作战中表现较好，因身负重伤，极度饥渴，赤手空拳，弹尽粮绝等客观原因和失去反抗能力而被俘的人员，一律恢复其军籍、党籍、团籍，给予表扬。身体健康者继续留队工作。他问李运启知不知道李蜻蜓的被俘经过，李运启摇头说不知道。邱梦山又问他知不知道李蜻蜓被俘后的表现，李运启又摇头说不知道。邱梦山严肃起来，他很严厉地说，听说你还在部队政治部门当过副处长，怎么一点政策观念都没有呢！对自己女儿的表现一概不了解，见面就把她当变节分子对待，你这父亲就这么当吗？李运启哑口无言。邱梦山继续说，我告诉你，李蜻蜓是英雄，她和战友执行任务遭敌人袭击，战友牺牲，她一个女孩子跑进森林里，过了三个多月的野人生活，赤手空拳被敌人特工俘了，在战俘营宁死不屈，与战友们一起越狱，她一人打死了三个敌人，最后中了敌人埋伏才再次被俘。她没有一点对不起党，没有一点对不起祖国，也没有一点对不起军队。她本来可继续留部队工作，但因为她是士兵，年龄已经偏大，是她自己主动要求复员回家，她完全可以跟其他复员士兵一样，享受同等待遇。你作为父亲，不理解她，不关心体贴她，不给她父爱，反把她赶出家门，还讲点人道吗？

李运启让邱梦山说得头上直冒汗。最后邱梦山说，你要是还有一点良知，就不应该跟着世俗观念一起再给她伤害，应该多给她一点父爱，尽一点父亲的责任。直到邱梦山离开，李运启再没能说出一句完整话。

8

岳天岚跟着小姨到五台山躲了整整十天，宗寺、圆照寺、万佛洞、普化寺、黛螺顶、菩萨顶都去拜了，烧了许多香。也不知是她们的虔诚感动了菩萨，还是巧合，她们回家那天真下了大雨，这竟成了天意。岳天岚妈说是应验了，岳天岚自己知道，在五台山这些日子，整天生活在佛门慈悲为怀、超凡脱俗的精神世界里，小姨又一路上不停地分说开导，再加上这里山清水秀，她的心境清净了许多，心情也好了许多。岳天岚没再做那种怪梦，但白日里一有空闲还是思念邱梦山，一点都没临嫁的喜悦。

婚礼前三天，徐达民发现她精神不振，百般地殷勤，又是人参精，又是蜂王浆，他要岳天岚精神百倍地步入"皇宫"，让所有到场的宾客都羡慕。

邱梦山在家里乏味地住了半个月，说乏味，是他在家不能干他原来喜欢干的那些事，他只能干邱梦山从小不愿干的那种事。他喜欢打猎，他却不能去打猎，他爹带他去打，他还要装作不会打铳。他自小最头痛磨面，一磨面就头晕，他却要干得特别来劲，让他爹和娘确定感觉他不是儿子梦山，而是井生。邱梦山选择岳天岚举行婚礼这一天回部队，是怕自己在家里情绪反常让爹娘看出破绽。

婚礼前一天晚上，邱梦山和岳天岚都没睡好。邱梦山彻夜想念岳天岚，岳天岚也痛苦地与邱梦山作了最后告别。岳天岚先安顿儿子，问儿子要不要徐叔叔做他爸爸，儿子说要徐叔叔做他爸爸。岳天岚说若要徐叔叔做他爸爸，他就得暂时跟她分开。儿子不理解，徐叔叔做他爸爸，他为什么就要跟妈妈分开，岳天岚说如果要徐叔叔做他爸爸，妈妈就得嫁到徐叔叔家去，就得跟徐叔叔一起度蜜月。儿子问妈妈跟徐叔叔度蜜月，为什么他就要跟妈妈分开。岳天岚说妈妈跟徐叔叔度蜜月，妈妈就得跟徐叔叔睡一个被窝，他就不能跟妈妈睡一起。儿子又问他不跟妈妈睡，跟谁睡？岳天岚说他先跟姥姥姥爷住一起，等妈妈跟徐叔叔度完蜜月，再接他到徐叔叔家一起住，那里为他单独布置了一个房间。

儿子又问蜜月要多长时间？岳天岚说蜜月就一个月，白天她会到姥姥家看他。儿子说不跟妈妈在一起不好。岳天岚就说那就不要徐叔叔做他爸爸。儿子想了想还是要徐叔叔做他爸爸，他要妈妈保证每天到姥姥家来看他。岳天岚答应她和徐叔叔每天接送他上幼儿园。邱继昌就愉快地答应了。岳天岚是体谅徐达民初婚，度蜜月有儿子在身边，无论从哪方面考虑，对徐达民多少都会有影响，她应该让他享受初婚的幸福。岳天岚当天就把儿子送到爸妈那里，儿子很听话，高高兴兴地在姥姥家住下了。

　　岳天岚独自回到自己家，她要跟邱梦山告别。岳天岚把邱梦山的一张标准相放到梳妆台上，她点了三炷香，双膝跪到邱梦山相前，磕了三个头，然后对邱梦山说她明天要嫁给徐达民了，这人还不错，对继昌对她都很好。但是，无论谁也无法替代他在她心中的位置，他是她一生的最爱。儿子还小，需要有个家，需要有个爸爸照应他，但他永远姓邱，她也会让他记住，他永远是邱梦山的儿子。她还说她要离开这儿了，但他和这小屋将永远留在她的心中……岳天岚泪如雨下。岳天岚说完这些，起身把屋里墙上邱梦山的那些大照片都取了下来，拿出了他们所有的照片和影集，她找出一只铁桶，把一张张照片点着，在铁桶里烧化。岳天岚坐在铁桶旁，把每一张照片再看最后一眼，看一张，烧一张，每一张照片都是一个片段，都有一个故事。岳天岚看着一张张照片烤焦、燃着、烧化，眼泪伴着火焰流淌。烧到最后，剩下他们结婚的那本影集，她看了影集，紧紧地把影集抱在胸前，她没有把这本影集投入火中……

9

　　邱梦山提前归队李松平并不欣赏。政治处主任向他汇报后，他跟主任说石井生这小子变着法在催逼领导，这个时候表现积极有什么用，再积极也是个战俘，不可能到一线重要岗位任正职。主任就只好附和，说也难怪，等于在异国坐了五年牢。李松平坚持往上推，说团里不好安排，战斗部队弄个战俘去当领导，有副作用。他让主任再催师干部科。

　　邱梦山无聊地在招待所熬日子，他急需要工作。老婆嫁别人了，有儿子不能去认，爹娘认了，但隔上了一层东西，他感觉自己真成了石井生，已没一个亲人，再要没工作，他简直要疯了。

　　师里对石井生相当重视，专题开会研究，按照上级文件规定，承认他火线提干，定为副连职，到师卧龙山战术训练场任副场长，中尉军衔。根据他的表现，重新给他评功论奖，确认原评那二等功，报经上级批准，下了正式命令发了文。李松平和政治处主任一起跟邱梦山谈了话。念完命令主任强调，训练场没有场长，他是以副代正。邱梦山听了，内心非常激动，但他没把激动表现出来。悬着的那块石头总算落了地，政策还是管用，要是过去，当了战俘还想回部队任职提升，只能梦想！想到这一点，邱梦山心里的那英雄气便又慢慢滋生。

李松平没能读懂邱梦山脸上的表情，感觉他情绪有些低落，就要离开摩步团了，以后也不会再麻烦他了，他就真诚地劝他。说师里让他到战术训练场当副场长，一个重要原因是考虑要发挥他的军事特长，战前虽然是个班长，但火线提了排长，直接指挥过战斗，有战场经验，还立了二等功，可以在部队训练上发挥积极的作用。回团后，李松平就这话说到了邱梦山心里，他心里当即鼓起了一张帆。可帆刚张开还没扬起，又让李松平的一句话给落了下来。他说让他离开摩步团也是替他着想，毕竟有被俘这段历史，摩步团熟人多，低头不见抬头见，大家也许会生出尴尬，换个新环境，新天地里好做事。最后才涉及职务偏低这个实际问题，他希望他理解组织，他毕竟离开部队五年多了，部队变化很大，无论是他本人，还是组织都需要一个重新熟悉重新认识的过程，相信这个过程不会太长。李松平这番话把邱梦山内心滋生的那些英雄气又浇了下去，道理说得天衣无缝，语气也十分恳切，邱梦山还能说什么呢，他只能反过来警告自己，你不是邱梦山，是石井生，这就很不错了。于是他只好感激领导的关心，表示服从组织的安排。

卧龙山战术训练场邱梦山非常熟悉，战前没少去驻训。训练场离师机关五六十公里，说是训练场，实际只有一个排在那里做训练保障工作，维护训练场的设施，平时没人去，他们也用不着回师部。邱梦山离开摩步团，没谁去看他，他也没去看谁。邱梦山有自知之明，无论他是邱梦山还是石井生，都不是英雄凯旋，而是战俘交换而回。从战场上下来，只要不犯错误，军官们几乎都升了两级，都正在飞黄腾达，他去看人家算添喜还是添忧啊？师里倒是有两个熟人，营长到师里当了副参谋长，团长当了副师长，但作为石井生他跟这些领导一点都不熟。邱梦山临走只回老连队看了倪培林。倪培林结婚后很正常，只是变得沉默寡言。邱梦山去看他，他和依达在自己宿舍请他喝了酒，依达已调来县百货商场当营业员。依达和邱梦山都没有一点尴尬，依达看他怎么看怎不像原来的那个石井生，她说战争把人都变了。倪培林为老战友送行，一连敬了邱梦山好几杯酒，他送邱梦山走时说了三句话，第一句话是，需要他做什么事就打电话；第二句话是，他每年都会祭奠老连长；第三句话是，他一辈子对不起他。

　　邱梦山到卧龙山战术训练场上任，没有刻意要烧什么火，他也没有意识要显示他的什么英雄气，他只是在其位必须谋其政，当训练场场长，必须干场长的事。他到训练场后，头一件事是看地形，真军人才有这个习性。真军人脑子里整天只琢磨两个字，攻防。无论攻还是防，都离不开地图和地形，看地图和地形是要知道敌我友方位，明确自己所处的位置。知道自己的位置，才能知道上级在哪，友邻在哪，敌人在哪，才称得上知己知彼。军人要不知道自己的位置，也就一草莽，不可能成为军事家。军人在一地住下，头一要紧就是知道自己住在什么地方，处在什么位置，方能知道如何进退，何时进退，怎么进退。搞清南北方位，摸准左右近邻，无论战时还是平时，都有好处。

　　邱梦山看地形，除了军用地图外，只带排长一人。前任已经转业，听说是连长，也上过战场，打仗时是排长，在战场立过二等功，从战场回来，鲜花和掌声把他搞得有点晕，老婆不在身边，没人管束，也少有人提醒，师医院一位护士崇拜他，他没能管好自己，炮兵出身，懂得精确射击，神炮手全师有名。他很厉害，不光把人家护士搞了，还把护士的肚子搞大了。这护士非常痴情，仿佛是给她下了龙种，下定决心要这孩子，还想等他离婚跟她结婚。神炮手却只想搂草打兔子，压根就没想离婚。这傻护士竟一根筋，心地不错可挡不住肚子鼓起来，一经暴露，医院便霎时进入一级战备状态，紧急排查。一查就查到了那连长头上。军队的纪律是铁，是钢，不铁不钢，军队就成面条，上下一片娘娘腔，不能叫军队，也打不了仗。因为是两相情愿，那家伙只挨了党内记大过处分，调离连队，发配到这训练场当场长。其实训练场没入编，仅用了师靶档队一个干部名额，一直由一个排长在这里负责，自那连长开始，才有了连级这个说法，说法归说法，还是没编制，实力挂在靶档队，归师作训科管。

　　邱梦山看地形跟别人不同，他不要排长给他介绍方位、地形、地貌和任务，也不要排长介绍工事设施和作用，他只要他跟着。邱梦山拿着地图，一气爬上了卧龙山主峰，海拔一千二百六十三点八米，是这训练场的制高点，登上主峰，俯瞰四周，也是一览众山小。邱梦山站在主峰上，拿地图跟地形一一对照。然后再坐上摩托车，这是训练场场长的坐骑，把训练场方圆十公里的旮旮旯旯看了个遍，一天工夫他就看完了战术训练场的全部地形。第二天他还让排长跟他上山，又一次爬上卧龙山主峰。他问排长这训练场场址是谁选定的，排长说不清楚，是坦克师调防时移交给他们师的。邱梦山感慨特种兵的现代化意识就是比步兵强。这方圆十公里，除了卧龙山，都是丘陵平缓慢坡，非常适合搞现代步坦合成训练，现在他们摩步师也有了坦克团，步兵团也装备了装甲输送车，在这儿训练很符合现代合成作战要求。排长没吭声，那表情显然是觉得邱梦山操心操大了，这心归师长、参谋长和作训科操，训练场就负责场地保障，你操这种心是公公爹背媳妇，出力不讨好。邱梦山没管排长什么反应，他继续问部队来驻训，是训练场拿方案，还是部队自己拿方案，还是师作训科拿方案，排长觉得邱梦山有点异想天开，他想让他知道个人的位置，他说训练场只负责场地保障和设施保障，连后勤都不用他们保障，也没保障那条件。部队驻训练什么，怎么练，练多久，怎么考核，方案都是师作训科和团作训股拿，他们就是听喝。领导吆喝他们干什么，他们就干什么；领导没吆喝他们，他们也别抻头，瞎抻头不落好，是添乱。除了那一百多天驻训外，没人搭理他们，士兵到这儿当兵到复员能不能去趟师机关，要看运气。邱梦山一听不是味，他对排长这态度很不满，他问那干吗叫训练场，叫训练保障队算了！排长说，哪够得着训练保障，也就是个靶档保障排，训练场就是用靶档队编制，他这副场长根本不在编，是用了干部机动名额。让他来这里当副场长，不过是一个心理安慰，跟玉皇大帝让孙悟空当弼马温一个道理，别太在意了。邱梦山听了凉了半截。

邱梦山心里凉归凉，但他生性不是爱偷闲的那种人，排长消极，他再干什么就不让排长跟着，看着他烦。第三天，他独自一个人在训练场转，把每个工事、每道战壕、每一个障碍都看了个遍，而且全都绘到地图上，训练场一切战术设施他再不用别人介绍，完全了如指掌。

邱梦山到战术训练场两个月，部队就开始驻训。所谓驻训，是部队拉出营房，驻到战术训练场周边，住到村里老百姓家，一边体验野战生活，一边搞训练，最后在训练场完成战术合练和轻武器、火炮射击考核，年度训练计划就大功告成，然后班师回营房。

邱梦山被压抑的英雄气还在作祟，两个月副场长当下来，他发现训练场的那些工事、障碍，设置位置和形式比那边战场要落后十五年，落后陈旧不说，部队每年都在这儿训练，工事和障碍位置闭着眼睛都能摸着，没有一点实战意味，训练质量和效果可想而知。实战是什么，实战就是情况瞬息万变，计划始料不及。他琢磨，部队硬功夫只有在近似实战的那种训练中才能练得，指挥员的应急处置能力也只有在突发事件中练就。眼下，全师参训部队对训练场的防御工事和设置的位置一清二楚，怎么能达到提高实战能力的效果呢？他决定增设暗堡和新工事，搞成几套配套工事，供考核时选择使用，让部队练上几手，他认为这是他当场长的本职。

邱梦山把任务交代给了排长，排长居然不把这事当回事，耸了耸肩膀，说他怎么不嫌累，训练场就二十来个兵，根本干不了这种事。开训后，师首长三天两头要来吃饭，接待任务都忙不过来。邱梦山还没碰上过这种下级，敢这么顶撞他。训练场只两排房子，一排房子是他们的办公室和宿舍，一排房子是招待所，供师首长和机关用。那排房子外表看是普通营房，里面却是按三星级宾馆装修，卫生间、实木地板、空调、彩电、电脑应有尽有。三名士兵专职为这排房子服务，还有三名炊事员一名给养员，勤杂人员就占去一个班。兵是少点，但不等于干不了这事。邱梦山没发火，但这事不容商量，他说二十来个兵不少，坑道都打得出来。排长看他瞪圆了眼，就悄悄地把自己给"三大纪律"住了。

第二天吃早饭排长露了脸，吃完饭转身就没了影儿，兵也只剩下一个班。邱梦山查问，班长说排长去镇上采购了，师首长中午在场里吃饭。邱梦山心里有点火，我大小是个副场长，有事你得跟我说，连招呼都不打，还有个兵样吗？邱梦山没朝班长发火，喉结那里鼓涌了几下把那气咽了下去。他扛起工具，带着一班兵上了卧龙山。中午邱梦山和兵们浑身泥汗回到场里，肚子饿得咕咕叫，炊事班却没给他们做饭，兵们心里恼得扔工具。炊事班长却拿首长来吃饭压他们。邱梦山没发话，却拿两眼瞪着炊事班长，炊事班长被邱梦山眼睛里喷出那火烫软了，急忙让炊事员给他们做鸡蛋面。邱梦山吃着面，隔窗看到排长在后排走廊里狗颠屁股来回跑，跑得脚后跟打后脑勺，发狠吃了两大碗面。

邱梦山再碰见排长时，排长说话舌头已经不会打弯，走路迈着醉拳步，脑子倒还没完全晕，还认得邱梦山。他说石场副，参谋长在饭桌上问他来着。这句话每个字后面都加着顿号重复了好几遍才说完。邱梦山很可怜他，可怜他能把军人丑化成刁小三样真难为了他。邱梦山嗯了一声就转身走了，他没去见参谋长，直接回了宿舍，他要小睡一会儿，下午还要领着兵们去筑暗堡。

10

岳天岚是让曹谨硬逼着才去了医院。曹谨来看岳天岚，发觉岳天岚的脸色不好，曹谨惊奇新婚后怎么反倒憔悴了呢。岳天岚没法跟她说心里话，新婚以来，她没有一天不在想邱梦山，徐达民每次跟她亲热，她从心理到感觉都把他当作邱梦山，徐达民仅仅是邱梦山的替身。她知道这样不好，对徐达民非常不公，可她却无法改变，因此，她常常失眠，感觉嘴里发淡，食欲不振，浑身慵懒乏力。岳天岚的不舒服，却又不愿意让徐达民发现，什么都可以跟他说，唯独这件事不能说。曹谨就领着她去了医院。内科、妇科都查了一遍，医生开了一大堆化验单，三天后去看结果，肝功、血常规、血脂、胆固醇，一切都正常。岳天岚一头雾水地走出医院。岳天岚没离开医院，在住院部前那片树林一个角落里找到了一张条椅，她独自坐下来，让自己静一下，她想，难道真让梦山那鬼魂缠上了。她无法解释，也无法排遣。

岳天岚在医院的树林里想了半天，徐达民追她这么多年，婚前从没对她越过轨，即使登记那天去验收新房，他也听她劝克制了自己，他把她当一块美玉一样爱，可她心里却时时刻刻念着邱梦山，难道真有鬼……岳天岚越想心里越沉重，越想越觉对不住徐达民，越想心里越害怕。她没心思回到学校做事，给学校打电话请假回了娘家。

曹谨追来电话，问岳天岚检查结果，岳天岚只好如实告诉她，她一切正常，什么病都没有，只有心病。曹谨问她什么心病，岳天岚没瞒她，她说她忘不了梦山。母亲说，老辈那些传说，不能全信，也不能不信，也许梦山真有魂，让他给缠上了。她没像岳天岚那样只顾忧虑，她说，她想法求人帮着戒一戒，驱驱鬼。另外她劝女儿，徐达民这么急着想要孩子，赶紧给他生个孩子，有了孩子，她就不会再这么想邱梦山了。岳天岚也觉奇怪，她也想早给徐达民生个孩子，早生她也早完成任务，结婚后她没采取任何避孕措施，可她却没有一点反应。

娘儿俩正忧郁着，徐达民欢天喜地进了门，进门就把岳天岚搂到怀里，说她这么美丽可爱，绝对不可能生病。原来徐达民路过学校进去看岳天岚，想下班两人一起去接儿子，岳天岚的同事告诉徐达民岳天岚到医院看检查结果去了。徐达民一惊，天岚从来没跟他讲有什么不舒服，他直接去了医院，一路上想，天岚会不会怀孕，结果岳天岚真是去查病，他自责自己对她关心不够，听医生说她一切都正常，于是他立即赶了回来。徐达民这么一说，岳天岚却更是内疚，又无法对他吐露真情。岳天岚只好说这几个月她身体一直不太好，徐达民紧紧捧住岳天岚的手，真诚地检讨，说他是马大哈，以后一定注意。徐达民不只检讨和安慰，他发自内心地爱岳天岚，他又逼着岳天岚跟他一起去医院做全面检查，B超、CT、心电图查了个遍，还是一切正常。徐达民这才如释重负，说没有病咱就补。他今天一只鸡，明天一只鸭，还给岳天岚买了西洋参。徐达民越是这样，岳天岚心里越乱……

第八章

———

天 凶

1

一个月之后，摩步一团战术综合考核率先在战术训练场拉开了序幕。卧龙山主峰对面高地搭起观礼帐篷，四周插满了彩旗，架起了高音喇叭，这些事排长做起来非常卖力，没用邱梦山操一点心。团首长、师首长都来了，军参谋长也来了，越野车小轿车停了一拉溜，战术训练场比过年还热闹。这时最牛气的人是师作训科科长，上至师长，下至连长，考核的事一切都得问他。邱梦山却成了局外人，他人在现场，但无论开什么会、下达什么任务、现场组织考核，都没他的事，反倒是那个排长跑前颠后忙得不可开交。没人找他，他自己找自己；没人给他任务，他自己给自己下任务，他完全在轨道之外独立运行。一身野战服挺合身，精气神十足，手里握着一个对讲机，这是场里的先进通信设备，像二代大哥大一样，小巧精致，原来放在仓库里睡觉，都睡出毛病了，邱梦山让它们重见了天日。他拿着这玩意儿挺来劲，不时会听到有人向他报告情况，让他找到一点场长的感觉。

战术综合考核以连为单位，连战术考核是摆练，对手只是训练场那些钢筋混凝土工事，没有假设敌，进攻连队所有的枪炮只做样子不开火，为增添气氛，自制了一些小炸药包，加上各种枪支打空炮弹，给考核演练增添了一点火药味。

摩步一连率先进入待机位置，邱梦山看到倪培林穿着野战服和连长带着部队进入角色，虽然是摆练，但这是年度考核，一年辛苦的成效如何要看这一下。三发绿色信号弹升空，摩步一连开始向卧龙山主峰进攻，轻车熟路，一连三个排所向披靡，毫不费力地摧毁了第一和第二道防御工事。部队接着向第三道防御工事攻击。炸药包、空炮弹像礼花鞭炮，很是热闹。一连突破第三道防御工事，只要攻占主峰，考核就顺利结束。一连刚接近第三道防御工事，左右两侧突然有枪伸出暗堡射击孔，枪声大作。虽是空炮弹，把一连兵们吓了个傻，训练时两侧高地从来没有暗堡，兵们不知怎么办，班排长不知所措，连长也不知道是怎么回事，扭头往后看观礼台，进攻自然停止，队形顿时大乱。师参谋长火了，问是谁在捣乱，作训科长也不知道是怎么回事，他吼训练场排长这是怎么回事，排长自然就推到副场长身上。科长这时才想起这里还有个副场长，他急忙喊副场长，但记不得名姓。邱梦山明白科长是要找他，他不慌不忙地过来告诉科长他姓石，叫石井生，训练场特意设置了暗堡，好让部队练紧急应变能力。科长没给他好脸，出口骂了句神经病，这是做游戏闹着玩吗？想怎么着就怎么着，出了事谁负责？邱梦山没在乎科长发火，军参谋长发火他都没在乎，何况一个科长，骨子里的英雄气还是保留了一点。他回答科长就因为不是做游戏才考虑从实战出发，训练不是为了看，而是为了战。邱梦山这话顶得作训科长瞪着眼睛没能找到合适的话来训他。倪培林毕竟上过战场，他主动取代连长指挥全连利用地形地物隐蔽，三排掩护，一排从左侧迂回攻击主峰，二排从右侧迂回攻击主峰高地。各排以战斗小组分散进攻，相互掩护，摧毁暗堡，迅速突破第三道防御，拿下主峰高地！连队改变进攻队形，化整为零，三个人一小组，向两侧迂回，交替掩护进攻。很快摧毁暗堡，突破防线一起向主峰发起攻击。

师长和师参谋长脸上的肌肉这才放松开来。事后邱梦山听一个参谋说，军参谋长说了一句话，说这样训练好，没有预案，有对抗性，这样才能训练实战应变能力。但事后，师参谋长还是训了邱梦山，不是批评，而是训。他训邱梦山，别目无组织纪律！实兵对抗请示谁啦？自制小炸药包也能伤人，炸死炸伤人你负得了责吗？！多保障，少添乱！中午米饭夹生！别不务正业！邱梦山什么也没说，弄半天他这副场长主要任务是要保证米饭不夹生。邱梦山哭笑不得，转身时禁不住鼻子里哼了一声。邱梦山这一声哼声音不大，参谋长没听到，但作训科长耳朵却比老鼠耳朵还尖，他不只听到，而且特意告诉了参谋长。参谋长就很不舒服，他说一个战俘，训他又怎么啦。这话又传给了邱梦山，传话那个参谋不是要搬弄是非，他欣赏邱梦山，遗憾他只是个参谋。

邱梦山没管参谋长对他满不满意，他只是想自己重新回到部队穿上这身军装不易，不能愧当这军人，更不能愧对英雄的荣誉，应当为部队做点实事，这才不枉开明政策，不枉总部领导的一片关怀。摩步一团综合战术演练结束，他没管作训科长对他是什么看法，郑重其事地找了他，把一份报告交给了科长。科长拿起邱梦山那材料扫了一眼，题目是《实兵对抗综合战术演练方案》，科长只扫了一眼，就把方案扔桌面上，抬起眼睛看了看邱梦山，说他有空看了再说。邱梦山听得很清楚，科长要看还要再说，邱梦山就翘首盼着科长来跟他"再说"。科长几乎天天来训练场，却没跟邱梦山"再说"什么。邱梦山一直盼到三团演练考核，科长仍没找邱梦山"再说"，几次见面也没再提方案一个字儿，似乎他从来没说过看了"再说"这种话。

邱梦山没法责怪科长，只好暗自检讨自己的那个方案，检讨来检讨去他觉着没什么不合适，方案完全是针对实战要求提出的，搞假设敌对抗，才会有战场真实感。双方明确训练课目，不设预定方案，各自才会真正动脑子较劲，这样才符合实战情况，这样才能真正提高指挥员的应变能力，才会让部队练出真本领。邱梦山当然不明白作训科长怎么没跟他"再说"，他也不便跟传话那位参谋接触，这样可能会给他添麻烦，邱梦山没有任何人可商量，他只好把这个方案闷在肚里。他想，兴许今年训练计划已经定了，不好改变，驻训结束后，搞驻训总结那会儿，也许科长会主动找他"再说"。他也曾想到再写一份，直接寄给军参谋长。后来想想不合适，自己现在这身份，越级送材料，好像抱什么个人企图，像是要显摆什么，别再惹麻烦了。

2

坦克团实弹射击是驻训考核最后一个单位压轴项目，只要坦克团实弹射击不出事，三个月驻训就胜利完成，不料坦克团火炮实弹射击偏偏就出了事。

实弹射击在卧龙山下大沙河里进行，沙河一边是卧龙山，另一边是老百姓的庄稼地。射击课目是行进间短停射击，五发炮弹，两个隐现目标，距离在八百米至一千五百米之间。邱梦山率训练场两个班做靶场保障。靶场保障不只在各种距离上设置靶子，主要任务是检靶报靶，这牵涉到每一辆战车年度射击成绩，一点都不敢疏忽。一连二连呲呲呲，一气呵成，问题出在三连一排二车第三发炮弹上。前两发打得很准，第一个目标两发两中。坦克继续前进，邱梦山命令将一千一百米处靶子拉起，坦克短停，七秒钟装定诸元火炮击发射击，轰！炮口冒火，硝烟四射，坦克后坐，炮弹呼啸出膛，一秒、两秒、三秒……坦克里四个乘员盯着潜望镜看弹着点，射击场上从师参谋长到全团每一个参加考核乘员，眼睛都聚焦在一千一百米处那个坦克靶子上，邱梦山和场地十几个保障人员也都躲在战壕里瞪眼盯着坦克靶。没听到爆炸声，炮弹也没有穿过靶子，既没见近弹，也没见远弹，炮弹不知飞哪去了！邱梦山当即向指挥所报告，没发现弹着点！参谋长夺过送话器吼，问他炮弹飞哪去啦？邱梦山说坦克靶前后左右都没发现弹着点。参谋长火了，见了鬼啦！炮弹能飞天上去啊！邱梦山说也许发生了跳弹。参谋长吼他跑步去指挥所，听这口气倒像是邱梦山制造了这个事件，是他让这发炮弹失踪。

射击场沸沸扬扬，三连二车终止射击，返回出发地。坦克团参谋长、射击参谋带着三连连长和二车四个乘员垂头丧气地来到实弹射击指挥所，邱梦山也跑步赶回指挥所。师参谋长气哼哼地双手撑着腰站在指挥所里，见人员到齐，他问到底是怎么回事，三连二车炮长哆嗦着嘴唇汇报整个射击过程，一切都按规程操作，炮弹正常出击点火出膛，没有看到弹着点。参谋长扭头问邱梦山凭什么判断是跳弹，邱梦山说一百毫米坦克破甲弹初速是每秒九百五十五米，一千一百米距离，弹丸出膛后一点一五秒钟就得爆炸，炮弹击发点火发射，弹丸出膛没有疑问，无论远弹近弹，一点一五秒钟之后都应该发现弹着点，没有发现弹着点，很大的可能发生了跳弹。参谋长反问即使跳弹，弹丸也要落地，只要它落地就会爆炸，最远也能听到爆炸声，为什么没听到爆炸声，邱梦山分析，跳弹一般是因为引信没有接触地面，大多是弹丸前部碰巧撞击在露出地面山石上引起，跳弹后，弹丸改变飞行方向，减慢速度，如果是弹丸底部触地，引信有可能不接触地面，弹丸就不会爆炸。参谋长没了脾气，他没有直接对象地问现在怎么办，邱梦山没有说话，这不是他的职责范围，他拿眼睛看坦克团领导。坦克团参谋长说必须找到跳弹弹丸，要不后患无穷，但没具体意见。师参谋长觉得挠头，他又火了，让他们别说空话废话，说怎么找。坦克团几个人面面相觑，团参谋长犹豫了一下，说有危险也得找，问题是他们三连发生，由三连负责去找。师参谋长问他们准备怎么找，坦克三连连长十分为难，他不知道该怎么找。指挥所里出现静默，师参谋长拿眼睛瞅邱梦山。邱梦山没看他，他在暗自好笑，这么件事，这么多负责人在，却没一个人挺直腰杆把责任承担起来，棘手事谁都不想碰。邱梦山顾自拍了拍身上的泥土，拍完土抬起头才发现大家都在看他。他不紧不慢地问，看大家这意思，是不是要我们训练场去找？师参谋长没回答他的问话，却反问他有没有把握，邱梦山拉了拉嘴角，他没好意思笑，怕又冲撞了参谋长。但他很消极，他说这种事鬼才有把握，但事情出了，总得有人去找，部队要是不想去找，他们就去找。好歹他们对射击场的情况比连队熟悉，处理哑炮和臭弹也是他们的训练课目之一。师参谋长要求他严密组织，绝对不许发生问题，要是出了问题，你场长得负责。邱梦山纠正参谋长，他是副场长。

邱梦山站到靶档班兵们面前把任务一下达，十几个士兵都紧皱眉头看着他。邱梦山明白他们的意思，嫌他揽来这么个要命的任务。邱梦山说这种情况不知以往发生过没有，也不知以往是怎么处置，现在他是这里的负责人，他认为这事应该由他们来做。他让大家别盲目害怕，弹丸杀伤力在爆炸之时，没爆炸之前就是个铁疙瘩，找弹丸这过程没什么危险，关键在处理弹丸，一旦发现弹丸，由他亲自来处理。十几个兵听领导这么一说，也就不再那么紧张，也不好再埋怨领导。

邱梦山领着十名老兵开始了找弹行动。他让十个兵在沙河射击场一千一百米靶处，拉开成一条线，人与人之间左右间隔十来米，邱梦山的位置在十个兵中间，他们拉网式地朝前搜寻。邱梦山的背后是坦克团近千双眼睛，目光里有崇敬也有担忧，邱梦山的背影像在向他们宣告：你们睁大眼睛看着，我究竟是个什么样的战俘！

射击待命地悄悄传开了石井生的各种各样传闻。有人说，石井生本来就是英雄，跟他们连长邱梦山一起夺无名高地，一起深入敌后抓活口。那个说，听说这人平时郎当，打仗却厉害得很，只可惜被敌人俘了，要不可能提营长了。又有人说，烈士陵园里为他立了碑，他是昏迷后才让敌人俘虏。这边有人在说，听说他在战俘营组织了越狱行动，消灭了二十多个敌人，真可惜……

前面右侧训练场一名搜寻士兵突然惊呼着卧倒，其余九个兵也都忽地趴到地上。这举动所显示的恐怖，让后面射击待命的那些官兵全都抻着脖子站了起来。十个兵都卧倒后，邱梦山站着朝十个兵挥了挥手，让他们后退，十个兵迅速后退，后退了五十来米。邱梦山一挥手让他们趴下，他自己猫下腰向前察看。后面射击待命的官兵发现他突然趴下，心都随之一紧。邱梦山匍匐前进，前进了十米左右突然停止，后面看不到他在做什么。大约过了五分钟，只见他站了起来，转身跑回兵们卧倒的地方。他跟士兵要了绳子，然后他又独自继续猫腰向前，又趴下匍匐前进。他停止了前进，像是在往弹丸上系绳子。大约过了八分钟，他开始往后退，一边退一边放绳子。

从师参谋长到坦克团全团官兵，都提着心一眼不眨地盯着邱梦山。邱梦山站了起来，他拿着绳子一边退一边放，一直放到士兵们卧倒的地方。然后，他开始拉绳子，绳子拉了，没见弹丸爆炸。邱梦山又把绳子拽了一下，弹丸仍没爆炸。邱梦山停止拉绳，他向身边的班长做了交代，只见两个士兵跑回掩体，一人拿来一个炸药包和导火索。邱梦山和一个士兵拿着炸药包和导火索开始前进。突然，那士兵停了下来，他跟邱梦山说了什么，邱梦山也停了下来。那士兵站了起来，解开裤子站在原地撒尿。邱梦山也站了起来，也站在那儿撒尿。两个人尿完，再趴下拿着炸药包向弹丸匍匐前进。大约十分钟，两个人停止了前进。邱梦山把两个炸药包捆成了一个炸药包。邱梦山让士兵趴在那里，他独自一个人继续前进，大约爬了五米，他停住了，他把炸药包放好，然后，把弹头放到炸药包上。他向士兵招了招手，士兵拿着导火索爬过去。邱梦山从衣兜里摸出雷管，插上导火索，再插到炸药包里。他们一边向后退一边放导火索，一直退到士兵们卧倒处，然后用打火机点着了两根导火索。

轰！轰！炸药包爆炸，掀起了巨大的烟尘，接着一声巨响，像是弹丸落地爆炸。一团浓烟腾向天空。硝烟飘去，只见邱梦山再次猫腰向前接近，接着卧倒，匍匐前进。他停止前进，抬头在察看。邱梦山慢慢地站了起来，他没有激动，也没有呼喊，他只是朝后面射击待命地举起双手，待命地一片欢呼雀跃。邱梦山跑回掩体，拿过送话器向指挥所报告，跳弹已经引爆，实弹射击可以继续进行。

驻训结束两个多月了，时令进入了冬季，天寒了，地冻了，战术训练场变得冰一样冷清。邱梦山领着训练场的兵们，把卧龙山上上下下被训练损坏了的那些工事修复好。下了一场小雪，卧龙山的山冈沟谷，积下了星星点点的白雪。没有多少事做，邱梦山就没事找事做。寒冬腊月，北风像狼牙，刮到脸上像刀割一样痛，邱梦山就领着大家爬卧龙山，爬完山下来，兵们一个个脑袋像一口口小蒸笼。爬完山再练队列，齐步走，正步走，邱梦山要求走得跟仪仗队一样。走队列走冷了，邱梦山就让兵们练投弹，再把冷得缩手缩脚的那些兵们，练成一口口小蒸笼。军人在寒风中站立，那是一种威风，一种神采。邱梦山崇尚喜爱这种威风和神采，把锤炼陶冶这种威风和神采当作一件乐事来做，越做越来劲，越做越剽悍。有些人则不喜好这，把这种锤炼和陶冶看作是受苦遭罪，千方百计地躲，躲不开就偷力。邱梦山不管他们喜爱不喜爱，他对士兵只一个要求，他干什么他们跟着也干什么。

不管别人怎么看他，也不管别人怎么想他，邱梦山有一点始终不会改变，不论在什么位置上，他得对起那职位和工资。他心里还暗暗藏着一个心愿，企盼哪位领导会发现他，认识他。大半年下来，没有哪位领导注意到他，连作训科长也没找他"再说"。政治部干部科的一个电话给这平淡的日子掀起了波澜，电话打来时邱梦山在山上，让他到干部科去一趟。邱梦山想不出干部科找他会是什么事。他先想到转业，有些心惊。好不容易重新回到部队工作，他打算在部队再好好干一番，干出点名堂，可领导没把他放到能干事的位置上，可有可无，就这么转业，太遗憾了。他认真检讨自己，大半年下来，他没偷懒，努力地发挥个人军事特长，整修了训练场的工事，给作训科提供了驻训方案，好歹也处理了那颗跳弹，除了让作训科长不太满意外，他没做什么错事，让他转业没有其他原因，肯定还是战俘这事。他又想起李松平的那些话，心里不禁升出一线光明，是不是重新认识过程结束了？是不是这一季驻训发现他对部队军事训练还有作用？是不是觉得他还是条汉了？是不是要把他重新纳入正常轨道？一想到这，他有点激动，恨不能当时就跑到干部科去。

邱梦山走进干部科办公室门时，心里竟有点新兵见领导的那种忐忑，多少年没这种反应了。干部科副科长开门见山，说他回到部队这大半年表现很不错。副科长这话让邱梦山心跳加速到一分钟至少一百二十五跳，他深藏在心底的心愿终于出现了，他渴望副科长能说具体一些，说出他那梦寐以求的想法。副科长没朝着邱梦山的心愿说，他只说了档案袋里鉴定的那种话。邱梦山心里那十五只吊桶就七上八下忙活起来，他害怕副科长转换口气说"但是"，要是说出这两个字就完了，前面说得天好都是为但是后面那实质问题铺垫，但是之后可以把前面那些不错全盘否定。还好，副科长没说"但是"，他说经党委研究，与后勤部协商，决定给他调整职务。邱梦山心里一股暖流喷涌而上，他那两只手已经开始颤抖，当兵这十六七年他从来没这么虚荣过，他几乎张着嘴要把副科长那些话都接住咽进肚子里去。副科长把话进一步具体化，他告诉他提升他为正连职，调到后勤部生产科当助理员，军衔提为上尉。邱梦山又喜又惊，喜不只是终于恢复到正连职和上尉，而是组织、领导没有把他另眼看待，照常在关心、提拔、使用他。惊是有点出乎意料，他军事干部出身怎么到后勤管生产。邱梦山还没能把这喜和惊恰如其分地反映到脸上，副科长接着说，师里有个化工厂，已经列入总后勤部九字头工厂编制序列，生产碘和醇，原料是就地取材，从海带里提炼，效益非常不错。这关系到全师官兵的福利和文化生活的提高问题，要加强领导。党委决定调你去兼任厂长。

邱梦山像挨了一拳，完全蒙了。副科长回避了一个重要定语，但邱梦山有耳闻，这个化工厂，实际是家属工厂，工人全都是师司、政、后机关和直属队干部随军家属。一个堂堂的军事干部，去管那些老娘们，这种被提升的感觉让邱梦山的情绪一落千丈，可还说不出什么。

邱梦山的内心十分强烈地鼓动自己要像个男子汉，可到这时，他心里的那点英雄气虚得让思维无法聚拢，好歹先找着一句话搪塞一下，他问家属工厂原来的厂长干什么去了，这话问得非常策略又非常实在，这句话的答案可以证实军人到了那种地方还会有什么样的发展机会。副科长没有糊弄邱梦山，他说原来的那位厂长犯错误转业了。邱梦山倒树自然要刨根，因为他也可以算是犯过错误的人，于是他又追问他犯了什么错误，副科长没隐瞒，说这个人表面老实，实际上毛病太多，不光贪钱，还乱搞妇女，司政后五六个干部要合伙阄他。邱梦山一听更觉这种地方太无聊，军人去这种地方只能是浪费生命，必须抵制。副科长看出了他的心思，他没批评他，反激将他，说他上过战场，指挥过战斗，还当过战斗英雄，有魄力，有能力，肯定能胜任。邱梦山苦笑，说隔行如隔山，搞军事或许有劲可使，搞生产经营，是赶着鸭子上架。副科长面有不悦，说话换了口气，表现出对邱梦山有点不知好歹的意思。他说这么安排他，他们已经费了劲，他毕竟在那边当了五年多的战俘，年龄也偏大，再不想法调职，年龄就过杠了。咣当！邱梦山当头挨了一棒，他终于看到了个人命运的底线，他已经出了列，没法再归队跟着队伍齐步走，这么安排已经是照顾。邱梦山明白了这一点，顿时就矮了半截，回国回部队到这会儿，他所有的努力都宣告失败，至此，他心里的那点英雄气算是彻底熄灭了。他没再让副科长为难，也没有理由让他为难，他只能服从安排。

邱梦山从师部回训练场，排长已经准备好了酒菜为他送行。邱梦山的走，他似乎特别高兴。这事邱梦山去师部前排长就知道了，连兵们都知道，只邱梦山自己蒙在鼓里。有人早跟排长打了招呼，说等石井生走后，他就提副场长。排长给邱梦山送行，邱梦山还很感激，还以为排长这人很重人情。喝到最后，排长跟邱梦山提了一条意见。他说他浑身带刺，一个人带刺不让人喜欢，黄鼠狼都有人喜欢，但刺猬没人喜欢。邱梦山苦笑，说这大半年，他就这会儿还有点军人味。排长更来了劲，说人带刺，都觉得自己有两下，真有两下那种人有刺，大家服，比如像他们连长邱梦山在战场跟军参谋长立军令状，拿下无名高地，没人不服。但你不一样，自己是个战俘，还愣在领导面前显能，别说领导心里不舒服，别人看着都不舒服。这句话捅了邱梦山的腰眼，他急了，把筷子拍到桌上，瞪着眼责问排长，战俘怎么啦，当了战俘就不能再做人了吗，排长一点都没难堪，根本就不把他这火当回事，他反笑了。他说战俘是没什么，战俘就是战俘，有些人是投降当了战俘，有些人是弹尽粮绝无法抵抗当了战俘，有些人是受伤失去作战能力当了战俘，但是，不管怎么当了战俘，反正是被敌人抓了。这事说破天去，就算有天大理由，怎么说也说不成是一件光荣事。同样上战场，有人当了英雄，有人当了战俘，这战俘和英雄能一样吗？邱梦山一怔，想想排长这句话是真话，他端起酒杯，感谢他说实话，一口干了。

3

端午节是中国人的传统节日，岳天岚跟徐达民说星期天她要带邱继昌到喜鹊坡去看望他爷爷奶奶，徐达民不仅赞赏支持，而且要亲自陪她一起去。徐达民一直把邱继昌当亲儿子待，一家三口高高兴兴去了喜鹊坡。

邱成德接下水果补品，大包小包五六个，尤其是邱继昌没进门先把爷爷奶奶喊得天响，邱成德高兴之余，心里着实过意不去。儿子走这么多年了，儿媳也改嫁了，逢年过节总还要和老公一起带着孙子来看他们，孙子也还姓邱，儿媳和丈夫都是爹娘一声声喊，这么好的媳妇世上真是难找，邱成德只好认为自己上辈子积了德。

一家人正热闹着，乡邮员来了，喊邱成德拿图章领钱，说部队上儿子又寄钱来了。岳天岚听了好奇怪，邱梦山是独子，他牺牲了，怎么还会有儿子寄钱呢？邱成德当然知道是石井生又寄钱来了，他拿图章在乡邮员那个单子上盖了印，乡邮员点给他三百块钱。邱成德捏着那三百块钱，心里着实不踏实。认爹娘归认爹娘，哪能真让人家养老，不亲不眷，这么认一下，就让人家亲儿子一样来孝敬他们，邱成德心里很过意不去。

邱成德把来龙去脉告诉了岳天岚，说这辈子没见过这种好人，长得真像梦山，连说话声音都像。这孩子命也苦，自小没爹没娘，牺牲了也就牺牲了，可没死，让敌人给俘了，在那里做了五年苦力，什么都耽误了，连媳妇还没娶。他真把他们当亲爹娘，但他们受之不安，他寄来那些钱都没花，说每月给继昌一百块钱也没给，都帮他存了起来。他老家没一个亲人，既然他来认了爹娘，爹娘就得把他当儿子待，给他攒着，到时候娶媳妇好派用场。岳天岚从乡邮员手里要过那张汇款单看了一眼，没错，是叫石井生。她在部队见过他，跟梦山长得是很像，她都搞混了。可是他跟梦山一起牺牲了，倪培林说他先拉光荣弹比梦山还早牺牲，搞祭奠仪式，她也看到了他的墓碑，怎么会当俘虏了呢？邱成德说他昏死过去了，醒来已躺在敌人的战俘营里，交换回来又回了原来部队。岳天岚有了遗憾，他没牺牲，梦山呢？他对梦山这么有情有义，特意来这里认了爹娘，替梦山在尽孝，让人感动。岳天岚问公公爹石井生哪年来了家里，邱成德说是去年五一劳动节前，在家里住了半个来月。岳天岚心头一跳，她和徐达民就是五一结婚，已经被她否定的那个梦一下重又复活。那个梦就发生在五一前十几天，是心灵感应梦山托梦，还是石井生冒名顶替蒙她占她便宜！岳天岚不敢想象，也不好再当着徐达民的面问下去。

吃过午饭，邱成德领着徐达民和孙子上山去采杏子，岳天岚又跟婆婆问起石井生来。她问婆婆石井生现在跟梦山像不像，婆婆说人模样不太像，但有时候觉得他就是梦山，说话声音特别像。她又问婆婆石井生老家是什么地方，婆婆说他家是歇马亭乡碰头崖村。她又问婆婆石井生在家时提没提过她和孩子，婆婆说他只说到城里看战友，没听他提她和孩子，是他们告诉他梦山有儿子，他也没说要去看他们，可能是跟她不熟。岳天岚问婆婆还记不记得石井生是哪天去了城里，婆婆想了半天，没想起是哪一天，她只记得在家住了三天，第四天进了城，在城里住了两夜就回来了。岳天岚还问婆婆石井生进城回来说没说去看她和孩子，婆婆说没听他说，当战俘回来，他心里很不开心，老是心事重重，没事就山前山后转，很少待在家里。

从喜鹊坡回来，石井生在岳天岚的心里成了一疑团，他对梦山爹娘这么好，要替梦山尽儿子的责任，他也见过她，在部队嫂子嫂子叫那么亲，回来怎么会不去看她，连问都不问。岳天岚更觉奇怪，他既然知道了梦山有儿子，还要让他爹给孙子钱，为什么不直接寄给她，怎么连封信也不给她写。他在城里待了两天也没去看她，他也没去看苟水泉，他在城里干什么了呢？岳天岚悄悄地记下了汇款单上的地址。岳天岚第二天上班先给苟水泉打了电话，苟水泉竟跟她一样，既不知道石井生还活着当了战俘，也没见过石井生，也没有过书信。岳天岚觉得这个石井生是个谜。

4

邱梦山在家属工厂闷头干了一年，无论对谁，无论什么事，不管他喜欢不喜欢，只要他答应下他不会懈怠，更不会渎职，他用带兵的办法管那些家属。他学老子无为而治，不开大会，也不找女工谈话，他只把规定贴到车间里。规定很简明扼要，只三条：一、一个月中三次迟到或早退，扣当月工资百分之十；二、无论哪个部门，发现谁上班时间三次闲聊天或做私活，扣当月工资百分之十；三、在工厂吵一次架扣当月工资百分之十五，打一次架扣当月工资百分之二十。家属们的老公大小都是官，什么样的规定没见过，传达不到她们这一级的红头文件看多了去了，一个战俘还想拿规定来吓唬人，她们根本不当回事，那些司政后领导的爱人、科长们的老婆看都不看一眼，谅他也不敢拿她们怎么着。头一个撞枪口上的竟是后勤部副部长的老婆，这副部长就分管家属工厂，她跟一个科长家属吵了嘴，还摔了工具。邱梦山没找她们，也没训她们，当月领工资时，副部长老婆跳了脚，真扣了她百分之十五的工资。这不得了了，副部长亲自打电话找邱梦山。邱梦山等副部长发完火，很冷静地问副部长，他是不是认为他这么做不对，要是认为他这么做不对，那么请他把他这厂长撤了，他不会有半句怨言，而且答应买条中华烟谢他。副部长反被他将了军，他哪有权为老婆撤厂长呢？从此，家属们一个个都怕了他，工厂面貌大变，当年产值提高了百分之十六。

整整一年，一天不多，一天不少，部队开始精简整编，邱梦山所在师要改成旅，一大批干部要转业。邱梦山一番深思，深感自己军旅生涯走到头了，别说将军，少校都可能只是梦想了。他下了决心，恭恭敬敬地把转业申请报告交到顶头上司生产科长手里。先是科长劝他，再是后勤部部长亲自到工厂找他谈话，反过来请求他撤回转业报告。邱梦山没撤，他说他本想穿一辈子军装，但命运告诉他，军旅生涯他只能走到这一步了，再这么走下去，他就对不起自己的生命了，对不起自己的生命这种事绝对不能做。谁劝也没有用，最后师党委只好批准石井生转业。

邱梦山当年赤条条换上军装离开家乡走进军营，十六年后，带着三只纸箱子重又回了老家，三纸箱子装金银财宝、钞票还差不多，但他只带回一纸箱子书，一纸箱子被褥衣服，一纸箱子日用品杂物。邱梦山对组织没提任何要求，也没有提前回家乡活动工作，因为石井生也不认识谁。组织上倒是派人到文海县替他联系了安置，县军转干部安置办答应安排相应的工作。邱梦山离开部队前，他穿上军装，佩戴着上尉军衔，到照相馆照了一张标准相。从照相馆回来后，锁上宿舍门，他脱下军装，躺到床上，无声地把个人十六年的军旅生涯过了一遍电影，过到最后眼泪泉一样涌，他不甘心哪！十六年前，第一天穿上军装那天夜里，他也是这么静静地躺在床上，憧憬了自己的未来，他暗暗跟自己发了一个誓，他要当一辈子兵，穿一辈子军装。今天，他失败了，败得无论怎么样不甘心也无法挽回。

邱梦山带着三个纸箱子回到家，他没去歇马亭乡磕头崖村，那里没有他一个亲人，邱梦山也不想再到那里去节外生枝找麻烦。他也没法去县城，那里没处落脚，尽管荀水泉在人武部当着副部长，让他找个住处不是不可以，但谁知道工作安排得怎么样，要时间长了费用承受不了，再说石井生跟荀水泉不比邱梦山跟荀水泉，他们之间的感情没到这份儿上。他决定直接回喜鹊坡，反正已经认了爹娘，回喜鹊坡是回自己家。

5

邱梦山去军转干部安置办公室办理转业手续那天，天空晴朗，阳光灿烂，但他心里却一片阴沉。一位男官员彬彬有礼地接了他的档案，还为他倒了杯水，请了坐，待他坐下后，还对他说了对不起，让他先等一会儿，他要看一下档案。礼仪周全，邱梦山的心里晴朗了一些。那官员似乎对他的档案不感兴趣，只翻了一下，就手又把拿出来的那些材料全都装回了档案袋，还十分小心细致地在密封条边上盖了安置办公章。做好这些，他才抬起头，涌起一堆笑，非常礼貌地向邱梦山表示对不起，请他到统战部去办理手续。邱梦山一愣，他很不明白，军队转业干部怎么归统战部管呢？男官员非常和气地向邱梦山解释，正常军队干部转业归军转干部安置办管；但他档案袋里比别人多了一张表，有了那种表，就等于多了一种身份，这种身份就得归统战部管。男官员素养不错，他似乎怕碰着石井生心里的伤疤，故意不提"战俘"两个字。邱梦山自己把这事说穿了，说不就是一张被俘人员登记表嘛！这又怎么啦？他早恢复了军籍、党籍，仍旧回到原部队工作了两年，其间还提拔了职务，晋升了军衔，这次精简整编是他个人主动申请转业，不是部队处理。男官员见石井生不在意这身份，他也就不再回避，他仍堆着笑告诉石井生同志，只要有这种身份记录，不管是正常转业还是非正常转业，都归统战部管。邱梦山纠正男官员，怎么叫即使正常转业，他就是正常转业，他是共产党员，正连职军官，是上尉，怎么就成统战对象了呢？男官员不急，仍非常和气地解释，政策就是这么规定，只要是战俘，即使是党员，同时也属于统战对象，都得归统战部。邱梦山问他看过总政文件没有，如今被俘人员政策变了。男官员说那文件上所有条款他都熟悉。邱梦山不服。要他说清现职军官转业为什么要统战部安置，男官员挺耐心地解释，每个政策都是针对具体对象而定，总政那个文件是针对被俘人员回国处理而定。国务院文件是针对被俘人员转业回乡安置而定。假如他在部队继续工作不转业一直干到退休，不回乡安置可以，假若要回乡安置，也还是要归统战部管。男官员还是耐心地解释，不管表现好坏，这种身份无法改变，就是因为他表现好才会让他继续留部队工作，才会正常转业；要不然，不是处理转业，就是遣送回乡，叛国变节还要判刑，怎么还会安置工作呢！

邱梦山很郁闷，军籍、党籍是恢复了，但他这军人和党员多了一个附加身份，多了这个身份，他这军人、党员就贬了值，仅仅记录在档案而已，在别人眼里，战俘这个身份却盖过了一切，战俘把军人和党员都给玷污了。除非他自己去向所有认识他的知道他的那些人一个一个解释，说自己流过血，受过伤，立过功，是战斗英雄，回原部队工作还提了职，升了军衔……真要是这样，周围的人不把他当精神病才怪。邱梦山再没兴趣说什么，心里冰凉地拿起档案离开，走出门他心里说，经是经，念是念，不是一回事。

邱梦山到统战部，两位官员把他支进了一间小屋。小屋里坐着一位女官员，女官员很年轻，模样长得也很不错，只是那张脸不受看，板得跟砧板一样，像无故被人占了便宜又无处诉说那个样。邱梦山一看她那样，当即失去了说话的兴趣，他什么也没说，直接把介绍信和档案给了她。女官员没招呼邱梦山，顾自查看邱梦山的档案。邱梦山站那儿耐心等待，左右脚把重心倒换了两次，女官员还闷头在看，不知她是想把那些材料背下来还是在鸡蛋里挑骨头。邱梦山没权力催人家，想坐下来等，屋子里又没有多余的椅子，邱梦山无聊得实在难受，干脆掉转身子，把屁股靠到她写字台边上。女官员在他身后尖声发出抗议，请他讲点礼貌。邱梦山没有以牙还牙，他很平和地说，政府机关应该是个礼貌场所，怎么连一把椅子都不给客人准备。她毫不客气地说，你就别穷讲究了。邱梦山感觉这女人素质太一般，他就故意顺着她的话逗她，他就是不穷讲究才这么随便依她写字台站会儿，没有想劳动她去给他找椅子。邱梦山把她逗得无话可发泄，见邱梦山掏烟，终于找到了借口，她愤怒地喷出了出去抽这声吼。邱梦山点了点头，说别太冲动，对心脏和大脑血管都没好处。

邱梦山在外面无聊地抽了两支烟，那女官员才在屋里叫他进去。她不看邱梦山，只看着档案材料说话，说他上过战场，虽然立过二等功，但是……邱梦山现在对这个词最敏感，他问但是什么，是不是想把二等功抹掉。女官员那张脸更板了，她说不是她要抹掉，事实上这个功有疑问。邱梦山急了，问她有什么疑问，是他没有拼死，没有流血，还是没消灭敌人。女官员这才抬起头不解地反问急什么，好好听。她说疑问客观存在，这个功是他牺牲后追记，可他根本没有牺牲，而当了俘虏，这不是疑问吗？要是部队当时知道他被俘，还能给他记功吗？邱梦山心里骂，这女人脑子还不简单，她还能从这个角度来推断问题，竟让她给问住了。邱梦山怎么能让她给问住呢！他想到了回部队后给他任职和重新评功的事，心里有了底，他拿鼻子轻轻地哼了一声，说人民政府，是人民的办事机关，不是衙门；政府官员是人民的公仆，而不是官吏老爷；你坐这儿，是人民给你权力让你为他们服务，别站到人民对面刁难老百姓，该勤勤恳恳为老百姓做事，让她耐点心，慢慢往后看，看明白了再说话。女官员让他这么一抢白，心里很别扭，但她只能往后看，她看到了部队对石井生的任职、重新认定二等功那个决议，心里非常不舒服，于是强词夺理。这有什么可神气？一切不都是恢复嘛！不是重新评定嘛！说到底你是当了俘虏，没什么可骄傲的。邱梦山心里那火腾地着了，但硬压着火对她说，那是在战场上拼死，不是坐在办公室里研究问题，当时有三十多个敌人一齐向他开枪，他完全死过去了，在战俘营半个多月之后他才苏醒过来，这样被俘怎么啦？一切就都要作废？七个子弹窟窿就白挨了吗？血就自流了吗？女官员根本不接他的话茬儿，她冷冷地瞟了他一眼，说她没时间跟他争论这些，他也没权力在这儿跟她嚷嚷，至于怎么对待，由组织根据政策研究决定。邱梦山看她要治他，没好气地问她他的工作究竟怎么安置，女官员往外推，说工作安置不归他们管，但他们会与军转干部安置办协商，由他们根据实际情况安排工作。邱梦山感觉自己错了，权力在人家手里握着，跟人家争争不到一点好处。于是他忍了一切，直接问她，哪天才能落实工作，女官员还了他一声哼，哪天她也说不准。邱梦山又急了，说部队不是来联系了吗！不是说工作都安排好了吗！女官员对邱梦山说话的口气极不满意，不管是谁，只要来这儿找她，没有一个敢这么跟她说话。她用训斥的口气告诉石井生，让他别用这种态度跟她说话，不是她要为难他，没有人逼他当战俘，要是英雄回来弄不好县委书记都会出来迎接他！邱梦山心中的那火本来就没灭，一听这话，怒火冲顶脑门，他忍无可忍地拍了写字台。是我要当战俘吗？我他妈都到阎王爷那里报到了！女官员非常恼火，让他说话嘴里干净点，别一口俘虏腔。邱梦山气得牙根颤抖，两眼往外喷火，他开了骂。你流过血吗？你死过吗？你知道身上穿七个子弹窟窿是什么滋味吗？女官员被邱梦山眼睛里的那火烫着了，她恐惧地站起来跑出门去。邱梦山一屁股坐到她的写字台上，他不再痛苦，也不再难过，心里只有愤怒，但他不知道是愤怒自己，还是愤怒别人。

女官员在一位男官员的陪同下回到屋里，女官员提着心吊着胆坐到位置上。那男官员还特意拎了把椅子进来，男官员态度明显的比女官员客气了许多。请他坐，还口口声声叫他石井生同志。邱梦山拎过椅子就坐。男官员是来和稀泥，说他虽然当了战俘，但还是党员，还是同志。不是他们要歧视他，这是现行接收被俘人员转业复员安置规定。不提政策还好，一提政策邱梦山更火。他说政策非常英明，他回国后照常回部队继续工作，还提了职，晋升了军衔，转业到地方怎么就两样看待呢？男官员解释，不是他们歧视他，是命运带给了他不幸。这不幸不能怨他，更不能怨他们，只能怨命运。

邱梦山这火本来就是股无名火，他并不完全是针对那女官员。在战场上，他是爷爷；从阴间回到人间进了战俘营，他成了老子；由敌国交换回国，他成了儿子；再从部队转业回家乡，他成了孙子。一步一步，尽管他用了石井生的名，但他一切都还是邱梦山，在别人眼里却成了孙子。邱梦山什么时候当过孙子？他窝憋得难受，女官员惹他给了他发火的机会，他就把烦恼全吼了出来。

邱梦山在统战部重新登了一份被俘归来人员安置登记表，全部手续办下来，邱梦山只拿到一张介绍信和一张安置登记表复印件，那女官员又把组织关系介绍信退给了他，让他到县委组织部去转。然后让他留下住址，联系电话，听候通知。

邱梦山走出县委机关大院，感觉像逃离灾难现场。他把那份沉重的档案留在了统战部，这辈子再不想跟他们打交道。他走上大街，眼前是一片陌生的人群，心里油然升出一种孤独感。十六年军旅生涯、赴汤蹈火、浴血奋战，变成了三张纸，这三张纸将划定他将来的人生走向。他不知道到哪工作，将会干什么，更不知道今后路将怎么走。

邱梦山揣着这三张纸，如同倒闭工厂的工人揣着白条，心里说不上是什么滋味。邱梦山穿着新制式军装，但已摘去了军衔，失去了光彩。走在街上，提不起一点精神。邱梦山心里郁闷，想找个人说说话。邱梦山不由自主地想到了荀水泉，刚走了几步，他感觉不对，他现在是石井生，而不是邱梦山，石井生跟荀水泉没到无话不说的那种感情，荀水泉人家现在是副部长，整天忙着呢，他哪有工夫跟他聊这些。他想到了李蜻蜓，不知道她现在如何。他调转方向，朝电话局那条街走去。

6

邱梦山找到电话局外线班，外线班人说李蜻蜓辞职离开了。邱梦山为她担忧，不知她又遭遇了什么麻烦。已近黄昏，邱梦山进茶餐厅要了杯茶，吃了一大碗牛肉面。邱梦山撑饱肚子，太阳还没下山，他不想这么早就回那个地下室招待所，让自己像白痴一样无聊地走在街头。他没去想下一步该怎么办，他已没把握自己命运的能耐，只能听凭别人随心所欲。他决定在城里等几天再说，工作是头等大事，没有工作单位，没有工作，日子怎么过，他绝对不能回喜鹊坡跟爹娘一起种地，提防别人可以，但无法提防爹娘，日子久了准露马脚。

前面有人在打架，一堆人在围观，他也白痴样凑过去看热闹。邱梦山还没挨近人圈，额头上被什么东西砸了一下，那东西是只矿泉水瓶，里面还有半瓶

页码 240

水。谁这么混蛋！欺负到老子头上来了，邱梦山挤了过去。一个男人在打一个女人，他无法判断这矿泉水瓶是那男人砸的还是那女人扔的。男人揪住女人的头发在往下按，周围几十人围着看。一个大男人欺负一个女人，真不像话。邱梦山一个箭步冲上去，伸手拽住了那男人的后衣领，往后一拉，那男人本来就立足未稳，没料后面有人拽他，一下失去重心，身子随着邱梦山的手劲扑通栽倒地上。他妻子看丈夫死狗一样被人摔，太丢人了，一扭身子跑了。那男人再顾不得那女人，爬起来拼命去追老婆。邱梦山这才发现被欺负的那女人是李蜻蜓。

李蜻蜓见是石井生，一肚子委屈化成泪水涌了出来。原来李蜻蜓是进货回来，前面车堵，不小心前轮碰了那人老婆自行车的后轱辘。那女人骂李蜻蜓眼长裤裆里去了，李蜻蜓没跟她一般见识，只是说碰一下车轱辘嘴用得着这么不讲卫生。那男人可有了为老婆显能的机会，伸手就打李蜻蜓。邱梦山帮她扶起自行车，车座上绑着两大捆杂志。邱梦山帮李蜻蜓推着车，两人一起去了报刊亭。

李蜻蜓告诉邱梦山，那个队长三天两头给她小鞋穿，他知道女人卸不了电缆，他却偏让她跟男工一起去卸电缆。一轴电缆上千公斤，车站装车有大吊，到他们库房就只能凭他们四个人拼力气。他们在车屁股后面担上几块木板做滑梯，但不能由着电缆轴随心所欲地乱滚，真让它随意滚撞，仓库的墙都能让它撞塌。他们四个人一组，车上两个拿绳拉，车下两个用手托，控制着电缆轴一点一点往下滑。李蜻蜓和那个寡言少语的男工在下面托，另两个男工在车上拉。卸着卸着，一轴电缆滚到滑梯中间，李蜻蜓这边车上男工手里的绳子突然断了，李蜻蜓一人哪能托得住上千公斤的电缆，寡言少语的男工大声喊李蜻蜓闪开，紧接着电缆轴忽地滑下，李蜻蜓躲过了一难。那轴电缆滚下车来，势不可挡，一辆卡车正好开来，咣当！车灯被撞碎，车头瘪了进去。队长扣了他们每人半个月的工资。寡言少语的男工没说什么，另两个男工却怨气冲天，背后骂李蜻蜓是丧门星。寡言少语的男工替李蜻蜓说了公道话，说堂堂队长无故欺负一个女孩子，德行太差。李蜻蜓很感激，悄悄地给他买了条烟。寡言少语的男工没跟她客气，收了烟，回头给李蜻蜓送了盒化妆品，李蜻蜓感动不已。

这男工叫吕金法，忠厚老实在队里有名。老婆欺负他忠厚，先是跟别人好上，然后故意把相好的领回家睡觉，吕金法没吵也没闹，主动退出来回了父母家，跟老婆离了婚，连房子都让给了老婆。李蜻蜓挺同情吕金法，年龄虽然比她大十几岁，但能老老实实一起过日子就行，她已不指望这辈子还会有爱情。有了这想法，她就单对吕金法不存戒心。吕金法表面上不吭不哈，暗里却偷偷背着人往李蜻蜓手里塞东西，李蜻蜓觉得日子过出了一点意思。

一来二去，吕金法嘴上什么也没说，心里对李蜻蜓却有了那个意思。李蜻蜓接受吕金法五次东西之后，吕金法晚饭后去了李蜻蜓那间小屋。李蜻蜓有些意外，意外的是她没想到事情进展得会这么快，但她还是很热情地欢迎他去看她。李蜻蜓给他泡茶，他就喝茶，给他洗水果，他就吃水果，只是一直不开口说话。吕金法不开口提那事，李蜻蜓就不好意思主动提，只好不停地给他添水，给他水果。

两个人在小屋里干坐了一个多小时后，吕金法站了起来，说是要回家了，李蜻蜓有点遗憾，也不好说什么，站起来送他。吕金法一只脚跨出门去之后才犹豫地停下来，两条腿骑着门槛回头问李蜻蜓愿意不愿意？李蜻蜓还不习惯这种说话方式，她就装傻问要她愿意什么？吕金法说要是愿意，他们就一块儿过。事情就这么突然，也这么简单，简单得让李蜻蜓不知道该怎么回答好。尽管她心里早就愿意了，但她还是给个人留了余地。她说太突然了，容她考虑考虑。吕金法问她要考虑几天，李蜻蜓很随意地说三天。

一天不多，一天不少，三天后晚上，吕金法又来了李蜻蜓的小屋。吕金法进了屋，又默默地坐在那里不开腔，还是给他泡茶，他就喝茶，给他洗水果，他就吃水果。吕金法这回倒没有到出门才开口，他吃完一只苹果就开了口，问李蜻蜓考虑好了没有，其实李蜻蜓根本用不着考虑，她对婚姻已没有奢望，只要有男人要她，跟她实实在在过日子她就满足了。李蜻蜓笑着说他要是真心实意跟她过日子，她愿意。吕金法没有笑，也没有说话，他起身走过去把大门插死，然后转身来到李蜻蜓跟前，也没说话一下把李蜻蜓抱起来轻轻地放到了床上。李蜻蜓没想到吕金法力气这么大，抱她像抱孩子一样轻松。接着他就很耐心地解李蜻蜓的衣扣。李蜻蜓挡了他手，说别急，事情还没说定。吕金法说做了就定了。李蜻蜓没想到事情会这么直截了当，她说她还有话。吕金法就住了手，李蜻蜓坐直身子，说既然他愿意跟她过一辈子，那就正儿八经举行一次婚礼。吕金法犹豫地看着李蜻蜓，说他是二茬子光棍，她又有那个历史，能不能不办婚礼，李蜻蜓很坚持，说一辈子就这么一次。吕金法想了一下，同意了。

李蜻蜓和吕金法商定婚礼在金龙潭饭店举行。李蜻蜓本不想叫父亲参加婚礼，吕金法坚持还是要告诉他，说再恶总是自己的父亲。李运启看到女儿终身大事有了着落，也算了却一桩心事，嘴上没说什么，私下里一一请了亲朋好友。婚礼搞得很像回事，但吕金法心里不开心，外线班同事他一个个都请了，还特意给队长送了请柬，但外线班一个人都没来。吕金法嘴上没说什么，心里却很在意。李蜻蜓劝他，别在乎别人对咱怎么样，咱不是为别人活着，自己过得开心什么都有了。吕金法想想这话对，两个人恩恩爱爱过起日子来。李蜻蜓陶醉了，也青春靓丽了，她没想到这辈子还会有婚姻和家。她一心一意地伺候吕金法，吕金法也美得年轻了十岁。

蜜月过去了，李蜻蜓很快发现夫妻两个人在一个单位做事不行，做事倒是小事，同事们那目光让人心烦，那些人一见他们两个总是挤眉弄眼嘁嘁喳喳，常常让吕金法不开心。吕金法慢慢地又回到了老样子，默默地上班，默默地做事。李蜻蜓觉得吕金法过得不开心，试探着跟他商量，问他她要不要离开外线班，没想到吕金法早在等她这句话，说最好是离开外线班。吕金法是这态度，李蜻蜓就不得不离开外线班，可离开外线班上哪呢？她连个熟人都没有，吕金法也既没靠山又没关系，没人会帮她这个忙。

李蜻蜓并不想辞职，但处境逼得她没法再在外线班待下去。李蜻蜓心里屈得慌，在战场上，命由不得个人，子弹炮弹说了算；在战俘营，贞操由不得她，敌人说了算，是祖国要她上战场，是人民要她上战场，是部队首长命令她去护线，她不是为自己。人要讲良心，社会也要讲良心，可是谁跟她讲良心，谁能理解她。

下班，李蜻蜓路过报刊亭，买了一本《婚姻与家庭》，随便翻着往前走。走着翻着，李蜻蜓忽然翻出一个主意。这报刊亭归邮政局报刊零售公司管，她给报刊零售公司经理移过机，有过一面之交。第二天李蜻蜓就去报刊零售公司找那个经理。经理办公室里很热闹，人来人往络绎不绝，都是各杂志社来找他，要求增加杂志零售量。李蜻蜓不想当着别人的面说这事，她站在门口等。

李蜻蜓头一次感到这世上还是有好人，报刊零售公司经理一口答应让她包租一个报刊亭，事情顺利得让她不敢相信。个人包租个人管，白天卖报刊，晚上想住还可以在报刊亭里住，再不用受别人管制，也不用到单位去领工资，个人生意个人安排，个人经营个人管理，自由也自在。李蜻蜓回家跟吕金法一说，吕金法非常赞成，催她明天就去报刊零售公司办户头，办了户头就辞职，寅时等不得卯时一样，李蜻蜓不免有点心寒。

李蜻蜓到报刊零售公司办完手续，回队向队长递了辞职书。队长以为是向他抗议，不免有些尴尬。李蜻蜓到公司业务科拉回报纸杂志，当天就开张营业。生意还不错，她有百分之二十五的利润空间，卖出十元钱就得两块五。没顾客时，自己还可以看看书看看杂志。赚钱谁不开心，李蜻蜓来了兴趣，跟吕金法商量，晚饭后是销售的好时机，不少人喜欢饭后散步遛弯，民工更是三个一帮五个一群乘晚上出来游逛，为了多赚钱，让他辛苦一下，晚饭自己做点吃，她不回来吃。吕金法没有反对。

有一天，李蜻蜓回去快十一点了，吕金法已经上了床。李蜻蜓悄悄洗漱，不想吵醒他。其实吕金法没睡着，李蜻蜓上床后，吕金法就跟她做那事。李蜻蜓奇怪吕金法突然变得非常粗野，粗野得让李蜻蜓想起了那帮畜生，她一下就变成了一根木头，没了一点做这事的心情。完事后，吕金法也没了关心和体贴，仰在那里喘气。喘着喘着，他突然侧过脸来生硬地问，你还能生孩子吗？李蜻蜓如五雷轰顶，她心里很痛。他为什么要提这个问题呢？他都有两个孩子了，什么意思？肯定是别人又对他说了什么。他是在想被很多人糟蹋后，还有没有生育能力……

三天之后，李蜻蜓征求吕金法的意见，问他跟她在一起是不是过得不开心，要是真不开心，他们就分手。李蜻蜓没想到吕金法会沉默，他没回答她。不开口不等于反对，不开口是心里有话不想说，或者碍于面子不好意思说。李蜻蜓没有逼他表态，一切都很清楚了。

李蜻蜓没再回到吕金法那里，吕金法也再没找李蜻蜓。李蜻蜓收拾了自己的衣物，把报刊亭当成了家，里面可以放一张折叠床，这段婚姻就这样结束了。

一个晚上，有个小伙子三十多岁，摇摇晃晃来到她报刊亭前，人没挨近，酒气先冲了过来。他开口就问，有《花花公子》没有？李蜻蜓抬眼看他，那家伙醉眼蒙眬，酒气一阵一阵扑过去。李蜻蜓回他没有。小伙子又问有没有光屁股女人照片的那种杂志，李蜻蜓回他没有。小伙子没有走，反转到报刊亭后面拉开门进了报刊亭。李蜻蜓让他出去，小伙子反说她什么服务态度，喝酒了，渴，给杯水喝又怎么啦。李蜻蜓没办法，拿纸杯给他倒了一杯水，让他出去喝。小伙子接过水没出去，在报刊亭里坐了下来。他说听说她是女战俘，在那边让一群敌人干了，用不着装正经，他孤单，她也孤单，他可以尽义务陪她。李蜻蜓知道碰上了无赖，她不想惹他，也不想理他，好言劝他，无冤无仇，请他喝完水赶紧离开。小伙子要赖就是不走。眼看快九点了，小伙子还不走，李蜻蜓说要关门，让他走。小伙子说关上门，干了那事他就走，这么多人都弄了，何在乎多他一个。李蜻蜓只好动手拖他，小伙子用力往后一挣，李蜻蜓拉脱了手，小伙子一屁股摔地上恼了，爬起来扬手就打李蜻蜓。李蜻蜓哪受得了这窝囊气，双手把他推出了报刊亭。小伙子回过身，拿脚踹报刊亭门。正好一男人经过，看到小伙子无故欺负李蜻蜓，路见不平一声吼。小伙子就动手打那男人，李蜻蜓拨打了110。小伙子毕竟醉了，三拳两脚让那男人按到地上。警察赶到，把他们一起带走了。

从派出所做完笔录出来，那男人很负责任地把李蜻蜓送回报刊亭，李蜻蜓很感激，庆幸又遇上了好人。但那个家伙从派出所放出来后，又到报刊亭来过，虽没敢再胡闹，但胡说八道了一通，还让她夜里小心点。

邱梦山心里很憋闷。想想自己的处境，跟李蜻蜓没多大区别，再想想他们在战场上流那些血受那些难，心里很痛。邱梦山看李蜻蜓一脸消沉，她要是知道了他这些事，会更加绝望，他是男人，是兄长，他有责任帮她。李蜻蜓问他是回来探亲休假还是出差，邱梦山告诉她，因为年龄偏大，在部队发展前途不大，主动要求转业了，他没告诉她工作还没有着落，更没告诉她统战部工作人员对他的那种歧视，他只说刚回来，正等着安置工作，这几天正好没事，他可以帮她一起看报刊亭。李蜻蜓说她不想干了，打算把报刊亭关掉。邱梦山问她关了报刊亭打算做什么，李蜻蜓这才告诉他，周广志来过文海县，还打听过他，他转业后去了特区，给她留了地址。在这里待下去没一点意思，她也想到特区去找周广志，换个环境兴许会好一些。邱梦山觉得这倒是一条出路，但他劝她还是先别关报刊亭，与周广志联系好了再关不迟。李蜻蜓接受邱梦山的意见，关了报刊亭她连住处都没了，再说把这些杂志处理了也好收回一些成本。

7

邱梦山帮李蜻蜓卖了一个礼拜杂志，给家里打了两次电话（家里还没安电话，当然是通过支书堂兄转达），再硬着头皮去了一趟军转干部安置办（他绝不想再去统战部），什么信息都没有。

邱梦山心里没了底，有点着急上火。十六年来，他一直坚定不移地坚信凭本事吃饭、相信组织、相信领导这些信念，那五年在那种环境中也从没有动摇。现在他不得不痛苦地开始劝说自己，把脊梁弯一弯，把脸皮搓一搓，脊梁弯一回两回不至于断，脸皮使劲搓麻了就不会红。他开始盘算荀水泉，开始打听徐达民。他还是有所收获，荀水泉确实是人武部副部长，徐达民是县委宣传部科长。他试图说服自己去以石井生的名义乞求他们，他终于买了两瓶茅台酒两条中华烟。回到地下室，他躺床上眼睛不停地往烟酒上瞅，他那脸还是没有搓麻，心头突然涌上一股悲哀。他反问自己，这是干什么呢，他发现自己太死心眼了，怎么在一棵树上吊死呢！他们不给安排，为什么自己就不能联系工作呢，自己年纪轻轻，有胳膊有腿，怎么就找不到一只饭碗！还是那句话，有真本事到哪没饭吃！他不信那个邪，他要试试，离了他们自己还能不能找到工作。

邱梦山决定两条腿走路，不信有十六年军龄，有战场经历的这种军人会找不着工作。有什么好怕呢？在茅山一个人对付三十多个敌人都没害怕，还怕见人不成！邱梦山悄悄地踏上了找工作之路。行动之前他想，如今人才都强调专业，要外语，要计算机技术，可这些都不是他的专长。要说优长，他最适合带兵，这儿没兵带；他懂管理，但谁用得着他来管理？除此他就只有军事技术和军事体育，他当即缩小范围，确定目标，在自己的技能上动脑筋。他由岳天岚想到了学校，他自量可以当体育老师，跑、跳、投掷、单双杠、爬墙、越障碍都是他的拿手好戏，当中学体育老师绰绰有余。再说，教师待遇不差，他还想到，要是当了教师，跟岳天岚就成了同行，相见就很自然，也会有共同语言。

邱梦山想岳天岚他们学校不能去，在一个学校低头不见抬头见容易见出事来，他去了县第二中学。邱梦山办事喜欢干脆利索，他没有去找人事部门，直接找了校长，自古到今，哪里都是阎王好见，小鬼难缠。他闯进办公室，校长见陌生人随便找他，心理上伤了他的权威。校长很不高兴地问他有什么事？邱梦山发现了他不高兴，于是就实话实说来求职当体育老师。校长先把他端量了半天，主动来要求当体育老师，体育肯定不会差，但校长没让邱梦山得意，他给邱梦山当头扣了一盆冷水，说学校不从社会聘用老师，只从师范学院应届毕业生中双向选择录用。邱梦山不死心，说他是转业军官。校长说转业军官就更不能随便接收，要安置办统一分配。校长把门关得没一丝缝隙，邱梦山哑口无言，心想这人太差劲，连句下台阶的客气话都没有。

邱梦山琢磨，公办学校都还是按计划公事公办，他们才不管人才不人才，应该找民办学校、合资学校，他们可能就没有那么多的清规戒律。

邱梦山在街上有选择地问了五个人，他找到了一条线索，县里有一所合资中学，是韩国一个华侨来家乡投资办的一所外国语学校，这真是太棒了，外国人肯定没有这么多规定。邱梦山满怀希望，充满信心地直接叩响了外国语学校校长办公室的门。校长挺客气，邱梦山奇怪校长不是韩国人，但也不是当地人，普通话讲得跟播音员一样好听。校长问明来意，再没跟邱梦山说话，示意他坐，同时按了一个电话键。不到一分钟，一位靓妹来到校长办公室。不用校长交代，靓妹就直接请邱梦山随她走。礼仪十分周全，但让他感到非常冷漠。

邱梦山随靓妹进了屋子，靓妹礼貌地示意他坐到她写字台前那把椅子上，然后她才彬彬有礼地落座。邱梦山刚张口想说话就被靓妹抬手示意停止。她请他把求职书留下，三个工作日后来听结果。邱梦山抓了瞎，他没准备求职书。靓妹没有埋怨他，她也在电话机上按了一个键。不到一分钟，另一位靓妹走进这位靓妹的办公室。进屋那靓妹毕恭毕敬立到这靓妹的写字台前，彬彬有礼地问处长什么事，邱梦山开了眼界，她这么年轻，竟当了处长。那处长靓妹向刚进屋那靓妹交代，让她领他去准备一份求职书。靓妹朝处长点了头，转身请邱梦山跟她走。邱梦山起身跟着这位靓妹离开，他们进了另一间接待室。靓妹问会不会用电脑，邱梦山如实说会一点点，但不熟练。靓妹说计算机内存有制式求职书，让他在电脑上填好表，然后用他名字做文件名存盘，他就可以回去。邱梦山还没有完全明白是怎么回事，这位靓妹已经离开。邱梦山感觉这里好像说话都得按字计价，谁都不愿意多说一个字，难道这就是外企风格？

邱梦山刚学会计算机使用就上了战场，五六年没用了，那时是 286 配置，他只学了 WPS，打开电脑，里面没有 WPS，只有 Word，没办法，他只好硬着头皮打开 Word，还好，里面有五笔字型输入法。他忘了再打开什么才能调出那制式求职书。他用鼠标挨着点击文件夹，内存里面有分区，他想起来应用文件应该都存在 D 盘上，他就拿鼠标点击 D 盘。D 盘打开了，出现了一溜文件夹，他就挨个儿点，求职申请表终于让他点了出来。他点开求职申请表，制式表格就出现在屏幕上。打字本来就不快，这种表格他从来没打过，更不熟练，噼里啪啦，抠索了一个半小时才按表格要求填完了这份求职申请表。那位靓妹来过两次，每次都发出惊讶，惊讶他还没有填好表，每次惊讶更让邱梦山紧张和自卑。

邱梦山打出一身汗，终于把求职申请表做完。那位靓妹却再不来了，他不知道她在哪间办公室办公，没法去找，只能等。一等不来，二等不来，三等还不来。邱梦山想起，她说了，打完起名存盘就可以离开。怎么存？存在哪个文件夹里，万一要存错了，按错键一下消了可白忙活了，还是让她来看一下好。邱梦山只好走出这间接待室去找那位靓妹，他不敢贸然敲哪个门，只好在走廊里溜达，希望那位靓妹能走出办公室。遛着遛着，那位靓妹在他身后开了口，问他表填好了没有，邱梦山喜出望外，说填好了。靓妹问存盘了没有，邱梦山正为这事着急，说不知道该存到哪里，正想找她请教。靓妹好笑地说，用你姓名起名，直接存桌面上就可以走厂。

邱梦山重又回到接待室，那位靓妹没跟他进来。邱梦山起了文件名，存到了桌面上，不放心，再调出来看了看，证实确实在电脑上了，这才离开。邱梦山走出外国语学校大门，他突然后悔个人没打印一份出来留底，万一他们不接收，到别处他就省得再重搞求职申请了。想了想，邱梦山重又掉头折了回去。

邱梦山再推开那位靓妹办公室的门，靓妹还在噼里啪啦打字。邱梦山见她没抬头，不好意思地走过去，没等邱梦山开口，靓妹先开了口，说三个工作日之后再来听结果，靓妹说话时抬了头，但她两只手没停，继续噼里啪啦在打字，打得飞快。邱梦山不好意思地解释，说他填那求职申请表挺费劲，能不能给他打印一份留底。靓妹说这不行，这表是他们学校设计，供他们学校内部专用，不得外传。邱梦山恳求，他只是想留个底，再做求职申请好方便一些。靓妹说他得付费。邱梦山说没关系，问她要多少钱，靓妹说按页面算，每页八毛钱。邱梦山此时只能大方，别的地方花钱买不到，他连忙从兜里掏出十元钱来。靓妹说现在机器不空，让他稍等一会儿。邱梦山当然只有感激。靓妹打完字，从她那台计算机里调出了邱梦山的那份求职书，给他出了一份。

邱梦山揣着求职申请表心满意足地走出外国语学校，走着走着他忽然疑惑起来，他问自己，他适合来这儿工作吗，邱梦山难以回答。他把那校长、那处长、那靓妹从头至尾想了一遍，觉得自己没法到这种学校来工作，跟他们在一起如同跟机器人在一起差不多，人要是整天跟机器人在一起工作，一起处理事情，太没意思；何况他们是活人，待人却如同机器人，跟这些人做同事共事，弄不好会共出精神病来。这么一想，他觉得用不着三个工作日了，现在就可以决定，即使他们同意聘他，他也不想来了。

有了两次经验，邱梦山再去找第三个学校前，路上先找地方把求职书复印了一份，这样好少费好多口舌。第三所学校在东郊外，是民办，叫益民中学。邱梦山仍直接找校长，校长不是太热情，但很认真地听了邱梦山的自我介绍，邱梦山从校长的眼睛里看出他喜欢他，说到后来，校长接连说了两个不错，这等于表了态，这时邱梦山才双手送上求职申请表。

校长接过求职申请表认真地看起来，看着看着校长的眉头突然皱起。邱梦山不知哪里出了问题，他有些紧张地看着校长。校长没说话，而是遗憾地把求职申请表还给了邱梦山。邱梦山不明白是什么意思，坦率地问校长怎么样。校长面无表情地说不怎么样，让他到别处去看看。邱梦山一听凉了，但他还想争取一下，求校长再商量一下。校长一脸严肃，说用不着商量，什么原因他自己比他更清楚。邱梦山还说什么，比他更清楚，肯定是战俘这事。校长这么说，是给他面子。

邱梦山一连奔忙了几天，结果是英雄跑白路。等他再回到李蜻蜓的报刊亭，李蜻蜓都一愣，问他忙什么去了，怎么这副模样，邱梦山很苦恼，但他没法跟她说。他不明白，战俘可以留部队继续当军官，还可以提拔使用，为什么就不能当老师。后来他才明白，学校是教育单位，是思想战线意识形态领域，战俘怎么能到这个领域工作呢！他赶紧调整思路，教育单位是教书育人，他不再有教育别人的资格；上层建筑不行，可以去经济基础，教书育人没资格，出力气干活总是有资格吧。他开了窍，开始到企业，到工厂联系。邱梦山接连又跑了两天，求了六个单位，这六个单位都不属于思想战线意识形态，都是经济基础生产经营单位，有三个单位很想要他，尤其是那个运输公司，听说他个人还能开车，几乎决定要他了，但　看他那求职申请表也摇了头。

邱梦山白费了一周时间，跑了不少路，赔了不少笑脸，说了不少废话，结果跟没跑一样。没有工作单位，他哪来住处，没有住处他怎么落户口，没有户口怎么办身份证，没有身份证他怎么算中华人民共和国公民，弄半天他现在是黑人黑户，在这地球上没有立足之地。碰了壁之后，他服了，心也灰了，他再一次劝自己，弯一回两回腰脊梁断不了，把脸使劲搓麻了就不会红。

8

邱梦山提着两瓶茅台酒两条中华烟去了人武部，他终于说服自己，像他这种人不该再有英雄气，决定让自己的脊梁弯一回，把脸搓麻木，对自己背叛一次。邱梦山决心下了，荀水泉却不在人武部，在县政府开会。邱梦山没法在人武部坐等，人家也没让他等，他只好上街溜达。邱梦山看着表一直遛到十一点，估计县政府会该结束了，他提着东西再上人武部。荀水泉仍没回来，邱梦山先给那值班参谋弯了脊梁，请求能不能在那里等荀水泉。值班参谋似乎找不出拒绝理由，再说邱梦山态度很好，同意他在值班室等。

邱梦山坐在值班室有些尴尬，他终于给自己找到一件事做，他要好好温习石井生。爹娘这关过了，荀水泉这一关很重要，他们朝夕相处了这么多年，尤其在战场上有了生死感情，作为军人，荀水泉比爹娘还熟悉他。一想到这，邱梦山忘了件大事，他忘了带烟粮袋，这不能含糊，石井生怎么能不抽烟叶！他起身向值班参谋道谢，说他到外面迎荀水泉。出了门邱梦山挥手招出租车，赶回地下室招待所取烟粮袋。

邱梦山取来烟粮袋已是十一点四十，邱梦山不管荀水泉回没回，先卷上一支喇叭筒叼上再说。荀水泉正好刚回到人武部，邱梦山随即进入角色，上演石井生，尽量让荀水泉从他身上找到一些石井生留下的印象，至少让他与荀水泉脑子里的石井生接近一些。邱梦山争取主动，抢先喊，指导员，还认识我吗？荀水泉一时没反应过来，愣眼看着邱梦山，他确实变了模样，既不像石井生，也不像邱梦山。邱梦山又加了一句，指导员，我是石井生啊！我自己都没想到，我还能活着。说着邱梦山流下了泪。这不是演戏，想到自己这处境，心里说不出是什么滋味。荀水泉这才痛苦地喊了井生，伸出一条胳膊搂住他，邱梦山在拥抱中感受到荀水泉的战友感情是真的，他心里有了底，无论他是邱梦山还是石井生，荀水泉都不会不管他。两人拥抱邱梦山也没扔掉那支喇叭筒，荀水泉问他怎么还是不抽纸烟。邱梦山赶紧学着石井生要给荀水泉卷一支，荀水泉说他还是享受不了生烟叶。荀水泉把邱梦山领到他办公室，荀水泉又细细地看石井生，他说要不是他来找他，在大街上撞见，他也认不出他来，说他既不像石井生，也不像邱梦山，细看还是像邱梦山多，尤其说话的神气。邱梦山踏实了许多，这样就好，都不像才好，同时又提醒自己注意说话神气，还得用心学石井生。两个人见面，竟一时不知道说什么好，相互看了半天，两个人都流下了眼泪。荀水泉想起在清水湾阵地背水，石井生返回去接他；邱梦山想起他俩在芭茅丛中对天许下那诺言。两个人不约而同再一次拥抱，荀水泉拍着邱梦山的后背，说他受苦了。荀水泉没领邱梦山上街，就在他们食堂炒了两个菜，两人喝了一瓶将军酒，邱梦山一边喝着酒一边告诉了他一切。吃完饭上了荀水泉办公室，两人竟都没提岳天岚，只顾询问离别后各自的经历，差不多两个小时他们才接上对方这一段人生空白。说完这些才说现实，邱梦山把转业这事和统战部、安置办的态度说了一遍，不用邱梦山开口，荀水泉说他来打听一下。

荀水泉不让石井生走，晚上把他领到家，曹谨做了六菜一汤，两个喝了个痛快。饭桌上，邱梦山婉转地问了岳天岚的情况，说连长牺牲了，她是不是改嫁了？一提起邱梦山，荀水泉心里很难过，他很内疚地点了点头。荀水泉和曹谨你一言我一语把岳天岚的近况告诉了邱梦山。荀水泉夸徐达民这人不错，什么都依着岳天岚，每年都去栗山给邱梦山扫墓，把邱继昌当亲生儿子待。邱梦山很感动，说应该去看看嫂子，看看侄儿。曹谨也说该去看看，既然认了连长这个哥，天岚就是亲嫂子。荀水泉说岳天岚已经知道他回了部队，也知道他去喜鹊坡认了爹娘，她还给他打电话问过他。荀水泉主张明天就去看岳天岚和孩子，他做东，请他们一家吃饭，就用他带来的烟酒做礼物，顺便跟徐达民说说安置问题，也可以请他帮帮忙。邱梦山感觉还是战友实在，毕竟他们同过生死。

9

过了部队领导、爹娘和荀水泉这三关之后再见岳天岚，邱梦山心里就不再那么紧张。邱梦山跟着荀水泉夫妇早早在岳天岚家附近一家"好再来"餐厅坐下，他现在是荀水泉的老部下，自然要主动先给他们夫妇让座泡茶，然后才卷一支喇叭筒，边吸边喝茶边聊天等岳天岚。岳天岚踩着点领着儿子走进餐厅，邱梦山争取主动先入为主，离开座位迎过去，隔着几张桌子就高声喊嫂子。当岳天岚被他握住手与他四目相对时，岳天岚心里怦然一怔，她惊呆了，石井生那只右眼里射出的眼神那么熟悉，那么热切，它只属于邱梦山和她，她脑子里嗡的一声，他是邱梦山！邱梦山敏锐地觉察到了她这一反应，他没给她留继续观察和思考的时间，主动问她，他是不是太像连长了，他随即自然地叼起那支喇叭筒。岳天岚似乎从错觉中挣脱，她半开玩笑说眼神倒是真像，要是他冒充他们连长，她肯定会上当。邱梦山心头一颤，他只好顺水推舟开起玩笑，说可惜嫂子不给机会，要是她没跟徐达民结婚，他真想代替连长跟她重组家庭，把连长儿子抚养成人，也尽一点兄弟责任。荀水泉和曹谨跟着笑，曹谨还说叔接嫂这种美事多得很，这玩笑开得岳天岚满脸通红。邱梦山只能抱起邱继昌转移视线和话题，邱继昌已经上学，也懂事了，但他不认识这个叔叔，又知道不好拒绝，勉强地让邱梦山抱了。邱梦山让他叫叔叔，邱继昌不知所措地叫了叔叔，邱梦山满腔真情地借机亲了儿子，亲得邱继昌躲闪不及。

荀水泉这才问岳天岚徐达民怎么没来，岳天岚解释上面来了人，晚上有应酬。徐达民没来邱梦山很高兴，有徐达民在场，他心里会很别扭，甚至会尴尬，这样反倒好，他心里轻松起来，主动跟邱继昌交流。岳天岚早就想见这个石井生，她没法忘却那个怪梦，如今他就在眼前，让她无法判断事情真假。趁邱梦山跟儿子说话不注意，岳天岚又细细地把他观察。邱梦山也正巧偷眼看她，两人的目光再一次相撞，岳天岚又一次看到了让她心动的眼神，他们彼此故意避开。岳天岚在心里跟自己说，他不是石井生，他就是梦山，伤后手术让他改变了模样，但他那眼神无法改变。她又问自己，他既然是邱梦山，为什么要借石井生的名字呢？她一时不得其解。她再看他时，她更没法确定，邱梦山留在她心中的印象本来就很模糊，他们在一起生活的时间太短了，没法从眼前这个石井生身上找出与邱梦山有什么异同，刚才的眼神却深深地印在了她心里，可眼前这个人叫石井生……

岳天岚十分矛盾，情感让她希望眼前的石井生是邱梦山，但理智又不希望眼前的石井生是邱梦山。她已经从公公爹那里知道石井生当了战俘，她绝对不允许邱梦山当战俘，她也相信邱梦山不会当战俘。这些年来，她一直以英雄妻子的身份自居，也以英雄妻子的身份选上了县、市、省乃至全国人大代表，解放军当战俘，她心理上不能接受。眼前这个石井生让她很不安，她一边吃一边不露声色地开始旁敲侧击，岳天岚故意说倪培林在英模报告团宣传过他和他们连长，结果他当了战俘，这样等于欺骗了大家。邱梦山一震，他没想到岳天岚竟会这么看他，不禁暗自庆幸借名借对了。既然她对战俘是这样一种态度，他想进一步试探她的内心。邱梦山说这事由不得他，军人在战场要么消灭敌人，要么牺牲自己，生死就在瞬间发生，哪能像他们老师有那么多闲工夫去想荣誉名利，军人在战场上是当英雄还是当战俘，自己无法决定，一切由战争这个魔鬼操纵。岳天岚不顾情面，进一步追问，他是不是因为是战俘，得不到重用，所以只好转业，邱梦山失望地抬起头来，他点了点头。不知岳天岚要表明自己态度，还是故意警告邱梦山，她说幸亏他是孤儿，要是有老婆孩子，那就连他们也给害了，说实话，战俘在人们心目中跟叛徒差不多。邱梦山只能苦笑着摇头。荀水泉接过话，他说岳天岚这观念过时了，现在政策完全不一样了，何况井生是失去战斗能力才被俘，被俘后仍继续战斗，组织了越狱越境，消灭了二十多个敌人，要不他回来怎么还能回部队，还承认他火线提干，在部队还提了职务，晋升了军衔。邱梦山非常失落，他说嫂子这话没有错，因为被俘，转业到地方也不受欢迎，到现在工作还没落实。曹谨一看气氛不好，也赶紧出来圆场，她凑到岳天岚身边，让天岚跟徐达民说说，也帮井生的工作安置想想办法。岳天岚态度很不积极，说这事牵涉到政策，徐达民人微言轻，可能帮不了什么忙。

荀水泉赶紧转移话题，问起邱继昌的学习情况。岳天岚却似乎还没完，她又提起石井生回喜鹊坡认爹娘这事，说继昌爷爷说他城里还有好多战友，战友们说不定有门路可以帮忙。邱梦山说其实没什么战友，他把李蜻蜓告诉了他们。岳天岚开玩笑说他重色轻友，不看自己指导员，也不看嫂子，只看女战友。邱梦山觉得岳天岚话里有话，他只好推说，当了战俘，不好意思见他们。岳天岚突然出其不意地看着邱梦山说，我跟徐达民结婚那年五一前，我们传达室老大爷说，晚上看到有个陌生人在我们院子里盯着我们窗户看，长得很像梦山，不会是你吧？邱梦山让岳天岚说得一哆嗦，他接着故意用大笑掩饰，说那时他刚回部队，工作还没安排，还不知道怎么安置他，他这副落魄样哪还敢见嫂子。曹谨轻轻地推了岳天岚，问她今天是怎么啦，岳天岚却不顾，继续追问李蜻蜓结婚没有，邱梦山看着岳天岚摇摇头，说别提了，全是噩梦。岳天岚不无试探地说，你们两个不是挺合适嘛！荀水泉觉得也不错。邱梦山故意说话给岳天岚听，说像他们这种人做人的权利都让人剥夺了，哪还有权利享受爱情和婚姻，他们只配下地狱。荀水泉毕竟是政工出身，他看岳天岚伤了石井生的情绪，他赶紧出来收场。

这顿饭吃得很没有意思，那个怪梦在岳天岚心里作祟，她感觉也许那天晚上是他潜入她家，假若这个石井生是邱梦山，那他很可能是了却心愿；如果他是石井生，那他就是流氓，冒充邱梦山占了她便宜。岳天岚心里乱死烦死了，但她心里打定了主意，不管他是邱梦山还是石井生，他是战俘确定无疑，她绝对不想跟他有任何接触。

邱梦山回到地下室房间，仰到床上半天没动弹。他感觉岳天岚认出了他，至少在怀疑他，她还故意提了那件事。她还明确表示了态度，战俘跟叛徒差不多，她不会理他。他庆幸借了名，要不然，别说她已经跟徐达民结婚，即使没有改嫁她也会跟他离婚。庆幸归庆幸，知道了岳天岚的态度，邱梦山心凉了，他顿时感觉这么活着一点意思都没有，她已经不再是原来的那个岳天岚……

10

石井生的工作安置成了荀水泉一大心事，他们之间的那种感情老百姓不可能理解，想到在清水湾一块儿光着屁股晒太阳"日疗"的日子，他们之间不可能分彼此。第三天荀水泉就约安置办和统战部的办事人员吃了饭，还卡拉 OK 了一回。安置办科长悄悄给他透露，石井生的工作得头儿们研究，底下说了不算。荀水泉跟安置办和统战部的头儿们都不太熟，他只好央求部长，部长帮他搭了桥，荀水泉分别约见了安置办主任和统战部部长。十天过去了，仍没有消息。

荀水泉知道石井生不会去求岳天岚，他又让曹谨去找了岳天岚，请她跟徐达民说说，让他也出面帮帮忙。岳天岚态度很冷淡，说正常军转干部安置都困难，何况他是战俘。曹谨跟岳天岚说，梦山生前确实把石井生当弟弟一样关照，井生也把梦山当亲哥，梦山立军令状夺无名高地、深入敌国抓活口、茅山阻击，石井生都是得力的膀臂。战俘不是他要当，即使当了战俘他也是英雄。岳天岚勉强答应说说看。

石井生搞得岳天岚有点六神无主，管他不是，不管他也不是，想无视又无视不了。见面后，尽管岳天岚打定了主意，不管他是邱梦山还是石井生，他已经当了战俘，绝不再跟他交往，只当什么事都没有发生，但一想起那眼神，岳天岚就心乱如麻。这种眼神只有她能读懂，也只有邱梦山才会对她放射，她断定他百分之百是邱梦山，那怪梦也不是梦，而是邱梦山所为。她又气又恨，但就在这气恨之中，岳天岚慢慢体会到他的全部用心。他为什么要冒名顶替呢？他是不想给她和儿子带来不幸，故意借了石井生的名字。这样既可以认爹娘，名正言顺地尽儿子的责任，还可以叔叔的身份照顾儿子，假如她没有再婚，假如她也愿意，他真可以石井生名义跟她重新结婚，一切都照旧，一切都天衣无缝，仅仅只借用了石井生的名字。

有了这一番分析，岳天岚心里就无法平静。人生如梦，人生是戏，她没想到命运竟会这么给她安排人生。这叫什么人生？她爱那个人，她疼那个人，她为他死去活来的那个人，死了，却又活过来了。可活过来的这人已不是他，这算是喜还是悲？她不想见这个人，也没法再见这个人；不想跟他交往，也没法再跟他交往，可心里更放不下他。她想到最后竟生起气来，他这么活着，不如死掉。他牺牲是英雄，他荣耀，她也荣耀，全家都荣耀，子孙后代都荣耀；他活着是战俘，他窝囊，她也窝囊，全家窝囊，子孙后代都窝囊。但他没有牺牲，他活着，他借别人的名字活着，她怎么能无视他的存在？她跟他的关系和感情是血和肉的凝成，无法割裂，一辈子的生与死都再无法割裂。她可以在苟水泉面前对他鄙视，也可以给他不屑甚至侮辱，但她无法将他忘却，也无法对他无视。

岳天岚嘴上搪塞了苟水泉，实际她早跟徐达民说了这事，她要他去统战部和安置办打通关系，尽早给石井生安排工作，他是邱梦山的弟弟。岳天岚跟徐达民说这事，一点都没有内疚，也没有不好意思，因为他是石井生，因为他是邱梦山的弟弟，她完全可以冠冕堂皇。晚上徐达民回家，岳天岚在饭桌上再一次问到石井生工作安置的问题。徐达民已经做了工作，但岳天岚还不满意，仅打招呼不行，该吃饭吃饭，该烧香烧香。她甚至借机发牢骚，说现在党政机关作风坏成这样，人家石井生为国家流了血，人都死过去了，要不为国家他上那儿去犯神经啊！机关作风坏到这种程度宣传部门该过问过问，徐达民答应再去催催。

11

邱梦山怀着一肚子的美好愿望去见岳天岚，见了之后心情却非常不好，心里有个东西拽啊拽地让他不舒服，不舒服还没法告诉李蜻蜓，他只好跟李蜻蜓打招呼说要回喜鹊坡跟爹娘说说情况，暂时离开县城。邱梦山回家还是不开心，爹娘问他为啥，他只好推说工作安置没一点眉目。

邱梦山在城里郁闷，回家还是郁闷，闷了三天，他跟爹娘说还得回城里盯着工作，不盯着他们不会当回事。在家住了三夜就又回到城里，继续跟李蜻蜓处理杂志。

邱梦山和李蜻蜓分析不出原因，周广志因何迟迟不回信，事情倒不是特别急，邱梦山的工作也没有消息，他们就一边卖杂志一边等待。

岳天岚也说不清自己为什么要去找那个报刊亭，那天她到教育局去开会，回来经过兴业广场。一看到兴业广场几个字，岳天岚的脑子里当即就冒出李蜻蜓的名字，她为自己能记这么清楚而惊奇。素不相识，也从未有过来往，就那天听石井生这么一说，她居然就把她的名字记这么牢。她不只是记住了她的名字，而且知道她就在这里的报刊亭卖报刊，还生出了要去偷偷看她一眼的欲望。她问自己为什么要去看她？难道这个石井生真是邱梦山？因为她和这个石井生是战俘营战友？因为他们都未婚？因为自己说了他们可以成一对的话？岳天岚想到这一层，不由得脸热了。她只好自话自说，两个战俘，去管他们这事干什么，他们成不成一对跟自己没一点关系，他们爱怎么着怎么着。话这么说，但她已难以自持，意念让她心猿意马，两只眼睛早在四下里搜索报刊亭。她发现了，那报刊亭就在马路对面，她还看到那个石井生在报刊亭里招徕生意，大喊减价处理杂志，旁边那年轻姑娘肯定就是李蜻蜓。岳天岚的眼睛到了那里，心也早跟了过去，两条腿不由自主地过了马路，不受管束地向报刊亭挨近。她在一个水果摊前收住脚，再不能往前靠近了，再靠近石井生就会发现她。岳天岚站在水果摊前两只眼睛像探头一样监视着报刊亭里的两个人。她看到石井生卖力地推销着杂志，李蜻蜓为他剥了一根香蕉，直接送到他嘴边，石井生像从妻子手里接过香蕉一样拿起来就吃。看到这一幕，岳天岚心里竟打翻了五味瓶。摊贩主问她买什么？她才把眼睛拽回来捡了几个苹果，眼睛却仍又转到那边去了。石井生正好吃完香蕉，李蜻蜓亲手拿毛巾替他擦嘴。岳天岚再没法往下看，她提着水果扭头就走。水果摊小贩喊她还没付钱，她回头扔下钱没要找就走了。

岳天岚没法容忍石井生跟李蜻蜓搅在一起，她这种反应强烈得连自己都吃惊，她几乎都睡不着觉了，心一静，李蜻蜓拿毛巾给石井生擦嘴的情景就闪在眼前，大庭广众之下如此，下了班关了门不知他们能好成什么样，岳天岚感觉心里钻进一只小虫在咬它。其实不管他叫石井生还是邱梦山，她已经把他当邱梦山了，不管他跟她怎么样，但她绝对不允许他跟其他女人这个样，她受不了，必须得坚决制止。

荀水泉到徐达民那里打听石井生的安置有没有进展，岳天岚见面就跟荀水泉说绝对不能让石井生跟那个女战俘搅和在一起，说得荀水泉一愣。他发觉岳天岚几乎都愤怒了，他不知道岳天岚为什么要为这事愤怒，那天是她自己建议石井生跟李蜻蜓在一起，几天工夫她怎么就愤怒成这样呢？岳天岚发现了荀水泉在疑问，她一点没觉着不妥和尴尬，她说她是石井生的嫂子，石井生是邱梦山的弟弟，这事她不能不管。一个战俘已经让大家脸上无光，一对战俘弄到家里来，他们不成战俘家庭了嘛！将来孩子怎么办？岳天岚对这事的注脚在这儿，荀水泉也就理解了，她是邱梦山的妻子，她是人大代表，应该有这个觉悟。

石井生的工作安置迟迟得不到落实，岳天岚上了火，她跟荀水泉说两边再抓点紧，赶快给他安排个工作，让他离开那个报刊亭，正儿八经帮他找个对象。他还请荀水泉帮他找个住处，不能让他这么漂着，长期住旅店也住不起。荀水泉感觉岳天岚真是个好大嫂，他哪知道岳天岚的心里还有那么多秘密。

12

荀水泉回家跟曹谨说，岳天岚让他觉得惭愧，他这老战友反不如她想得细，对石井生他应该多尽些责任，他当然不知道岳天岚这话还别有用意。曹谨却感觉岳天岚对石井生的态度有点怪，不像岳天岚平常待人的态度，让人捉摸不透。荀水泉反说曹谨没经历这种事，不能理解岳天岚的心情，他让曹谨尽快想法在人武部宿舍院帮石井生找一间房。副部长夫人还是有点权威，曹谨当天就为石井生找了一间房，荀水泉随即去兴业广场报刊亭让石井生搬到了住处。

邱梦山从荀水泉那里得知岳天岚很关心他后，他那颗心再没法平静。他不停地问自己，岳天岚为什么要关心他，岳天岚这么无所顾忌地通过荀水泉关心他，甚至连他婚姻大事都这么慎重考虑，他分析有两种可能：一种可能是她对他身份没有一点怀疑，确实把他当成邱梦山的弟弟石井生，假如她稍有一点怀疑，她绝对要对他回避，不回避是他们的关系很明确，岳天岚是他嫂子，他是她小叔子；另一种可能是她已经认出他就是邱梦山，她对他真情依旧，但她不能再认他，她只能暗地里关心他。

无论是哪种可能，邱梦山的内心再没法安静，他没法不爱岳天岚，也没法忘却岳天岚。荀水泉给邱梦山安排好住处，邀他吃饭他都谢绝了，他心里很乱。荀水泉离开后，邱梦山走上了街头，他不知道自己要做什么。走着走着，不知不觉路灯替代太阳给人世间以光明。邱梦山发觉自己竟鬼使神差般来到了县委宿舍大院。这院子很大，进进出出的人不断，他随着进院子那些人走进了大院。

宿舍楼一个个窗户里几乎都亮着灯，邱梦山从传达室得知了徐达民家楼号和房号，但他没能找到进他家的理由，他在路边找着了一张石条凳，位置不错，僻静还能看到岳天岚家的窗户。他静静地坐在石条凳上，卷起了一支喇叭筒，不紧不慢地抽着。他说不清为什么要来这里，也不知道自己来这里想做什么，反正他不想在人武部那间小屋里憋着。邱梦山抽到第八支喇叭筒，大院里的一个个窗户陆续变黑。岳天岚终于在窗口出现，她似乎在朝楼下搜寻着他，她在窗前往下看了好一会儿，邱梦山怕被她发现扭转了身，闷下头抽烟。邱梦山再扭头，她家窗帘拉上了，屋里灯还亮着。他们在干什么呢？邱梦山身不由己地站了起来，两眼瞪得恨不能掀开那窗帘。刷！岳天岚家屋里的灯突然灭了，邱梦山一屁股跌落到石条凳上。他双手捧着头，不想再看那个黑窗户，他知道里面正在发生着什么。一阵钻心的疼痛掠过他心头，他再没法往下想，站起来疾步离开了大院。

邱梦山走出那家小餐馆，脚下像踩着棉花垛。酒精麻醉与理智抗衡造成一种异样的平衡状态，他一脚高一脚低，摇摇晃晃，东倒西歪，眼看着就像要摔倒，但这种平衡始终没让他倒下。他一路像打着醉拳一样走去。

李蜻蜓在报刊亭那张折叠床上渐渐进入梦乡。咚！像有块石头砸了报刊亭门。李蜻蜓惊醒后没开灯，她顺手拿起折叠床下面的那根铁棍，这是她特意准备的防身武器。她轻手轻脚地摸到门口，侧耳静静地听外面的动静。她听到了一种声音，有人在呕吐，一股酒气从门缝里钻进报刊亭，让李蜻蜓恶心。不知是哪个醉鬼，肯定是借着酒劲想来缠她。李蜻蜓检查了门上的插销，然后多一事不如少一事地回到折叠床上继续睡觉。

报刊亭外有了那个醉鬼，李蜻蜓没法入睡，她担心着他会做什么，她越睡头脑越清醒。她听到外面那个醉鬼打起了呼噜，那呼噜水平不低，一声高似一声，几乎接近于驴叫。李蜻蜓实在没法入睡，她翻身下床，操起那根铁棍。她来到门口，侧耳细听，鼾声如雷。她轻轻拔下插销，轻轻拉开门。那醉鬼就躺在她报刊亭门口，身边吐出那些污秽让她翻胃。她跨出门去，抓起那醉鬼的两只脚，把他拖离报刊亭门口。她回到报刊亭里，拿垃圾撮子到路边绿化带撮了几撮土，把那污秽盖住。做完这些，她觉得该把醉鬼拖得离她更远一些。她又抓起醉鬼的两只脚，把他拖出有两丈远。那醉鬼依然鼾声如雷，仍没有醒来。李蜻蜓又好气又好笑，回报刊亭时她朝他瞅了一眼。这一瞅不打紧，她一下愣住了，她再低头细看，醉鬼竟是石井生。李蜻蜓抱不动他，也没法背他，拖死猪一样把邱梦山拖进了报刊亭。她把他弄到折叠床上，剥掉了他那身脏衣服，给他洗脸擦身子。邱梦山在醉梦中不停地重复着一个人的名字，李蜻蜓听了半天才听清，那名字叫岳天岚。她想岳天岚肯定是个女人，这女人是他什么人呢？

第二天邱梦山在报刊亭醒来，李蜻蜓已经买来了早餐。李蜻蜓问他夜里跟谁喝酒，为什么要喝这么多？邱梦山摇头苦笑，他什么也没说，他能跟她说什么呢？邱梦山吃着早点，脑子并没闲下。他想，不管岳天岚对他什么态度，他必须去徐达民家明确身份，他是邱继昌的叔叔，他要履行诺言照顾邱继昌成长，他也可以叔叔身份，常常见到嫂子。不能与她做夫妻，能经常看到她也是幸福。他知道这辈子只能把这种爱悄悄地带进骨灰盒了，伤天害理的那种事他绝对不会去做。那天晚上是因为岳天岚还没跟徐达民完婚，实际上他还是岳天岚的合法丈夫，要不是岳天岚在梦中搂他，他也绝不会做这种事。现在只有让他俩成叔嫂关系，他才能让自己踏实下来，把全部的心思移到儿子身上。邱继昌是他儿子，是邱家的唯一一条根，他虽然没有权力把他从岳天岚身边带走，但他可以关心他，可以爱他，可以帮他。他有责任让儿子健康成长，让儿子成才，让儿子出人头地光宗耀祖。老婆不再是自己的老婆，儿子却还是自己的儿子，他当然不在乎儿子叫不叫他爸爸，只要他能经常看到他，看着他成长就满足了。他打算向徐达民学习，给儿子搞点感情投资。邱梦山到商场玩具柜台买了一台最新的遥控玩具汽车，服务员给他做了演示，非常好玩，说小孩子都喜欢，只是价格贵一点。贵一点不怕，只要儿子喜欢就行，邱梦山当场装上电池试验，前进、后退、拐弯、掉头，还可以翻跟斗，确实好玩极了。

邱梦山直接去学校等儿子放学，好在他们已经一起吃过饭，说起来邱继昌对他有印象。邱梦山当即把遥控汽车送给儿子。没想到邱继昌不接受，说他不要外人的东西。邱梦山告诉儿子，他不是外人，是他亲叔叔，他爸爸临牺牲时拜托他，要把他当儿子一样照顾他，不信星期天他就领他一起去看爷爷奶奶。邱继昌却仍拒他于千里之外，说他不是叔叔，是战俘。邱梦山差点一屁股蹾地上，他怎么会知道他是战俘，是那天吃饭说话他听到了，还是岳天岚对他专门进行了教育？邱梦山当即拆开遥控汽车玩给他看，邱继昌看人家玩过这种汽车，看着看着心里就痒痒起来，他很想玩。邱梦山立即教他玩，告诉他怎么按遥控器。邱继昌脸上的笑一闪就不见了，他说他们家什么玩具都有，他不要。邱梦山让儿子说凉了心，他问儿子是不是妈妈要他这样做，邱继昌不说，背起书包就走。

邱梦山看着儿子的背影，不知道怎么着才好，要是儿子也敌视他，活着还有什么意思？邱梦山没有放弃，对自己儿子怎么能放弃。他拿着遥控汽车在儿子身后跟着，他想一定得闯进这个家，一定得让儿子认他这个叔叔。邱继昌不让邱梦山进屋，把门锁死。邱梦山没有生气，反而很欣赏儿子，很感激岳天岚在儿子身上下了功夫，她把儿子教育得这么有个性，将来肯定会有出息。他一点都没有不高兴，也没有无奈，很有耐心地在门口等岳天岚下班。

　　岳天岚下班见石井生站在她家门口，问他怎么不在报刊亭卖杂志？邱梦山却夸岳天岚不愧是老师，教育孩子有方，儿子居然连叔叔给他东西都不接受，也不让他进屋。岳天岚以为他在变着法发泄不满，她就接过话茬故意敬告他。她说既然儿子不喜欢他，以后他就不必再来，她也不希望他与儿子多交往，别说是他叔叔，就是邱梦山当了战俘回来，她也不会让儿子认他这个爸。邱梦山感觉岳天岚是有意说话给他听，要依他过去那脾气，他会掉头就走，现在他不能，他是石井生，他必须走进这屋，走不进这屋，他就等于失去了儿子。邱梦山跟岳天岚进了屋，他也接着话茬故意试她，问她是不是他太像连长了，怕影响连长在儿子心目中的形象，岳天岚故意说别看他模样有点像邱梦山，但他骨子里一点都不像邱梦山，邱梦山宁可死也绝不会当战俘。岳天岚故意这么说，她已经感觉到石井生想跟儿子讨亲近，她怕他亲近儿子，故意先让他绝了这念头。邱梦山说他也不想这么活着，但老天爷却要他这么活着。岳天岚说她不相信，一个人真要是不想活，怎么还会活着呢？想死怎么还会死不了呢？她不信五年中竟会连死都找不着机会，真想死怎么都能死。

　　邱梦山只能苦笑，他不想与她争辩，他自言自语地说，自杀不是军人的性格，军人有时候活着比死要难得多。岳天岚看了他一眼，没再说话，给他倒了一杯水。邱梦山接过水杯说，不管她怎么看他，他现在是连长的弟弟，连长临牺牲前拜托了他，他也答应了连长，若是他能活着回来，他一定把侄儿当儿子一样培养，这个责任谁也不能剥夺，晚上他要请他们全家吃饭。岳天岚拿他没了办法，她谢了他的好意，说徐达民有应酬，他们不出去吃，就在家里做点吃。

　　邱梦山没有走，他要在徐达民面前确定身份。岳天岚进厨房做饭，他心里有了一个疑问，为什么苟水泉说岳天岚在关心他，见面她却恨不能逼他立马去跳楼，邱梦山坐在沙发里百思不得其解。

　　邱继昌做完作业，邱梦山继续努力，他拿出遥控汽车在屋里玩给儿子看，邱继昌开始不看，玩着玩着还是看了。邱梦山朝儿子招手，让他玩，邱继昌没过来。邱梦山知道他喜欢却又不愿靠近他,他不耐烦了,拿眼瞪儿子。邱继昌害怕地跑进了厨房,他告诉妈妈,这个叔叔很凶,跟电视里杀人犯一样凶。岳天岚领着邱继昌走出厨房,她跟石井生说孩子胆小,别吓唬他,她让儿子接受了遥控汽车,说既然叔叔花钱买了就拿着,下不为例。岳天岚把汽车给了儿子,儿子仍恐惧地看着邱梦山,邱梦山堆起笑脸,过去教他玩。儿子真聪明,教两遍就会。

岳天岚注意到了石井生右手拿筷子,她当然没忘记邱梦山是左手拿筷子,这又让她疑惑,她几次偷看石井生,再没发现那种眼神,她发现他千方百计在跟儿子亲近。岳天岚在心里警告自己,别神经过敏,这样才更好,他或许就是石井生。

徐达民回家岳天岚已经收拾好厨房。徐达民进门,岳天岚迎上去接他提包,让他更衣,邱梦山心里酸得锥心。心里吃着醋,嘴上却还要若无其事地跟徐达民寒暄。按石井生论,徐达民比石井生大一岁,邱梦山还得叫徐达民大哥,叫起来不是味,但也只能叫。邱梦山说徐达民是小哥他是老弟,看起来比我年轻多了,我们军人看不出真实年龄,二十几岁能看成四十,四五十岁也能看成三十。石井生就以这样一种状态让徐达民一家接纳了他这个叔叔。岳天岚在徐达民面前表现得相当的老练,她直截了当问石井生住人武部那里行不行,还毫不客气地说找对象不要找李蜻蜓这种战友,好姑娘多得很。邱梦山说他知道自己是什么身份,这辈子已不指望成家。邱梦山的消极倒让岳天岚心里舒服一些,总说眼睛是心灵的窗户,有了那次目光相接,她不敢肯定他究竟是石井生还是邱梦山,她担心他真是邱梦山。她借机说话给他听,责怪他以后别一天到晚把战俘挂嘴上,当战俘不是什么光荣事,他现在是继昌的叔叔,给她不光彩无所谓,影响继昌前途不行。她要石井生今后把战俘这事忘掉,到哪也别说,组织上知道是另一回事。跟人家多讲和邱梦山打仗那些英雄事迹,人心都是肉长的,不是常说重在表现嘛!好好找个工作,好好做事,再成个家,好好过日子。岳天岚这番话说得邱梦山心里翻江倒海,徐达民听着却十分舒坦,觉得妻子待人真不错。

13

楼道里有人叫石井生接电话,此时邱梦山吃完饭躺床上正在看电视。电话是李蜻蜓打来的，说有流氓在跟她捣乱。

李蜻蜓在报刊亭吃盒饭，两个男人叼着烟晃荡着来到报刊亭。一个开口问她在战俘营里让多少男人干过。另一个问她除了卖报刊卖不卖肉，干一次多少钱。李蜻蜓背过身只顾吃饭不理他们。两个就乱翻乱扔杂志，李蜻蜓忍着不理他们，他们竟把杂志扔到地上。李蜻蜓把杂志收起来要关门，两个流氓却偏要买杂志，李蜻蜓不卖，他们就跟李蜻蜓吵。李蜻蜓只好卖给他们一人一本杂志，六块钱一本，一共十二块钱。他们给了她二十块钱，李蜻蜓找给他们八块钱。两个无赖竟说给了李蜻蜓一张一百元钞票，非要她找八十八块不行。当时就他们三个人，怎么说也说不清。李蜻蜓也是犟脾气，八十块钱事小，她不甘心让人这么欺负，她坚决不给。两个流氓动了手，一个掀报刊亭放杂志的搁板，另一个撕报刊亭广告，还从口袋里掏出粗签字笔，在报刊亭墙板上乱写。围观闲人越来越多，可没有一个人出来劝阻。

邱梦山赶到时，一个流氓正在往报刊亭墙板上写，本亭老板李蜻蜓，被敌俘虏留淫名，卖报卖刊还卖肉……邱梦山上前一把揪住他衣领把那小子按到地上。另一小子挥舞拳头朝邱梦山后背打去，邱梦山一旋身躲过那小子的拳头，顺势飞起一脚，踢在那小子后背上，那小子趴地上呻吟着。被按倒那小子爬起来，舞着双拳冲过来。邱梦山一眼看出他没多少真本事，他已好久没舒展手脚，正好松松筋骨，他拿出了战场上那套捕伏拳，一个冲拳打在那小子额头上，打得那小子头大如斗，两眼金星乱飞，一下歪倒在地上。挨踢的小子想跑，邱梦山扑上去把他搋倒，别烧鸡一样把他双手别到后背上。邱梦山让李蜻蜓打了110。

两个小子招供，原来是被她送进派出所去的那家伙花钱请他们来报复，他不光在派出所挨了揍，事情捅到了他单位，他在单位也臭了，没人再理他，他咽不下这口气，又不敢个人出面来报复，花了两千块钱，让这两个无赖来砸李蜻蜓的报刊亭。

从派出所回来，李蜻蜓决定不再等周广志的回信，直接去特区找他，再在这里待下去她得进精神病院。邱梦山也觉得走比留好，让李蜻蜓把报刊亭留给他处理，要是县里不给安排工作，他就接手卖报刊，要是给他安排工作，他就把报刊亭退了。

邱梦山安置好李蜻蜓回到住处，心里憋闷得隐隐作痛，再想起岳天岚那些话心里沉重得坐不是躺不是，感觉不如在战俘营死了，死了就用不着受这份罪。

第九章

天　政

1

邱梦山接手报刊亭刚干了两天就歇手不想干了。不是这活有多累，也不是没买卖寂寞，更不是大男人干这种活掉价，是生意本身让他受不了。给人一本杂志，收几块钱，大都是个位数至多两位数以内买卖，经常有一堆人围着翻看，却没人买，他还得高声叫卖。这种买卖要是干下去，不干傻了也会弱智。

邱梦山收了摊，没精打采地回到住处，荀水泉已经笑眯着眼在等他。他给他送来了喜讯，他的工作落实了。邱梦山竟有点新兵下连分配工作那般的激动和新鲜，他赶忙拆信看信，手不住地颤抖。信是安置通知，告诉他被分配到县印刷厂工作，接到通知后，到安置办开介绍信，去县工业局报到。邱梦山情不自禁地跳了起来，组织上没对他另眼看待，给他安排了工作！还称他是同志！荀水泉也跟着高兴。邱梦山这才觉得自己失态，他知道这事全靠荀水泉帮忙。他问荀水泉一共花了多少钱？荀水泉笑笑，说战友不能算这种账，徐达民那里倒是要表示一下。邱梦山心里一沉，他并不想借徐达民什么光，他也不相信徐达民会帮他，准是岳天岚使了劲。

邱梦山没再去报刊亭，一天也没敢耽误，第二天先赶去报到办理手续。工业局分管副局长跟他谈了话，副局长比他还年轻。副局长说他虽然当过战俘，但为国家流过血，立过功，还在部队工厂当过厂长，局党委根据安置办意见认真地进行了研究，决定让他去印刷厂当副厂长。邱梦山比提拔当正连职助理员时还激动，他激动不是因为当了副厂长，而是领导和组织能这么对他，这种话已经久违了。副局长还说，印刷厂目前经营搞得不是太好，设备陈旧，活儿零碎吃不饱，利润很低，要没有县里那些包底活，工资都发不出。希望他不要把战俘当成包袱，组织上也不会把这事张扬。要他拿出军人的作风，大胆改革，开创新局面。副局长的这番话把邱梦山心里熄灭了的英雄气又吹着了，他顿时就有点热血涌动，什么事不是人做出来？什么局面不是人干出来？副局长还说，厂里书记叫李运启，他兼着厂长，也是军队转业干部，是个老同志，希望他们好好合作，把印刷厂搞好。邱梦山态度简明扼要，他感谢组织的信任，请组织放心，他绝不会辜负组织的期望，一定保持军人的作风，大胆改革，为开创工厂的新局面做实际贡献。话是套话，但都是真心话，没一点虚伪；也不是瞎吹，他相信办工厂不会比拿无名高地难；印刷厂也不会比家属工厂难搞。副局长对他大加赞赏，给予充分鼓励，还预言印刷厂有救了。

　　邱梦山到人事科办完一切手续，走出工业局大门，心中阳光灿烂，他真想当街吼一嗓子。他意外，他惊喜，不在这个副厂长职务，而在这个任命过程。说起来县才是团，局是营，科也就个连级，县印刷厂副厂长至多不过一个副科级，不说他邱梦山，就按石井生论，他也是正连转业，而且上过战场，货真价实钢钢响的上尉军官，当个副科级副厂长算什么。但是，他这个副厂长跟别人不同，他现在是统战对象，拖这么长时间才给他发通知，才确定他的工作岗位，这个过程肯定很复杂，肯定有不同意见。现在这个结果，无疑是两种意见冲突之后才统一，研究协调之后才确定。他的任命，肯定有人在主持正义，有人在为他争公道，可他根本不认识任何人，也没找过任何人，这标志着正气压倒了邪气，阳光驱散了阴云，有这就大有希望。邱梦山决意为这个印刷厂拼命。人心里有了喜悦，总想让亲人跟他一起分享，邱梦山想到了岳天岚。但她已经是别人的妻子，他没法让她与他一起分享，邱梦山想到了老丈人，他原本不打算再去看老丈人，觉得他太虚伪，一辈子活在虚假之中，但现在有了这个任命，有了这种喜悦，没亲人与他一起分享很难受，他毕竟曾经是他岳父，他那么为他骄傲，听说他犯脑溢血在康复医院做康复治疗，应该对他尽一点孝，他要让他明白，他邱梦山永远不会愧对任何人。

邱梦山提着一包营养品走进医院就发现了岳振华的光辉形象，他住院都住成了先进人物，大照片贴到了墙报栏里，尽管嘴角还歪着，但精神头十足。邱梦山忍不住驻足瞧了一眼，墙报上表扬岳振华勇敢面对病魔，用意志战胜自我，他已经让失去知觉的那条左腿开始恢复知觉，离开拐棍已经会站立，现在开始学开步了。邱梦山淡淡一笑，岳父地地道道是为名而生为名而活，他不光重视脸面，更重视个人形象。邱梦山走进住院部大门，发现岳振华正在医生和护工的帮助下锻炼走路，额头上的一条条汗蚯蚓样往下游，护工和医生搀扶着他，让他休息一下，但他摇头，继续拿左脚探雷一样一点一点在往前移动。邱梦山先让脸上堆起笑，然后爽朗地先送去一声大伯。岳振华被邱梦山的这一声大伯吸引，他停止动作，两眼盯着邱梦山。邱梦山主动上前堆着笑向他介绍自己身份，岳振华当即皱起了眉头，他听天岚说过他，他抵触地问他是不是那个战俘？邱梦山没在意，继续高兴地告诉他，他的工作落实了，组织上分配他到县印刷厂当副厂长，他跟连长一样，还是战斗英雄。岳振华的脸上仍没露出笑容，但他也没再像刚才那样拒他于千里之外，他让他别再提他们连长，他没资格跟他相提并论。邱梦山没法跟岳父计较，依然伸手搀住岳父的右胳膊，协助他继续训练。岳振华没再拒绝，而专注地让木头样的左脚继续颤颤悠悠向前探雷。邱梦山发现右边用不着搀，随即到左边换下护工，岳振华仍没有反对。邱梦山感觉要没这个任命，岳父准会把他轰走。

邱梦山把好心情一直持续到岳天岚赶来医院，岳天岚对邱梦山来看她父亲十分意外。邱梦山原打算专门去感谢徐达民和岳天岚，荀水泉的提醒让他找到了机会，他要名正言顺地对儿子尽责任。现在岳天岚正好在这儿，而且徐达民不在跟前，省得再去他们家尴尬。邱梦山郑重其事地从口袋里摸出一个信封，双手送给岳天岚。他大大方方叫她嫂子，说徐科长为他工作安置费了心，他没什么报答，他接受过连长拜托，要对侄儿尽一点责任。这折上有五万块钱，是他的一点心意，给侄儿学习投点资，请她收下。岳天岚身不由己地退缩，理智告诉她不能接受这钱。邱梦山跟上一步，他有点生气，他问她是不是想要他一辈子愧对连长，岳天岚不由得抬起头看他，她又从他右眼里看到了让她心颤的目光，这目光让她犹豫，下意识告诉她不能剥夺他的这种权利。邱梦山干脆拉过她手，把信封按到她手里。他回头叫了一声大伯，放下那些营养品，转身离开了病房。岳天岚跟出病房，她看着他疾步离去，抬起右手擦了眼角。岳天岚心里又一颤，她再一次跟自己说，他不是石井生，他是梦山。她反又警告自己，即便他真是邱梦山，那也不能认他，为了儿子，绝对不能认。

岳天岚回到病房，岳振华感慨起来，说这人倒不错，对梦山这么忠心耿耿难得。可惜命不好，自小没爹没娘，当了英雄又让敌人俘了，真倒霉透了。岳天岚不知所云地应了一句，命运难测啊！

2

印刷厂人都说李运启没有官架子，其实李运启恰恰特别在乎官位。在部队他干了六年副处长，做了六年处长梦，到转业领导也没给他扶正，他到今天都耿耿于怀，至今都骂部队的那些领导都不是东西。转业分配到印刷厂当副厂长，好歹听说要扶正让他当书记，节骨眼上又让女儿给搅了。李蜻蜓跟他断绝关系一年后，他终于当了书记。到老厂长退休，上面考虑印刷厂效益太差，没再配厂长，让他兼厂长。李运启精神焕发，说领导有慧眼，他这千里驹终于撞着了伯乐。活了五十多年，他这才感觉老爹给他起这名不错，运启，运早晚会启动，他这叫大器晚成。他是副团转业，当印刷厂厂长兼书记，实际降了三级。李运启却不这么看，他说，宁做鸡头不当凤尾，书记兼厂长是一把手，他身兼两个一把手，是特殊使用。他身兼两职，可以支配书记、厂长两职招待费指标倒是给了他实惠。

印刷厂工人说李运启没官架子，其实主要是因李运启经常到车间跟工人一起干活。干活他不怕，农民出身，自小就干惯了活，他最头痛看书看报，一翻书一看报就瞌睡；他也不喜欢开会听报告，一开会一听报告他就打呼噜。他最喜欢跟人一边做事一边聊天，跟工人在一起干活，说说笑话，听听各种各样社会新闻，非常开心，再说了，印刷厂这些活也累不着人。

李运启一进厂就往印刷车间跑。出去开了两天会，把他难受死了。听报告睡觉是他的习惯，有一次县长在台上做报告，发现他睡着了，当场点了他名，他难受得一星期吃不香睡不甜，影响太坏了，而且是县长批评。这两天开会，他每天抽两包烟，要不抽烟他就瞌睡，坐那里开会真跟坐监狱一样受煎熬。

车间里那几台平板印刷机默默地趴着，县政府那批信封印完了，工人们都在手工糊信封。县政府印信封是印刷厂的核心生产任务，他们印不了图书，也拉不来杂志活，除了帮县里"四会"（党代会、人民代表大会、政协会和三级干部会）印文件外，平时只能拉事业单位印点票据、信封、信纸之类的零星活，其中帮县政府印信封信纸算是最大也最重要的活计了。工人们见李运启进车间，都赶忙打招呼。李运启乐呵呵回应，说两天会把头都开大了，还是跟大家一起糊信封自在。

李运启在车间跟工人一起嘻嘻哈哈说笑着糊信封时，邱梦山在印刷厂大门口让办公室主任单良截住了。邱梦山走马上任刚迈腿走进印刷厂大门，传达室里砖头一样扔出一声吼，喂！干什么呢？邱梦山循声进了传达室。里面两男两女"双抠"抠得正热火朝天，邱梦山进屋，他们谁都没看他。邱梦山最看不惯一边做事一边玩，这种人事情做不好，玩也不会玩，邱梦山那眉头习惯地皱成一疙瘩。要是在部队他早吼了，到了这里，他们不认识他，他也不认识他们，尽管不顺眼，但对陌生人发火有失风度。邱梦山咽了口唾沫，把话尽量放软了说，我是石井生。这男子很反感地说，石井生是谁啊？他故意耍邱梦山地问其余三个人，你们知道吗？石井生是县长还是书记？是明星还是大款啊？邱梦山心里有了一团气，但他忍着，我来找厂长书记？四个人刚摸完牌，都忙着理牌，谁都没抬头回应邱梦山，这男子盯着牌问，什么事儿？邱梦山问，厂长书记在吗？这男子说，找厂长书记什么事儿？邱梦山说，找厂长书记什么事儿，我得跟厂长书记说，你们要是忙，我自己进去找吧。男子听邱梦山说话挺硬气，跟人打听他们领导，口气还这么硬，让他讨厌。他抬起头瞅了邱梦山一眼，说，你以为你是谁呢！今天你见不着厂长书记。邱梦山问，他不在厂里，还是你不让我找？这男子说，无可奉告，我说见不着就见不着。邱梦山来了气，话就硬了，我今天还非得见书记厂长不可！旁边那女人不干了，啰唆什么，快出牌！出牌！这男子一边出牌一边说，非得见！是吧？你还就是见不着。邱梦山倒要治治这家伙，他没生气，也没发火，扭头就出门朝厂里走。这男子追了出来，哎哎哎！这是工厂，不是菜园子，你想进就进啊？出去！

邱梦山让他给治住了，他还没碰着过这种人，他倒想看看他怎么收场。邱梦山转身回传达室，要借用一下电话，这男子说电话不外借，出门向左五十米有商店，那里有公用电话。

县官不如现管，邱梦山没再跟他啰唆，他离开了传达室。邱梦山用商店公用电话查到了印刷厂办公室电话。接通电话后，对方说他是办公室副主任，邱梦山让他告诉书记厂长，他是副厂长石井生，来上班被传达室人拦在门口进不了工厂，请他到工厂大门口来领他。要是书记厂长不在，就请他来领他。

邱梦山打完电话，仍旧回到传达室。这男子见他进来又火了，你这人怎么这么讨厌啊！问你什么事不说，偏在这儿捣乱。就在这时办公室副主任领着李运启跑进了传达室，李运启和邱梦山一照面，两个都愣了。李运启惊奇地问，你就是石井生？邱梦山也好奇，是啊，李运启就是你！李运启和邱梦山两个相互惊奇着，传达室里的两男两女慌了手脚。其中这男子更是尴尬，他是厂办主任单良。他们悄悄收起牌，那两个女人勾着头赶紧往外溜，让李运启叫住了。真是大水冲倒龙王庙，一家人不认一家人了，单主任，这是咱们厂副厂长石井生同志，石副厂长，我昨天才接到通知，不知道你今天就来，我还没跟他们说。别提单良有多尴尬，脸上那表情只怕谁也扮不出来。邱梦山看他们一个个都很尴尬，他没为难他们。不知不为怪，不打不成交，这也算是一种见面方式，印象深刻哪，这样咱们就不认识了嘛！单良和那一男两女就傻笑着附和，赶紧乘机让自己悄悄下了台阶。

李运启把邱梦山领进他的办公室，又让座又泡茶，格外亲热。说他这么面熟，是不是那年代表女儿部队领导到过他家，邱梦山说他记性真好，说那次一时性急，态度不是太好。不管愉快不愉快，两个已经有过交道，又都是转业干部，距离一下就拉近了，两个聊得很热乎。李运启跟他叫苦，印刷厂规模小，设备差，入不敷出，连年亏损，生存压力很大，不好干。他们当即做了分工，给他安排了办公室，亲得跟老战友重逢一样。下午又领着邱梦山到各个办公室跟大家见了面。邱梦山问李运启厂里有没有宿舍，得给他找个住处，他临时住在人武部战友那里。李运启说宿舍再紧张，不能没有副厂长的住处，他立即把这事交代给了单良。单良这回没含糊，也想将功补过，当即让管理处落实。管理处说印刷厂宿舍实在没有空房，只有一个一居室他们做着仓库。单良让他们明天就把仓库倒出来，先给副厂长做宿舍。

邱梦山下班去了荀水泉那里，荀水泉问他工厂怎么样，邱梦山回了他一声叹息，把工厂的实情，进厂门被人拦这一幕都告诉了他。荀水泉安慰他，印刷厂不怎么样，但却是国营企业，现在国营企业都这风气，铁饭碗、铁交椅、铁工资，吃不好也饿不死，他只能劝他千万别急，地方跟部队不一样，做事别太较真。邱梦山当然不会按荀水泉这话去行事，何况副局长还指望他开创新局面呢。李运启让他先抓行政管理和后勤，待他慢慢熟悉掌握了印刷业务技术再抓生产。倒不是副局长给了他多少压力，也不是办公室那个单良伤了他面子，他在其位不能不谋其政。

邱梦山上班在厂里转了一天，然后去了李运启办公室，见面开门见山，说他要整顿工厂秩序，工厂得像工厂，不能像茶馆。邱梦山的这话没进李运启脑子，他以为他新官上任三把火，有火总得让他烧一烧，既然给了他锣，就得让他敲，正好局里派来任务，让他顶局里名额去县党校学习半年，他把工厂工作全交代给他，说只要能把生产经营搞上去，怎么着都行。邱梦山自然不含糊。

邱梦山把单良叫到办公室，单良以为他催问房子，他用报纸包裹着一条中华烟走进邱梦山办公室，进门先大大咧咧十分随意地把烟放到邱梦山的写字台上，然后说房子倒出来了，要粉刷一下，两三天就好。邱梦山把烟放回单良面前，说单位人送烟他不抽，请他收起来。单良觉着这人不好缠，很不随和，只好把烟收起，换上办公事那副面孔，端正坐到邱梦山的写字台前。

邱梦山开门见山，让单良说说工厂管理存在什么问题。单良从来没注意过这方面问题，认为厂里管理挺好，工资不高，福利也不好，但大家很体谅单位，也很体谅领导，老老实实上班，老老实实做事，很不错，没什么问题。邱梦山听了很不高兴，毫不客气地说，看来你这办公室主任根本没注意过工厂管理，有问题也看不到。单良让邱梦山说得一怔，他觉得石井生这人小肚鸡肠，肯定是前两天进门拦他记了仇，要拿这事说事，故意公报私仇。他只好愣充大度，笑笑说，副厂长大人大量，那天的事，是我不对，要批你就批，但别因为我犯事，让全厂工人陪着受过。单良主动挑明这事，邱梦山就没有绕弯，他直说，上班时间打扑克，这算是一种不良现象。但问题不只是这些。也可能当事者迷，旁观者清，昨天我在厂里转了一天，发现三个问题，一是车间里工人一边干活，一边抽烟，印刷厂到处是纸，抽烟是大隐患，再说抽烟也污染公共环境。二是科室人员上班时间打扑克、聊天、还打毛衣干私活，这说明人浮于事；三是上下班不按时，迟到早退，上班时间会客，用公家电话办私事，说明管理松懈，纪律松散。这三个问题必须解决，要不解决，工厂就成了茶馆。有两个问题请你考虑，一是你能不能解决这些问题？二是你解决这些问题需要用多长时间？单良不以为然地笑笑说，副厂长，不是大家故意散漫，也不是大家有活不干，是生产任务本身吃不饱，闲着也是闲着，这么多年养成习惯了，想改，难。邱梦山十分认真地说，印刷厂不是厂长书记私人办，任务吃不饱要大家一起来想办法，一个单位工作秩序不好，风气就好不了，风气不好，生产怎么可能好？这事你能不能办，用不着现在就回答我，给你一天时间考虑，明天上班给我回话。

第二天，单良上班没找邱梦山，却去党校找了李运启。李运启听单良说完这事竟哈哈笑了，觉得石井生小题大做，三把火哪儿不好烧，怎么往工人身上烧呢！这不是自找麻烦嘛！他让单良理解副厂长，刚从部队回来，又打过仗，让他搞个制度应对一下，时间一长他自然就适应了。

单良没找石井生，邱梦山却打电话又把单良叫到他办公室，问他想好了没有，有了李运启那话，单良就没把这事当回事，他很干脆。副厂长，我想了，这事抓起来难度很大，但副厂长要抓，我们办公室积极配合，我准备搞个上班工作制度。邱梦山问，都什么内容呢？单良一边想着一边说着应付，针对你提出这三方面问题做出规定。邱梦山再问，你几天搞出来？单良说，怎么也得半个月。邱梦山不容商量地说，半个月不行，三天，三天必须搞好。在印刷厂还没有谁给单良下过这种命令，他当然不能接受，但他依旧笑脸相对，他非常有自知之明地说，副厂长，三天我搞不出来。邱梦山直截了当地说，你搞不出来就算了，我让别人来搞，你去吧。单良十分认真地看着邱梦山，他发觉这个石井生不是在跟他开玩笑，他眼睛里有股子杀气。可他参加工作也十多年了，没一个领导这么对他说话，他倒要看看这位副厂长能拿他怎么着。单良没有站起来，他反随和地仰靠到椅背上，仍然微笑着问，你意思是这事不用我管了？邱梦山没注意单良的神气，也没在意单良的反应，顺着他原来的思路说，你不是搞不了嘛！你搞不了，厂里整顿秩序不能不搞，那我就让别人来搞。单良坐直了身子，还是很不客气地说，副厂长，你来厂里时间太短，你还是多了解一些情况再发令不迟。邱梦山这才发现单良很油条，他没管他，毫无商量地说，别管我来几天，我是这个厂副厂长，我在这个位置上，就得履行副厂长的职责。你要没事了就请你回办公室，我还有事。单良让邱梦山戗得没话可回对，他气愤地站了起来，但他站起来之后随即却又笑了，他微笑着说，好，不才才疏学浅，一切听凭副厂长您发落。

单良离开后，邱梦山直接去县党校跟李运启统一意见。李运启下午正好在自学文件，石井生来了，他只好牺牲学习时间，跟石井生统一意见。李运启问他为什么要撤换单良，邱梦山把缘由说了一遍，在其位不谋其政是国企一大通病，这个问题不解决，企业绝对搞不好。李运启劝他，国营企业都有这个问题，心急吃不得热豆腐，多少年养成的习惯，一句话一个规定改变不了。邱梦山说既然让他抓管理，那就得给他尚方宝剑，他要说了不算，管理就没法抓。李运启问他到底想怎么抓，邱梦山说，人管人，管不了人，也管不好人。一个国家只有法治，才能国泰民安；一个单位，只有制度管理，才能以正压邪。人管人，绝对不可能做到一视同仁。领导再天才，不可能记住自己说的每一句话，可能昨天这么说，今天又那么说，明天不知道会怎么样说，下面就会无所适从；处理事情也是这样，张三有事这样处理，李四有事可能会那样处理，处理事情越多，就越不公平，搞得内部有亲有疏，离心离德。只有制度才能做到对事不对人，相对公平、公正。李运启问，那你到底想立什么样规矩？邱梦山说，非常简单，一、车间、办公室禁止抽烟，违者罚款五十元。二、上班时间禁止打扑克、聊天、干私活，一经发现，科室减员上车间，从科室领导减起；车间工人扣当月奖金。三、不按时上下班，迟到早退、上班会客、办私事，第一次扣发当月奖金，第二次扣发半年奖金，第三次扣发全年奖金，三次以上屡教不改者下岗。李运启问，本来厂里效益就不好，工资不高，奖金也不多，这样一搞，厂里闹事怎么办，邱梦山说，锅里有，碗里才能有，厂里好，工人才会好。相信工人会理解都是为大家好，也相信大多数人会分清是非，懂得对错。不这样，工厂上班秩序混乱，风气变坏，人心涣散，直接影响生产经营，只有让大家把心思都用到生产和工作上，工厂才有可能发展生产，才有可能提高效益。李运启又说，你知道吗，单良这个人不好缠。邱梦山问，他有什么背景吗？李运启说，背景倒没有，老县城城镇居民而已。邱梦山笑了笑说，别说城镇居民，王子犯法，不是还得与民同罪嘛！李运启端起杯子喝了几口水然后才说，我还是不同意你这样做，地方不比部队，部队可以用命令强迫；地方不行，关系复杂，而且像咱们这一级授权有限。他没犯什么错误，不可以随便撤换。邱梦山不能与李运启闹僵，他就退一步，要是不撤换，调换岗位总可以吧。李运启问，你想让他上哪？邱梦山想了想说，那就让他上工会办公室当主任。李运启还是劝他不动为好，是为他好，刚到地方，别一切都看不惯，得适应，慢慢就习惯了。改革家不好当，也不是谁都能当，再说了，搞改革，哪个人有好结果啦。还是多做思想工作，多宣传，多讲道理，别搞与个人切身利益挂钩这种事，这样会不得人心。

　　李运启的一席话，让邱梦山很伤情绪，但有副局长那些话撑着，他仍一鼓作气，他干脆搬出副局长的那些话，副局长既然让他保持军人作风，大胆改革，努力开创新局面，这有什么不对呢？现在厂里发工资都困难，再这么混下去，这工厂还能办下去吗？李运启看邱梦山执意要搞，心里想，你要搞就搞，反正我不在家，搞好了，是我同意搞；搞不好，也没有我的责任。他最后表态，意见我说了，你坚持要搞，得先把工作做好，不要出现后遗症。基层还是少搞人为斗争，多抓生产，多想想怎么发展生产，多找找发展生产的路子，多挣钱大家才会拥护支持。

　　邱梦山心里窝憋着一肚子气，他去人武部搬东西时，先去找了荀水泉，满腹牢骚发给了荀水泉。荀水泉不好说什么，他为石井生担心，好不容易打通关系安排这个职务，要是按部队老脾气把关系搞僵，他都没法向人交代。他劝他一定要跟李运启搞好关系，单良这种人哪单位都有，越是这种人越得罪不得，只能慢慢来。邱梦山听了很不高兴，问荀水泉是不是他也这么认为，像他这种人，一辈子只能窝窝囊囊看人眼色行事？一辈子只能夹着尾巴做人？荀水泉发现他动了气，只好给他支着儿，让他多争取局领导的支持，既然副局长叫你大胆改革，那就多请示副局长，有领导支持，做事就容易得多。邱梦山这才笑了，说这还差不多。

　　邱梦山打电话向副局长做了汇报，副局长态度明朗，改革是方向，改革才有出路，让他大胆地干，不要有什么顾虑。邱梦山拿到了尚方宝剑，当即跟李运启通气，局里同意，李运启也不好再说什么。

　　邱梦山搞改革立规矩，厂里开了锅，当邱梦山在全厂大会上当众宣布了两个决定之后，会场里霎时悄无声息。一个决定是单良调离办公室，到工委办公室当主任，原办公室副主任升主任。另一个决定是传达室两个值班人员下到装订车间当工人。

　　邱梦山再到科室和车间转悠，发现自己成了老虎，大家都怕他。邱梦山喜欢这样，他记得在一本书上看到过拿破仑说过这样一句话，有人问拿破仑，你为什么总能打胜仗，拿破仑说，我让士兵都怕我，我再给他们荣誉。邱梦山非常欣赏这句话，他在战场上就是这样，让全连士兵怕他，他再给他们荣誉。他有一个终生遗憾，没能让彭谢阳和倪培林真怕他，他们犯错误，有他一份责任，他一直愧疚在心。邱梦山给自己记着这笔账，他经常告诫自己，从今往后，若还有机会再带兵管人，绝对不再手软迁就，手软迁就不是爱属下，而是害他们。

3

邱梦山天天踩着点进工厂大门。那天上班，他看到有几个工人围着墙报栏在看什么东西。邱梦山走过去，工人们一个个像怕受牵连似的悄悄避开。邱梦山发现墙板栏里贴着一张纸，凑近看，是张小字报：石井生是战俘。他一怔，邱梦山细看，资料还挺翔实，连他哪年当兵，哪年当班长，哪年上战场，哪年被俘，哪年交换回国，写得清清楚楚。看到最后邱梦山来了气，说他一个战俘，有什么资格整咱工人。工人阶级是领导阶级，他战俘是统战对象，不老老实实接受咱们工人阶级监督，不好好改造重新做人，反而整天变着法整咱工人阶级，这不是反了嘛！还说全厂工人要团结起来，坚决与战俘分子做斗争，决不能让他骑在咱工人阶级脖子上作威作福。

邱梦山生气不在那人揭他是战俘，战俘是事实，纸包不住火，瞒了今天瞒不了明天，今天大家不知道，总有一天会知道。他气那人想拿战俘阻止他管理工厂，剥夺他副厂长的权力。邱梦山生气归生气，但没撕那张小字报，事情已经敞开了，没有必要再遮掩，想遮掩也遮掩不了，干脆让大家来平心而论吧。

厂办新主任把小字报撕了下来，送给了邱梦山。新主任十分气愤，说一定要查出这个人，他在破坏工厂改革。邱梦山说没必要撕，让大家看看也好，也没有必要查，厂里就这么多人，不查他也知道是谁搞这种把戏。邱梦山让新主任通知全厂工人开会，他有话要跟全厂工人说。

全厂工人集中在大会议室。工人们看着邱梦山手拿着那张小字报走上了讲台，一些人悄悄地在议论。邱梦山毫无尴尬，越发威武地走上讲台。

同志们！有人写了这张小字报，说我石井生是俘虏。没错，我在战场上身上七处负伤，昏死过去后是被敌人俘了，这没什么好隐瞒，我怎么被俘，被俘之后又怎么样，部队领导和组织都知道，咱们县组织部、统战部也都知道，不需要我解释。交换回国后，组织上让我继续回部队任职，还给我定副连职，授中尉军衔，一年后又提正连职，升上尉军衔，已说明一切。我转业回到咱们县，组织上安排我到咱印刷厂当副厂长，本身也说明了地方政府和组织对我是什么态度，不需要我个人来解释。

工人们都睁大眼睛看着邱梦山。

　　给领导提意见可以，每个工人，每个公民都有这个权利。但匿名写小字报我不欣赏，这不是君子作风，有话当面说多好，要这么偷偷摸摸干什么呢？另一点我要说明，我是战俘还是英雄，跟我现在行使副厂长的权力，尽副厂长的职责没有任何关系，因为我被俘虏就不能抓工厂管理了吗？就不能搞改革了吗？你还别吓唬我，我这人胆子大，三十多个敌人同时开枪向我射击，我都没害怕，这种小伎俩吓不着我。

　　台下的工人让邱梦山说得挺直了腰。

　　一个人对社会、对单位、对同事，要有责任感，说话办事要负责任，咱们自己平心而论，咱们厂这日子过得好吗？连工资都要贷款发，要是银行不给贷款了咱们怎么过？拿这点工资，拿这点奖金，能养家糊口吗？能让老婆孩子过好日子吗？要想涨工资，想多拿奖金，钱从哪儿来？天上不会下钱，上级也不会给咱拨钱，要咱们自己靠两只手去挣。道理很简单，咱不挣钱，不创收，这锅里能满吗？锅里要不满，咱自己碗里能满吗？

　　邱梦山的这话说到了工人心里。

　　大道理我不想多说，路由咱们自己走，谁要是不想过好日子，那就跟着写小字报的这个人闹腾去；谁要是想过好日子，那就少来这一套，多想想怎么把生产的路子拓宽，多想想怎么开发新项目，怎么能多挣钱。散会，干活去。

　　工人们走出会议室时议论纷纷，都在猜是谁写这小字报。

　　工厂下班，单良出了厂门没有直接回家，他车把一扭拐弯去了县党校。李运启正在院子里遛弯，单良骑车直接冲到他面前，李运启吓一跳。李运启问他慌里慌张赶来有什么事，单良跟他说了小字报这事。李运启非常吃惊，他没想到石井生竟是俘虏，俘虏怎么还让他当副厂长呢？他问单良，是谁干了这事，单良摇了摇头，但他说石井生在全厂大会上承认了。

　　小字报是单良一手制造。邱梦山把他调离厂办去工会干办公室主任，等于罢了他的官。人说小人不可得罪，单良是小人。他咽不下这口气，找老同学徐达民倒苦水，徐达民让他说得一怔，他觉得石井生倒真是个人物。按说有这战俘身份，转业连工作安排都困难，求他帮忙疏通关系才去了印刷厂，有个饭碗，安安分分过日子也就算了。没想到石井生竟会这么不知天高地厚，还大刀阔斧搞整顿搞改革，也不怕得罪人，他还真佩服他。单良却不是顺着徐达民这思路走，他一听说石井生是战俘，是徐达民帮忙走后门才安排了工作，顿时来了兴趣，追着盘问石井生的底细。徐达民把知道那些东西全告诉了单良。

单良揣着一肚子欢喜回了家，这家伙是战俘，战俘还竟敢如此嚣张，你不让我好过，我也不会让你舒服。单良动了鬼念头，他觉得徐达民说的那些还不够详细，当晚他就悄悄去了工厂，他鬼心眼多，交接时偷偷留下了一沓空白介绍信。第二天，他拿着介绍信去了工业局。单良认识局人事科科长，他公事公办拿出了介绍信，说李书记要他把厂里的干部重新登记造册，石副厂长新来，什么情况都不了解，只好到局里看一下档案。单良轻而易举地搞到了第一手材料，于是他就写出了这张小字报。

事情让李运启十分吃惊，他副处长转业才弄个副厂长，他一个俘虏怎么还能当副厂长呢！单良把得意藏在心里，继续添油加醋，说县里原本不想给石井生安排工作，是徐达民帮忙，请了客送了礼才办成。如今厂里乱了套，工人们都不干了。李运启的脸慢慢变了色，动了气。李运启动气，并不是担心工人闹事，也不是石井生搞不正之风谋官，单良的话把他引入了另一条胡同。石井生是战俘，上次登门他是冒充女儿部队的领导，把他当傻瓜一样教训。这是冒充领导借机发泄不满，故意找他碴儿出怨气，蒙得他像孙子一样一个劲地检讨，把他当猴耍了！这口窝囊气顶得李运启胸疼，感觉钻了石井生裤裆一样窝囊。李运启问单良，石井生对这小字报什么态度，单良唯恐天下不乱，他说石井生牛得很，他说三十多个敌人同时向他开枪射击他都没害怕，谁也别想吓唬他。他还挑火，说石井生根本就没把你这厂长书记放在眼里，在全厂工人面前指责你把印刷厂搞得快破产了，连工资都要贷款。李运启让单良说得直喘粗气。单良看火已让他点着，心里好不快活。

李运启趁上午没课，带着一肚子气，偷偷回了印刷厂。李运启要找邱梦山出这口窝囊气，邱梦山却不在工厂，他正在四处活动，忙着找路子开拓新项目。想出气却找不着气筒子，李运启憋得心里难受。单良又拉着传达室下车间那两人到李运启办公室喊冤，说他们都是他亲手培养，现在石井生却专拣他们这些人整，打狗还得看主人，石井生不给他一点面子。三个人一唱一和，把李运启挑得一口一口往外捯气儿。

4

通过荀水泉小舅子帮忙牵线介绍，邱梦山认识了韩国人金民哲。市场一开放，韩国服装在中国成了时装，连北京都有了韩国服装城。苟水泉的小舅子开了一个韩国服装专卖店，结识了一帮韩国朋友，朋友再介绍朋友，他认识了金民哲。金民哲不搞服装，他做塑料彩色印刷，中国市场那些韩国服装包装袋大都是他们厂印制。苟水泉的小舅子听姐夫说他战友石井生到处在找扩大生意路子，就把金民哲介绍给了石井生。两个一拍即合，金民哲正想在中国投资搞塑料彩印，他出设备和技术，让印刷厂出厂房和工人，两家成立塑料彩印公司。邱梦山眼前闪出一条生财之道，兴奋得如同抢到了作战任务。但他对这事心里没底，他们印刷厂是搞纸质印刷，这塑料印刷能不能搞，市场有多大，心里没谱，不敢贸然行事。

保险起见，邱梦山把程序倒过来走。他先到局里找分管副局长汇报。副局长当即表态，这个项目完全可以搞。他还帮邱梦山分析，若是发展书刊印刷，别说县里和市里说了不算，就算省里批准了，又有哪个出版社、哪家杂志社愿意拿书刊到县印刷厂来印刷？塑料包装印刷就不一样了，凡是商品，都需要塑料包装袋，如果本县需求吃不饱，还可以向邻县、向全省、向外省企业接业务。领导就是领导，副局长这话让邱梦山的心里踏实了，他随即把金民哲请到印刷厂参观。厂房、设备没让金民哲感兴趣，院子里那些空地倒是吸引了他，他看到了发展空间。金民哲和邱梦山当即草拟了筹建塑料彩印公司方案。

邱梦山拿着草案到党校找李运启商量，李运启接过草案看都没看，竟把草案收了起来。他说邱梦山简直是无法无天，根本就没把他这个厂长书记放眼里，这么大事商量都不商量就自己决定了，把他当傻瓜。李运启有不同意见，邱梦山是料到了，但没想到他会这么火。邱梦山就搬出副局长，说怕干扰他学习，特意先跟副局长通了气，副局长全力支持。邱梦山背着他先找副局长，李运启更来气，他看着邱梦山，想到他那年教训他的情景忍无可忍。他责问邱梦山，石井生，你是不是战俘？邱梦山一愣，没想到他突然问这个问题。邱梦山不知道他问这干什么，他很干脆地回答，这全厂工人都知道了。李运启端起书记架子，你是战俘，那为什么要冒充蜻蜓部队的领导？邱梦山更没想到李运启会突然翻这老账，他愣在那儿不好回答。李运启一招制胜，心里十分痛快，看石井生回不了话，他更来了劲。你这是欺诈！邱梦山无法回答。李运启乘胜穷逼，他开始以牙还牙。解放军军官做这种欺诈事，你还算个军人吗？说我不配做父亲，我看你根本就不配做军人！你本质上就是个战俘！你有什么资格教训我？邱梦山无法忍受了，他毫不客气地说，那时我那么做，完全是让你给逼得迫不得已，你连自己女儿都不信任，你还能信任谁？两个人顶了牛。邱梦山不想跟他吵，他要拿那个方案走。李运启收起来不给，他说，你别做梦了，我们是国营企业，你想让我跟着你给外国人当走狗！没门儿！邱梦山也没客气，我这是为工厂生存着想，副局长都同意了！李运启更气，你别想再在我面前玩骗人把戏！你以为我还能相信你吗？你有副局长的批示吗？

邱梦山晕了。他不明白，改革开放这么多年了，他怎么还是这种脑子？要是咱们不想跟外国人做生意，还搞什么开放呢！他没法跟李运启争，他是一把手，他说了算，可他不甘心，好不容易碰上这么个机会，怎么能眼睁睁失去呢？邱梦山没再跟李运启要那份草案，也没再跟他争，再争也只会是白费口舌，他离开了党校。

5

收发室老大爷给岳天岚送来一封信。信从特区寄来，收信人是岳天岚，下面注：请转石井生。岳天岚一看笔迹就猜到是那个李蜻蜓来信，她好奇怪，她怎么不让荀水泉转，而寄给她。李蜻蜓去了特区，岳天岚心里轻松了许多，现在她不知道石井生住处，她想把信转给荀水泉，让荀水泉转给石井生。转念一想，自从在康复医院给了她那个存折，她再没见到他，那天他一急，又让她看到了那目光，那么熟悉，那么让她心动，再想想她对他那些挫伤和打击，她决定还是亲自给他。

岳天岚通过查号台查到印刷厂的电话，再问到石井生电话，跟他通了话。邱梦山接到岳天岚的电话很激动，问她怎么会有空给他打电话的，是不是继昌有什么事？岳天岚告诉他有他一封信，可能是李蜻蜓写来的，让他抽空去学校一趟。

岳天岚找他，再忙也有空。邱梦山当即去了学校，他并不是急于要看李蜻蜓的信，而是因为岳天岚让他去学校。邱梦山赶到学校，学校已放学，岳天岚在学校门口等他，邱梦山看到岳天岚禁不住心跳加速。岳天岚把信给了邱梦山，她那双眼睛明亮着没有移开。邱梦山接过信，是李蜻蜓的来信，他把信装到口袋里没看。岳天岚心里有一丝丝不舒服，她想要邱梦山看信，跟她说信上的内容，邱梦山却没看。岳天岚没趣地推起自行车走，邱梦山赶忙也推着车子跟岳天岚一起走。邱梦山问继昌最近怎么样，岳天岚似乎对他这关心不大感兴趣，她说不错，学习不错，也很听话。岳天岚说完还是忍不住问，李蜻蜓到特区怎么样啊？邱梦山说，没有联系，不知道情况。岳天岚说那还不赶快看信。邱梦山就拿出信看，信很短，他就直接念起来。李蜻蜓到特区没找到周广志，周广志已经离开了那家保安公司，查无去向，他可能压根没收到李蜻蜓的那封信，李蜻蜓只好到一家餐馆打工。邱梦山遗憾李蜻蜓没找着周广志，很为她担心。岳天岚说，这么放心不下，快去看看她呀！邱梦山扭过头来看岳天岚，他感觉岳天岚这话带酸味。她为什么要酸呢？是自己多心？邱梦山不敢多想。

　　岳天岚觉察自己的话引起邱梦山的注意，随即换话题，她问他，人死了还有没有灵魂？邱梦山说他对这没有研究，恐怕是活人对死者思念太多，找出一种说法来安慰自己。岳天岚却说鬼魂可能存在，他们连长经常到梦里来缠她，有一次他那魂真到家里显了灵，把她吓得半死。岳天岚说着扭着头看邱梦山。邱梦山已经觉察出岳天岚在试探他，但他不回避，他只好说她太爱连长了，连长这辈子真幸福。岳天岚问他是不是不幸福，邱梦山说他是黄连命，这辈子既没有父爱，也没有母爱，更没有情爱，幸亏有战友之爱才让他感到人生有一点意义。岳天岚问连长在临牺牲前拜托他照顾孩子，是不是真有这回事，邱梦山说不是在临牺牲前，是在茅山阻击战战斗间隙，要没连长这拜托，他肯定自杀了，他绝对不怕死，三十多个敌人包围他时他都没害怕。岳天岚问，这么说他是为邱继昌活着？邱梦山说他这辈子除了照顾继昌和爹娘，其余都无所谓了。岳天岚问，难道对李蜻蜓也无所谓？邱梦山说李蜻蜓与他只是生死战友，他会尽可能帮她，没有其他责任。

　　迎面徐达民拉着邱继昌驰来，邱继昌老远就喊妈妈。意外让岳天岚有一点尴尬，徐达民的一丝不快不易觉察，但没逃过岳天岚的眼睛，她刻意解释，那个李蜻蜓从特区来信，让她转给继昌他叔叔。邱梦山的注意力只在儿子身上，他过去摸了儿子头，说几天不见又长高了。徐达民掩饰地邀请石井生上家去吃饭，邱梦山不想去，借故厂里有事婉拒。徐达民说听人说他在厂里大搞改革。邱梦山有些奇怪，徐达民怎么会关注到他，徐达民说单良跟他是同学。邱梦山没客气，说他那同学有点小肚鸡肠，有空劝劝他，以厂里利益为重，少在厂里搞小动作。徐达民只是听单良牢骚，并不知道他跟石井生作对，说一定说说他。邱梦山告辞骑车走了。

徐达民在当天夜里受到了伤害。晚上上了床，徐达民想起石井生跟岳天岚在一起的情景，心里仍有一丝不快，他带着这不快跟岳天岚亲热，因那一丝不快，徐达民有些异常，这不快让他集中不起精力，迟迟进入不了高潮。岳天岚已习惯成自然，她依旧紧闭双眼幻想着邱梦山。徐达民这迟缓反把岳天岚推向了忘我境界，她情不自禁梦幻般喊出了梦山两个字。徐达民像遭了电击，情绪戛然而止。岳天岚这一声梦山，对徐达民来说，无异于岳天岚当他面投入别人怀抱，男人谁能承受妻子这种同床异梦。徐达民心里难受至极，但他没有发作，只是静静地躺着思考。岳天岚却毫无反应，她仍紧闭双眼陶醉在甜蜜之中，她连自己这一声梦山都没有觉察。

跟李运启顶牛后，邱梦山当然不会因为李运启反对就计合建彩印公司半途而废，他把方案直接送给了副局长。副局长已表过态，只要局里批了，事情就可以往前推进。万万没想到，方案送上去竟石沉大海，半个月没一点音讯。金民哲急了，人家是拿个人资金冒险，没工夫跟你闲磨。邱梦山迟迟得不到局里的意见，他再见金民哲就没话可说，只有尴尬，他只好不见。邱梦山把宝全押到副局长身上，他不敢急，逼急了反而会坏事，他耐着心给领导时间考虑。他去找荀水泉商量，多一人多一主意，坐公共汽车到了人武部，他却又换车调头回了住处。事情是荀水泉小舅子介绍，这种状态去找他只会给他添压力，何必把他搅到里面添为难呢？邱梦山心里烦透了，不知道干什么好，抬头看他竟来到了育才胡同……

邱梦山拍了一下脑袋，掉转头往回走。邱梦山走在街上，岳天岚突然钻进了他脑子，晚风让他慢慢冷静下来，他笑自己还是心不死，无论心里烦闷还是快乐，他都首先会想到她。心里闷闷不乐，他想找个人说说话，可这个城里没有人跟他说话，他想到了岳振华。

岳振华精神很好，满面红光。邱梦山进去时，岳振华正在护工的帮助下练习走路，毅力惊人，已经有了迈步的样，但样子很滑稽。他迈一步，脚一踏稳，身子往上一挺，脑袋便跟着摇晃两下；迈一步，身子往上一挺，脑袋摇晃两下，一副得意得不可一世的样子，准确地表现出他的秉性，让人看着想笑。岳振华听到有人叫他大伯，随即停下脚步，虽然已是满头大汗，但他把腰依旧挺得笔直，非常威严地问，是你叫我吧，你叫什么来着？邱梦山说我叫石井生。邱梦山接替护工帮岳振华练习，一边走一边聊了起来。他问，你是不是特看不起我？岳振华说，当然，你要是英雄，我会敬梦山一样敬你。邱梦山说，你对战俘有偏见，现在政策不一样了，讲人道主义了，只要他没损害国家和民族的利益，他跟别人一样。岳振华不同意，说，一样？战俘能跟英雄一样？战俘跟逃兵、叛徒是同一类货色。邱梦山故意问，要是连长不牺牲也让敌人俘了回来，你怎么办？岳振华停住腿，他说，他要是当战俘回来，我不会让他进门，立马让天岚跟他离婚，儿子也不会随他姓，改姓岳，叫岳继昌。邱梦山让他说得没一点情绪，说，要这么说，我这一辈子只怕没出息了。岳振华一边吃力地迈着腿一边说，你不是还当着副厂长嘛。邱梦山苦笑着说，副厂长也是个摆设，只怕什么事都做不成。岳振华问，厂里出事了吗？邱梦山把整顿工厂秩序和韩国人办彩印公司这两件事告诉他。老头子听了没夸他反批了他一顿，他说，你也三十几的人了，怎么跟毛头小子一样一根筋。自己这种身份，凡事就得矮人一头，不求有功但求无过，求个相安无事天下太平也就算了，怎么还去整人呢。国营企业跟韩国人合办公司，那不是卖国嘛！连天时地利人和都不懂，怎么打仗？怪不得让人俘了呢！岳振华一席话说得邱梦山窝囊透顶。世上所有事情都这样，胜者为王败者寇，胜了一切都好，败了一切都不好，满嘴真理人家也不会听。邱梦山什么也不说了，他只是想解闷，挨训也不失为一种解闷的方法。邱梦山待岳振华身心完全疲惫之后，把他送回病房，帮他擦了身子，然后离开康复医院回家。也真怪，让老头子数落一晚上，邱梦山心里反轻松了一些。

6

金民哲接连三天约邱梦山，邱梦山找不出理由搪塞，两人在海鲜餐馆见了面。

邱梦山坦率地要金民哲理解中国市场经济还处在初级阶段，他们这种合作具有开创性，前人没做过，创造一件东西比跟着别人学做事要难得多。金民哲却说李鸿章一百多年前就开放了门户，外国人在中国各地都办了工厂，大城市都有各国租界和领事馆，一百多年后为什么反而这么难呢。邱梦山只好解释，此一时彼一时，那时中国太弱，外国人拿刀搁在清政府的脖子上，那是迫不得已。现在中国是真正在考虑与外国人做生意，但做国际生意，中国人没经验，只能谨慎从事。金民哲没了情绪，说他不能这样耗费时间，要不成，他只好另谋他路。邱梦山一心想揽住这生意，他觉得这是印刷厂唯一的出路。为抓住这个机会，邱梦山擅自斗胆兜底，说只要他在，这事一定能成。金民哲要他拿出诚意，建议先建厂房，他们那旧厂房都成危房了，即使不跟他建彩印公司，他们也该重盖厂房了。金民哲这意见很对，邱梦山为表示诚意，让金民哲拿设计图纸。中国市场太让金民哲动心，半个月他就拿出了图纸。金民哲毕竟是商人，他投资款项必须拿到政府批件、双方签署正式协议后方能到位。土建工程前期资金，由中方印刷厂解决，批件一到，投资资金立即到位。邱梦山下决心冒一次险，他拿着协议草案和新厂设计图纸去找李运启，李运启不表态，说他在外面学习，这事他不管。邱梦山想去找副局长，可方案还在局里没批，这么去找等于撵着领导催逼，给副局长添压力。邱梦山就先找贷款，在荀水泉小舅子的帮忙下，招商银行同意先贷五十万元。

邱梦山拿到五十万元贷款，专门召开中层干部会，把设想告诉大家，让大家明白，要人家技术，要人家设备，要人家投资，咱总得拿点诚意出来才行。除了土地，他们厂没有吸引人的东西，要想拽住人家，只有先建厂房。退一万步说，即使跟韩国人合作不成，这厂房也该建，老厂房已成危房，有了新厂房才能开发新项目。中层干部都觉得这是条出路，一致支持。单良最积极，他举双手赞成。有了中层干部的支持，邱梦山有了底，他带着中层干部意见，赶去找李运启商量，李运启还是推。推车撞壁了，邱梦山只好硬着头皮去请示副局长。副局长正要去开会，让他长话短说，邱梦山就把先建厂房吸引投资这事说了，把中层干部支持这话也说了。副局长告诉他，那方案他认为可行，但国营企业吸收外资办公司这事局里决定不了，县里都决定不了，要请示上面。这事急不得，急也没用，可以先建厂房，有了梧桐树，才有凤凰来，这道理对。他嘱咐邱梦山，一切要按程序办齐手续，然后再开工。

邱梦山马不停蹄，半个月就把盖厂房所需的一切手续全跑齐，选了个好日子立即破土动工。新厂房破土动工那天晚上，单良又去找了李运启，李运启连嘴都气歪了，他当即赶回工厂，但邱梦山已经下班，他赶到了邱梦山的住处，邱梦山没回家。荀水泉打电话把邱梦山叫去了，他那里有了一点新消息。荀水泉告诉邱梦山，形势不妙，方案在局党委会上悬而未决，有反对意见，理由是国营单位不能跟外国私人企业合作，局长把方案挂了起来，说咨询咨询再议。荀水泉劝邱梦山还是稳一点，土建工程速度不要太快。邱梦山则认为，印刷厂谋发展势在必行，不管与金民哲合作成与不成，土建工程都必须搞，厂房不是建在韩国人那里，而是建在自己厂区，只有往前走，才会有发展。

李运启几次找不着邱梦山，心急如焚，他着急倒不完全是邱梦山目中无人惹他生气，也不是怕项目搞成邱梦山出了风头，他是怕合作不成无力还贷款毁了印刷厂。他直接上县政府宿舍找了分管副局长，副局长说石井生这么考虑很对，印刷厂厂房是太旧了，有了新厂房，才能拉新项目。李运启没想到副局长竟会是这种态度，他一贯畏上，就不再说什么，反正他在党校学习，意见他反映了，做成了做好了，功劳自然有他一份；万一搞砸了坏了事，他不在位，没他一丁点责任。

五十万元贷款，开工就没了，方案还没有批下来，邱梦山心急上火得了口腔溃疡。邱梦山发急，李运启却偃旗息鼓了，单良按捺不住了。树活一张皮，人争一口气，如果让石井生成功了，他这口窝囊气一辈子就不能出。单良正着想反着想，要出这口窝囊气，只有让石井生在印刷厂失败。要石井生失败就必须跟他捣乱，给他捅大娄子。第二天上班，单良没有进办公室，直接到工地干活，水泥来了帮卸水泥，钢筋来了帮卸钢筋，什么活累就干什么。他不光干活，工地上有什么困难，还主动协调。开始两天邱梦山没管他，爱干就干，干了几天，邱梦山纳闷，问他是怎么回事，单良掏烟递上，接着自我检讨。他说徐达民批评他了，他是小肚鸡肠不像男子汉，撤换他办公室主任耿耿于怀。人心都是肉长成，谁都免不了犯糊涂，这些日子让副厂长感动了。副厂长整顿工厂秩序为什么？副厂长千方百计找工厂发展机会为什么？是为工厂发展着想，是为全厂工人着想，是想让大家过上好日子。副厂长为大家呕心沥血，自己还犯浑，还算人吗？他表态，从现在起，需要他做什么，只要副厂长一句话。善良人怎么会懂豺狼心肠？邱梦山被单良感动了，感谢他的理解，也如实说了资金不足这棘手问题。单良居然拍胸脯承诺，砸锅卖铁他一定想法把贷款搞来。邱梦山说这事不能让他自己掏腰包，问他要多少活动费，单良说最少怎么也得花百分之五。邱梦山想百分之五就百分之五，这个潜规则谁也越不过。

单良说一不二，没出一周，他就从建设银行那里搞到了一百万贷款，花了五万元公关费。邱梦山高兴得把他抱了起来，当晚拉上他一起见了金民哲，三个人喝了两瓶高粱白。

新厂房外壳很快平地而起。邱梦山上班，七八成新一辆桑塔纳停在他办公室门口。车里坐着建筑公司老板。邱梦山以为他又来催二期款，很客气地引老板进办公室。老板进屋没坐，却把车钥匙放到邱梦山的写字台上。说这么大个厂，厂长连辆代步车都没有，出门还骑自行车，实在太有损形象。他们公司闲着这辆旧车，送给印刷厂，也算是他们合作的诚意，他也愿意交他这个朋友。邱梦山十分感激，但他对公司送车有些犹豫。老板很爽快，说一辆破桑塔纳，值不了几个钱，也不是送礼，是借给厂里用。那老板说得很实在，印刷厂也非常需要，邱梦山接了下来，第二天就开着它出去办事。

7

　　岳天岚和徐达民不咸不淡地过着日子，夫妻感情常常因小事而生出裂痕。自从那天夜里岳天岚喊出邱梦山的名字后，岳天岚在徐达民眼里再不是原来那个岳天岚。他背着岳天岚翻过她的衣柜，在里面看到了她和邱梦山的那本影集，他当时恨不能点火把它烧了，他当然没有烧。他在饭桌上故意跟岳天岚开玩笑，说你是不是至今还念着邱梦山。岳天岚没说话，瞪着两眼看着徐达民，看着看着她竟把饭碗给摔了。徐达民是开玩笑，岳天岚却不愿他开这种玩笑，这玩笑不好玩也不好笑，它捅了她的心病。岳天岚因此竟半个月不理他。那次玩笑过后，徐达民没再提过邱梦山的名字，而且他对邱继昌也失去了热情。岳天岚跟徐达民之间有了一层隔膜，夫妻间从此就少了许多情趣，也少了许多真诚。

　　岳天岚把心力更多地用到了工作上。岳天岚对教导主任的工作尽心尽责全校有口皆碑，她本来就非常敬业，参加英模报告团归来，她更上了一层楼。宣传英雄让她自身也有了英雄品质，她对荣誉和崇高有了更深理解，思想和境界升华到了一个别人难以企及的高度。她自觉地以邱梦山为榜样，为荣誉而奋斗，为崇高而献身。组织和领导发现了她这种成熟和升华，把她推到了教导主任这个位置上。岳天岚非常珍惜，试图要把自己的名字留在教导主任这个岗位上，七年之中，她没有一天懈怠，也没有一刻松弛，她把自己像马蹄表一样拧紧发条，嗒嗒嗒嗒一丝不苟地工作着。

　　岳天岚看到了一份文件，县里又要开"两会"。县里开"两会"，意味着市里、省里和全国相继要开"两会"，岳天岚不免有一点兴奋。岳天岚是县人大代表、市人大代表、省人大代表、全国人大代表，年年要出去参加各级"两会"，前后差不多要出去开两个月会。看完文件，岳天岚就想到开会的荣耀和自豪，想到县里、市里、省里乃至全国那些会议朋友。凡事习惯便成自然，岳天岚当人大代表出去开会已经成了一种习惯，她看了文件，心里不由自主地掠过一阵喜悦。岳天岚没把喜悦摆到脸上让人看，她只是在自己心里品尝和享受，有点像姑娘收到第一封求爱情书那种心情，嘴上不说，心里却激动又甜蜜。

三天之后，教育系统组织代表选举。岳天岚当然是候选人。人大代表选举为了充分体现民主，一直坚持差额选举，每次都有陪选人员。他们学校一个副校长已经连续两次做了岳天岚的陪选，岳天岚十分过意不去，当不上候选人也就罢了，当了候选人却要故意被选下来，多让人难堪。每次选举到公布结果时，岳天岚总是很不好意思。副校长却十分豁达，说他就是个陪选，已经陪两届了，陪选也是一种光荣，不论什么事，有人得荣誉，有人就得作牺牲。

主持人宣布选举结果，岳天岚一点都没紧张，也没在意。选举结果宣布结束，岳天岚奇怪没听到自己的名字，却听到了副校长的名字，她浑身那血全涌到了脸上，感觉有点眩晕，她把身子紧紧靠住椅背，以免当众晕倒出丑。那个副校长得了便宜还卖乖，多事地主动举手提出质疑，说是不是搞错了，应该是岳天岚，怎么会是他呢？他这一质疑，主持人解释，没有搞错，岳天岚落选了。这么一来，反而扩大了影响，更让岳天岚难堪。岳天岚落选了！她感觉自己不是骑着自行车回家，而是被风刮回家，一路上脑子里几乎是空白。岳天岚只记得走出大礼堂时，有无数的目光向她扫射，那些目光中有同情，有幸灾乐祸，更多的是若无其事。岳天岚不敢再碰别人的目光，她从那些目光里看到了自己如今与过去发生了差异，尽管她自己觉得她还是她，工作仍是那么尽心尽职，对组织还是那么赤胆忠心，待人还是那么诚心诚意，她一点儿都没有松懈懒惰，但她被别人改变了。思来想去她只找到一个原因，过去她是邱梦山的妻子，邱梦山的妻子是英雄的妻子，是烈士的妻子；现在她是徐达民的妻子，徐达民的妻子是普通干部的妻子；英雄的妻子很少，普通干部的妻子多得很。想到这一层，岳天岚像被人抛弃了一样难受。她走出礼堂，身后传来说笑声，她觉得那些说笑都是针对她，人们在说她，在笑她。没做错事而让人说笑，岳天岚十分委屈，眼泪不知不觉顺着面颊流淌下来。

岳天岚原计划选举结束就去医院向父亲报喜，现在没喜可报，只有悲哀，一想到他老人家还在康复之中，她不能再去刺激他。岳天岚回了家，她连儿子都不想去接，打电话给徐达民，叫他去接儿子。徐达民领着儿子进家，岳天岚躺在床上。徐达民以为她病了，慌忙上前问候。岳天岚没理他，侧身避开他，眼泪却如泉涌出。徐达民伸手试她额头，手刚挨到她前额就让岳天岚挥手打开。徐达民感觉到她不是抬手推，而是挥手用力打，而且很重，让他感觉到了痛。徐达民觉出岳天岚不是有病，而是有气，而且气很大。什么事让她生这么大气呢？徐达民小下声问她出了什么事，任徐达民怎么问，岳天岚只是流泪，一句话不说。徐达民没了主意，只好拉过邱继昌，让儿子去陪他妈，他去做饭。邱继昌看妈妈流泪，知道妈妈不舒服，一个劲地问妈妈是不是病了，妈妈哪儿痛，妈妈为什么不说话。岳天岚让儿子问得更加伤心，她侧过身，一把把儿子搂到怀里，眼泪更加汹涌。

夜里，徐达民不知道岳天岚究竟因何而跟他怄气，想用温情来化解。徐达民伸出手刚抚着她肩头，岳天岚一扭身子把他那只手抖开。徐达民心里很不舒服，他问她他究竟做错了什么，是不是还记着他那句玩笑话，岳天岚没回话，这事她没法说。徐达民再一次挪身子挨近岳天岚，岳天岚讨厌地往里挪跟他保持距离。徐达民挨不着岳天岚的身子，温情战术没法实施，他知道岳天岚的脾气，他若是强行实施，效果更坏。徐达民只好作罢，两个各自揣着心思躺在一张床上。岳天岚在继续她的郁闷和懊丧。徐达民却思绪如麻，他找不到自己的差错所在，本来是她错，她却反要这样冷落他。思来想去，他想到了那次她喊邱梦山的名字，再想到她拒绝他几年追求，想到她不给他生孩子，徐达民终于明白，原来他仅仅是邱梦山的替身，她从来就没有爱过他。

第二天，岳天岚还是去了学校，代表可以不当，班不能不上。从这一天开始，岳天岚沉默了，学校里再听不到她银铃般的笑声。岳天岚下班走出学校大门，荀水泉远远地站在马路对面，不知他在等她还是等别人。岳天岚心情不好，只当没看见，故意回避没过马路，荀水泉跑了过来，岳天岚心里本来就很烦，她嫁徐达民，与荀水泉推波助澜有直接关系，现在她失去了英雄妻子这名分，人大代表资格也被取消，她不好开口埋怨荀水泉，但心里不能不怨他多事。荀水泉追上了岳天岚，他是特意来告诉她石井生出了事，要她让徐达民打听一下究竟是什么问题，他相信石井生绝对不会贪污受贿搞不正之风。岳天岚一听心里更烦，她直截了当地跟荀水泉说，她人大代表都落选了。荀水泉很吃惊，问她知不知道落选原因，岳天岚说她现在已经不是英雄的妻子，如果再要跟石井生这个战俘打得火热，只怕连教导主任都保不住了，她让他直接去找徐达民说，说完她就上了公共汽车。荀水泉有点沮丧，眼前这些事情让他意外，又让他无奈。

工业局纪委两位同志上午去了印刷厂。事先没有打招呼，他们直接进了石井生办公室。那位科长像对待犯人一样向邱梦山宣布，市县局三级纪委和所有领导都收到了群众告状信，揭发他利用职权，在引进外资和新建厂房项目中收受贿赂，请他协助调查。邱梦山被带到了县招待所。

邱梦山一离开工厂，印刷厂人心浮动，传言四起。有人说他从韩国人那里得了五万美金好处，要不他这么积极，上面还没批准就贷款盖厂房。有人说那辆小车是建筑公司给他的回扣。有人说国营单位根本不允许外资进入，有人说项目没有批盖这厂房有鸟用，一百五十万贷款哪辈子能还清。这时候，单良站了出来，他反绷着脸训别人。人不能没有良心，石副厂长一心扑在工厂建设上，大家有目共睹，再要在背后说三道四，太不在情理了。真金不怕火炼，诬告没有用，事实才是证据。大家要一条心，不要听信谣言，要把生产搞好。

石井生被查，李运启提前结束党校学习，回印刷厂抓工作。他回厂首先请示分管副局长，新厂房工程怎么办，副局长发现李运启脸上飞扬着幸灾乐祸，他很反感，但他没把反感直接传达给李运启，他非常平和地跟李运启说，新厂房工程开工没向局里行文请示，停不停工也用不着局里定，你们自己根据实际情况，自己决定。副局长是想以此压一压李运启的得意，让他肩上也有点斤两，也担点责任。李运启却没体会其中意味，他回到厂里当即宣布停工。单良郑重其事地劝李运启，说半途停工只能造成更大浪费，应该继续施工，石副厂长那计划很好，即使不与外资合作建公司，还可以另谋新路搞其他项目，许多工人也跟着这么说，旧厂房太旧了，不建新公司，搬到新厂房里生产也好。李运启没理睬他们，他说厂房再建下去，还得要贷款两百万，他不能拿钱往河里扔，更不能拿全厂工人开涮。

岳天岚虽然婉拒了荀水泉，但她还是跟徐达民说了石井生这事，让他想法关照一下，他现在毕竟是邱梦山的弟弟，她不能不管。岳天岚说得郑重其事，徐达民居然朝岳天岚冷笑，笑得岳天岚有点不知所措。他头一次用那样一种口吻跟她说话，说她这嫂子当得真不赖，对前小叔子比对他还心疼，他还请她放心，尽管他跟石井生毫无关系，但他绝不会不管不问。岳天岚啪地把手里的碗蹾到桌子上，小米稀饭洒了一桌面。岳天岚饭也不吃，拉着儿子扭身出门回了娘家。

印刷厂新厂房工程下马半个月之后，邱梦山回到了印刷厂。邱梦山除了贷款批了那五万元公关费，其他问题查无实据。邱梦山回到印刷厂，见厂房已停工，心痛得直跺脚。邱梦山先把那辆桑塔纳还给了建筑公司，然后又赶去找副局长。副局长听邱梦山发完一腔激愤，他没附和，也没批评，他离开座椅给邱梦山泡了一杯清茶，默默地放到邱梦山旁边的茶几上。他伸手按住邱梦山的肩膀，想说什么，却又没说。邱梦山这时才发现副局长非常无奈，他这才明白领导有难言之处，或许上面对这事还没有结论，还要等待；或许上面已经把这事否了，他不便把真相告诉他；或许他还在努力，但这事由不得他。虽然没有交流，但邱梦山与副局长已经没了距离，两人已经心照不宣。邱梦山理解地起身告辞。副局长再一次离开座椅，他向邱梦山伸出了手，邱梦山很感动，双手紧紧地握住副局长那手，他感到副局长的手试图在给他力量。最后副局长还是憋不住开了口，他说，你上过战场，经受过苦难，相信你能挺住。

邱梦山鼻子一酸，差一点掉下眼泪，他忍住了。邱梦山昂起了头，他看着副局长，心里的英雄气又在升腾，他什么也没再说，紧紧地握着副局长的手把感激之情传达过去，然后他头都不回离开了工业局。

邱梦山再去找金民哲，金民哲已离开文海，荀水泉小舅子也找不到他。荀水泉小舅子与他也失去联系。荀水泉小舅子通过韩国朋友了解到，金民哲已在大连找到了合作单位。

李运启知道邱梦山回到厂里，只当不知道，他等着他来找他。邱梦山听说李运启提前回厂，他预感事情不妙。邱梦山主动去了李运启办公室，李运启一脸得意。邱梦山没在意这些，他开诚布公地跟李运启说，他可以记恨他，也可以报复他，但不要拿全厂工人开玩笑，希望他能以工厂建设为重。李运启什么也没说，从抽屉里拿出一份文件，放到邱梦山面前。

邱梦山没伸手拿那份文件，他一眼就看清了那标题：关于石井生渎职处分决定。邱梦山没看全文，但他看到了撤销石井生副厂长职务那段文字。李运启得意地朝他笑，邱梦山很不舒服，他没法容忍他的这种得意。他问，这回你痛快了是吧？李运启没生气，反大度地说，上次我是给你面子，没揭你老底。邱梦山说，你好大度，我还有什么底你没揭，你一块儿揭啊！李运启得意地说，你还别嘴硬，别再逞英雄了，这个副厂长本来就不该你当！邱梦山让李运启说蒙了，他让他把话说清楚，怎么叫本来就不该他当。李运启讥讽地看着他说，别以为天下就你聪明，人家都是傻瓜，厂里谁不知道啊！安置办原本就没打算给你安排工作，要不是你求徐达民请客送礼走后门，上面会给你安排工作？会让你这战俘当副厂长？

邱梦山被李运启一棍抽得晕头转向找不着北。他晕不是那个处分，他脑子里嗡嗡地叫着一个声音，混蛋！混蛋！

8

邱梦山接连两天没去印刷厂上班。邱梦山在宿舍结结实实睡了两天觉，其实他躺在床上根本睡不着，只能说他在家躺了两天。厂里没有人来找他，也没人来看他，连荀水泉和岳天岚也没来看他，他成了一个多余的人。现实让他很不服气，他不认输，他不信自己做不成事。他想去找副局长，但一想起副局长那一脸的无奈，他把自己摁住了，他没什么喜可报，只有忧，给副局长报忧，只能给副局长添为难。那天副局长已经暗示他了，他要他挺住。邱梦山躺床上痛苦地回忆了自己三十多年的人生经历，从入伍当兵想到当连长一路拼搏，想到赴边境作战那些挫折与辉煌，想得他热血沸腾。可一想到当战俘交换回国他便顿时心灰意冷，再想到从边防部队回到老部队，再从部队转业回到家乡，他一步一步在走向末日，想到最后，他心里的那点英雄气被想得无影无踪。他想岳天岚已经重新组织了家庭，儿子的抚养和教育都不成问题，父母身体都还健朗，那个印刷厂已与他无关，他也不可能再得到哪位领导信任，撤职后他只剩下战俘身份，再在印刷厂待下去那就猪狗不如了……

邱梦山去了印刷厂。邱梦山走进印刷厂，工人们都眼巴巴地远远看着他，既不叫他副厂长，也不走近迎接他，大多数眼睛里流露着同情和惋惜。邱梦山看到那些眼神，心里有点酸，他知足了，能这样看他，也不枉在这里干了这半年。

邱梦山走进李运启的办公室，李运启喝着茶在看文件，见邱梦山进来，他点了一下头，算是招呼。邱梦山什么也没说，从口袋里拿出那份辞职书，放到李运启的写字台上，然后转身离开。邱梦山走出李运启办公室，上自己办公室收拾东西，东西少得可怜，一只塑料袋都没装满。他把办公室钥匙留在门锁上没拔下，把那一塑料袋东西扔进了垃圾桶，然后来到停了工的新厂房工地，看着这半拉烂尾工程心里很酸痛。这时李运启追了出来，他远远地对着邱梦山喊，我告诉财务室了！你可以再领三个月工资！邱梦山只当没听到，他默默地朝烂尾工程鞠了三次躬，然后，转身朝工厂大门走去。

邱梦山听到身后有人追了上来，他没想到会是单良。单良既没有幸灾乐祸，也没有同情惋惜，他很平常地说，老石。他现在叫他老石。邱梦山没停下，继续朝前走。单良跟上来继续说，听说你要走了，我送送你。邱梦山说，谢谢。单良却说，临别了，我想给你提个建议行吗？邱梦山停下脚步，请说。单良有点倚老卖老地说，我在这个厂里混十几年了，体会多少有点，不管你以后做什么，待人还是宽容一点好，别逼人太甚，不给人后路，自己就要走上绝路。你看，我又回办公室当主任了。邱梦山看着单良，单良两眼闪着坏笑，看着看着，单良变成了一条狐狸。邱梦山微笑着伸出手，单良迟疑地伸过手来，邱梦山握住单良那只手，轻轻地把他拉近，然后对着他耳朵一字一字地说，你他娘是小人！

邱梦山极平常地松开单良那只手，转身朝目送他那些工人微笑着招招手，然后迈开大步走了。单良却傻子一样还站在那里。

邱梦山出了印刷厂，走上了大街，他感觉自己成了一个空壳，空得像行尸走肉。就要离开这心酸之地，但这里毕竟是他的故土，尽管这里留给了他痛苦的记忆，但这里还有他的爹娘，还有他的儿子，还有他的爱人岳天岚。他心里突然想再见岳天岚一面，这念头一冒出来就无法按捺，变为一种欲望，强烈到他无法控制。邱梦山告诫自己，她已经是别人的老婆了，已经没有权利对她说爱，权当自己已经牺牲，别再去干扰影响别人。邱梦山咬牙克制着自己，他决定去跟儿子告别。邱梦山去了商场，他要给儿子买一件有价值又有纪念意义的礼物。服务员给他推荐了"学生王子"，里面储存着《新华字典》《新简明汉英词典》《新英汉词典》《学生成语词典》和各种学习资料、学习方法。这真帮到了邱梦山心里。邱梦山拿着"学生王子"赶到学校，学校在上课，邱梦山在外面耐心地等，一直等到下课才见了儿子。他把"学生王子"给了儿子，儿子很喜欢。邱梦山问儿子他要是离开这里，从此再不见面了他还能不能记住他，邱继昌说能记住叔叔叫石井生。邱梦山问除了名字还能记住他什么，邱继昌说叔叔还给他买过遥控汽车。邱梦山问还能记住他什么，邱继昌想了想说叔叔跟爸爸都是战斗英雄，消灭过好多敌人。邱梦山的眼睛湿了，他抱住邱继昌，说他以后也许不会来看他了，要他记住一句话，男人可以丢命，但不能丢尊严。让他好好学习，好好听妈妈话，将来要继承爸爸遗志，做一个有用人才，一定要孝敬爷爷奶奶。邱继昌问他要去哪里，他跟儿子说他要去很远很远的地方。邱梦山搂着儿子说，叔叔这辈子不想结婚了，这辈子不可能再有孩子，你能不能叫我一声爸爸？邱梦山没有松开儿子，他不敢与儿子面对面对视。邱继昌迟疑了一会儿，轻轻地叫了一声爸爸。邱梦山把儿子紧紧搂在怀里，搂得自己泪流满脸。

邱梦山目送儿子消失在教室门口，眼睛里又涌满泪水，可儿子哪儿会知道。

邱梦山回到街上，心里有个念头在作祟，也许这是最后一面。他心里矛盾着来到街边投币电话前，忍不住把一枚硬币投了进去，他没用想就拨通了岳天岚办公室的电话，这个号码让他在心里念得烂熟了。岳天岚正巧在办公室，她听到石井生的声音很吃惊，问他有什么事，邱梦山说他被撤职了，他要离开文海，临走想见她一面。岳天岚略有迟疑，说她要去康复医院看她父亲，要见就到她爸病房见。

邱梦山觉得这样很好，他也该去跟岳父告别。邱梦山买了两瓶阿拉斯加深海鱼油，买了一些水果去了康复医院。邱梦山走进岳振华的病房时，岳天岚还没到。自从岳振华知道他是战俘后，见面他永远是那句话，你怎么来看我。今天岳振华这句话刺激了邱梦山，来了我是战俘我怕谁那股劲，毫无顾忌地说，我想来再叫你一声爸！岳振华吃惊地看着邱梦山，你小子喝醉酒了吧，怎么胡说八道呢！邱梦山一本正经地说，今天我滴酒没沾。我这辈子对不起你，对不起天岚。岳振华惊得睁圆了两眼。邱梦山坦荡地问，你们是真辨不出来，还是装糊涂？我不是石井生，是邱梦山！在战场我跟石井生穿错了野战服，阴错阳差我成了石井生，后来想，为了不连累天岚和儿子，我将错就错用了石井生的名字。现在我明白了，我错了，无论我用什么名字，我这辈子完了！我告诉你，他们把我这个副厂长撤了，听说天岚人大代表也落选了，一切不幸都是因我而起。我现在无能为力，既不能为自己谋官，也不能为你们谋幸福，我现在成了废人，比你犯脑溢血还不如。我只能做一件事情，只能离开这里……邱梦山正说着，岳振华突然手按着胸脯，一歪身子倒在床上，接着他那两条腿蹬得跟两根钢管一样笔直，挺在那里不住地颤抖，如同头部遭重击，挺着手脚作最后挣扎。邱梦山意识到发生了什么，发现岳父两眼球在往上翻，他急忙按蜂鸣器喊医生。几个医生闻声飞奔进来，岳振华手和腿仍抻挺在那里，但手和腿已经不再颤动。医生护士把岳振华当即送急救室。邱梦山跑出门去找电话给岳天岚打电话。

岳天岚赶到医院，医生已经停止抢救，岳振华被覆盖在白床单之下，医生说他是心脏病突发猝死。邱梦山看着岳天岚呼天抢地哭得几次昏过去，他很内疚，却找不到一句话可劝慰。

从岳振华去世到举行完骨灰安放仪式，邱梦山没有勇气再跟岳天岚说一句话，他也没机会跟她说话，徐达民一直陪伴在她身边。买好了火车票，邱梦山还是想跟岳天岚再见一面，要不再没有机会了。邱梦山一早赶到徐达民他们大院外，他没有进院，在大门外远远守着，他在等待机会。七点整，徐达民领着邱继昌出了大院，一出门他就让邱继昌上自行车，邱梦山知道徐达民每天要提早送儿子去学校。

徐达民一走，邱梦山随即进了大院。邱梦山来到岳天岚家门口，轻轻地敲了门。岳天岚拉开门吃了一惊，问他怎么来了，邱梦山说来告别，不管她愿不愿意，他闯进了屋子。岳天岚冷冷地说有事快说，她要上班了。邱梦山没再迟疑，他告诉岳天岚，她父亲是他害死的，他不该跟他说那些话。岳天岚生气地问，你跟他说了什么？邱梦山抬起头两眼盯着岳天岚，他痛苦地说，天岚，人已经走了，说什么都已没有意义。邱梦山不知是心急，还是跑得太急，进了屋他浑身冒汗。或许是下意识，也许是故意，邱梦山解开了衬衣扣子，胸脯袒露出来。岳天岚看到了邱梦山胸脯上的那块胎记，不由得一惊。尽管岳天岚早已认为他是邱梦山，当她确定他真是邱梦山时还是很让她吃惊。怎么办？不能，她告诫自己，绝对不能认他，不说她已是徐达民的妻子，即使没改嫁也不能认他，要认了他，儿子这辈子就不可能有出息！她人大代表落选这事就是现实，岳天岚迅即冷静下来。她只当什么也没看到，回过身来冷冷地问，你打算上哪？邱梦山说去特区闯闯。岳天岚问，什么时间离开？邱梦山说，下午五点的火车。岳天岚平静地说，还是离开好，或许到陌生的地方会有机会。接着她又加重语气说，我想你还是走得越远越好，继昌有你这个战俘做叔叔，只有坏处，没有好处。

邱梦山崩溃了，命运让他虎落平川，他还有什么话好说？岳天岚再不会认他。邱梦山把话都咽进肚里，朝岳天岚点了点头，说了声再见，他再不会打扰她了。他默默地离开，出门时他从裤袋里摸出一封信扔在了地上。

9

邱梦山一离开屋子，岳天岚慌忙扑向窗口。楼下没有邱梦山的人影，岳天岚有点忐忑，她站在窗口注视着楼下。邱梦山终于出现，岳天岚舒了口气。邱梦山走在楼下花坛间水泥路上，他走得很沮丧。岳天岚知道他这一走，很有可能这辈子再不会见她，她多么希望他抬起头来朝他们的窗户再看一眼，她也非常想再看他一眼，也许这时她会朝他招手告别。邱梦山始终没抬头，他一直低着头走向大门，她看出他很难受。邱梦山的背影在岳天岚眼睛里模糊了，两滴清泪砸在她手上，她感受到了自己眼泪的热度。

其实，岳天岚明白他为什么顶人名偷生，她发自内心的感激他，她希望他这样，儿子是她这辈子的唯一，不只是她，她连同邱梦山的心愿全都押在儿子身上，她不能让他给儿子带来不幸，也不愿意他影响儿子的成长，所以她始终不让他抱任何希望。但他们毕竟是恩爱夫妻，她爱他敬他胜过一切。邱梦山在她视线中消失之后，岳天岚转身捡起了那封信。

嫂子：

　　军人可以承受流血和牺牲，绝不蒙受耻辱；军人可以丢脑袋，绝不丢尊严。

　　军人没有权利谈爱，爱好难好难。

　　死，并不可怕，在战场上早已死过几回了。军人蹚过了地雷阵，他的命该值点钱。

　　我不该再打扰你们，愿你和儿子幸福。

罪人：石井生

岳天岚两手不住地颤抖，内心的痛苦没法言说，岳天岚一屁股跌坐在沙发里放声大哭。

房门突然打开，徐达民闯了进来。他一反常态，没去关心体贴岳天岚，却到其他房间、厨房和厕所去查看。徐达民回到客厅奇怪地问岳天岚他上哪去了，岳天岚止住哭，问他找谁，徐达民说还能有谁，他出门就发现他躲在对面胡同墙角边，岳天岚一时没话可说。徐达民突然放声大笑，原来我徐达民是个大傻瓜，自己家变成了别人家。岳天岚越听越不对头，她让徐达民说清楚。徐达民反冷静下来，他平静地问她还有什么不清楚呢？还要他说什么呢？他前脚上班，石井生后脚就进家，策划得真周密。岳天岚来了气，让他注意点风度，别玷污了县委宣传部干部身份，石井生是来告别，他被人打击排挤撤了职，他已经辞职，他要离开文海。徐达民也来了气，他嗓门突然比岳天岚更高，他让她凭良心说，她忘记过邱梦山吗？她爱过他吗？她不光心里念着邱梦山，还跟邱梦山的弟弟不清不白。他说其他什么事情他都可以忍受，但感情上要他他绝不能忍受。岳天岚让徐达民气得也无法忍受，她说她一直以为他是正人君子，原来也是小肚鸡肠的那种小男人。徐达民咽了两口唾沫压了压火，尽力保持风度，他放低声对岳天岚说，你别再装腔作势了，别再把我当傻瓜要弄。徐达民说完转身出了屋。

轰隆！岳天岚如五雷轰顶，她一屁股跌坐在沙发上……

10

邱梦山在岳天岚那里打定了主意，他没再跟谁打招呼，连荀水泉也没说，也没回喜鹊坡看爹娘，他不想再让任何人为他担心，决定离开文海，离开故乡。

邱梦山背着全部家当，说全部家当，其实不过一只旅行包，在特区车站走下火车，他有点漠然。邱梦山混入人流，如卷入茫茫沧海，随着人流流出车站。他站在车站广场，不知东南西北，抬头看四周，除了高楼大厦还是高楼大厦，看了之后更是漠然。像他这年龄应该极富激情，但他心里缺乏激情的因子，眼前和未来在他这儿已经死机，只有块黑屏。他不知道这个特区对他来说意味着什么，更无法估计明天将有什么在等着他。这座新城里只有两个人可找，但他不知道周广志和李蜻蜓现在在哪生活。

邱梦山倒了三趟车再步行一站地找到了李蜻蜓打工的那个餐馆，进去只三分钟他就蔫着退了出来。人家告诉他李蜻蜓早不在这儿干了，餐馆也不知道她去了哪儿。周广志更不知去向，他彻底被孤独。唯一一盏灯也灭了，这座新城在邱梦山的面前立时一片漆黑。眼前车如潮，人如海，邱梦山漂了进去，任人推撞扒拉。这里一切都只是风景，里面没一个亲人，也没一个熟人，他不知道要去找谁，也不知道下一步该怎么办。漂着漂着他站住了，他意识到必须先做一件事情，找个安身处。宾馆，他这漂民不敢想，还是找个地下室招待所更适合。终于找着了一处，他来到服务台前没能开口，价格表上的房价让伸出舌头缩不回来。转来转去，转到太阳在楼群那边掉下去，邱梦山仍背着那只旅行包在游荡。邱梦山经过一建筑工地，他渴了，发现工地上有水管，顾不得跟人打招呼，也不管是不是纯水还是中水，对着水管咕嘟咕嘟喝了起来，人家吼他他也没管，太没人道了，喝口自来水，又不是吸血。等他直起腰来，他才听清那人说，这是污水，不能喝。管他是不是污水，已经进肚子了，不能喝也晚了。

邱梦山感觉腿肚子有点酸，路边塔一样堆着一大堆水泥管子，水泥管子直径有大半人高，估计是做下水道用，邱梦山不管三七二十一，先坐下歇会儿再说。邱梦山的屁股搁到水泥管子上，脑子里随即生出一个念头。这不是免费旅店嘛！风刮不着，雨淋不着，地震也震不着，别说下雨，下刀子都不怕。管子一层一层多得很，也不怕别人占，住处算有了着落。有了住处，急需解决肚子问题，胃里空得让他心慌出虚汗。找了几家小餐馆，门口那价格表都把他拒之于门外，这种消费水平他目前没法承受。邱梦山最后进了一家超市，买了几盒方便面，两包主食面包和两袋榨菜，他心里很清楚，目前他这种漂民，生活水平只能保持在方便面、面包加榨菜这标准上。

邱梦山上了汽车站候车室，这里有免费开水供应。他在那里泡了方便面填饱肚子，再喝足水，然后权当散步锻炼步行回到免费旅店，不只是心疼几个公交车费，他想顺便沿路侦察一下，得找个饭碗，这是头等大事，没有饭碗怎么在这里混啊！回到水泥管子那里，城市依然鲜亮着，天却完全黑了，他也累了，除了躺下睡觉，再没有任何欲念。邱梦山爬上水泥管塔二层，钻进一管子，拿旅行包做枕头，踏踏实实躺下，不一会儿就睡得不知道入了地狱还是上了天堂。

邱梦山睡得正香，蒙眬之中感觉有只手在摸弄他，他一下意识到小偷，忽地坐了起来。他喝了声谁，对方没回话，手却放肆地在摸他。邱梦山挥手打掉了那只手，气愤地责问想干什么，对方毫不在乎，反说嚷什么嚷。原来是个女人，借着工地灯光看，不过二十多岁。邱梦山很气愤，训她胆儿不小。那女人竟嗔了起来，大哥，你别搞错啊，我是看你一个人孤单，给你解闷来了，别不识好人心哪！干不干？女人年轻，却比邱梦山老到，她继续鼓动，你就别假正经了，闲着也是闲着，便宜你，二百一宿，干不干？等邱梦山明白过来，从心里产生一种厌恶。滚!女人对这恶毒言词毫不在意,她仍没事儿一样。这么凶干什么呢,不干就拉倒,出来混,大家都不容易,你也甭鼻孔眼里插大葱装象,这么高贵,你怎不去住饭店?五星嫌贵住四星,四星住不起住三星,三星住不起可以住招待所啊!怎钻这下水道管子呢?别装了,便宜你,一百块一炮!看看这里,还没生过孩呢!才二十五,你上哪去找这种美事?邱梦山不想跟她废话,提起旅行包往外走。惹不起还躲不起吗,怕了你行吧,你不走我走。他爬进了另一个水泥管子。他真累了,不一会儿又沉入梦乡。

出来!出来!听到没有?邱梦山在梦中让人给吼醒了。他努力睁开眼,一看竟是警察,心里打了个咯噔,住水泥管子警察也管?邱梦山迷迷瞪瞪坐起来。

听到没有啊?两个都出来!

邱梦山一愣,怎么两个呢?他回头看,她怎么又跟着进了一个管子呢!邱梦山气不打一处来。你钻我这里来干什么?那女人以牙还牙,你独霸啊!这水泥管你租了吗?邱梦山不想理她,转身一摸,日他娘,旅行包不见了。哎!我那旅行包呢?女人说,别穷急了诬赖人啊!谁见你包啦!邱梦山说,我明明压在头底下当枕头了!不是你拿谁拿啦?女人说,你又没雇我看!我可没睡你头那边,我是睡你脚这边。我不过是怕孤单一人被人白占了便宜,看你人老实才过来搭个伴。邱梦山说,真见鬼了!你不拿,这包自己能飞啊!

吵什么吵!出来出来!快出来!警察在下面烦了。

别提邱梦山心里有多烦,到这里什么事还没做,家当却让人偷了。他一摸口袋,还算幸运,幸亏把钱包装衣服口袋里了,要不身份证、打工介绍信,还有党员组织介绍信都没了,还打什么工,只能乖乖地回老家。

邱梦山稀里糊涂让警察带进了派出所,一进派出所,一警察抬起脚就朝他屁股上踹了一脚,把他们两个分开。两个警察开始审问,问邱梦山跟那个女人是什么关系,邱梦山非常生气,说警察莫名其妙,他把身份证、打工介绍信和组织介绍信都拍到警察面前。警察哪吃他这一套,一边检查他东西一边说,别嘴硬,见多了,别来这一套,人家已经招了,睡一次一百,睡一夜二百,你都给人家钱了。邱梦山一听急了,放他娘个狗臭屁!我睡她?她倒贴我二百我都不会睡她!我是共产党员!是转业干部!她不要脸我还要脸呢!邱梦山本来心里就窝着火,让警察这么一训,心里火更大了,家当让人偷了,还遭人侮辱,把他当嫖客抓进派出所,真不吉利。

邱梦华关进派出所小黑屋，审了一夜，最后还是那个女流氓交代了实情。

那女流氓已经承认是故意说谎报复邱梦山，警察说你的旅行包也有了下落，现在你没事了，可以走了。

邱梦山背起那旅行包离开了派出所，天已经大亮，邱梦山走上大街，他纳闷，这人生路怎么越走越难。

邱梦山找到一个公共厕所，在厕所里刷了牙洗了脸，再到路边快餐小店喝了一碗粥吃了两根油条，然后踏上了找工作之路。

第十章

———

天 道

1

　　两天来，邱梦山在这座陌生的城市里四处碰壁，转来转去，他惊奇怎么又转回到了工地这堆水泥管前。他疲惫地在那堆水泥管旁坐下，掏出了烟叶袋，抽烟叶已习惯成自然。工地在收工，邱梦山抽着烟，远远看着那些民工，他们刚结束一次灌注，如同结束一次战斗。他们穿着破衣烂衫，浑身泥汗，但脸上却洋溢着兴奋。他们下脚手架、收工具、检查设备，你呼我喊，好不热闹，看不到一点烦恼。

　　邱梦山豁然开朗，工作不就在眼前嘛！邱梦山立即起身，背起那只旅行包，走进了工地。工头个儿不高，背有点驼，一眼就看出也是农民出身。驼背见有人来求他，自然要端起工头的架子，邱梦山给他递烟，再给他点着。驼背吸了烟才开口问他会不会泥工，邱梦山摇头。驼背再问会不会水工，邱梦山又摇头。驼背再问会不会电工，邱梦山说，电懂点，但没当过电工。驼背再问会不会焊工，邱梦山说可以学。驼背说建筑是技术活，没一点专业技术没法来这里混。邱梦山被驼背工头问成了一个傻蛋，他只能拿出看家本领，说他带过兵打过仗。驼背一听更没了兴趣，说他找错了地方，这里是建筑工地，不是兵营，也不是战场。尽管邱梦山看驼背是故意端架子，也没觉着他比他高贵，可凤凰落地不如鸡，他在驼背面前不敢露一点轻视他的神色，他只剩没给驼背跪下了。邱梦山低声下气地说，老板，你就开开恩，给我一份活干，给我口饭吃，我有力气，干不了技术活，可以干粗活；当不了大工，可以做小工，干什么都成。驼背说学徒三年没工资。邱梦山只能任宰，说你怎么说我就怎么办。

驼背抽着烟，把邱梦山从头到脚重新再扫了一遍，看个儿论身材是个结实家伙，人也仪表堂堂，有股子英雄气，他们队里真还没人能跟他比。他要是跟他出去，人家准先给他敬烟，他感觉让这种人驾辕，车不好赶。驼背仍往外推，说叫他干粗活，太屈才了，让他还是上别处看看。驼背封口，邱梦山才明白自己现在是什么身价，连干苦力都没人要，他有些悲哀。落到这步田地他再顾不得脸面，像个乞丐一样恳求驼背开恩，现在他连个过夜的地方都没有，这么大个工地，不多他一个，求老板帮个忙，先干几天看看，要是看他干活行就留，要是不成，他再走人。驼背毕竟是农民，邱梦山话说到这份儿上，他也不好再推，就让他留下运料。邱梦山给驼背敬了个军礼，敬得驼背咧嘴笑了。

邱梦山在工地扑下身子干了一个月，工友们对他很有好感。在这个建筑队里，论个儿，他到哪都鹤立鸡群；论干活，他干什么都如虎入羊群。这一个月，拌水泥、送料、搬砖，什么活重干什么活，累得夜里头一挨枕头就一觉到天亮，扔河里都不会知道。累是累，但总算有了落脚之地，有活干，有饭吃，有地方住，眼下他只能树立这个奋斗目标。吃虽没什么好吃，大锅饭，大锅菜，但能塞饱肚皮，肚皮塞饱了就长力气；住也没好住，大窝棚，通铺，臭脚臭汗熏得他不敢喘气，差是差，但比睡露天水泥管子强，也没野女人来招惹，更没警察来抓他；钱挣得也不多，但够个人开销，有吃有住有零花钱，还图什么呢？抱负、理想，对他来说太奢侈了。只一点不大习惯，工棚里没电视，一天活干下来，要是能看一眼电视那就赛神仙了。晚上塞饱肚皮后，总是要干点什么，街上有家小餐馆门口架着一台电视，像是故意招徕生意，邱梦山就随工友们一起凑到那小餐馆门口去蹭看。

晚上，邱梦山到小餐馆门口看完新闻往回走，发现地上有份特区报。很久没看报了，挺新鲜，他弯腰把报纸捡了起来。回到窝棚，邱梦山也不嫌报纸脏，在十五支光灯泡下把十六个版上的那些文章一篇不落地看下来。看到社会治安版，一则消息拽住了他的眼睛。威龙保安公司保安人员，扑火救人，舍己为人。

邱梦山看完报纸，心里一亮。不能再当兵，也当不了警察，可以当保安啊！保安虽比不上警察，但专业对口，在这里除了出死力气，几乎用不着脑子，更用不着军事技术和擒拿格斗技术，身上这套硬功夫不用就白费了。要是能进保安公司，就有了用武之地。邱梦山的心里顿时阳光灿烂起来，好久没灿烂了。邱梦山小心地把那篇消息撕下来，悄悄压到枕头底下，他决定去威龙保安公司试试。

邱梦山向驼背撒谎请了假，说枪伤复发要上医院看医生。邱梦山离开工地，直奔威龙保安公司。威龙保安公司老板看了邱梦山的身材和模样，很有几分喜欢，他叫上特勤队队长吴庆生，把邱梦山带到公司训练场，让邱梦山露几手看看。

一进训练场，邱梦山伸手要枪。吴庆生说没有枪，只能训练场有什么来什么。邱梦山发现，这公司里肯定有人当过特种兵，训练场上都是特种兵训练的设施，除了单双杠跳马外，有十五米高墙，有荡桥，有爬绳，有攀梯，障碍比他们连队障碍难度还大。吴庆生没把邱梦山放眼里，他挑剔地说，初来乍到，我就不指定了，自己任选三项吧。

邱梦山把训练场所有的设施扫了一眼，只荡桥没搞过，他活动了一下手脚，朝十五米高墙走去，离墙三十米处，邱梦山突然发力冲刺，抓到绳子，嗖嗖嗖嗖，一气就上了房顶，然后顺着绳子嗖地落地。老板给他鼓了掌。接着上了攀梯，十米长攀梯，比猴子攀得还快。最后是障碍，吴庆生卡秒表，邱梦山创造了新纪录。吴庆生当场什么也没说，背过邱梦山把这成绩告诉了老板。

老板很满意，吴庆生也服。老板这才坐下来问情况，邱梦山掏出身份证和两个介绍信。老板当即叫人事科长领邱梦山去填了表，邱梦山这一回长了心眼，简历里省略了被俘五年这一节，免得节外生枝，连功绩也一并省略。填完表，老板又让人事科长安排人带邱梦山到医院做了体检，让他一周后来听消息。

邱梦山不露声色，继续在驼背手下干苦力。他对保安公司充满信心，知道在这里干不长了，他格外卖力。推车送料，别人跑两趟，他跑三趟；卸水泥，别人扛一包，他扛两包；上工他跑在前面，先把工具从仓库拿出来；收工他走在最后，满工地收拾工具和小铁车。驼背看他是个人物，有心想栽培他。

邱梦山正推着一车水泥浆往上送，驼背喊了他，邱梦山放下小铁车迎过去，问驼背有什么吩咐，驼背说听说他会开车，问他有没有本，邱梦山说在部队开过车，转业回地方后，还没顾得办本，要重新考才会给本。驼背让他明天开始别干这活了，去运输队熟悉一下搅拌车驾驶技术和道路，练几天，去考个本开车送料。

要是打算长期在这里干下去，开搅拌车是件好差事，但他不打算在这里待下去，他不想坑驼背，可保安公司那边还没明确，事情又不便明说，他只好婉拒。先谢老板，再说他刚来不久，建筑这一行什么都不会，还是从头干起好，多熟悉熟悉这一行再说。驼背以为他有志于建筑，觉得他很有志向，知道从最底层干起，将来说不定会是他帮手，他反倒觉得自己目光短浅了。他很赞赏地说，那也好，那就干一段时间再说吧。

一周时限到了，邱梦山乘中午休息，偷偷乘公交车去了威龙保安公司。不出所料，吴庆生给了他录用通知书，并当场与邱梦山签了合同。邱梦山签完合同回到工地，迟到了一个多小时，他找驼背检讨，耽误了一个小时。驼背一点没在意。到这时，邱梦山不能再瞒驼背，只好把一切都告诉了驼背。驼背很意外，他不解地问他为什么，是不是嫌工资低，要是嫌工资低他给他加点。邱梦山不好说，只是摇头。驼背问他是不是嫌活累，他已经让他去开车，要是不想开车想学建筑技术，设计、泥工、木工、水工、电工，什么都行，只要他说。邱梦山很不好意思，驼背跟他完全想不到一起，他只好实说，他不能说自己有英雄气，只能说当兵当出了瘾，十几年没学会别样本事，就会擒拿格斗、打枪放炮，这些技术不用有点可惜，想来想去只有干保安才用得上。驼背一听笑了，他当是他攀着了什么高枝，看大门一没技术，二没地位，没本事那种人才干。他给邱梦山鼓吹，现在房地产这行最火，经济发展了，公家要建大楼，百姓想住新房。越富房地产越火。房地产火，建筑队就跟着火。再说建筑才是正经八百吃饭的技术。他看得出来，他能成大气候，只要他跟着他好好干，将来一定会有出息，说不定几年之后就是大老板。

邱梦山跟驼背说不到一起，只好任他说。他对建筑没一点兴趣，到这时候他只能得罪驼背了，他说他当兵当惯了，这辈子只想干这一行，那边保安公司也看上了他。驼背当然不会高兴，他说头一天见他，就觉得他靠不住，果不然是脚踩两条船。既然这样，人各有志，他也不勉强他，要是在那边干腻了，再来找他。邱梦山发自内心地感激驼背，他毕竟是头一个帮自己，他绝不会忘这恩。

邱梦山在威龙保安公司穿上制服的那天晚上，心里多少有些激动。保安制服虽没法与军装比，也不如警察制服威风，但毕竟是制服，穿上它，邱梦山又找到了一点感觉。这感觉已经久违，让他感到有些陌生，又感到新鲜，新鲜在哪说不上来，反正让他提气，浑身的肌肉都在兴奋。

邱梦山被分配到特勤队，特勤队在保安公司，相当于部队战斗值班分队。平时只练硬功夫不执勤，一旦有紧急任务，招之即来，来之能战，战之能胜。邱梦山一到特勤队，破格被任命为组长。上任第一天出操，他给了组里人一个下马威，全组人员立正、稍息、齐步走、正步走全不合格。邱梦山给大家规范立正姿势，一早晨就规范得部下腿肌、胸肌、腹肌酸痛。

事情也怪，邱梦山穿上威龙公司保安制服第二天晚上就碰上了事。吃过晚饭，邱梦山请假去建筑队拿东西，顺便再正式跟驼背告个别。他在特区走投无路时，驼背第一个帮了他，滴水之恩当涌泉相报，他给驼背买了一条烟，表示一点歉意和感激。

邱梦山看完驼背，背着他那些零碎日用品离开建筑队回保安公司。经过十字路口，前面围了一圈人，不知发生了什么事。邱梦山听到了女人的惨叫声和男人的吼骂声，邱梦山本能地跑过去往前挤。原来在打架，一辆丰田凯美瑞在前，一辆别克君威在后。绿灯亮，凯美瑞启动慢了一点，后面君威按喇叭催骂。凯美瑞上是两个女士，车是手动挡，一着急离合器抬得猛了一点，憋熄了火。君威牛气冲天，起步就加速，一下追了尾。两位女士下车看车尾被君威撞瘪，问君威司机怎么办？君威上下来两个男人，那驾车的二话没说，上来就给女司机一记耳光，骂她SB开什么车！那女士嘴里涌出鲜血，扑上去揪那男人，那男人一把把她摔地上，抬腿踢了她一脚。另一位女士跑过来理论，撞了人车不赔礼道歉还打人是什么道理，话没说完就被另一个男人一把头发按到车上，揪着她头发往车盖上撞。五六十人围成一圈看两个男人打两个女人，没有一个人出来说公道话，更没人出来制止。

邱梦山忍无可忍，扔下东西冲了过去。住手！男司机被邱梦山的吼一旺，他扭过身来，看是个保安，没把他当回事，鼻子里哼了一声说，谁的裤裆破了，钻出你来了！另一男人还按着女人的头说，想英雄救美？瞅上俩娘们了是吧？邱梦山义正词严地说，我是威龙保安公司的保安！放手！男司机讥笑，保安？保你娘个蛋去吧！给老子滚一边去。邱梦山出手一把握住了那小子的手腕，他用力一捏，那小子立刻松手放开了女人的头发，嘴痛得歪到了一边，他抬腿朝邱梦山踢来。邱梦山一闪避过，一个前冲拳打在那小子当胸，那小子痛得喘不过气来。男司机急了眼，操起保险锁冲过来砸邱梦山，邱梦山来不及躲闪，干脆直接扑向那小子，邱梦山挨了一锁，痛得咧嘴，但他咬住牙，伸胳膊夹住了那小子的脖子，右腿往他身后一别，双手用力一摔，把那小子摔了个背朝天，一时爬不起来。另一小子从后面扑过来，邱梦山一闪，借力也把他推向地上，两人摔到了一处。邱梦山腾空跳起扑去，两膝一边压住一个，一手拧住他们一人一条胳膊，拧得两个人吱哇乱叫。

两女士早已报警，巡警和交通警同时赶到。两小子都喝了不少酒，酒后驾驶，追尾，打人。交通警先给他们开了罚单，签了事故责任认定书，处理了交通事故。巡警再把他们一起带回派出所。

第二天，邱梦山上了特区报，标题是《保安石井生，该出手时就出手》。威龙保安公司跟着一起见了报，老板十分高兴，石井生上了公司光荣榜。

2

吃过晚饭，邱梦山骑上队里那辆摩托，独自上了海边。邱梦山坐在海滩上，默默地面对着大海，让海风轻轻地吹拂胸膛，多少年没再这么激动过了。他没想到，在这个陌生的地方，他又找到了用武之地，名字虽是石井生，但实际是他邱梦山又上了报纸，他又能做事了，还能得到别人的信任和尊敬。尊严终于又回到了他身上，英雄气让他英姿勃发。

大海涌来一片片浪花，他欣赏着大海的千姿百态；海风徐徐地吹来，轻拂着他的脸，抚慰着他的身心。邱梦山仰躺到沙滩上，他习惯地伸手摸上衣口袋，那本"血债"早没有了，它埋到了他那座坟墓里。他很想念那些战友，无论痛苦还是快乐时，他都会想他们，尤其是石井生，可他连张照片都没能给他留下，他只能面对大海跟他交谈。

井生啊！回国后，我一直担心政策是政策，现实是现实。事实果真如此，上面政策是好了，可底下给念歪了。不只是领导和同事对我歧视，让我不能正常做人做事，连你嫂子都不接受我。我庆幸幸好没恢复真名，要不这天下就没我立足之地。现在，你嫂子已经改嫁，侄儿倒还是姓邱，我没连累他们，为了避免夜长梦多，我只能离开家乡，跟你嫂子和侄儿完全断绝联系。我已经到了特区，这一步走对了，我终于获得了自由。井生，请你放心，我用了你的名字，

302

我一定会对得起这个名字，我要堂堂正正做人做事，为咱们两个人争气。

一阵旋风袭来，沙子刮进了邱梦山的眼睛，眼睛眯住了，大海和浪花顷刻消失，世界变成了一团漆黑。邱梦山用许多泪水一点一点排出沙子，大海和浪花重新恢复了辽阔与美丽。邱梦山忽儿顿悟，眼睛揉不进沙子，那是眼睛纯洁，容不得半点灰尘，否则，眼睛便失去光明，一切都变成黑暗。崇高同样如此，崇高容不得半点污秽，那是人类灵魂的高洁，不能与污秽同伍，否则，是非就混淆，黑白就颠倒。既然战俘是一种耻辱，那只能用高洁来洗刷，好好地为石井生活着，为他活出名誉，为他活出荣耀；即便死，也要死得其所。邱梦山生机勃勃地回到特勤队。

邱梦山生机勃勃，组里那些小伙子却倒了霉，一上训练场，组里人都叫他魔头。邱梦山说他要求一点都不高，只要他们跟着他练，他练什么，他们也练什么；他能做到什么样，他们也做到什么样。大家没话可说，这可真要了命，上十五米高墙、攀悬梯、过荡桥、越障碍……一般人谁能达到他那水平。邱梦山不做思想工作，只跟他们说一般道理。他说，他知道，他们背地里骂他魔头，其实他们错了。并不是他要他们这么练，是他们手里那饭碗要他们这么练，生存竞争，优胜劣汰，他们要是不怕砸饭碗，就吊儿郎当练。他劝他们想明白，练硬功夫，不是为公司，是为个人。本领只属于个人，别人谁也抢不走。艺不压身，只会让自己提高身价。

生活中，组里人都喊他石大哥，他真诚待人，一切都是为大家好，大家心里清楚。

半夜，越秀山庄打来告急电话，说有小偷闯进一幢别墅行窃。越秀山庄是威龙公司承保单位，小偷已被他们围堵在别墅里，请求公司增援。

小偷原本已经得手，他去偷钱，钱找着了，六万多块；想窃珠宝首饰，珠宝首饰也窃着了，老板夫人的黑珍珠白珍珠项链，老板女儿的钻链钻戒都进了小偷包里。偷成了，窃就了，房主是大老板，上亿资产，失就失点，破就破点，算是倒霉，谁一生不倒几次霉呢！破财消灾，自我安慰一番也就过去了。小偷得了手，遂了心，如了愿，在窃头那里也算是立了功，捎带着做点手脚占点额外便宜也无人知晓，得利又落好，实惠又体面，多美啊。小偷要是这么想，不再惦记老板女儿手腕上那只冰种翡翠玉镯，提着钱袋和珠宝走人，大功告成，万事大吉。可这小偷没按这思路走，他还是放不下那只玉镯，冰种带翠啊！少说得八万块钱哪!他又进了老板女儿房间,这一进麻烦了。不知是他那呼吸惊醒了老板女儿,还是老板女儿自己醒了。这一醒不打紧,老板女儿发现了他。老板女儿似乎受过这方面教育训练,醒来她没有惊叫,只装作睡梦中翻身,借机不露声色地按下了床头边报警器那个按钮。小偷当然没发现她做了什么,也没有听到什么异样动静,见老板女儿没叫也没喊,只是翻了个身,以为她仍睡着没醒,他哪知道门卫保安那里已经铃声大作,哪楼哪门哪户显示得清清楚楚。没等小偷想出窃玉镯高招,前后门窗同时都惊天动地响起敲击声,小偷浑身当即软了下来,这时他才意识到自己失算了。他一个激灵,第一个意念是坏事了,再一个意念是自己要完蛋了。他当然不想让自己完蛋,很简单,窃头训练过他们,陷入绝境就想法找人质,杀一够本,杀俩赚一个,这种威胁,碰上道行差一点的那种警察,或许能吓住,会放他带人质逃离,一旦危及不了性命,把人质扔掉玩命逃跑,可能会死里逃生。小偷立即按照窃头教导,从身上取下刀,冲进老板女儿房间,拿刀搁到她脖子上,让她尖叫救命。老板女儿有点一根筋,知道有人在外面救她,她一点都不惧怕,她犟着不叫救命。小偷劝她别逼他,逼急了,他就得下手,她就得死。救兵就在窗外,老板女儿胆子顿时大了起来,并不服软。小偷想,不让她吃点痛苦她不知道怕,于是他拿刀轻轻地抹了她脖子,血慢慢溢了出来。老板女儿一见流了血,天塌下来一样尖叫救命。

后门前门瞬即停止敲门。小偷感觉窃头教导甚是灵验,来了劲,继续操作。他一拳打碎窗户玻璃,朝保安吼起来。给我闪开!放我走,谁都没事,不放我走,先杀丫头垫背,再跟你们拼,拼一个够,拼两个赚一个,给你们三分钟时间,过了三分钟不放我走,我就先杀丫头!

邱梦山已赶到现场,小偷警告的话他听得清清楚楚。在场人中邱梦山是头,十一个人都把眼睛给了邱梦山,盼邱梦山当机立断。邱梦山说了话,人命关天,不能跟他犟着来!邱梦山让越秀山庄保安回他话,让他别伤害姑娘,放下东西走人,同时告诉小偷已经报警,要走快走,再耽误就走不成了。

越秀山庄保安把邱梦山的这些话喊给了小偷。小偷搂着老板女儿把头探出窗口,小偷问他们多少人,邱梦山抢着回答十一个人,邱梦山瞒下了自己。小偷让他们排着队,站到通道东面,离他一百米远。邱梦山示意保安行动,他们真就排队,走向东面。小偷探出窗户数人,整十一个人。小偷看着十一个人走出一百米,他左手搂着老板女儿的脖子,右手握着刀,他打开大门,先探出身子，看左右无人，搂着老板女儿往台阶下走。小偷毕竟只是小偷，没"007"的心计，也没"007"的功夫，邱梦山喊十一人，他就信以为真。他心想保安不是警察，没多少真本事，手里也没枪，他哪里知道保安里有个正规军，而且这个正规军打过仗，拿下过无名高地，还深入敌后抓过活口。小偷逼着老板女儿走下别墅台阶，小偷正左右观察企图扔下老板女儿脱身，邱梦山像只金钱豹，突然从台阶侧旁跃起，一纵身从后面扑向小偷。小偷感觉身后有风声，没等他回过头来，邱梦山已经连他带老板女儿一起扑倒。邱梦山先把他握钢刀那右手拧到了身后，夺下钢刀，再如武松打虎般在他脑袋上狠狠连击两拳，小偷当场晕了过去。这时，警车开进了越秀山庄。

石井生小组连同威龙保安公司又一起上了《特区日报》。

一辆宝马和一辆丰田面包开进威龙保安公司，车上呼呼啦啦下来一帮人，还带着一支军乐队。军乐队一干人下了车，在保安公司院子里列好队，热烈吹奏起来，把威龙保安公司上上下下惊得莫名其妙。宝马车上下来一位先生，穿着很有身份。等那位小姐从后车门下得车来，大家这才明白，特勤队里有人认得那位小姐，她就是越秀山庄那天夜里遭窃的老板女儿。原来老板亲自给威龙保安公司送匾来了。

威龙保安公司老板赶紧下楼迎接，他们当即在院子里举行了赠匾仪式。威龙保安公司老板欢天喜地咧着嘴，那位老板要见石井生，威龙保安公司老板随即让人叫来石井生。

邱梦山走进会客室，老板主动起身，向邱梦山致谢，他女儿也深深地向邱梦山鞠了一躬，弄得邱梦山很不好意思。大家坐下后，那位老板不住地打量邱梦山，威龙保安公司老板就借机夸石井生。说他人才难得，当过兵，参加过边界保卫战。那老板更是欣赏。这老板为报答保安公司，尤其是石井生救女之恩，他承诺他们集团公司与原用保安公司合同年底到期后，他将所属单位保安工作全部改用威龙公司保安人员。威龙公司老板眉开眼笑，深表感谢。老板接着提出一个请求，他想请石井生给他当安全助理。威龙公司老板有些尴尬，他当然不能放石井生，但他也不便把话说得太过。他只好借故说石井生是他们公司特勤队骨干，公司已经研究决定要提拔他当特勤队副队长，由他负责抓本公司保安人员训练，他要一离开，本公司训练就成问题。这老板就不好夺人所爱，强人所难。

临别之时，这老板给了邱梦山一张名片。邱梦山看名片，老板是南方天创房地产开发集团公司董事长兼总经理，叫郑中华。郑中华跟邱梦山握手告别时说，有什么事用得着他时，尽管找他。

3

邱梦山正在修改演练方案，通信员小峰进来报告说外面有人找他。

邱梦山当特勤队副队长，是石井生再次上报纸之后第三天正式宣布。邱梦山很感意外，晋升加薪他想都没想过，他也没把郑中华挖他当回事，不过一客气而已。宣布任命那天晚上，邱梦山骑上摩托，一个人又悄悄上了海边。邱梦山坐在沙滩上，他又想起了石井生。

井生，今天我要告诉你一件事，虽算不上什么喜事，但也算是件好事。公司提升我当特勤队副队长了，咱们一起光荣。既然当了副队长，我就得尽副队长的职责，我得像训练咱们连队那样训练这个特勤队，一定得练出点名堂来，既然给我立着英雄碑，我就不能让英雄碑白立，我得做个真英雄。

邱梦山主动找吴庆生商量，想组织特勤队搞一次反暴演练，吴庆生没说同意，也没说不同意，让他把方案放下，说看了再说。邱梦山觉得这事很简单，队里搞演练，用不着请示公司，只是改变一下形式，让大家更重视一点而已。但人家是队长，他刚当副队长，不好太驳吴庆生的面子，于是邱梦山把方案放下就走了。

邱梦山离开后，吴庆生并没有看方案，而把方案丢到一边。人群中有一种人，说他好，他算不上；说他坏，他也并不坏。你说他不想做好人吧，他经常为个人名誉操心，甚至背后绞尽脑汁地搞名誉经营，为了名誉他也常常假公济私拉拉关系；既然想要名誉，那就拿出真本事去努力去创造，可他又做不来，真要他身先士卒冲锋在先，他没那胆气，也没那能耐，他不过想什么都别落下，沾点光就行。这种人一般没有肚量，小聪明却不少，遇事总爱小肚鸡肠盘算权衡一番，削尖着脑袋占好处。这种人叫庸人。庸人有个通病，爱嫉妒。女人有这种病遭人讨厌，男人有这种病让人恶心。吴庆生就是这种庸人，邱梦山刚来感觉这保安队里有人干过特种兵，没料到那人就是吴庆生，好多训练项目设施就是他建议设立，他当兵在特务连，受过几个月特种兵训练，但他受不了，主动申请去了连队炊事班，人在特务连，却没特种兵的素养，人模样像个男子汉，但心眼儿比女人还小，别人占了他风头，他跟被人暗算了一样难受。邱梦山来威龙保安公司，他欢迎；邱梦山帮他抓训练，替他抓管理，他高兴；但是，邱梦山当特勤队副队长，他很不安。他感觉这个石井生对他产生了威胁，让他当副队长，等于在他屁股底下安了个千斤顶，弄不好会把他顶翻。有了威胁感他心里便不自在，只有想法把这种威胁搬开，危机才能解除，要不他心里不踏实，姑夫毕竟不是自己的爹。

吴庆生那点小九九没能瞒得过邱梦山的眼睛，他看出吴庆生是个庸人，但公司老板是他姑夫，又是私营公司，他就没法跟他计较，自己心里有数就得。方案交给吴庆生三天，吴庆生没给邱梦山一句话，邱梦山就装作没事样主动问他。吴庆生这才在上面批了一行字，拟同意，请将方案再完善一下。邱梦山看了这批示，心里好笑，完善一下，完善什么呢？是项目要完善，还是组织方法要完善，这么笼统怎么完善？但邱梦山什么也没说，拿着方案回了自己办公室，他琢磨来琢磨去，终于明白了一些道理。拟同意，就是原则上同意；再完善一下而没有具体完善内容，那就是没有具体完善意见，是让他自己看着办，表明他并不完全满意，他是以领导身份提出要求，又懒得操这心，就是说，不管你石井生有多大本事，你不过是个执行者，只有出力出汗的份，一切都得我吴庆生说了算，功绩自然属于我吴庆生。

邱梦山明白了这层道理，就把演练方案改成训练方案，文字也再做些修改，项目内容没做任何改变。邱梦山正改着方案，通信员小峰进来通报，说是有人找他。邱梦山非常警觉，这里怎么会有人认识他。小峰说那人说是他的老部下。邱梦山更是一惊，这里怎么会有他的老部下呢。小峰说，那人说跟他在一个排当兵，他是班长，自己是士兵。邱梦山想不出他会是谁，他要是认识石井生，也就一定认识他，就会知道他一切。尽管他不一定分清他究竟是石井生还是邱梦山，但这种人还是不见为好。于是他告诉小峰，他不想见任何人，说他不在。小峰本来想跟队副亲近一些，为他来战友而高兴，没想到队副不愿见战友，有点遗憾。他把一张汇款单存根交给了邱梦山。邱梦山让小峰给他父母寄了三百块钱，但嘱咐他不写详细地址和单位。邱梦山要赡养父母，但又不想让家里知道他的单位和地址，他是怕岳天岚知道节外生枝。小峰当然不知道原因，他只是感觉队副有许多秘密。

不一会儿，小峰又回来报告，说那人不走，非要等他不可。邱梦山问小峰那人叫什么名字，小峰说他叫彭谢阳。邱梦山完全没想到，他怎么会在这儿呢！这个败类更不能见。小峰问他要是不走怎么办，邱梦山让小峰告诉彭谢阳，就说他在外面执行任务，问他有什么事，如果一般事情，让小峰直接代他处理了，事情要是办不了，让他把联系方式留下，回来再转达。请他吃顿饭，给他点路费，把他打发走。

小峰办完事回来给邱梦山汇报，他请彭谢阳吃饭，彭谢阳没吃；给他路费，他也没要，他就在特区打工，在报纸上发现了他，他也想到保安公司来当保安。邱梦山觉得这事不能含糊，不光要绝彭谢阳的念头，也要让小峰不再跟彭谢阳有纠葛，于是他郑重其事地告诉小峰，彭谢阳受过军纪处分，没资格当保安，以后再来就挡他回去，告诉他，他永远不想见他。

事隔两天，邱梦山带着两个小组去执行任务，有家公司搞开业庆典，要保安公司出二十名保安帮助维护安全。邱梦山带着队伍刚走出威龙保安公司大门，彭谢阳从一边跑了过来。

连长！

这声连长让邱梦山一惊，一看是彭谢阳，他已经没法回避。吴庆生也觉得奇怪，那小伙子叫石井生连长，石井生在部队当过连长？邱梦山不能让事态扩大，他只能向吴庆生请假，他见一见他，随后赶去。吴庆生领着队伍走了。邱梦山回头，彭谢阳已经跑到他跟前，像十辈子没见着爹娘一样，连长！我可找着你了！倪培林怎么在电视上说你牺牲了呢！邱梦山先稳住他，小彭，你再睁眼看看，我是连长吗？我是石井生！彭谢阳再看邱梦山，他已经分不出他是邱梦山还是石井生了。邱梦山感到事情很麻烦，他必须想法打消他的这个念头，告诉他今天他要去执行紧急任务，晚上六点，他去找他。彭谢阳已十分感激，他就手给他留了地址和电话。

执行任务回来，邱梦山按时见了彭谢阳。邱梦山把彭谢阳带到附近一家餐馆，两个人一边吃饭一边聊了起来。彭谢阳很激动，他说他现在才明白，名誉比命还重要，名誉好，死了也光荣；名誉不好，活着还不如死了。邱梦山看彭谢阳改好了，心里多少是个安慰，他鼓励他能认识到这一点，很好。军人就是为荣誉而生，为荣誉而战，为荣誉而死。离开了荣誉，军人就没有一点价值。彭谢阳说班长在他心目中是英雄，是偶像，是他的人生榜样，他也想来当保安，在这里重新做人。邱梦山当然不能让他来这里，他一砖头给他拍死，说他受过那种处分，公司绝不会接收他。彭谢阳很失望，但也死了心。邱梦山劝他，一个人想改变自己，不在于干什么，而在于做人，在现在的公司照样可以做男子汉。

彭谢阳一再表示这些年他再没给连队丢脸，要不信，可以到他们公司去调查。邱梦山相信他不会骗他，继续鼓励他，人一生不可能不做错事，有些错事不是自己想做，是脱不开。做错事不要紧，要紧在知错，知道错了，改了就好。现如今优秀男人一般不缺理想，不缺才干，也不缺奋斗精神，但缺一样东西。彭谢阳不知道缺什么。邱梦山告诉他，一般人都缺乏经受挫折的意志，好多人摔倒了不知道怎么重新站起来，因此一蹶不振，趴下了再站不起来。他深有体会地说，真英雄不在能战胜敌人打胜仗，而在经受失败挫折后还能像个男人活着！咱们都要好好上上这一课，学会跌倒后再爬起来，让以后每一步都走扎实。彭谢阳感动得流下了眼泪，说有班长在这儿，比爹娘在身边还高兴。邱梦山安慰他，在公司好好干。他很忙，让他以后不要到公司来找他，有事他去看他。邱梦山把自己的呼机号告诉了彭谢阳。

4

邱成德收到石井生寄来的三百块钱，反担上了心事。这个义子怎么到特区去了呢？为什么不在县里印刷厂当副厂长，却要到特区去打工呢？老两口揣摩了一晚上没能揣摩出个缘由。隔天，又收到石井生的一封信，看完信也没能解开心里的疙瘩。信上只说他在那里找到了工作，一切都很好，他会每月给他们寄钱，让爹娘多保重身体。还特别劝他们不要再去找岳天岚，更不要去管孙子什么事，让他们母子安安静静地生活。有什么困难，去找荀水泉，他是他老领导，是生死兄弟，会跟他一样照顾他们。还告诉爹娘不要给他写信，他工作流动性很大，没有固定地址，更不要去找他，去了也找不到他。

看完信，邱成德心里的疙瘩成了铅砣，坠得他难受。放着副厂长不当去特区打工，是不是犯了什么错误？为什么不让他们再找岳天岚？为什么不让他们管孙子？难道说他们之间有了啥纠葛？没有固定地址，去了也找不着他，他在干什么呢？连住处都没有，这不是在流浪嘛！

邱成德老两口越揣摩心里越不踏实，邱成德赶到城里找了荀水泉。荀水泉听说石井生来信了，惊喜得了不得。看了石井生的来信后，荀水泉也跟着沉重起来。荀水泉不担心石井生去干什么不正当职业，他眼睁睁地看着生死战友无辜地忍受社会世俗的压迫，让他在这个世上寸步难行，他却无法帮他。他好容易从地狱回到人间，世俗观念却重又把他逼进了地狱。社会太对不住他，自己也对不住他，所有人都对不住他。只要还心存一点良知，谁都会感到惭愧。他知道石井生太痛苦了，社会可以不给他荣誉和待遇，但不应该不尊重他的人格，更不应该剥夺他的工作权利。只要给他一个岗位，他一定会再创一番业绩，可世俗竟逼得他没了安身之处！

荀水泉没法跟邱成德说这些，说了他也不会理解。荀水泉只能劝他老人家，岳天岚心理上不愿意接受石井生，石井生带着气离开文海，既然他有了下落，大家都安安静静过日子算了。邱成德听荀水泉劝，他没去找岳天岚，直接回了喜鹊坡。

荀水泉好久没去看岳天岚了，他和曹谨一起去她家时只有徐达民一个人在家。荀水泉问他岳天岚和孩子怎么不在家，徐达民只是苦笑，说他们已经离婚。荀水泉和曹谨非常吃惊，发生了这种事，他们竟一点都不知道。徐达民很痛苦，说他一直信奶奶那句话，只要心诚石头也会开花，难道他的心还不诚吗？她那花开了，但他不知道她这花究竟为谁开。曹谨急了，问究竟发生了什么事，徐达民没说，他说他至今仍只想保留岳天岚的美好形象，他不想看到她的另一面，让他们两口子自己去问岳天岚，让她自己告诉他们发生了什么。

荀水泉和曹谨特意去了育才胡同。岳天岚跟他们两口子说，梦山没有牺牲，这个石井生就是梦山。见面第一眼她就认出了他，但为了儿子的前程，她一直没敢认他。荀水泉和曹谨完全呆了。岳天岚说她担心他出事，要荀水泉留心，一旦有消息，第一时间要告诉她。

荀水泉和曹谨完全蒙了头，他们怎么也没想到，石井生竟会是邱梦山。岳天岚还告诉他们，那个怪梦不是梦，是邱梦山真去了家里。

离婚没有让岳天岚痛苦，她跟荀水泉和曹谨说，她嫁给徐达民是个错误，她始终只爱着邱梦山，这对徐达民确实不公，这一点她对不起他，她自己也因此而受到损害，失去了英雄妻子的荣誉，失去了人大代表的资格。与其两个人这样勉强在一起凑合，不如让双方解脱。岳天岚请荀水泉帮她一起找回邱梦山，荀水泉分析，梦山不给爹娘留地址，是要让他们母子安静地生活。曹谨说梦山这是在用另一种方式爱她，爱儿子。岳天岚一点没有不好意思，她说她绝不能容忍梦山跟李蜻蜓在一起。她想通了，人不能只靠名誉过日子，她要去特区把邱梦山找回来。荀水泉理解岳天岚的心情，但要岳天岚面对现实，这样去特区找邱梦山，等于大海捞针。曹谨也说，她不能带着孩子到处漂泊。荀水泉要她沉住气，他想法通过李蜻蜓的家里了解一些情况再说，等有了确切消息再去为好。岳天岚被他们两口子说服，她希望能从李蜻蜓家找到线索。

5

清明节让邱梦山想起了躺在栗山烈士陵园里的那些战友，尤其是石井生、三排长葛家兴、唐河、徐平贵、赵晓龙他们，他时常怀念他们。他通过吴庆生跟公司请了假，决定去栗山为战友扫墓。

邱梦山背着一包东西，还没进烈士陵园，冷清和荒芜就扑面而来。通往烈士陵园的路，很久没有车辆进出了，路面长满了杂草，只有道路中央有零星踩踏的痕迹，几乎没人在这里过往。大门口拱门上栗山烈士陵园那几个字，油漆陈旧斑驳脱落，只剩水泥色，显得苍老而落寞。邱梦山背着包走进烈士陵园，右侧那间小屋破旧得连门都烂了，门敞着，屋里没人，只一张小桌，两把椅子，还有一张简易木床，床上没有被褥，堆放着一些杂物。唯有桌子上那个软皮本表明这里还有人看管，那本子打开着，中间夹着一支圆珠笔，本子上记载着烈士陵园一些事。邱梦山拿起本子看上面的记录，这一年只两个死难烈士亲属走进过这烈士陵园，这些烈士已渐渐被人们遗忘。

邱梦山背着包继续往陵园深处走，他记得他们在第六排。邱梦山走着，他奇怪这陵园怎么比过去大了，战争已成历史，两国间关系已正常化，边民之间又开始走动来往，边境贸易搞得十分红火，陵园怎么会扩大了呢？突然，前面柏丛中钻出一位老人。老人从横道里走出，他没朝邱梦山这边走来，左拐继续背着手往前走，老人手里拿着一根棍，不知是拿它当拐棍，还是当武器。在没一点人气的烈士陵园里拱出这么一位老人，荒芜肃穆中才添了一点生气。邱梦山忍不住喊了一声老大爷。老人转过身来，看到了邱梦山，他打量着邱梦山，然后有些亲热地说，来看战友吧？邱梦山习惯地掏烟，走过去递给老人。老人头发半白，其实年龄并不算大，近处看他也就五十多岁，在这里日晒风吹，显老而已。老人吸着烟，欣慰地说，来看看他们吧。邱梦山问是不是很少有人来看他们，老人说一小半人圆了坟立了碑到今天没一个人来看过。他就手指着身旁那块碑让邱梦山看。他说这孩子是陕西靖边张家畔人，十九岁就牺牲了，爹娘都没来看过他，路途太远，老百姓花不起这路费呀！邱梦山看着老人，心里升起几分敬意，他带着感激之情问他，这些墓碑上的人名他是不是都记住了，老人说一天到晚跟他们做伴，时间长了，怎么能记不得呢？没人来看的那些人，他只能劝他们别计较，不是家里人不想他们，是路途太远，花不起路费，让他们担待些。每年他都替家人给他们烧些纸，替家人尽尽心意。邱梦山问这陵园为什么大了，老大爷说，战争结束后，把两处临时墓地迁过来了，迁来那些烈士，倒是都有遗骨，这里原来一些坟，反只是衣冠冢。他让邱梦山快去看战友，太阳快要落山了。老人说完转身就继续往深处走去，看样子他是在巡视。

邱梦山来到自己和葛家兴的墓前，他心里一沉，石井生的墓和碑果真被掘了。尽管他早想到了，但真掘了他心里不免沉重。这样石井生就什么都没留在这世上。他还发现连里战友们坟墓边的草长疯了，把坟都盖没了。他放下包，用手拔那些草，让坟墓露出来。拔完了自己的墓，再拔葛家兴的墓，再拔唐河的墓，他一个墓一个墓挨着拔，让他们全连官兵的墓都露了出来。拔完草，太阳在西天已经掉下山去，邱梦山手上有了血迹，他却一点没觉察。邱梦山从包里拿出酒、苹果、香蕉，还有午餐肉罐头和香烟，他知道连里那些兵们都爱吃午餐肉。他打开一瓶瓶酒，整理了一下衣服，拿出了当年连长的神气。

弟兄们！我看你们来了！给你们带了一点酒和菜，今天就聚一次餐吧。邱梦山说着就拿着酒瓶挨着墓碑倒酒，倒了一瓶再开一瓶，然后再开午餐肉罐头，再放苹果、香蕉。放着放着，他突然停了一下，剩下一瓶白酒，一盒午餐肉。然后，他再一个一个挨着墓碑给他们三鞠躬。最后邱梦山回到自己的墓碑前，他定定地看着墓碑上自己的名字，墓碑模糊了。邱梦山抹了一把泪，在心里说，井生，你哥我对不起你，你哥我想好好地为你活着，好好地为咱俩争口气。可你不知道，我活得心里有多苦噢，谁也不把我正眼瞧，我感觉活着比死还难。战争过去了，两国边民生活已恢复了正常，一切恩怨已随硝烟散尽。但亲历过这场战争，在这里流了血的那些军人能忘吗？也许军人就这命，还是那句话，养兵千日，用兵一时，要用咱们时，咱们就没条件可讲，必须把个人的一切抛弃，也不可能企求回报，还是那句话，理解万岁！我们无愧于祖国，无愧于民族，无愧于军队，无愧于家人，也无愧于个人！我绝不会给弟兄们丢脸！你们在这里相互照应着吧，明年再来看你们。说完，邱梦山忍不住掏出笔来，不由自主地在自己的碑上写下了石井生的名字。

邱梦山拿着剩下的那瓶酒和午餐肉罐头回到烈士陵园大门旁的小屋,老人已经在屋里做饭。老人见邱梦山进屋,很赞赏地说,你是他们的领导吧?邱梦山说,我是他们连长。邱梦山说着拿出那瓶酒和午餐肉罐头。大爷,咱们喝点酒。老人乐了,真难得。两个人喝得很爽,一人半瓶倒在碗里,除了那盒午餐肉,老人又炒了两个菜,都是当地的新鲜蔬菜。喝到最后,老人发感慨,说咱中国人现在不缺吃,不缺穿,也不缺钱,只缺一样东西。邱梦山问缺什么,老人说缺心。中国年轻人缺不忍心,缺羞耻心,缺辞让心,缺恻隐心,缺感恩心哪!快成空心人啦!

邱梦山离开烈士陵园时,心里很郁闷。他孤寂地走在山野里,走着走着,他突然对着山野喊,没有心哪!都成空心人啦!空心人啊……

6

敲门声很轻很轻,轻得邱梦山都没听到,他正在换衣服准备下班。敲门声在继续,继续到邱梦山听到。邱梦山急忙穿好裤子,然后才让敲门人进屋。

邱梦山抬头朝门口看,他愣住了,门口站着李蜻蜓。邱梦山非常意外,他来特区找不着她,而且没有她一点音讯,他完全放弃了找她的念头,她却突然出现在他面前。两人毕竟曾一起患过难,一起度过了那段屈辱的岁月,也一起跟敌人作过殊死斗争,这段人生片断在他们人生的旅程中刻骨铭心终生难忘,完整地储存在记忆屏上。两个人百感交集,什么话都没说,李蜻蜓跑过来一下扑到了邱梦山的怀里泣不成声,邱梦山搂着她轻轻地拍着她的后背。

不早不晚,吴庆生在邱梦山的办公室门口露了脸,他惊异地看着邱梦山搂着李蜻蜓,李蜻蜓仍在哭。他故意不好意思地道歉,对不起,不知道屋里有人,是夫人来了吗?怎么没听你说呢?邱梦山坦然地介绍,这是我战友,她叫李蜻蜓。李蜻蜓这才重新站好,拿手抹着泪。吴庆生歉意地一笑,一边摇着手一边离开,不打扰,不打扰。他虽当过兵,但没上过战场,他哪懂得什么叫浴血奋战?什么叫患难与共?什么叫生死相依?没经过战争,谁都无法理解其中的真正含义。

邱梦山为李蜻蜓倒了一杯水,李蜻蜓接过水杯,慢慢镇定下来,她抬起头来,跟邱梦山的目光一交汇,忍不住笑了,笑得那么纯粹,邱梦山从没见她笑得那么天真。李蜻蜓说她已经来过一次,他去了栗山,她问他去没去看那些战友，邱梦山点了点头，邱梦山被吴庆生破坏了情绪，他不想再跟李蜻蜓在这里说话。他说已经到吃饭时间了，出去吃饭吧。两人一起离开了邱梦山的办公室。

邱梦山和李蜻蜓在餐馆一张四人桌坐定，邱梦山先要了壶茶，两人聊了起来。邱梦山问她怎么知道他在这里，李蜻蜓告诉他幸亏他做了好事上了报纸，要不她怎么也想不到他会来这里，报纸上不光登了他的事迹和名字，还配了照片，她看了喜出望外，当时就想来找他，但那上面没有地址，后来找到报社，找到写文章的那个记者，才弄到他们公司的地址，要不还是找不着他。李蜻蜓说得很激动。邱梦山问她怎么不在原来餐厅干，害得他找不着她，问她现在做什么。

李蜻蜓说到特区后，找不到周广志，两眼一抹黑，没有住处无法生存，她只能到一家餐馆当服务员。端了几个月盘子，不光老板想占她便宜，连伙计都想占她便宜。她愤然离开了餐馆，找不到工作，又没回头路可走，一气之下她横下心去闯了洗浴中心，愿意当服务员，或者学按摩。这个洗浴中心规模很大，按摩小姐分两类，一类是保健服务，纯粹保健，人们称技师。另一类是三陪服务，只要肯花钱，想要什么服务就提供什么服务，内部称小姐。李蜻蜓选择了保健服务，正经八百交了培训费，严格地接受了按摩训练，成了技师。李蜻蜓毕竟当过兵，又经历了那段苦难的岁月，做事认真，她在按摩技师中手艺拔尖，服务品质优良，很快就有回头客。李蜻蜓身材太美，在那种地方格外引人注目。她们老板就先盯上了她，几次召她，她都直截了当地拒绝，她自信已经有了手艺，不愁没有饭吃。老板对此耿耿于怀，但李蜻蜓成了这个中心的品牌，有相当多回头客，给他赚钱，他就不好过分。

一次，有位官员，指名点了李蜻蜓。一进房间他就对她动手动脚，李蜻蜓警告他，再不老实她就叫保安。那官员竟蛮不讲理，蛮横地把她那按摩工作服拽了下来，李蜻蜓拿电话叫保安，两个警察冲进了房间，不由分说，把李蜻蜓和那官员一起押下楼去。原来那官员是局长，警察有人认识他，悄悄地把他给放了，李蜻蜓却与那些三陪小姐一起被拉到派出所。嫖客和三陪小姐拉了满满一面包车。三陪小姐抓就抓了，李蜻蜓却不服，不停地争辩她是按摩技师，让他们找洗浴中心老板证明。老板却借机报复，没替李蜻蜓证明。李蜻蜓与那些三陪小姐一起被电视台曝光上了晚间新闻。

李蜻蜓被遣返回老家后，没回家见父母，在地下招待所住了一夜，第二天她又乘上列车返回特区。到了特区，她想靠按摩这一技之长吃饭，看到一家健身俱乐部招按摩技师，她去应聘，上班试用，领班发现她手艺不错，当即就录用了她。

整个一顿饭时间，都在听李蜻蜓诉说。邱梦山联想到栗山烈士陵园的那些战友，心情又沉重起来，他看李蜻蜓心情已经很坏，就没再提烈士陵园的那些事。吃完饭，邱梦山准备送李蜻蜓回去。李蜻蜓却不想走，她已经请了假，想找个地方坐坐。邱梦山问她想不想去海边，李蜻蜓非常高兴，她毕竟还是个二十多岁的姑娘。

邱梦山用摩托车把李蜻蜓带到海滩。他跟李蜻蜓在海滩上坐下，李蜻蜓问他怎么也来了特区，尽管面对着大海，但一想起文海那些事，邱梦山高兴不起来，他如实地把一切告诉了李蜻蜓。李蜻蜓一直默默地听着，不插言，也不发问，她像在听一个传说故事。邱梦山说完，李蜻蜓凝视着大海，一句没说。她突然哭起来，哭得十分伤心，她为邱梦山痛苦，也为自己的命运痛苦。

邱梦山只好劝她，要她不必在意别人怎么样对他们，只要自己看得起自己就行。李蜻蜓抬起泪眼说这辈子太苦太惨了。邱梦山宽慰她，人生本来就是苦难。孩子从娘肚皮里出来，张口第一声不是笑而是哭。佛说人生下来就要经受灾、病、老、死折磨和痛苦，《大藏经》里说人生有百种病，也有人说，人生有八十一难，咱们这才是一难。李蜻蜓抬起泪眼，看着邱梦山，问他们的苦难到哪是个头，邱梦山说只要自己活出个样来，别人就会慢慢理解。当然，也可以不在乎别人怎么看，一个人只要有事做，能做成事就行。李蜻蜓说她一辈子也做不出什么名堂来。邱梦山鼓励她，只要真诚地为人家服务，让人家身体健康，就能做出名堂，要是真不喜欢这份工作，就一边做事，一边学习，学个专业，然后再另找一份工作，在这里成家立业。命运自己把握不了，但做什么事自己可以做主。

李蜻蜓呆呆地望着大海，她突然扭过头来看着邱梦山，十分认真地说，大哥，你嫌弃我吗？邱梦山一下紧张起来，他惊慌地说，你，你说什么！我怎么会嫌弃你呢！李蜻蜓开心地笑了，她有点害羞地低下头说，你要是不嫌弃我，你娶我吧。咣！邱梦山傻了，他没想到李蜻蜓会生出这么个念头，他措手不及。这怎么行呢！李蜻蜓说，有什么不行呢？你单身一人，我也一人单身，大家都是自由人，除非你也嫌弃我……邱梦山真慌了，不，不是这个问题！邱梦山一时找不到话可说，他一仰身子躺到沙滩上，他眼望着夜空星星闪烁，不知该说什么好。李蜻蜓扭过身来，看着邱梦山问，大哥，你答应啦？你不说话就算答应了！邱梦山没有坐起来，他躺着说，蜻蜓，你不光是个好士兵，也是个好姑娘，因为咱们是战友，我才告诉你这一切，你还年轻，我希望你有一个美好的未来，有一个幸福的家庭，但我不会给你幸福，我有过妻子，而且我还有儿子，这对你不公平。李蜻蜓平静地说，大哥，这没有什么不公平，你要是拒绝我，只有一条，嫌弃我。邱梦山坐了起来，你说什么呢！你怎么这么想呢？我一直把你当妹妹。你可千万别钻牛角尖，你慢慢会明白。

邱梦山送李蜻蜓回来，心里很乱。他知道李蜻蜓是真心，但他已把心给了岳天岚，他不可能再爱别人。

7

端午节前，岳天岚带着孩子跟往常一样到喜鹊坡看望公公婆婆，邱成德十分意外。义子也是儿子，他说不要再去找岳天岚、不要再去看孙子，他这么说总有他说的道理，他们得听。他没想到岳天岚会领着孩子来看他们。邱继昌没进门先把爷爷奶奶喊得天响，孙子这么一喊，老两口就慌了手脚，这是邱家骨血哪！老两口赶紧把他们迎进屋，邱成德的老伴随即炒花生。邱成德见儿媳妇还提来了一兜水果，一兜补养品，心里着实过意不去。

邱成德把岳天岚和孙子迎进屋，先拿出地瓜枣招待他们，不一会儿，邱梦山娘就端来花生。屋里正热闹着，屋外乡邮员喊邱成德拿图章。邱成德知道石井生又寄钱来了，他怕被岳天岚发现，慌忙跑出屋去，悄悄地告诉乡邮员家里有贵客，别大声吆喝。然后再进屋招呼岳天岚和孙子喝水吃东西，自己悄没声拿了图章出来。果不然，邱成德拿图章在乡邮员那个单子上盖了印，乡邮员就点给他三百块钱。邱成德悄悄地把三百块钱掖到上衣口袋里，不露声色地进了屋。

岳天岚看着公公爹的神秘样，知道是邱梦山寄钱来了。趁公公爹进里屋放钱，她出了门，喊住了乡邮员，要过那张汇款单看了看，是石井生寄来，再看地址，就特区某某信箱，没有具体地址，也没有单位。岳天岚记下了汇款单上的信箱，把汇款单还给了乡邮员。岳天岚回到屋里，公公爹已把钱放好。岳天岚故意问，是不是石井生寄钱来了，邱成德摇头又摇手，说不是。岳天岚假装生气，说他既然认了爹娘，这么不孝顺，连钱都不寄。邱成德又赶紧说，有寄有寄。岳天岚再问，石井生写信来说什么了没有，邱成德说什么也不说，只说工作流动性大，没固定地址，不要给他写信，也别去看他，其余什么都没说。岳天岚表示怀疑，写信怎么会没地址，她怕邱成德故意瞒她。岳天岚就把一切都告诉了邱成德。邱成德一听老泪纵横，说不清是惊喜还是伤心。刚进家时一听说话声音就是梦山，头一天吃饭也是左手拿筷子。岳天岚内疚地说，是她逼他离开家乡，怕他影响孩子的成长，耽误孩子的一辈子前途。她想错了，她准备到特区去把他找回来，只是没有地址，没法找。儿媳又成了儿媳，邱成德随即拿信给岳天岚看，信封上的地址跟汇款单又不一样。邱成德跟着起了急，战俘也是自己儿子，一家人怎么能不认一家人呢！邱成德把所有的信都拿了出来，真是一次一个地址，想来他连个安身的住处都没有，也不知他在那里干什么，他想跟儿媳一起去特区找。岳天岚看公公爹急，只好劝他，没地址去找等于大海捞针。

荀水泉到李蜻蜓家找她妈之前，先到印刷厂找了李运启。李运启是官迷，听说荀水泉是人武部副部长，像见了县长一样客气。荀水泉没绕弯，说他跟石井生是一个连的战友，石井生辞职后去了特区没一点消息，问他女儿有没有联系方式，荀水泉把李运启问尴尬了，在石井生受处分这件事上，他没起好作用，荀水泉要是为石井生打抱不平，他的日子就不会好过，他巴不得为荀水泉服务，可惜他没有女儿的任何信息，又怕荀水泉误会，他只好解释，说女儿当了战俘，他们断绝了父女关系，没有任何联系。荀水泉头一次见这种父亲，再没兴趣跟他说话。荀水泉想李蜻蜓妈不会不管女儿，他直接去了李蜻蜓家。

李蜻蜓妈善良得近乎愚蠢，胆子小得像老鼠，她都不敢让荀水泉进屋，她在门里探着半个脑袋跟他说话。荀水泉说能不能进屋说，她却说不用，有什么事就在门口说。她一听荀水泉是为女儿而来，眼泪就流了出来。说女儿好命苦，英雄没当成，结果当了战俘，她爸并不是一定要赶她走，不过说了她几句，这丫头脾气犟，从此再也不回家。一个姑娘家在外面闯荡，她整天提心吊胆做噩梦。弄半天，除了担心之外，她也没有女儿的一点消息，反过来拜托荀水泉，要是到特区去，一定帮她劝劝女儿，让她回家。天下竟有这种父母，荀水泉只能替李蜻蜓悲哀。

8

李蜻蜓的率真，让邱梦山承受着巨大压力。他不接受李蜻蜓是因为岳天岚，他心里清楚，这辈子他不会再像爱岳天岚那样爱其他女人。命运让他和李蜻蜓成为这样一种战友，他不能无视她，也不能不管她。李蜻蜓才二十多岁，她像浮萍一样流浪漂泊，无故遭受冷风恶浪的打击摧残，他看着气愤，而且心痛。邱梦山想到了彭谢阳，他们两个不只年龄般配，而且是同乡，又都在特区，如果能促成他们两个走到一起，是件好事。邱梦山给李蜻蜓打电话，约她下班后去见个人。李蜻蜓问见谁，邱梦山告诉她是同乡，也在特区打工。李蜻蜓好奇怪，这儿还会有同乡，从来没听他说过。邱梦山说这人跟他在一个连里当过兵。李蜻蜓问他是不是也去参战了，邱梦山说他犯了错误，没能去成。李蜻蜓更有些好奇，犯错误，犯什么错误不能参战呢。邱梦山没有正面回答李蜻蜓的问题，说见面再告诉她。

邱梦山在路上把彭谢阳的情况告诉了李蜻蜓。李蜻蜓很吃惊，部队还真会有这种怯战败类。李蜻蜓不解他为什么要带她去见这种人。邱梦山说自利心人人都有，善与恶，既不是天生，也不绝对，往往在一念之间相互转化，彭谢阳早已改过自新了。

彭谢阳见到邱梦山就像见了亲哥，看到李蜻蜓，更有点兴奋，两眼放光。邱梦山给他们做了介绍，彭谢阳坚持由他请客，他领着他们去了渔人码头。彭谢阳有心要给石井生面子，也有意在李蜻蜓面前表现大方，开口就给石井生要了少爷汤，给李蜻蜓要了小姐汤，都是鲍鱼煲汤。邱梦山当即否了，他拿过菜单，爽快地点了四菜一汤。

李蜻蜓一直不说话，到了这里她才明白他领她来见彭谢阳别有用心，她看着彭谢阳那青头萝卜般的亢奋无法抑制地飞扬，心里很不舒服。李蜻蜓不舒服并不是彭谢阳长得对不起人民对不起党，小伙子有模有样，除了个头比石井生矮一点，身体没石井生健壮，其余都不差；也不是因为彭谢阳犯过那种错。李蜻蜓不舒服不因彭谢阳，而因石井生。李蜻蜓自战俘营到现在，一直发自内心地敬仰石井生。那天李蜻蜓从海边回到宿舍，躺床上想了好久，越想越爱石井生，越爱越觉得自己的一切都太差。她决心悄悄地努力，慢慢跟石井生交往，相信凭她的一片真诚，石井生不会不喜欢她。没想到，计划第二天就让石井生给粉碎了，他带她来认识彭谢阳，说明他真不想娶她。石井生在李蜻蜓心目中是英雄，不管他是战俘，还是保安队队副，他都是英雄。

李蜻蜓尽管心里不舒服，但她没让不舒服露到脸上。经历了种种挫折之后，她已经成熟老练了，她只在心里琢磨事，不让外人知道，也不让别人看出来。

邱梦山这么做，不是要搪塞李蜻蜓。生死边界上的那一幕深深地刻在邱梦山心里，他不只是恨那些禽兽，也不只是同情李蜻蜓，他一直心存惭愧。后来在越狱行动中，他更觉得李蜻蜓不只漂亮，不只浑身透着生命勃发的健美气息，她还有一颗高尚的心灵。然而命运却对她如此恶毒，一步一步几乎把她推上绝路，不给她生存的空间。邱梦山对她不只是同情，他有了一份兄长的责任，他知道自己心里只有岳天岚，他娶李蜻蜓不会给她幸福，很可能反让她遭受伤害，他要帮她一起创造幸福。让她认识彭谢阳，并不是敷衍李蜻蜓，他已经去过彭谢阳公司，彭谢阳这小子真已脱胎换骨，他会死心塌地爱李蜻蜓，会给她安定和幸福。邱梦山想让事情自然发生，他只给他们提供机会，让他们自由交往，在交往中自由选择，在相处中培养感情。

彭谢阳端起啤酒杯，真诚地说，我能在这儿再碰上老班长，真是三生有幸，我会好好珍惜。李蜻蜓，咱们初次见面，你一点都不了解我，我犯过大错误，开除过军籍，但请你相信，我不是坏人，你要是愿意认我这个朋友，我可以给你一句话，我绝不会辜负朋友，来，咱们干一杯！

彭谢阳分别跟邱梦山和李蜻蜓碰了杯，端起大杯子一口气干了。邱梦山也干了一杯啤酒。李蜻蜓也端起杯子要喝，彭谢阳拦住没让，只让她喝一口表示意思。邱梦山看着彭谢阳体贴关心李蜻蜓，心里很高兴。

9

岳天岚病了。感冒是真，但心病更重。岳天岚躺在床上，心里好难受，心里越是难受，却越想难受事。徐达民提出分手，岳天岚才意识到自己违心地做了一件错事。想当初，她一直很清醒，任徐达民硬缠软泡，她始终不动心，可她的意志还是不够坚定，经不住爹妈和荀水泉和曹谨的不懈相劝，她疲了，烦了，心也软了，最后还是松了口。现在回过头来想，她对徐达民根本就没有动过心，更谈不上爱。她只是做了他妻子，他只是当了她丈夫，她心里一天都没能忘记邱梦山。

当邱梦山以石井生身份出现时，理智让她想到儿子，儿子的前途让她不能感情用事，现实也告诉她，她也不能随意跟徐达民离婚而跟他这个战俘重新结婚。为了儿子，她决定放弃一切，包括爱情。当邱梦山向她袒露胸脯上的那块胎记时，她仍没有犹豫，坚决地拒绝了他，让他永远离开她和儿子。这时，意愿和梦想排除了爱情和情感，尽管她心里很痛，但这个社会造就了她，让她那颗心坚硬如钢。

现在她解除了与徐达民之间既没有情感，也没有法律约束的那种婚姻，她解除束缚的同时也回到了孤独。这时她更多地想到邱梦山被她赶出家门时的痛苦，他低头离去的背影像钉子一样楔在她心上。这颗钉子折磨着她，让她时时想到那半拉蜜月，想到送他没能下了火车，想到连队小招待所，想到她送全连官兵那番话，想到她带着儿子为他守五年活寡。没有谁要她这样，更没有谁逼她这样，她为谁啊，那里面除了做人的原则外，全都是爱。她爱他爱得那么真挚，爱他爱得那么纯粹，他们的生命已经相互融合，不可分割。

这个时候，她更加理解邱梦山，他比她想得周全，他或许在那边就把一切都想到了，也想好了，要不他怎么会借石井生的名字偷生呢？想到这儿，她不能不想到李蜻蜓，一想到他跟那个患难战友李蜻蜓躲到了天涯海角，过起了世外桃源的日子，心头那颗钉子锥子一样钻她心。她在痛苦中谴责自己，是她自己把邱梦山逼到李蜻蜓身边，是她把邱梦山送给了李蜻蜓，他们两个浪漫天涯，她却独自带着孩子在受煎熬，是自食其果。

敲门声让岳天岚暂时搁下痛苦，强打起精神下床开了门，荀水泉和曹谨大包小包地站在门口。岳天岚像见了亲人一样，心里酸得眼泪横流。

现在岳天岚心里的酸甜苦辣只能跟荀水泉和曹谨说，她决定到特区去找邱梦山，一天都不想耽搁。荀水泉觉得这么盲目地去特区找邱梦山，没一点把握，也难说需要多长时间，再说她还有工作。曹谨劝她，一个女人这么去瞎闯风险太大。荀水泉让岳天岚先别着急，等养好病再说，他再想想其他路子。岳天岚病着也确实心有余力不足，只好听他们的劝先治病。

10

彭谢阳发自内心地喜欢李蜻蜓，李蜻蜓成了他的主宰，邱梦山要李蜻蜓在职学习，他第二天就去了商学院，这趟商学院让他得意得有点忘形，那里有各种继续教育和成人教育专业，有三个月短训班、半年培训班，也有一年半大专班。他专门注意了文秘和工商管理两个一年半大专班，每周周日全天，加一、三、五三个晚上上课，一年半毕业。彭谢阳要了相关资料，当晚约邱梦山和李蜻蜓吃饭。席间，彭谢阳把文秘专业资料给了李蜻蜓，他自己想报工商管理。邱梦山当然支持，两个一起去学习，也有个伴，相互可以照顾。李蜻蜓却说她参加不了，健身俱乐部恰恰是周日和晚上最忙，不好请假。彭谢阳问李蜻蜓什么时候合适，李蜻蜓说白天反好一点。邱梦山问彭谢阳，有没有白天上课的那种班，彭谢阳说白天更没有问题，周一、周三、周五、周六四个半天课，一般在职学习报不了这种班，人还少，遗憾他只能周日和一、三、五晚上有空，不能陪同照顾李蜻蜓。李蜻蜓说她用不着照顾。于是一起商定，李蜻蜓报白天那种班，彭谢阳报晚上那种班。虽不能陪伴李蜻蜓，但毕竟为李蜻蜓做了一件实际事，彭谢阳心里十分开心。

有了学习的机会，李蜻蜓心情也很好，但回到集体宿舍情绪突然又变坏了。李蜻蜓情绪变坏是因为邱梦山。邱梦山骑摩托把李蜻蜓送回去，李蜻蜓坐在邱梦山的摩托车后座，双手扒着邱梦山的肩膀一路兜风，摩托车在街上穿行，晚风扑面，一头秀发飞扬，李蜻蜓轻轻贴着邱梦山的后背，感觉真好，她真愿意就这么久久地走下去，一直不停。李蜻蜓没尽情享受够那滋味，摩托车就停到了他们集体宿舍前面。李蜻蜓埋怨这摩托车速度太快，快得让她讨厌。邱梦山当然不会注意到这些，李蜻蜓恋恋不舍地下了摩托，邱梦山跟往常一样说了声再见就掉头走了。李蜻蜓呆呆地站在那里目送邱梦山离去，摩托车当然不会顾及李蜻蜓的心情，一溜烟飞去，愈飞愈远，愈飞愈小，瞬间就远离李蜻蜓的视线，消失得无影无踪，李蜻蜓的情绪就坏了。

李蜻蜓走进宿舍，姐妹们跟她开玩笑。问她跟男朋友上哪啦？进了哪家馆子？吃了什么菜？李蜻蜓越发心烦，她没好气地回他们去了希尔顿，吃了西餐。姐妹们一看李蜻蜓不开心，相互做个鬼脸嘬了声。

李蜻蜓躺床上一晚上都在想，怎么能让自己在邱梦山眼里变成可爱的女人。她认为要可爱，先得换一份正当工作让邱梦山刮目相看。李蜻蜓自量高中毕业，在特区不可能找到让人刮目相看的那种工作，她下决心抓住这个学习机会，一年半后拿到文秘专业文凭，换份像样的工作。

彭谢阳晚上来找邱梦山，邱梦山问他怎么特意来找他，问他有什么要紧事。

彭谢阳不好意思起来，吭哧半天才说出他想去找李蜻蜓，约她周日一起去商学院报名，但不知道她的住址。这正合邱梦山的心意，他把彭谢阳领回宿舍，问彭谢阳对李蜻蜓印象如何，因为邱梦山这话点到了彭谢阳的心里，彭谢阳有点难为情，说李蜻蜓什么都好。邱梦山很认真，问他是想跟她交一般朋友，还是爱上了她。彭谢阳点点头，说是真爱上了她。邱梦山又问他怎么个真爱法，彭谢阳不解地看着邱梦山，说是除了她，不想再喜欢别人。邱梦山跟他说，这话说起来好听，实际很空，真正要是爱一个人，是爱她的全部，包括缺点和错误。他告诉彭谢阳李蜻蜓有缺点，也有错误，他要彭谢阳好好考虑，能不能包容她。彭谢阳没有迟疑，说不管李蜻蜓有什么缺点错误，他都爱她。

邱梦山关上了门，这才把自己和李蜻蜓当战俘这事一切都告诉了他。彭谢阳既吃惊又意外，他第一眼没错，他就是连长，让他吃惊是连长这种英雄汉，竟也背着这种包袱。邱梦山笑笑，问他能不能理解李蜻蜓，彭谢阳虽然十分意外，但他向邱梦山掏了心窝，他认为这不是李蜻蜓的错，是敌人没人性，他相信他会帮李蜻蜓抚平创伤。邱梦山这样才把李蜻蜓的工作单位和住址给了彭谢阳。

彭谢阳等到十二点李蜻蜓才下班，她发现有人在宿舍楼前溜达，一看是彭谢阳，很意外。她问彭谢阳怎么会在这儿，彭谢阳拘谨地说他在等她。李蜻蜓更意外，问他有什么急事，彭谢阳说想约她周日一起到商学院去报名。李蜻蜓并没有感动，说这事用不着这么郑重其事提前过来，打个电话就行。彭谢阳有点不好意思地说想借机顺便看看她。李蜻蜓没生气反笑了，说她没病没灾，用不着看。彭谢阳继续没话找话，问李蜻蜓是不是每天都得十二点才下班，李蜻蜓点点头。彭谢阳十分心痛，说这工作太累了。李蜻蜓说她也不想一辈子干这活，可没办法，没有专业，工作不好找。彭谢阳感觉有了表现的机会，说他或许可以想办法帮点忙。李蜻蜓问他这里是不是有熟人，彭谢阳说当初他来特区，也是找不着工作，后来在人才交流中心碰上了一个人，他帮了他的忙。李蜻蜓不太相信世上会有这种好人，无缘无故帮他。彭谢阳说给点中介费就可以，问她想干什么，李蜻蜓说现在她这条件，干什么都没人要，等她学完文秘专业再说。彭谢阳想献殷勤，说可以先联系着。他问她要简历，又请她去吃夜宵。

李蜻蜓有些迟疑，她不想与他交往太多，推辞说太晚了，彭谢阳很积极，说明天他就来取简历，请她吃饭。李蜻蜓婉言拒绝，说她下班太晚，不用来取，她给他寄。彭谢阳却不怕晚，他可以晚点过来，一起吃夜宵。李蜻蜓还是坚持寄给他。彭谢阳不想放弃机会，说寄太费事，本市也得三天，还容易丢，还是他来取。李蜻蜓看他这么执意，有点盛情难却，只好答应。

彭谢阳满心欢喜地招手告别，李蜻蜓看着彭谢阳离去，心里直打鼓。要说交往，她已经交往过几个男人，但没有一个对她有诚意，这个彭谢阳，给她第一印象很不好，开除军籍，这种人谁能愿意跟他交往。在李蜻蜓心里，彭谢阳没法跟石井生比，石井生却介绍她认识彭谢阳，各自都知道对方心意，却又不完全知道对方的真实想法。

李蜻蜓相信石井生不会害她，但她不需要他帮这种忙，她不要他当大哥，她需要爱，需要他做她的爱人。这些，李蜻蜓却又只能在心里想，说不出口。有石井生在她心里，彭谢阳自然挤不进去。

11

岳天岚跟徐达民离婚后，荀水泉再一次承担起那个许诺，没有人强迫他，也没有人督促他，在他的观念中，这辈子只要邱梦山妻子有事，只要他还在这个世界上，他就不能不管。曹谨给荀水泉出了主意，她看电视发现省卫视有个节目叫《情感寻呼台》。谁家父子母女不和，亲人出走离散，夫妻感情破裂，都可以上这个节目，通过主持人跟当事人交谈，倾诉思念之情，向对方表达真情，感动对方，开启对方记忆的闸门，唤起对方美好的回忆，感化对方的心灵，让对方回心转意，使亲人团聚。也许岳天岚可以通过做节目找邱梦山。荀水泉觉得这办法好，他立即把这个节目告诉了岳天岚，如果参加这个节目，她就用不着去特区，节省时间和劳累，而且还不需要花什么钱。岳天岚觉得这确实是个好办法，她专门看了这个节目，同意用这个方式找邱梦山。

荀水泉请宣传部一位副部长，以组织名义与省卫视联系，省台了解是寻找一位战斗英雄，同意免费做这个节目。荀水泉判断，只要邱梦山还看电视，他不会不看家乡的电视台，电视台有节目预告，他不会看不到，即使他没看，他周围的人看到了他是化名石井生也会告诉他。荀水泉两口子为岳天岚费心，岳天岚非常感动，岳天岚答应积极配合做好这个节目。

岳天岚母亲不赞成岳天岚做这种节目，邱梦山当战俘，岳天岚改嫁又离婚，把老头子气死还不够，还要拿这种丑事到电视上去说，弄得满世界都知道，有什么好处。也不是什么光彩事，等于家丑张扬让别人看笑话。岳天岚没法做母亲的工作，她只好请荀水泉出面。荀水泉把邱梦山遭的那些罪，把岳天岚独自带孩子的现实——分析给岳天岚母亲听。他让岳天岚母亲设身处地为邱梦山想想，如果他要是真牺牲了，也就只好认命，现在他没有牺牲，而借着别人的名字在偷生，人不人鬼不鬼在活受罪，他们怎么能不管呢？再说现在岳天岚一个人带孩子有多难，如果不把邱梦山找回来，等于眼睁睁地看着他们夫妻两个受折磨不管。岳天岚母亲不是不同意找邱梦山回来，只是不同意到电视上去张扬这种事。荀水泉向她解释，要是有办法，他们也不会用这个办法，实在是无路可走。荀水泉用了两个小时才让岳天岚母亲无话可说，才接受照顾邱继昌。

荀水泉请了假亲自陪岳天岚一起去省城。岳天岚过意不去，让荀水泉把联系人告诉她，她自己去。荀水泉明白她的意思，他让岳天岚别再见外，他跟邱梦山是生死兄弟，只要她没找着邱梦山，只要邱梦山活着，他不可能不管。如果能找到邱梦山，能让他们一家人重新团聚，他做什么都应该。

主持人听了情况后很感动，他们半天就商量好了节目框架和访谈大纲，岳天岚有了报告团锻炼的经验，她很会配合，而且很有戏。第二天节目拍摄得非常顺利，效果出乎意料的好，岳天岚说到邱梦山牺牲，说到他被俘后为他们母子借名偷生，说到他转业回来被社会歧视，说到他工厂抓整顿遭受挫折，说到她父亲去世邱梦山痛苦离开，都是泪如泉涌，泣不成声，连主持人都被感动得拿纸巾擦泪。

五天之后，岳天岚接到了电视台播放通知，她看自己的这个节目，心灵再一次经受伤痛，又一次泪水洗面。节目晚上九点半播出，第二天中午重播，荀水泉也看了，非常感人，只要邱梦山看到，他准会被感动。

节目播出后，岳天岚和荀水泉都翘首等待着邱梦山的消息。

12

彭谢阳好容易逮着这个表现机会，他全身心投入。彭谢阳去找李蜻蜓时，李蜻蜓还在俱乐部上班，他没让她知道，默默地在外面等。李蜻蜓不想单独见彭谢阳，特意请邱梦山一起过来商量。邱梦山正想推波助澜，下班就赶过来，有邱梦山一起作陪，李蜻蜓心里很踏实。

李蜻蜓根本没指望彭谢阳帮她找工作，她连简历都没准备，高中毕业，到部队当了几年兵，参加了战争，当了战俘，复员回来在邮局外线班也没干几天，再就是打工经历，写出来也没什么价值，她没写。

彭谢阳没表露不高兴，他在饭桌上现问现给她写了简历。第二天，他在单位把李蜻蜓的简历打印出来，直接去找帮过他的那个中介。没想到那中介改行做中介房屋了。不过他没让彭谢阳失望，他给他介绍了另一个人才中介。彭谢阳又约见了另一个人才中介。那中介外表一身书生气质，模样有点艺术家风度，留着长发，他说他也洗手不干了，改行搞广告了。彭谢阳十分沮丧，事情这么不顺利。那中介也没让彭谢阳绝望，他又拐弯给他介绍了另一个人才中介。

彭谢阳吸取教训，已经白贴了两条中华烟，花去了他半个月工资，这回他多长了个心眼，先电话联系，别又让他再跑空路白花钱。还好，电话接通后，那人没说洗手不干。彭谢阳先在电话里把李蜻蜓这事向他做了介绍，请他帮忙，话说得十分恳切。那人问，李蜻蜓是男孩子还是女孩子，彭谢阳告诉他李蜻蜓当然是女孩子，而且直率地告诉他，是他女朋友。那人又详细地盘问了李蜻蜓的简历和情况，彭谢阳印象那人对李蜻蜓工作经历和学历都不太在乎，特别重视李蜻蜓的年龄和相貌，同意先见面。

彭谢阳异常兴奋地把情况告诉了李蜻蜓，李蜻蜓感觉很过意不去。李蜻蜓明白他不计代价在为她奔忙，愿望只一个，是想感动自己，要自己嫁给他。李蜻蜓看出彭谢阳很真诚，人嘛也无可挑剔，自残那事已是历史，而且人家从来没有谈过恋爱，他一点不计较她那些事，就有心想缩小距离，但她那颗心却不往彭谢阳这边靠，只往石井生那儿贴。尽管石井生年龄比彭谢阳大五六岁，而且结过婚，已有孩子，但李蜻蜓还是喜欢石井生，无法让彭谢阳进入她的心灵。李蜻蜓不能拒绝彭谢阳的一片好心，周日上午随彭谢阳去见了那位中介。

那个中介约他们在一家咖啡馆见面，彭谢阳也没见过这人，只是通过几次电话，他按照中介的电话提示，在咖啡馆第四张桌子见到了那中介。中介是位帅哥，一米八左右个子，模样有点像影视演员，而且彬彬有礼，他们在几米之外，他就站起来迎接。

坐下后，中介为彭谢阳要了茶，为李蜻蜓要了橙汁。然后主动发名片，他叫卜光，伯乐人才开发有限公司经理。卜光看了看李蜻蜓，当即表态。说学历是低点，专业经验也不足，但气质非常适合做文秘工作，他会全力推荐。李蜻蜓还没开口，彭谢阳先就按捺不住感激起来。

事情非常简单，那中介让他们交三百元委托费，他给了他们一份申请表。彭谢阳什么也没说，当场掏钱交了费用，还主动问还要什么费用只管说，好像他是百万富翁。卜光说现在只要交报名费，要是有了录用单位，推介成功，再交五百元手续费，另交一万元保证信用押金，主要怕临时反悔，有失信誉，影响公司名誉，损害公司利益。这押金他们公司不收，会押在接收单位，到她去接收单位上班报到三天后，接收单位会主动把这押金退还给本人。他再一次表明，他们不是以盈利为目标，而是以开发人才为己任，支援国家建设，为他人排难解忧。彭谢阳十分感激。卜光交代申请表一式两份。彭谢阳拿起表看，表是制式铅印表，伯乐人才开发有限公司求职意向申请表。彭谢阳急于求成，问这表在这儿填，还是回去填？卜光说怎么着都行，能在这儿填，就省得他们再送表，来回打车也要花钱。彭谢阳又是感动，说卜总真能替顾客着想，他就让李蜻蜓直接在咖啡厅填表。

李蜻蜓自始至终没说话，不知为什么，李蜻蜓对这位卜总心有抵触，她从他目光中发觉他不是个好人。她跟彭谢阳说，要一万元押金，这事还是回去跟石大哥商量了再说，表不在这里填，拿回去填。彭谢阳急于求成，说押金不是现在交，等到有了接收单位，而且要等考试面试同意接收办理了手续之后才交，也不是交给伯乐公司，而是交给接收单位，这事错不了。彭谢阳把报名费都交了，李蜻蜓也不好不配合，于是就在那里填了表。

一个月不知不觉过去了，没一点消息，彭谢阳心里着了火。那卜总说，文秘这种万金油职业竞争太激烈，本科生都排不上号。彭谢阳不好意思再见李蜻蜓，好像是他把事情给办砸了。李蜻蜓倒没当回事，继续踏踏实实在那个俱乐部上班，学习已经开始，她白天上课，晚上工作，一切都顺其自然。彭谢阳却不行，他着急并不是李蜻蜓的工作，而是面子，事情没做成，他很没面子。

又十天过去了，彭谢阳已经泄了气，白扔三百块报名费是小意思，关键在李蜻蜓那里放了哑炮，他再没理由约见李蜻蜓。彭谢阳失望透顶的时候，卜光来了电话，让他通知李蜻蜓，有公司愿意接收，下午面试。彭谢阳有点情不自禁，放下电话在办公室手舞足蹈起来，他本想打电话让李蜻蜓自己直接去面试，但他担心节外生枝，特意到银行取了一万块钱，再跟老板请了假，赶去俱乐部陪李蜻蜓一起去面试。李蜻蜓却一点都激动不起来，尽管彭谢阳对她关心备至，她对他仍不来电，只是应付。彭谢阳却大包大揽，干得更欢。李蜻蜓不好伤彭谢阳的情绪，向老板请了半天假，跟着彭谢阳一起去面试。

他们来到约定地点，一辆面包车已在等候，说那家公司在开发区，要乘车前往。连李蜻蜓一共四位姑娘，一位比李蜻蜓大一岁，两位比李蜻蜓小三岁。四位姑娘加上工作人员，车上没了彭谢阳的座位，李蜻蜓让彭谢阳回去，面试完她直接回俱乐部。彭谢阳自然不愿放弃这机会，他站着一同前往。面试地点远离城区，他们进了一幢办公楼，公司园区很大。卜光带他们进了一个会议室，一会儿进来五个人，对她们一个一个分别进行面试。面试结束后一个小时，卜光告诉她们，除了比李蜻蜓年龄大的那一位，其余三位都通过面试，公司会把他们分到各个部门。公司给了聘用合同，让他们好好看，没有问题吃饭后就签聘用合同。他们一起进了公司餐厅，吃自助餐。

吃饭后，签合同，签完合同，让他们每人去交一万元信用押金。彭谢阳争取主动，抢着掏钱包去交，被李蜻蜓拦住。她不想欠他太多，她自己带了银行卡，李蜻蜓豁上了血本，自己交了一万元信用押金，她卡上只剩下几百块钱。交完押金，留下联系方式，让她们回去听候通知。

13

半个月过去了，岳天岚没有得到邱梦山的任何消息。曹谨比岳天岚更着急，做节目这主意是她出的，她天天催荀水泉往省电视台《情感寻呼台》栏目组打电话。邱梦山没有任何消息，岳天岚却收到了上百封观众来信。有人劝岳天岚，战俘不值得她这么去爱他，他借名偷生算有自知之明，再找他是自找麻烦。有人同情岳天岚的命运，称赞岳天岚对爱情忠贞。还有人露骨地直言，别再寻找那个战俘了，他愿意娶她。岳天岚不需要这些信，她只想得到邱梦山的消息。荀水泉更不要这些信息，他要尽到战友责任，找到邱梦山，让他赶快回来，结束那些挫折和打击，让他从灾祸中彻底解脱，回到自己家，与岳天岚母子团聚，安定地过日子。电视台让荀水泉问烦了，说他们只管做节目，没有效果承诺，能不能寻呼回感情，他们没法保证。曹谨怕岳天岚着急，她跟岳天岚分析，邱梦山没回应有两种可能，一种可能是邱梦山没看到节目，他不可能回应。另一种可能是邱梦山看到了节目，他故意不回应，不想再给岳天岚和儿子添麻烦。

荀水泉不甘心，一个大活人他不信就找不着。荀水泉发现特区电视台也有一个夫妻情感节目，叫《夫妻4S店》。专为解决夫妻感情危机而设，什么心理咨询、爱情链接、情感维护、感情礼赔、情伤修理、权益保障，夫妻间不管发生什么问题，他们都管。荀水泉和曹谨一起又去找岳天岚商量，岳天岚却不想再做这种节目，还后悔在省台做了那期节目。

苟水泉和曹谨感到奇怪，不知她因何改变主意。曹谨又单独找了岳天岚，岳天岚才跟她说实话。原来是那些观众来信，观众中有几个人听岳天岚做过英模事迹报告，还记得她，也记得邱梦山。节目一播，知道邱梦山当了战俘，而且借别人名弄虚作假，夫妻两个也已分道扬镳，非常失望，甚至气愤，说她愚弄了大家。岳天岚的自尊心受到了伤害，她后悔没听母亲的意见，做这种节目，确实是拿家丑外扬。

苟水泉心平气和地劝岳天岚，跟爱情和家庭的幸福比起来，名誉算得了什么？他让岳天岚认真地想一个问题，她现在到底还爱不爱邱梦山。假若她已经不爱邱梦山了，那就没必要再寻找他，把邱梦山找回来，他们也不会幸福。如果她仍爱着邱梦山，脸面就无所谓了，脸面不好当饭吃，战俘又怎么啦？战俘也不能抹杀他那些英雄事迹，部队都能恢复他的军籍、党籍，照常给他提职晋衔，自己家人为什么反不能接纳他？再说，这么逼他，只能让他绝望，等于把他推到李蜻蜓的身边，他们真要是生米煮成熟饭，到那时想把他找回来也不可能了。岳天岚越听心里越烦，她让苟水泉先回去，她要好好考虑。

第二天，苟水泉让曹谨去看岳天岚，女人跟女人能说心里话。曹谨帮岳天岚分析，一个连长以士兵身份重新回到部队，这让他受了多大委屈。转业后工作上遭挫折，人格上受歧视，精神上被压迫，他走投无路才离开文海去了特区，他绝对不是要去找李蜻蜓。他是不愿向命运屈服，他想出去寻求出路，想给自己正名。临走他向她坦白真情，是因为他一直爱着她，是感情难以割舍，表明他不愿意借名偷生，他为她和儿子忍受了多大痛苦。如果他到了特区，一切顺利还好说，假如再要遭受挫折，他真可能绝望崩溃。这个时候，他多么需要她的理解和支持，多么需要她的那份感情。

岳天岚流下了眼泪，她又何尝不痛苦，她又何尝不爱他呢？曹谨认为还是上电视台做节目效果最好，既直接，又感人，收视人也多。再说，特区那里人也不认识她，也没听过她的英模事迹报告，上电视也无所谓。

岳天岚终于点了头，决定去一趟特区。苟水泉回办公室就与特区电视台联系。

14

十天过去了，李蜻蜓仍没有接到报到通知，彭谢阳成了热锅上的蚂蚁，一刻都无法安宁。彭谢阳打电话找卜光，电话几次接通后都没人接，抠他 BP 机，也不回电话。彭谢阳再打卜光电话，电话已经断了。彭谢阳哭丧着脸去找邱梦山，邱梦山外出执行任务，彭谢阳就坐在邱梦山办公室门前的台阶上等。

这些日子吴庆生心里不舒服，通信员小峰写信把他告了，他姑夫训了他一顿。事情是因洗衣服这件小事引发，吴庆生自己从不洗衣服，连臭袜子都让小峰洗。邱梦山却从来不让小峰洗衣服，小峰暗地偷着给邱梦山洗了衣服，恰恰让吴庆生发现，他心里很不舒服。他让他洗衣服，十回有九回总噘着嘴，他却主动偷着帮邱梦山洗。他还发现，小峰把邱梦山的衣服叠得整整齐齐，像专业洗衣店一样规整，却从来不给他叠衣服。小小年纪也学会看人下菜碟，他把小峰叫到办公室，他没训小峰，却告诉他从明天起他不再当通信员，下到三班二组当保安。邱梦山跟吴庆生商量，年轻人不可能没有缺点，有缺点可以批评，但还是让小峰当通信员。吴庆生坚决不同意。邱梦山不好驳他面子，只好做小峰的工作。小峰一气之下，写信把吴庆生告了。告吴庆生妒贤嫉能，说他小肚鸡肠，说他大事做不来，小事又不做，不如人又不服人，夸邱梦山如何有真本事。吴庆生的姑夫很看重邱梦山，他相信这信上所写内容绝对真实，他把吴庆生叫去训了一顿，说他要是再不用心做事，就让他走人。吴庆生不只觉得脸上无光，姑夫这顿训让他知道了自己姓什么，也知道了自己有几斤几两。知道了这些，他心里便发虚，如同座椅靠背断了，随时有仰倒的危险。

吴庆生见彭谢阳坐在石井生的门口，有些奇怪。一转念，他转过身来跟彭谢阳打招呼。彭谢阳听吴庆生叫他，人家是队长，赶紧恭恭敬敬地站起来。吴庆生问他怎么在门口坐着，彭谢阳说等石队副。吴庆生一直有个疑问，彭谢阳头一次来找石井生叫他连长，后来又叫他班长，一会儿连长，一会儿班长，这里边一定有故事。他想探一探里面这故事，看看有没有他需要的东西。吴庆生也在水泥台阶上坐了下来，他告诉彭谢阳石队副执行任务要中午才能回来，时间还长，到他屋里去等。彭谢阳不好意思打扰，说就在这儿等好了。吴庆生没强求他，坐台阶上聊更随意。吴庆生问彭谢阳，头一次他来找石井生，见面叫他连长，后来又改成班长，石井生到底是连长还是班长，彭谢阳愣了一下，他意识到这人心里有鬼急忙解释，说石队副在部队是班长，因为他跟我们连长像孪生兄弟，我们平时就开玩笑叫他连长，玩笑开多了，有时就改不过来。彭谢阳这一愣一急，吴庆生更觉出有问题，尽管彭谢阳这话能自圆其说，他心里还是怀疑里面有文章。彭谢阳为了打消吴庆生对连长的怀疑，他随口把他们那些英雄事迹全兜给了吴庆生。彭谢阳这一吹，吹出了一个大问题。吴庆生提出一个疑问，部队怎么让功臣转业，功臣转业怎么连工作也不安排呢？功臣当打工仔！不成大新闻了嘛！彭谢阳被吴庆生问傻了，他当然不能说战俘这事，但他又编不出理由，他竟说石队副脾气耿直，得罪了团里领导。吴庆生看出彭谢阳有事瞒着他，他先告诉彭谢阳他也是转业干部，接近了关系，然后非常策略地在聊天中间了他们部队的情况，彭谢阳毫无防备地把部队代号、地址和他们连队的情况不予遗漏地告诉了吴庆生，两个人一直聊到邱梦山回来。

15

邱梦山毕竟见过世面，他当即断定他们让人骗了，而且不是一般的骗子，很可能是团伙。邱梦山没有犹豫，当即报了案。然后从头找线索，先去找第一个中介，电话接通，他说他不认识卜光。再找第二个中介，电话也通，他承认认识卜光，他在市人才交流中心当科长，不是什么伯乐人才开发有限公司经理，人也不像影视演员，已经五十多岁了，线索一下就转入了死胡同。邱梦山没有罢手，他又追查到市人才交流中心，核实卜光这个人。人才交流中心确实有卜光这个人，是科长，五十三岁。邱梦山直接打通科长卜光家电话。科长卜光承认认识第二个中介，但他现在还在人才交流中心，根本没开过什么伯乐人才开发公司，他也不认识那个年轻人卜光。邱梦山一点没有着急，他又跟科长卜光核实了电话号码，科长卜光说那是他过去宿舍的电话号码。邱梦山问他过去宿舍现在谁住，科长卜光说他分到了新房子，老房子交给了单位，不知单位分给了谁。邱梦山找到科长卜光单位管理科，查来查去，房子租给了一个湖南人，三天前已经退租，其他情况他们一概不知。

彭谢阳一直傻瓜一样站在那里看邱梦山忙，不知道自己该说什么该做什么。查到这儿，线索嗝儿断了，事情卡在那里。邱梦山带着彭谢阳上派出所，路上邱梦山问彭谢阳记没记住那辆面包车车牌号。彭谢阳又傻了，他压根没记车牌号那意识，他一路想到派出所，头都想痛了，也没能想起那个车牌号。

邱梦山把自己查到的那些情况向派出所做了汇报，公安局也接到两处报案，内容与李蜻蜓相同。这引起了公安局的重视，成立了专案组，让邱梦山他们立即去专案组汇报。

那边报案人比彭谢阳精明，记住了面包车车牌号。邱梦山领着公安人员去见了人才交流中心所属单位管理科。管理科提供了租房人姓名和电话，那人叫胡德良，电话就是科长卜光宿舍原来的那个电话号码，对外挂了三块牌子，其中一块是伯乐人才开发有限公司，三天前他们已经突然退租。管理科证实那辆面包车就是胡德良所用，他在管理科办过停车证。

邱梦山和彭谢阳从公安局回来去看了李蜻蜓，李蜻蜓一句话没说，不用她怨恨，彭谢阳自己就内疚得无地自容，本想讨好帮李蜻蜓，结果却害了她，讨好不成反闹出这么大罪过，他连看一眼李蜻蜓的勇气都没了，他知道那一万块押金是李蜻蜓的全部积蓄。邱梦山没法安慰李蜻蜓，看已过午饭时间，他拽着他们两个进了餐厅。邱梦山点了菜要了啤酒，给李蜻蜓要了饮料。酒菜上来，邱梦山端起酒杯想调节气氛，李蜻蜓不说话，也不端杯，坐在那里不动。

彭谢阳哭丧着脸求李蜻蜓原谅，摸出一万块钱，算是他一点心意。李蜻蜓没理他，也不接钱。彭谢阳只好乞求，他说要是他去死，她能好受一点，他立马就去跳楼，只要她点下头。李蜻蜓仍旧毫无反应，她只盯着桌面，一动不动。邱梦山只好出来圆场，事情已经发生，说什么也都是多余，警察已经行动，相信这案子一定能破。

这顿饭吃得没一点滋味。邱梦山送李蜻蜓回俱乐部，拐弯把李蜻蜓拉到了海边。邱梦山停好摩托，顾自走向海滩。李蜻蜓不知道他拉她到海边来干什么，她不解地跟着他走向海滩。邱梦山在沙滩上坐下，李蜻蜓也在他一边坐下。邱梦山两眼凝望着海面上的片片浪花，沉重地对李蜻蜓说，是时候了，我得告诉你一切。我不是什么石井生，我是石井生的连长邱梦山……李蜻蜓一怔，这么多年的患难相依，他有这么大的秘密瞒着她。邱梦山待李蜻蜓明白了一切之后，邱梦山坦诚地告诉她，蜻蜓，我不能娶你，不是年龄差距，更不是计较你受人糟蹋。你很美，我也很喜欢你，但是，我清楚，我这颗心已经全都给了岳天岚，我一生一世不会忘掉她，我娶了你，你在我这里只能是岳天岚的替身，这对你太不公平了。就算我想公平待你，但我做不到，这对你是一种摧残，而且更残酷更无人性。

李蜻蜓软了，她像看透了一切那样颓然。她终于明白了，怪不得他这么正人君子，是因为他太爱岳天岚，爱得太深，爱得太真。李蜻蜓也坦诚地跟邱梦山说，既然这样，你就不要管我了，我回文海吧，谢谢你这么关心我。邱梦山当然不同意，他像大哥一样做主，你不能这样回去，我也不会让你这样回去。既然有心来特区闯荡，这样回去等于半途而废，是失败。李蜻蜓说，人生都失败了，还在乎这干什么。邱梦山说，你一辈子的人生还只是开始，我也该为你尽点兄长的责任。我想你干脆脱产到商学院上学，一年半毕业，拿个大专文凭，工作就好找一些。李蜻蜓说，我哪还有钱上学！邱梦山说，钱由我负责，你应该扬起头来朝前走。

李蜻蜓再忍不住了，两眼噙满泪水，叫了声大哥，趴到邱梦山的双膝上抽泣。

16

吴庆生以公司人事科的名义给摩步团去了一封外调公函，说公司拟提拔石井生当公司领导，发现他档案不全，据说他是战斗功臣，功臣为什么这么年轻就转业？而且没有安排工作，请部队证明他身份，并介绍他的政治情况。政治处很快回了函，证明石井生是正连职上尉军官转业，在战场立过二等功，转业是因为他被俘五年后才交换回来，年龄偏大，他自己主动要求转业，转业时部队帮他联系安排了工作。

吴庆生看完信惊呆了，原来他是战俘！吴庆生一分钟都没耽搁，把信亲手送给了姑夫。

威龙公司老板在海鲜酒楼请石井生吃饭，邱梦山有点纳闷，想不出老板是因为什么请他。邱梦山走进包间，他更是惊奇，老板只请了他一个人，加上秘书，就三个人。酒是茅台，菜有鲍翅捞饭。受老板如此恩宠，邱梦山很不自在，这么款待让他心里不安。他主动问老板为什么要把他当贵宾请吃饭，老板说他是公司的功臣，给公司争了名，添了彩，请他吃这顿饭理所当然。邱梦山说这是他的本职工作，所做那些事情都是应尽职责。老板说早就想请他，只是抽不出空，老板主动端起酒杯敬他酒，邱梦山只能先喝为敬。敬来敬去，老板只喝酒不谈事，弄得邱梦山丈二和尚摸不着头脑。鲍翅捞饭上来了，一股扑鼻奇香当即钻进邱梦山的鼻孔。邱梦山从没吃过这种东西，不知道怎么吃，好在他聪明，他拿余光看着老板，跟着老板走，老板放香菜叶，他也放香菜叶；老板加红醋，他也加红醋；老板加米饭，他也加米饭；老板拌饭，他也跟着拌饭；老板开吃，他也就跟着开吃。学得不露声色，做得不慌不忙，倒是没有露怯。

酒足饭饱，服务小姐把果盘送了上来。老板拿热毛巾慢慢擦完脸再擦手，然后吃着水果很平常地开了口，问他还记不记得那位房地产郑老板，邱梦山奇怪老板怎么突然想起他来，他如实说记还是记得，但在街上碰着不一定能认得。老板说最近他见了他，郑老板又提让他去当保安助理这事，现在特勤队让他抓得素质已很不错，不要辜负了郑老板的一片好心，这也关系到他一生前途，现在他可以去了。邱梦山一怔，是不是自己做错了什么，老板不要他了。老板看到了他这反应，让他千万别误会，说他完全是为他着想，到那里有发展前途，起码工资要比这里高得多。邱梦山只好听老板安排。老板语重心长地嘱咐他，到那儿工作专业，责任重大，到那里就别提打仗啊立功那些事了，尽心尽职保护他的安全就行。

邱梦山晕了，他在公司一直隐瞒着这一段历史，隐瞒了却让人家发觉了，好不尴尬。用不着老板再说什么，邱梦山完全明白了老板请他吃饭的用意，如此盛情款待，已经非常够意思，对他在这儿的工作已是一种肯定，邱梦山真诚地感谢了老板。

邱梦山不想让任何人为难，当天晚上就写了辞职书。邱梦山再一次沦为无业游民，他不能让自己漂着，他要赡养爹娘，还要帮助李蜻蜓上学。回到宿舍，邱梦山翻出了郑老板的名片，想到当私人保镖，邱梦山有点犹豫。对他个人来说，这确实是个美差，工资待遇也不会低，而且整天陪伴在巨富身边，老板绝不会亏待他。但这种职业不能激发邱梦山的热情，他的心不在这种职业上。他认为，人不能只图有事做，光忙忙乐乐做事，不讲做什么事，不求做成事，一辈子可能一事无成，那不叫做事，叫混事。有事做并不难，难在能做自己想做的事，而且能把自己想做的事做成。人一辈子要做成几件事情，才对得起生命。

邱梦山躺床上拿不定主意，他先去看了彭谢阳，告诉他已经辞了职。彭谢阳十分吃惊，问他为什么，邱梦山坦白地告诉他，公司知道了他当过战俘，与其让人撵，不如个人辞。彭谢阳问公司怎么会知道这种事？邱梦山没想过这事，彭谢阳却懊悔起来，说怨他。邱梦山不明白怎么要怨他。彭谢阳把那天吴庆生跟他胡聊那些事告诉了他。邱梦山没在意，他反安慰彭谢阳，不怪人家，还得怨自己，要不是战俘，人家再说也说不到咱头上。我要是英雄，人家不还得敬仰咱嘛！邱梦山可以不在乎，彭谢阳却不能不难过。邱梦山带他一起去看李蜻蜓。

邱梦山想办保安学校这念头，是在李蜻蜓那里萌生。他们说起上学这事，邱梦山产生了这个念头。他想，一个人本事再大，一个人只能对付一个小偷，惩罚一个流氓，维护社会安全，靠一个人不行，需要大众。要是能办个保安学校，按军校模式管理，按特种兵教程教学训练，那才是真正为社会做实事，做好事。彭谢阳和李蜻蜓都很赞成。邱梦山想，要是郑老板肯投资办保安学校，彭谢阳和李蜻蜓就没必要再去给别人打工，可以跟他一起创业办学校，他们一起创办特区保安学校，说得彭谢阳和李蜻蜓都咧嘴笑了。邱梦山还跟李蜻蜓说，要想方设法找到周广志，还有其他的那些患难战友，如果他们也有待遇不公正的问题，就让他们也来学校当教员。有他们一起来办学，他就更有把握，心里更踏实。前程越展望越好，三个人好不开心。

邱梦山斗胆给郑中华老板打了电话，郑老板开口就问他哪天过去，他还担心威龙保安公司老板反悔。邱梦山当即在电话上把办保安学校这想法向郑老板做了汇报，郑老板听了很兴奋，政府新规划开发的小区，里面有学校，可以跟政府联系把学校规划成保安学校。郑中华让他明天就过去商量，研究成立筹备小组。三个人高兴劲没处宣泄，他们一起去吃了消夜。邱梦山当即分配任务，李蜻蜓到《特区晚报》上登寻人启事，寻找周广志。

邱梦山做事爱玩命，他当晚加班搞了保安学校建校设想，参照军校情况，把办学方向、学制、规模、课程、教员、管理、招生对象，一一都拟了方案，而且想好了校名，叫天道保安学校。吃过早饭，他主动跟吴庆生打招呼，要跟他移交工作。吴庆生不知出于什么原因，推说没空，隔天再说。

邱梦山去见了郑中华老板，把天道保安学校建校的设想交给了他。郑老板很高兴，当即就看，他觉得很好，他让秘书把设想改成草案，他要把项目带到董事会上研究。郑中华的产业已经做得很大，正想拓展业务，搞新项目投资，他从来没往办学校这方面想，邱梦山及时给了他主意。办学校是千秋功业，这样一来公司品质就上了一个档次，他准备到政府那里争取，将规划中办学计划落实成办保安学校。郑老板信任地拍了拍邱梦山的肩膀，说他没看走眼，一个人要是愿为别人牺牲，那他就称得上无畏，无私才能无畏，无畏之人，可以把一切重任都托付给他。郑中华让邱梦山再跟教育局做些咨询，看申请办学还需要什么条件，要办哪些手续，把草案完善成方案，然后再提交办学申请。

邱梦山几次跟吴庆生联系交接，吴庆生总推没时间，邱梦山就放下这事，全力忙咨询完善办学校方案。

　　门被推开，邱梦山眼前一亮，李蜻蜓和彭谢阳领着周广志进了屋。邱梦山喜出望外，两个人情不自禁地紧紧拥抱。原来周广志离开保安队，到了一家民办中学当了政治教员。邱梦山高兴得简直不知说什么好，他让他立即辞职过来跟他一起创办天道保安学校。周广志说现在不能辞职，要教完这一学期，也让学校有招人聘人的时间。邱梦山更没料到周广志还跟五个战友有联系，他们当即就在办公室打电话，其中有三个境遇不好，当即就答应，只要学校批下来，他们立马就投奔这儿。

　　邱梦山带着周广志、李蜻蜓和彭谢阳一起去见了郑中华老板，郑中华老板先告诉他们，董事会一致同意创办保安学校，把保安学校办成职业高中，生源会非常丰富，如果新区规划那学校校址政府同意给保安学校正好，如果不同意，公司可以在其他小区内增设校址。他们会正式向教育局上报申办方案，同时请邱梦山尽快拟制学校筹建方案。公司分工一位副总主管，成立一个筹建办公室，筹建工作正式启动。

17

　　邱梦山和周广志一起把保安学校申办报告和方案搞好上报之后，邱梦山回了威龙保安公司，他还是想跟吴庆生做一下移交。吴庆生不好再推，见面他装孙子，一再说他离开公司让他很吃惊，他一点都不知道，说他多么想跟他合作，多么希望他能留下，他越说越此地无银三百两。邱梦山不需要这种虚伪，他很干脆地把他那装样打住，说这事与他无关，是他自己想走。两个人正说着，电话铃响。吴庆生接完电话一脸紧张，玫瑰园小区污水井出了事，下井维修人员被困在了井下，几个保安下去抢救，也困到井下，井下可能有毒气，得赶快去救援。邱梦山一听，他本来打算交接完工作后，到队里跟弟兄们告个别，不想遇到这事，他决定也去看看。吴庆生说他已经离开公司了，用不着再去。邱梦山说都是自己弟兄，得去看看。邱梦山听说井下有毒气，提醒吴庆生戴上防毒面具。这东西平时用不着乱扔，要用时却找不着，他们在仓库里翻箱倒柜只找着三只。情况紧急，不容耽搁，他们火速驱车赶去玫瑰园小区。邱梦山在车上打了110，110值班人员说已经接到报告，他们已报告了市应急办，消防总队正在派消防中队赶往现场救助。

　　邱梦山他们赶到现场，消防中队还没到，污水井井口四面三十米之内已经拉上警戒线，污水井井盖敞着，几个保安守着警戒线，不让人靠近。小区群众挤在一百米之外，恐慌地议论纷纷。

正值夏季，气温持续偏高，这个污水井几天前就往外冒臭气，跟臭鸡蛋一样臭。居民纷纷向物业反映，今天物业派维修组前来维修。维修组打开井盖，一股臭气冒出，呛得维修工人恶心呕吐。他们把井盖敞开，让井下臭气往外散发。小区居民纷纷抗议，说臭气有毒，污染小区环境，危害居民健康。维修组只好在井口四周拉上警戒线，不让居民挨近。维修组一共来了八个人，有五个工人困在井下。玫瑰园小区两个保安下去救人，也困在底下。

邱梦山他们赶到井口，闻到了那股臭气。吴庆生派三个保安戴上防毒面具下去救人。邱梦山从一个小个子手里拿过防毒面具，往自己头上套。吴庆生有点过意不去，赶紧劝阻。石队副，你就别下去了，你都离开特勤队了，我下也不该你下。邱梦山没理他，说论救人，我可能比你强。邱梦山说完和另外两个保安一起下井。副市长带着应急办公室的人员和救护车赶到现场。副市长现场指挥，让邱梦山等三个戴防毒面具的保安人员下井，没有防毒设备人员一律不许下井。医护人员投入现场急救，准备氧气。

邱梦山和两名保安戴着防毒面具下到井下，那五名工人和两名保安都掉在了污水池里。邱梦山踩着井壁上的钢筋梯下到污水池水面，他一手抓住钢筋梯，一手伸向污水池拽人。钢筋梯太窄，只容一个人上下。但一个人没法把中毒者送上去。邱梦山下到污水池里，水深已经齐胸，他让一名保安也照他的样子下到污水池里，让另一保安踩着钢筋梯在上面接应。邱梦山和池下那名保安一手抓住钢筋梯，另一手拉起一中毒工人。上面那保安拉住工人衣领往上拖，邱梦山他们两个在底下往上托。然后两个保安一个拽，一个托，一点一点把中毒工人救了上去。邱梦山独自再往污水池里拉另一个中毒保安……

李蜻蜓仍到俱乐部上班，她一上班就接到彭谢阳的电话，彭谢阳激动得语无伦次地告诉她案子破了，他明天陪她一起去公安局领被骗的一万块钱。李蜻蜓心里宽松了许多。下午顾客少，她就打开电视，一边看电视一边等顾客。电视屏幕图像一出现，李蜻蜓一怔，屏幕上是邱梦山的大幅照片。一位女主持正在跟岳天岚聊天。

主持人：你说你丈夫是顶着牺牲战士的名偷生？

岳天岚：是这样。我丈夫他为了我和儿子的前途，顶着牺牲战士的名字回来，那个牺牲的战士叫石井生，他是孤儿，顶他名回来，不会给家人造成麻烦。我丈夫叫邱梦山，他回来后，我跟社会世俗观念一起压迫他，不承认他是我丈夫，当他向我表白真情时，我仍让他离开，让他别给我们添麻烦。我和别人一起逼得他无法生存。

主持人：你刚才说，你丈夫离开家，是社会世俗压迫所造成，社会怎么压迫他了呢？

岳天岚：这种压迫不是形而下，而是形而上，我们的社会对他歧视，造成一种道德压迫，观念压迫。开始我并没有意识到这一点，指导员意识到了。

主持人：指导员？是部队指导员吗？他叫什么名字？

岳天岚：请原谅，我不便说出他的名字，他跟我丈夫原来在一个连搭档，我丈夫当连长，他是指导员。这种世俗压迫无处不在，我丈夫说话，我丈夫做事，周围所有人只把他看作战俘。人们不管我丈夫在战场立军令状夺回无名高地，攻寿山当主攻连，冒死深入敌后抓活口，茅山阻击一个人对付三十多个敌人，也不管我丈夫是在重度昏迷下被俘。他的那些英雄行为被战俘两个字全盘否定。国家政策明文规定丧失作战能力被俘，回来后可以恢复党籍、军籍，身体健康者可以继续回原部队服役。但人们只用世俗观念去看他，只用世俗观念去对待他，把他看作逃兵，看作投降变节分子，看作叛徒，这公平吗？

李蜻蜓随即拨打邱梦山的电话，电话没人接，邱梦山正在玫瑰园小区污水井下救人。

主持人：你说这个问题确实很普遍，也很严重，这样对待一位英雄，本质上违背了人道主义精神，与咱民族传统品德也不相和谐。那么，现实导致你们夫妻分离，你希望社会做点什么呢？

岳天岚：我不能企求社会什么，我只希望人们不要再歧视他们。我们应该学会宽容，而不要学习残忍……这种世俗残忍，只能让人间变成地狱，这些受伤害者，抱着信念好不容易从死亡线上挣扎过来，我们却又在让他们陷入绝望……

李蜻蜓两眼涌出泪花。她向领导请了假，她要去找邱梦山，让他去电视台见岳天岚。

邱梦山和两个保安已经救出三个人，邱梦山一直在井底拖人没有上来，由两个保安往上送人。消防队终于赶到，他们配有防化服，佩戴呼吸器和安全带，但井口太小，他们下井口特别困难。费半天劲才下去两个消防官兵。又增加了三台自吸泵抽水，污水池水位已经下降。邱梦山站到污水池里，发现离他最近的工人很有经验，他虽然已经中毒，但神志还清晰，知道毒气硫化氢比重比空气重，都沉积在污水表面。他就用手捂着口鼻，把头埋在污水进水口让污水冲。邱梦山划着水向他接近，邱梦山双手搂住那工人往钢筋梯那里移动。快要接近钢筋梯时，那工人突然伸手一把揪下了邱梦山头上的防毒面具，他想拿防毒面具往自己头上套，但还没套到头上他就晕了过去，防毒面具掉到了污水池里被污水卷走。邱梦山立即中毒，他遭电击样倒向污水池。两个保安队员惊叫起来，但他们戴着防毒面具，他们的呼叫别人听不到。两个消防官兵正在拖救一个工人。一个保安队员拖住那个工人，另一个保安队员下到污水池里救邱梦山。

李蜻蜓赶到玫瑰园小区井口，邱梦山已经在井下出事。李蜻蜓对着井口声嘶力竭地喊，邱连长！你快上来！你爱人岳天岚找到特区来了！她在电视台做节目找你哪！李蜻蜓的呼喊让吴庆生吃惊，她怎么叫邱连长。副市长急忙让另一组消防队员下井救邱梦山。李蜻蜓恳求副市长，请他通知电视台，赶快把邱梦山的爱人岳天岚接来。电视台采访组已经在现场拍摄，副市长交代电视台采访人员将情况报告台里，让台里联系岳天岚，以最快的速度送她来现场。李蜻蜓也打电话给彭谢阳和周广志，让他们也火速赶来。

两名消防队员终于把邱梦山营救上来，但他已不省人事。副市长让医护人员一边抢救一边送往医院。

岳天岚赶到现场，邱梦山已被送往医院。副市长让自己的司机把岳天岚和荀水泉送去医院，岳天岚和荀水泉赶到医院，李蜻蜓傻子一样坐在邱梦山的遗体旁，她不哭，也不喊，只是流泪。岳天岚连邱梦山的名字还没喊完就晕了过去。李蜻蜓和医生把岳天岚拍醒，岳天岚不知哪来那股劲，她忽地蹿起，跳着脚哭喊，是我逼死了他……

18

岳天岚完全失声，她再哭不出一点声来。上次在栗山，那悲痛只是失去爱人，这次除了失去爱人，还有悔恨和内疚。她有许多的话要对他倾诉，可他突然永远离她而去，她没法告诉他一切。岳天岚扯着嗓门对他哭喊，她要把心里的那些话全都告诉他，可他永远不能再回应她。岳天岚心里的话还没能喊完，嗓子就哑了，再发不出一点声音。岳天岚不再喊，也不再诉说，她只在心里痛。

荀水泉失去邱梦山如同失去亲弟弟，但他不能只跟着岳天岚悲痛，他得考虑邱梦山的后事。他让周广志和彭谢阳负责联系战友，他自己跟喜鹊坡村委会联系，让邱梦山的爹娘带着邱继昌迅速赶来特区，让李蜻蜓全力照顾岳天岚。安排好这些，荀水泉去见了副市长。

荀水泉去求见副市长，副市长正召集威龙保安公司和机关人员开会研究中毒事件后事的处理，副市长让荀水泉稍等，开完会他再见他。

荀水泉说他只有一个请求，能不能占用在座的各位领导半个小时，因为大家都还不了解邱梦山，石井生是他顶了战士的名字，他为什么要顶战士的名，他带来了一张盘，是咱们特区电视台《夫妻4S店》制作的专题节目，这一期叫《情感寻呼——千里寻夫诉衷肠》，看了节目再研究后事处理，可能会更合适一些。

副市长同意了荀水泉的这个请求，大家一起看了节目。荀水泉发现连吴庆生都流了泪，副市长也拿纸巾擦了眼睛。副市长擦完眼睛没让大家讨论，他直接讲了话。他说，英雄，对一般为他人、为人民、为民族、为国家牺牲者来说，是一个称号；但用在邱梦山身上，是他的精神品格和行为恰如其分地给英雄这个词做了注解。他不只在战场上出生入死，英勇无敌；在战俘营不屈不挠，视死如归；在生死危险面前舍生忘死，无私无畏；更难能可贵的是他没被战俘这个沉重的枷锁压垮，更没在冷遇和逆境中自卑、自弃、消沉，他意志非凡地坚定军人的信念，默默地为社会奉献自己的一切。邱梦山同志牺牲了，他是全市人民的一面镜子，大家可以对照一下，想一想自己该怎样活着？自己该怎样做人？自己又该怎样做事……

吴庆生陪着他姑夫去旅馆找岳天岚征求后事安排意见，房地产老板郑中华已把他们接到海逸酒店。郑中华痛切而又遗憾地告诉岳天岚，邱梦山正帮他筹建保安学校，但申办报告被教育局卡住了，说邱梦山他们几个转业军人不具备办学校资格，他还没来得及把这消息告诉邱梦山，他却突然走了，他心里好痛。他让岳天岚放心，他一定要把保安学校办起来，让他那些战友们把他这遗愿变成现实，而且他打算把校名改为梦山保安学校，这个学校办不起来，他一辈子对不起邱梦山。岳天岚听了更加悲痛，她什么也说不出来，只是流泪。副市长代表政府到酒店来慰问岳天岚，副市长告诉岳天岚，市政府决定授予邱梦山"优秀市民"称号，号召全市人民向他学习。郑中华把教育局卡保安学校这事报告了副市长，副市长让他单独向他做一次汇报。

岳天岚什么要求都没提，只是流泪。她从口袋里摸出一封信，这信是整理邱梦山遗物时发现的。副市长打开信。

天岚：

这辈子我最对不起一个人，她就是你，只能来世报答了。

请永远不要告诉儿子真相，就说我牺牲在战场。

战俘命运我无法改变，庆幸没给你和儿子带来多少麻烦和痛苦。

假如有一天我死了，要再麻烦你帮我办一件事，你请荀水泉跟部队联系，恢复我邱梦山的真名，掘掉栗山烈士陵园里我的墓和碑，我不是英雄，是战俘；恢复石井生烈士的墓和碑，他是真英雄。拜托，一定要办到，否则我死难瞑目。

永远爱你。

邱梦山

2007 年 9 月 1 日至 2008 年 7 月 10 日初稿

2009 年 1 月 26 日至 3 月 18 日二稿

2009 年 8 月 20 日至 12 月 12 日三稿

2010 年 2 月 1 日至 4 月 18 日四稿

2010 年 5 月 1 日至 9 月 16 日五稿

2010 年 12 月 14 日至 2011 年 4 月 5 日六稿

2011 年 10 月校订于北京大慧寺清虚斋